闪灵

〔美〕斯蒂芬·金 著 黄意然 译

THE SHINING

斯蒂芬·金作品系列

STEPHEN KING

人民文学出版社

PEOPLE'S LITERATURE PUBLISHING HOUSE

著作权合同登记号　图字 01-2020-4746

The Shining
by **Stephen King**
Copyright © Stephen King，2009
This edition arranged with Doubleday，an imprint of the Knopf
Doubleday Publishing Group，a division of Random House LLC
through Bardon-Chinese Media Agency
Chinese Simplified edition Copyright © Shanghai 99 Readers' Culture Co.，Ltd.，2017
All rights reserved.

图书在版编目(CIP)数据

闪灵 /（美）斯蒂芬·金著；黄意然译. —北京：
人民文学出版社，2017(2024.4 重印)
（斯蒂芬·金作品系列）
ISBN 978-7-02-012820-4

Ⅰ．①闪… Ⅱ．①斯… ②黄… Ⅲ．①长篇小说-美
国-现代 Ⅳ．①I712.45

中国版本图书馆 CIP 数据核字(2017)第 109185 号

出 品 人：黄育海
责任编辑：胡司棋　张玉贞
封面设计：陈　晔

出版发行　人民文学出版社
社　　址　北京市朝内大街 166 号
邮政编码　100705

印　　刷　上海盛通时代印刷有限公司
经　　销　全国新华书店等

开　　本　890 毫米×1240 毫米　1/32
印　　张　14.625
字　　数　400 千字
版　　次　2016 年 1 月北京第 1 版
印　　次　2024 年 4 月第 19 次印刷

书　　号　978-7-02-012820-4
定　　价　69.00 元

如有印装质量问题，请与本社图书销售中心调换。电话：010－65233595

献给会闪灵的乔·希尔·金。

这本书的编辑与前两本同样都是威廉·G. 汤姆森，
他是一位富有智慧、眼光独到的人。
他对本书的贡献卓著，为此，我万分感谢。

—— 斯蒂芬·金

有好几家世上最美的度假饭店位于科罗拉多州，
但本作品中的饭店并非基于其中任何一间。
全景饭店及其相关人士仅存在作者的想象空间中。

同时，就在这个房间里，竖立着……一座巨大的黑檀木时钟。钟摆来回摆动，发出滞闷、沉重、单调的铿锵声。当……整点敲钟的时刻来临，巨钟的黄铜内腔传来清楚、响亮、低沉、极其悦耳的声响，但其音调与重音却又十分古怪，于是每隔一小时，乐团的乐师便不得不暂停……仔细倾听那声音；因此跳华尔兹的舞者不得已只好停止旋转；所有欢快的来宾也突然局促不安起来；当报时的钟声仍在敲的时候，可观察到最轻率的人脸色逐渐发白，较年长及沉稳的人则伸手抚额，仿佛在困惑地沉思或冥想。但是当回音完全静止，轻松的笑声又立刻遍布人群之中……"他们"仿佛在嘲笑自己神经过敏……并且互相低声起誓，下次钟响时不该再如此惊慌失措；然而，过了六十分钟后……时钟再度响起，慌乱、紧张与冥想照样又重现。

　　但即使如此，整场化装舞会依然是场奢华狂欢的盛宴……

——《红死魔的面具》，埃德加·爱伦·坡著

理性沉睡，怪物生焉。

——戈雅

时机到了，该闪耀的总会闪耀。

——俗语

目　录

第一部　序　幕

1. 面 试

杰克·托伦斯心想：啰哩叭唆的麻烦矮子。

厄尔曼身高五英尺半，行动的时候总是迅速又带点神经质，那似乎是所有矮胖男人专属的特色。头发的分线清楚分明，深色的西装朴素却让人感觉安心。那西装对付钱的顾客说，我是可以倾听你的问题的人；对雇用的帮手则说得较为简单不客气：你，这招最好管用。西装的翻领上别着红色的康乃馨，或许是避免街上的人误把斯图尔特·厄尔曼看成了当地的丧葬业者。

杰克聆听厄尔曼说话时，他自己承认在这种情况下，不管谁坐在桌子的另一侧，他大概都不可能喜欢。

厄尔曼刚问了一个问题他没有听清楚。这不大妙；厄尔曼是会将此类过失归档入内心的旋转式名片架，留待以后考虑的那种人。

"抱歉，您说什么？"

"我刚刚问，你太太是否充分了解你要在这里承接什么样的工作。另外当然，还有你的儿子——"他低头看着摆在面前的求职函。"丹尼。你太太一点也没有被这主意给吓坏了？"

"温迪是个很特别的女人。"

"你儿子也很特别吗？"

杰克笑了，大大咧开嘴的公关式笑容。"我们希望如此，我想。以一个五岁的孩子来说，他相当独立自主。"

厄尔曼没有回以笑容。他将杰克的求职函迅速收回档案夹，再把档案夹放入抽屉。桌面上现在完全清空，只剩下一张桌垫、一个电话、一盏强光台灯和一个收／发篮。收／发两边也都是空的。

厄尔曼站起身，走到角落的档案柜。"托伦斯先生，如果你愿意的话，绕到桌子这边来。我们来看一下饭店的平面图。"

他拿回五大张纸，放到光滑平坦的胡桃木桌面上。杰克与他并肩而立，清楚地闻到厄尔曼的古龙水香味。我的男人要么抹英伦皮革香水，要么就一丝不挂。这句广告语毫无来由地浮现在他的脑海中，他不得不将舌头紧紧夹在齿间，以免爆笑出声。墙外，隐隐约约地，传来全景饭店厨房的声响，午餐过后声量逐渐降低。

"最顶层——"厄尔曼神采奕奕地说，"阁楼，现在那里除了古董杂物外什么也没有。'全景'从第二次世界大战以来换人经营了很多次，似乎每个接任的经理都把自己不要的东西全堆到上面的阁楼里。我要在那里面四处散布些捕鼠器和毒药。有些负责三楼的清洁女服务生声称，她们听到过窸窸窣窣的声音。我不相信，一点也不信，不过绝对不能有百分之一的机会让一只老鼠住进全景饭店。"

杰克虽然怀疑世界上每间饭店多少都有一两只老鼠，但仍保持沉默。

"当然不管发生任何情况，你都不会允许你儿子上去阁楼吧！"

"不会。"杰克说，再次亮出大大的公关式笑容。真是羞辱人。这啰哩叭唆的麻烦矮子真认为他会允许儿子在摆了捕鼠器的阁楼里玩耍吗？那里可堆满了废弃的家具，天知道还有别的什么？

厄尔曼迅速拿开阁楼的平面图，放到那一叠纸张的最底层。

"全景饭店有一百一十间客房，"他用一副学者的口吻说，"其中三十间，全部是套房，就位于三楼；十间在西侧（包括总统套房），十间在中央，另外十间在东侧。全部的房间都拥有壮观的视野。"

你可不可以至少省掉这套推销辞令？

但他保持沉默。他需要这份工作。

厄尔曼将三楼的平面图再放到底下，他们继续研究二楼。

"四十间房，"厄尔曼说，"三十间双人房，十间单人房。一楼则各二十间。另外每一层楼有三间收放床单、毛巾的亚麻布织品储藏柜，还有一间储藏室，二楼是在饭店的最东边，一楼则是在最西边。有问题吗？"

杰克摇摇头。厄尔曼迅速将二楼和一楼的平面图挪开。

"好啦，大厅层。中央是登记柜台，柜台后面是办公室。大厅从柜台往各个方向延伸出去，都是八十英尺。西侧这边有全景餐厅和科罗拉多酒吧，宴会厅和舞厅等设施是在东侧。有疑问吗？"

"只对地下室有疑问，"杰克说，"对冬天值班的管理员来说，那是最重要的一层，可以说是主要的工作范围吧！"

"沃森会带你参观。地下室的平面图在锅炉室的墙上。"他眉头紧锁，像是要给人留下深刻的印象，或许是要表现出身为经理，他不干预"全景"营运中诸如锅炉、水管这类平庸的小事。"在那下面也摆放些捕鼠器或许是不错的主意。稍等一下……"

他从上衣内侧口袋掏出一本便条簿（每一张都以黑色粗体字印着**斯图尔特·厄尔曼办公桌所有**），在纸上潦草地记着笔记，撕下，丢进发文篮。纸条搁在篮子里显得孤零零的。便条簿又隐没在厄尔曼的上衣口袋，宛如魔术师的戏法结束。好，你看着喔，杰克男孩，现在你看不见了。这家伙真是聪明绝顶。

他们回到原本的位置，厄尔曼坐在办公桌后头，杰克在前面，应征者和面试官，乞求者和心不甘情不愿的施恩者。厄尔曼将干净粗短的手交握放在桌垫上，直视着杰克，一个矮小、即将秃头的男人，穿着银行职员的西装和朴素的灰色领带。翻领上的花与另一边翻领上的小别针相对称。别针上仅用金色的小字写着**职员**。

"托伦斯先生，我非常坦白地告诉你。艾伯特·肖克利是非常有权势的人，占全景饭店很大的股份。饭店本季有盈余，是史上头一遭。肖克利先生也是董事会的一员，但他不适合经营饭店，他恐怕是第一个承认这点的人。然而，在选管理员这件事上，他的意愿表达得相当明显。他希望我雇用你。我会照他的意思做，但是假如这件事我有权自己做主的话，我是不会雇用你的。"

杰克的双手在膝上紧握着，使劲地相互捏紧，冒着汗。啰哩叭唆的麻烦矮子，啰哩叭唆的麻烦矮子，啰哩叭唆的——

"托伦斯先生，我相信你不是十分喜欢我，我并不在乎。毫无疑问，你对我的感觉不影响我自己的看法，我觉得你并不适合这份工作。从五月十五日到九月三十日'全景'营业的这段期间，总共雇用了一百一十位全职员工，可以说是饭店内每间房配置一人。我不认为他们许多人喜欢我，我甚至怀疑他们有些人觉得我有点讨厌。他们对我个性的判断或许没有错，我要是用饭店该有的方式来管理的话，就必须有点讨人厌。"

他望着杰克等待回应，杰克再度亮出公关式笑容，大大地咧开嘴，无礼地露出牙齿。

厄尔曼说："全景饭店是在一九〇七年到一九〇九年兴建的。最近的城镇是萨德维特，从这里往东四十英里的地方，中间的道路在十月下旬或十一月的某个时间点就会封闭，一直要到来年四月的某个时间点才会开通。饭店是一位名叫罗伯特·汤利·沃森的人盖的，他是我们目前的维修工人的祖父。范德比尔特家族住过这里，还有洛克菲勒、阿斯特及杜邦等豪门世家。另外曾经有四位总统住过总统套房：威尔逊、哈定、罗斯福和尼克松。"

"哈定和尼克松住过，我不会觉得太骄傲。"杰克喃喃地说。

厄尔曼皱起眉头，但没理会他，继续说下去。"结果'全景'对沃森先生而言负担太沉重，他在一九一五年把饭店卖掉。后来在一九二二年、一九二九年、一九三六年，饭店分别再度易手。有一段时间就这样空着，直到二次世界大战结束后，霍勒斯·德温特，这位身为百万富豪的发明家、飞行员、电影制作人及企业家买下了'全景'，整个儿地重新翻修。"

"我听过这个名字。"杰克说。

"对，他点到的每样东西似乎都变成了金子……除了全景饭店。在战后第一位客人踏进饭店大门之前，他就把注了超过百万的资金，将年久失修的废墟改头换面成观光名胜。短柄槌球场就是德温特加盖的，你刚才到的时候，我看见你一副很欣赏的样子。"

"短柄槌球？"

"就是我们槌球的英国祖先，托伦斯先生。槌球是次等的短柄槌球。传说中，德温特从他的社交秘书那儿学会后，就全心喜欢上了这种运动。我们的球场可能是全美国最棒的短柄槌球场。"

"我毫不怀疑这一点。"杰克郑重地说。短柄槌球场，前面还有一座绿雕花园，里头满是以树篱修剪成形的动物。接下来还有什么？在设备仓库后头有和实物同等大小的威格利叔叔棋盘游戏吗？他对斯图尔特·厄尔曼先生十分厌烦，但看得出来厄尔曼还没结束。厄尔曼将继续发表意见，说完每一字每一句。

"在损失三百万后，德温特把饭店卖给一群加州的投资客。他们经营'全景'的经验同样凄惨，反正就是不善于经营饭店。

"一九七〇年，肖克利先生和他的一群合伙人买下饭店，将管理的工作交给我。我们也在赤字中营运了好几年，但我很高兴地说，目前的饭店业主对我的信任不曾动摇过。去年我们达到损益平衡。今年'全景'的账目出现黑字，是近七十年来首次赚钱。"

杰克认为这个麻烦矮子确实骄傲得有道理，不过，原先的厌恶感突然高涨，再度淹没了他。

他说："厄尔曼先生，我看不出来全景饭店显然多彩多姿的历史和你觉得我不适合这个职务中间有什么关联。"

"'全景'之所以会亏那么多钱，其中一个原因是每年冬季的损耗。它耗掉非常多的毛利，多到你恐怕不敢相信，托伦斯先生。这儿的冬天是难以想象的严酷。为了对付这个问题，我派了全职的冬季管理员来管锅炉，每天轮流替饭店各个不同区域放暖气，负责修理破损的东西，做修缮的工作，让自然的力量找不到据点，并且随时警觉任何以及每个不测的事件。我们第一年冬天，我雇了一家人，而不是一个人，结果却是场悲剧，可怕的悲剧。"

厄尔曼以品评的眼光冷淡地注视杰克。

"我犯了错，我坦白地承认。那男人是个酒鬼。"

杰克感到一抹热切的笑容——与露齿的公关式笑容恰恰相反的——缓缓地在他嘴角绽开。"就因为这样？我很诧异艾尔没有告诉你。我已经戒了。"

"不，肖克利先生告诉我你不再喝酒了。他也告诉我你上一份工作的事……或者我们该说，上一个负责的职位？你之前在佛蒙特州的私立预备中学教英文。你的情绪失控了。我相信我不需要再讲得更具体。但是我碰巧相信格雷迪的事件与这是有关联的，这就是为什么我把你……嗯，过去的历史提出来谈。在一九七〇年跨一九七一年的冬天，我们刚重新整修完'全景'，不过还没开始第一季的营运，我雇用这……这个名叫德尔伯特·格雷迪的不幸男人,他搬进你和你太太、儿子将要共同生活的住处。他有太太和两个女儿。我还没交待清楚,最主要的是这儿冬季的严酷环境,还有格雷迪一家将会与外界隔绝长达五到六个月的事实。"

"但这不尽然是真的,不是吗?这里有电话,可能也有民用频段的无线电对讲机。而且落基山国家公园在直升机可达的范围内,这么大的地方铁定有一两架直升机吧!"

"我不敢确定,"厄尔曼说,"饭店的确有双向沟通的无线电对讲机,沃森先生会带你去看,同时还会给你一张播送的正确频率表,万一你需要求救的话。从这里到萨德维特的电话线仍架设在地面上,几乎每年冬天都会突然有段时间不通,而且有可能持续三个礼拜到一个半月。另外,在设备仓库里有辆雪上摩托车。"

"那这地方并没有真正与外界失去联系。"

厄尔曼露出痛苦的表情。"托伦斯先生,假设你儿子或你太太在楼梯上摔倒,跌破了脑袋,到那时你会认为这地方与外界断绝联系吗?"

杰克明白了他的意思。雪上摩托车以最快的速度奔驰,可以在一个半小时内载你下去萨德维特……也许吧。公园搜救服务中心派出的直升机可以在三个小时内飞抵这里……在最佳的情况下。但在暴风雪中,直升机绝对没办法起飞,你也别期望能用最快的速度飙雪上摩托车,就算你敢带着伤势严重的人到外头去,但外面的气温可能是华氏零下二十五摄氏度,如果加上风寒效应的话,甚至会到零下四十五摄氏度。

"从格雷迪的事件中,"厄尔曼说,"我推断出许多结论,如同肖克利先生似乎也从你的情况中得到一些推论一样。独居本身就有害处,最好是有家人陪伴着他。万一有麻烦的时候,我想,问题极有可能并不像撞破脑袋、使用电动工具时发生意外或者某种灾难那样的危急;比较可能的是严重的流行性感冒、肺炎、手臂折断,甚至盲肠炎,这些都有足够的时间处理。

"我猜想当时发生的事情是喝太多便宜威士忌造成的,格雷迪瞒着我储藏了大量的威士忌；另外还有可能是因为一种怪病，老一辈的人称为幽闭烦躁症。你听过这个词吗？"厄尔曼纤尊降贵地施舍微微的笑容，准备等杰克一承认自己的无知立刻说明，而杰克很乐意迅速、利落地回答。

"这是幽闭恐惧症患者的反应的通俗说法，这种病症可能发生在人长期被关在一起的时候。幽闭恐惧症的感觉表露在外就是，讨厌碰巧和你关在一起的人。在极端的案例中，甚至可能造成幻觉和暴力——谋杀的起因可能是一些微不足道的小事，像是烧焦的餐点或者轮到谁洗碗的争执。"

厄尔曼看来相当不知所措，让杰克感觉舒坦多了。他决定再进逼一点点，但在心里默默承诺温迪他会保持冷静。

"我想在那件事情上，你的确犯了错。他伤害了他们吗？"

"托伦斯先生，他杀了她们，然后自杀。他用手斧杀了小女孩，用猎枪毙了他太太，和他自己。他的腿断了，毫无疑问是喝得醉醺醺后摔下楼导致的。"

厄尔曼张开手，自以为是地盯着杰克。

"他是高中毕业生吗？"

"不瞒你说，他不是，"厄尔曼略微生硬地说，"我想，这样讲吧，比较没有想象力的人较不容易受到严酷气候、孤单寂寞的影响——"

"那就是你的错了，"杰克说，"愚蠢的人比较容易得幽闭烦躁症，正如他比较容易因为一场牌局就开枪打人，或是一时冲动去抢劫。他会无聊。下雪的时候，没事可做只能看电视，或一个人玩接龙，在没办法把所有的 A 接出来的时候还会作弊。无事可做只能抱怨老婆、责骂孩子，然后喝酒。因为听不到什么声响，所以越来越难入睡，因此他喝到睡着，醒来时宿醉头痛。他变得急躁不安。也许电话不通，电视天线吹倒，无所事事只能空想、在接龙时作弊，变得越来越焦躁，越来越暴躁，到最后……砰，砰，砰。"

"但是教育程度比较高的人，比方说像你自己的话呢？"

"我太太和我两人都喜欢看书，而且艾尔·肖克利大概告诉过你，我还有剧本要写。丹尼有自己的拼图、着色本和晶体管收音机。我计划教他阅读，同时想要教他如何穿雪地鞋行走。温迪也会想学学。噢没错，我想我们可以一直找事忙，就算电视故障也不会互相找碴。"他停顿一下。"艾尔告诉你我不再喝酒，他说的是实话。我曾经有酒瘾，而且变得非常严重，但是过去十四个月中，我没喝过超出一杯量的啤酒。我不打算带任何一瓶酒上这儿来，而且我认为飘雪后不会有机会再弄到酒。"

"这点你大概完全正确，"厄尔曼说，"不过，只要你们三人在这上头，发生问题的可能性就加倍。我和肖克利先生提过这一点，他告诉我他会负责。现在我告诉你，显然你也愿意承担这个责任——"

"我愿意。"

"好吧！我接受，因为我没什么选择。不过，我还是宁愿找个休一年学、没有固定对象的大学生。算了，或许你办得到。现在我要把你交给沃森先生，他会带你到地下室和附近逛一逛。除非你还有进一步的问题。"

"不，一点也没有。"

厄尔曼站起来。"托伦斯先生，希望你别见怪。我对你说这些事并不是针对你个人，我只是希望找到最适合'全景'的。这是间顶尖的饭店，我希望一直保持下去。"

"不。我并不介意。"杰克再次闪出公关式笑容，但他很高兴厄尔曼没有伸出手来和他握手。他确实耿耿于怀，五味杂陈。

2. 波尔德

　　她透过厨房的窗户，看见他就只是坐在路缘上，没有玩他的卡车或小货车，甚至也没玩那架轻木材质的滑翔机，自从杰克上礼拜把滑翔机带回家后，他高兴了整个礼拜。如今他只是坐在那里，在车辆中找寻他们老旧的福斯车，手肘放在大腿上，两只手撑着下巴：一个五岁的男孩在等他的爸爸。

　　温迪忽然感到难过，快要掉泪的难过。

　　她将擦碗盘的毛巾挂在水槽边的杆子上，便向楼下走去，一边扣上家居服最上面的两颗纽扣。杰克和他的自尊心！嘿不，艾尔，我不需要你的好意。我暂时还过得去。走廊的墙壁坑坑洞洞的，布满蜡笔、彩色蜡铅笔和喷漆的痕迹。楼梯陡峭，处处是裂痕。整栋建筑闻起来有股老旧的陈腐味，在搬离史托文顿小巧整洁的红砖屋后，他们给丹尼住着什么样的地方？住在他们楼上三楼的人没有结婚，虽然这点并没有造成她的困扰，但他们经常满怀怨恨的争吵却令她不安。她很害怕。楼上那家伙叫汤姆，星期五等到酒吧关门他们回家后，就认真地吵起架来——与此相较，一周的其余时间只不过是预赛而已。杰克称之为周五夜争吵，但这并不好笑。那个名叫伊莲的女人最后总是被逼得掉泪，并再三地重复着："汤姆，不要啊！拜托不要啊！求求你，不要啊！"而他则是大声责骂她。有一回他们甚至把丹尼给吵醒，丹尼通常熟睡得很死。隔天早上杰克碰到汤姆正要出门，在人行道上与他详谈。半晌后，汤姆咆哮起来，杰克对他说些别的，声音很小，温迪无法听见，汤姆只是闷闷不乐地摇头走开。那是一星期前的事，接下来几天情况好一些，但从周末开始一切又回归正常——抱歉，应该是不正常。这对小男孩是不好的。

　　悲伤的情绪再次淹没了她，但她已经走到人行道上，于是强自忍住。她在他身边的路缘上坐下来，把裙子一拉压在臀部底下。开口说:"怎么了,博士?"

他对她微微一笑,但只是很表面的。"嗨,妈妈。"

滑翔机在他穿着球鞋的两脚之间,她看见有一边的机翼已经开始裂开了。

"那个机翼需要我看看能做些什么吗?宝贝?"

丹尼已经把头转回去盯着街道。"不用了。爸爸会修好的。"

"博士,爸爸可能要到晚餐时间才会回来。到那山上去要开很远的路。"

"你想金龟车会抛锚吗?"

"不,我想不会。"但他刚给了她新的烦恼。谢啦,丹尼。我正需要呢。

"爸爸说可能会,"丹尼无动于衷地说,几乎有点无趣的样子。"他说燃油泵全都烂得像狗屎了。"

"丹尼,别说那句话。"

"燃油泵?"他真正惊讶地问她。

她叹口气。"不,是'全都烂得像狗屎'。不要那样说。"

"为什么?"

"这句话很粗俗。"

"妈妈,什么是粗俗?"

"就像是你在餐桌上挖鼻孔,或是开着浴室门小便,或者说些像是'全都烂得像狗屎'的话。狗屎是个粗俗的字眼,有教养的人是不会说的。"

"爸爸就说啊!他看着金龟车的引擎说:'老天爷,燃油泵全都烂得像狗屎。'爸爸难道没有教养吗?"

温尼弗雷德,你怎么会陷进这些事情中?你总这样吗?

"他有教养,不过同时也是个成年人。他非常小心,不会在不了解的人面前讲那种话。"

"你是指像艾尔叔叔吗?"

"对,没错。"

"那等我成年的时候,我可以说吗?"

"我想不管我喜不喜欢,你都会说的。"

"多大的时候?"

"二十岁听起来怎么样,博士?"

"那还得等好久喔!"

"我想是很久,但你会努力试试看吗?"

"好啦!"

他转回去目不转睛地注视着街道。他的身体微微弯曲,仿佛要起身,但开过来的金龟车新多了,红色也鲜艳多了,他又放松下来。她想知道这次搬到科罗拉多州究竟让丹尼多难过。他闭口不谈,但看他大多时候都是独自一人,让她很担心。在佛蒙特州时,杰克有三个学校同事的子女和丹尼差不多年纪,而且那边有幼儿园,但在这附近没有小朋友可以和他一起玩。大部分的公寓都租给上科罗拉多大学的学生,而住在阿拉帕荷这条街上少数几对结婚的夫妻,只有极少对有小孩。她看过也许十来个高中或初中年纪的孩子、三个小婴儿,仅此而已。

"妈咪,爸爸为什么会丢了工作?"

她从沉思中惊醒,慌乱地寻找答案。她和杰克讨论过如何应付丹尼提这个问题的各种方法,从回避到不加掩饰地实话实说。可是丹尼不曾问过,直到现在,就在她心情低落、最没有心理准备回答这个问题的时候。然而他凝视着她,或许正忖度她脸上忐忑不安的表情,建构出他自己的看法。她心想,对孩子而言,大人的动机和行动看起来一定就像在黑暗森林的阴影中所看见的危险动物那般巨大,令人毛骨悚然。他们像木偶一样被牵来扯去,却茫然不懂究竟是为什么。这个念头让她险些再度流泪,竭力压制住泪水后,她弯下身拾起有了故障的滑翔机,拿在手中翻转。

"丹尼,你爸爸以前指导辩论队,你记得吗?"

"当然记得,"他说,"为乐趣而争吵,对吧?"

"对。"她把滑翔机翻过来又翻过去,注视着商品名称"高速滑翔机"及机翼上的蓝星印花,回过神来发现自己正把实情一五一十地告诉儿子。

"有个叫做乔治·哈特菲德的男孩，你爸爸不得不叫他退出辩论队。那表示他不像其他人那么优秀。乔治说你爸爸开除他是因为不喜欢他，不是因为他不够优秀。后来乔治做了一件坏事，我想你知道那件事吧。"

"他就是那个割破我们家金龟车轮胎的人吗？"

"对，就是他。在放学后，你爸爸当场逮到了他。"此刻她又迟疑起来，但现在不可能回避；选择只剩下说出真相或是说谎。

"你爸爸……有的时候会做一些事后觉得懊悔的事。有时候他没有照原本该有的想法去思考。虽然不是经常发生，但偶尔就是会这样。"

"他是不是弄伤了乔治·哈特菲德，就像我把他所有的纸张撒在地上那次一样？"

有的时候——

（丹尼的手臂上着石膏）

——他会做一些事后觉得懊悔的事。

温迪拼命地眨眼，硬把眼泪一路逼回原处。

"就是像那样子，宝贝。你爸爸揍了乔治，要他别再割轮胎，结果乔治撞到头。然后负责管理学校的人说，乔治没办法再去上学，你爸爸再也不能在那里教书了。"她停住，说不出话来，害怕地等着一波接一波的问题。

"喔。"丹尼说，回头继续望着街道，显然这话题结束了。要是对她而言问题能这么容易结束就好了——

她站起来。"博士，我要上楼去喝杯茶。你要一些饼干和一杯牛奶吗？"

"我想我要等爸爸。"

"我认为他不会在五点前回到家喔。"

"也许他会早一点。"

"或许吧，"她同意。"或许他会早一点。"

她正要跨上人行道时，丹尼喊道："妈咪？"

"什么事，丹尼？"

"你想去那间饭店过冬吗?"

现在,五千个答案中,她该选哪个来回答这问题呢?是她昨天或昨晚或者今天早上的感受?每段时间的感受各不相同,跨越的范围从乐观的粉红色到黯淡无光的死黑色都有。

她说:"如果那是你父亲希望的,那就是我想要的。"她稍作停顿。"那你呢?"

"我想我大概想去吧,"他最后开口说,"这里没什么玩伴。"

"你想念你的朋友,是不是?"

"我有时候会想念斯科特和安迪,差不多就这样而已。"

她回到他身边亲吻他一下,揉揉他才刚失去婴儿般细致的浅色头发。他是如此严肃的小男孩,有时候她不知道有她和杰克这对父母亲,他究竟该如何生存。他们起先抱着高远的希望,最后却沦落到陌生城市里这间讨厌的公寓建筑。丹尼裹着石膏的影像又在她眼前浮现。神的安排部门中有人犯了过错,她有时会担心这个错永远无法修正,唯有最无辜的旁观者才会付出代价。

"博士,别跑到马路上去喔!"她说,紧紧地抱住他。

"不会啦,妈妈。"

她上楼走进厨房。放上茶壶,再摆几块奥利奥巧克力饼干到盘子上给丹尼,以防万一她躺在床上休息时,他决定上来。她坐在桌边,面前摆着大的陶瓷杯,望着窗外的他——仍然坐在路缘上,身上穿着蓝色牛仔裤和过大的深绿色史托文顿预备中学的长袖运动衫,滑翔机则搁在一旁。一整天呼之欲出的眼泪此刻溃堤而下,她倾身向前在热茶冉冉升起的芳香蒸汽中哭泣起来。既哀伤失去的过往,也因为对未来的恐惧。

3. 沃 森

你的情绪失控了，厄尔曼说过。

"好，这是你的炉子。"沃森说着，打开漆黑、充满霉味的房间里的灯。他是个肥胖的男人，顶着宛如爆米花的蓬松鬈发，穿着白色衬衫和深绿色的卡其裤。他旋开炉子腹部正方形的小铁栅门，和杰克一同凝视火炉内部。"这边是母火。"一个稳定的蓝白色喷嘴发出嘶嘶声，不间断地朝上输送毁灭的力量。然而杰克想的关键词是毁灭而不是输送：假如你把头探进去，烤肉会在三秒钟内火速出现。

你的情绪失控了。

（丹尼，你还好吗？）

炉子占据了整个房间，是杰克目前为止所见过最庞大且最古老的。

"母火有安全保障装置，"沃森告诉他。"里头有个小感应器测量温度。如果温度降到某个点以下，就会启动你住处的蜂鸣器。锅炉在墙的另一面，我会带你绕过去看。"他使劲关上铁栅门，带领杰克到铁铸的炉身后面，走向另一扇门。铁将昏昏沉沉的热气辐射在他们身上，不知怎地杰克联想到一只体型庞大、正在打瞌睡的猫。沃森摇晃钥匙发出叮当声，并且吹着口哨。

失控——

（当他回到书房，看见丹尼站在那儿，身上只穿着如厕学习裤还咧开嘴笑时，愤怒的红云缓缓地遮蔽杰克的理智。在他脑海中，他主观地觉得很慢，但一切肯定发生在不到一秒钟的时间内，只不过感觉起来缓慢，就像有些梦感觉好似慢动作一样。噩梦。书房的每扇门和抽屉似乎在他离开的时候被彻底翻过。壁橱，柜子，滑动的书架，每个书桌抽屉都拉开到底。他的手稿，从七年前大学时代写的中篇小说慢慢发展出来的三幕剧本，全部散落在地板上。他刚才边喝啤酒边修改第二幕时，温迪说有他的电话，如今丹尼把那罐啤酒全洒在了他的稿子上，大概是想看啤酒起泡沫。看啤酒起泡沫，看啤酒起泡沫，这些字眼在他心里一遍又一遍地播放，犹如走音钢琴里一根坏掉的弦，接通他怒火的线路。杰克特意走向三岁大的儿子，丹尼正带着满意的笑容抬头仰望他，他很高兴自己在爸爸书房新近完成的任务如此成功；丹尼开口说些什么，就在此时他一把抓起丹尼的手用力弯折，迫使他扔下紧抓在手里的打字机橡皮擦和自动铅笔。丹尼小声哭喊着……不……不……说实话……他尖叫。在愤怒的浓雾中十分难记全，那根斯拜克·琼斯①的弦发出可怖的一声撞击。温迪在某处，询问发生什么事。她的声音被内心的迷雾所笼罩，显得模糊不清。这是他们两人之间的事。他把丹尼的身体转过来打屁股，成年人粗大的手指掐入男孩前臂少得可怜的肉中，手指蜷握成拳，骨头断掉时啪的那一声不是很响，而是非常响亮，巨响！但不是很响。声音适巧足以射穿红雾宛如一支箭，然而声音的箭矢并没有引进阳光，反而带来羞愧、悔恨的乌云，以及恐惧，和灵魂痛苦的痉挛。这明亮的声音划清了界线，一边是过去，另一边则是所有的未来，就好像铅笔芯断掉，或是把一小片生火的木柴拿到膝盖上折断时，所发出来的声音。一瞬间未来的开端——也许是他的下半辈子的那一边——是全然的沉寂。杰克看着丹尼的脸逐渐失去血色，变得像起司一样，注视着丹尼平常就很大的眼睛，如今张得更大，而且呆滞无神，他确信男孩将会昏死在啤酒和纸张的一片混乱中；他自己的声音，虚弱而带着醉意，含含糊糊的，试图将一切收回，想要找出没有骨头断裂的过大声响，可以回到过去的一条路——屋子里有现状存在吗？——他的声音喊着：丹尼，你还好吗？丹尼响应的尖叫声，接着是温迪走近他们身边，看见丹尼前臂与手肘的古怪角度时，受到惊吓的抽泣声；在正常家庭的世界里，没有手臂应当那样悬垂着。她将丹尼迅速抢进自己怀中并发出尖叫，并且毫无意义地絮絮叨念着：噢天

---

① 斯拜克·琼斯（Spike Jones），美国大乐队时代（Big Band）艺人排名第四十九位的乐队指挥兼歌手。

啊！丹尼。噢我的天啊！噢我的老天啊！你可怜可爱的小手臂！而杰克站在那里，目瞪口呆、不知所措地，努力想要搞清楚这种事情怎么可能发生。他站在那儿，视线与他妻子的交会，他看出温迪恨他。当时他没想到憎恨实际上可能意味着什么；直到后来他才领悟到她那天晚上很有可能离开他，住进汽车旅馆，隔天早上请个离婚律师；或者打电话报警。他只看见妻子的恨意，感到震惊，孤零零的。他觉得恐怖，死亡即将来临就是这种感觉吧。然后她飞奔至电话旁，一边用臂弯紧搂着尖叫不止的儿子，一边拨打医院的电话。杰克并没有跟在她后头，只是站在书房的一片狼藉中，闻着啤酒的气味，想着——）

你的情绪失控了。

他用手粗暴地擦过嘴唇，跟着沃森进入锅炉室。里头很潮湿，但是让他额头、腹部和双腿流下黏腻不舒服的汗水的不仅仅是湿气，而是回忆，是让两年前那晚发生的事变得仿佛就发生在两小时前。记忆鲜明得丝毫没有衰退。让羞愧和厌恶重新涌现，感觉自己毫无价值，而那种感觉总是逼得他想喝一杯，但想喝酒的欲望带来更加黯淡的绝望——他究竟能否有一个小时，注意喔！不是一个星期或甚至一天，而只是醒着的一个小时，想喝酒的渴望不会像这样出其不意地袭击他呢？

"锅炉。"沃森宣告说。他从身后口袋拿出一条红蓝相间的印花大手帕，坚定、响亮地擤了一下鼻子，稍微偷看一眼里头是否有引人注意的东西后，再将手帕塞回到看不见的地方。

锅炉直立在四个水泥块上，长长的圆柱形金属槽，外头包覆着铜，有经常修补的痕迹。它蹲踞在一团交错杂乱的输送管线旁，这些管子弯弯曲曲地向上延伸，直达装饰着蜘蛛网挑高的地下室天花板。在杰克的右手边，两条巨大的暖气管从隔壁房间的炉子穿墙过来。

"压力计在这儿。"沃森轻拍一下压力计。"每平方英寸承受的压力磅数，简称psi，我想你大概知道。我现在把她调到一百，房间夜里会有点冷，有少数几个客人抱怨过。什么鬼玩意儿，谁叫他们九月还发神经跑上来。除此之外，这是台老宝贝了。身上的补丁比一条救济的工作裤上的还多。"印花大手帕又掏出来，哼的一声，瞄一眼，又收回去。

"我得了该死的感冒,"沃森闲聊似地说,"我每年九月都会得一次。我在这下面瞎搞这台老婊子,再去外头割草,或耙一耙槌球场。我老妈以前常说,冷到了就感冒。老天保佑她,她过世六年了。癌症找上了她。一旦癌症找上你,你就最好先立遗嘱。

"你应该把压力调到不超过五十,或者六十。厄尔曼先生,他说一天放西侧的暖气,隔天轮中央,后天再换东侧。他可不是个疯子吗?我讨厌那个矮混蛋,哇啦哇啦哇啦地讲上一整天。他就像只小狗,咬你的脚踝一口,然后跑来跑去,在地毯上到处撒尿。如果脑袋装的是黑色火药,他连鼻子都炸不掉(连鼻子都不会擤)。可惜你看到这些蠢东西的时候手上没拿枪。

"看这儿。你拉这些环来开、关这些家伙。我把它们全都帮你标好了:蓝色的标签全都通到东侧的房间,红色是中间的,黄色是西侧的。要送暖气到西侧的时候,你得记住那是饭店里真正承受风雪的一侧;当压力计大叫的时候,那些房间已经冻得像个冷冰冰的女人,连内脏都带着冰块。轮到西侧的日子,你可以把压力计一路调到八十。至少我会这么做。"

"楼上的温度自动调节器——"杰克开口。

沃森猛烈地摇头,使得蓬松的头发弹到头盖骨上。"它们没有连接上,只是摆好用来看的。有的客人从加州来,除非他们该死的房间里热到可以种棕榈树,否则就觉得什么都不对劲。所有的暖气都从这下面来。不过,一定得留意压力计,看过它慢慢地爬吗?"

沃森轻拍主刻度盘,在他自言自语的时候,指针已经从每平方英寸一百磅,缓缓上升到一百二十。杰克忽然感到一阵寒颤快速地掠过背脊,心想:鹅刚从我的坟上走过,害我无故打了一个冷颤。沃森接着转一下压力计的轮子,卸掉锅炉的压力,锅炉发出洪亮的嘶嘶声后,指针降回到九十一。沃森旋转阀门把它关掉,嘶嘶的声音心不甘情不愿地渐息。

"她会慢慢爬,"沃森说,"你跟那个又肥又矮的乡巴佬厄尔曼反映,他就会拿出账本,花三个小时解释我们为什么到一九八二年之前都买不起新的。我跟你说，这整个地方总有一天会炸到天空中去，我只希望那个讨厌的肥佬在场搭乘上那班火箭。老天，我真希望自己能像我老妈一样有慈悲心肠。她可以在每个人身上都看到优点；我呢，就跟得了带状疱疹的蛇一样讨人厌。管他去死，人是管不住自己的天性的。

"好啦，你千万要记得白天要下来这里两次，晚上钻进被窝前再来一次。必须检查压力计，你要是忘了，指针就会慢慢、慢慢地往上爬，那么十之八九你和你家人醒来时就会在他妈的月球上了。你只要把她的压力卸掉一点，就能高枕无忧啦！"

"最高的极限是多少呢？"

"喔，估计可以到两百五十，不过早在那之前就会爆炸了。当刻度盘上升到一百八十的时候，你绝对没有办法要我下来站在她旁边。"

"没有自动关闭的装置吗？"

"不，没有。这是在规定必须要有这种东西之前就建的。最近联邦政府什么都管，不是吗？联邦调查局拆开人家的信件，中央情报局窃听该死的电话……然后你看看尼克松的下场。不是让人看了觉得难过吗？

"不过，你只要定期下来这儿检查压力计，就不会有事，还要记得照他要求的轮流开关这些家伙。没有一个房间的温度可以超过四十五，除非我们有个不可思议的暖冬。至于你自己住的那一间就可以随你高兴，要多暖和就多暖和。"

"那水管呢？"

"好的，我正要讲到那里。在这儿，通过这道拱门。"

他们走进一间狭长、方形的房间，长得仿佛延伸数英里。沃森拉了一条绳子，一盏七十五瓦的灯泡投射出摇来晃去、令人作呕的光线，照在他们所站的区域上。正前方就是电梯井的底部，裹着厚厚一层油的缆线往下连接到直径二十英尺的滑轮，和塞满机油的巨大马达。到处都是报纸，包着的、捆好的、装成箱的。其他的纸箱上标着记录或发票或收据——保留！闻起来有泛黄发霉的味道。有的纸箱破掉了，可能有二十年历史的发黄脆弱的纸张散落在地板上。杰克感兴趣地环顾着四周。"全景"整个的历史或许就在此，埋藏在这些逐渐残破的纸箱当中。

"那台电梯很难搞，要让它继续运转不容易，"沃森说着，伸出大拇指朝电梯一比。"我晓得厄尔曼请州政府的电梯督察吃了几顿豪华大餐，让维修工人远离那台麻烦的东西。

"接着，这里是中枢水管的核心。"他们面前有五条大管子，每一条都包着绝缘材料，并用钢带紧系着，上升到阴影中，消失在视线之外。

沃森指着管道间旁边布满蜘蛛网的架子，上面有几张沾满油污的破纸片和一个活页夹。"那里有全部水管的线路图，"他说，"我认为你不会为漏水而烦恼，从来没有过，但是偶尔水管会结冻。唯一防止的方法是，晚上让水龙头流一点点水，但是这该死的宫殿有四百多个龙头。楼上那个胖同性恋要是看到水费账单，八成会一路尖叫到丹佛。我说的没错吧？"

"我会说那是非常精明的分析。"

沃森赞赏地看着他。"喂，你真的是念过大学的人，是吧？讲话简直像书一样。我很欣赏，只要不是那些同性恋的男孩就好了，很多大学毕业生都是。你知道几年前挑起大学暴动的那些人吗？同性恋者，就是他们搞的。他们感到灰心，想要解脱，他们称作'出柜'。他妈的，我不知道这世界会变成什么样子。

"好啦，假如她结冻的话，最有可能就是从这管道间冻起来。你瞧，这里没有暖气。万一发生的话，就用这个。"他把手伸进破掉的柳橙篓，拿出一个小的瓦斯喷枪。

"发现冰块堵塞时，你只要把绝缘的包材解开，把这热气直接喷上去。懂吗？"

"懂了。不过，万一水管是在管道核心外面结冻的话呢？"

"如果你好好工作，让这地方保持暖和的话，就不会发生那种事。不管怎么说，你也没办法接近其他的水管。你别烦恼，不会有问题的。这下面臭得要死，到处都是蜘蛛网，让我毛骨悚然，真的。"

"厄尔曼说第一任的冬季管理员杀了家人和他自己。"

"是啊，格雷迪那家伙，他是个烂演员，我一见到他就看透了，成天咧开嘴笑像个贼头贼脑的小人。那是这里才刚开业的时候，讨厌的肥佬厄尔曼，只要对方愿意领最低的薪水工作，他连波士顿杀人狂都敢雇用。当时是国家公园的森林巡逻队员发现他们的；电话不通。他们全部的人都在西侧三楼，冻得硬邦邦的。小女孩实在值得同情，分别才八岁跟六岁，可爱得像是摘下来的花蕾。噢，那真是一团糟。那个厄尔曼，淡季时在佛罗里达州管个低级的度假地点，他赶搭一班飞机到丹佛，然后雇雪橇把他从萨德维特载上来，因为路都封闭了。雪橇耶，你能相信吗？他差不多费尽心力才让这件事没登在报纸上。干得非常好，我得称赞他。在《丹佛邮报》上有一则报道，另外当然山下埃丝蒂斯公园的无聊三流小报上登过死亡讣闻，不过就只有这些而已；非常好，考虑到这地方原有的名声的话。我预期有些记者会再把这件事整个挖出来，只不过多多少少是利用格雷迪当借口，一再炒作这些丑闻罢了。"

"什么丑闻？"

沃森耸耸肩。"任何大饭店都有丑闻，"他说，"就好像每间大饭店都有鬼魂。为什么？哎呀，人们来来去去啊。偶尔会有人在房间里突然暴毙，心脏病发、中风或类似的毛病。饭店是非常迷信的地方，没有十三楼或十三号房间，进来时通过的门背后不挂镜子等等这一类的。喏，就在今年七月我们这儿死了一位女士。厄尔曼不得不处理，你想的一点也没错，他处理了，这就是他们付他一季两万两千块的原因，尽管我不喜欢那个讨厌的矮子，但他的确值那个价钱。就好比有人进来这里吐了一地，他们雇用厄尔曼这种家伙来清理那一堆脏东西。七月里死掉的那个女人，她妈的肯定有六十岁了吧，跟我差不多年纪啊！她的头发染成红色，红得像妓女的红灯一样，因为没有戴奶罩，奶子下垂得差不多快到肚脐了，两条腿上上下下都是粗大的静脉曲张血管，看起来简直就像一双要死的路线图，脖子、手臂还有耳朵上都挂着叮叮当当的珠宝。她身边带着一个男孩，他的年纪不会超过十七岁，头发长到屁眼，裤裆鼓得好像塞了漫画把它撑起来似的。他们在这里待了一个礼拜，也许十天，每天晚上的作息都是同样的：下来到科罗拉多酒吧从五点待到七点，她猛灌新加坡司令鸡尾酒，好像他们明天就要被禁止喝这种酒似的，而他呢，只有一罐奥林匹亚啤酒，慢慢喝，坚持到最后。这中间她会开玩笑，说各种幽默风趣的事，每次她说了一个笑话，他就会傻笑得合不拢嘴，简直就像她拿线绑在他的嘴角上一样。只是过了几天后，你可以看得出来，他越来越笑不出来，天知道他脑袋里得想什么，才能在上床前让他的马达准备启动。咳，之后他们进去用晚餐，他是用走的，她却是摇摇晃晃，喝得醉醺醺的，你晓得，他会趁她不注意时，偷捏一把女服务生，对她们咧开嘴笑。哼，我们甚至还打赌他能撑多久呢！"

沃森耸了耸肩。

"然后有天晚上他在十点左右下楼来，说他'太太'人'不舒服'——表示她又烂醉不醒，和他们待在这里的每隔一天晚上一样——他要出去帮她买些胃药。就这样他开着他们来时的那辆小保时捷走了，那是我们最后一次看到他。隔天早上她下来，想要装作没事，但是一整天下来她的脸色越来越苍白，厄尔曼先生问她，多少像是外交手腕啦，需不需要他去通知州警，以防万一他出了意外或其他事情。她像只猫一样地靠着他。不用——不用——不用，他开车技术很好，她并不担心，一切都在掌握之中，他会回来吃晚餐的。那天下午她大概在三点踏进科罗拉多，完全没有用餐。十点半左右她回到楼上的房间，那是大家最后一次看到她活着。"

"发生了什么事？"

"郡署的验尸官说，她除了灌了一堆酒之外，还吞了大概三十颗安眠药。隔天她丈夫出现了，从纽约来的有名大律师。他用四种不同程度的句子臭骂老厄尔曼：我要告你这，我要告你那，等我打完电话，你会连一件干净的内衣都找不到……像这一类的话。不过厄尔曼很厉害，那个骗子。厄尔曼让他安静下来。大概是问大律师是否喜欢看到他老婆大刺刺地登在纽约所有的报纸上：纽约著名的某某某的妻子被发现服用过量安眠药死亡——在和一名年纪小得可以当她孙子的男孩打炮之后。

"州警在莱昂斯一家通宵营业的汉堡店后头发现那辆保时捷，厄尔曼动用了一些私人关系，让车回到律师手上。之后他们两人联手对付老亚彻·霍顿，他是郡署的验尸官，他们让他把裁决改为意外死亡，死于心脏病发。现在老亚彻开着一台克赖斯勒。我不埋怨他，人不得不将就将就，尤其是渐渐上了年纪以后。"

拿出印花大手帕，哼，看，收起。

"那么接下来发生了什么事？约莫在一个礼拜后，有个迷糊的笨蛋清洁女服务生，名字叫做德洛莉丝·维克瑞，她在整理那两人住过的房间时大声尖叫，然后昏死过去。等她清醒过来时，她说她看见死掉的女人在浴室，光着身子躺在浴缸里。'她的脸整个发紫，肿起来了，'她说，'而且她还对我笑。'于是厄尔曼给了她两个礼拜的遣散费，叫她离开。我估计从一九一〇年我祖父开了这间饭店营业以来，可能有四五十人死在了饭店里。"

他狡狯地盯着杰克。

"你知道他们大部分人是怎么走的吗？在操他们的情妇时心脏病发或中风。那就是度假胜地经常出现的，想要最后再放荡一下的老家伙。他们上山来假装自己回到二十岁。偶尔有些事会泄漏出去，又不是所有管理这地方的人都像厄尔曼一样厉害，能让事情不见报。对，就是因为这样'全景'才会出名。我敢打赌纽约市那该死的比尔特莫也有这种名声，只要你问到对的人。"

"不过，没有鬼魂吗？"

"托伦斯先生，我在这里工作了一辈子。从小就在这里玩，那时年纪还没有你给我看的皮夹照片中的儿子大呢。我从来没有见过鬼。你需要跟我出去后头一趟，我带你去看设备仓库。"

"好。"

沃森伸长手去关灯时，杰克说："这下面真的有好多纸张喔。"

"噢，这不是开玩笑的。这里的纸张看起来好像可以回溯一千年：报纸啦，旧的发票和提货单啦，天知道还有些什么。我爸爸以前整理得相当好，那时我们还有烧木头的旧火炉，不过现在全都没法控制了。总有一年我得找个男孩把它们运下去萨德维特烧掉，假如厄尔曼愿意花这笔费用的话。我猜如果我喊'老鼠'喊得够大声的话，他就会愿意的。"

"那么真有老鼠吗?"

"嗯,我猜是有一些。我有捕鼠器和毒药,厄尔曼先生希望你用在阁楼和这下面。托伦斯先生,你要好好盯着你儿子,你不会希望他发生任何事的。"

"不,我当然不希望。"由沃森说出的劝告并不刺耳。

他们走到楼梯,在那里停顿片刻,等沃森再擤一次鼻子。

"你在那里可以找到所有需要的工具,我想,还有一些不需要的。另外还有屋瓦,厄尔曼跟你提到过吗?"

"是的,他希望西侧屋顶的部分屋瓦重新换过。"

"他会尽可能压榨你做所有免费的工作的,那个又肥又矮的讨厌鬼,然后到了春天再到处哭诉说你工作没做对一半。我有一回当着他的面直接告诉他,我说……"

他们爬楼梯时,沃森的话逐渐减弱成使人安心的嗡嗡低鸣。杰克·托伦斯再一次回头看那令人费解、充斥着霉味的幽暗,心想倘若真有地方有鬼魂出没的话,应该就是这里了。他想起格雷迪,受困在柔软、无情的大雪中,悄悄地发狂,犯下残暴的恶行。他们尖叫了吗?他好奇。可怜的格雷迪,感觉疯狂一天比一天接近他,最后终于明白他的春天永远不会到来。他不该在这里的。他也不该情绪失控。

他跟在沃森后头穿过大门时,这些字眼宛如丧钟一般在他心里回响,并且伴随着尖锐的断裂声——有如折断的铅笔芯。老天啊,他好想喝上一杯,或者上千杯。

4. 虚幻之境

丹尼等得有点疲乏，四点十五分时上楼去喝牛奶、吃饼干。他一边狼吞虎咽地吃着，一边注意着窗外，吃完走进去亲吻母亲，她正躺在床上休息。她建议丹尼待在屋里看看《芝麻街》，这样子时间会过得快一点，然而他坚定地摇摇头，回到他在路缘上的位子。

现在时间是五点，虽然他没有戴手表，也还不大会看时间，不过他可以从阴影渐增的长度，还有午后光线如今染上的金黄色调，意识到时间的流逝。

他将滑翔机拿在手中翻转把玩，低声地哼唱："奔向我的甜心，我不在乎……奔向我的甜心，我不在乎……我的主人不在……甜心，甜心，奔向我的甜心……"

他之前在史托文顿"杰克和吉儿幼儿园"时，他们齐声唱过这首歌。丹尼在这里没有上幼儿园，因为爸爸没办法再负担送他上学的钱。他知道母亲和父亲都很担心这点，担心会令他更加孤单（虽然没有明说，但他们更担忧的是，丹尼会责怪他们），但实际上他并不想再去上以前的"杰克和吉儿"，那是给幼儿上的。他还不算是个大孩子，不过也不再是幼儿了。大孩子上大学校，还有热腾腾的午餐吃。一年级，明年；今年夹在幼儿和真正的儿童之间。没关系的。他的确想念斯科特和安迪，主要是斯科特，不过还是没关系。看来他似乎最好独自等待接下来可能发生的事。

他了解他爸妈许多许多的事，也知道很多时候他们不喜欢他那么懂事，还有许多时候拒绝相信他懂那么多。不过，总有一天他们不得不相信，他心甘情愿地等待。

然而，很可惜他们不能多相信他一点，尤其是现在这种非常时期。妈咪躺在公寓的床上，因为过于担心爸爸已经快要哭出来了。她担心的某些事情是大人的事，丹尼无法理解——一些不大明确的事，与安全有关，或是与爸爸的自我形象有关，还有感觉到内疚、愤怒，并且害怕他们的将来——不过目前盘踞在她心里主要的两件事情是，爸爸的车子在山上抛锚了（那他为什么不打电话呢？）或者爸爸突然跑去做坏事。丹尼十分清楚坏事是指什么，因为比他大六个月的斯科特·阿伦森曾经解释给他听过。斯科特之所以会知道是因为他爸爸也做坏事。有一回，斯科特告诉他，他爸爸一拳打中他妈妈的眼睛，把她打倒在地。最后，斯科特的爸爸和妈妈因为坏事而**离婚了**，丹尼认识他的时候，斯科特和母亲住在一起，只有周末才和爸爸见面。丹尼生活中最大的恐惧就是**离婚**，这个词老是出现在他脑海中，像是用红字写成的标语，上面爬满嘶嘶作响的毒蛇。**离婚**，你爸妈就不再住在一起。他们会为了争夺你在法庭上拔河（是网球场？还是羽球场？丹尼不确定是哪一个，或者是否是别的场所，但是妈妈跟爸爸在史托文顿打过网球也打过羽球，所以他想当然地认为很可能是其中之一），你得跟他们其中一个人走，几乎再也见不到另一个，而且假使他们突然一时冲动，你跟的那个人很可能会和你甚至不认识的人结婚。**离婚**最令他害怕的地方是，他感觉得到那个词——或概念，或者他所能理解到的任何东西——飘荡在他爸妈的脑海中，有时候发散开来，显得相对地遥远，有时候宛如积雨云般的阴霾、昏暗，令人恐惧。自从爸爸惩罚他把书房里的纸张弄得乱七八糟，医生得帮他的手臂裹上石膏后，就一直如此。那段记忆已经淡去，但离婚念头的记忆依然清晰可怖。那段时间这念头多半萦绕着妈咪，他时常害怕她会将这字眼从脑袋里摘下，硬生生地从嘴巴拖出来，让它成真。**离婚**，是他们想法中经常出现的暗流，是他总能捕捉到的念头之一，有如简单的音乐节拍。不过就像节拍，中心的思想只是架构出更复杂想法的脊柱，那种复杂的想法他甚至还没办法开始诠释，对他来说那些只不过是色彩和情绪。妈咪的**离婚**念头围绕着爸爸对他手臂所做的事，以及爸爸丢掉工作时在史托文顿发生的事。那个男孩，那个生爸爸的气，在他们的金龟车脚上戳洞的乔治·哈特菲德。爸爸的离婚念头比较复杂，多彩的深紫色，交织着恐怖的纯黑纹路。他似乎在想，如果他离开，他们母子俩会过得比较好，这样子就不会再伤害他们。他爸爸几乎一直都很痛苦，多半是因为那件坏事。丹尼也差不多每次都能捕捉到这个念头：爸爸经常渴望走进一个暗暗的地方，看着彩色电视，吃着碗里的花生米，做那件坏事，直到他的脑袋平静下来，不再打扰他为止。

但是今天下午他母亲没必要担心，他但愿自己能走过去告诉她。金龟车没有抛锚，爸爸也没有绕到别的地方做坏事。他就快到家了，噗噗地开在莱昂斯和波尔德之间的公路上。爸爸目前暂时连想都没有想到坏事。他是在想……在想……

丹尼偷偷回头看背后的厨房窗户。有时候想得非常入神会招致某种情形发生在他身上，会使得一切——真实的一切——远离，接着他会看见原本不存在的东西。有一次，在他们给他的手臂裹上石膏后不久，在晚餐桌上发生过这种情形。当时他们彼此没多交谈，但是都在想事情。噢对了，**离婚**的念头笼罩在厨房桌上如同积满黑雨的乌云，鼓得满满的，眼看就要爆发。他难过得无法下咽，一想到吃饭时这些黑色的**离婚**围绕在四周，就让他忍不住想吐。因为这念头似乎极度重要，所以他全力集中精神，这时那种情况就发生了。等他回到真实世界时，他人躺在地板上，豆子和马铃薯泥撒在大腿上，妈咪抱着他哭，而爸爸在讲电话。他吓坏了，努力向他们解释说他没事，偶尔当他专注地想要了解超出他一般能理解的事情时，这情形就会发生。他试着说明东尼的事，他们说东尼是他的"隐形玩伴"。

父亲说："他产生了幻觉。现在看起来似乎没事，不过无论如何还是请医生给他检查看看。"

医生离开后，妈咪要他保证绝对不再那么做，绝对不要再那样子吓他们，丹尼答应了。他自己也吓坏了。因为当他集中精神时，心思飞出去找他爸爸，在东尼出现（远远的，如他往常一样，从远处呼唤着）之前有短暂的片刻，奇怪的东西遮蔽了厨房和蓝色餐盘上切开的烤肉，有一瞬间他自己的意识陷入爸爸的黑暗中，接触到一个他无法理解的词，比**离婚**更吓人的，那个词就是**自杀**。丹尼后来再也没有在爸爸心里撞见过这个词，当然也不会刻意去寻找。他不在乎是否永远无法查明那个词究竟是什么意思。

但是，他的确喜欢集中精神，因为有时候东尼会来。并不是每一次；有的时候眼前的东西会变得晕晕的、模模糊糊的，一会儿又清楚了——事实上，是大多数时候——不过，有些时候东尼会出现在他视野的最外围，从远处喊着，召唤着……

自从他们搬到波尔德以来发生过两次，他记得当他发现东尼从佛蒙特一路跟着他来时，有多么地惊讶和高兴。终究不是所有的朋友都遗留在佛蒙特。

第一次是他在后院的时候，没发生什么事，只有东尼向他招手，接着一片黑暗，几分钟后他回到现实世界，仅留下一点模糊的记忆片段，有如杂乱无序的梦境。第二次，是在两个礼拜前，就比较有趣一点。东尼向他招手，从四码外呼喊着："丹尼……来看……"他似乎站起身，接着掉进一个很深的洞，就好像艾丽斯梦游仙境一样，然后他到了公寓房屋的地下室，东尼在他旁边，指着阴影中的旅行箱，那是他爸爸装所有重要文件尤其是**"剧本"**的箱子。

"看到没？"东尼以来自远方的悦耳声音说，"箱子在楼梯下面，就在楼梯底下。搬家工人把它放在……楼梯……正下方。"

丹尼走向前去更仔细地瞧瞧这个奇迹，然后他又往下跌，这回从他一直坐着的后院秋千上跌下来，他的呼吸也几乎停住。

三四天后他爸爸跺着脚走来走去，气冲冲地告诉妈妈，他已经找遍该死的地下室，旅行箱不在那里，他要去告那该死的搬家公司，竟然把他的旅行箱丢在佛蒙特和科罗拉多之间的某个角落。假如这样的事情一再冒出来，他怎么有办法完成**"剧本"**？

丹尼说："不，爸比，箱子在楼梯下面。搬家工人把它放在了楼梯正下方。"

爸爸奇怪地看他一眼，走下去察看。旅行箱在那儿，就在东尼指给他看的位置。爸爸将他拉到一边，让他坐在自己的膝上，然后询问丹尼是谁让他下去地窖的。是楼上的汤姆吗？爸爸说，地窖很危险，那就是为什么房东要把它锁起来。假如有人没把它锁好，爸爸想知道是谁。爸爸很高兴能拿到他的文件和剧本，但是他说，他觉得这样不值得，万一丹尼摔下楼梯，断了……腿的话。丹尼十分认真地告诉父亲，他并没有下去地窖，门一直都上着锁。妈妈也相信丹尼的话。她说，丹尼从来不曾到过后厅，因为那里又湿又暗，还有很多蜘蛛。他并没有说谎。

"那你怎么会知道呢，博士？"爸爸问。

"东尼展示给我看的。"

他的父母在他头顶上方交换了一个眼色。这种情况以前发生过，隔三岔五地，因为太吓人了，所以他们很快就将它抛诸脑后。但是他知道他们很担心东尼，尤其是妈妈，因此在她可能看到的地方，他小心翼翼地思考有何方法能让东尼过来。不过此刻他想她正在床上休息，还没到厨房走动，所以他努力集中注意力，看看是否能了解爸爸在想什么。

他的眉头皱起，有点脏的双手在牛仔裤边紧握成拳。他没有闭上眼，并不需要，不过他把眼睛眯成一条缝，想象爸爸的声音，杰克的声音，约翰·丹尼尔·托伦斯的声音，低沉而稳重的，有时开心得上扬，有时愤怒起来更为低沉，而想事情的时候则保持平稳。想事情，想着，想……

（正在想……）

丹尼悄声叹一口气，垂头弯腰地坐在路缘上，仿佛全身的肌肉都消失了。他充分感应到了；他看见那条街道，一对男孩和女孩走上另一边的人行道，手牵着手，因为他们

（？在谈恋爱？）

觉得这天很愉快，很高兴两人白天能在一起。他看见风吹得秋天的落叶沿着排水沟滚动，如形状不规则的黄色车轮。他看见他们经过的房子，注意到屋顶上覆盖着

（屋瓦。我想如果遮雨板还好的话就没问题。对，一定没问题的。那个沃森，真是号人物，希望能把他安插进**"那出戏"**中。不当心点的话，我最后会把该死的所有人类全都写进去。对了，屋瓦。那里有钉子吗？噢惨了，忘记问他了。好吧，反正钉子很容易买到，萨德维特的五金行。黄蜂，通常都在一年的这个时节筑巢。我可能需要买个杀虫喷雾罐，以防万一我拆掉旧屋瓦的时候碰到。新的屋瓦。旧的）

屋瓦。所以这就是他正在想的事情。他得到那份工作了，正想着

屋瓦的事。丹尼不知道沃森是谁，不过其他的一切似乎够清楚了。他或许有机会看到黄蜂的巢。这毫无疑问，就像叫他的名字。

"丹尼……丹……"

他抬头一看，发现东尼在街上的远处，站在停车标志旁招着手。一如往常，丹尼在看见老朋友时感到一股温暖的喜悦，但是这次他似乎也感觉到一丝恐惧，仿佛东尼背后隐藏着什么邪恶的东西，跟着他一起过来。一罐黄蜂，一旦释放出来就会深深地刺痛人。

不过，他非去不可。

他更加垂头弯腰地坐在路缘上，双手从大腿上缓缓滑下，在裤裆底下摆荡着，下巴深埋入胸口。然后隐约有股强大的拉力毫不费力地将一部分的他拉起，跟在东尼后头跑进逐渐开阔的黑暗中。

"丹——"

此时黑暗中布满不停旋转的白色物质。在夜里化为冷杉的阴影被呼啸的疾风推挤着，弯下腰、痛苦地发出咳嗽、哮喘的声音。雪花旋转、舞动着，到处都是雪。

"太深了，"东尼从黑暗中说，语调中有股哀伤把丹尼吓了一跳。"深到出不去。"

另一个影子阴森森地逼近、耸立。长方形的庞然大物，倾斜的屋顶，在暴风雪的阴暗中变得朦胧不清的白色物体。许多窗户。一栋狭长的建筑，屋顶上铺盖着屋瓦。有的屋瓦比较绿，比较新。他爸爸铺上了新的屋瓦，用从萨德维特五金行买来的铁钉固定住。现在雪覆盖在屋瓦上了，盖住所有的事物。

一盏青绿的巫婆灯在建筑物正面照射出形状，闪动着，然后变成两根交叉骨头上方咧着嘴笑的巨大骷髅头。

"毒药，"东尼从飘浮的黑暗中说，"毒药。"

别的标语闪过他眼前，有的是以绿色文字书写，有的是写在斜插入雪堆的木板上。**禁止游泳。危险！通电的铁丝网。此地产已征收。高压电。导电用的第三轨。致命的危险。勿近。禁止入内。不得擅入。违者一律开枪射杀。**他一个也看不懂，因为他还不识字！但他感觉得出所有的意思，一种不真实的恐惧飘进体内幽暗的空洞，犹如见光死的浅棕色孢子。

那些标语渐渐淡出。现在他置身在摆满奇特家具的房间里，一个阴暗的房间。雪飘溅在窗户上，宛如飞撒的沙子。他的口很干，眼睛像灼热的弹珠，心脏在胸腔怦怦怦地猛捶着。外头传来沉闷轰隆的声响，好像有扇可怕的门突然大敞。脚步声。在房间的另一端有面镜子，在镜子银色的透明圆罩深处，有个单字出现在青绿的火焰中，那个字是：REDRUM。

这房间逐渐消失。又出现另一间房。他很熟悉

（将会熟悉）

这个房间。一张翻覆的椅子。雪从一扇破碎的窗子飞旋进来，让地毯的边缘结了霜。窗帘被拉扯下来，斜斜地披挂在断裂的窗帘杆子上。一个矮柜面朝上地倒在地上。

更多沉闷轰隆的声响，稳定、有节奏而骇人。粉碎的玻璃。逐渐逼近的毁灭。嘶哑的声音，一个疯子的声音，更恐怖的是那声音听来熟悉。

出来！你这小废物，给我出来！出来受罚吧！

砰。砰。砰。木头裂成碎片。愤怒与满足的狂吼。REDRUM。来了。

缓缓移动到房间的另一侧。墙上的画被撕下来。一台唱机

（？妈咪的唱机吗？）

翻倒在地板上。她的唱片，葛利格、韩德尔、披头士、阿特·加芬凯尔、巴赫、李斯特，扔得到处都是，破裂成一片片边缘呈锯齿状的黑色不规则三角形。一道光线从另一间房射进来，是间浴室，刺眼的白光和一个在药柜镜子上闪烁不定的单字，有如红色的警示灯，REDRUM，REDRUM，REDRUM——

"不，"他低喊着，"不要，东尼，拜托——"

此外，悬荡在白色陶瓷浴缸边缘上的是，一只手！柔软无力的。一滴滴的鲜血（REDRUM）缓缓顺着中间的那根手指流淌下来，从仔细修剪过的指甲滴到瓷砖上——

不，噢不，噢不——

（噢拜托，东尼，你把我吓坏了）

REDRUM，REDRUM，REDRUM

（停，东尼，停下来）

渐渐淡去。

黑暗中，轰隆隆的噪音越来越响，越来越响，回荡在四周，各个角落。

现在他蹲伏在阴暗的走廊，蜷缩在蓝色的地毯上，一大堆扭曲的黑影编织进地毯的呢绒中。他倾听逐渐接近的轰隆声响，眼下一个影子转了弯，步履蹒跚地朝他走来，闻起来有血和死亡的味道。影子一手拿着球杆，不怀好意地左右挥舞着（REDRUM），不时猛烈撞击到墙上，划破丝质的壁纸，让大量的灰泥粉尘瞬间如魅影般飞散开来。

出来受罚吧！像个男人一样承受吧！

那影子身形魁硕，朝着他前进，散发出酸酸甜甜的难闻气味，手持的球杆以邪恶、低微的嘶嘶声划过空气，每当碰撞到墙壁就发出巨大空洞的轰隆声，接着喷发出一阵你能嗅到的烟尘，呛鼻而令人发痒。小小的红眼在黑暗中发着光。那怪物逼近他，它找到他了，颤抖地缩在这儿，背靠着一堵白墙，而天花板上的活动门锁着。

黑暗。飘移。

"东尼，拜托，带我回去，求求你，求求你——"

于是他回来了，坐在阿拉帕荷街的路缘上，衬衫湿湿地黏贴在后背，浑身是汗。耳边仍听得见不断重复的巨大轰隆声，并闻到自己的尿臭味，他在极度的恐惧中不小心尿出来了。他看得见那只软弱无力的手在浴缸边缘晃来晃去，鲜血从一根指头滴淌下来，中间的那根，还有那个令人费解，比其他任何东西都要来得恐怖的字：REDRUM。

此时阳光灿烂。真实的世界。只是除了东尼，他正站在六条街外的转角，仅剩一小点，声音模糊、高亢、悦耳。"保重啊，博士……"

然后，一瞬间，东尼不见了，爸爸破旧的红色金龟车正转过街角，颤颤巍巍地驶上这条街，后头排放着蓝色的烟雾。丹尼立即离开路缘，挥着手，两脚交互地跳着，高声喊道："爸爸！嘿，爸！嗨！嗨！"

爸爸将福斯车转进路缘，熄了火，打开车门。丹尼奔向他，却当场僵住，眼睛睁大。他的心脏爬上喉咙中间，冻结成硬块。在他爸爸身旁，另一个前座上，放着一根短柄的球杆，球杆的顶端上凝结着血液和毛发。

然而那只不过是一袋杂货。

"丹尼……你还好吗？博士？"

"嗯，我没事。"他走向爸爸，将脸庞埋进爸爸那件羊皮内衬的牛仔外套，紧紧、紧紧地抱住他。杰克回搂着他，有一点点迷惑。

"嘿，博士，你不该这样坐在太阳底下。你在滴汗呢！"

"我想我刚才一下子睡着了。爸比，我爱你。我一直在等你。"

"丹，我也爱你。我带了些东西回家，我想你长得够强壮，可以把东西拿上楼吗？"

"当然可以啰！"

"博士·托伦斯，世界上最强壮的人，"杰克说完弄乱他的头发。"他的兴趣是在街角睡觉。"

之后他们走到大门边，妈咪下楼到玄关迎接他们，丹尼站在第二级阶梯，看着他们亲吻。他们很高兴见到彼此，身上散发出爱，正如同手牵手走上街的那对男女散发出来的爱一样。丹尼开心极了。

那袋杂货——只是一袋杂货——在他的手中噼啪作响。一切都很好。爸爸回家了；妈妈爱他。没有坏事发生。不是每件东尼展示给他看的事情都会发生。

但，不安留存在他心上，强烈而恐怖地环绕着他的心，以及他在灵魂镜子上看到的那个无法解读的字。

5. 电话亭

杰克把福斯车停在梅萨台地购物中心的雷克索尔药房前面,熄掉引擎。他再度思量是否该去换掉燃油泵,接着又告诉自己他们负担不起。反正,假使这辆小车能继续开到十一月,就能光荣退休了。到了十一月,那边山上的雪应该会高过金龟车的车顶⋯⋯也许比三辆金龟车相叠起来还要高。

"博士,我希望你待在车里,我会带条糖果棒给你。"

"我为什么不能进去呢?"

"我得打通电话,讲点私事。"

"所以你才不在家里打吗?"

"没错。"

尽管他们的财务越来越吃紧,温迪仍坚持要有电话。她争辩说家里有幼小的儿童,尤其是像丹尼这样偶尔会昏厥、身体不舒服的男孩,他们不能没有电话。因此杰克付了三十元的装机费,已经够惨了,还要再付九十元的保证金,那真是重伤。但到目前为止,除了两通打错的之外,电话一直是悄无声息的。

"爸爸,我可以要一条鲁斯宝贝巧克力棒吗?"

"可以,你乖乖坐好,不要玩车挡,好吗?"

"好,我会看看地图的。"

"你就看地图吧!"

杰克下车后,丹尼打开金龟车的置物箱,取出五张破破烂烂的加油站地图:科罗拉多州、内布拉斯加州、犹他州、怀俄明州和新墨西哥州。他喜欢公路地图,喜欢用手指一路追踪公路通往何处。对他而言,新地图是搬到西部最棒的一件事。

杰克走到药房的柜台,拿了丹尼要的糖果棒、一份报纸和一本十月份的《作家文摘》。他给柜台的女孩五块钱,要求她找两角五分的硬币给他。手里拿着银色的硬币，他走到打钥匙机器旁的电话亭，溜了进去。从这儿，透过三层玻璃他能看见金龟车里的丹尼。男孩的头低垂着，勤勉地研究地图。杰克突然对男孩涌起一股近乎不顾一切的爱但显露在脸上的情绪却是冷硬严肃的。

他认为自己应该可以从家里打这通义务的道谢电话给艾尔，他铁定不会说出任何温迪会反对的话；但是他的自尊不容许这么做。这些日子以来，他几乎总是听从他的自尊要他做的事，因为除了他的妻与子、存款账户里的六百块钱和一辆一九六八年份了无生气的福斯之外，自尊是他仅存的了，是唯一属于他个人的东西。就连存款账户都是他和妻子共有的。一年前他还在新英格兰最顶尖的预备中学教英文。那时有朋友——虽然与他戒酒前不尽然是同一票人——有欢笑，教书的同事赞佩他在课堂上纯熟的教学技巧和私底下对写作的投入。六个月前一切都非常好；同时，在每两周的工资周期结束后，还剩下足够的钱可以开个小小的储蓄户头。而在他喝酒的那段日子，尽管艾尔·肖克利请过他很多次，他却从来没有剩过半毛钱。他和温迪开始慎重地讨论，要在大约一年内找栋房子付订金，一间乡下的农舍，花上六到八年彻底翻修，管他呢，他们还年轻，有的是时间。

然后他的情绪就失控了。

乔治·哈特菲德。

希望的迹象转变成克罗莫特办公室里旧皮革的气味，整件事宛如他自己剧本中的某一幕：墙上是史托文顿历届校长的老照片和描绘学校的钢版画，有一八七九年学校草创时期的，还有一八九五年范德比尔特的投资帮助他们兴建体育馆时的画像，那栋建筑至今仍坐落在足球场的西端，低矮、广阔，覆满常春藤。四月常春藤在克罗莫特狭长的窗外沙沙作响，暖炉的蒸腾热气发出令人昏昏欲睡的声音。这不是布景，他心想。这是现实，是他的人生。他怎么能沦落到如此糟糕的地步？

"杰克，这事态严重，非常非常地严重。董事会要我向你传达他们的决定。"

董事会希望杰克辞职，杰克照办了。换作不同的情况下，他这个六月应该能取得终身教职。

在克罗莫特办公室的会谈之后，他度过人生中最灰暗、最可怕的一夜。需要与渴望喝醉的冲动不曾如此强烈。他的两手发抖，把东西打翻，不断想对温迪和丹尼发火，脾气就像拴在磨损皮带上的凶暴动物。他害怕自己可能会攻击他们，于是离开家，结果来到酒吧外头。唯一阻止他进去的是，他心知一旦走进酒吧，温迪最后会离开他，并且带着丹尼一起走，而他们离开的那一天就是他的死期。

酒吧里幽暗的影子正坐着品尝美味的忘忧水，他没走进去，转身前往艾尔·肖克利的家。董事会的票数是六票对一票，艾尔是唯一的那一票。

现在他拨号给接线生，她告诉他，投下一元八角五分，他就能和两千英里外的艾尔通话三分钟。时间是相对的，宝贝，他一边想着，一边塞进八个两角五分的硬币。隐隐约约地，他能听见通讯线路在嗅着寻找向东之路时，发出电子的嘟嘟声。

艾尔的父亲就是钢铁大王阿瑟·朗利·肖克利。他遗留给独子艾尔一大笔财富以及范围广泛的投资、管理职位和许多董事会的席位，其中之一就是史托文顿私立预备中学的董事会，这是他老人家最喜欢的慈善机构。阿瑟和艾尔·肖克利两人都是校友。艾尔住在巴赫，非常接近学校，因此亲自过问学校的事务，担任史托文顿的网球教练好几年。

杰克和艾尔并非出于巧合，完全是自然而然地成为了朋友：他们在许多一同参加的学校和教职员活动中，总是喝得最醉醺醺的两位。肖克利与妻子分居，而杰克本身的婚姻正缓缓地往下滑，纵使他仍深爱着温迪，（屡次）诚挚地许诺他会洗心革面，为了她，也为了宝宝丹尼。

他们两人从无数的教职员餐会转战到酒吧，泡到酒吧关店，然后在某间小杂货店停下来买箱啤酒，再把车停在某条偏僻小路的尽头喝酒。有好多个早晨，杰克步履蹒跚地走进租来的房子时，天空已渐露鱼肚白，他发现温迪和宝宝睡在长沙发上，丹尼总是靠里侧，小拳头蜷缩在温迪下巴突出的部位底下。他凝视着他们，感到一股苦涩的自

38

我嫌恶哽在喉头，甚至比啤酒、香烟和马丁尼（或者如艾尔所称的火星人①）的滋味还要强烈。那时他的脑子就会神智清楚、深思熟虑地想到枪、绳子或者刮胡刀片。

倘若喝酒狂欢是在平日的夜晚，他就睡三个小时，起床，着装，嚼四颗伊克赛锭止痛片，然后带着醉意出门去讲授九点钟开始的美国诗歌。早安，各位，今天红眼奇才要告诉你们，朗费罗如何在一场大火中失去了他的妻子。

他不承认自己是个酒鬼。杰克心里想着事情时，艾尔的电话开始在他耳边响起。那些他缺席或是胡子没刮就去教的课，仍然充满昨晚火星人的臭味。我不是酒鬼，我随时都能停。那些他和温迪分床而眠的夜晚。听好，我没醉。撞毁的挡泥板。没问题，我可以开车的。那些她总在浴室流下的泪水。任何聚会只要有供应酒，即使是红酒，同事们也会投来小心翼翼的眼神。慢慢地他逐渐醒悟到自己是别人谈论的对象；认知到他的安德伍德打字机毫无产出，只有一团团大多空白最后扔进字纸篓的纸球。他曾算是史托文顿的当红炸子鸡，也许是慢慢崭露头角的美国作家，更无疑是极有资格教导那巨大奥秘——创意写作——的人选。他出版过二十四篇短篇小说。本来正在写一本剧本，认为或许还有本小说在某间心灵的密室酝酿着。但如今他不再创作，他的授课变得不稳定。

一切终于在某天夜里结束，离杰克折断儿子的手臂不到一个月。在他看来，折断儿子手臂那件事终结了他的婚姻。剩下的只需要温迪下定决心……他知道，要不是她母亲那个超级讨人厌的婆娘，温迪早在丹尼康复可以旅行时，就搭巴士回新罕布什尔州了。一切结束。

时间刚过午夜，杰克和艾尔开在三十一号公路上，正要进入巴赫。艾尔坐在他的捷豹驾驶座上，如要特技般在弯道上变换车道，有时甚至越过双黄线。他们两人都喝得烂醉；那晚火星人大举登陆。他们来到桥前的最后一个弯道时，时速七十，路当中突然出现一辆儿童的脚踏车，接着捷豹车轮上的橡胶被扯成碎片，响起尖锐、刺耳的嘎

---
① "火星人"（martian）与"马丁尼"（martini）英文拼写发音相近。

吱声。杰克记得看见艾尔的脸赫然耸现在方向盘上，宛如一轮明月。然后令人恐怖的哐啷声响起，他们以时速四十的速度撞到脚踏车，小车子瞬间飞起有如一只弯折、扭曲的鸟儿，车把撞击挡风玻璃后，又弹到空中，在杰克圆睁凸起的眼前，将安全玻璃撞出星状裂纹。半晌，他听见最后的可怕轰然巨响，脚踏车摔落在他们身后的道路上。有东西在车轮碾过时发出砰的一声。积架偏向一侧滑行，艾尔仍操纵着方向盘，杰克听见自己的声音在远处说："天啊，艾尔。我们撞到他了，我感觉到了。"

在他的耳畔，电话仍继续在响。快接啊，艾尔。在家吧！让我把这件事作个了结。

艾尔在离桥柱不到三英尺处猛然把车停下来，车轮冒着烟，两个轮胎都瘪了，留下长达一百三十英尺、蜿蜒曲折的烧焦橡胶环。他们互相对视了一会儿，然后奔回寒冷的幽黑中。

脚踏车彻底毁坏。一只轮子不见了，艾尔回头看见轮子躺在路的正中央，半打的轮辐竖起来宛如钢琴弦。艾尔迟疑地说："杰克小子，我想那就是我们碾过的东西。"

"那小孩去哪里了呢？"

"你看到有个小孩子吗？"

杰克蹙起眉头。一切发生得实在太快：来到转角；脚踏车赫然出现在积架的头灯照射处；艾尔高声叫嚷；接着是冲撞及长长的滑行。

他们将脚踏车搬到路肩。艾尔回到积架上，打开紧急警示灯。接下来两个小时，他们利用四颗电池的强力手电筒搜找路边，但一无所获。虽然夜已深，仍有许多车子经过受困的捷豹，和拿着摆动不定的手电筒的两个男人，却没有一辆车停下。杰克稍后认为这是某种奇特的天意，偏要给他们两人最后一次机会，让他们避开警察，不让任何经过的人去通知警察。

两点十五分他们回到捷豹上，神志清醒但惶惶不安。"假如没有人骑的话，那辆脚踏车怎么会跑到路中间？"艾尔质问，"它不是停在路边，是在马路该死的正中央啊！"

杰克只能摇摇头。

"你要找的人没有接电话,"接线生说,"你希望我继续试吗?"

"接线生,再多响几下吧,可以吗?"

"可以的,先生。"那声音尽职地说。

艾尔,快接吧!

艾尔徒步过桥到最近的公用电话,打给一位单身的朋友,告诉他,如果他愿意把积架的雪胎从车库搬出来,载到巴赫外围的三十一号公路大桥的话,就能获得五十元。那朋友在二十分钟后露面,穿着牛仔裤和睡衣的上衣。他审视了一下现场。

"撞死人了吗?"他问。

艾尔已经用千斤顶将车子后半部托起,杰克正松开固定车轮的大型螺丝帽。"上天保佑,没撞到人。"艾尔说。

"不管怎样,我想我就直接开回去了。早上再付钱给我吧。"

"好啊!"艾尔头也没抬地回答。

他们两人没出任何意外地将轮子装好,然后一起开回艾尔·肖克利的家中。艾尔把捷豹在车库停妥后熄火。在幽黑的寂静中,他说:"杰克小子,我要戒酒了。全都结束了。我刚消灭了我的最后一个火星人。"

而今,杰克在电话亭里冒着汗,突然想到自己从未怀疑过艾尔有办法坚持下去。他开车回到自己的家,坐在福斯里头将收音机音量调大,有个迪斯科的乐团一遍又一遍地吟诵着,在破晓前的屋子里如护身符一般:尽管去做吧……你想要做……就随你高兴地做吧……无论音量调多大声,他总是听到轮胎尖锐的嘎吱声,和砰的那声撞击。当他紧闭起双眼,他能看见那个被压毁的轮子,破碎不全的轮辐直指着天空。

他进屋时,看见温迪正睡在长沙发上。他往丹尼的房间里瞧,丹尼躺在婴儿床上,沉沉地睡着,手臂仍裹在石膏里。从外头街灯透进来的柔和光线中,他能看见纯白石膏上头的深色线条,那儿有所有小儿科医生和护士的签名。

那是意外。他从楼梯上摔了下来。

(噢,你这卑鄙的骗子)

那是意外。我一时情绪失控。

（你这他妈的醉酒废物，上帝从他鼻子擤出来的鼻涕，那就是你。）

嘿，听着，拜托，别这样，只是个意外——

但摇摆不定的手电筒影像驱散了最后一声恳求，他们搜遍了十一月下旬干枯的草丛，寻找理当四肢摊开躺卧在那里等候警察的躯体。开车的人是艾尔并不重要；有些夜晚是由他开的车。

他将被子拉上来帮丹尼盖好，走进卧室，从衣柜最上层取下点三八口径的西班牙拉玛半自动手枪。枪收在鞋盒中。他拿着枪在床上坐了将近一个钟头，仔细端详着，为枪枝致命的亮光所震慑。

他把枪放回盒子里并摆回衣柜时，天色已大白。

那天早上他打电话给系主任布鲁克纳，请他找人代他上课，他感冒了。布鲁克纳答应了，口气不若平常那般的和善体贴。杰克·托伦斯去年一年中非常容易感冒。

温迪帮他准备了炒蛋和咖啡，他们默默地吃着。唯一的声响来自后院，丹尼在那儿开心地用没事的那只手将他的卡车开过沙堆。

她去洗碗盘时，背对着他说："杰克，我一直在考虑。"

"是吗？"他用颤抖的手点燃一根烟。说也奇怪，今天早上没有宿醉，只有发抖。他眨眨眼睛。在刹那的黑暗中，脚踏车飞起来撞到挡风玻璃，在玻璃上造成星状裂痕；轮胎发出尖锐的声音；手电筒来回摆动着。

"我想要跟你谈谈……什么对我和丹尼最好。也许，对你也是。我不知道。我想，我们早在之前就该谈了。"

"你能为我做件事吗？"他问，眼睛盯着摇摇晃晃的香烟过滤嘴。"帮我一个忙？"

"什么忙？"她的声音单调，不带丝毫感情。他望着她的后背。

"我们一个礼拜后再谈，如果到时你还想谈的话。"

她转身面向他，两手边上净是肥皂泡，漂亮的脸蛋苍白，一副不再抱有幻想的样子。"杰克，承诺对你并不管用，你只是马上又继续——"

她停顿下来，直视着他的眼睛，愣住了，突然间感到不确定。

"一个礼拜，"他说。他的声音丧失所有的气力，变成喃喃低语。"拜托。我不是在承诺什么。如果到时你还想要谈，我们就谈，谈任何你想谈的事。"

他们隔着充满阳光的厨房互相凝视了好长一段时间，当她转回去洗碗盘，没再多说一句话时，他开始颤抖。天啊！他需要喝一杯，只要一小杯提神酒让他能看清事情的真实面——

"丹尼说他梦见你出了车祸，"她突然说，"他偶尔会做些古怪的梦。今天早上我帮他穿衣服的时候，他对我说的。你有吗，杰克？你发生了什么意外吗？"

"没有。"

到中午，想喝酒的渴望已变成轻微的发烧。他跑去艾尔家。

"你没喝酒吧？"艾尔让他进去前先问一声。艾尔看起来很恐怖。

"一滴也没沾。你看起来像是《歌剧魅影》中的朗·钱尼。"

"进来吧！"

他们整个下午都在玩双人纸牌游戏，没有喝酒。

过了一星期。他和温迪没太多交谈。但他心知她正在观察，并不相信他。他喝黑咖啡和无数罐的可口可乐。有天晚上他喝了整整一组六罐可乐，结果冲进浴室呕吐起来。酒柜的瓶子数量并没有减少。他上完课就去艾尔·肖克利家——她恨透了艾尔·肖克利，他是她这辈子最讨厌的人——他回家时，她发誓闻到他呼出的口气中有苏格兰威士忌或琴酒的味道，但他会在晚餐前口齿清晰地和她聊天，晚餐后喝杯咖啡，陪丹尼玩，和他共享一罐可乐，读床边故事给他听，然后坐下修改作文，喝着手边一杯又一杯的黑咖啡，于是她不得不承认自己搞错了。

几周过去，没说出口的话语更进一步撤离她的唇边。杰克察觉到那个词撤退了，但他晓得那个词永远不会彻底退隐。情况开始稍微和缓。接着是乔治·哈特菲德的事件；他再度情绪失控，这回可是完全清醒的。

"先生，你要找的对象还是没有——"

"喂?"艾尔的声音,上气不接下气的。

"请说吧。"接线生阴沉地说。

"艾尔,我是杰克·托伦斯。"

"杰克小子!"真诚的喜悦。"你还好吗?"

"很好。我只是打来向你道谢,我得到那份工作了,非常理想的工作。假如我在下雪的整个冬天没办法写完那该死的剧本,那我永远也无法完成了。"

"你会完成的。"

"最近怎么样?"杰克迟疑地问。

"没喝。"艾尔回答,"你呢?"

"一滴也没喝。"

"很想念吗?"

"每天都在想。"

艾尔放声大笑。"那情景我很熟。不过,杰克,我真不知道你在哈特菲德那件事过后,怎么能保持滴酒不沾?那事实在太超出想象了。"

"我真的是自己把事情搞砸了。"他平静地说。

"噢,去他的!等春天一到我就召开董事会。艾芬格已经在说,他们可能太过草率了。而且假如那剧本有点成绩——"

"嗯啊。听着,艾尔,我孩子还在车上,他看起来好像快要坐不住了——"

"喔没问题,我了解。杰克,希望你在山上度过愉快的冬天。很高兴我能帮上忙。"

"艾尔,再次谢谢你。"他挂断电话,在闷热的电话亭里闭上眼睛,再度看见那撞毁的脚踏车,来回摇晃的手电筒。隔天报纸上有篇短文,事实上只不过是篇讽刺短文,但是并没有提及脚踏车主人的名字。为何那辆脚踏车深夜里会出现在那儿,对他们而言永远是个谜,或许它原本就该如此。

他走出去回到车上,将有点融化的巧克力棒拿给丹尼。

"爸爸?"

"什么事，博士?"

丹尼犹豫了一下，注视着父亲心不在焉的脸庞。

"我在等你从旅馆回来的时候做了一个噩梦。你记得吗？我睡着了?"

"嗯。"

但是没有用，爸爸的心思在别的地方，不在他身上。又在想坏事了。

（爸爸，我梦见你伤害我啊。）

"什么样的梦呢，博士?"

"没什么。"他们开出停车场时丹尼回答说。他将地图放回置物盒。

"你确定吗?"

"确定。"

杰克无力而困惑地看了儿子一眼，接着思绪又转回到他的剧本上。

6. 暗夜思潮

欢爱结束，她的男人在她身旁熟睡着。

她的男人。

她在黑暗中微微笑了，他的精液仍带着暖度缓缓从她稍微分开的大腿间流淌下来，她的微笑既悲伤又喜悦，因为她的男人这个词句唤起千百种情感。每种情感单独检视都是迷惑。结合在一起，在这幽暗中沉沉欲睡，就好像是在几乎快荒废的夜店远远听到的蓝调，令人忧伤却又愉悦。

> 爱你啊，宝贝，简单得就好像从圆木上滚落，
> 但假如我无法成为你的女人，我也绝不会成为你的狗。

那是比莉·哈乐黛吗？还是某位较平淡的歌手如佩姬李？无所谓。那声调低沉而伤感，在她脑海的寂静中柔美地唱着，仿佛是从老式的渥尔莱兹点唱机播放出来的，或许，是在关店前的半小时。

现在，远离她的意识层，她想着自己和身旁这个男人究竟睡过多少张床？他们在大学相识，第一次做爱是在他的公寓……那是在她母亲将她赶出家门后不到三个月的事，母亲叫她永远不要再回来，如果她想找去处的话，可以去找她父亲，因为是她造成他们离婚的。那是在一九七〇年。那么久以前的事了吗？一学期后他们同居了，分别找到暑期的工作，大四学年开始时仍住在那间公寓里。那张床她记得最清楚，一张大的双人床，中间微微凹陷。他们做爱时，生锈的弹簧床垫数算着节拍。那年秋天她好不容易终于与她母亲分开，是杰克协助她的。杰克说，她想要继续打击你。你越是常打电话给她，越是常爬回去乞求原谅，她越能用你父亲来打击你。这对她有好处，温迪，因为这样一来她就能继续假装一切都是你的错，但对你并不好。那年，

他们在那张床上讨论过一次又一次。

（杰克坐起身来，被子堆聚在他的腰部四周，手指间夹着燃烧的香烟，直视她的眼睛——他这样做时总是半带着幽默，半带着怒气——告诉她：她叫你永远别再回去，对吗？别再到她家去，是吗？那为什么知道是你打的电话时，却不挂电话呢？为什么只有在我陪着你的时候，才不准你进去呢？因为她认为我可以稍稍约束她的行为。宝贝，她想要继续直接逼迫你。你如果让她得逞下去，你就是傻瓜。她叫你再也不要回去，你何不照她的话去做呢？别再想了。最后她认同了他的看法。）

是杰克提议要分开一段时间的，他说，好仔细思量这段感情关系。她一直担心他是开始对别人感兴趣，后来她发现并不是那么回事。他们在春天又复合了，他问她是否去见了她父亲。她吓得跳起来，仿佛他用马鞭抽了她一下。

你是怎么知道的？

只有鬼才知道。

你在暗中监视我吗？

他不耐烦地笑了，他这样子笑总让她觉得自己很笨拙，仿佛她才八岁，他能比她自己更清楚地看出她的心思。

温迪，你需要时间。

干吗？

我猜……你需要时间考虑，你想要嫁给我们哪一个人？

杰克，你在说什么？

我想我是在求婚。

婚礼。她父亲到场，母亲没有出席。她发现自己能接受这一点，只要有杰克在。然后是丹尼的到来，她完美的儿子。

那是最美好的一年，最棒的床。丹尼出生后，杰克帮她找了一份工作，为六位英语系教授打字，例如：小考、考试、课程摘要、读书笔记和读物清单等。她最后帮其中一位打了一篇小说，那篇小说始终未能出版……杰克对其颇为不屑，私下感到高兴。这工作一星期可赚四十元，甚至在她打那篇失败的小说的两个月间，一路飙升到六十元。他们买了第一辆车，一辆中间有婴儿座椅、五年的中古别克。一对前途似锦、努力向上爬的年轻夫妻。丹尼迫使她与母亲和解，虽然她们之间的关系总是紧张，从来都不愉快，但终究还是和解了。她带丹尼回娘家时，杰克没有陪同她去。她没告诉杰克，她母亲总是重新换过丹尼的尿布，对他的配方奶紧皱眉头，而且永远都能用非难的态度在婴儿的屁股或私处发现疹子的初期症状。母亲从不把话挑明，但无论如何她的讯息还是会传达出来：她开始（也许以后一直都得）为彼此的和解付出的代价是，感觉自己是个不称职的母亲。这是她母亲继续巧妙压迫她的手段。

白天，温迪待在家当家庭主妇，在两层楼四间房的公寓里，在阳光普照的厨房中用奶瓶喂丹尼，用高中时代沿用至今的破旧随身音响播放她的唱片。杰克三点会回到家（或者假如他觉得可以翘掉最后一堂课的话就是两点），丹尼睡觉的时候，他会带她进卧房，她担心自己不够称职的恐惧就会消失无踪。

夜晚，她打字的时候，他会写文章、做作业。那些日子里，有时候她走出摆放打字机的卧室，会发现他们两人睡在沙发床上，杰克只穿着一条内裤，丹尼四肢大张舒舒服服地趴在丈夫的胸膛上，拇指还塞在嘴里。她将丹尼放进婴儿床，然后读一下杰克当晚写的东西，再唤醒他上床去睡。

最棒的床，最美好的一年。

太阳总有一天会照亮我的后院……

那时候，杰克喝酒仍有节制。星期六晚上，他的一群同学来访，他们边喝着一箱啤酒边讨论，她很少参与其中，因为她的领域是社会学，他的则是英文：争论皮普斯的日记到底是文学还是历史；讨论查尔斯·欧尔森的诗；有的时候朗读尚未定稿的作品。就这些和上百个其他的议题，不，上千吧。她并没有感受到想真正参与的强烈冲动；光坐在杰克身旁的摇椅上就够了，他盘腿坐在地板上，一手拿着啤酒，另一手轻轻圈着她的小腿，或是环住她的脚踝。

新罕布什尔大学的竞争激烈，杰克尚有额外的写作负担。他每晚至少花上一个小时写作，那是他的例行公事。星期六的讨论会是必要的抒压治疗，帮助他宣泄一下，否则可能会不断地膨胀直到爆发。

结束研究所的课业后，他找到一份在史托文顿的工作，主要是凭借着他的短篇小说的力量，当时他发表了四篇，其中一篇登在《君子》(*Esquire*) 杂志上。那天她记得非常清楚，得花上三年以上的时间才能够忘却。她险些将那信封扔掉，以为只不过是通知订阅有优惠的信函，打开后却发现是封信，上头写着《君子》杂志希望来年年初能刊登杰克的短篇小说《关于黑洞》。他们将会付九百元稿酬，不是刊登时付款，而是他一同意就付。那几乎等于打文件半年的收入，她飞也似地冲到电话旁，将丹尼留在婴儿高脚椅上，他滑稽地在她身后转动着眼珠，小脸蛋上沾满奶油豌豆和牛肉泥。

杰克四十五分钟后从学校回到家，别克车上载了七个朋友和一桶啤酒。在干杯的仪式过后（温迪也喝了一杯，虽然她平常不喜欢啤酒），杰克签署了同意书，放入回函信封，走到街尾把信投入信箱。他回来时，严肃地站在门口说："我来了，我看见了，我征服了。"①大家一阵欢呼鼓掌。那晚十一点酒桶空了，杰克和仅剩的另外两位尚能行走的朋友要再去泡几间酒吧。

她在楼梯走道上将他拉到一旁。另外两人已经上了车，醉醺醺地唱着新罕布什尔的加油歌。杰克单膝跪地，看似聪明却笨手笨脚地系着麂皮鞋的鞋带。

"杰克，"她说，"你不该去。你连鞋带都系不好了，更别说是要开车。"

他站起来，平静地将双手放在她的肩膀上。"今晚如果我想要的话，甚至可以飞到月球去。"

"不，"她说，"就算拥有世上所有《君子》杂志的文章你都别去。"

"我会早点回家的。"

---

① 原文为 "Veni, Vidi, Vici"，恺撒的名言金句。

但是他到清晨四点才回家，嘴里念念有词脚步蹒跚地上楼，进来时把丹尼吵醒了。他试着安抚婴孩，却不小心将他摔到地板上。温迪急忙冲出，还没想到别的就先担心她母亲看到瘀青的话会说什么——上天帮帮她吧，帮帮他们两个吧——然后一把抱起丹尼，在摇椅上坐下来，安抚着他。在杰克离开的五个小时之中，她大多想着她的母亲，想她母亲预言杰克永远成不了器。高见，她母亲说过。确实是。领救济的队伍中多的是受过教育满脑子高见的傻子。《君子》杂志的短篇究竟证明了她母亲是对是错？温尼弗雷德，你没把宝宝抱好。来，交给我。难道她没好好支持她丈夫吗？否则他高兴时为何要出门呢？她的心中涌起一股无助的恐惧，她不曾想过他外出的理由根本与她无关。

"恭喜啊，"她摇着丹尼说——他又快睡着了。"你说不定害他脑震荡了。"

"只不过是瘀青而已吧！"他听起来郁郁不乐，想要表示悔意：小男孩一个。那一瞬间她恨他。

"也许是，"她口气紧绷地说，"也许不是。"她听过太多次母亲以这样的语调对离婚的父亲说话，这让她既厌恶又害怕。

"有其母必有其女。"杰克嘟囔着说。

"上床去！"她大声喊着，恐惧爆发出来听起来像是愤怒。"上床去，你喝醉了！"

"别指使我该做什么。"

"杰克……拜托，我们不应该……孩……"她不再吭声。

"别指使我该做什么。"他闷闷地重申一次，接着走进卧室。她独自和又睡着了的丹尼留在摇椅上。五分钟后杰克的鼾声传到客厅，那是她睡在长沙发上的第一晚。

如今她在床上辗转反侧，已经昏昏欲睡。她的脑子，在睡眠的侵袭下挣脱了线性的次序，飘过待在史托文顿的第一年，经过不断恶化的时日到达最低潮：她丈夫折断了丹尼的手臂，最后思绪来到那天早晨吃早餐的角落。

丹尼在外头沙堆玩着小卡车，手臂仍裹着石膏。杰克坐在餐桌旁，面无血色一片死灰，香烟在指间抖动着。她决定向他要求离婚。她从各个角度仔细思考过这个问题，事实上在手臂折断前已考虑了六个月。她告诉自己，要不是因为丹尼，她老早就下定决心了，但就连这点也未必是真的。在杰克出门的漫漫长夜里她时常做梦，总是梦到母亲的脸和她自己的婚礼。

（是谁要嫁女儿？她父亲站在一旁，穿着他最上乘的西装，尽管衣料其实一点也不好——他是个旅行各地的推销员，推销即将破产的一系列罐头商品——他的脸色疲惫，看起来多么衰老，多么苍白：是我。）

即使在意外过后——如果可以称为意外的话——她仍旧无法全盘坦白说出，承认她的婚姻是严重失衡的挫败。她在等待，愚蠢地希望奇迹出现，期待杰克不仅能看清楚他自己的状况，还有她的。但事情恶化的速度并没有减缓。先是离家去学校前喝一杯；在史托文顿学校宿舍午餐时，喝个两三杯啤酒；晚饭前喝三四杯马丁尼；改考卷时再喝个五六杯。周末是最严重的，与艾尔·肖克利出门的夜晚更糟。她做梦也没想过，身体没有任何毛病时，生命居然能如此地痛苦。她一直很难过。造成这种情况有多少是她的责任？这问题始终纠缠着她。她觉得自己像母亲，有时像父亲。偶尔她觉得自己恢复正常时，又会想不知丹尼的感觉如何，担心有一天丹尼长大了会指责她。她还想着他们要何去何从。她毫无疑问母亲会接纳她，也确信经过半年后，在看着母亲重新给孩子换过尿布，重新煮过或分配过丹尼的食物，一回到家就发现他的衣服换过，或是头发剪了，或者她母亲觉得不合适的书被悄悄搁置在阁楼某个遗忘的角落……在度过半年这样的生活后，她的精神铁定会彻底崩溃。而她母亲会拍拍她的手安慰她说：虽然这不是你的错，但全都是你自己的责任。你从来就没有准备好。当你介入你父亲和我之间时，你就露出本性了。

我父亲，丹尼的父亲，我的，他的。

（是谁要嫁女儿？是我。六个月后父亲死于心脏病发作。）

那天早晨的前一晚，在他进房前她几乎一直清醒地躺着，思考着，做出决定。

她告诉自己，离婚是无可避免的。她的决定无关她的母亲和父亲，也无关她对他们婚姻怀着的内疚，和她觉得自己不够称职的想法。假如她打算抢救她成年初期的任何东西，为了儿子，为了自己，那就非得离婚不可。墙上的笔迹狂乱却清晰。她丈夫是个酒鬼。他的脾气本来就坏，加上现在喝酒喝得凶，写作又非常不顺，他再也无法完全控制住自己的脾气。无论是不是意外，他折断了丹尼的手臂。而且他即将失去工作，若非今年就是明年吧！她已经留意到其他同事太太同情的眼神。她告诉过自己要尽可能死守住婚姻这份麻烦的工作，但现在不得不放弃了。杰克可以有充分的探视权，她只需要他的赡养费直到她能找到工作独立自主为止。她动作得相当迅速，因为她不晓得杰克能够支付赡养费多久。她会尽量不夹带太多的怨恨来提出离婚，但是他们的婚姻关系必须终止。

她如此想着，陷入不安的浅眠中，被亲生母亲和父亲的脸孔纠缠着。母亲说，你一无是处，只会破坏家庭。牧师说，是谁要嫁女儿？父亲说，是我。然而到了明亮晴朗和煦的早晨，她的想法依旧不变。她背对着他，双手至腕关节全浸在温暖的洗碗水中，心里不好受地开口。

"我想要跟你谈谈什么可能对我和丹尼最好。也许，对你也是。我想，我们早在之前就该谈了。"

然后他说了奇怪的话。她原本预期会看见他的怒火，激起他的怨恨和反唇相讥。她预料他会疯狂地冲向酒柜。但绝没料到如此轻柔，几乎毫无抑扬顿挫的回答，这完全不像他。简直就像与她生活了六年的杰克昨晚再也没回来，仿佛某个她从不认识或不十分清楚的神秘分身取代了他。

"你能为我做件事吗？帮我一个忙？"

"什么忙？"她得努力控制自己的声音别发抖。

"我们一个礼拜后再谈，如果到时你还想谈的话。"

她同意了。他们之间依然没提及那个词。那个礼拜他比以往更常去见艾尔·肖克利，但他早早就回家，气息中也没有酒精味。她幻想她闻到了，但心里明白实际上并没有。再过一周。又一周。

离婚暂停审议，从此没有再提起。

究竟发生了什么事？她仍在怀疑，依然没有一点头绪。这话题成为他们之间的禁忌。他就像是在转角探身出去，看见意料之外的怪兽隐身在那儿等待着，蹲伏在它以前杀害掉的干枯骸骨之间。烈酒仍在柜子中，但他丝毫没碰。她好几次考虑要把酒扔掉，但到末了总是打消念头，仿佛一旦做了，某种不明的魔咒会就此破解。

另外还要考虑的是丹尼的事。

倘若她觉得自己不了解丈夫，那她对她的孩子则是敬畏。"敬畏"完全是照字面上的意思：一种无法言明的迷信恐惧。

微微打着盹儿，丹尼诞生那一刻的影像浮现在她的脑海里。她再度躺在分娩台上，浑身是汗，头发束起来，两脚张开跨在脚蹬上。

（由于他们不断给她吸入笑气，所以她有一点点亢奋；在某个时间点甚至嘟囔着说，她觉得像在拍轮暴的广告，一旁的护士是个老手，助产过的婴儿可以组成一所高中，她觉得温迪的幻想非常好笑。）

医生站在她分开的两腿间，护士则站到旁边，一边准备器具一边哼唱着。剧烈、鲜明的痛楚以稳定缩短的间距出现，她好几次尽管觉得丢脸仍尖叫出声。

之后医生相当冷酷地告诉她必须用力，她照着做，接着感觉医生从她身上取出某样东西。那感觉清晰分明，她一辈子不会忘记——那东西被拿出来。然后医生抓住她儿子的腿，把他举起来，她看见他小小的性器官，立刻知道他是个男孩。在医生摸索着空气呼吸器时，她瞥见了别的东西，原本以为所有的呐喊已用尽，但那东西恐怖到让她找到力量再度尖声大喊：

他没有脸！

不过，婴孩当然有脸，丹尼本身可爱的脸蛋，出生时罩着他的羊膜如今存放在小罐子里，她几乎感到可耻地一直保留着。她并不赞同古老的迷信，然而尽管如此她仍旧保存着羊膜。她不同意无稽之谈，但这男孩打从一开始就很不寻常。她并不相信预知的能力，但是——

爸爸是不是出车祸了？我梦见爸爸出了车祸。

有件事改变了他。她不相信只是因为她准备要提离婚就能改变他，那天早晨之前肯定发生了什么事，在她睡得不安稳的时候出事了。艾尔·肖克利说没发生了什么事，一点事都没有，但他说这话时目光回避着她；而且倘若你相信同事的流言蜚语，据说艾尔也在戒酒。

爸爸是不是出车祸了？

也许是命中偶然的碰撞，当然没有更具体的证据。她比平常更仔细地看了当天和隔天的报纸，但没有一则新闻能与杰克联想在一起。老天保佑，她一直在寻找肇事逃逸的车祸，或是造成重伤的酒吧口角，或……谁知道呢？谁想要呢？可是没有警察上门拜访，来询问问题，或带着搜索令让他有权从福斯车的保险杆上刮下油漆采证。什么事也没有。只有丈夫一百八十度的转变，和儿子醒来时睡得迷迷糊糊的问题：

爸爸是不是出车祸了？我梦见……

她醒着的时候，不愿承认自己是为了丹尼而不得不和杰克在一起，但如今，在浅眠的时候，她可以坦承：几乎打从一开始，只要杰克开口丹尼就是他的，正如她几乎从一出生就是她父亲的一样。她不记得丹尼曾吐过一整瓶的奶在杰克的衬衫上。每当她厌烦得放弃喂丹尼时，杰克总能让他乖乖吃下，即使在他长牙齿，显然疼得没法咀嚼的时候。丹尼肚子痛的时候，她必须抱着他摇上一个小时，他才会安静下来；杰克却只需要抱起他，绕着房间走两圈，丹尼就会在杰克的肩膀上睡着，大拇指牢牢地塞在嘴里。

他不介意换尿布，甚至那些他称之为"特别快递"的。他可以抱着丹尼连续坐上好几个钟头，让丹尼在他的大腿上跳，陪他玩手指游戏，当丹尼戳他鼻子咯咯地笑倒时，对丹尼做鬼脸。他调好配方奶并完美无瑕地喂丹尼吃，之后轻拍丹尼的背让他把嗝全打出来。从儿子还是小婴孩起，他就会载他一起去买报纸或一罐牛奶，又或是去五金行买钉子。他在丹尼仅六个月大时，就带丹尼去看史托文顿对基恩的足球赛，而丹尼整场球赛从头到尾动也不动地坐在父亲的膝上，身上裹着毛毯，肥嘟嘟的拳头里紧抓着一支史托文顿的小拉拉队队旗。

他爱他的母亲，但他是父亲的儿子。

她难道没有屡次感觉到儿子无言地反抗整个离婚的想法吗？她在厨房思索着离婚的事，边转动手中晚餐要用的马铃薯削皮边反复思量。一回头看见他交叉双腿坐在厨房的椅子上，盯着她看，眼神似乎受到惊吓，同时又带着责备。带他到公园散步时，他会突然抓住她的双手近乎恳求地问："你爱我吗？你爱爸爸吗？"她会困惑着点头，或是回答："亲爱的，我当然爱你们啊！"听完他会跑到养鸭池，把鸭子吓得呱呱叫，在他攻击的小小残暴行为下惊慌失措地拍动翅膀，留下她不解地盯着他的背影。

甚至有的时候，她决定起码要与杰克讨论一下这议题的决心瓦解，似乎并非出于自己的软弱，而是屈服于儿子坚定的意志力。

我不相信这种事。

但在睡梦中，她确实相信。在丈夫的种子在股间逐渐干掉、沉沉欲睡的时候，她觉得他们三人永远焊接在一起，若是他们三位一体有一天被拆散，绝不是他们其中任何一位造成的，而是由外头的力量瓦解的。

大多数她所相信的都是以她对杰克的爱为中心。她从未停止爱他，或许丹尼的意外后紧接着的黑暗时期是个例外。她也爱她的儿子。最重要的是，她爱他们在一起，散步、骑车，或是单单坐着；玩抽鬼牌游戏时，杰克的大头和丹尼的小头警觉地露出在排成扇形的纸牌上方；共享一罐可乐；一起看报纸上的滑稽漫画。她喜欢有他们陪着她，她向敬爱的神祈祷，艾尔替杰克找来的饭店管理员工作将会是另一段美好时光的开端。

> 风即将扬起，宝贝，
> 吹走我的忧伤……

轻柔、甜美，醺醺然的歌声再次回荡，随着她进入更深层的睡眠中，在那儿思潮停止，来到梦中的脸庞也未在记忆中留下痕迹。

7. 另一间卧室

丹尼醒来时耳边仍残存轰隆轰隆的响声，那个酒醉、粗暴而狂怒的声音嘶哑地大喊：*出来受罚！我会找到你的！我一定会找到你的！*

但现在怦怦作响的是他狂跳的心脏，暗夜里唯一的声响是远处警笛的声音。

他静静不动地躺在床上，抬头看着卧室天花板上被风吹动的树叶阴影。影子错综复杂地纠缠在一块，形状像是藤蔓或丛林中的爬藤植物，有如厚地毯的呢绒上编织的图样。他穿着丹顿医生牌的婴儿连身睡衣，可是在睡衣和皮肤之间冒出更加贴身的汗水。

"东尼？"他悄声喊着，"你在吗？"

没有回答。

他偷偷溜下床，放轻脚步不作声地走到窗边，望着窗外如今寂静无声的阿拉帕荷街。现在是凌晨两点，外头什么也没有，只有空荡荡的人行道上飘动的落叶、停着的车子和克里夫布莱斯加油站对面街角的长颈路灯。顶上罩着灯罩动也不动地站着的路灯，看起来有如太空秀中的怪物。

他抬头张望街道两边，睁大眼睛找寻东尼招着手的细长身影，但是找不到任何人影。

风呼呼吹过树梢，落叶沙沙地舞上空无一人的人行道，在停靠车辆的轮轴盖附近打转。那声音极其细微悲伤，男孩心想自己也许是全波尔德唯一够清醒能听得到的；至少，是唯一的人类。他无法得知深夜里是否还有别的东西在外头，饥渴而鬼鬼祟祟地穿梭在阴影间，观察并嗅闻着微风。

我会找到你的！我一定会找到你的！

"东尼？"他再次低呼，但没抱太大的希望。

唯有风回应了他，这次更强劲地吹着，将叶子吹得四散，飞过他窗户底下倾斜的屋顶，有的滑入雨水槽，就在那儿歇息宛如疲累的舞者。

丹尼……丹……

他被这熟悉的声音给吓了一跳，头探出窗外，小手抓住窗台。随着东尼的声音，整个夜晚似乎无声地偷偷苏醒过来，并且在风声停歇，叶子静止不动，阴影也停止晃动时喃喃低语。他觉得自己看见有个更暗的影子站在一条街外的巴士站牌旁，但是很难分辨究竟是真的还是眼睛的错觉。

别走，丹尼……

接着风又强劲地吹，害他眯起眼睛，然后巴士站牌旁的影子消失了……如果它曾站在那儿的话。他站在窗边

（一分钟？一小时？）

又待了一阵子，但是没再听见东尼的声音。最后他爬回自己的床上，将毯子拉起，看着外星路灯照射出的影子变成复杂的丛林，里头满是食肉的植物，一心只想悄悄地环住他，榨光他的生命，把他往下拖进幽黑之中，在那儿一个不祥的红字闪烁着：

REDRUM。

第二部　休业日

8. 眺望全景饭店

妈妈在担心。

她害怕金龟车没办法在这几座山间爬上爬下，他们会抛锚在路边，然后有人可能会横冲直撞地开过来撞到他们。丹尼本身比较乐天；假如爸爸认为金龟车能完成这最后一趟旅程，那大概没问题吧！

"我们就快到了。"杰克说。

温迪将鬓角的头发往后拨开。"谢天谢地。"

她坐在右手边的凹背折椅上，一本维多利亚·赫特的平装本小说摊开但面朝下地搁在膝上。她身穿蓝色的洋装，那是丹尼认为她最漂亮的衣裳。洋装上有海军领，让她看起来非常年轻，宛如刚准备从高中毕业的女孩。爸爸一直不停地把手放到她腿上，她不停笑着把他的手拨开说：走开啦，苍蝇！

丹尼对大山的印象深刻。有一次爸爸带他们到波尔德附近一座被称为"熨斗"的山上，但这几座山更为雄伟，在最高的那座山上头可以看见薄薄的一层雪，爸爸说那经常是终年不化的。

而且他们真的是在群山里头，不是闲晃而已。四面八方矗立着峻峭的岩石表面，高耸到即使将脖子探出窗外也很难看见山顶。他们离开波尔德的时候，温度高到华氏七十多度。而今，才刚过中午，山上的空气就令人感到寒冷凛冽，有如过去在佛蒙特州的十一月份，爸爸把暖气打开……倒不是真有什么作用。他们经过几个写着**落石区**的标示牌（妈妈每个都念给他听），虽然丹尼迫不及待想看见石头落下，但一块落石也没有。至少还没有。

半个小时前，他们通过另一个爸爸说非常重要的标示牌。那个路标写着**进入萨德维特通道**，爸爸说这路标是冬天铲雪车最远到达的地方，那之后的道路太过陡峭。冬天时，道路从他们来到这块路标前刚经过的萨德维特小镇，一路封闭到犹他州的巴克兰。

现在他们又经过另一个路标。

"妈，那个是什么？"

"那上头写着**慢速车辆靠右行驶**，就是指我们。"

"金龟车上得去的。"丹尼说。

"神啊，求求你。"妈咪说着，把食指和中指交叉起来祈祷。丹尼低头看她露趾的凉鞋，看见她连脚趾都交叉了。他咯咯地笑着。她也对他微笑，但他晓得她仍然很担心。

道路以一连串的 S 形弯道缓缓地蜿蜒向上，杰克将金龟车的手动挡从四挡降到三挡，再转到二挡，金龟车喘息着抗议。温迪的眼睛直盯着时速表的指针，从四十下滑到三十再到二十，然后勉勉强强地在二十左右摇摆。

"燃油泵……"她胆怯地开口。

"燃油泵还可以再跑三英里。"杰克简短地说。

右边的岩石墙面缩减，露出仿佛深不见底的狭长山谷，边缘是一排深绿色的落基山松和云杉。再下去松树消失，转为灰色的岩石峭壁，在变平坦之前垂落了几百英尺。她看见其中一片峭壁上有飞溅的瀑布，下午一两点的阳光在瀑布间闪耀，宛如陷在蓝网中的金鱼。这些山虽美但也很残酷，她认为它们不会容许太多的失误。她的心中涌起一股不祥的预感。再往西一点的内华达山脉，就是一八四六年多纳小队在雪中受困、靠着自相残杀才得以幸存的地方。山区不容许人犯过多的错误。

杰克重踩离合器换到一挡，车子猛然抖动一下，继续艰辛地爬坡，金龟车的引擎不屈不挠地发出沉闷的声响。

"你知道吧，"她说，"从刚才经过萨德维特后，我想我们看到的车子不超过五辆，其中一辆还是饭店的轿车。"

杰克点点头。"那辆是直接到丹佛的斯特普尔顿机场的。沃森说，饭店再上去已经有一小块一小块地结冰了，他们预测明天再高一点的山上会下更多雪。为了以防万一，任何通过山区的人现在都得待在主要道路上。那个该死的厄尔曼最好还在上面。我想他一定会在的。"

"你确定食物储藏室里有满满的存货吗？"她问，心里仍挂念着多纳小队。

"他是这么说的啊！他叫哈洛兰和你一起清点。哈洛兰是厨师。"

"喔。"她有气无力地说，一边盯着时速表，指针已经从每小时十五英里掉到十英里。

"那边就是山顶，"杰克指着前方三百码处说，"那里有个观景的避车道，你可以从那里看到全景饭店。我要在路边停车，让金龟车有机会休息一下。"他转过头去看坐在一叠毯子上的丹尼。"博士，你觉得怎么样呢？我们可能会看到鹿，或者驯鹿喔！"

"当然好啊！爸爸。"

福斯车奋力地不断往上爬。时速表降到每小时五英里的界线前一点点的位置，差不多快要停下时，杰克把车开到路边。

（"妈咪，那是什么标示牌？""**观景避车道。**"她尽责地念出。）

踩下紧急煞车，然后把福斯车打到空挡。

"来吧！"杰克说着跨出车外。

他们一同走到护栏边。

"就是那里。"杰克说完指向十一点钟方向。

温迪感觉自己在陈腔滥调中找到真理——眼前的景色令她惊叹得屏住呼吸。有好一会儿她丝毫无法呼吸，眺望出去的景致让她喘不过气来。他们站的位置靠近某座山峰的顶端。在他们对面——天知道有多远？——一座甚至比这儿更高的山峰耸入天空，锯齿状的山巅如今仅剩下一点剪影，周围笼罩着开始西沉的太阳形成的光晕。整个谷底在他们脚底下展开，方才他们坐金龟车辛辛苦苦爬上来的斜坡，令人晕眩地突然消失，她知道往下望太久的话会恶心，最后会想吐。想象力在纯净的空气中似乎瞬间活跃起来，挣脱了理智的束缚，只要向下看就会不禁想象自己纵身一跃，不断地往下坠落，天空和斜坡缓慢地滚动，不停地交换位置，从口中逸出的尖叫有如软绵绵的气球，头发和洋装轻飘飘地鼓起……

她强制自己将视线从陡坡上挪开，顺着杰克的手指望去。她能看见公路沿着教堂尖塔般的山峰侧面，忽而自己改变方向，但始终朝着西北，继续向上爬升，只是坡度比较平缓。再往上一些，仿佛直接镶在斜坡之中，她看见坚决附着在地上的松树让出一块方形的宽广绿色草坪，而竖立在中央俯瞰这一切的就是那间饭店，"全景"。看见饭店，她又找回自己的呼吸和声音。

"噢，杰克，这真是美极了！"

"是啊，是很美，"他说，"厄尔曼说这是全国独一无二最美的地点。我不是太喜欢他，不过我觉得他或许……丹尼！丹尼，你没事吧？"

她四处张望找寻丹尼，忽然间担心起他来，让她忘记其他的一切，无论多么令人赞叹的景物都无法再吸引她的注意力。她急忙冲向儿子。丹尼正抓紧护栏，仰头望着饭店，小脸一片死灰，他的眼神和快要昏倒的人一样茫然。

她在丹尼身旁跪下，将支撑他的双手放在他肩上。"丹尼，怎么——"

杰克到她身边。"博士，你还好吗？"他轻快地稍微摇一下丹尼，丹尼的眼神顿时清醒。

"我没事，爸比。我很好。"

"丹尼，怎么回事啊？"她问，"宝贝，你头晕吗？"

"没有，我只是……在想事情。对不起。我不是故意要吓你们的。"他注视着跪在面前的双亲，朝他们困惑地微微一笑。"可能是太阳吧，太阳光太耀眼了。"

"我们带你到饭店去，给你喝杯水。"爸爸说。

"好。"

金龟车在平缓的坡度上比刚才稳当地向上行驶，丹尼坐在车里，不断从他们两人之间望出去，看着道路慢慢变直，让他偶尔能瞥见全景饭店，饭店那一大排面西的窗户反射着太阳光。那就是他在暴风雪中看见的房子，在那个阴暗发出轰隆隆声音的地方，有个可怕的熟悉人影在铺着丛林地毯的长廊上搜找他。那是东尼警告他别去的地方。就是这里，就是这里没错。不论 REDRUM 是什么，它就在这里。

9. 结账离开

厄尔曼在宽敞而古典的前门玄关等候他们。他与杰克握个手,冷淡地对温迪点一下头,也许是注意到她走进大厅时许多人把头转过来。她的一头金发披散在朴素的海军洋装肩上,裙摆适度地停留在膝上两英寸处,但你不需要看更多也知道她有一双美腿。

厄尔曼似乎只有对待丹尼才是真正的热诚,不过温迪以前也有过同样的经验,平常对孩童抱持着菲尔兹[①]观点的人似乎都喜爱丹尼。他微微弯腰向丹尼伸出一只手。丹尼有礼貌地握一握,脸上没有笑容。

"我儿子丹尼,"杰克说,"还有我太太温尼弗雷德。"

"很高兴见到你们两位。"厄尔曼说,"丹尼,你几岁了啊?"

"五岁,先生。"

"已经会叫'先生'啦。"厄尔曼微微笑着瞥一眼杰克。"他好有礼貌啊!"

"当然啰。"杰克说。

"托伦斯太太。"他同样微微欠个身,温迪愣了半晌,以为他会吻她的手。她把手半伸出去,厄尔曼握住她的手,但只有一瞬间紧握在他的双手中。他的手很小,干爽而且光滑,她猜想他的手抹了粉。

大厅喧闹忙碌。几乎每张古典高背椅都有人坐。服务生推着行李来回穿梭,柜台前面排了一整列人,台面上巨大的黄铜收款机占了大半的空间。美国银行卡和万事达签账卡在收款机上压印,看来好像时光倒错,非常不协调。

他们右手边,往下通到一扇关闭起来以绳索隔开的高大双扇门,还有个旧式的壁炉,正熊熊燃烧着桦木的圆木。三位修女坐在十分逼

[①] 菲尔兹(W.C.Fields,1880—1946),美国导演、编剧兼演员。

近火炉的沙发上，她们的行李箱堆在两边，一面笑谈着一面等待结账离开的行列变短一点。正当温迪注视她们的时候，她们突然爆发出一串和谐而清脆、宛如少女般的笑声。温迪觉得自己的唇边也泛起浅浅的微笑；她们之中应该没有一位年纪低于六十岁。

背景中有持续不断嗡嗡作响的交谈声，还有收款机旁镀银小钟发出的微弱叮当声，两位当值的职员轮流敲着钟，然后有点不耐烦地招呼着："请往前！"这令她回想起当年和杰克在纽约比克曼高塔饭店度蜜月时，印象鲜明的温暖记忆。头一次她让自己相信这或许正是他们三人所需要的：与世隔绝地共度一整个季节，有点像是家族的蜜月。她慈爱地低头朝丹尼微笑，他正直率地瞪大眼睛张望每一样事物。另一辆轿车停靠在大门前，车身颜色如银行员的背心一般黑。

"本季的最后一天，"厄尔曼说，"休馆日，总是紧张而忙碌。托伦斯先生，我还预期你会在三点左右到。"

"我想如果福斯决定神经发作的话，就给它一点时间，"杰克说，"不过它没有失常。"

"真是幸运啊。"厄尔曼说，"我晚一点想带你们三位参观这个地方，另外当然，迪克·哈洛兰想要展示全景饭店的厨房给托伦斯太太看。不过，我恐怕——"

一名饭店职员走过来，几乎要使劲拉扯他前额的头发。

"抱歉，厄尔曼先生——"

"嗯？什么事？"

"是布兰特太太，"那职员不安地说，"她坚持只用美国运通卡付款。我告诉她我们去年营业季结束时，就停止收美国运通卡了，可是她不……"他的眼睛飘向托伦斯一家，再转回到厄尔曼身上，耸了耸肩。

"我来处理吧！"

"谢谢你了，厄尔曼先生。"职员穿过大厅回到柜台，那儿有一名裹着毛皮大衣和一条看来像黑色羽毛长围巾的重量级女士，正在大声抗议。

"我打从一九五五年起就常来全景饭店了，"她对着那位面带微笑、耸着肩膀的职员说，"就连我第二任丈夫在那讨人厌的槌球场中风去世——我就跟他说那天太阳太大了嘛——之后我还继续光顾，而我从来没有……我重复一遍：从来没有用美国运通信用卡之外的东西付过账。你高兴的话大可以去叫警察！叫他们把我拖走！我还是拒绝用美国运通信用卡以外的东西付钱。我重复一遍……"

"抱歉。"厄尔曼先生说。

他们看着他穿越大厅，恭敬地轻触布兰特太太的手肘，当她转身向他激烈演说时，他摊开双手点个头，富有同情心地聆听，再点一次头，然后回了几句话。布兰特太太得意扬扬地笑了，转向那名倒霉的柜台职员，大声地说："谢天谢地！这间饭店总算有个员工没有变成彻底的市侩！"

厄尔曼仅勉强够到她毛皮大衣的粗壮肩膀，她恩准他扶着她的手臂带她离开，推测大概是进他里头的办公室。

"哇！"温迪笑着说，"那家伙的薪水不是白拿的。"

"不过，他并不喜欢那位女士，"丹尼立刻接着说，"他只是假装喜欢她而已。"

杰克低头朝他咧嘴一笑。"博士，我确信你说的是真的。不过恭维是推动世界前进的润滑剂。"

"恭维是什么？"

"恭维就是，"温迪告诉他，"当你爸爸即使不喜欢我那条新的黄色宽松长裤，却还是说他喜欢，或是当他说我不需要减个五磅的时候。"

"喔。那是开玩笑地说谎吗？"

"非常类似。"

丹尼专注地盯着她，接着说："妈咪，你很漂亮。"他们交换了一个眼神，突然放声大笑起来，丹尼困惑地皱起眉头。

"厄尔曼可没在我身上浪费太多恭维，"杰克说，"你们两个，过来窗边吧！我觉得穿着牛仔外套站在正中央很引人注目。说实在的，我不认为在休馆日，这里会有很多人。想来我错了。"

"你看起来非常帅气。"她说完，两人又放声大笑，温迪一手掩住

嘴巴。丹尼仍然不懂，不过没关系，他们两人相爱。丹尼认为这地方让他妈妈想起她在别的地方

（毕克曼大厦什么的）

度过的愉快时光。他但愿自己能像她一样喜欢这里，他再三告诉自己，东尼展示给他看的东西不是每次都会成真。他会小心，他会留意那个叫 Redrum 的东西；但他不打算说出来，除非到了非说不可的地步。因为他们是如此地快乐，他们一直在笑，没有去想坏的事情。

"看看这儿的景色。"杰克说。

"噢，美极了！丹尼，你看！"

然而丹尼认为这里的风景不是特别漂亮。他不喜欢高处；高的地方让他头晕。与饭店正面同等长度的宽敞门廊之外，有个修剪得十分美观的草坪，其右侧有练习高尔夫推杆的果岭，草坪向下倾斜，最后通到一座狭长方形的游泳池。泳池一端的小三脚架上立着关闭的标示牌；关闭是丹尼自己认得出来的标示之一，另外还有停止、出口、披萨等其他几个。

泳池再过去有条碎石子的小路，弯弯曲曲地穿过小松树、云杉和白杨树之间。这里有个他看不懂的小标示牌：短柄槌球，底下有个箭头。

"爸比，'R-O-Q-U-E'是什么？"

"一种游戏，"爸爸说，"有一点点类似槌球，只不过不是在草地上玩，而是在四边像大撞球桌的碎石子场地上打。这是非常古老的游戏了，丹尼。他们偶尔会在这里举办比赛。"

"是用槌球的球杆来打吗？"

"类似，"杰克同意。"只不过它的柄稍微短一点，球杆的前端有两头，一头是硬的橡胶，另一头是木头。"

（出来！你这个小废物！）

"那是念'roke'，"爸爸说，"你想打的话，我可以教你怎么打。"

"也许吧，"丹尼小声地说，语调奇怪，一副不感兴趣的样子，他的爸妈在他头顶上交换了不解的眼神。"不过，我可能不会喜欢吧。"

"好吧，博士，如果你不喜欢的话，就不需要打。好不好？"

"好。"

"你喜欢那些动物吗？"温迪问，"那个叫做绿雕喔！"通往短柄槌球场的小径再过去，有些树篱修剪成各种不同的动物形状。眼尖的丹尼辨认出兔子、狗、马、牛，和一组三头较大的动物，看来像是玩耍中的狮子。

"那些动物就是艾尔叔叔想到我可以胜任这份工作的原因，"杰克告诉他。"他知道我大学时候曾在园艺造景公司工作过，那种工作就是帮人家整理草坪、矮树丛和树篱的。我以前帮一位女士修整过她的绿雕。"

温迪一手掩住嘴偷偷地窃笑。杰克一边看着她，一边说道："对啊，我以前至少一个礼拜修剪她的绿雕一次。"

"走开，苍蝇。"温迪说着又窃笑。

"爸，她的树篱漂亮吗？"丹尼问，他们两人听到这问题强忍住一阵爆笑。温迪笑得太激动，连眼泪都顺着脸颊流下，不得不从手提包拿出面纸。

"丹尼，她的树篱不是动物，"杰克好不容易控制住自己后说，"是玩的牌，黑桃啦、红心啦，还有梅花和方块。不过，那个树篱会长，你知道——"

（它们会慢慢爬，沃森说过……不，不是树篱，是锅炉。你得一直留意，不然你和你的家人最后就会到他妈的月球上。）

温迪和丹尼一脸迷惑地注视着他。他脸上的笑容渐渐消失。

"爸？"丹尼问。

他朝他们眨一眨眼，仿佛刚从远处回来。"丹尼，它们会长，然后造型就会不见。因此我一个礼拜得理个一两次，直到天气冷到树篱今年不会再生长为止。"

"这边还有儿童游戏场呢！"温迪说，"我幸运的孩子。"

游戏场在绿雕后面，有两座溜滑梯、一个大秋千架——上头有高低不一的六个秋千、一座立体方格的攀爬架、一个水泥环组成的隧道、一个沙坑，还有一间完整复制全景饭店的娃娃屋。

"丹尼，你喜欢吗？"温迪问。

"我当然喜欢，"他说，希望声音听起来比他实际的感受要来得热情。"挺棒的。"

游戏场之外，有道不显眼的铁丝网的安全围篱，围篱外是通往饭店、用碎石铺成的宽大车道，再过去就是山谷本身，一步一步落入午后浅蓝色的雾霭中。丹尼不知道与世隔绝这个词，但若是有人解释给他听的话，他应该会马上明白。在下方远处，躺在太阳底下犹如一条决定假寐的黑色长蛇的，是往回经过萨德维特通道，最后到达波尔德的道路。这条路整个冬天都将封闭。一想到这点他就觉得有点呼吸困难，当爸爸将手落在他肩膀上时，他差点跳了起来。

"博士，我会尽快拿饮料给你。他们目前有点忙碌。"

"爸，没问题的。"

布兰特太太从里头的办公室走出来，看上去一副洗刷冤屈的神气。不久之后，她洋洋得意地大步迈出门外，两名服务生费力地推着八个行李箱，尽可能地跟在她身后。丹尼望出窗外，看见一位身穿灰色制服、戴着有如陆军上尉帽子的男人，将她的银色长轿车开到大门之后下车。他轻触一下制服帽向她致意后，跑到后面打开后备箱。

在偶尔会闪现的灵光当中，他从她脑海里读到一个完整的想法，一个飘浮在混乱的情绪和颜色的低音噪声（他在人潮拥挤的地方经常感受到的）之上的念头。

（我真想钻进他的裤子里）

丹尼皱起眉头，看着服务生将她的行李放入后备箱。她的眼神相当犀利地盯着穿灰色制服、正在监督搬运行李工作的男人。为什么她想要那男人的裤子呢？难道她穿着那身毛皮长大衣还觉得冷吗？假如她那么冷，为什么不干脆穿上她自己的长裤呢？他妈妈差不多整个冬天都穿长裤。

穿灰色制服的男人关上后备箱，走回前头协助布兰特太太上车。丹尼仔细留意看她是否会提到他的裤子，但她只是微微一笑，给他一块钱钞票当小费。一会儿后，她就指挥银色大轿车顺着车道而下。

他想要问母亲为何布兰特太太会想要司机的裤子，最后决定还是别问。有的时候问问题会给你惹上一大堆麻烦，他以前就遇到过。

　　因此他没问，只是挤到他们两人中间，一起坐在小沙发上，看着所有的人在柜台办理退房手续。他很高兴妈妈和爸爸心情愉快，而且彼此相爱，但他忍不住有点担心。他就是无法不担心。

10. 哈洛兰

　　这厨师一点也不符合温迪心目中度假饭店的厨房主角的典型形象。首先，这样的角色被称为主厨，一点也不像厨子那样平庸——煮饭是她在公寓厨房里所做的，把剩菜全部扔进抹上油的百丽砂锅再加入面条。另外，全景饭店在纽约周日《时代》的度假栏登过广告，在这样的饭店内的烹饪能手应该是个头矮小，长得圆圆胖胖，还有张面团似的脸（有几分像贝氏堡面团宝宝）；他应该像二十世纪四〇年代的音乐喜剧明星一样留着细如铅笔线条的小胡子，还有深色的眼眸、法国的口音及令人厌恶的性格。

　　哈洛兰的眼睛确实是深色的，但仅此而已。他是位高个子的黑人，头发微微蓬鬈，发色开始花白。说话时带着轻柔的南方口音，常常大笑，露出太过洁白整齐的牙齿，简直就像二十世纪五〇年代西尔斯罗巴克出品的假牙。温迪自己的父亲就有一副，他称之为罗巴克人，经常会在晚餐桌上逗趣地把假牙朝她鼓出来……温迪如今想起，他总是趁她母亲在厨房准备别的东西或是讲电话的时候这样做。

　　丹尼仰头目不转睛地看着这个身穿蓝色斜纹衣料的黑巨人，然后当哈洛兰轻松地将他抱起搂在臂弯里的时候，他笑了。哈洛兰说："你不会待在这里整个冬天吧？"

　　"会啊，我会。"丹尼害羞地笑着说。

　　"不，你要跟我一起下去圣彼得学做菜，然后每个讨厌的夜晚到沙滩上去找螃蟹，对吧？"

　　丹尼高兴地咯咯直笑，摇着头说不。哈洛兰将他放下来。

　　"如果你要改变心意的话，"哈洛兰俯身向他严肃地说，"最好快一点做决定。从现在算起三十分钟后，我就会坐上我的车。再两个半小时后，我将坐在科罗拉多州丹佛，这座高空城市的斯特普尔顿国际机场，B候机楼，第三十二号登机门前。然后再过三个钟头，我会在迈阿密机场租车，出发前往阳光普照的圣彼得，等着套上我的游泳裤，偷偷取笑那些深陷在雪里受困的人。你会铲雪吗，孩子？"

"先生，我会。"丹尼笑着说。

哈洛兰转向杰克和温迪。"看来是个优秀的孩子。"

"我们认为他会帮忙的。"杰克说着伸出手，哈洛兰与他握了握。"我是杰克·托伦斯，这是我太太温尼弗雷德，还有你刚认识的丹尼。"

"很高兴认识他。女士，你的名字缩写是温妮，还是费迪？"

"我是温迪。"她微笑着回答。

"好吧。我想，这比另外两个名字要来得好。往这边走吧！厄尔曼先生希望你们参观一下，那就带你们参观吧！"他摇一摇头压低声音说："接下来不用再见到他，我可高兴咧。"

哈洛兰开始带领他们到处参观温迪这辈子所见过最宽广的厨房。整个厨房干净得闪闪发亮，每样东西表面都小心翼翼地擦到极度光亮。这里不仅仅是宽大，而是大到令人害怕。她走在哈洛兰旁边，与厨房完全格格不入的杰克则和丹尼稍微落在后头。一面长长的墙板上悬挂着各式各样的切割工具，一路从削皮刀到有四个凹槽的洗碗槽旁边挂着的双手切肉刀。有个和他们波尔德公寓里的厨房餐桌一样大的揉面板，还有一排令人叹为观止的不锈钢制锅碗瓢盆，从地板挂到天花板，盖满了整面墙。

"我想每次进来都得留下一长串的面包屑。"她说。

"别让它害你沮丧，"哈洛兰说，"它是很大没错，不过仍然只是间厨房罢了。这里大部分的器具你甚至永远都不需要碰。我唯一要求的是保持清洁。如果我是你的话，我会用这边这个炉子。全部共有三个炉子，不过，这个是最小的。"

这还是最小的呢，她注视着炉子，心里郁闷地想。炉子上有十二个炉头、两个普通的烤箱和一个荷兰烤箱，上面还有一个可以煨酱汁或炖烤豆子的加热盘、一个烤肉炉和一个食物保温设备，再加上无数个刻度盘和温度表。

"全都是用瓦斯。"哈洛兰说，"温迪，你以前用过瓦斯煮东西吧?"

"用过……"

"我喜欢瓦斯,"他说着,打开其中一个瓦斯炉,蓝色的火焰砰的一声点燃起来,他轻轻触碰一下调整成微弱的火光。"我喜欢看得到正在烹饪的炉火。你看见所有瓦斯炉的外部开关在哪里了吗?"

"看见了。"

"烤箱的刻度盘全都做了记号。我本身呢,偏好中间的,因为它似乎加热最平均,不过你可以用任何一个你喜欢的,或者三个都用啰!"

"三个烤箱各热一份电视餐。"温迪有气无力地笑着说。

哈洛兰哈哈大笑。"尽管用吧!随你高兴。我在洗碗槽那边留了一份可以吃的食物清单,你看到了吗?"

"在这里,妈咪!"丹尼将两张双面写得密密麻麻的纸拿过来。

"乖孩子。"哈洛兰接过纸张,揉一揉他的头发说,"孩子,你确定不想和我一起去佛罗里达,学习料理这人间天堂里最鲜甜的克里奥尔烩虾吗?"

丹尼一边用双手遮住嘴巴吃吃地笑,一边退到父亲身旁。

"我想,你们三人可以在这里吃上一年,"哈洛兰说,"我们有间食品冷藏室、一个大型冷冻库、各种蔬果柜和两个冰箱。来吧!我带你去看看。"

接下来十分钟,哈洛兰打开许多柜子和门,显露出来的食物分量是温迪前所未见的。这些储备的食物令她感到惊讶,但并没有如她原本以为的能使她安心。她不断回想起多纳小队,倒不是考虑到同类相残(拥有那么多的食物,实际上需要很久很久,他们才会沦落到缺乏粮食只剩彼此的地步),但正因为如此,她更强烈地觉得这真的不是开玩笑的事:一旦下雪了,要离开这里就不是单纯开车一小时到萨德维特的问题,而是浩大的工程。他们将端坐在这间遭到遗弃的豪华饭店里,像童话故事里的生物一样吃着留给他们的食物,聆听刺骨的寒风绕着大雪冰封的屋檐呼呼地吹。在佛蒙特州,丹尼折断手臂的时候,

（杰克折断了丹尼的手臂）

她曾经拨打电话附的小卡片上的号码给美蒂思急救队，他们十分钟后就到了她家。小卡片上还写着其他的电话号码。警车五分钟内就可以到，消防车甚至更快，因为消防队就在三条街外再转弯过一条街的地方而已。要是电灯熄了可以打电话找人，莲蓬头堵塞也找得到人，电视故障的时候也能打电话叫人。但是在这里万一丹尼又昏厥过去，把自己的舌头吞下的话该怎么办？

（噢上帝啊，这是什么想法！）

万一这地方着火了呢？万一杰克跌下电梯井摔破头的话呢？万一——

（万一我们过得很快乐！温尼弗雷德！现在别再胡思乱想了！）

哈洛兰领头带他们走进大型冷冻库，在里头他们呼出的气有如连环漫画的对话框，仿佛冬天已然来临。

汉堡肉装在大塑料袋里，一袋十磅，共有十二袋。铺了厚木板的墙面有四十只全鸡垂挂在一排钩子上，十二罐罐装的火腿宛如扑克筹码堆积在一起。全鸡下方，有十大块牛肉、十大块猪肉，还有一只硕大的羔羊腿。

"博士，你喜欢羊肉吗？"哈洛兰咧开嘴笑着问。

"我喜欢。"丹尼立刻回答说，实际上他从来没吃过。

"我就知道你喜欢。没有什么比在寒冷的夜晚来两片上好的羊排，旁边再放一些薄荷冻更美好的了。你在这里也有薄荷冻。羊肉能让肚子舒服，是种不伤肠胃的肉类。"

杰克从他们身后好奇地说："你怎么知道我们叫他'博士'呢？"

哈洛兰转过身来。"对不起，你说什么？"

"丹尼啊，我们有时候会叫他博士，就跟卡通里面兔宝宝的口头禅一样。"

"他看起来有几分像博士啊！不是吗？"他朝丹尼皱皱鼻子，咂咂嘴，接着说，"咦，怎么啦，博士？"

丹尼咯咯直笑，然后哈洛兰非常清晰地对他说了些话，

（博士，你确定不想去佛罗里达吗？）

他听见了每一个字。他直盯着哈洛兰，感到既惊讶又有点害怕。哈洛兰郑重其事地眨个眼，然后转过身去面向食物。

温迪看看厨师穿着斜纹衣料的宽大背影，再看看她儿子。她有种奇特的感觉，似乎他们两人之间传递了某种讯息，是她不大能意会的。

"你有十二包香肠，十二包培根，"哈洛兰说，"一只猪也不过如此。这个抽屉里有二十磅奶油。"

"真正的奶油吗？"杰克问。

"最顶级的。"

"我想除了小时候在新罕布什尔的柏林之外，我没吃过真正的奶油。"

"嗯，你在这里可以把奶油全部吃光光，直到你觉得人造奶油好像美食飨宴一样。"哈洛兰说完大笑。"再过来的这个柜子里有面包：三十条白的，二十条黑的。我们在全景饭店尽量保持种族平衡，你不知道吧。我知道五十条没办法让你们撑过整个冬天，不过，这里有很多材料，新鲜的绝对比冷冻的要来得好吧！

"下面这里有鱼。吃鱼可以补脑，对吧，博士？"

"是吗？妈咪？"

"哈洛兰先生说是就是啊，宝贝。"她微笑。

丹尼皱一下鼻子。"我不喜欢鱼。"

"这你可大错特错了，"哈洛兰说，"你只是从来没吃过喜欢你的鱼。这里的鱼会很喜欢你的。五磅的虹鳟，十磅的鲆鲽鱼，十五罐的鲔鱼——"

"哇，太棒了，我喜欢鲔鱼。"

"还有五磅海里游过味道最鲜美的鲽鱼。孩子，等明年春天回来时，你就会感谢老……"他啪地弹了一下手指，好像忘记什么事。"咦，我叫什么名字？一下子突然想不起来了。"

"哈洛兰先生，"丹尼咧嘴笑着说，"你的朋友都叫你迪克。"

"对了！你是我的朋友，叫我迪克吧！"

当他带领他们进入更远的角落时，杰克和温迪交换了困惑的眼神，两人都在努力回想哈洛兰是否告诉过他们他的名字。

"这边呢，我加了一点特别的菜色，"哈洛兰说，"希望你们全家好好享用。"

"噢，真是的，你不该那么客气的。"温迪感动地说。那是只二十磅重的火鸡，以深红色的宽缎带包着，最上面还打了个蝴蝶结。

"温迪，你们感恩节一定要吃火鸡的。"哈洛兰严肃地说，"我相信冷冻库哪个角落还有只阉鸡给你们圣诞节吃。你肯定会被它绊倒。现在趁还没染上肺炎之前，我们赶紧离开这里吧！好吗，博士？"

"好！"

食品冷藏室里有更多的惊奇。一百盒的奶粉（哈洛兰郑重建议她趁路还通的时候，尽可能到萨德维特买新鲜的牛奶给小男孩喝），五袋十二磅重的砂糖，一壶一加仑的黑糖蜜、玉米片、好几个玻璃瓶的米、通心粉和意大利面；分级的水果和水果色拉罐头；大量的新鲜苹果让整个房间充满秋天的香气；葡萄干、蜜枣干和杏桃干（"假如你想要快乐的话，排便就必须正常。"哈洛兰说。一阵响亮的笑声回荡在食品冷藏室的天花板，那里有颗旧式的灯泡垂挂在铁链上）；一个很深的桶里装满了马铃薯；还有几个较小的容器里装着西红柿、洋葱、白萝卜、南瓜和高丽菜。

"我说啊……"温迪在走出冷藏室时说。但是经历过一星期仅三十块钱的食品杂货采购预算后，看见那么多新鲜食材让她目瞪口呆，无法说出她究竟想说什么话。

"我有点迟了，"哈洛兰看了一下手表说，"所以我就让你们安顿下来后，自己把全部的橱柜和冰箱检查一遍。里头还有起司、罐装牛奶、炼乳、酵母粉、小苏打粉、一整袋现成的点心派，几串甚至还不到快要熟的程度的香蕉——"

"停！"她举起手来大笑着说，"我永远没办法记全。真是棒极了。我答应你会保持这地方干净的。"

"那是我唯一的要求。"他转向杰克。"厄尔曼先生向你简单扼要地说明过他异想天开的老鼠吗？"

杰克咧嘴一笑。"他说可能有些在阁楼，沃森先生说或许还有一些在地下室。那底下肯定有两吨的纸张，不过我没看到任何老鼠可能拿来做窝的撕碎纸张。”

"那个沃森喔，"哈洛兰说着，假装悲痛地摇摇头。"他是你遇过讲话最爱夹脏字的人吧？"

"他的个性确实独特。"杰克同意。他自己的父亲才是他遇过最爱讲脏话的人。

"有点可怜哪！"哈洛兰说，一面带他们走回向着全景餐厅的宽大旋转门。"很久以前，他们家族很有钱。盖这地方的就是沃森的祖父还是曾祖父，我不记得是哪一位了。"

"我听说了。"杰克说。

"发生了什么事呢？"温迪问。

"唉！他们没办法让饭店顺利地经营下去，"哈洛兰说，"如果你允许的话，沃森会告诉你整个故事——一天两次。那老先生对这地方异常地执着。我猜啊，他是让它把自己给拖垮的。他有两个男孩，其中一个在骑马意外中当场死亡，那时饭店还在盖，应该是在一九〇八或一九〇九年的时候吧！老先生的太太染上流行性感冒过世后，就只剩下老先生和他的小儿子。他们最后受雇在他老人家盖的这间饭店里当管理员。"

"真是可怜啊！"温迪说。

"那老先生后来呢？出了什么事？"杰克问道。

"他不小心把手指插进电灯的插座，就这样死了，"哈洛兰说，"二十世纪三〇年代初期在经济大萧条之前，这地方一度关闭了十年。

"不管怎样，杰克，如果你和你太太也留意一下厨房里的老鼠，我会很感激的。假如你看到的话……用捕鼠器，别用毒药。"

杰克眨眨眼。"当然啦！谁会想在厨房里放老鼠药？"

哈洛兰嘲弄地笑了。"厄尔曼先生啊，还有谁。那是他去年秋天的聪明点子。我提出自己的看法请他考虑考虑，我说：'厄尔曼先生，要是我们明年五月全都上山来，我负责端上传统开幕夜的晚餐，'——菜色刚巧是鲑鱼配上非常美味的酱汁——'结果每个人都吐了，医生过来对你说：厄尔曼，你到底在这里做什么事？居然让全美国八十位最有钱的人全都中了老鼠药的毒！'"

杰克把头向后一甩纵声大笑。"厄尔曼怎么说？"

哈洛兰把舌头顶在脸颊内侧，仿佛在摸找藏在那里的一小块食物。"他说：'哈洛兰，去弄些捕鼠器来。'"

这一回他们全都笑了起来，甚至连丹尼都笑了，虽然他不十分确定笑点是什么，只知道是和厄尔曼先生有关，厄尔曼先生终究不是每件事情都懂。

他们四人经过朝西面向白雪覆盖的山顶、视野绝佳的餐厅。餐厅内如今空荡寂静，每张白色的亚麻桌布上都罩着坚韧透明的塑料布。由于进入歇业季节而卷起的地毯竖立在角落，宛如站岗的哨兵。

宽广的餐厅另一侧有两扇双扉推门，上头的旧式标示牌以镀金的字体烫印着：科罗拉多酒吧。

哈洛兰顺着杰克的视线，说道："假如你爱喝酒的话，我希望你带了自己的补给品来。那地方被掏得干干净净。你知道，昨天晚上是员工的派对。今天每个工作的女服务生和侍者都带着头痛在忙，包括我自己。"

"我不喝酒。"杰克马上说。他们走回到大厅。

他们待在厨房的半小时内，大厅已清空许多。长长的主厅开始有种沉静、空寂的模样，杰克料想他们不久就会熟悉这种感觉了。高背椅如今空着。原先坐在火炉旁的修女走了，炉火本身剩下一层散发出温暖余光的煤炭。温迪瞥向外头的停车场，看见除了十二辆车外，其他全消失了。

她发现自己暗自希望他们能回到福斯车上，开回波尔德……或其他任何地方。

杰克环顾四周寻找厄尔曼，但是他不在大厅。

一名年轻的女服务生走过来，她的灰金色头发用发夹固定住堆在脖子上。"迪克，你的行李在大门口外。"

"莎莉，谢谢你啦！"他匆匆轻吻一下她的前额。"你也过个愉快的冬天啊！我听说你要结婚了。"

莎莉轻快地摇摆臀部漫步离开后，哈洛兰转向托伦斯一家。"如果我还想赶上飞机的话，就得赶紧走了。祝福你们一切顺利。我知道你们会顺利的。"

"谢谢，"杰克说，"你人真好。"

"我会好好照顾你的厨房的，"温迪再次承诺。"好好享受佛罗里达的生活吧！"

"我一向都很享受。"哈洛兰说。他把双手搁在膝盖上，弯下腰对丹尼说，"小家伙，最后一次机会喔！想要来佛罗里达吗？"

"我不想。"丹尼微笑着说。

"好吧！那愿意帮我把行李提到车上去吗？"

"如果妈咪说可以的话。"

"可以，"温迪说，"不过，你得把外套的扣子扣上。"她倾身向前准备帮丹尼扣扣子，但哈洛兰抢先一步，他的棕色大手指流畅灵巧地移动着。

"我马上就送他回来。"哈洛兰说。

"好。"温迪说，跟他们一起走到门边。杰克仍在东张西望地寻找厄尔曼。"全景"的最后一批客人正在柜台办理退房手续。

11. 闪　灵

一走出门外就有四个行李箱堆成一堆，其中三个是巨大、破旧、表面是黑色仿鳄鱼皮的老手提箱，剩下一个是表皮格纹褪色的特大号夹链袋。

"我想你能应付那一个吧！行吗？"哈洛兰问丹尼。他一手提起两个大手提箱，再将另一个拎在腋下。

"当然行。"丹尼说。他用双手紧抓住那个袋子，跟随厨师走下大门前的阶梯，尽力勇敢地不发出咕哝声，泄漏出袋子有多沉重。

他把夹链袋抱在身前，袋子不断撞到他的膝盖。从他们抵达之后就不停刮着的凛冽刺骨的秋风，呼啸地吹过停车场，逼得丹尼畏缩地将眼睛眯成一条缝。几片迷途的白杨叶沙沙作响，滚过如今大多空无人迹的柏油路面，让丹尼顿时想起上周他从噩梦中惊醒，听见——或者，至少以为自己听见——东尼叫他别去的那天晚上。

哈洛兰在米色的普利茅斯复仇女神的后备箱旁将手提箱搁下。"这不是什么好车，"他对丹尼吐露，"只是租来的。我的贝西在另一边，她才是真正的车子，一九五〇年份的凯迪拉克。她好开吗？我可想到处宣扬呢！我把她留在佛罗里达是因为她太老了，没办法爬这些山。你需要我帮忙吗？"

"不需要，先生。"丹尼说。他尽力不发出咕哝声地抱着袋子走完最后十到十二步，然后大大松了一口气地放下袋子。

"好孩子。"哈洛兰说。他从蓝色斜纹布料的外套口袋中取出一个大钥匙圈，打开后备箱，一边把箱子搬进去，一边说："孩子，你闪着灵光呢！比我这一生中遇过的任何人都要来得明显。我明年一月就六十岁啰！"

"啊？"

"你有天赋。"哈洛兰转身面向他说，"我呢，我向来都说这种天赋叫'闪灵'。我祖母也是这样说的，她也有。我的年纪比你现在还小的时候，我们常常坐在厨房里聊好久好久，连嘴巴都不用张开。"

"真的吗？"

哈洛兰看见丹尼张着嘴，一副近乎渴望的表情，于是微微一笑说："来吧！跟我一起坐在车上几分钟，我想要和你聊聊。"他砰地将后备箱关上。

温迪·托伦斯在"全景"的大厅，她看见儿子坐进哈洛兰车上的副驾驶座，而那个大块头的黑人主厨坐到方向盘后。一阵莫大的恐惧猛烈地袭来，她张嘴想告诉杰克，哈洛兰说要带他们的儿子到佛罗里达去不是谎言，他正要绑架丹尼。但他们只是坐在那里。她勉强能看到儿子头颅的小小剪影，正聚精会神地靠向哈洛兰的大头。即使隔了这么远的距离，她仍认得出来儿子的小脑袋摆出特殊的姿态——那是儿子看到电视上有特别吸引他的东西时，或者和他父亲一起玩抽鬼或白痴的克里比奇纸牌游戏时特有的姿势。杰克仍在四处寻找厄尔曼的身影，并没有注意到。温迪保持沉默，紧张地盯着哈洛兰的车，好奇他们究竟谈什么内容会让丹尼那样偏着头。

车内，哈洛兰正在说："觉得你有点寂寞，以为自己是唯一的吗？"

丹尼有时候会受到惊吓，同时也感到寂寞，于是他点点头。"我是你遇到过唯一的吗？"他问。

哈洛兰大笑着摇摇头。"不，孩子，并不是。不过，你的闪灵是最明显的。"

"那，有很多人吗？"

"没有，"哈洛兰说，"不过你的确偶尔会碰到。有很多人是有一点点闪灵，甚至连他们自己都不知道，但他们似乎总是在太太经期心情沮丧时带着花束出现；学校考试就算没有念书也考得很好；一走进室内就能清楚地知道里头的人的感觉。我遇过五十还是六十个像这样的人。但是连我奶奶算在内，也许只有十来个知道他们自己有闪灵。"

"哇！"丹尼说完思索了片刻，然后说，"你认识布兰特太太吗？"

"她？"哈洛兰轻蔑地问，"她没有闪灵，只是每天晚上都把晚餐退回来两三次。"

"我知道她没有。"丹尼认真地说,"可是你认识穿灰色制服开车的那个人吗?"

"麦可?当然啦,我认识麦可。他怎么了?"

"哈洛兰先生,她为什么想要他的裤子呢?"

"孩子,你在说什么啊?"

"嗯,她盯着他看的时候,心里在想她很想要钻进他的裤子里,我只是不明白为什么——"

但是他无法再说下去,哈洛兰的头已经向后一仰,从胸腔发出洪亮而低沉的大笑,笑声如炮火一般在车内轰隆隆地响着,其力道让座椅都为之震动。丹尼也笑了,但心里充满困惑。终于,哈洛兰的狂笑一阵阵地逐渐平息,他从胸前口袋掏出一条宛如投降白旗的丝质大手帕,擦拭流泪的眼睛。

"孩子,"他开口说,仍旧有点带着笑意。"你十岁以前就会知道所有该知道的人情世故,我不知道是不是该羡慕你。"

"可是,布兰特太太——"

"你根本不用在意她,"他说,"也别去问你妈。那样只会惹她生气,你懂我在说什么吗?"

"懂,先生。"丹尼说。他完全明白,他以前就曾经那样惹恼他母亲。

"你只需要知道,布兰特太太只不过是个有欲望的下流老太太就好了。"他带着疑问地看着丹尼。"博士,你可以多用力地打击出去?"

"啊?"

"给我一击吧!想着我。我要知道你的力量是不是跟我想的一样大。"

"你希望我想什么?"

"随便,只要用力地想。"

"好吧!"丹尼说。他考虑了片刻,然后集中注意力朝哈洛兰用力投过去。他以前从没做过像这样的事,在最后一刻体内的部分本能苏醒,减弱一些那念头原始的力道,因为他不希望伤害到哈洛兰先生。但是念头从脑海中射出的力量是他根本无法相信的，简直比诺兰·莱恩的快速球还要再快一些。

（哎呀！希望不会伤到他）

他投出的念头是：

（！！！嗨，迪克！！！）

哈洛兰畏缩地在座位上往后一退。他的上下牙齿喀的一声用力合起来，使得下嘴唇滴下一点点鲜血。他的双手不由自主地从膝上抬到胸口高的位置，之后又落回原处。有一瞬间，他的眼睑有气无力地颤动着，完全不受意识的控制。丹尼吓坏了。

"哈洛兰先生？迪克？你还好吗？"

"我不知道，"哈洛兰虚弱地笑着说，"老实说我不知道。我的天，小子，你是把手枪啊！"

"对不起，"丹尼更为惊慌地说，"我该不该去找我爸爸过来？我跑过去找他。"

"不用了，我好多了。我没事的，丹尼，你乖乖坐在那里就可以了。我只是觉得有点混乱而已。"

"我没有用尽全力，"丹尼坦承。"我不敢，所以在最后一分钟缩回了。"

"大概是我运气好，你缩回去……不然我的脑浆可能会从耳朵漏出来。"他看见丹尼脸上惊慌的神色，微微地笑了。"我没有受伤。你自己感觉怎么样呢？"

"感觉我好像是正在投快速球的诺兰·莱恩。"他立刻说。

"你喜欢棒球，是吗？"哈洛兰小心翼翼地揉着太阳穴。

"爸爸和我喜欢天使队，"丹尼说，"美联东区是红袜队，西区是天使队。我们看过红袜在世界大赛中对辛辛那提的那一场比赛，我那时比现在小多了。爸爸他……"丹尼的脸色黯淡下来，显得有些不安。

"你爸怎么了，丹？"

"我忘了。"丹尼说。他将大拇指塞入嘴巴吸吮起来，但那是小婴儿的习惯，因此他又把手放回大腿上。

"丹尼，你能看出爸爸、妈妈心里想的事情吗？"哈洛兰仔细地观察他。

"大部分时候，如果我想要的话。不过通常我不会试。"

"为什么不呢？"

"嗯……"丹尼不安地停顿了半晌。"那感觉就好像偷窥卧室，看他们做制造小宝宝的那件事。你知道那件事吗？"

"我稍微知道。"哈洛兰严肃地说。

"他们不喜欢那样。他们不喜欢我偷看他们的想法，那样子很卑鄙。"

"我明白了。"

"可是我明白他们的感觉，"丹尼说，"我没有办法控制。我也知道你的感觉，我很抱歉伤到你。"

"只是头痛而已，我还有过更严重的宿醉呢！那你能读别人的吗，丹尼？"

"我还不大会读，"丹尼说，"只除了少数几个字。不过，爸爸今年冬天会教我。我爸爸以前在一间大学校里教阅读和写作喔！主要是写作，不过他也很了解阅读。"

"我的意思是，你能看出其他人在想什么吗？"

丹尼仔细想想。

"如果很大声的话就可以，"他最后开口回答，"就像布兰特太太和裤子的事。或是像有一次，我和妈妈在一间大商店买我的鞋子，有个大块头的孩子盯着收音机，他想要不付钱就拿走一台。接着他想，万一被抓到怎么办？然后又想，我真的很想要；之后又想到会被抓。他把自己搞得很烦，害得我也很不舒服。那时妈妈正在跟卖鞋子的先生说话，所以我就走过去说：'嘿，别拿那台收音机，走开。'他真的吓死了，马上就跑走了。"

哈洛兰的嘴巴咧得开开地笑了。"我敢说他吓坏了。丹尼，你还能做到别的事吗？除了读到想法和感觉，还有其他的吗？"

丹尼十分小心地问："你还能办到别的吗？"

"有的时候，"哈洛兰说，"不常。偶尔……偶尔会做梦。丹尼，你会做梦吗？"

"有的时候，"丹尼说，"我会在清醒的时候做梦，自从东尼来了以后。"他的拇指又伸进嘴里。除了妈咪和爸爸之外，他从来没告诉任何人东尼的事。他把吸拇指的那只手放回膝盖上。

"东尼是谁？"

忽然间丹尼灵光一闪领悟到最令他恐惧的事，那感觉就像是突然瞥见一台可能安全也可能危险得足以致命的难以理解的机器。他的年纪太小，还不明白是安全还是危险。他太小了，没办法理解。

"到底有什么不对劲？"他大声喊道，"你问我这么多事情是因为你担心，对不对？你为什么担心我？为什么担心我们？"

哈洛兰将深色的大手放在小男孩的肩上。"停，"他说，"大概没事。不过如果有事的话……嗯，丹尼，你的脑袋里有相当强大的力量，我想你得长到很大才能配合得了那股力量。你必须勇敢一点。"

"可是我不懂啊！"丹尼冲口说出。"我感觉得到，但是我不明白！大家……他们对事物有感觉，我接收到他们的感觉，可是我不明白我感觉到的是什么！"他难过地低头看着自己的大腿。"我真希望我能认字。东尼有时候会给我看一些标示牌，我几乎都看不懂。"

"东尼是谁？"哈洛兰再问一次。

"妈妈和爸爸说他是我的'隐形玩伴'，"丹尼说，他小心地背诵那几个字。"可是他真的是真的，至少，我觉得他是。有时候，我真的很努力想要理解事情时，他就会来。他说：'丹尼，我想要带你看个东西。'然后我就好像昏过去。只是……就像你说的，那是梦。"他注视着哈洛兰，吞了一口口水。"那些梦以前很好，可是现在……我不记得会吓到让你哭的梦叫什么。"

"噩梦？"哈洛兰问。

"对，就是那个，噩梦。"

"梦到这个地方？梦到全景饭店吗？"

丹尼再度低头看着吸拇指的那只手。"对。"他低声说。蓦地，他抬头直视哈洛兰的脸，尖声尖气地说，"但是我不能告诉我爸爸，你也不行！他一定得要这份工作，因为这是艾尔叔叔唯一能帮他弄到的工作，他得写完他的剧本，否则他可能又会开始做那件坏事，我知道是什么坏事，就是喝醉，就是那件事，他以前老是喝得醉醺醺的，那就是不该做的坏事！"他不再继续说，眼泪几乎快落下。

"嘘……"哈洛兰说，一边将丹尼拉过来，让丹尼的脸靠在他外套粗糙的斜纹布料上。他的衣服隐隐有股樟脑丸的味道。"孩子，没事的。假如拇指喜欢你的嘴，就让它去它想去的地方吧。"但他的表情很不安。

他说："孩子，你拥有的天赋，我把它叫做'闪灵'，圣经上说是异象，还有的科学家把这种能力称为预知。孩子，我阅读相关的资料，做了研究，它们全都是指预见未来。你懂吗？"

丹尼靠在哈洛兰的外套上点点头。

"我记得在那方面我曾有过的最强烈的闪灵……我不是个健忘的人。那发生在一九五五年，我当时还在军中，被派驻在西德。时间是在晚餐前一个小时，我站在洗碗槽旁边，正在严厉责备一位炊事兵削皮时把太多马铃薯肉一起削掉。我说：'拿来，我来展示给你看该怎么削。'他递出马铃薯和削皮刀，然后整间厨房就消失了，砰的一声，就那样。你说你看见这个叫东尼的家伙之后……你才开始做梦的？"

丹尼点一下头。

哈洛兰伸出一只手臂环住他。"我呢，是闻到柳橙味。那天整个下午我都闻到柳橙的味道，但是完全没有多想，因为那天晚上的菜单上有柳橙——我们有三十箱瓦伦西亚的柳橙。那天晚上该死的厨房里的每个人都闻到柳橙味。

"有一瞬间我觉得自己好像刚才昏过去，接着听见爆炸声，看到火光，有人在尖叫，警报响了。紧接着我听见只可能是蒸汽发出来的嘶嘶声。然后我感觉好像自己离发出嘶嘶声的东西更靠近一些，我看见一节出轨翻覆的火车车厢，上头写着乔治亚及南卡罗莱纳州铁路公司，我像是灵光一闪马上就知道我弟弟卡尔在那辆火车上，火车脱出轨道，卡尔死了。就这样子。然后景象消失，站在我前面的是吓坏了的笨蛋小炊事兵，伸出来的手里仍然拿着马铃薯和削皮刀。他问：'中士，你还好吗？'我回答：'不好，我弟弟刚刚在乔治亚死掉了。'

等我终于打国际电话联络上我妈妈后，她告诉我事情的状况。

"可是小子，你瞧，我早就知道事情的状况了。"

他缓缓地摇着头，仿佛要驱散回忆，然后低头凝视睁大眼睛的男孩。

"不过孩子啊，有件事你得记住：那些事情不见得都会变成真的。我记得就在四年前，我得到一份工作，担任缅因州长湖畔一个男孩营队的厨师。因此我坐在波士顿洛根机场的登机门旁，等着上飞机，然后就突然闻到柳橙味，大概是五年来第一次。所以我对自己说：'天啊，现在到底是要上演什么疯狂的画面？'我走到洗手间，坐在马桶上独自一个人静一静。我从来没有失去知觉，但是我开始有越来越强烈的感觉，我的飞机将会坠毁。不久感觉消失，柳橙味也没了，我知道一切结束。我走回达美航空的柜台，把我的班机改成三小时后的另一班。结果你知道发生什么事吗？"

"什么？"丹尼低声问。

"什么事也没有！"哈洛兰大笑地说。看见男孩也微微笑了，让他松了一口气。"连一件事都没有！那架老飞机准时降落，连一点碰撞或擦伤都没有。所以你明白了吧……有的时候那些感觉并不会变成真的。"

"喔。"丹尼说。

"或者像你去玩赛马。我经常去，而且通常手气都不错。当马匹经过起跑闸时，我站在围栏旁边，有时候会对这匹马或那匹马有点灵光。通常这种感觉真的能帮我赚不少。我常常告诉自己，总有一天我要一次买三张赌马券，赌三匹得胜希望不大的马，凭三连胜赚足够的钱好早点退休。这种机运还没出现。但是有好多次我从赛马场走路回家，而不是荷包满满地搭出租车。没有人一直有闪灵，也许除了天上的神之外吧！"

"对啊，先生。"丹尼说，想起将近一年前，东尼曾展示给他看一个新生的宝宝躺在史托文顿家中的婴儿床上。他非常兴奋地一直等待着，因为知道宝宝的到来需要时间，但是新生的宝宝并没有出现。

"你听着，"哈洛兰说，将丹尼的双手握在自己的手中。"我在这里做过一些噩梦，有些不好的感觉。我在这里工作了两季，大概做过十几次……嗯，噩梦。也许有五六次觉得自己看到东西。不，我不会说是什么东西，那不适合讲给你这样的小男孩听，只不过是些讨厌的东西。有一次是跟那些修剪成动物造型的该死树篱有关。还有一次是有个女服务生，叫德洛莉丝·维克瑞的，她本身有点闪灵，不过我不认为她自己知道。厄尔曼先生把她开除了……你知道那是什么意思吗，博士？"

"知道，先生，"丹尼直率地说，"我爸爸就被开除，不能再教书了，我猜所以我们才会到科罗拉多。"

"嗯，厄尔曼开除她是因为她说看见某个房间里有东西……咳，就是那个发生过坏事的房间，二一七号房。丹尼，我要你答应我绝对不会进去那里面，整个冬天都不行。靠右边走，绕过去。"

"好吧！"丹尼说，"那个女士——小姐——她有请你去看看吗？"

"有，她的确。那里确实有个坏东西，不过……我不觉得那是会伤害人的坏东西，丹尼，这就是我一直想说的。有闪灵的人有时候能看见将要发生的事情，我想有的时候他们能看见过去发生的事。但是那些景象就像是书里的图片而已。丹尼，你曾经看过书里有让你害怕的图片吗？"

"有。"他说，一边回想起《蓝胡子》的故事，及蓝胡子的新婚妻子打开门，看见全部的头颅的图片。

"可是你知道图片不会伤害你的，对不对？"

"嗯——对……"丹尼有点不确定地回答。

"喏，这间饭店里就是类似的情形。我不知道为什么，但是过去曾经在这里发生的坏事，似乎仍然在四周留下一些小小的碎片，就像剪下来的指甲，或是某个脏鬼抹在椅子底下的鼻屎。我不清楚为什么只有在这里，我想差不多世界上所有的饭店都有坏事发生，而我本身在许多家饭店工作过，从来没遇到过麻烦，就只有这里。不过，丹尼，我不觉得那些东西会伤害任何人。"他说每个字的时候，都轻微摇晃一下男孩的肩膀来加重语气。"所以假如你看到什么东西，不管是在走廊，或是在房间，或者在外面的树篱旁边……只要把头转开，等你转回来看的时候，那东西就会不见了。你懂我的意思吗？"

"懂。"丹尼说。他觉得好多了，心情安定下来。他从座位上跪起来亲吻哈洛兰的脸颊，大大用力地拥抱他。哈洛兰也回搂着他。

松开男孩时，他问："你爸妈他们没有闪灵吧。有吗？"

"不，我想应该没有。"

"我试了他们一下，就像我试探你一样，"哈洛兰说，"你妈妈跳了一点点，非常微弱的。我想天下所有的母亲都有点闪灵，你知道的，最起码在她们的孩子长大到可以自己当心之前吧。至于你爸爸……"

哈洛兰停顿了半晌。他试探过男孩的父亲，他只是不明白试验的结果。那感觉不像是遇见具有闪灵能力的人，或者绝对没有闪灵的人。刺探丹尼的父亲感觉就是……怪，仿佛杰克·托伦斯有什么东西，某样他隐藏起来的东西，或者是他紧紧守住的东西，深深埋在他心里，别人难以触及。

"我认为他一点闪灵也没有，"哈洛兰最后说，"所以你不需要担心他。只要照顾好你自己。我不认为这里有东西会伤害你。所以冷静点，好吗？"

"好。"

"丹尼！嘿，博士！"

丹尼张望四周。"是我妈，她要找我。我得走了。"

"我知道你得走了，"哈洛兰说，"丹尼，祝你在这里过得愉快。反正，尽量吧！"

"我会的。哈洛兰先生，谢谢，我觉得好多了。"

令他微笑的思绪涌进他的脑海里：

（我的朋友都叫我迪克）

（是的，迪克，好吧）

他们的眼神交会，迪克·哈洛兰眨一下眼。

丹尼爬到车子座位的另一边，打开副驾驶座的门。在他下车时，哈洛兰说："丹尼？"

"什么？"

"万一遇到麻烦……你就叫我吧！就像你几分钟前那样响亮地大叫，或许我在佛罗里达那么南边的地方都能听见。如果我听到的话，我会马上跑来的。"

"好的。"丹尼微笑着说。

"你保重啊！大孩子。"

"我会的。"

丹尼砰地关上车门，跑过停车场往饭店的门廊而去，温迪正站在那里双肘并拢抵挡寒风。哈洛兰注视着他，脸上大大的笑容慢慢消逝。

我不认为这里有东西会伤害你。

我不认为。

但是万一他错了呢？自从他看见二一七号房浴缸里的东西后，他就知道这是他待在"全景"的最后一季。那画面比任何一本书里的图片都要来得糟糕，而从这里看过去，奔向母亲的男孩显得如此矮小……

我不认为——

他的眼神飘向那些绿雕动物。

蓦地他发动车子，换到前进挡开车离开，努力克制着不回头看。但是当然他还是回头了，自然门口已无人影。他们已经进去里面，仿佛全景饭店将他们吞噬进去。

12. 参观饭店整体

"宝贝，你们在聊些什么啊？"当他们走进饭店时，温迪问丹尼。

"喔，没什么啦！"

"没什么还聊挺久的嘛。"

他耸了下肩，温迪从这个动作中看出丹尼与杰克的血缘关系；杰克本人都未必能做得更好。她无法从丹尼口中问出更多的讯息，因此感到强烈的恼怒混杂着更为强烈的爱：爱是不由自主的，恼怒则是由于感觉她被刻意排除在外。他们两人在身边时，她偶尔会觉得自己像个局外人，是个当主要桥段正上演时意外闯到舞台上的小配角。哼，她那两个令人恼火的男人，他们今年冬天没办法把她排除在外，因为新住所有点太过狭窄了。她忽然意识到自己是在嫉妒丈夫与儿子之间的亲密，一时感到羞愧。这太像她自己母亲可能有的感受……像得令人不安。

大厅如今空无一人，只剩厄尔曼和柜台职员的主管（他们在收款机旁结账），两名换上暖和长裤和毛衣的女服务生，脚边围着一圈行李箱，站在大门口望着外头。还有那位维修工人沃森，他逮到温迪正在看他，朝她眨个眼……无疑是挑逗的那种。她慌忙把目光别开。杰克在餐厅外头的窗边打量着眼前的景色，他似乎看得入了迷，神情有点恍惚。

收款机那头显然结完账了，因为厄尔曼权威地啪一声将收款机锁上，在纸卷上签下他姓名的首字母，再收进小的拉链袋里。温迪为看上去大大松一口气的柜台主管无声地鼓掌。厄尔曼看起来就是那种可能从柜台主管的皮下挖出缺点的人……而且绝不会溅出任何一滴血。温迪不大喜欢厄尔曼，也不喜欢他啰里吧唆、炫耀自己有多忙乱的态度。他就像她遇过的每个老板，不管男的还是女的。对客人总是和颜悦色地亲切，私底下对帮手却是个器量狭小的暴君。但现在放假了，柜台主管的愉悦明显地写在脸上。总之每个人都放假了，只剩下她、杰克和丹尼。

"托伦斯先生，"厄尔曼独断地喊着，"可以请你过来一下吗？"

杰克走过去，并朝温迪和丹尼点头示意要他们一起过去。

那名走到后头的职员，如今穿上外套又走出来。"厄尔曼先生，祝你过个愉快的冬天。"

"我可不认为，"厄尔曼冷淡地说，"布拉多克，五月十二日，不早，不晚。"

"知道，先生。"

布拉多克绕过柜台，表情沉稳而有威严，相当符合他的职位，但当完全背对厄尔曼的时候，他像个小男生似的咧开嘴笑了。他和门边仍在等车的两个女孩简短地交谈了几句，走出去时后头紧跟着突然爆发出压抑的笑声。

这时温迪才开始注意到这地方的寂静。沉默笼罩住饭店，犹如一张厚重的地毯蒙住所有的声音，只除了外头午后的风微弱的脉动。从她所站的位置能看到办公室里头，如今干净得近乎贫乏，只留下两张清空的办公桌和两组灰色的档案柜。再过去一眼就能看见哈洛兰一尘不染的厨房，因为橡胶的楔子将有着大圆窗的双扇门撑得大开。

"我想我应该花额外的几分钟，带你们参观整间饭店，"厄尔曼说。温迪仔细想想，在厄尔曼的语调中总能听见"饭"字加了重音，任何人都应当听得出来。"托伦斯太太，我确定你先生将会对全景饭店的里里外外都相当熟悉。不过你和你儿子大多时间肯定会待在大厅这一层和一楼，就是你们的住处所在的楼层。"

"肯定的。"温迪佯作正经地说，杰克偷偷地瞄了她一眼。

"这是个美丽的地方，"厄尔曼兴高采烈地说，"我相当喜欢带人参观。"

温迪心想，我敢说你乐此不疲吧。

"我们先上三楼，再一路逛下来吧！"厄尔曼说。他听起来确实充满热情。

"如果我们耽误你——"杰克开口说。

"一点也不，"厄尔曼说，"饭店已经打烊了。至少，今年这一季的工作全都结束了。我打算在波尔德过一夜，当然是住在波尔德拉多饭店，丹佛这边唯一体面的饭店……当然啰，除了'全景'之外。这边请。"

他们一同跨进电梯。电梯以红铜和黄铜的涡卷花样装饰得很华丽，但是它在厄尔曼把闸门拉上前不久才稳定下来。丹尼有点不安地扭动着，厄尔曼低头对他微笑，丹尼试图回以微笑但并不怎么成功。

"小男子汉，你别担心，"厄尔曼说，"这电梯安全得像家一样。"

"铁达尼号也是啊！"杰克说完，抬头仰望电梯天花板正中央的雕花玻璃灯罩。温迪咬住脸颊内侧以免笑出来。

厄尔曼并不觉得好笑。他嘎啦嘎啦然后砰的一声将里头的闸门拉上。"托伦斯先生，铁达尼号只航行过一次，可这台电梯从一九二六年安装好以来已经航行过几千次了。"

"这教人安心多了。"杰克说。他揉一揉丹尼的头发。"博士，这架飞机不会撞毁的。"

厄尔曼扳动操纵杆，半晌电梯毫无动静，只有脚底忽然震动了一下，并且传来马达痛苦的悲鸣。温迪在幻想中看到他们四个人受困在楼层之间，如同瓶子里的苍蝇，直到来年春天才被发现……身上有些零星的碎片不见了……就像多纳小队一样……

（停下来！）

电梯开始上升，起先底下有些颤动并发出乒乒乓乓的声响，之后就平稳下来。到了三楼，厄尔曼让电梯晃动一下停住，拉开闸门，再打开门。电梯轿厢离楼面还差六英寸。丹尼瞪视着三楼走廊与电梯地板的高度差距，仿佛刚刚才察觉到这世界并不如人家告诉他的那般健全。厄尔曼清一清喉咙，让轿厢往上升一点，再猛地一停（依然低于楼面两英寸），他们全部的人爬出了电梯。四人的重量一离开，轿厢就往上弹到接近楼面的位置，温迪丝毫不觉得这电梯教人安心。无论是否安全得像家一样，她决定在饭店里上上下下时都走楼梯。她无论如何都不会允许他们三人同时坐上这台摇摇欲坠的东西。

"博士，你在看什么？"杰克开玩笑地询问，"看到任何有污渍吗?"

"当然不会有,"厄尔曼着恼地说,"所有的地毯两天前才刚清洗过。"

温迪也低下头去看走廊的长地毯。漂亮,但假如真有一天她自己家里有长地毯的话,她绝不会选用这种图案。深蓝色的呢绒,编织着似乎是超现实的丛林景物,到处是绳索、藤蔓和充满异国鸟类的树林。很难分辨出来是哪种鸟,因为所有交织的图案都是以毫无差别的黑色织成,只显出剪影。

"你喜欢这地毯吗?"温迪问丹尼。

"喜欢,妈。"他平淡地说。

他们沿着走廊往下走,走廊相当宽敞,极为舒适。壁纸是丝质的,与地毯相衬用较浅的蓝色。在高约七英尺处,每隔十英尺架着一盏电气的装饰烛台,造型仿佛伦敦的瓦斯灯,灯泡罩在朦胧、奶油色的玻璃后头,玻璃上缠绕着错综交叉的细铁条。

"我非常喜欢那些灯。"她说。

厄尔曼满意地点点头。"战后,我是指第二次世界大战后,德温特先生将这种灯安装在整间饭店。事实上,三楼大部分——虽然不是全部——的装潢计划都是他的构想。这是三〇〇号,总统套房。"

他把钥匙插入桃花心木双扇门的锁孔中一扭,然后使劲将门推到最开。起居间朝西的宽广视野令他们全都倒抽一口气,这或许正是厄尔曼的目的。他微微一笑。"视野相当棒,对吧?"

"确实很棒。"杰克说。

窗户的幅面几乎与起居间等长,从窗户望出去,太阳正悬在两座锯齿状的山峰之间,金黄色的光芒照射在岩石表面和高山顶巅如糖霜般的白雪上。这风景明信片般的景致后头及周遭的云朵都染上了金黄色,一束微暗的日光照亮林木线底下一片黑压压的冷杉丛。

杰克和温迪过于专注在眼前的风景,因此并没有低头查看丹尼。丹尼没有盯着窗外,而是瞪视着左边红白条纹的丝质壁纸,那儿有一扇敞开的门通向里间的卧房。他的喘息声虽然与他们的惊叹声掺混在一起,却和美景丝毫无关。

　　一大片干涸的血渍，缀着一点一点微小的灰白色组织，凝结在壁纸上，让丹尼觉得恶心。此景有如以血绘成的疯狂图画，超现实地素描出一名男子因恐惧和痛苦而畏缩的脸，他的嘴大张着，半颗头颅粉碎——

　　（所以假如你看到什么东西……只要把头转开，等你转回来看的时候，那东西就会不见了。你懂我的意思吗？）

　　他刻意看向窗外，小心不在脸上显露出任何表情，当妈妈的手握住他的手时，他反握住，但小心翼翼地不用力抓紧，避免传递给她任何信号。

　　经理正在对他爸爸交代事情，要他确实装上大窗户的遮板，以免强风吹进来。杰克点着头。丹尼十分谨慎地回头看那面墙。那一大片干掉的血迹不见了，散布在血迹中的微小灰白斑点也消失了。

　　厄尔曼带领他们走出去。妈妈问他是否觉得那些山很漂亮。丹尼回答说是，虽然不管怎样，他并不是真的喜欢那些高山。当厄尔曼正要关上身后的门时，丹尼回头看了一眼。血迹又回来了，只不过这回是新鲜的，血在流。直视着血流的厄尔曼，却继续不停地评论之前住过这里的名人。丹尼发现自己用劲地咬住嘴唇，力道大得嘴唇都流血了，他却连一点感觉也没有。他们顺着走廊继续走下去时，丹尼稍微落后其他人，用手背擦去唇上的血，想着

　　（血）

　　（哈洛兰先生看到过血吗？还是看到更糟的东西？）

　　（我认为那些东西不会伤害你。）

　　有股顽强的尖叫冲动逼近他的唇边，但他不释放出来。他的妈妈和爸爸看不到这种东西；他们从来没看过。他要保持沉默。妈妈和爸爸彼此相爱，那才是真的。其他的东西就像是书中的图片，有的图片很可怕，可是并不会伤害你。它们……不会……伤害你。

　　厄尔曼先生带他们参观三楼其他房间，带领他们穿过弯来绕去有如迷宫的走廊。厄尔曼先生说，这里全都是"套糖①"，虽然丹尼并

———————————

① 　因为丹尼还不太识字，把"suite"认成了"sweet"。

没有看到任何糖果。他带他们去看一位名叫玛丽莲·梦露的女士住过的房间，当时她嫁给叫做阿瑟·米勒的男人。（丹尼隐约知道玛丽莲和阿瑟住过全景饭店后不久就**离婚了**。）

"妈咪？"

"宝贝，什么事？"

"如果他们结了婚，为什么两人的姓不一样呢？你跟爸爸的姓就一样啊！"

"对，可是我们不是名人啊！丹尼。"杰克说，"有名的女人即使结了婚，还是保有原本的姓，因为姓名就是她们的谋生之道。"

"谋生之道。"丹尼完全不解地重复。

"爸爸的意思是，大家喜欢去电影院看玛丽莲·梦露，"温迪解释说，"可是他们可能不喜欢去看玛丽莲·米勒。"

"为什么不呢？她还是同一个人啊！不是每个人都该知道吗？"

"是没错，不过——"她无助地望着杰克。

"楚门·卡波提住过这间房，"厄尔曼不耐烦地打断他们。他将门打开。"那是我到这里工作以后的事。是位非常高尚的人，欧洲人的举止风度。"

这些房间里没什么特别值得注意的（除了厄尔曼先生一直称这些房间为"套糖"，却没有半颗糖果），也没有令丹尼害怕的东西。事实上，三楼只有另一个东西让丹尼紧张，而他说不出原因。那是个灭火器，就挂在他们拐过转角走回电梯前不久的墙壁上。电梯一直在那儿敞开着，有如满口的金牙。

那是旧式的灭火器，扁平的软管在灭火器本体上缠绕了十来圈，一头连在大的红色阀门上，另一头的末端是黄铜的喷嘴。盘绕的软管以红色钢条固定在铰链上，万一火灾时，你可以用力一击把钢条往上顶，让钢条闪开，软管就归你使用。丹尼能看懂那么多；他很擅长看出东西如何使用。两岁半的时候他就能打开父亲装在史托文顿家中楼梯顶端的安全防护门，他看出门是怎么锁的。爸爸说那是**诀窍**，有的人有**诀窍**，有的人没有。

这个灭火器比他看过的其他灭火器——譬如，幼儿园里的——要稍微旧一点，不过也没什么不寻常。然而，它蜷曲着身子靠在浅蓝色壁纸上宛如一条沉睡的蛇，让他心中充满隐隐的焦虑，因此当灭火器消失在转角时他很高兴。

"当然，所有的窗户都必须装上保护的遮板，"他们走回电梯里面的时候，厄尔曼说。电梯再度在他们脚下令人恶心地往下沉。"不过我特别关切总统套房里的。那扇窗户最初的花费是四百二十元，而那是三十几年前的事了，现在要更换得花上八倍的代价。"

"我会装好遮板的。"杰克说。

他们下到二楼，那里的房间更多，走廊更是弯来绕去。此刻太阳已落到山后头，从窗户照射进来的光线开始稍微转暗。厄尔曼先生只带他们参观一两间房就结束。他走过迪克·哈洛兰警告丹尼的那间二一七号房，没有让他们参观。丹尼不安而入迷地盯着门上平淡无奇的号码牌。

接着下去一楼。厄尔曼先生并没有让他们进去这层楼的任何一间房参观，直到他们快要抵达铺着厚地毯、通往大厅的楼梯。"这里是你们的住处，"他说，"我想你们会觉得满意的。"

他们走了进去。丹尼鼓起勇气准备迎接可能存在那里的任何东西，但什么都没有。

温迪·托伦斯猛地松了一口气。冰冷高雅的总统套房让她觉得自己笨拙而不得体——参观卧室的匾牌上宣告亚伯拉罕·林肯或富兰克林·罗斯福曾睡过这里的改建历史建筑是挺好的，但是想象你和你丈夫躺在几英亩的亚麻织品底下，也许在全世界最伟大的人（总之是最有权势的人，她修正一下）躺过的床上做爱则完全是另一回事。不过，这个小房间比较简朴，比较自在，几乎是令人向往的。她认为住在这里一季应该不会有太大的困难。

"这里非常舒适。"她对厄尔曼说，听见自己的口气中含着感激。

厄尔曼点点头。"简单但够用。在饭店营业的时期，这个套房是厨师和他太太，或是厨师和他的学徒住的地方。"

"哈洛兰先生住过这里？"丹尼插嘴问。

厄尔曼先生屈尊俯就地把头倾向丹尼。"对啊，他和'从来没有先生'。"他转向杰克和温迪。"这边是起居间。"

起居间内有几张看起来舒适但不昂贵的椅子；一张曾经价值不菲、如今边上有一长条不翼而飞的咖啡桌；两个书柜（塞满了《读者文摘精华版》与二十世纪四〇年代的《侦探图书俱乐部》三部曲，温迪觉得有趣地瞧着）；以及一台毫无特色的饭店电视，看起来不如别的房间内擦得亮晶晶的木头电视柜那么典雅。

"当然啦，没有厨房，"厄尔曼说，"不过，有一台送菜的升降机。这间房就在厨房正上方。"他拉开一块正方形的嵌板，显露出一个宽大的方形餐盘。他轻轻一推，餐盘就消失了，后头拖曳着一条缆绳。

"是密道耶！"丹尼兴奋地对母亲说，暂时忘却所有的恐惧，心思全都跑到墙后那令人激动不已的升降机井。"就像《两傻大战怪兽》①里的一样！"

厄尔曼先生蹙起眉头，但温迪纵容地微笑着。丹尼跑到送菜升降机旁，仔细观察底下的升降机井。

"请过来这边。"

他打开客厅另一头的门。这道门通向宽敞而通风良好的卧室，里头有两张单人床。温迪看丈夫一眼，笑着耸耸肩。

"没问题，"杰克说，"我们把两张并在一起就行了。"

厄尔曼先生回过头去，直率地表达困惑。"对不起，请再说一遍？"

"那两张床，"杰克愉快地说，"我们可以把它们并在一起。"

"喔，挺好的。"厄尔曼说，一时还搞不懂，片刻后露出豁然开朗的表情，一抹红晕逐渐从他的衬衫衣领往上爬。"随你们高兴。"

他带领他们回到起居间，打开第二道通向第二间卧室的门，这间卧室准备了双层床。角落里有台暖气机哐当作响，地板上的地毯丑陋地绣着西部的鼠尾草和仙人掌。温迪看得出来，丹尼已经爱上了这个房间。这间房的面积较小，墙板是用真正的松木。

---

① *Abott and Costello Meet the Monsteres*，是由查尔斯·巴顿（Charles Barton）执导，由阿博特和科斯特洛喜剧团队主演的美国恐怖喜剧电影，1948 年上映。

"博士，觉得你可以接受吗？"杰克问。

"当然可以。我要睡上层床铺，可以吗？"

"你想要的话。"

"我也喜欢这张地毯。厄尔曼先生，你为什么不把所有的地毯都用这种的呢？"

厄尔曼瞪大眼睛看了半晌，仿佛牙齿紧咬住一颗柠檬。之后他微微一笑，拍拍丹尼的头。"这些就是你们的区域了，"他说，"除了浴室没有看到，浴室是在主卧那边。虽然不是很大的房间，不过你们的活动范围当然可以延伸到饭店的其他地方。大厅的壁炉可以正常运作，沃森是这么告诉我的，有兴致的话尽管随意到餐厅用餐。"他用一副施予莫大恩惠的口吻说。

"好的。"杰克说。

"我们可以下去了吗？"厄尔曼先生问。

"好啊！"温迪说。

他们搭电梯到楼下，如今大厅已完全空了，只剩下沃森，他穿着生皮的夹克，嘴里叼着一根牙签，倚靠在正门上。

"我以为你早就离开千里远了。"厄尔曼先生说，他的语调有点冷漠。

"只是待在这儿想提醒一下托伦斯先生锅炉的事，"沃森说着，直起身来。"伙伴，你好好留意锅炉，就不会有事的。一天把压力计往下压个几次，她可是会慢慢爬的。"

她会慢慢爬，丹尼想着，这句话回荡在他心中一条狭长寂静的走廊上。走廊两侧是整排人们难得端详的镜子。

"我会的。"他爸爸说。

"你没问题的。"沃森说着，向杰克伸出手，杰克与他握一握手。沃森转向温迪点个头。"夫人。"他说。

"我很荣幸。"温迪说，心想这或许听来可笑，但一点也不。她从待了一辈子的新英格兰来到此地，在她看来，这个名叫沃森、留着一头蓬松乱发的男人，似乎在短短几句话中概要了西部该有的一切模样，先前挑逗的眨眼就别介意了。

"托伦斯少爷。"沃森一本正经地说，并伸出手来。已经学会所有握手礼节将近一年的丹尼慎重地伸出自己的手，立刻觉得小手被整个吞噬掉。"丹，你要好好照顾他们。"

"是的，先生。"

沃森松开丹尼的手，挺直身子，并望着厄尔曼。"我想，明年才能见了。"他说着把手伸出去。

厄尔曼冷酷地轻碰沃森的手。他的尾戒反射了大厅的电灯，邪恶地闪了一下。

"五月十二日，沃森，"他说，"不早也不晚。"

"是的，先生。"沃森说。杰克几乎能读到沃森心中的附注：……你这矮小的死同性恋。

"厄尔曼先生，祝你有个愉快的冬天。"

"喔，我可不认为。"厄尔曼冷淡地响应。

沃森打开两扇大门的其中一扇，风呼啸得更大声，并且翻起他的夹克衣领。"你们几位保重啦！"他说。

回应他的是丹尼。"是的，先生，我们会的。"

才不久前祖先还拥有这个地方的沃森谦恭地溜过大门。门在他身后阖上，遮挡住了风声。他们一同注视他踩着破旧的黑色牛仔靴，哒哒哒地走下门前宽广的阶梯。当他穿越停车场走向那台国际收割机牌的货卡时，脆弱的黄色白杨叶在他的脚跟四周翻滚。他爬上车发动引擎，蓝色烟雾从生锈的排气管喷出。他倒车将车开出停车场时，四人静默了好一段时间。他的货车消失在山脊，不一会儿又出现在主干道上，朝西而去，越来越小。

瞬间，丹尼感觉到前所未有的寂寞。

13. 前　廊

　　托伦斯一家站在全景饭店长长的前廊上，仿佛摆好姿势要拍全家福。丹尼居中，套着去年的秋季夹克，拉链拉上，夹克今年已太小，手肘部分开始露出来，温迪在他后面，一手放在他的肩膀上，而杰克站在他左边，一手轻轻搁在儿子的头上。

　　厄尔曼先生的位置比他们低一阶，穿着看似昂贵的棕色毛海大衣，扣子全都扣上。太阳此时已完全沉到山后头，使得山丘边缘镶上金色的光芒，让周遭的阴影显得修长绚烂。停车场上唯一剩下的三辆车分别是饭店的载货车、厄尔曼的林肯大陆轿车和托伦斯那辆老旧的福斯。

　　"那么，你拿到钥匙了，"厄尔曼对杰克说，"你完全明白火炉和锅炉的事了？"

　　杰克点点头，真心地同情厄尔曼。这个营业季的每件事都已完成，线球全都整齐地卷好，等待明年的五月十二日——不早也不晚——而负责一切，每次提及饭店总是明白无误地用迷恋语气的厄尔曼，忍不住想要找寻松脱的线头。

　　"我想每件事都在掌握中。"杰克说。

　　"很好，我会再和你联络。"但他仍逗留了一会儿，仿佛在等待风插手，或许将他刮到他的车上。他叹口气。"好吧！祝你们有个愉快的冬天，托伦斯先生、托伦斯太太，还有你，丹尼。"

　　"谢谢你，先生，"丹尼说，"我希望你也是。"

　　"我可不这么认为。"厄尔曼再说一遍，他听起来很悲伤。"要说百分之百实话的话，佛罗里达那间饭店根本是个垃圾场，白忙的工作。全景饭店才是我真正的工作。托伦斯先生，帮我好好照顾它吧！"

　　"我想明年春天你回来时，它还会在这里的。"杰克说。丹尼的脑海突然闪过一个念头——

（但是我们还会在吗？）

不过，瞬间即逝。

"当然，当然还在。"

厄尔曼看向游戏场，那里的树篱动物在风中咔咔作响。之后他一副公事公办的样子再次点了点头。

"那么，再见了。"

他迅速地走着，严肃拘谨地走向他的车。对如此矮小的人来说，这辆车大得可笑。厄尔曼把身体缩进车内，林肯轿车的马达呼噜呼噜地发动起来，他把车开出停车格的时候尾灯闪动着。车子开走后，杰克看得到停车格前端的小标记：**经理厄尔曼先生专用**。

"是啊。"杰克轻声地说。

他们注视着车子消失踪影，朝东边的斜坡下去。等车子走后，他们三个人沉默，近乎害怕地互相对望了一会儿。他们孤独无援了。成群毫无目标的白杨树叶打着转，飞掠过如今修剪、照料得整整齐齐却没有客人观赏的草坪。没有人看见秋天的落叶偷偷掠过草坪，除了他们三个人。这让杰克有种自己缩小了的古怪感觉，仿佛他的生命力缩减到仅剩一点火花，而饭店和周边的场地突然间尺寸倍增且变得凶恶，以阴郁、沉闷的力量将他们变渺小。

半晌，温迪说："看看你，博士，你的鼻子像消防软管一样流着鼻水呢！我们进去里面吧！"

于是他们进去了，将身后的门紧紧关上，挡住永不停歇的风声。

第三部　黄蜂窝

14. 屋顶上

"靠，这该死可恶的狗娘养的！"

杰克·托伦斯惊讶又痛苦地喊出这几个字，右手往蓝色格子的工作衬衫上一拍，驱赶动作缓慢、蜇了他的大黄蜂，然后快速地攀爬上屋顶，一面回头查看黄蜂的兄弟姐妹是否从刚捅破的蜂窝涌出向他开战。如果是的话，那就惨了。蜂窝位于他与梯子之间，而通到底下阁楼的活动门从里面反锁着。从屋顶坠落到饭店和草坪间的天井，距离是七十英尺。

蜂窝上方纯净的空气静止不动，未受到干扰。

杰克咬着牙厌恶地吹了一声口哨，跨坐在屋脊上，检视他的右手食指。指头开始发肿，他想他得试着蹑手蹑脚地爬过蜂窝到梯子那边去，才能下去冰敷。

今天是十月二十日。温迪和丹尼开着饭店的载货车（一辆老旧、开起来嘎嘎作响的道奇，但还是比福斯可靠，那辆金龟车如今严重地喘着气，看来快寿终正寝了），去萨德维特买三加仑的牛奶和采买圣诞节的用品。虽然时间还早，但说不准大雪何时会来了就不再走。目前已飘些小雪，从"全景"往山下的道路有部分路段结了冰，很容易打滑。

到目前为止，这里的秋天美得几乎不可思议。他们来此三周，金黄的日子一天接着一天。气温华氏三十度的凛冽早晨，到了下午温度变成六十出头，十分适合爬上"全景"微微倾斜的西侧屋顶修补屋瓦。杰克向温迪坦承他原本能在四天前就完成工作，但他并不觉得真的有必要加紧作业。从这上头看出去的景色壮观，甚至胜过总统套房远眺的视野。更重要的是，他能从工作本身得到慰藉。在屋顶上，他感觉自己过去三年来苦恼的创伤逐渐痊愈。在屋顶上，他感到安心自在。那三年逐渐像是一场骚乱的噩梦。

屋瓦腐坏得极为严重，有的整个被去年的暴风雪吹走。他将所有的屋瓦拆起，从侧面扔下去，一边大声喊道："炸弹来啰！"以免万一丹尼闲晃过来被砸到。刚才黄蜂蜇他的时候，他正在掀朽坏的遮雨板。

讽刺的是，每次爬上屋顶时，他总是警告自己要当心蜂窝，还买了杀虫喷雾罐以防万一。可是今天早晨是如此的宁静祥和，使他丧失了警觉心。他又回到正在慢慢创作的剧本世界里，在脑袋中拟定今晚要撰写的片段的大纲。剧本发展得非常顺利，虽然温迪没说什么，但他知道她很高兴。过去在史托文顿那悲惨的六个月，就是他对酒精的渴望强烈到几乎无法集中精神在授课上，更别提课外的写作抱负了，他在虐待狂校长丹可与年轻英雄盖瑞·班森之间至关紧要的那场戏上遇到障碍。

但在最近的十二个夜里，当他实际坐在安德伍德打字机的前面——那是从楼下大办公室借来的办公用打字机——路障奇迹似的消失在他的手指底下，简直就像棉花糖融化在唇边一样。他几乎毫不费力便想出如何洞悉丹可的个性，那是他一直以来欠缺的，因此他重写了大半的第二幕，让第二幕环绕着新的那场戏。而方才被黄蜂打断思绪前，脑中一直反复思量的第三幕，发展也显得越来越清楚。他认为自己能在两周内拟完第三幕的大纲，然后在新年前就能完成整个该死的剧本。

他在纽约有个经纪人，一名强悍的红发女人，名叫菲丽丝·山德勒，她抽赫伯特·泰瑞登牌的烟，用纸杯喝金宾波本威士忌，认为文学的太阳随着肖恩·奥凯西[①]升起又西沉。她售出了三篇杰克的短篇小说，包括《君子》上的那一篇。他写信告诉过她有关这个剧本的事，剧名取为《小学校》，描述一名有才华的学生沦落为世纪初新英格兰预备中学里蛮不讲理、严苛无情的校长——丹可，及一名他视为年轻时代的自己的学生——盖瑞·班森。菲丽丝回信表示有兴趣，并力劝他下笔前要先读过奥凯西的作品。今年稍早的时候她又写信询问

---

① 肖恩·奥凯西（Sean O'Casey，1880—1964），爱尔兰剧作家。

剧本究竟在哪儿？他挖苦地回信说，《小学校》无限期地，或许是永永远远地，耽搁在作家的手与剧本的某一页之间，因为那一页引人注意地出现了"人人皆称为'作家的障碍'的才智戈壁沙漠"。如今看来她好像很有可能拿到剧本。剧本是否出色，或者是否真能上演是另一回事。他似乎也不十分在意这些事情。他有点觉得剧本本身——这整件事——就是个路障，是他在史托文顿预备中学倒霉的那些年的巨大象征。那几年内他像个躲在破旧老爷车方向盘后的疯狂孩子，差点彻底摧毁掉自己的婚姻；凶暴地攻击自己的儿子；在停车场与乔治·哈特菲德发生冲突，那次冲突事件，他无法再视为只是另一次具有破坏力的突然脾气爆发。如今他认为自己的酗酒问题部分是源自他下意识想要脱离史托文顿，摆脱压抑他的创作驱动力的安全感。虽然他不再喝酒，但想获得解脱的需要依然强烈，因此才有乔治·哈特菲德的事件。现在那段日子遗留下来的只有他和温迪卧室桌上的剧本，一旦剧本完成，送去菲丽丝又小又暗的纽约办事处后，他就能着手其他的工作。不写小说，他还没准备好陷入另一个费时三年的工作泥淖，不过，肯定可写更多的短篇，或许一本短篇集。

他谨慎地移动，四肢并用地快速往回爬下屋顶的斜面，越过新绿的屋瓦与刚清理完的那块屋顶的分界线，来到他捅开的黄蜂窝左边的屋檐，万分小心地爬向蜂窝，准备一看情势急迫就撒手不管，迅速冲下梯子到地面去。

他朝那块掀起的遮雨板弯下腰，仔细观察里面。

蜂窝在里头，塞在旧的遮雨板和最后一层三乘以五大小的屋顶之间。该死！是个非常大的蜂窝。浅灰色的纸球在杰克看来，仿佛直径有将近两英尺。形状并不完美，因为遮雨板和木板之间的空间太狭窄，但他认为这些小家伙仍做出了相当可观的成果。蜂窝表面挤满笨拙、缓慢移动的虫子，属于大型凶狠的种类，不是体型较小、较温和的小黄蜂，而是喜欢在墙的缝隙中筑巢的大黄蜂。它们由于秋天的气温而变得又脏又迟缓，但是从小就对黄蜂了如指掌的杰克，觉得自己只被蜇了一下真是走运。而且他认为，假如厄尔曼是在盛夏雇人做这份工作的话，拆起特定那片遮雨板的工人将会得到要命的惊喜。的确错不了。当十几只大黄蜂忽然一起落在你身上，开始叮你的脸、手和手臂，隔着裤子蜇你的腿时，你绝对有可能忘记自己置身在离地七十英尺的高处。在你企图逃离黄蜂群时，或许就这样冲过屋檐摔下去。

全都是因为这些小东西，最大只的也不过只有铅笔头的一半长。

他在某个地方读过——星期天的增刊，或是一般大众感兴趣的新闻杂志的文章里——所有的汽车死亡事故中，有百分之七原因不明。并非机械故障，也没有超速，既不是酒后驾车，也不是天气不良；单单只是一辆车撞毁在荒僻的路段，车上一名死者——驾驶者，无法解释发生了什么事。文章采访了一名州警，他从理论上说明这些所谓的"无名车祸"有许多是起因于车内的昆虫：黄蜂、蜜蜂，甚至也可能是蜘蛛或蛾子。驾驶人惊慌了，想要用力拍打虫子，或是摇下车窗让虫子出去。很有可能是虫子蜇了他，也或许驾驶就是失去控制。无论如何轰然一声巨响……一切结束。而那只昆虫，通常安然无恙，快活地嗡嗡叫着飞出冒烟失事的车外，找寻更适合的场所。杰克回想起，那名州警赞成让病理学家在解剖这类罹难者的尸体时寻找昆虫的毒液。

此刻，低头看着蜂窝，在他眼中这蜂窝可实际象征着他所经历过的（及他拖累妻儿共同经历过的），并且预示着更美好的未来。否则要如何解释发生在他身上的一切呢？对他而言，他仍然觉得在史托文顿整段不愉快的经验，都必须视为是在杰克·托伦斯被动的状态下发生的。他没有做任何事；是事情主动发生在他头上。他在史托文顿的教职员中认识许多人，其中两位正好在英文系，都酗酒。查克·塔尼习惯在星期六下午买一整桶的啤酒，彻夜在后院的雪堆上猛灌，然后在星期天看足球赛和老电影时，该死地把酒差不多全喝光。然而从周一至周五，查克却几乎滴酒不沾——午餐时佐以淡薄的鸡尾酒也只是偶尔为之。

他和艾尔·肖克利是酒鬼。他们互相寻求安慰，犹如两个遭社会遗弃的人依然喜欢交际，宁可一同溺死，也不愿独自沉沦，只不过他们沉溺的大海是全麦的而不是含盐的。俯视着黄蜂，看它们在冬天降临、毁灭除了冬眠的女王蜂外的所有黄蜂之前，慢吞吞地完成本能驱使的使命，他更进一步分析自己：他依旧是个酒鬼，始终都是，或许从高中的高二之夜喝下第一口酒开始就一直都是。这无关意志力、饮酒的道德规范或他本身个性的强弱，而是在他体内某处有个坏掉的开关，或是没有作用的断路器，他无可奈何地被推下滑道，起先速度很慢，后来史托文顿对他加压后就逐渐加速。一座醉酒的大型滑梯，底部是找不到主人的破碎脚踏车和手臂断掉的儿子。杰克·托伦斯处于被动状态。而他的脾气，也是一样的。穷其一生他都在徒劳地尝试控制自己的脾气。他记得七岁的时候，因为玩火柴被邻居的太太打屁股，他跑到外头去对经过的汽车扔石头。他父亲看到后，突然咆哮着袭向小杰克。他打红了杰克的臀部……还把他的眼睛揍成黑青。当他父亲嘟嘟囔囔地进屋去看电视节目时，杰克碰巧看到一只流浪狗，就把它踢到排水沟里。他在小学时打了二十几次架，到高中甚至更多，因此尽管学业成绩优异，仍遭过两次停学及无数次课后留校的处分。足球曾经提供他局部的安全阀，虽然他记得非常清楚，几乎每场比赛的每一分钟他都处于高度恼火的状态，将对手的每次阻挡和擒抱都看作是针对他个人。他是个优秀的足球选手，大三、大四都获选为最佳球员，但他十分清楚，这都该感谢……或者说归咎于自己的坏脾气。他并不喜欢足球，每一场比赛都是怨恨的竞争。

然而，尽管如此，他并不觉得自己是个混账东西，也不觉得自己脾气坏。他总认为自己就是杰克·托伦斯，一个真正正派的好人，只不过总有一天得学会如何克服脾气以免惹上麻烦。同样地，他得学着如何对付酗酒的毛病。但他的情绪无疑和身体同样有酗酒的毛病——两者肯定在他体内深处紧系在一起，只是他宁可不去正视这个角落。然而根源是彼此相关或各自分开，是社会学、心理学抑或生理学的问题，对他而言都没有太大的区别，他同样都得应付其结果：屁股挨揍，遭他老头毒打，受到停学处分，想尽办法解释制服在游戏场口角中扯破的原因，之后则是宿醉，慢慢失去凝聚力的婚姻，弯折的轮辐指向天空的单个脚踏车轮，丹尼的断臂。当然，还有乔治·哈特菲德。

他觉得自己不知不觉中把手伸进了生命的大黄蜂窝里。拿来作为比喻是糟透了，但当成是现实的生动描写，他认为这图像恰如其分。他在盛夏把手伸过朽坏的遮雨板，那只手和整只臂膀在神圣、正义的大火中燃烧，摧毁了有意识的思考，让文明行为的概念显得陈腐。当手被炙热的缝针刺穿时，能指望你的举止像个有思考能力的人吗？当黑压压一片的凶猛阴影从建筑构造（你原本认为无害的建筑构造）的洞里蜂拥而出，笔直地朝你而来时，能期望你尽情享受最亲近的人的爱吗？当你在离地七十英尺的倾斜屋顶上疯狂地跑来跑去，不清楚自己的去向，也不记得恐慌、蹒跚的脚步可能导致自己跌跌撞撞地摔过檐沟，跌到七十英尺底下的混凝地上死亡的时候，还能要求你为自己的行为负责吗？杰克不认为有办法做到。当你不知不觉地把手伸进蜂窝时，你并没有与魔鬼订下契约，放弃文明的自己以及自爱、自尊与自重的象征。事情只是碰巧发生在你身上。你是无权说话、被迫不再当个理智的生物，变成神经末梢的生物；在五秒钟内，从受过大学教育的人轻而易举地变成哭嚎的猿猴。

他想到乔治·哈特菲德。

个子高加上一头浓密金发的乔治，是个英俊得近乎目空一切的男孩。当他穿着紧身的褪色牛仔裤和史托文顿的长袖运动衫，不经意地将袖子推到手肘上，露出晒成褐色的前臂时，总让杰克想到年轻的劳勃·瑞福，而且他怀疑乔治不需太费力就能得分，与十年前年轻时的足球魔鬼杰克·托伦斯不相上下。他敢说自己实在没有嫉妒乔治，或是羡慕他姣好的外表；事实上，他几乎是无意识地开始将乔治想成是他剧本里的英雄"盖瑞·班森"的肉体化身——完美地衬托着阴沉、委靡、衰老，变得异常憎恨盖瑞的丹可。但是他，杰克·托伦斯，从来没有嫉恨过乔治。如果有的话，他应该会晓得。他相当确定。

乔治在史托文顿的课程全都低空飞过。一名足球和棒球明星，他的学业要求并不高，而他也满足于拿 C，偶尔历史或植物学拿 B 的成绩。他在球场上是凶猛的参赛者，但在课堂上却是个无精打采又逗趣的学生。杰克很了解这类型的学生，大多是由于他自己在高中和大学时代的亲身体验，而非间接的教学经验。乔治·哈特菲德是名运动员。他在教室里可能是个平静、无所要求的人物，可是一旦受到适当的竞争刺激（好比科学怪人太阳穴上的电极，杰克讽刺地想），他就会变成具有毁灭力量的怪物。

一月的时候，乔治与其他二十四名学生一同参加辩论队的甄选。他相当坦白地告诉杰克，他父亲是一家公司的律师，希望儿子能继承衣钵。而乔治没有想做其他事的强烈欲望，因此乐意追随父亲的脚步。他的成绩并非顶尖，不过，这毕竟只是预备中学，而且仍在初级阶段。倘若必要的话，他父亲可动用一些关系；此外，乔治本身的运动能力会为他开启别的管道。但是布莱恩·哈特菲德认为他儿子应该加入辩论队，认为这是很好的练习，是法学院招生委员会向来期望看到的东西，因此乔治参加辩论队选拔，到三月底杰克将他自辩论队剔除。

晚冬时的队内辩论激起乔治·哈特菲德竞争的热情。他成为坚决得令人害怕的辩手，拼命准备好正方或反方的论点。无论辩论题目是大麻的合法化、恢复死刑或是石油耗损限额，乔治都变得精通，而且他又好战，完全不在乎自己站在哪个立场；杰克明白，这就算在高阶的辩手中亦是罕见而珍贵的特质。真正的投机客与真正的辩手，彼此的灵魂相隔并不太远，两者都热衷于有利的机会。到目前为止，一切都很好。

然而，乔治·哈特菲德有口吃的习惯。

这是在课堂上不曾暴露出来的缺陷，在教室里，乔治总是冷静沉着（无论他做了家庭作业与否）；当然更不会出现在史托文顿的运动场上，在球场上口才不是长处，他们有时候甚至会因为说得太多而把你踢出比赛。

当乔治在辩论中情绪过于激动时，口吃的毛病就会出现。他越是急切，口吃就越严重。而当他觉得有机会击倒对方的时候，一种智慧型的紧张激动就会横亘在他的语言中枢与嘴巴之间，然后整个人就僵在当场眼睁睁等到结束，那情况真是惨不忍睹。

"所—所—所以我认—认—认为我们必须说在道—道—道—道斯基先生一案中的事实是，都市由于最—最近宣判的判—判—判决书而变得落后，在—在—在……"

蜂鸣器乍然响起，乔治迅速转过身，愤怒地瞪着坐在蜂鸣器旁的杰克。在这种时刻乔治的脸必定涨红，一只手抽搐地揉捏他的笔记。

在乔治显然割了大多数瘪了的轮胎后好长一段时间，杰克依然坚持留着他，他希望乔治能够克服口吃的毛病。他记得在他不得不痛下决定开除乔治前一个礼拜左右，有天下午接近黄昏时，乔治待到其他人都鱼贯走出后，愤怒地质问杰克。

"你把一把定时器调快了。"

杰克从正要收进公文包的文件上抬起头来。

"乔治，你在说什么？"

"我没—没有讲完完整的五分—分钟，你把时间调快了。我一直在注—注意时钟。"

"乔治，时钟和定时器的时间可能稍微有差异，但是我绝对没有碰那该死东西的控制钮。我以童子军的荣誉发誓。"

"你—你—你的确调快了！"

乔治直瞪着他，那种好战、捍卫自己权利的眼神触发了杰克的怒气。他戒酒两个月了，漫长的两个月，他已经筋疲力尽。他最后一次努力克制自己。"乔治，我向你保证我没有。问题出在你口吃。你知道造成口吃的原因吗？你在课堂上不会口吃啊！"

"我才没—没—没有口—口—口—口—口吃！"

"小声一点。"

"你想—想要把我封—封杀出局！你不—不希—希望我在你那该—该—该死的队里面！"

"我叫你小声点。我们理性地谈一谈吧！"

"去—去—去你—你的！"

"乔治，如果你能控制你的口吃，我很高兴有你在队上。你每场练习都准备得很充分，而且擅长收集背景资料，那表示对方很难让你措手不及。但是这些都没有太大的意义，假如你不能控制——"

"我从—从—从来没有口吃！"他大喊道，"都是你—你！如—如—如果别—别人有组辩—辩—辩论队—队，我就——"

杰克的怒气又悄悄升高了一点。

"乔治，如果你没办法控制的话，你永远不可能当上律师，不管是公司的或其他的。律师业不像足球，每天晚上两个钟头的练习是不会赢的。你打算怎么做？站在董事会前面说：'现—现—现在，各—各位，关于这件侵—侵—侵权行为？'"

他的脸突然发红，不是因为生气，而是因为对自己的残忍感到羞愧。站在他面前的不是个男人，而是个面临生平首次重大挫折的十七岁男孩，也许正在用他唯一会的方式请求杰克帮助他找到方法克服。

乔治愤怒地朝他瞄了最后一眼，他的嘴唇扭曲抽动着，仿佛字句挤在嘴唇后拼命地想挣脱出来。

"你—你—你把—把定时器调—调—调快了。你讨—讨厌我因—因为你知—知—知—知道……你知道……知—知——"

他口齿不清地大喊一声后冲出教室，使劲地甩上门，力道大得让门框上以钢丝强化的玻璃嘎啦嘎啦作响。杰克站在那里，感觉到，而不是听到，乔治的阿迪达斯球鞋在空荡荡的走廊上回响。他仍在气头上，仍对自己嘲笑乔治的口吃感到羞愧，但他的第一个念头却是有点病态的狂喜：这是乔治·哈特菲德生来第一次无法得到他想要的东西。第一次遇到就算用尽爸爸所有的钱也没办法修理的问题。你没办法贿赂语言中枢。你无法告诉舌头，假如它同意不再像唱片跳针一般地抖动不止，就一星期多给它五十块钱外加圣诞节奖金。半晌后，狂喜完完全全遭惭愧掩埋，与上回折断丹尼手臂后的感受相同。

上天啊，求求你，我不是个混账东西。

因为乔治撤退而残酷地感到高兴的是剧本中丹可的特点，而不是剧作家杰克·托伦斯的。

你讨厌我，因为你知道……

因为他知道什么？

他究竟可能知道乔治·哈特菲德的什么事会让他讨厌他？知道他有大好的前程吗？还是他长得有一点点像劳勃·瑞福，每当他从游泳池的跳水板跃下，反身翻滚两圈入水时，所有女孩都会瞬间停止谈话吗？再不然是他踢足球、打棒球时有着与生俱来无师自通的优雅吗？

真是可笑，荒谬至极。他一点也不嫉妒乔治·哈特菲德。说实话，他比乔治本人更为乔治不幸口吃的事感到难过，因为乔治真的有机会成为优秀的辩论家。假使杰克调快了定时器——当然他并没有如此做——那绝对是因为乔治拼命挣扎的模样令他和其他的队上成员感到尴尬而且痛苦，如同你看到班级表演之夜上讲者忘词那般的痛苦。假如他拨快了定时器，那也只是……为了帮乔治摆脱他的困境。

但是他并没有将定时器调快，他相当确定。一星期后他开除他，那一次他控制住自己的脾气，全都只听到乔治在咆哮和威胁。一个礼拜后，他在练习途中走去停车场拿遗忘在福斯后备箱的一叠原始资料，而乔治就在那里，单膝跪着，金色的长发在面前摆动，一只手里拿着猎刀。他正锯开福斯的右前轮。后轮则已破碎不堪，金龟车趴在扁平的轮胎上宛如一条疲惫的小狗。

杰克勃然大怒，不大记得接下来的冲突。他记得一声低沉的怒吼，似乎发自他自己的喉咙："好啊，乔治。如果这是你想要的，那就过来受罚吧！"

他记得乔治既惊慌又害怕地抬头看，说："托伦斯先生——"仿佛在解释这一切都只是误会，他到这里时轮胎就已经漏气了，他只是想用手边刚好带着的猎刀刀尖清除前轮胎上面的泥土——

杰克跨步向前，双拳举到他面前，他似乎咧开嘴笑着。但他并不确定。

他记得的最后一件事情是，乔治把刀举高，说着："你最好不要再靠过来——"

接下来就是法文老师史特朗小姐抓住杰克的手臂，高声尖叫着大喊："不要打了，杰克！不要打了！你会打死他的！"

他呆滞地眨眨眼睛看着四周。四码开外，那把猎刀在停车场的柏油路面上无害地闪耀着。还有他的福斯，那可怜的老旧金龟车，多次载他放荡地在午夜买醉的老兵，蹲踞在三个瘪了气的轮胎上。接着他看见，右前方挡泥板上有个新的凹痕，凹痕正中间有个不是红漆就是血的东西。一瞬间他的神智迷乱，他想到

（天啊，艾尔，我们终究还是撞到了他）

另一个夜晚。然后他的视线转向乔治，乔治头晕眼花地眨着眼睛

躺在柏油路面上。他的辩论小组全都跑出来，在门边挤成一团，目不转睛地看着乔治。他的脸上有血从头皮上的裂伤流下来，那伤口看来不严重，但同时乔治的单边耳朵正汩汩流出鲜血，那大概意味着脑震荡。乔治试着起身时，杰克甩开史特朗小姐走向他，乔治退缩了一下。

杰克把双手放在乔治的胸口，将他推回去躺下。"躺着别动，"他说，"别移动。"他转向史特朗小姐，她正惊恐地瞪视他们两人。

"史特朗小姐，麻烦去叫校医。"他吩咐她，于是她转身飞奔向办公室。杰克这才看向他的辩论队，直视他们的眼睛，因为他重新掌控了一切，完全恢复自我，当他恢复自我时，全佛蒙特州没人比他更和善。他们想必很清楚。

"你们现在可以回家了，"他平静地告诉他们。"我们明天见。"

但是那周结束前，他的辩手有六名退出，其中两位是表现非常出色的，但是当然这并没有太大的关系，因为那时候他已得知自己也将要退出。

然而不知怎的他并没有沾酒，他想那也算是种成就吧。

而且他并不讨厌乔治·哈特菲德，这点他很确定。他没有行动，而是受到别人行动的影响。

你讨厌我，因为你知道……

但是他什么都不知道。一无所知。他可以在万能上帝的宝座前发誓，就像他可以发誓他把定时器调快不到一分钟。而且不是出于厌恶，而是出于怜悯。

屋顶上，两只黄蜂在遮雨板的洞旁边慢吞吞地爬来爬去。

他观察它们，直到它们展开依靠空气动力、无声但效率奇高的翅膀，吃力地缓缓飞到十月的阳光下，或许再叮别的人。上帝既然决定赋予它们蜇针，杰克料想它们会将其用在某个人身上。

他坐在这儿，一边凝视那个洞及洞里讨人厌的惊奇，一边翻出不愉快的往事，到底多久了呢？他看一下表，将近半个小时。

他往下爬到屋顶边缘，先跨出一条腿东摸西找，直到脚触碰到就在屋檐下方的梯子最上层的横档。下去后他要到设备仓库，他在那儿储放了一罐杀虫喷雾罐，搁在丹尼够不着的高架子上。他要去拿杀虫剂，再爬上来，到时就换它们大吃一惊了。你可以被蜇，但你也可以反蜇回去，他由衷地相信这点。两个钟头后，那蜂窝就纯粹是堆嚼碎的纸，丹尼喜欢的话可以拿到房间里。杰克还小的时候，他的房里就有一个，闻起来总是隐约带着烟熏和汽油的味道。丹尼可以把蜂窝就放在床头边，它不会伤害他的。

"我会过得越来越好的。"

他自己的声音，在寂静的午后显得充满自信，纵使他并不是故意要大声说出，却让他恢复信心。他确实变得越来越好，有可能从被动化为主动，把曾经将他逼近疯狂的东西，当成不过是一时学术兴趣的普通奖赏。倘若有什么地方能让他达成这件事的话，毫无疑问地就是这里。

他爬下梯子去拿杀虫喷雾罐。它们将会付出代价，将会为蜇了他付出代价！

15. 前　院

两个礼拜前，杰克在设备仓库后头找到一张刷了白漆的藤编大椅子，尽管温迪抗议说那真是她这辈子见过最丑的东西，他还是把椅子拖到门廊上。他现在就坐在上头，快意地阅读多克托罗的《欢迎到哈德泰姆斯来》[①]，此时他的太太和儿子坐在饭店载货车里嘎啦嘎啦地开上车道。

温迪把车子停在回车道上，豪爽地让引擎空转一会儿再关掉，载货车唯一的尾灯熄灭，引擎由于后燃而暴躁地隆隆作响，最后终于停止。杰克从椅子上起身，缓步走下去迎接他们。

"嗨，爸！"丹尼喊着，跑上斜坡。他的手中拿着一个盒子。"看看妈咪买给我什么！"

杰克抱起儿子，将他来回摆荡两次，然后衷心地亲他的嘴。

"杰克·托伦斯，这个世代的尤金·奥尼尔[②]，美国的莎士比亚！"温迪微笑着说，"真想不到会在这么偏远的山上遇到你。"

"高贵的女士，我受不了太多的人群。"他说，伸出双臂环住她。他们亲吻了一下。"你这趟旅途如何啊？"

"非常顺利。丹尼抱怨我害他颠来颠去，可是我没有熄火过半次喔……噢，杰克，你完工啦！"

她盯着屋顶看，丹尼跟随母亲的视线，当他看到"全景"西侧顶上一大片全新的绿色屋瓦，颜色比其余的屋顶要来得浅时，微微皱了一下眉头。然后他低头看着手中的盒子，表情又开朗了起来。夜里，东尼展示给他看的影像会以原原本本的清晰度回来纠缠他，但在白天

---

① 《欢迎到哈德泰姆斯来》，原书名为 *Welcome to Hard Times*，1960 年出版，主要写一个坏蛋几乎毁掉一个名为哈德泰姆斯（含有"艰难时世"之意）的美国小镇。

② 尤金·奥尼尔（Eugene O'Neill，1888—1953 年），美国著名剧作家，是美国戏剧的奠基人，一生四次获普利策奖，1936 年获诺贝尔文学奖。

灿烂的阳光下，比较容易忽视它们。

"爸比，你看，你看！"

杰克从儿子手中接过盒子——是模型汽车，罗斯老爹讽刺漫画中曾让丹尼流露出赞叹的那一辆。这是台亮紫色的福斯车，盒子上显示的图片是：一辆硕大的紫色福斯，配备着一九五九年份凯迪拉克德维尔双门轿车的长尾灯，疾驶过一条泥土路。这辆福斯有遮阳篷，而从遮阳篷探出头来，一双爪形手放在底下方向盘上的是：身上长满疣、如巨人般的怪物，它瞪大充血的眼睛，龇牙咧嘴地狂笑着，头上巨大英国赛车帽的帽檐转向后方。

温迪对他微笑，杰克朝她眨个眼。

"博士，这就是我喜欢你的地方，"杰克说着把盒子递还给丹尼。"你的品位真是够低调、朴素又内敛，你果然是我的孩子。"

"妈咪说只要我能把第一本《迪克和珍》儿童读物全部读完，你就会马上帮我组装。"

"那应该会在这周末之前吧！"杰克说，"夫人，你那台漂亮的载货车上还有什么东西啊？"

"呃——哼。"她抓住他的手臂往后拉。"不许偷看。有些是给你的，丹尼和我会拿进去。你可以拿牛奶，就在驾驶室的地板上。"

"我在你心目中就只有这点价值而已啊！"杰克大声嚷着，手往前额一拍。"只不过是一匹运货的马，田地里低劣的家畜，搬到这里、运到那里，搬到各个地方。"

"先生，只要把牛奶马上搬进厨房去！"

"太过分了！"他叫嚷着，随后扑倒在地上，丹尼站在旁边俯视父亲，咯咯地笑着。

"起来，你这只公牛。"温迪说，一边用运动鞋的鞋尖戳他。

"听到没？"他对丹尼说，"她叫我公牛喔！你可是证人。"

"证人，证人！"丹尼兴高采烈地附和，跳过俯卧的父亲。

杰克坐起来。"这倒提醒我了，小密友，我也有东西要给你喔！放在前廊，我的烟灰缸旁边。"

"是什么？"

"忘了。去看看吧！"

杰克起身，夫妻两人站在一块儿，注视丹尼冲上草坪，接着一次跨两阶地跑上通往前廊的阶梯。杰克一手搂住温迪的腰。

"你高兴吗，宝贝？"

温迪仰头郑重地看着他。"这是自我们结婚以来，我最快乐的时光。"

"这是真心话吗？"

"我敢发誓。"

他紧紧地抱着她。"我爱你。"

她也深受感动地紧抱住他。杰克绝不会轻易说出这几个字；他对她说这句话的次数，包括婚前婚后，她可以用两只手数得出来。

"我也爱你。"

"妈咪！妈咪！"丹尼此时站在门廊，兴奋地尖叫着，"快过来看啊！哇！这真是太棒了！"

"是什么啊？"两人手牵手从停车场往上走时，温迪问他。

"忘了。"杰克说。

"噢，你会有报应的，"她说着，用手肘推他一把。"等着看你有没有。"

"我希望今晚就能得到，"他评论说，她大笑。片刻后，他问她："你觉得丹尼快乐吗？"

"你应该知道的啊，每天晚上睡觉前和他聊很久的人是你啊！"

"通常都是聊他将来长大后想做什么，或者圣诞老公公到底是不是真的，那对他来说开始变成一件大事。我想他的老朋友斯科特让他终于明白了那件事。他没有跟我聊太多'全景'的事。"

"也没有跟我说。"她说。他们正爬上门前的阶梯。"不过，他大多时间都非常安静。而且杰克，我觉得他瘦了，我真的这么觉得。"

"他只是长高了啦！"

丹尼背对着他们。他正在检视杰克椅子旁边桌上的某样东西，但温迪看不到是什么。

"而且他也不肯吃饭。他以前活像个蒸汽挖土机啊！还记得去年吗？"

"胃口会逐渐变小，"他含糊地说，"我记得我在小儿科医生史巴克博士的书中读到过。他到七岁的时候就会再用两根叉子了。"

他们在阶梯顶端停下脚步。

"还有他非常拼命地在看那些读本，"她说，"我知道他想要学着怎么让我们高兴……让你高兴。"她勉强补上一句。

"最主要的是让他自己高兴，"杰克说，"我一点也没有逼他去读。事实上，我还希望他不要那么拼命。"

"如果我帮他预约去做健康检查的话，你会觉得我很蠢吗？萨德维特有个家庭医生，超市里那个收钱的年轻人说——"

"你有点担心下雪的事，是吗？"

她耸耸肩。"我想是吧！如果你觉得这很愚蠢的话——"

"我并不觉得。事实上，你可以帮我们三个全都预约。我们去拿张健康证明，晚上就能安心睡觉了。"

"我今天下午就去预约。"她说。

"妈！你看，妈咪！"

他两手捧着一个大大的灰色东西向她跑过来，有一瞬间温迪既可笑又恐怖地把那东西想成是大脑。当她看清楚东西的真面目后，本能地向后退缩。

杰克伸手搂住她。"没问题的。没飞走的居民我都抖掉了，我用了杀虫喷雾剂。"

她注视儿子拿着的大蜂窝，但不愿意去碰。"你确定这安全吗？"

"确定。我小时候房间里就有一个，我爸爸给我的。丹尼，你想要把它摆在你房间吗？"

"要！马上就要！"

丹尼转身飞奔过双扇门，他们能听见他在主楼梯上奔跑的沉闷脚步声。

"那上面有黄蜂，"她说，"你有没有被叮到？"

"我的紫心片在哪里？"他问道，然后伸出那根手指给她看。肿胀已开始消退，不过她为了满足他依然心疼地"哎呀"叫了一下，并轻轻地啄吻他的手指。

"你把蜇针拔出来了吗?"

"黄蜂不会把针留在里面,蜜蜂才会,蜜蜂的蜇针有倒钩。黄蜂的针是平滑的,那就是它们为什么会这么危险的原因,它们可以一再不断地蜇人。"

"杰克,你确定他拿着蜂窝安全吗?"

"我按照杀虫剂罐上的用法说明做。那东西保证能在两小时内杀光每一只虫子,然后就消散,不会有残留。"

"我讨厌它们。"她说。

"什么东西……黄蜂吗?"

"任何会蜇人的东西。"她说着,举起手臂交叉放在胸前,两手托着手肘。

"我也是。"他说完,拥抱了她一下。

16. 丹 尼

　　走廊尽头，在卧室里，温迪听得见杰克从楼下搬上来的打字机突然活跃了三十秒，然后沉寂了一两分钟，接着又短暂地咯嚓作响，感觉就像是在孤立的碉堡中聆听机关枪的射击。对她来说那声音宛如乐曲；杰克从他们结婚第二年写了那篇《君子》杂志采用的小说后，就不曾如此连续地写作。他说他认为年底前可以完成这个剧本，无论结果如何，他都要着手发展新的作品。他说他不在乎菲丽丝四处展示《小学校》后是否会引起骚动，也不在乎它是否就此石沉大海，温迪也相信他。他实际动手写作的行为带给她无限的希望，并非因为她预期这个剧本有多大成就，而是因为她丈夫似乎慢慢关上了巨大的门扉，将满屋子的怪物拒于门外。他长久以来始终用肩膀顶着那扇门，而门现在终于要关上了。

　　每敲一个键就将门再关小一点。

　　"你看，迪克，你看。"

　　丹尼躬着背俯视五本破旧的初级读本的第一册，那是杰克从波尔德无数间二手书店中毫不留情地精挑细选出来的。这些书能教导丹尼到二年级的阅读程度，她告诉过杰克，她认为这课程计划野心太大。他们的儿子非常聪明，他们很清楚，但是不该把他推得太远逼得太快。杰克同意，他不会逼迫丹尼，不过假使孩子学得很快，他们将做好准备。现在她怀疑杰克是否连这点也错了。

　　他们准备了四年份的《芝麻街》和三年份的《电力公司》，丹尼似乎以近乎可怕的速度在学，这让她有点操心。丹尼弯身读着乏味的小书，他的晶体管收音机和轻木滑翔机搁在上方的架子上，仿佛他的生命全仰仗他学习阅读。他们在丹尼房间放了一盏鹅颈台灯，他的小脸在台灯贴近、温暖的光线下显得紧绷而苍白，她不喜欢。他非常认真地对待读本，及他父亲每天下午为他准备的一页一页的练习本——

有苹果和桃子的图片，底下杰克用大而工整的印刷字体写着"苹果"。选出符合字的图案，把对的图案圈起来。他们的儿子会交互凝视着字和图案，嘴唇嚅动着，念出声音，事实上是在忍受煎熬。用蜷缩在圆圆胖胖的右拳中双倍大小的红色铅笔，他现在可以自己写出大约三十六个字。

他的手指在读本的字底下慢慢移动。字上头的图片，温迪依稀记得自己小学时代曾经看过，那是在十九年前：一个笑眯眯的棕色鬈发男孩，一个穿着短洋装的女孩——她的头发是金色的小鬈发，一手拿着跳绳，还有一只雀跃的小狗追赶着一颗红色的大皮球。一年级的三人组：迪克、珍和吉普。

"看吉普跑，"丹尼缓慢地念着。"跑，吉普，跑。跑，跑，跑。"他停顿，手指移到下一行。"看那……"他把身体弯得更近一些，鼻子都快要碰到书了。"看那……"

"博士，不要那么靠近，"温迪轻声说，"你会伤了眼睛。那个字是——"

"别告诉我！"他说，猛地坐起身来。他的语调惊慌。"别跟我说，妈咪，我会念的！"

"好啦，宝贝，"她说，"不过这不是什么了不起的事，真的没什么大不了的。"

丹尼不理会，再度俯身向前。他脸上的表情可能在某大学体育馆举办的研究生入学考试中比较常见。她越来越不喜欢。

"看那颗……ㄆㄧㄑㄧㄡ。看那颗ㄆㄧ一ㄑㄧㄡ？看那颗皮球。皮球！"忽然间欢欣鼓舞的——激动。他口气的激动让她害怕。"看那颗皮球！"

"没错，"她说，"宝贝，我觉得今晚够了。"

"妈咪，再多念几页好吗？拜托？"

"不行，博士。"她坚定地阖上装订的红色书本。"睡觉时间到了。"

"拜托嘛！"

"丹尼，别跟我耍赖。妈咪累了。"

124

"好吧！"但他仍渴望地盯着初级读本。

"去亲亲你爸爸，再洗手洗脸。别忘了刷牙喔！"

"好啦！"

他无精打采地走出去。小男孩身穿连脚睡裤和宽大的法兰绒上衣，衣服前面有颗足球，背后写着"新英格兰爱国者"。

杰克的打字机停下来，她听见丹尼热情的咂嘴声。"爸比，晚安。"

"晚安，博士。你念得怎么样啊？"

"还好吧，我想。妈咪叫我停的。"

"妈咪是对的，已经过八点半了。要去洗手间吗？"

"对。"

"很好。你的耳朵长出马铃薯来啰！还有洋葱、红萝卜、细香葱——"

丹尼咯咯的笑声逐渐减弱，然后被浴室门果断的喀一声给切断。他很重视自己在浴室活动的隐私，而她和杰克两人几乎都是随随便便的。他是独立的个人——既不是他们其中一位的复本，也不是两人的混合体——的另一个标记，而这种标记一直在增加。这让她有点伤感。有一天她的孩子会变成她不认识的陌生人，而他也会变得不认识她……不过不会像她的亲生母亲对她一样变得如此陌生。天啊，请不要让他们之间的关系变成那样。让他长大成人后仍然爱他母亲吧！

杰克的打字机又开始不规律地响起。

她依然坐在丹尼读书桌旁边的椅子上，任视线在儿子的房内漫无目的地移动。滑翔机的机翼已修补完善。桌面上堆着高高的一叠图画书、着色本、封面撕掉一半的旧蜘蛛人漫画书、可优蜡蜡笔，以及一堆乱七八糟的林肯积木。福斯的模型车端正地摆放在这些次要东西的上方，收缩膜的包装仍旧原封不动。倘若丹尼照这种速度继续下去，他和他父亲应该明天晚上或后天晚上就能组装，不用等到周末了。他的小熊维尼、咿唔和克里斯托弗·罗宾的图片整齐地用图钉钉在墙上，不久就会被吸食毒品的摇滚歌手的性感海报和照片所取代吧，她想。从纯真到老练。人性啊！宝贝。攫住它，咆哮吧！然而这依然令她感伤。明年丹尼就上学了，他的朋友会占去一半的他，也许更多。在史托文顿情况似乎好转时，她和杰克有一阵子曾尝试再怀一胎，但她现在又开始服用避孕药。一切太难以捉摸了，天知道他们九个月后会在何处。

她的目光落在蜂窝上。

它在丹尼房内占了最高的地位，安置在床边一个大塑料盘上。即使里头是空的，她还是不喜欢。她隐隐怀疑蜂窝是否可能有细菌，想要问杰克，之后认定他会嘲笑她。但是明天如果她能趁杰克不在诊间时抓住医生的话，她会问问医生。一想到那东西是用那么多异种生物的唾液和咀嚼物所构筑的，如今却放在离她熟睡的儿子头部不到一英尺的地方，她就不喜欢。

浴室的水仍在流，她站起来走进大间的卧室去确认一切是否正常。杰克没有抬起头来，他紧盯着打字机，齿间叼着一根滤嘴香烟，迷失在自己创作的世界里。

她轻敲关闭着的浴室门。"博士，你还好吗？你没睡着吧？"

无回应。

"丹尼？"

还是没回答。她试了一下，门是锁着的。

"丹尼？"她开始担心了，除了连绵不断的流水声没有别的声音令她不安。"丹尼？宝贝，把门打开。"

没有回音。

"丹尼！"

"拜托，温迪，我没想到你打算敲门敲一整晚。"

"丹尼把自己反锁在浴室里，而且没有回我话！"

杰克脸色不悦地绕过书桌，在门上重重敲了一记。"打开，丹尼，别玩游戏了。"

没有回应。

杰克再敲得用力一点。"博士，别再闹了，该睡觉的时间就该睡觉。你不开门的话，我要打屁股啰！"

他的情绪快要失控了，她想着，心里更加害怕。自从两年前的那天晚上后，他就不曾在生气时碰过丹尼，但是这当下他听起来可能会气得动手。

"丹尼，宝贝——"她开口。

仍无回声，只有流个不止的水。

"丹尼，如果你逼我弄坏这门锁，我敢保证你今晚得趴着睡觉。"杰克警告。

毫无声响。

"拆了它吧！"她说，忽然间觉得难以说话。"快点。"

他抬起脚，用力往下踹在门把右边的门上。那锁的材质差，立刻断裂，门猛然震开，撞到铺着瓷砖的浴室墙面后又反弹回来一半。

"丹尼！"她尖叫。

洗脸盆的水竭力在流，旁边有一管盖子旋开的佳洁士牙膏。丹尼坐在浴室另一头的浴缸边缘，左手无力地握着牙刷，嘴巴四周一圈薄薄的牙膏泡沫。他精神恍惚，凝视着洗脸盆上方的药柜前面的镜子，脸上的表情像是吸了毒般地震颤不已。她的第一个想法是，他癫痫发作了，有可能把舌头吞下去了。

"丹尼！"

丹尼没有响应，喉咙发出粗嘎的声音。

接着她被用力推到一旁，撞到毛巾架上，杰克跪在男孩面前。

"丹尼，"他叫，"丹尼，丹尼！"他在丹尼茫然的眼睛前面啪啪地弹动手指。

"啊——当然，"丹尼说，"锦标赛。击球。不不不不……"

"丹尼——"

"短柄槌球！"丹尼说，他的声音陡然一低，几乎像男人似的。"槌球。击球。槌球杆……有两头。给给给给——"

"噢，杰克，我的天啊，他到底怎么了？"

杰克抓住男孩的手肘，使劲地摇晃他。丹尼的头无力地向后摆，又猛然晃到前面犹如木棍上的气球。

"槌球。击球。Redrum。"

杰克再摇他一下，丹尼的眼睛突然清亮起来。他的牙刷从手里掉落在瓷砖的地板上，发出咔嗒声。

"怎么了？"他环顾四周问道，看见父亲跪在面前，母亲站在墙边。"怎么了？"丹尼再问一次，越来越焦虑不安。"怎—怎—怎—怎么—了—了——"

"不要口吃！"杰克忽然对着他的脸大叫。丹尼吓着了，放声尖叫，他的身体紧绷起来，试着摆脱父亲，然后崩溃大哭。大受打击的杰克将他拉近身边。"喔，宝贝，对不起。博士，对不起。拜托，别哭。我很抱歉。没事的。"

洗脸盆的水仍不停地流，温迪觉得自己忽然踏入某个折磨人的噩梦中，在梦里时间往回倒，倒回到她酒醉的丈夫折断儿子的手臂，然后对着儿子低泣说出几乎一模一样的句子那一刻。

"喔，宝贝，对不起。博士，对不起。拜托。我真的很抱歉。"

她跑向他们两人，想办法从杰克手中用劲夺过丹尼（她看见他脸上愤怒责备的表情，但决定留待以后再考虑），将他抱起来。她抱着他走回小间的卧室，丹尼的手紧紧搂住她的脖子，杰克则尾随在后面。

她在丹尼的床上坐下，来来回回地摇着他，再三重复毫无意义的话语来安抚他。她抬头看杰克，他的眼里如今只剩下担忧。杰克朝她询问地扬起眉毛，她轻轻摇摇头。

"丹尼，"她说，"丹尼，丹尼，丹尼。没事的，博士，一切都很好。"

最后丹尼终于安静下来，只在她怀中微微地颤抖。然而他最先开口说话的对象却是杰克，杰克正坐在他们旁边的床上，她感到一阵出于嫉妒的

（又是先找他，总是先找他）

熟悉的微弱刺痛。杰克对他大吼，她安慰他，然而丹尼却对他父亲说：

"如果是我不乖的话，对不起。"

"博士，没什么好对不起的。"杰克揉揉他的头发。"你在里头究竟发生了什么事？"

丹尼茫茫然地缓缓摇头。"我……我不知道。爸爸，你为什么叫我别再口吃？我没有口吃啊！"

"你当然没有。"杰克由衷地说，但温迪感到一只冰冷的手指触摸她的心脏。杰克突然露出恐惧的表情，仿佛他看见也许是鬼魂的东西。

"定时器是怎么样的……"丹尼悄声说。

"你说什么？"杰克倾身向前，丹尼缩进温迪怀中。

"杰克，你吓坏他了！"她说，她的声调高亢，语气充满指责。她蓦地意识到他们全都在害怕，但是惧怕什么呢？

"我不知道，我不知道，"丹尼对父亲说，"什么……我刚才说了什么，爸爸？"

"没什么。"杰克低声说着，从后面口袋掏出手帕来擦嘴。刹那间温迪又有那种令人厌恶的时光倒回的感觉，她记得很清楚那是他酗酒时期的习惯动作。

"丹尼，你为什么把门锁上呢？"她温和地问，"你为什么那么做？"

"东尼，"他说，"是东尼叫我锁的。"

他们在他头顶上方互望了一眼。

"儿子，东尼有说为什么吗？"杰克轻声地问。

"我正在刷牙，想着我的读本，"丹尼说，"想得非常认真。然后……然后就看见东尼出现在镜子里面，他说他得再带我去看一次。"

"你的意思是，他在你后面？"温迪问。

"不，他是在镜子里面。"丹尼特别强调那一点。"在里头很深的地方。然后我就穿过镜子。接下来我只记得爸爸在摇我，我以为我又不乖了。"

杰克仿佛受到打击似的往后一缩。

"博士，你没有不乖。"他轻声说。

"是东尼叫你把门锁上的？"温迪梳着他的头发问道。

"对。"

"他想要带你去看什么？"

丹尼在她怀抱中紧绷起来，仿佛他身上的肌肉变成宛如钢琴弦般的东西。"我不记得了，"他烦乱地说，"我不记得了。不要问我。我……我什么都不记得了！"

"嘘，"温迪惊慌地说，再度开始摇晃他。"宝贝，你不记得的话没有关系的，当然没关系的。"

终于丹尼又放松下来。

"你要我再待一下下吗？讲个故事给你听？"

"不用了，只要开夜灯就可以了。"他害羞地看着父亲。"爸比，你可以留下来吗？待一下子？"

"没问题，博士。"

温迪叹了一口气。"杰克，我会在客厅。"

"好。"

她起身，看着丹尼滑到被子底下，看起来显得非常瘦小。

"丹尼，你确定没事吗？"

"我没事的。妈，只要帮我插上史努比。"

"没问题。"

她插上夜灯，灯上显示出躺在狗屋顶上沉沉熟睡的史努比。在他们搬进"全景"前，他从来不需要夜灯，而现在他明确地恳求她点上夜灯。她关上台灯和天花板的灯，回头注视他们，丹尼的一圈脸蛋又小又白，杰克的脸则在他上方。她迟疑了片刻

（然后我就穿过镜子）

然后悄然无声地离开他们。

"你想睡了吗？"杰克问道，顺手拨开丹尼前额的头发。

"嗯。"

"想要喝杯水吗？"

"不……"

两人静默了五分钟，杰克的手依然摸着丹尼。他以为男孩已睡着，正准备起身轻声离开时，丹尼在入睡之际开口说：

"槌球。"

杰克转身，全身骨头冷到了冰点。

"丹尼——？"

"爸爸，你绝对不会伤害妈咪的，是吗？"

"是的。"

"或是我？"

"是的。"

沉默再次降临，漫延开去。

"爸爸？"

"什么？"

"东尼来告诉我槌球的事。"

"是吗，博士？他说什么？"

"我不大记得了。只记得他说槌球是一局一局打的，像棒球一样。是不是很好玩呢？"

"是。"杰克的心脏在胸腔沉沉地鼓动着。男孩怎么可能会知道这种事呢？槌球是一局一局打的，不像棒球，比较像板球。

"爸爸……？"他差不多快睡着了。

"怎么样？"

"Redrum 是什么？"

"红色的鼓（red drum）？听起来像是印第安人上战场时可能带的东西。"

静默。

"嘿，博士？"

然而丹尼睡着了，深长、缓慢地呼吸着。杰克坐着低头凝视他半响，突然一股如潮水般的爱冲击着全身。他为何对这样的小男孩大声吼叫呢？他有一点点口吃是完全正常的。他刚从茫然或者某种诡异的恍神状态下清醒过来，在这种情况下口吃是完全正常的，完完全全。而且他丝毫没有提到定时器。应该是别的东西，毫无意义的胡言乱语罢了。

他怎么会知道槌球是一局一局打的呢？有人告诉过他吗？厄尔曼？哈洛兰？

他低头看着自己的双手，紧张得紧紧握成拳头

（天啊，我多么需要来一杯）

而指甲深深掐入手掌有如微小的烙铁。缓缓地，他勉强把拳头张开。

"丹尼，我爱你，"他喃喃低语，"天晓得我真的爱你。"

他离开房间。他的情绪又失控了，虽然只有一点点，但足以使他感到厌恶和害怕。喝酒可以麻痹那种感觉，噢没错，酒能麻痹感觉

（定时器是怎么样的）

和其他的一切。他丝毫没听错那几个字，一个也没有。每个字都如钟声般清楚地发出。他在走道上停下脚步，回过头看，不自觉地用手帕擦拭嘴唇。

他们的形体在夜灯的光线下只是暗色的剪影。仅穿着短衬裤的温迪走到丹尼床边，再度帮他把被子盖好，他刚把被子踢开。杰克站在门口，看着她用手腕内侧贴在他的前额上。

"他发烧了吗？"

"没有。"她亲吻丹尼的脸颊。

"谢天谢地，你预约了医生。"她走回到门口时，杰克说，"你觉得那家伙很内行吗？"

"收银员说他非常厉害，我只知道那么多。"

"温迪，如果有什么不对劲的话，我就要把你和丹尼送去你母亲那里。"

"不要。"

"我明白，"他说着，一手环抱住她。"我明白你的感受。"

"你一点也不知道我对她的感觉。"

"温迪，我没有别的地方可以送你去啊！你知道的。"

"如果你来——"

"没有这份工作，我们就完了，"他坦白地说，"你很清楚。"

她的剪影缓缓地点头。她非常清楚。

"我和厄尔曼面试的时候，还以为他只是夸大其词，但现在我没那么肯定了。也许我真的不该带着你们两个一起尝试这份工作，方圆

四十英里内毫无人烟。"

"我爱你，"她说，"如果可能的话，丹尼甚至比我更爱你。杰克，他会很伤心的。如果你把我们送走的话，他一定会的。"

"别把事情说成那样。"

"假如医生说有什么问题的话，我会在萨德维特找份工作，"她说，"要是在萨德维特找不到工作的话，丹尼和我会去波尔德。我不能去找我母亲，杰克，绝不能在这种情况下。别要求我，我……我就是办不到。"

"我想我明白。别灰心，也许什么事也没有。"

"也许吧！"

"预约的时间是两点？"

"对。"

"我们把卧室的门开着吧，温迪。"

"我想开着，但是我想他现在会一觉睡到天亮吧！"

可是他并没有。

轰……轰……轰轰轰轰——

他在左弯右拐宛如迷宫一般的走廊上奔跑，逃离轰隆隆回荡在四周的沉重巨响，赤裸的双脚沙沙地走在蓝与黑交织的长呢绒丛林上。每次他听见槌球杆猛撞到身后的某处墙壁上时，就想要大声尖叫。但是他不行。他不能。尖叫声会泄漏他的位置，而且

（而且那个 REDRUM）

（出来受罚，你这可恶的爱哭鬼！）

噢，他能听见声音的主人正走过来，过来找他，在走廊上横冲直撞，有如在蓝与黑的异国丛林中的一头老虎，吃人的老虎。

（出来，你这小王八蛋！）

倘若他有办法走到往下的楼梯那里，假使他能够离开三楼，他就可能没事；就算是搭电梯——假如他想得起来他遗忘了什么的话。可是四周一片黑，他害怕得失去了方向感。他转入一条走廊，又到另一条，吓得心都跳到嘴里，宛如含了一团火热的冰，他害怕每一次转弯

都可能引他与走廊上那头人类老虎面对面。

现在轰隆隆的声响就在他后头，那嘶哑骇人的怒吼。

球杆的槌头咻咻地划过空气

（槌球……击球……槌球……击球……REDRUM）

再撞击到墙壁上。脚在丛林地毯上发出轻柔的沙沙声。惊慌在他口中喷发宛如苦涩的果汁。

（你会记起遗忘的事物……但是他会吗？遗忘的东西是什么？）

他奔逃着绕过另一个转角，毛骨悚然又万分惊恐地发现自己跑进死路。三边上锁的门低头朝他皱眉。西侧，他位在西侧，能听见外头暴风雪在呼啸狂吼，似乎快要因为它自己深暗的喉咙里塞满了雪而窒息。

他后退往墙上靠，害怕得直掉泪，心脏如掉到陷阱中的兔子的心一般急速地跳动。当背部贴到有浮雕波纹图样的浅蓝色丝质壁纸上时，他两腿一软倒在地毯上，双手摊开在藤蔓和攀缘植物编织的丛林上，呼吸时喉咙发出咻咻的哮喘声。

越来越大声，越来越响亮。

走廊上有头老虎，如今老虎就在转弯处，仍然因强烈、急躁、疯狂的怒气而大声咆哮着，槌球杆砰砰地猛撞，因为这头老虎是用两条腿走路，它是——

他突然倒吸一口气惊醒过来，直挺挺地坐在床上，张大眼睛瞪视着黑暗，两手在面前交叉。

一只手上有东西，蠕动着。

黄蜂，三只。

接着它们蜇了他，似乎是三只一起用针刺，就在此时所有的影像粉碎，如暗潮般地掉落到他身上，他开始对着黑暗尖声喊叫，黄蜂缠住他的左手，一遍又一遍地蜇他。

灯开了，爸爸穿着短裤站在那儿，瞪大了双眼。妈咪在他背后，一副睡眼惺忪受到惊吓的样子。

"把它们赶走！"丹尼尖叫着。

"噢，我的天啊！"杰克说，他看见了。

"杰克，他怎么搞的？到底怎么了？"

杰克没有回答妻子，跑到床边捞起丹尼的枕头，拍打丹尼猛烈挥动的左手，一下，又一下。温迪看见缓缓移动、像昆虫的影子上升到空中，发出嗡嗡的声音。

"去拿本杂志！"他转过头去嚷着，"把它们打死！"

"黄蜂？"她说，一瞬间她封闭在自己的内心里，几乎与她理解的事实脱节。她的脑子一片混乱，而认知与情绪相连。"黄蜂，噢老天，杰克，你说——"

"他妈的给我闭嘴，打死它们！"他怒吼，"你就照我说的做！"

其中一只黄蜂停在丹尼的读书桌上。她从工作台拿起一本着色本，砰的一声打在黄蜂上，留下一团黏稠的褐色污渍。

"窗帘上还有另一只。"他说完，怀里抱着丹尼经过她身边往外跑。

他把男孩抱入他们的卧室，将他放在凑合起来的双人床上靠温迪的那一侧。"丹尼，乖乖地躺在这儿，等我叫你才可以回来。明白吗？"

丹尼的脸蛋肿肿的，挂着两行泪水。他点点头。

"这才是我勇敢的孩子。"

杰克跑到走廊尽头的楼梯。他听见身后着色本拍打了两次，然后他的妻子痛得叫出声。他并没有减缓速度，反而一次跨两阶地下楼到昏黑的大厅。穿过厄尔曼的办公室进入厨房时，大腿最笨重的部位撞到厄尔曼的橡木办公桌桌角，几乎毫无所觉。他啪的一下打开厨房天花板的灯，走到水槽边。晚餐后洗好的碗盘仍堆积在沥水篮里，温迪把碗盘留在那里沥干，他从最上层迅速拿起一个大的百丽钵。一个盘子掉到地面破了，他不予理会，转身穿过办公室跑上楼。

温迪站在丹尼的门外，粗重地喘着气。她的脸色有如餐桌的亚麻布，双眼闪烁的光中透着呆滞，湿湿的秀发垂下来黏贴在颈子上。"我把它们全都打死了，"她神思恍惚地说，"可是有一只叮了我。杰克，你说它们全都死了。"她开始哭泣。

他没有回答，匆匆地走过她身边，拿着百丽钵走到丹尼床边的蜂窝旁。蜂窝毫无动静，空无一物；好歹，外头没有。他猛然将钵倒扣罩住蜂窝。

"好了，"他说，"来吧。"

他们回到卧室。

"它叮了你哪里？"他问温迪。

"我的……我的手腕。"

"让我看看。"

温迪把手伸出来给他看，就在手腕与手掌间的腕纹上方有个小圆洞，小洞周围的肌肉肿了起来。

"你对黄蜂的蜇针会过敏吗？"他问，"认真想！如果你会的话，丹尼可能也会。那该死的小杂种蜇了他五六下。"

"不，"她说，比较平静了。"我……我只是讨厌它们，就这样而已，讨厌它们。"

丹尼坐在床尾，抓着自己的左手仔细端详，眼睛外圈吓得苍白。他责备地盯着父亲。

"爸爸，你说你把它们全杀光了。我的手……真的好痛喔！"

"博士，让我看看……不，我不会碰的，那会让伤口更痛。只要把手伸出来就好了。"

他照爸爸说的做。温迪呜咽地说："噢丹尼……噢，你可怜的小手！"

之后医生会分别数出十一处蜇伤。现在他们看到的只有一点一点的小洞，仿佛他的手掌和手指上撒了红色的胡椒粒，此外还肿胀得非常严重。他的手看起来像是卡通里兔宝宝或达飞鸭刚用榔头猛敲自己一记之后的样子。

"温迪，去把浴室里的喷雾剂拿来。"杰克说。

她去拿的时候，杰克在丹尼旁边坐下来，一手轻轻环住他的肩膀。

"博士，等我们喷过你的手之后，我想要拍几张拍立得。然后你今晚跟我们一起睡，好吗？"

"好啊！"丹尼说，"不过，为什么要拍照呢？"

"这样我们或许可以告倒一些人。"

温迪拿着形状如化学灭火器的喷雾罐回来。

"宝贝,这不会痛的。"她说着,取下盖子。

丹尼伸出手,她在两面都喷上喷雾直到手微微发光。丹尼颤抖着长吁一口气。

"感到刺痛吗?"她问。

"不会,感觉好一点了。"

"那还有这些,把这些嘎吱嘎吱地嚼一嚼。"她拿出五颗柳橙口味的幼儿阿司匹林。丹尼拿过来一颗一颗丢进嘴巴。

"阿司匹林是不是太多了点?"杰克问。

"蜇伤的地方很多啊!"她气愤地回答他。"你去把蜂窝处理掉,约翰·托伦斯,现在马上!"

"只要再给我一分钟。"

他走到梳妆台,从最上层的抽屉取出拍立得相机。他再往更深处翻找,找到几个方形闪光灯。

"杰克,你在干吗?"她有点歇斯底里地问道。

"爸爸要帮我的手拍几张照片,"丹尼一本正经地说,"然后我们要告倒一些人。对吧,爸爸?"

"对。"杰克阴沉地说。他找到闪灯的配件,插入相机中。"儿子,把手伸出来。我估计一个伤口大概五千块。"

"你在说什么鬼话?"温迪差点尖叫。

"你听我说,"他说,"我照着那可恶的杀虫喷雾罐上的说明去做。我们要告他们。那个该死的东西有瑕疵,一定是这样。不然你能怎么解释?"

"喔。"她小声地说。

他拍了四张照片,将每张覆盖着的相片拉出来,让温迪以她戴在脖子上的小坠表计时。丹尼对自己蜇伤的手可能价值好几千元的想法深深着迷,逐渐不再惊惧,表现出浓厚的兴趣。他的手隐隐抽痛,头也有点痛。

当杰克把相机摆到一旁,将相片摊开在梳妆台上晾干时,温迪说："我们应该今晚就带他去看医生吗？"

"除非他真的很痛，"杰克说，"假如是对黄蜂的毒液强烈过敏的人，那在三十秒之内就会发作了。"

"发作？你是指——"

"昏迷，或是痉挛。"

"噢，噢我的天啊。"她紧抱住自己，看起来苍白而毫无血色。

"儿子，你觉得怎么样？你想你睡得着吗？"

丹尼向他们眨眨眼。噩梦在他心中已褪色成黯淡、毫无特色的背景，但他依然害怕。

"如果我能跟你们一起睡的话。"

"当然啰，"温迪说，"噢宝贝，真的对不起。"

"没关系啦，妈咪。"

她又哭了起来，杰克将两手放在她肩上。"温迪，我向你发誓，我遵照了说明书的用法。"

"你明天早上可以把它处理掉吗？拜托？"

"我当然会啊！"

他们三人一起上床，杰克正要关掉床上的灯时，突然停住，反而将被子推开。"也要照张蜂窝的相片。"

"马上回来啊！"

"我会的。"

他走到梳妆台，拿起相机和最后一个方形闪光灯，把拇指和食指围成封闭的圈，对丹尼比划了一个没问题的手势。丹尼笑了，也用没事的那只手比划了相同的手势。

真是个了不起的孩子，他走到丹尼的房间时心里想着。而且还远不止于此。

天花板的灯依旧亮着。杰克走到另一边双层床的位置，当他瞥向床边的桌面时，皮肤立刻起了鸡皮疙瘩，颈上的寒毛竖起，并且努力竖直。

他几乎看不见透明百丽钵里的蜂窝。玻璃内爬满了黄蜂，很难判断有多少只，至少五十只，也许一百只。

他的心脏在胸口缓缓地鼓动，他拍了照后把相机搁下，等待照片显影。他用手掌擦擦嘴唇，脑海中不断重复地播放一个念头，并回响着

（你的情绪失控了。你的情绪失控了。你的情绪失控了。）

近乎迷信的恐惧。它们回来了。他杀死黄蜂，但它们回来了。

在脑海中，他听见自己对着惊吓到哭泣的儿子大喊：不要口吃！

他又擦了一次嘴唇。

他走到丹尼的工作台，在抽屉里翻找，取出一个有着纤维背板的大拼图。他把拼图拿到床头柜，小心翼翼地将钵和蜂窝滑到拼图板上。黄蜂在它们的监牢内愤怒地嗡嗡鸣叫。接着，他把手牢牢盖在钵顶上，让钵无法滑动，走到外面的走廊。

"杰克，要回到床上来吗？"温迪问。

"爸比，要回到床上来吗？"

"得到楼下去一会儿，"他说，试着让口气轻快些。

这种事怎么会发生？究竟是怎么回事？

那杀虫喷雾罐肯定不是假的。他拉了扣环后看见浓浓的白烟从里头喷出；两个小时后再上去时，他从顶上的洞摇出一大群死掉的小尸体。

那怎么会这样？自然再生吗？

太荒唐可笑了，十七世纪的胡言乱语。昆虫不会再生，而且就算黄蜂的卵能在十二个钟头之内孵化成成虫，这时也不是女王蜂产卵的季节，产卵通常是在四月或五月。秋天是它们濒死的季节。

活生生的矛盾，黄蜂在钵底下精力充沛地嗡嗡飞着。

他把它们搬到楼下穿过厨房。后面有扇门通到外头。寒冷的夜风吹在他几近赤裸的身躯上，他的脚几乎一站在平台冰冷的水泥地上就立刻冻到麻木。这个平台在饭店营运的季节是牛奶交货的地点。他谨慎地放下拼图和钵，站起来时看了一下钉在门外面的温度计。上头写着：畅饮七喜，无限清新。而水银柱正好停在华氏二十五摄氏度。这种冷度到早晨前就会把它们冻死。他进了屋将门牢牢地关上，考虑了半晌后，连锁也闩上。

他再度穿越厨房，关掉电灯后，站在黑暗中好一会儿，思索着，想要喝一杯。忽然间饭店似乎充满了成千鬼鬼祟祟的声音：嘎吱声、呻吟声，还有风在屋檐底下发出的诡秘嗤鼻声，屋檐下或许悬垂着更多的黄蜂窝有如致命的果实。

它们回来了。

蓦地他发现自己不再那么喜欢"全景"，仿佛蜇他儿子的不是黄蜂——那些在杀虫喷雾罐的攻击后奇迹幸存的黄蜂，而是饭店本身。

上楼回到妻儿身边之前，他的最后一个念头

（从现在起你要控制脾气，无论发生什么事。）

是坚决、确实、肯定的。

当他走回走廊尽头妻儿的身边时，用手背擦了擦嘴唇。

17. 医生办公室

　　脱得只剩下内裤、躺在诊察台上的丹尼·托伦斯，显得非常瘦小。他仰望着埃德蒙斯（"叫我比尔就可以了"）医生。医生正推着一台黑色的大型机器到他旁边，丹尼转动着眼珠想看清楚一点。

　　"小家伙，别让这台机器把你给吓坏了，"比尔·埃德蒙斯说，"这是脑电波仪，不会弄痛你的。"

　　"脑电——"

　　"我们把它简称为EEG。我要把很多条导线勾到你的头上——不，不是刺进去，只是用胶带黏着——机器这头的笔会记录下你的脑电波。"

　　"像'无敌金刚^①'那样子吗？"

　　"差不多。你长大后想要变得像斯蒂夫·奥斯汀上校那样吗？"

　　"才不要呢！"丹尼说。这时护士开始将导线贴在他头皮上几个剃干净的小点上。"我爸爸说，总有一天他会短路，然后就会……就会在过河时遇到困难。"

　　"我很熟悉那条河喔！"埃德蒙斯医生和蔼地说，"我自己也遇过几次，没有带划桨。丹尼，EEG能告诉我们很多很多事喔！"

　　"像什么？"

　　"比方说你是不是有癫痫症。那不过是个小毛病，出在——"

　　"嗯，我知道癫痫症是什么。"

　　"真的吗？"

　　"真的。以前在佛蒙特我念的幼儿园里有个小孩——在我还是小小孩的时候我上过幼儿园——他就有癫痫症。他不该用闪灯板。"

---

① 无敌金刚，美国1974年开始上映的 *The Six Million Dollar Man* 电视系列剧中的主角。

"那是什么，丹？"他启动了机器，细微的线条开始将轨迹描绘在方格纸上。

"就是有很多很多灯，全都不同的颜色。你把它打开时，有的颜色会闪，可是不是全部。然后你得算颜色，如果你按对的按钮，就能把它关掉。布朗特不能用那个。"

"那是因为发亮闪烁的灯光有时候会引起癫痫症发作。"

"你的意思是用闪灯板可能使布朗特发癫？"

埃德蒙斯与护士觉得好笑地迅速对看了一眼。

"用词粗野，不过很精确，丹尼。"

"什么？"

"我说，你讲得没错，只不过你应该说'发作'而不是'发癫'，那样说不好听……好吧，现在像只老鼠一样躺着不要动。"

"好的。"

"丹尼，当你有那些……不管是什么啦，你记得在那之前看过发亮闪烁的灯光吗？"

"没有。"

"奇怪的杂音呢？叮叮当当的铃声？或是像门铃那种鸣响？"

"没耶！"

"那奇怪的味道呢？或许像柳橙或是锯木屑的味道？或是像东西腐烂的味道？"

"没有，先生。"

"在你昏倒前有时候会想哭吗？即使你不觉得难过？"

"才没有呢！"

"那很好。"

"比尔医生，我有癫痫症吗？"

"丹尼，我认为没有。你躺好别动，快要好了。"

机器发出嘈杂的声音，再沙沙地写了五分钟后，埃德蒙斯医生把它关掉。

"好了，小朋友，"埃德蒙斯轻快地说，"让莎莉把你身上的电极拿下来，然后就进隔壁房间去，我想要跟你稍微聊一下。好吗？"

"当然好。"

"莎莉，你动手吧！在他进来前给他做个结核病检测。"

"好。"

埃德蒙斯撕下机器吐出的一长条卷纸，边看边走进隔壁房间。

"我要扎你的手臂，只要一下下就好，"等丹尼拉上裤子后，护士说，"这是为了要确定你没有结核病。"

"学校去年才帮我做过。"丹尼不抱太大的希望说。

"但那是很久以前的事了，你现在是个大男孩了，对吗？"

"我想是吧！"丹尼轻叹口气，献上手臂当作牺牲。

他穿好衬衫和鞋子后，穿过那道拉门进入埃德蒙斯医生的办公室。埃德蒙斯坐在办公桌边缘，若有所思地晃动着双腿。

"嗨，丹尼。"

"嗨。"

"那只手现在怎么样了？"他指着丹尼用绷带稍微包扎起来的左手。

"非常好。"

"很好。我看过你的 EEG，看起来似乎没问题。不过我会把它送去我在丹佛的朋友那里，他是靠判读这些东西过活的人。我只是想要确认一下。"

"好的，先生。"

"丹，跟我谈谈东尼吧！"

丹尼的两脚动来动去。"他只是个隐形的朋友，"他说，"是我编出来，跟我做伴的。"

埃德蒙斯大笑，将两手放在丹尼的肩膀上。"那是你妈妈和爸爸说的。不过，这件事只有你跟我知道，小朋友。我是你的医生。跟我说实话，我保证不会告诉他们，除非你告诉我可以说。"

丹尼思考了一会儿。他凝视着埃德蒙斯，然后稍稍努力地集中精神，试着捕捉埃德蒙斯的想法，或者至少他情绪的颜色。忽然间他的脑袋里抓到一个令人安慰的奇特影像：档案柜，柜子门一个接一个地关上，喀的一声锁上。每扇门中央的小标签上写着：A—C，秘密；

D—G，秘密；以此类推。这让丹尼觉得安心一点。

他谨慎地说："我不清楚东尼是谁。"

"他跟你一样大吗？"

"不。他起码十一岁了，我想他可能甚至更大。我从来没有很靠近地看过他。他说不定大得可以开车了。"

"你只有远远地看他，是吗？"

"是的，先生。"

"他总是在你快昏倒前出现吗？"

"嗯，我没有昏倒。那感觉像是我跟他一起走，他展示给我看一些东西。"

"什么样的东西呢？"

"嗯……"丹尼考虑了片刻，然后告诉埃德蒙斯那个装着爸爸所有作品的旅行箱的事，还有搬家工人根本没有把旅行箱掉在佛蒙特和科罗拉多之间，箱子一直都在楼梯底下的事。

"你爸爸是在东尼说的地方找到行李的吗？"

"喔是啊，先生。只不过东尼并没有告诉我，他是展示给我看的。"

"我明白了。丹尼，东尼昨天晚上带你看了什么？在你把自己锁在浴室的那段时间里？"

"我不记得了。"丹尼迅速地说。

"你确定吗？"

"是的，先生。"

"刚才我说你锁了浴室的门。不过我说错了，对吧？是东尼把门锁上的。"

"不，先生。东尼没办法锁门，因为他不是真的。他要我锁门，我就照着做了。门是我锁上的。"

"东尼总是带你去看掉了的东西在哪里吗？"

"不，先生。有的时候他会展示给我看将要发生的事。"

"真的吗？"

"真的。像有一次东尼秀给我看大巴灵顿的野生动物乐园，东尼说爸爸在我生日时会带我去那里。他真的带我去了。"

"他还带你看过别的什么东西？"

丹尼蹙起眉头。"标示牌。他老是给我看无聊的老标示牌，我都看不懂，几乎从没看懂过。"

"丹尼，你认为东尼为什么要那么做呢？"

"我不知道。"丹尼活泼了起来。"不过，爸爸和妈妈正在教我认字，我非常认真努力地学喔！"

"这样你才能看懂东尼的标示牌。"

"嗯，我是真心想要学啊！不过，没错啦，那也是原因之一。"

"丹尼，你喜欢东尼吗？"

丹尼注视着瓷砖地板，不发一语。

"丹尼？"

"这很难说耶，"丹尼说，"我以前很喜欢他。以前我希望他每天都来，因为他总是会给我看好东西，尤其是自从妈妈和爸爸再也不去想离婚的事之后。"埃德蒙斯医生的目光变锐利，不过丹尼没有注意到。他紧盯着地板，全神贯注地在表达自己的想法。"可是，现在他每次来都会带我去看坏东西，恐怖的东西。就像昨晚在浴室里，他给我看的东西，它们蜇得我好痛就像那些黄蜂叮我一样。只不过东尼的东西是叮我这里。"他竖起一根指头严肃地指着太阳穴，小男孩无意识地模仿自杀。

"什么东西呢？丹尼？"

"我记不起来了！"丹尼极度痛苦地大声叫嚷着，"我要是记得起来就会告诉你了！那感觉好像我记不起来是因为太不愉快了，所以我不愿意去记。我醒来后唯一记得的是 REDRUM。"

"是红色的鼓（red drum），还是红色的兰姆（red rum）？"

"兰姆。"

"那是什么，丹尼？"

"我不知道。"

"丹尼？"

"是的，先生？"

"你现在能叫东尼来吗？"

"我不知道。他不是每次都会出现,我甚至不知道自己是不是还希望他再出现。"

"试试看吧!丹尼。我会在这里的。"

丹尼不确定地望着埃德蒙斯。埃德蒙斯点头鼓励他。

丹尼长长地叹了一口气,点点头。"可是我不知道会不会成功,我从来没有在别人面前做过。而且不管怎么说,东尼不是每次都会出现。"

"假如他没来,就没来吧!"埃德蒙斯说,"我只是希望你试试看而已。"

"好吧!"

他把目光落在埃德蒙斯缓慢摆动的懒人鞋上,然后将思绪转向外头的妈妈和爸爸。他们在这里的某个角落……事实上,就在挂着相片的那面墙外,在他们刚进来的候诊室里,并肩坐着但没有交谈,翻阅着杂志,担心着他。

他更努力集中精神,眉头皱了起来,试着去感受他妈妈的想法。当他们没有和他在同一个房间时,总是比较困难。接着他开始感应到了,妈妈正在想一个姊妹,她的妹妹。那个妹妹死了。他妈妈在想那是她母亲变成这样一个

(婊子?)

变成这样一个唠叨老女人的主要原因。因为她妹妹死了,还是个小女孩

(就被车撞了。噢天啊,我再也没办法承受像艾琳那样的事情了,可是万一他生病了,真的病了,得了癌症、脑脊髓膜炎、白血病,或是和约翰·甘瑟①的儿子一样的脑瘤,或者肌肉萎缩症。噢天,像他这样年纪的孩子老是有人患白血病。放射线治疗、化学治疗,我们负担不起任何一种,但是当然他们不会就这样把你撵出去,让你死在街头的,会吗?不管怎样,他没事的,没事的,没事的。你真的不该让自己想下去)

---

① 约翰·甘瑟(John Gunther,1901—1970),美国著名记者、作家,因写作揭示世界各大洲社会政治的"内幕"而闻名。其子因患脑瘤去世。后来甘瑟为儿子写了一部回忆录《死亡,你不要骄傲》,曾轰动一时。

（丹尼）

（关于艾琳和）

（丹——）

（那辆车）

（丹——）

但是东尼不在场，只出现他的声音。当声音逐渐减弱时，丹尼跟着声音往下走入黑暗，跌落到比尔医生摇摆的懒人鞋之间的魔洞里，经过响亮的敲击声，再往下，一个浴缸在黑暗中无声地巡航，里头有个令人毛骨悚然的东西懒洋洋地躺着，接着越过有如悦耳的教堂钟声一般的声音，再经过玻璃圆罩下的时钟。

最后一盏结着蜘蛛网的灯无力地穿透黑暗，微弱的光芒揭露出看起来潮湿、令人不快的石头地板。不甚遥远的某处传来规律的机器轰鸣声，但是声音微小，并不骇人，宛如催眠曲。那是将会被遗忘的东西，丹尼如在梦幻中惊讶地想着。

当他的眼睛适应了幽暗后，他可以看见东尼就在他前方，只看得到轮廓。东尼正在看一个东西，丹尼睁大眼睛看那是什么。

（你爸爸。看见你爸爸了吗？）

他当然看到了。即使地下室的灯光再昏暗，他也不可能没留意到他。爸爸跪在地板上，将手电筒的光束照在老旧的纸箱和木箱上。纸箱已陈旧软化，有的裂开，撒落一地的纸张：报纸、书籍，以及一张张看来像是账单的印刷品。他爸爸津津有味地检视这些纸张。接着爸爸抬起头来，将手电筒往另一个方向照。光线落在另一本书上，一大本用金线装订的白色的书，封面看来像是白色的皮革。这是本剪贴簿。丹尼突然想要对他爸爸大喊，叫他别去管那本书，有的书是不该打开的。可是他爸爸已爬向那本书。

机器的轰鸣声——此时他认出那是发自全景饭店里爸爸每天检查三四次的锅炉——发展成有节奏的不祥连音，听起来开始像……像重击声。而发霉、潮湿、逐渐腐朽的纸张味道转变成别的——像坏东西那种强烈、杜松子的味道。那味道如雾霭般弥漫在爸爸四周，而他正把手伸向那本书……紧紧抓住。

东尼在黑暗中的某处。

（这个非人的地方把人变成怪物。这个非人的地方）

一遍又一遍地复述着难以理解的同一句话。

（把人变成怪物。）

再度跌入黑暗中，这回伴随着沉重、连续猛击的砰然声响，这声音不再发自锅炉，而是咻咻挥动的球杆撞击在贴着丝质壁纸的墙面上，敲下些许灰泥粉尘时所产生的。他无助地蹲伏在蓝黑交织的丛林地毯上。

（出来）

（这个非人的地方）

（出来受罚吧）

（把人变成怪物。）

脑袋中重复着气喘吁吁的话语，他猛地一扯将自己拉出幽暗的世界。两只手搁在他的肩上，一开始他向后退缩，以为东尼世界的全景饭店中的凶恶东西，不知怎么地，尾随他回到真实的世界，接着听到埃德蒙斯医生说："你没事的，丹尼。你没事的。一切都很好。"

丹尼先认出医生，再看清办公室周围的景物。他开始无助地颤抖，埃德蒙斯抱住他。

等反应逐渐平息下来后，埃德蒙斯问："丹尼，你说了些有关怪物的话，那是什么？"

"这个非人的地方，"他声音粗嘎地说，"东尼告诉我……这个非人的地方……把……把……"他摇摇头。"记不得了。"

"想想看！"

"我没办法。"

"东尼来了吗？"

"来了。"

"他带你看了什么？"

"黑暗。连续敲击声。我不记得了。"

"你到哪里去了？"

"别烦我！我不记得了！不要烦我了！"恐惧和挫折感使他无助

地啜泣起来。记忆全都消失了，渐渐化成一团黏糊如潮湿的纸捆般的东西，难以辨识。

埃德蒙斯走到饮水机前，接了一纸杯的水给他。丹尼喝完后，埃德蒙斯又给他一杯。

"好一点了吗？"

"嗯。"

"丹尼，我并不想缠着你……我是指，硬要你去回想。不过，你记得东尼出现之前的事吗？"

"我妈妈，"丹尼缓缓地说，"她在担心我。"

"母亲总是这样子的，小朋友。"

"不……她有个妹妹在她很小的时候死掉了，叫艾琳。她在想艾琳怎样被车撞到的事，所以她很担心我。我不记得别的了。"

埃德蒙斯目光锐利地看着他。"她刚刚正在想吗？在外面的候诊室里？"

"是的，先生。"

"丹尼，你怎么会知道？"

"我不清楚，"丹尼虚弱地说，"我猜，是闪灵吧！"

"什么？"

丹尼非常缓慢地摇着头。"我累死了。我不能去找妈妈和爸爸吗？我不想再回答任何问题了。我累了，我的肚子不舒服。"

"你想吐吗？"

"不，先生。我只想要去找我妈妈和爸爸。"

"好吧，丹。"埃德蒙斯起身。"你去外头找他们，过一会儿请他们进来，我好跟他们谈谈。好吗？"

"好的，先生。"

"外面有些书可以看。你喜欢书，是不是？"

"是的，先生。"丹尼顺从地说。

"你是个好孩子，丹尼。"

丹尼对他无力地微微一笑。

"我找不出他有什么问题，"埃德蒙斯医生对托伦斯夫妇说，"身体上没有。精神上，他很活泼，太有想象力了一点，这是常有的事。儿童必须成长才能逐渐适应他们的想象力，就像穿一双过大的鞋子，而丹尼的想象力对他来说仍然太大了。他做过智力测验吗？"

"我不相信那些测验，"杰克说，"测验束缚了家长和老师的期待。"

埃德蒙斯点点头。"是有可能。不过如果你们真的让他做测验的话，我想你们会发现他超出他这年龄层的程度。对一个快要六岁的男孩来说，他的语言能力是很惊人的。"

"我们没有用对小孩子的方式跟他说话。"杰克带着一丝骄傲说。

"我想你们根本就不需要用这种方式让他明白你们的意思。"埃德蒙斯停顿下来，用手转动着笔。"他跟我在一起的时候，进入恍惚状态，是照我的要求。跟你们形容他昨晚在浴室的情况一模一样。全身的肌肉放松，垂头弯腰的，眼球向外翻，典型的自我催眠。我非常惊讶，到现在还是。"

托伦斯夫妇往前移了一下。"发生了什么事？"温迪紧张地问。埃德蒙斯详细地描述丹尼恍惚的状态，以及他喃喃自语的句子，从中埃德蒙斯只能捕捉到"怪物"、"黑暗"和"连续重击"几个词。此外还有事后流泪、接近歇斯底里和紧张的腹痛等症状。

"又是东尼。"杰克说。

"这代表什么意思？"温迪问，"你知道吗？"

"一点点。你们可能不会想听。"

"不管怎么样，你就说吧！"杰克要求他。

"根据丹尼告诉我的，他的'隐形朋友'在你们从新英格兰搬到这里之前是真正的朋友。东尼是从搬家之后才变成危险人物的。原本愉快的小插曲变成噩梦，让你们儿子更害怕的是因为他不完全记得噩梦的内容。那是很常见的。相较于可怕的梦，我们全都对愉快的梦记得比较清楚。在意识和潜意识之间似乎有个缓冲地带，里头住着非常严谨的人。这个审查员只放行少量的讯息，能通过的经常只是象征性的符号。这是过度简化的弗洛伊德，不过差不多把我们所知道的心灵与它本身的互动都描述出来了。"

"你认为搬家让丹尼那么烦恼吗？"温迪问。

"有可能，假如是在不太愉快的情况下搬家的话，"埃德蒙斯说，"是吗？"

温迪和杰克交换了一眼。

"我之前在预备中学教书，"杰克缓缓地说，"我丢了工作。"

"我明白了，"埃德蒙斯说。他断然将手上一直把玩的笔放回笔筒。"恐怕还有更多的因素，对你们来说或许很痛苦。你们的儿子似乎认为两位认真考虑过要离婚。他是随口提到，不过那只是因为他相信你们不再考虑这件事了。"

杰克的嘴不自觉地张开，温迪则仿佛挨了一巴掌似的往后退缩，脸上的血色尽失。

"我们甚至从来没有讨论过！"她说，"没在他面前，甚至没在彼此面前提过！我们——"

"医生，我想最好让你了解每件事，"杰克说，"在丹尼出生后不久，我就变成了酒鬼。我在大学四年一直都有酗酒的毛病，遇到温迪之后稍微好了一点，但是丹尼出生后，加上我认为是我真正职业的写作并不顺利，结果酗酒的毛病突然比以前更加严重。丹尼三岁半时，他洒了一些啤酒在我正在写稿的几张纸上……是我随手搁着的纸，总之……我……嗯……噢可恶。"他的声音支离破碎起来，但是并没有流泪，眼神依然坚定。"大声说出口听起来该死的非常残忍。我把他的身子转过来打屁股时弄断了他的手臂。三个月后我戒了酒，从此再也没碰过。"

"我明白了，"埃德蒙斯平淡地说，"当然，我知道他的手臂断过，骨头接得很好。"他从办公桌往后退一点，将两腿交叉。"或许我坦白说，很明显地，他从那之后一点也没有受到虐待。除了蜇伤之外，他身上只有任何孩子都很多的普通瘀伤和结痂。"

"当然没有，"温迪激动地说，"杰克不是故意——"

"不，温迪，"杰克说，"我是故意的。我想在我心里某个角落真的是故意对他做那件事，或者甚至更严重的事。"他再度看向埃德蒙斯。"医生，你知道吗？这是我们两个人第一次提到离婚这个词，还有酗酒，跟殴打孩子。五分钟内出现三个第一次。"

"那或许是问题的根本，"埃德蒙斯说，"我不是精神科医师。如果你们想要让丹尼去看儿童精神科医师的话，我可以推荐一位在波尔德使命岭医学中心工作的好医生。不过我对自己的诊断相当有把握。丹尼是个聪明、想象力丰富和感觉敏锐的孩子。我不觉得他会像你们所认为的那样烦恼你们的婚姻问题。小孩子对事情的接受力很强。他们不懂羞愧，也不觉得有必要隐瞒事情。"

杰克端详自己的手，温迪牵起他的手紧紧握住。

"不过，他感觉到事情不对劲。从他的角度看来，重要的不是手臂断裂，而是你们两个人的关系破裂，或者说逐渐破裂。他向我提到离婚，却没讲手臂折断的事。护士向他提起骨头愈合的事情时，他只是耸耸肩。那不是急迫的事。我想他是说'那是很久以前发生的'。"

"那个孩子，"杰克低声说。他的嘴紧紧闭着，脸颊的肌肉鼓起。"我们不配拥有他。"

"尽管如此，他还是你们的孩子，"埃德蒙斯冷淡地说，"无论如何，他偶尔会退缩到幻想的世界。这没什么不寻常的，很多孩子都这样。就我记得的，我在丹尼那个年纪时也有自己的隐形朋友，一只会说话、名叫查查的公鸡。当然啦，除了我以外没有人看得见查查。我有两个哥哥，他们常常把我抛在身后，在这种时候查查就特别能派上用场。想必你们应该知道丹尼的隐形朋友为什么叫东尼，而不是麦克、哈尔或道奇。"

"对。"温迪说。

"你们曾经向他指出过这一点吗？"

"没有，"杰克说，"应该要吗？"

"何必麻烦呢？时候到了让他用他自己的逻辑去想通。听我说，丹尼的幻想比一般成长期有隐形朋友症状的孩子要来得严重多了，但他觉得他就是那么需要东尼。东尼出现，带他看开心的事，有的时候是惊人的事，总是好的事情。有一次东尼给他看爸爸丢失的旅行箱……是在楼梯底下。还有一回东尼告诉他，妈妈和爸爸在他生日时要带他去游乐园——"

"在大巴灵顿!"温迪大叫,"可是他怎么会知道这些事的?有时候他讲的事情真是诡异,几乎像是——"

"他有第三只眼?"埃德蒙斯微笑着问。

"他出生的时候有羊膜罩着。"温迪怯弱地说。

埃德蒙斯的微笑转为开心的大笑。杰克和温迪交换了一个眼神,接着也笑了,两人对于能够如此轻易说出那些都感到惊讶。丹尼偶尔"侥幸猜中"是另一件他们很少讨论的事。

"接下来你们会告诉我他能够飘浮在空中吧!"埃德蒙斯说,脸上仍挂着笑容。"不,不,不,恐怕不是。这不是特异功能,而是非常优异的人类知觉,以丹尼来说,他的人类知觉是出奇的敏锐。托伦斯先生,他知道你的旅行箱在楼梯下,是因为你已经找过其他每个角落。排除法,不是吗?简单到推理之王艾勒里·昆恩会置之一笑。你自己迟早也会想到。"

"去大巴灵顿的游乐园,起先是谁的主意?你们的,还是他的?"

"当然是他的啦,"温迪说,"他们在所有晨间儿童节目里面打广告。他疯狂地想去。可是问题是,医生,我们没有能力带他去,而且我们已经这样告诉他了。"

"然后有家男性杂志突然寄来一张五十元的支票,我在一九七一年曾经把短篇小说卖给他们,"杰克说,"他们要在年刊还是什么的重新刊载那篇小说。所以我们决定把那笔钱用在丹尼身上。"

埃德蒙斯耸一耸肩。"愿望实现加上侥幸的巧合。"

"该死,我敢说就是这样没错。"杰克说。

埃德蒙斯微微一笑。"丹尼自己还告诉我说,东尼经常给他看从来没发生过的事,那只不过是根据错误的观察产生的想象。丹尼无意识间做了那些所谓的神秘主义者、读心术者经常嘲讽并有意识去做的事。我很佩服他这一点。假如人生没有让他缩回他的触角,我想他会是个了不起的人物。"

温迪点头——她当然认为丹尼将来会有出息——不过医生的解释在她听来像是油嘴滑舌。尝起来比较像是人造奶油,而不是真正的奶

油。埃德蒙斯没和他们住在一起。当丹尼找到不见的纽扣，告诉她
《电视周刊》也许在床下，或是尽管外面出太阳，他还是觉得最好穿
雨鞋去幼儿园……结果那天稍晚他们就在倾盆大雨中撑着她的伞走路
回家，这些时候，埃德蒙斯都不在场。埃德蒙斯不会知道丹尼奇怪地
能事先猜出他们两人的想法。当她难得决定要在晚上喝杯茶时，走去
厨房，却发现她的杯子已拿出来，并且里头有茶包。当她想起图书馆
的书到期时，就发现书全都整整齐齐地叠放在玄关的桌上，最上面摆
着她的图书证。或者是杰克突然决定要替福斯车打蜡，就发现丹尼已
经在外面，一边听着来自晶体管收音机质量不良的排行榜音乐，一边
坐在路缘上观看。

她出声问："那为什么现在会做噩梦呢？为什么东尼叫他把浴室
门锁起来呢？"

"我认为那是因为东尼已经没有用处了，"埃德蒙斯说，"他出生
在——我说的是东尼，不是丹尼——你和你丈夫正努力维系婚姻关系的
时期：你丈夫酗酒过度，手臂折断事件，还有你们之间不祥的沉默。"

不祥的沉默，是的，无论如何，这个措辞很实在。局促、紧绷的
用餐时间，其间唯一的对话是："请把奶油递过来。"或是："丹尼，
把剩下的红萝卜吃完。"又或者："拜托，我可以先离开了吧。"夜晚
杰克不在时，她总是欲哭无泪地躺在长沙发上，丹尼则在一旁看电
视。早晨她与杰克在彼此身边高昂阔步地走来走去，像两只愤怒的
猫，中间夹着一只颤抖、吓坏的小老鼠。这一切听起来都很真实；

（老天爷啊，旧伤疤究竟何时才会停止作痛呢？）

极度、极度的真实。

埃德蒙斯继续说："但是情况变了。你们知道的，精神分裂的行
为在孩童身上是相当常见的。这是大家都接受的事，因为我们所有成
年人都有个没有明说的共识：小孩子都是疯子。他们有隐形的朋友。
沮丧的时候会躲进衣橱坐着，与世界隔离。他们把特别的毯子、熊宝
宝或者绒毛的老虎当作护身符般地重视。他们吸吮大拇指。成年人看
见不存在的东西时，我们认为他准备进精神病房；但小孩子说他看见
卧室里有侏儒或是窗外有吸血鬼时，我们只会宠溺地笑一笑。我们用

一句话解释小孩子的所有这种现象——"

"他长大后就不会了。"杰克说。

埃德蒙斯眨眨眼。"正是，"他说，"没错。现在我推测丹尼的心理状态相当可能发展成彻底的精神分裂。不愉快的家庭生活，丰富的想象力，一位对他来说非常真实的隐形朋友，差点让你们也觉得他是真实的了。他不但没有因为长大而脱离孩童的精神分裂症，反而很可能变成真正的精神分裂症。"

"然后变成自闭症？"温迪问。她读过自闭症的报道。这个词本身让她感到惊恐，听来就像是恐惧和白色沉默。

"可能，但是不一定。他或许只是有一天进入东尼的世界，再也没回到他所说的'真实世界'。"

"天啊！"杰克说。

"不过，现在基本状况彻底地改变了。托伦斯先生不再喝酒。你们搬到新的地方，在这里，环境迫使你们三位变成关系比以前更为紧密的家庭。肯定比我自己的要来得亲密，我的太太和孩子一天可能只能见到我两三个钟头。在我看来，他现在处在最适合治疗的状态。而且我认为他能够这样犀利地区别东尼的世界和'真实世界'的这个事实，正表示他的心理状态基本上是健康的。他说你们两位不再考虑离婚。他和我所认为的一样是对的吗？"

"是的。"温迪说，杰克紧紧地握住她的手，几乎要捏痛她。她用力地回握。

埃德蒙斯点点头。"他真的不再需要东尼了。他正要把东尼排出体外。东尼不再带给他愉快的景象，而是怀有敌意的噩梦，梦的内容令他害怕到只记得零星片段。他在生活困难或者说危急的情况下，把东尼接进心里，如今东尼不肯轻易离开。不过，他要离开了。你们的儿子有点像是吸毒的人要戒掉毒瘾一样。"

他站起来，托伦斯夫妇跟着起身。

"我刚才说了，我不是精神科医生。假如你在'全景'的工作明年春天结束时，他的噩梦还持续的话，托伦斯先生，我强烈地劝你带他去看波尔德的那位医生。"

"我会的。"

"好吧，我们出去告诉他可以回家了吧！"埃德蒙斯说。

"我想要说声谢谢，"杰克费力地说，"我已经很久很久没有感觉那么舒坦了。"

"我也是。"温迪说。

走到门口，埃德蒙斯停顿下来注视着温迪。"托伦斯太太，你有，或者以前有妹妹吗？叫艾琳的？"

温迪讶异地看着他。"没错，我以前有。她在我们新罕布什尔州萨默斯沃思的家门外被撞死了，当时她六岁，我十岁。她追着球跑到街上，被一辆送货车给撞了。"

"丹尼知道这件事吗？"

"我不清楚。我认为应该不知道吧！"

"他说你在候诊室想着她的事。"

"我的确是，"温迪缓缓地说，"是这么久……嗯，我不知道多久以来的第一次。"

"你们有谁知道'redrum'这个字眼吗？"

温迪摇头，但杰克说："他昨晚在睡觉之前有提到这个词，红色的鼓。"

"不，是兰姆，"埃德蒙斯更正他。"他相当强调这点，兰姆。就像饮料里头的，酒类饮料。"

"喔，"杰克说，"这样就说得通了，是吧？"他从后面口袋掏出手帕擦拭嘴唇。

"那你们听过'闪灵'这个说法吗？"

这回两人都摇摇头。

"我想，无所谓吧！"埃德蒙斯说。他打开门进入候诊室。"这里有位叫丹尼·托伦斯的人想回家吗？"

"嗨，爸比！嗨，妈咪！"丹尼立刻站起来。他正在小桌子旁慢慢翻阅一本《野兽国》，并且喃喃地念出他认识的字。

他跑向杰克，杰克将他一把抱起。温迪揉揉他的头发。

埃德蒙斯盯着他看。"如果你不爱妈妈和爸爸的话，可以留下来陪好心的老比尔。"

"才不要呢，先生！"丹尼加重语气说。他用一只手臂钩住杰克的脖子，用另外一只环住温迪的，高兴得笑逐颜开。

"好吧！"埃德蒙斯微笑着说，并看着温迪。"如果有任何问题的话，打电话过来。"

"好的。"

"我认为你们不会有问题的。"埃德蒙斯依旧笑着说。

18. 剪贴簿

　　杰克在十一月一日发现了剪贴簿，此时他的妻儿正步行在车辙累累的旧路上，这条路从棒球场后面一路向上攀升，最后到达两英里外的荒废锯木厂。晴朗的天气依旧持续，他们三人极为难得地在秋天晒黑了。

　　他到地下室将锅炉的压力计往下扳，然后一时冲动，从摆着水管线路图的架子上把手电筒拿下来，决定去瞧瞧那些旧文件，同时寻找设陷阱的适当场所，虽然他打算再过一个月才来放陷阱——他告诉温迪，他要等它们全都度假回窝。

　　他用手电筒照射前方的路，越过电梯井（由于温迪坚持，他们搬进来后从未使用过电梯），再穿过石造的小拱门。闻到腐朽纸张的味道时，他皱起了鼻子。身后的锅炉发出如雷鸣般轰的一声开始运转，把他吓得跳了起来。

　　他晃动着灯光四处照射，嘴里吹着不成调的口哨。这儿简直像是安第斯山脉的缩小模型：无数个塞满纸张的纸箱和木箱，大多因为年代长久和潮湿而泛白走样。剩下的则是裂开了，变黄的一捆捆纸张撒落在石头地板上。其中有大量以草绳捆绑起来的报纸。有的箱子里装着像是旅馆登记簿之类的东西，有的则装着用橡皮筋捆起来的发票。杰克抽出一份，将手电筒的光束对准它。

落基山快递公司

收件人：全景饭店

寄件人：西迪批发，科罗拉多州丹佛市，十六街一二一〇号。

经由：加拿大太平洋铁路

内容：四百箱德尔西卫生纸，每箱十二打

送货费签收

日期：一九五四年八月二十四日

杰克微笑着将单据扔回箱子里。

他将灯光照向上方，光线直射向一盏几乎掩埋在蜘蛛网中的悬吊灯泡，灯上没有可拉的链子。

他踮起脚尖，努力把灯泡旋进去，灯微弱地亮了。他又捡起那张卫生纸的发票用来擦去一些蜘蛛网，但光线并没有变亮太多。

他依旧靠着手电筒，在纸箱和一捆一捆的文件间穿梭，寻找老鼠的脚印。老鼠曾经聚集在这里，但并没有待很久……也许有几年的时间。他找到一些年代久远碎成粉末的粪便，还有几个用整齐撕碎的纸张筑成的老旧、弃置不用的窝。

杰克从一捆报纸中抽出一张，低头瞄了一眼标题。

约翰逊总统承诺将循序接任
未来一年将持续进行由甘乃迪总统起头的工作

这份是《落基山新闻报》，日期是一九六三年十二月十九日。他将报纸放回原本的纸堆。

他觉得自己深深着迷于这种寻常的历史意识，那是任何人在浏览十年或二十年前的最新消息时都会感受到的。他发现成堆的报纸和记录中有几段空白：一九三七年到一九四五年、一九五七年到一九六〇年以及一九六二年到一九六三年，资料都缺失。他猜想那是饭店倒闭的时期，是在冤大头抓住发财机会之间的空窗期。

他仍然觉得厄尔曼对"全景"浮沉生涯的解释听起来不十分真实。表面上看来光是"全景"引人入胜的地理位置，就应该能保证它连续不断的成功。早在发明喷射机之前，美国就一直有经常游历各地的喷射机阶层，杰克觉得"全景"应该是这些有钱人四处迁徙时停靠的据点之一。这种说法听起来甚至更有道理。五月在华尔道夫，六月、七月在巴尔港饭店，八月到九月初在前往百慕大、哈瓦那、里约之前，先到全景饭店。他找到一叠旧的旅馆登记簿，证实他的想法是对的。一九五〇年纳尔逊·洛克菲勒，一九二七年亨利·福特及其家人，一九三〇年电影明星珍·哈露，克拉克·盖博和卡洛林白。一九五六年，整个顶层让导演戴洛·萨奴克和同伴包下一个礼拜。金钱想必源源不绝地滚过长廊进入收款机，有如二十世纪的康斯塔克银矿。饭店的管理铁定出了非常严重的问题。

无疑地，这里拥有历史，而且不仅在新闻标题，而是埋藏在旅馆登记簿、账册和客房服务单据的记录当中，你没办法一目了然。一九二二年，沃伦·哈丁总统在晚上十点点了一整条的鲑鱼和一箱酷尔斯啤酒。但与他一同进餐的对象是谁？是在玩扑克牌游戏吗？还是开政策会议？讨论什么？

杰克瞄了一下手表，惊讶地发现他下来这里之后，不知不觉已过了四十五分钟。他的手和手臂满是脏污，身上大概气味难闻。他决定上楼去，趁温迪和丹尼回来前先冲个澡。

他缓缓走在堆积如山的文件间，脑筋灵活、迅速地思考着令他精神振奋的几个可能性。他已好多年没有这种感觉。忽然间他曾半开玩笑地允诺自己的书似乎真的很有可能产生，甚至可能就在此地，埋藏在这些杂乱无章的纸堆里。有可能是小说，或者历史，或者历史小说——一本从这中心地点向四面八方发展的长篇作品。

他站在蜘蛛网笼罩的灯底下，不假思索地从身后口袋掏出手帕，用力擦拭嘴唇。就在这时，他看见那本剪贴簿。

五个纸箱堆成一摞立在他的左边，有如摇摇欲坠的比塞塔，顶端那个塞满了更多的发票和旅馆登记簿。平稳地搁在最上头，不知保持静止多少年的是一本厚厚的剪贴簿，白色皮革的封面，内页以两束金线装订，沿边还绑着华丽俗气的蝴蝶结。

好奇心起，他走过去将剪贴簿拿下来。封皮表面蒙上厚厚的一层灰。他把剪贴簿平举到嘴唇的高度，吹走一大片灰尘，再将本子打开。翻开时，一张卡片飘了出来，他在卡片落到石头地板之前在半空中截住。卡片相当华丽细致，最显著的特色是"全景"的凸起雕版画，饭店的每扇窗户都闪闪发亮，草坪及儿童游戏场上则点缀着发光的日式灯笼。看起来几乎像是你能跨入其中，走进三十年前存在着的全景饭店。

霍勒斯·德温特恳切地邀请您
拨冗参加化装舞会
一同庆祝全景饭店的盛大开幕

晚上八点开始供应晚餐
午夜时分摘下面具跳舞

一九四五年八月二十九日　敬请回复

八点晚餐！午夜摘下面具！

他几乎能看见他们在餐厅里，全美国最富有的男人及他们的女伴。半正式的晚宴服和微微闪光的浆挺衬衫；晚礼服；伴奏的乐团；闪耀的高跟舞鞋。玻璃杯交错的叮当声，香槟软木塞的欢快开瓶声。战争结束，或者即将结束，崭新辉煌的未来就在前方。美国是世界大国，她终于明白承认了。

稍后，午夜时分，德温特亲自呼喊："摘下面具！摘下面具吧！"面具卸下后……

（红死病统驭了一切！）

他蹙起眉。这句话怎会莫名其妙地冒出来？那是出自爱伦·坡，伟大的美国穷作家。无疑地，这家全景饭店——他手中握着的邀请卡上灿烂、夺目的全景饭店——远非爱伦·坡所能想象的。

他将邀请卡夹回去，翻到下一页。一张丹佛报纸的剪贴，底下潦草地写着日期：一九四七年五月十五日。

豪华的山间度假饭店重新开幕
一流贵宾入住
德温特宣称全景饭店将会成为世界级名胜

专题编辑／戴维·费顿撰稿

在全景饭店三十八年的历史中，不断地开张又重新开张，但是像霍勒斯·德温特所承诺的高雅和气势却极为罕见。这位神秘的加州富豪是这间旅馆最新一任的主人。

德温特并不讳言在最新的事业上头已砸下超过一百万元——有人说实际数字接近三百万——他宣称:"新的全景饭店将会成为世界级名胜,是你在三十年后仍会记得曾在此过夜的旅馆。"

当传闻在拉斯维加斯拥有大量资产的德温特被问及,买下并重新翻修全景饭店,是否代表他在科罗拉多州赌场型博弈合法化的战场上所开的第一枪,这位航空、电影、军火及船运的巨子含笑否认。"博弈会降低全景饭店的格调,"他说,"别以为我是在打击拉斯维加斯!我在那边有太多的事迹值得纪念了,才不会做那种事!我没兴趣游说议员促成博弈在科罗拉多州合法化,那只会白忙一场。"

全景饭店正式开幕时(不久前在实际完工时,他们已举办了一场极为成功的盛大宴会),这些全新粉刷、上壁纸和装潢的房间将会住满一流的贵宾,其名单从时尚设计师柯巴特·史坦尼到……

杰克困惑地笑一笑,翻过那一页。接着看到的是一张登在纽约星期天《时报》旅游版的全版广告。广告页后面是介绍德温特本身的报道,一名头顶渐秃的男人,眼神锐利得即使从陈旧的报纸相片依然能够看穿你。他戴着无框眼镜,蓄着二十世纪四〇年代风格的极细小胡子,那丝毫也没有让他的外表变得像男明星埃洛佛林。他的长相像会计师,只有眼神让他看来像个大人物或是与众不同的人。

杰克快速地浏览文章,从一年前《新闻周刊》关于德温特的报道中读了大多数的信息。他出生在圣保罗的贫穷家庭,高中没念完,就加入海军。在军队中迅速蹿升,但在激烈地争取他所设计的新型推进器的专利后离开。在海军与无名小子霍勒斯·德温特的激烈争夺中,山姆大叔如预期所料成为胜利者,但是山姆大叔再也没有取得别的专利,他可拥有许许多多的专利。

二十五岁以后到三十出头,德温特转向航空业。他买下一家破产的喷洒农药公司,把它转变为提供航空邮寄服务的公司,一举成功。接着有更多的专利:新的单翼飞机机翼设计,用在轰炸汉堡、德勒斯登和柏林的空中堡垒轰炸机上的炸弹挂架，以酒精冷却的机关枪，以及日后用在美国喷射机上的弹射座椅原型。

这段时期，这位骨子里同时是发明家的会计师持续累积投资。在纽约和新泽西州的一连串小型军火工厂，五间新英格兰的纺织厂，在破产哀号的南方投资化学工厂。经济大萧条末期，他的财产仅剩下满手的控股权，以荡到谷底的低价买进，只能以更低的价格卖出。有段时间德温特自夸，他能以一辆三年雪弗兰的价格全部清算卖出。

杰克想起，曾有传言说，德温特用以避免破产的手段并不怎么光彩：涉及贩卖私酒，在中西部经营卖淫，在他的肥料工厂所在的南部沿海一带走私。最后，是与发展中的西部赌博业连手。

德温特最出名的投资大概是购买失败的顶尖制片厂，他们自从童星小玛洁莉·莫里斯在一九三四年死于吸食过量海洛因之后，就没有成功的作品。小玛洁莉才十四岁，以前专门饰演可爱的七岁孩童，拯救婚姻及被冤枉咬死鸡的狗儿。顶尖制片厂为她举行好莱坞史上最盛大的葬礼——官方说法是小玛洁莉在纽约的孤儿院表演时，患了"消耗病"——有些爱挖苦的人暗示制片厂之所以花那么大笔钱为她办丧事，是因为知道他们是在埋葬自己。

德温特雇用了一位名叫亨利·芬克尔的精明生意人及狂暴的色情狂来经营顶尖制片厂，在珍珠港事件前两年内，制片厂例行公事般地完成六十部电影，其中五十五部都是与负责电检的海斯办公室正面对抗，在他们严谨的规则上吐痰。另外五部是政府教育的影片。剧情片大为成功。其中一部里，一位不知名的服装设计师临时帮女主角准备了无肩带胸罩，让她在盛大舞会的场景中亮相，在那场戏里，她可能除了股沟下方一点点的胎记外全都露了。这项发明也被归功于德温特，他的名声——或者恶名——更加远播。

战争让他富有，而他至今依然有钱。住在芝加哥，除了他以铁腕指挥的德温特企业的董事会之外鲜少露面，谣传他拥有联合航空、拉斯维加斯（众所周知他在那里拥有四家赌场饭店的控股权，并涉入至少另外六家的经营）、洛杉矶和美国本身。他被公认为皇室、总统及黑社会首脑的朋友，许多人认为他是世界上最富有的人。

但他还是没能让全景饭店成功，杰克心想。他放下剪贴簿片刻，从胸前口袋拿出总是随身携带的小笔记本和自动铅笔，草草记下"深入调查 H·德温特，萨德维特图书馆？"收起笔记本后，再度拿起剪贴簿。他的表情专注，眼睛出神，翻页时频频用手擦拭嘴巴。

他略读过接下来的数据，在心里记下以后要更仔细地阅读。许多页上贴着新闻稿。下星期某某人预计会到全景饭店，某某人会在酒吧表演（在德温特的年代称为"红眼酒吧"）。许多表演者都是拉斯维加斯的名人，许多贵宾都是顶尖制片厂的执行制作人及明星。

之后，在一张标明一九五二年二月一日的剪报上：

富豪执行长售出科罗拉多的投资
德温特表示：与加州投资人达成交易
售出全景饭店及其他投资

财经编辑／罗尼·康克林撰稿

昨天庞大的德温特企业于其芝加哥办公室发表了一份扼要的公报，上头表示百万富翁（也许是亿万富翁）霍勒斯·德温特在惊人的财力竞赛中，将科罗拉多的投资全数卖出，整个交易将在一九五四年十月一日完成。德温特的投资包括天然气、煤、水力发电，及一家叫做科罗拉多阳光的土地开发公司，此公司拥有或持有超过五十万英亩的科罗拉多土地的选择权。

德温特在昨天一场难得的采访中表示，其在科罗拉多最著名的资产全景饭店已经售出，买家是由查尔斯·格罗丁率领的加州投资集团。查尔斯·格罗丁为加州土地开发公司的前负责人。尽管德温特拒绝谈论售价，但据消息来源……

他将一切统统卖掉，不仅仅是全景饭店。但是不知怎么地……总觉得……

杰克又用手擦抹嘴唇，但愿自己能喝上一杯。如果有杯酒就好了。他再翻阅更多页。

加州集团经营饭店两季之后，卖给名为山景度假村的科罗拉多集团。"山景"在一九五七年被指控贿赂、中饱私囊及欺骗股东，因而破产。该公司的负责人在接到传唤要他在大陪审团前出庭两天后开枪自杀。

接下来饭店一直关闭到一九六〇年。只有一则星期天的专题报道提到过，标题是"昔日的豪华饭店没落腐朽"。所附的照片紧揪住杰克的心：前廊的油漆剥落，草坪是一片光秃秃、凹凸不平的泥泞地，窗户被暴风雨和石头击破。这也会写入书中，假如他真要写的话——凤凰坠落灰烬之中等待重生。他向自己保证要照料这个地方，非常细心地照顾。感觉上似乎在今天以前，他从未真正明了自己对"全景"的责任范围。几乎像是在对历史负责。

一九六一年四位作家，其中两位是普利策奖的得主，租下"全景"作为写作学校重新开放。这维持了一年。其中一名学生在三楼自己的房间里喝醉酒，不知什么原因冲出窗外，摔死在底下的水泥阳台上。报纸暗示有可能是自杀。

任何大饭店都有丑闻，沃森说过，就好像每间大饭店都有鬼魂。为什么？哎呀，人们来来去去啊……

忽然间，他似乎能感觉到"全景"的重量由上往下压在他身上，那一百一十间客房、储藏室、厨房、食物储藏室、冷藏库、酒吧、宴会厅、餐厅……

（房间内女人来来去去）

（……然后红死魔统驭了一切。）

他抹一把嘴唇，接着翻到剪贴簿的下一页。现在他来到最后三分之一，首次好奇地想知道这是谁的簿子，遗留在地下室摞得最高的档案堆顶端。

一个新的标题，日期是一九六三年四月十日。

拉斯维加斯集团买下知名的科罗拉多饭店
风景优美的"全景"变成私人俱乐部

以"高地投资"为名的投资人集团发言人罗伯·雷芬，今日在拉斯维加斯宣布，"高地"已谈妥交易，买下著名的"全景"——这间高居落基山脉的度假饭店。雷芬拒绝透露特定投资人的名字，但是他说饭店将会转型为高级的"私人俱乐部"。他说他所代表的集团希望将会员资格销售给美国及海外公司的高阶主管。

"高地"同时拥有蒙大拿州、怀俄明州和犹他州的饭店。

"全景"在一九四六年到一九五二年间成为世界闻名的饭店，当时的所有人是难以捉摸的超级富豪霍勒斯·德温特……

下一页的剪报只是简短的广告，日期是四个月后。全景饭店在新的经营者接手后开幕。显然报社没有办法找出或者不感兴趣关键的金主是谁，因为除了"高地投资"外，并没有提到别的名字——这是除了新英格兰西部一家名为"商店公司"的脚踏车和配备连锁店之外，杰克所听过的听起来最没有特色的公司名称。

他再翻一页，惊愕地低头看着贴在那儿的剪报。

走后门？
富豪德温特重回科罗拉多
"高地"的总裁被揭露居然是查尔斯·格罗丁
财经编辑／罗尼·康克林撰稿

全景饭店，位于科罗拉多高山地区景色宜人的娱乐殿堂，一度为富豪霍勒斯·德温特的私人玩物，如今处于现今才渐为人知的财务纠纷的中心。

去年四月十日，此间饭店由拉斯维加斯的公司"高地投资"购入，作为海外及国内富有高阶主管的私人俱乐部。如今消息来源指出"高地"的首脑是查尔斯·格罗丁，现年五十三岁，曾经担任加州土地开发公司的董事，直到一九五九年辞职，接下德温特企业芝加哥总部的执行副总裁职位。

由此不禁令人揣测，"高地投资"可能是由德温特所控制。无疑地，他在非常特殊的情况下，第二次取得"全景"。

格罗丁在一九六〇年被控逃税漏税，但获得无罪的判决，目前无法联络到他听取他的解释。而小心维护自己隐私的霍勒斯·德温特在电话访谈中拒绝评论。高登市的州议会议员迪克·鲍斯呼吁要彻底调查……

这篇剪报日期是一九六四年七月二十七日。下一篇来自那年九月星期天报纸中的专栏，署名的是乔许·布朗尼格，是与杰克·安德森一样专门揭发名人丑闻的调查报道记者。杰克依稀记得布朗尼格已在一九六八或一九六九年去世。

科罗拉多黑帮自由进出？

乔许·布朗尼格撰文

目前看来美国境内黑帮巨头的最新休闲娱乐地点，极有可能是隐身于落基山脉中央的荒僻旅馆"全景"。这间贵而无当的饭店从一九一〇年首度开幕后，不幸地有将近十二个不同的集团和个人经营过，如今以加了安全防护罩的"私人俱乐部"形式来经营，表面上是为了让生意人放松心情而设。问题是，"全景"的主要金主真正做的是什么生意？

八月十六日到二十三日这一周出席的会员或许能让我们了解情况。下列名单是由"高地投资"的前员工所提供，这家公司起初被认为是德温特企业所属的虚设公司。而今看来比较可能的是，德温特在"高地"占的股份（如果有的话）远远小于几位拉斯维加斯赌场大亨所持有的。而上述的这些赌场老板过去都疑似与既决的黑社会首脑有关联。

八月晴朗的那周出现在"全景"的有：

查尔斯·格罗丁，"高地投资"的董事长。今年七月当大家知道是他在运作"高地"时，宣布——事实发生相当久以后——他辞去先前在德温特企业的职位。满头银发的格罗丁拒绝接受本专栏的访谈，他曾因为逃税漏税的指控遭到审讯，最后无罪开释（一九六〇年）。

查尔斯·"小查理"·巴塔格利亚，六十岁的拉斯维加斯经理人（持有赌场街上"美钞"和"幸运骨"的控股权）。巴塔格利亚是格罗丁私人的密友。他的逮捕纪录可回溯到一九三二年，当时他被控以黑帮手法谋杀了杰克·"荷兰人"·摩根而接受审讯，但获判无罪。联邦当局怀疑他涉嫌毒品买卖、卖淫及雇佣杀人，但是"小查理"仅在一九五五年到一九五六年因逃漏所得税而入狱过一次。

理查德·史卡奈，欢乐时光自动机械公司的主要股东。欢乐时光为内华达州的民众制造吃角子老虎机，另外为其他州生产弹珠台和自动点唱机（"旋律-硬币"）。他曾服刑过三次，分别是因持致命凶器侵犯人身（一九四〇年）、携带隐藏的凶器（一九四八年）及密谋犯下税务诈欺罪（一九六一年）。

彼得·蔡司，以迈阿密为据点的进口商，现年近七十岁。在过去五年当中，蔡司一直抗争拒绝被当作不良分子驱逐出境。他被控收购并窝藏赃物（一九五八年），及密谋犯下税务诈欺罪（一九五四年），两项都被宣判有罪。迷人、出众而优雅的彼得·蔡司，密友都称他"老爸"，他还因为谋杀及教唆谋杀罪遭到审问。他不仅是史卡奈的欢乐时光公司的大股东，据悉也持有四家拉斯维加斯赌场的股份。

维多里欧·吉奈力，同时也以"维多砍人魔"闻名，他因为用黑帮手法杀人接受过两次审判，其中一次是以斧头砍杀波士顿的卖淫老大法兰克·史考菲。吉奈力被起诉过二十三次，审判十四次，只有一九四〇年商店行窃那次获判有罪。据说近年来吉奈力成为该组织西部企业（以拉斯维加斯为中心）里的一股势力。

卡尔·"吉米-瑞克斯"·普拉什金，旧金山的投资人，一般认为是吉奈力目前掌握的势力的法定继承人。普拉什金拥有德温特企业、高地投资、欢乐时光自动机械公司及三家拉斯维加斯赌场的大量股票。普拉什金在美国并无案底，但是在墨西哥因诈欺的指控而遭到起诉，不过在提出诉讼三星期后迅速撤销。有人暗示普拉什金可能负责洗拉斯维加斯赌场营运瞒报的收入，再将大笔的金钱汇回该组织合法的西部企业。这些企业如今很可能包括科罗拉多的全景饭店。

当季的其他访客还有……

下面还有更多，但杰克只是稍微浏览，不停地用手擦抹嘴唇。一名有拉斯维加斯客户的银行家，几名显然在纽约时装区抢劫多过做衣服的纽约人。还有几个被认为涉嫌毒品、卖淫、抢劫和谋杀的男人。

天啊，真是精彩的故事！他们全都曾在这里，就在他上头，那些空房间里。也许，在三楼和索价昂贵的妓女性交；畅饮大瓶的香槟；做营业额高达数百万元的交易，或许就在总统住过的套房里。好极了，这值得写成小说，非常棒的小说。他有点狂热地拿出笔记本，匆忙再记一张备忘录，等旅馆管理员的工作结束后，要去丹佛的图书馆查明所有的人。每间大饭店都有鬼魂？全景饭店有一整群的鬼。先是自杀，接着是黑帮，再后来呢？

下一张剪报是查尔斯·格罗丁愤怒地否认布朗尼格的指控。杰克不屑地一笑。

接下来那页的剪报大到得折起来。杰克把剪报摊开，深深地倒抽一口气。报上的照片仿佛跃入他眼中：壁纸从一九六六年的六月就更换了，但是他十分清楚那扇窗户和窗外的景致，那是总统套房向西的方位。接下来是凶杀。起居室通往卧室门边的墙壁上飞溅着血液与只可能是脑浆的白色斑点。面无表情的警察站在掩盖在毯子底下的尸体旁。杰克震慑地瞪视着，半晌才将视线移到标题上。

科罗拉多饭店发生黑帮枪击案
著名黑道大哥于高山私人俱乐部遭枪击，另两人死亡

科罗拉多，萨德维特／合众国际社距这个寂静的科罗拉多小镇四十英里处，有桩黑帮手法的枪决发生在落基山脉的中心。三年前由拉斯维加斯的公司买下作为高级私人俱乐部的全景饭店，成为三起猎枪杀戮事件的地点。其中两位是维多里欧·吉奈力的同伴或保镖，吉奈力据说在二十年前涉嫌一桩波士顿的杀戮案件，因而又被称为"砍人魔"。

报警的是罗伯特·诺曼，全景饭店的经理，他说他听见枪声，另外有几位客人说，有两个脸上套着丝袜、携带枪支的男人从防火梯逃走，开着黄褐色的新款敞篷车离去。

州警班杰明·摩尔在两任美国总统住过的总统套房门外发现两名死者，稍后验明身份是维克多·布尔曼和罗杰·马卡锡，两人都是拉斯维加斯人。另外在房内，摩尔发现了四肢摊开倒卧在地板上的吉奈力。显然吉奈力遭杀害时，正要逃离袭击他的人。摩尔说，吉奈力是近距离遭到大口径的猎枪射杀。

目前无法与全景饭店业主的代表查尔斯·格罗丁取得联系……

剪报底下，有人用原子笔用力地写着：他们带走了他的睾丸。杰克目不转睛地盯着那行字看了好久，感觉一股寒意升起。这究竟是谁的簿子？

最后他终于翻到下一页，咽了口唾沫，并发出了声响。另一篇乔希·布朗尼格写的专栏，这篇的日期是一九六七年初。他只看了标题："恶名昭彰的饭店在黑道名人遭谋杀后售出"。

这张剪报之后的纸张全都空白。

（他们带走了他的睾丸。）

他迅速翻回到开头，寻找姓名或地址，哪怕是房间号码也好，因为他觉得相当确定，保留这一小本回忆剪贴簿的人应当住过这间饭店。但他一无所获。

正当他准备将所有的剪报重新更加仔细地再看一遍的时候，从楼梯上传来呼唤声："杰克？亲爱的？"

是温迪。

他吓了一跳，几乎感到愧疚，仿佛他在偷偷喝酒，而她会闻到他身上的酒味。荒谬。他用手猛擦一把嘴唇，回应道："嗨，宝贝。我正在找老鼠。"

她下楼来。他听见她在楼梯上，接着穿过锅炉室。他火速地把剪贴簿塞在一叠单据和发票底下，完全没有思考自己为何这样做。当她走过拱门时，他站了起来。

"你到底在这下面干什么啊？快要三点了耶！"

他微微一笑。"这么晚了啊？我在这堆东西里面翻来翻去，想要找出老鼠尸体埋葬的地方吧，我猜。"

这句话邪恶地在他心里铿锵作响。

她又靠近一点，端详他，他不觉向后退了一步，完全无法控制自己。他知道她在做什么。她想要闻他身上的酒味。也许她自己都没有察觉到，但他很清楚，这让他感到既内疚又恼火。

"你的嘴巴在流血。"她用平淡得古怪的声调说。

"啊？"他用手轻触一下嘴唇，轻微的刺痛让他本能地畏缩。离开唇边的食指沾了血。他的罪恶感更深。

"你又在擦嘴巴了。"她说。

他低头耸了一下肩膀。"嗯，我想是的。"

"这对你来说很痛苦，是不是？"

"不，没有那么糟。"

"现在能轻松一点了吗？"

他抬头看她，强迫自己的双脚开始移动。一旦脚实际在动就容易多了。他走到妻子身边，伸出一只手环住她的腰，拨开她的一束金发，亲吻她的颈部。"有。"他说，"丹尼在哪？"

"喔，他就在附近吧！外面天空变阴了。肚子饿吗？"

他佯装好色地伸手覆盖住她穿着牛仔裤的紧实臀部。"夫人，我饿得像匹狼。"

"小心点，猛男，别挑起你没办法完成的事。"

"夫人，一点点就好？"他问她，仍在磨蹭。"黄色图片？变态的姿势？"当他们经过拱门时，他回头瞄一眼纸箱，那本剪贴簿

（究竟是谁的？）

隐藏的地方。灯熄了之后纸箱仅剩一团阴影。他带温迪离开，心中松了一口气。当他们接近楼梯时，他的欲望渐渐不再是装的，而是出于本性。

"也许，"她说，"等我们给你吃了三明治后——哎呀！"她扭动着身子离开他，一边咯咯笑着。"很痒哎！"

"夫人，这和杰克·托伦斯想要搔你痒的程度比起来根本不算啥！"
"停啦，杰克。第一道菜……来个火腿起司怎么样？"
他们一同走上楼，杰克没再回头望，但他想起沃森的话：
每间大饭店都有鬼魂。为什么？哎呀，人们来来去去啊……
然后温迪锁上地下室的门，将其关入黑暗中。

19. 二一七号房外

丹尼回想着营业季时在"全景"工作的其他人的传闻：

她说看见某个房间里有东西……咳，就是那个发生过坏事的房间，二一七号房。丹尼，我要你答应我绝对不会进去那里面……靠右边走绕过去……

这是扇十分普通的门，与饭店内一楼、二楼其他任何一扇门都毫无差异。深灰色，位于和二楼主廊直角相交的走廊中间。门上的号码看起来与他们之前住的波尔德公寓的门牌号码并无不同：一个二，一个一，一个七，没什么了不起的。号码下方有个玻璃的小圆圈，窥视孔。丹尼试过好几个，从里面你能看到广角的走廊景象，从外面你拼命把眼睛挤成一团还是看不到任何东西。狡猾的骗子。

（你为什么在这里？）

在"全景"后面散步过后，他和妈妈回到饭店，她帮他做了他最爱的午餐：夹着起司和意式腊肠的三明治，配上坎贝尔豆汤。他们在迪克的厨房进餐聊天。收音机开着，从埃丝蒂斯公园电台传送出微弱、嘶哑的音乐。厨房是他在饭店里最喜欢的场所，他猜测妈妈和爸爸肯定有同感，因为他们试着在餐厅吃了三天左右之后，就一致同意在厨房用餐，将椅子排在迪克·哈洛兰的砧板四周，反正他的砧板几乎和他们以前在史托文顿的餐桌一样大。饭店的餐厅太过沉闷了，即使打开灯，并且用办公室的录音带设备播放音乐也一样。你仍然只是坐在座位上的三个人之一，周围环绕着十数张桌子，全都是空的，全部罩着透明的塑料防尘布。妈妈说那感觉好像在荷瑞斯·沃波尔的小说中吃晚餐，爸爸大笑着赞同。丹尼不知道荷瑞斯·沃波尔是谁，但是他确实知道自从他们开始在厨房用餐后，妈妈的料理变得美味多了。他在此一点一滴地发现迪克·哈洛兰的性格展现在各处，有如温暖的抚触消除了他的恐惧和不安。

妈妈吃了半个三明治，没喝汤。她说爸爸一定是自己出去散步了，因为福斯和饭店的载货车都在停车场。她说她累了，如果他认为可以自己玩，不惹麻烦的话，她可能要去休息一小时左右。丹尼含着满嘴的起司和意式腊肠告诉她说，他认为自己办得到。

"你为什么不去外面的儿童游戏场呢？"她问他。"我以为你喜欢那个地方，那里有沙坑可以玩你的卡车和所有玩具。"

他吞咽下去，一团又干又硬的食物通过他的喉咙。"我可能会吧！"他说罢，转向收音机不停拨弄着。

"还有那些漂亮的树篱动物，"她说着，收走他的空盘。"你爸爸过不久就得出去修剪它们了。"

"喔。"他说。

（只不过是些讨厌的东西……一旦跟那些修剪成动物造型的该死树篱扯上关系……）

"如果你比我先看到爸爸的话，告诉他我正在休息。"

"没问题的，妈妈。"

她将脏盘子放入洗碗槽，再回到他身边。"丹尼，你在这里快乐吗？"

他直率地看着她，唇上沾了一条牛奶胡子。"嗯。"

"没再做噩梦吗？"

"没有。"东尼来找过他一次，有天晚上他正躺在床上，东尼从远处轻声地呼唤他。丹尼将眼睛紧紧闭上直到东尼离去。

"你确定吗？"

"是的，妈妈。"

她似乎满意了。"你的手怎么样了？"

他弯曲一下手给她看。"好多了。"

她点点头。杰克将百丽钵底下的蜂窝，连带里头满满的冻死黄蜂，拿到设备仓库后头的焚化炉烧掉。从那之后他们没再看到黄蜂。他写信给波尔德的律师，并附上丹尼的手的快照，两天前律师回了一通电话，那让杰克一整个下午脾气糟透了。律师怀疑是否能成功地控告制造杀虫喷雾罐的公司，因为只有杰克证明他遵照了印在包装上的用法说明。杰克询问律师，他们难道不能购买别的杀虫喷雾剂，测试一下是否有相同的毛病。律师回复说，可以，但即使所有经过测试的杀虫喷雾罐都有故障，结果依然令人高度存疑。他告诉杰克一个伸缩梯公司和跌断背部的男子的案例。温迪同情杰克，但私底下她同样高兴丹尼如此轻易地脱身。最好让懂法律的人去搞诉讼，那可不包括他们托伦斯一家。而且他们从此再也没看见过黄蜂。

"去玩吧，博士。玩得开心点。"

然而丹尼并没有开心地玩。他漫无目标地在饭店内逛来逛去，探看女服务生的衣橱和清洁工的房间，寻找有趣的东西，但没有找着。小男孩放轻脚步地走在编织着扭曲黑线的深蓝色地毯上。偶尔他会试一下房门，但是当然全部都上了锁。总钥匙挂在楼下办公室里，他知道位置，但是爸爸吩咐他不许去碰，而且他也不想。真的吗？

（你为什么在这里？）

毕竟他并不是真的漫无目标地闲晃，一种可怕的好奇心怂恿他来到二一七号房。他记得爸爸醉酒时曾念过一个故事给他听。那是很久以前的事了，但故事仍旧和当初爸爸念给他听时一样的鲜明。妈妈责骂爸爸，质问他干吗念这么恐怖的东西给三岁的小孩子听。故事的名称是《蓝胡子》。那在他脑袋中也很清晰，因为一开始他以为爸爸说的是蓝色鸟，但故事中并没有蓝色鸟，也没有任何一种鸟。事实上，故事是讲述蓝胡子的妻子，一位和妈妈一样发色是玉米黄的漂亮女士。蓝胡子娶了她之后，两人住在与"全景"相似的巨大、不祥的城堡中。每天蓝胡子都出去工作，每天他都会吩咐漂亮的小妻子别去窥探某个房间，纵使钥匙就挂在挂钩上，正如总钥匙挂在楼下办公室的墙上一般。蓝胡子的妻子对上锁的房间越来越好奇。她试着从钥匙孔偷窥，就像丹尼努力从二一七号房的猫眼往内瞧一样徒劳无功。书上甚至有张她跪着企图从门底下窥视的图片，只是门缝不够宽。突然门打开了，然后……

旧的童话故事书将她的发现恐怖、翔实地描绘出来，那影像烙印在丹尼的脑海中。房间里是蓝胡子七个前妻惨遭割下的头颅，每个都有专属的基座，她们的眼睛向上翻白，嘴巴没有闭合，张得开开地无声尖叫。颈部断裂处因腰刀砍头时的摆动而参差不齐，她们不知用何种方式用颈部保持平衡，基座上还有血流淌下来。

受到惊吓的她转身逃离那间房及城堡，却发现蓝胡子站在门口，恐怖的双眼冒出火来。"我吩咐过你别进那房间，"蓝胡子说着，拔出剑来。"可惜啊，你的好奇心就像其他七个人，虽然我最爱你，不过你的下场得跟她们的一样。可怜的女人，准备受死吧！"

丹尼隐约记得故事似乎有个快乐的结局，但是与两个突出的印象相比，结局显得黯然失色：那扇背后藏着大秘密、不断嘲笑人、使人疯狂的上锁房门，以及令人不寒而栗、重复了六次以上的秘密本身。上锁的门和门后的头颅——被割下的头。

他的手伸出去轻触一下房间的门把，几乎是偷偷摸摸地。他不知道自己在那儿多久了，精神恍惚地站在锁着的平凡灰色门前。

（也许有三次我觉得自己看到东西……讨厌的东西……）

但是哈洛兰先生——迪克——也说过他认为这些东西不会伤害你。它们就像是书里的恐怖图片，如此而已。而且也许他不会看见任何东西。另一方面……

他将左手伸进口袋，拿出总钥匙。当然，那把钥匙始终都在那里。

他握着钥匙末端的方形金属标牌，上头用奇异笔写着办公室。他转动链子上的钥匙，看着钥匙不停地转啊转的。几分钟后，他停下来将总钥匙插进锁孔。钥匙顺利地滑进去，毫无障碍，仿佛它一直想要进去。

（我觉得自己看到东西……讨厌的东西……答应我你绝对不会进去那里面。）

（我答应。）

承诺，当然，是非常重要的。然而，好奇心让他瘙痒难耐得快要发狂，就像毒常春藤疹长在不该抓的地方一样。但那是种糟糕透顶的好奇心，就是会使你在恐怖电影最可怕的片段，从手指缝偷窥的那种。可是在那扇门后的绝不是电影。

（我认为这些东西不会伤害你……就像是书里的恐怖图片……）

突然间他伸出左手，不确定手打算怎么做，直到手将总钥匙拔出塞回口袋。他再瞪着门半晌，蓝灰色的眼睛睁得大大的，然后飞快地转身，往回朝着与这条走廊直角相交的主走道走。

某样东西使他停下脚步，有一瞬间他不确定是什么东西。紧接着他想起来就在这个转角，要回楼梯的路上，有个旧式的灭火器卷起来挂在墙上，蜷曲在那儿宛如一条假寐的蛇。

爸爸说，这些全都不是化学灭火器，虽然厨房里也摆了几个。这些是现代自动洒水灭火系统的先驱。长长的帆布软管直接连到"全景"的水管系统，只要转开一个阀门，你就能成为一人的消防队。爸爸说，那种喷洒泡沫或二氧化碳的化学灭火器要好多了。化学成分会夺走燃烧需要的氧气将火闷熄，而高压的喷水可能只会让火焰四散。爸爸说厄尔曼先生应该将旧式的软管连同旧式的锅炉一起更新，不过，厄尔曼先生大概什么也不会换，因为他是个抠门的讨厌鬼。丹尼清楚这是父亲能骂出口最侮辱人的话。这句话适用于某些医生、牙医、家电修理工人，也适用于他在史托文顿的英文系系主任，他曾驳回爸爸的某些购书单，因为他说这些书会让他们超出预算。"见鬼了，超出预算，"他对温迪发怒——原本该睡觉的丹尼一直在他卧室偷听。"他只不过是要把最后的五百块留给他自己，这个抠门的讨厌鬼。"

丹尼望着转角。

灭火器在那儿，扁平的软管在本体上缠绕了十几圈，红色的桶子固定在墙上。灭火器上方有把斧头装在玻璃罩里有如博物馆的展示品，红色背景上印着白色的字样：遇到紧急情况时，击破玻璃罩。丹尼认得紧急情况这个词，这也是他最喜欢的电视节目的名称，但是不确定其余的字。可是他不喜欢这个词和长长的软管连在一起用。紧急情况代表的是火灾、爆炸、车祸、医院，有的时候是死亡。而且他不喜欢那条软管如此无精打采地挂在墙上。他独自一人的时候，总是尽可能快地溜过灭火器。没有特别的理由，就是觉得快速通过比较好，感觉这样才比较安全。

此刻，胸口的心脏大声地怦怦作响，他绕到转角，视线顺着走廊往下游走，通过灭火器最后到达楼梯。妈妈在楼下睡觉。假如爸爸散步回来，他大概会坐在厨房，吃着三明治看书。他可以就这样经过老灭火器到楼下去。

他开始朝灭火器前进，往远处的墙靠过去，直到右手臂拂过昂贵的丝质壁纸。距离二十步远，十五步，十二步。

当他离灭火器十步远时，本来平放

（或熟睡？）

在厚重软管圈上的黄铜喷嘴突然滚落，跌到走廊地毯上，发出沉闷的重击声，然后就倒在那儿，喷嘴口黑色的孔正对着丹尼。他立刻停步，肩膀因为忽然受到惊吓而猛然向前一抽。血液在耳朵和太阳穴重浊地鼓动着，嘴巴变得又干又酸，双手紧握成拳。然而软管的喷嘴只是倒在那里，黄铜的套管发出圆润的光泽，一圈扁平的帆布连回到拴在墙壁上漆成红色的架子。

所以它掉下来了，那又怎样？只不过是个灭火器嘛，没别的。觉得它看起来像是从"辽阔的动物世界"来的毒蛇，因为听见他的声音而醒来是很愚蠢的。虽然用针线缝合的帆布的确看起来有一点点像鳞片。他可以就这样跨过去，走到走廊那头的楼梯，也许稍微走快一点，以确保它不会突然敏捷地跟在后头，缠住他的脚……

他用左手擦一下嘴唇，无意识地模仿父亲，然后向前跨一步，软管没有动；又一步，毫无动静。你瞧，看看你有多傻？你一心想着那愚蠢的房间和白痴的《蓝胡子》故事所以太激动了，那条软管很可能过去五年来就准备好要落下。如此而已。

丹尼直盯着地板上的软管，想起了黄蜂。

还差八步，软管的喷嘴在地毯上平和地朝他闪着光，仿佛在说：别担心。我只是条软管，就这样而已。就算不只如此，我对你做的事也不会比蜜蜂蜇更严重，或是黄蜂蜇。我对像你这样乖的小男孩会做什么事呢……除了咬……咬……咬？

丹尼再走一步，再一步，喉咙里的呼吸干燥而难受。他已濒临恐慌，开始希望软管能够移动，如此一来最起码他可以知道，可以确定。他再踏一步，如今他已在攻击距离内。但是它不会攻击你的，他歇斯底里地想。它只不过是条软管，怎么可能攻击你，咬你呢？

也许管子里充满了黄蜂。

他体内的温度骤降到零下十度。他目不转睛地盯着喷嘴中央的黑洞，简直像是被催眠了似的。也许里头爬满了黄蜂，隐藏的黄蜂，它们褐色的身体鼓鼓的全是蜂毒，满满的秋天蜂毒是清澈的液体，顺着蜇针一点一点地滴落。

突然间他意识到自己惊惧得快要僵住；假使他现在不逼迫双脚移动的话，他的脚会固定在地毯上，他就得待在这里，瞪视着黄铜喷嘴中央的黑洞，宛如小鸟盯着大蛇，他得待在这里直到爸爸发现他，然后会发生什么事呢？

高声一声呻吟后，他强迫自己奔跑起来。当他接近软管时，光线的把戏使得软管看来好像在移动，仿佛要攻击般地旋转，他高高跳到半空中跨过它；在惊慌的状态下，他感觉双腿似乎将他一路推向天花板，几乎能感觉到后面竖直的乱发触碰到走道的灰泥天花板，虽然事后他明白那是不可能的。

跳下时，他落在软管的另一侧，开始奔跑，突然间他听见软管在他后头，追着他，铜蛇有如响尾蛇敏捷地穿过干涸的草原一般，在地毯上快速地爬行，头部发出冷冰冰的轻微嘶嘶声。它冲着他来，楼梯突然显得非常遥远；感觉似乎他每朝楼梯跑一步，楼梯就向远方后退一步。

爸爸！他想要放声大喊，但紧闭的喉咙不允许任何一个字通过。他只能靠自己的力量。身后的声音越来越大，那是蛇在地毯干枯的呢绒上迅速爬动时，所发出的冰冷滑行声。现在从它的黄铜嘴滴下清澈的毒液，也许快淹到他的脚后跟了。

丹尼抵达楼梯，他得疯狂地摆动双手才能保持平衡。有一瞬间他觉得自己铁定会侧身翻过去，头朝下跌到底。

他往后看了一眼。

软管并没有移动，仍躺在原本倒卧的地方，从架子上松脱了一圈，黄铜喷嘴在走廊地板上，喷嘴口漠然地朝着另一个方向。你看，愚蠢吧？他斥责自己。你这胆小鬼，自己编造了一切。这全是你的想象而已，胆小鬼，胆小鬼。

他紧抓着楼梯栏杆，双腿条件反射般地发着抖。

（它从来没有追过你）

他的脑袋如此告诉自己，他急切地攥住这个想法，不停播放。

（从来没有追过你，从来没有追过你，从来没有，从来没有）

没什么好怕的。何必怕？如果他想的话，他大可走回去把软管放回架子上。他可以，但是他认为自己不会那么做。因为万一它其实追过他，只是当发现无法……嗯……抓到他时才又回去了呢？

软管倒在地毯上，似乎像是在问他是否要回去再试一次。

丹尼喘着气，飞奔下楼。

20. 与厄尔曼先生的谈话

　　萨德维特公共图书馆是个隐僻的小楼房，距离小镇的商业区一条街远。这是栋爬满藤蔓的朴实建筑，通往大门的宽敞混凝土人行道两边净是夏天花朵的残骸。草坪上竖立着某位内战将军的巨大铜像，纵然杰克青少年时期可以说是个内战通，也从未听说过。

　　报纸档案收藏在楼下，里头包括一九六三年破产的萨德维特《时事报》、《埃丝蒂斯公园日报》及《波尔德摄影报》。完全没有丹佛的报纸。

　　杰克叹了口气，只能勉强接受《摄影报》。

　　档案到一九六五年后，一卷卷的微缩胶片取代了实体的报纸。（"联邦政府拨款的，"图书馆员爽朗地告诉他。"等接获下一笔支票时，我们希望能把一九五八年到一九六四年的报纸改成微缩胶片，不过政府动作很慢啊，是不是？你会小心使用，对吧？我就知道你会。需要的话叫我一声。"）唯一的阅读机器上的镜片有点变形，从实体报纸切换到微缩胶片大约四十五分钟后，温迪把手放在他的肩膀上时，他的头已经如遭重击似的痛得厉害。

　　"丹尼在公园里，"她说，"可是我不希望他在外面待太久。你觉得你还需要多久？"

　　"十分钟。"他说。事实上他已查到"全景"精彩万分的历史的最后一段——从黑帮的枪击事件到斯图尔特·厄尔曼接手的那几年。但他仍不想轻易地透露给温迪。

　　"不过，你究竟在忙什么啊？"她问，边说话边弄乱他的头发，但语气只是半开玩笑。

　　"查一下老'全景'的历史。"他说。

　　"有什么特别的理由吗？"

　　"没有，

（那你到底为什么这么感兴趣呢？）

只是好奇而已。"

"找到了什么有趣的吗？"

"不太多。"他说，必须努力保持愉快的声调。她在刺探，一如他们在史托文顿，丹尼还是摇篮里的小宝宝时，她总是不断地询问他刺探他。杰克，你要去哪里？你什么时候回来？你身上带了多少钱？你要开车去吗？艾尔跟你一起吗？你们会有一人保持清醒吗？没完没了地。恕他直言，是她逼得他去喝酒的。或许那不是唯一的原因，但是对着上帝，我们老实地承认这是原因之一吧！唠唠叨叨、唠唠叨叨的，直到你想要猛捶她一记让她闭嘴，停止那

（哪里？什么时候？如何？你是不是？你会不会？）

滔滔不绝的询问。那会让你真的

（头痛？宿醉？）

头痛。阅读机。该死的阅读机和扭曲的印刷字体，所以他才会有这么令人讨厌的头痛。

"杰克，你还好吗？你的脸色看起来很苍白——"

他猛地将头一偏避开她的手指。"我很好！"

她在他暴怒的视线下退缩，努力挤出微乎其微的笑容。"嗯……如果你没……我这就离开，和丹尼一起在公园等……"她逐渐远离，笑容化成不知所措、受伤的表情。

他呼唤她："温迪？"

她从楼梯底回头望。"杰克，什么事？"

他起身走到她那边。"宝贝，我很抱歉。我想我真的不舒服，那个机器……镜片变形了。我的头真的非常痛。你有阿司匹林吗？"

"有啊。"她在手提包里笨拙地摸找着，掏出一瓶安乃近。"你留着吧！"

他接过瓶子。"没有伊克赛锭吗？"他看见她的表情微微畏缩，顿时明白了。这一开始是他们之间讥讽的笑话，那时酗酒问题还没严重到开不起玩笑。他主张伊克赛锭是目前为止所发明的非处方药中，唯一能立即解除宿醉的。绝对是唯一的一种。他开始认为每回喝完

VAT69 苏格兰威士忌，事后的剧烈头痛唯有伊克赛锭能解。

"没有伊克赛锭，"她说，"抱歉。"

"没关系，"他说，"这些就可以了。"不过这些当然不行，她也应该很清楚。有些时候她可能是最愚蠢的婆娘……

"要喝点水吗？"她爽朗地问。

（不，我只要你他妈的快点滚开！）

"我上去的时候会喝一点自动饮水机的水。谢谢。"

"好吧！"她开始上楼，两条美腿在黄褐色的羊毛短裙下优雅地摆动着。"我们会在公园里。"

"好。"他心不在焉地将那瓶安乃近塞进口袋，再走回阅读机旁，把机器关掉，等确定她走了之后，再自己上楼去。天啊，这头痛真是难受极了。假如要像被老虎钳夹住般地头痛，那起码应该获准痛快喝几杯来平衡一下。

他努力将这念头从脑袋中甩开，心情更加恶劣。他抚摸封面上抄着电话号码的纸板火柴盒，走到主要服务台。

"女士，你们有公用电话吗？"

"没有，先生，不过如果是本地的话，你可以用我的。"

"抱歉，是长途电话。"

"那么，我想药房会是你最好的选择。他们有个电话亭。"

"谢谢。"

他走到外面，顺着人行道经过不知名的内战将军铜像，接着朝商业区走去，两手插在口袋里，头轰轰作响有如铅制的钟一样。天空也是铅灰色的。今天是十一月七日，从这个新的月份开始天气逐渐变差，飘了几场小雪。十月份也下过雪，不过都融化了。新近的小雪没有融化，薄薄的糖霜覆盖住每样东西——在阳光底下宛如颗粒细微的水晶闪耀着光芒。然而今天并没有阳光，甚至在他抵达药房时，又开始下雪了。

电话亭位于建筑后方，他把口袋中的零钱拨弄得叮当作响，一边往后走，途经成药的通道时，目光落在绿色字体的白色盒子上。他拿起一盒到收银台，付了账，再回到电话亭。他将门拉上，把零钱和火柴盒封面放在台子上，然后拨0。

"请问您要打到哪里？"

"接线生，我要打到佛罗里达的劳德代尔堡。"他给了她那边的电话号码以及电话亭里的号码。她告知他最初三分钟要一块九毛钱，他将八个两角五分的硬币放入投币口，每次铃声在他耳边当地作响时就缩一下。

接着，一段空白，只有联机时远方响个不停的咔嚓声，他从盒子里取出伊克赛锭的绿色瓶子，打开白色的盖子，将一团填充用的棉絮扔到电话亭的地板上，再把话筒夹在耳朵和肩膀之间，抖出三颗白色药锭，排放在台子上剩余的零钱旁，接着重新盖上瓶盖，放入口袋。

另一头，电话响第一声就有人接起。

"冲浪沙度假饭店，我们能为您效劳吗？"朝气蓬勃的女声说。

"我想要和经理说话，麻烦你了。"

"你是指特伦特先生，还是——"

"我指的是厄尔曼先生。"

"我想厄尔曼先生正在忙，但是如果你希望我查看——"

"是的。告诉他是科罗拉多的杰克·托伦斯打来的。"

"请稍等。"她按下保留让他等候。

杰克对小气、自大的麻烦矮子厄尔曼的厌恶涌上心头。他从台子上拿起一颗伊克赛锭，凝视片刻，再放入口中，开始缓缓而津津有味地咀嚼。这味道如回忆一般地涌现，混合着满足与痛苦的滋味刺激他的唾液分泌——一种不甜、苦涩，但令人无法抗拒的味道。他一脸痛苦地吞咽下去。嚼阿司匹林是他酗酒时期的习惯，其后他一次也没吃。可是当你的头疼得厉害，无论是宿醉的头痛或是像现在这种，咀嚼阿司匹林似乎能让药效快速一点。他在哪里读过嚼食阿司匹林可能会成瘾。不过，他究竟在哪里读过呢？他皱着眉，努力地想。不久，厄尔曼来接电话。

"托伦斯？有什么问题？"

"没有问题，"他说，"锅炉没事，我甚至还没抽空谋杀我太太。我要把那件事留到假期过后，等一切变得枯燥乏味的时候。"

"非常好笑。你干吗打电话来？我是个忙——"

"忙碌的人，是的，这点我很清楚。我打来是想谈谈你在介绍'全景'过去伟大光荣的历史时，没告诉我的事。譬如说霍勒斯·德温特如何把饭店卖给一票拉斯维加斯的骗子，他们透过很多挂名的公司来经营'全景'，搞到连国税局都不知道谁是真正的业主。还有他们如何等到时机成熟，再把'全景'变成黑帮老大的游戏场。以及它如何在一九六六年因为一名老大死掉而不得不停业。陪葬的还有站在总统套房门外的保镖，全景饭店的总统套房，真是伟大的地方啊！威尔逊、哈定、罗斯福、尼克松，以及维多砍人魔，对吧？"

电话另一端惊讶地沉默了半晌，然后厄尔曼平静地说："托伦斯先生，我看不出来这对你的工作会有什么影响。那——"

"不过，最棒的事情是发生在吉奈力遭枪杀之后，你不觉得吗？快速地再洗两次牌，你一下子看到，一下子看不到，之后'全景'突然由一位神秘的市民买下，一个名叫希尔维亚·亨特的女人……她在一九四二年到一九四八年恰巧叫做西尔维亚·亨特·德温特。"

"您的三分钟已经到了，"接线生说，"通话完毕时将以信号提示。"

"热心的托伦斯先生，这些全是公开的信息……而且是古老的历史。"

"却不在我知道的范围内，"杰克说，"我怀疑也没有太多人知道，并不知道全部的事。他们或许记得吉奈力的枪击案，不过我怀疑是否有人将一九四五年后'全景'种种惊人、异常的洗牌拼凑在一起，而且看来好像最后总是德温特或德温特的伙伴中奖。厄尔曼先生，一九六七年和一九六八年，西尔维亚·亨特在那里经营什么？经营妓院，对不对？"

"托伦斯！"厄尔曼的激愤一五一十地远渡两千英里的电话缆线爆发开来。

杰克微微笑着，再往口里抛一颗伊克赛锭咀嚼。

"她在一位相当出名的美国参议员在那里死于心脏病发后出售。谣传说他被发现全裸，身上只有黑色尼龙丝袜、吊袜松紧带和一双高跟鞋，事实上，是漆皮的高跟鞋。"

"这是该死的恶毒谎话！"厄尔曼大嚷。

"是吗？"杰克问。他渐渐觉得舒服多了，头痛慢慢消失。他拿起最后一颗伊克赛锭，充分咀嚼，享受药锭在嘴里碎裂时苦涩的粉末滋味。

"那是非常不幸的事件。"厄尔曼说，"好了，托伦斯，重点是什么？要是你打算写些恶劣毁谤的文章……如果这是打错算盘、愚蠢的勒索点子的话……"

"不是那一类的，"杰克说，"我打来是因为我认为你对我不够坦诚。而且因为——"

"不够坦诚？"厄尔曼高声叫着说，"我的天啊，你以为我会跟饭店管理员分享一大堆不可告人的秘密吗？你以为你算老几啊？况且那些旧闻怎么可能影响到你？还是你认为西侧走道上有鬼魂列队走来走去，披着床单大喊'哇！'？"

"不，我不认为有鬼。可是你在给我这份工作前，翻起一堆我个人的旧账。你把我传唤到办公室，质疑我照料饭店的能力，就好像小男孩因为在衣帽间撒尿被叫到老师办公桌前一样。你让我难堪。"

"我简直不敢相信你如此地放肆无礼，如此该死可恨地鲁莽，"厄尔曼说。他听起来仿佛快要气得说不出话来。"我想开除你，说不定我会这么办。"

"我想艾尔·肖克利可能会反对，强烈地反对。"

"托伦斯先生，我认为你可能彻底高估了肖克利先生对你的忠诚度。"

刹那间杰克的头又得意扬扬地轰轰作痛起来，他闭上双眼抵抗疼痛，仿佛从远处听见自己在问："'全景'目前是谁的？仍然是德温特企业吗？还是你太无足轻重所以不配知道？"

"托伦斯先生，我想够了。你是饭店的员工，和餐馆的杂役或者厨房的洗碗工没什么不同，我不打算——"

"好吧，我会写信给艾尔，"杰克说，"他应该知道的，毕竟他在董事会里。而且，我可能在信里加个小小的附注，大意是——"

"'全景'并不归德温特所有。"

"什么？我听不大清楚。"

"我说，'全景'并不归德温特所有。股东全是东岸的人。你的朋友肖克利先生本身拥有最大的股份，超过百分之三十五。你应该比我清楚他是否和德温特有任何关系。"

"另外还有谁？"

"托伦斯先生，我不打算透露其他股东的名字给你。我打算把这整件事提报上去——"

"还有一个问题。"

"我没有义务回答你。"

"大多数'全景'的历史——体面的和不体面的都一样——我都是在地下室的剪贴簿里发现的，一大本白色皮革封面的，装订是用金线。你知道那本有可能是谁的剪贴簿吗？"

"一点概念也没有。"

"有没有可能是格雷迪的？那个自杀的管理员。"

"托伦斯先生，"厄尔曼以极为冰冷的口气说，"我一点也不确定格雷迪先生能否识字，更别说要挖出你浪费我时间的那些丑闻了。"

"我正考虑要写一本关于全景饭店的书。我想假如我真的完成，那本剪贴簿的主人应该会希望我在前面致谢。"

"我认为写本'全景'的书是非常不明智的，"厄尔曼说，"尤其这本书是从你的……呃，观点来写。"

"你的意见我并不意外。"此刻他的头痛全都消失了。疼痛一闪而过；他感觉自己头脑清晰准确，准度可以丝毫不差。他通常只有在写作进行得极为顺利或是喝了三杯微醺的时候才会有这种感觉。那是他忘记伊克赛锭的另一件事；他不清楚对别人是否同样有效，但他咯嘣咯嘣地嚼了三颗后就会立刻飘飘然了。

此时他说："你所想要的是某种委托人制作的旅行指南，让你可以在客人办理住房手续时免费发放。那种有很多光彩夺目的日出日落的山景照片，旁边搭配如柠檬蛋白派一般酸甜可口的文字。同时有一章专门介绍住过那里的有趣人物，当然不包括真正有趣的人物，比方说吉奈力和他的朋友。"

"如果我觉得把你解雇还能百分之百地确保自己的工作，而不是只有百分之九十五的话，"厄尔曼以急促、压抑的语调说，"我会现在马上开除你，就在电话中。可是既然我觉得有百分之五的不确定，那我打算你一挂断电话就马上打给肖克利先生……我衷心地希望，你很快就会挂上电话。"

杰克说："书中不会有任何不实的事情，你知道的。没有必要粉饰。"

（你干吗故意激怒他？你想要被解雇吗？）

"我不在乎第五章是不是写罗马教宗在操圣母玛利亚的亡魂，"厄尔曼说，他的音量逐渐提高。"我要你滚出我的饭店！"

"那不是你的饭店！"杰克高声叫嚷着，使劲将话筒甩回听筒架上。

他坐在凳子上费力地喘着气，现在有点害怕了，

（有点？见鬼，是非常）

不知道自己一开始究竟为何要打电话给厄尔曼。

（杰克，你的情绪又失控了。）

是的。没错，他失控了，努力否认并没有意义。更惨的是，他不知道那小气的麻烦矮子对艾尔有多少影响力，他也不清楚艾尔看在旧日的情分上会相信他多少的胡说八道。假使厄尔曼如他声称的那么能干，倘若他对艾尔下"他不走我走"的最后通牒，艾尔可不可能被迫接受？他合上眼，试着想象告诉温迪这件事。宝贝，猜猜看什么事？我又丢了工作。这一次我得透过两千英里的电话缆线才能找到要揍的人，不过我设法办到了。

他睁开眼，用手帕擦拭嘴巴。他想要喝一杯。可恶，他需要来一杯。就在这条街下去有一间小餐厅，他肯定有时间在去公园的途中迅速喝杯啤酒，只要一杯以平息心中的骚动不安……

他无助地紧紧交握双手。

问题重新浮现：一开始他为何要打电话给厄尔曼？劳德代尔堡冲浪沙滩的号码记在办公室电话和无线电对讲机旁的小记事本里，此外

还有水管工人的电话号码、木工、玻璃工人、电工等等。杰克起床后没多久便将号码抄到火柴盒的封面，打电话给厄尔曼的念头在他的脑海中兴奋地成形。但是为了什么目的？在他酗酒的时期，有一回，温迪指责他自求毁灭却又不具备必要的精神力量来支持完全成熟的死亡意愿，因此他创造出方法让别人能帮他办到，一次一点点割肉般地削减他自己和他们的家庭。这可能是真的吗？在他内心深处，是否害怕"全景"也许正是他完成剧本、将他写的胡言乱语全都收集、统合所需要的道具呢？他正在揭发他自己的罪行吗？拜托上天千万不要，别让事情变成那样。拜托。

他闭起眼睛，一幅影像迅即跃上眼睑内侧黑暗的屏幕：他的手伸进屋瓦的洞里拔出腐朽的遮雨板，突然被针螫了一下，宁静、无人理睬的空气中只有他自己痛苦、惊讶的叫喊声：啊，这该死可恶的狗娘养的……

接着换上两年前的影像，他自己凌晨三点跌跌撞撞地进家门，喝得醉醺醺的，被桌子绊倒后四肢完全摊开地躺在地板上，一边咒骂着，将长沙发上的温迪吵醒。温迪打开灯，看见他的衣服破损脏污，那是几个钟头前，他在刚过新罕布什尔边界一间印象模糊的低级小酒馆与人在阴暗停车场扭打的结果。他的鼻子底下有结了痂的血迹，此时他仰望着妻子，在光线照射下傻傻地眨动眼睛，宛如鼹鼠照到阳光一般。温迪郁闷地说：你这该死的，把丹尼吵醒了。如果你不在乎你自己，能不能好歹在乎我们一点点？噢，我干吗还要费事跟你说话啊？

电话铃响，害他惊跳起来。他一把抓起听筒架上的电话，不合逻辑地认为肯定是厄尔曼或艾尔·肖克利。"怎么样？"他咆哮道。

"先生，你超过时间了，一共三块五。"

"我得再去换点零钱，"他说，"等我一下。"

他把电话搁回架子上，投入最后六个两角五分的硬币，然后去收银台再换一些。他无意识地进行交易，脑袋绕着单一封闭的循环打转，有如松鼠在跑健身轮一般。

他为何打电话给厄尔曼？

因为厄尔曼曾让他难堪？以前确曾有其他雇主令他难堪，而始作俑者，无疑是他自己。纯粹是想对那个人夸口，揭露他的虚伪吗？杰克认为自己的器量不会如此狭小。他的脑子急于拿剪贴簿作为正当的理由，可那也站不住脚。厄尔曼知道剪贴簿主人是谁的几率不超过千分之二。面试时，厄尔曼把地下室看作另一个国度，而且是个肮脏的未开发的地区。倘若杰克真的想知道，应该打给沃森，他的冬季联络号码同样在办公室的记事本上。就算问沃森不见得百分之百能得到答案，但总比问厄尔曼来得可靠。

另外告诉厄尔曼写书的点子，是另一件愚蠢的事，教人不敢置信的蠢。除了危及工作外，万一厄尔曼四处打电话，叫人提防对全景饭店抱着疑问的新英格兰人，还可能阻断杰克的各种讯息通道。他本来可以秘密地调查，寄出客气有礼的信件，或许甚至在春天安排几次访谈……然后等书出版他安全离开后，再暗中嘲笑厄尔曼的怒气——蒙面作者再度出击。然而他却打了这通该死又毫无意义的电话，发了脾气，与厄尔曼为敌，引出饭店经理都有的小霸王脾性。为什么？倘若这不是努力害自己丢掉艾尔为他争取的工作，那是什么？

他把剩余的钱全放进投币口，挂上电话。这真的是他酒醉时很可能会做的傻事。但他刚才是清醒的，完完全全的清醒。

走出药房，他咯嘣咯嘣地嚼着另一颗伊克赛锭，一脸痛苦却又同时享受着苦涩的滋味。

在外面的人行道上，他遇见温迪和丹尼。

"嘿，我们正要去找你，"温迪说，"下雪了，你不知道吗？"

杰克眨着眼抬起头来。"下了啊。"雪下得很大，萨德维特的主街已铺上厚厚的细雪，道路的中线都模糊不清了。丹尼歪着头仰望白色的天空，张开小嘴伸出舌头，捕捉飘落下来的大量雪花。

"你想就是这场雪吗？"温迪问。

杰克耸耸肩。"我不知道。我希望还有一两个礼拜的宽限期，我们还是有可能获得宽限。"

宽限，正是这个。

（艾尔，对不起。你很仁慈，请给我一些宽限。我恳求你大发慈悲，再给我一次机会。我衷心地感到抱歉——）

在几年内，有多少次，他——一个成年人——请求别人再恩赐一次机会呢？他突然对自己感到厌烦，万分地厌恶，几乎要大声地抱怨。

"你的头痛还好吧？"她问，仔细地打量他。

他一手搂住她，紧紧地拥抱她。"好多了。来吧，你们两个，我们要趁还有办法的时候回家啰！"

他们走回饭店载货车斜斜停放的路缘，杰克在中间，左手揽着温迪的肩膀，右手牵着丹尼的手。无论是好是坏，这是他首次称"全景"为家。

当他到达载货车的轮胎后方时，忽然想到尽管"全景"强烈地吸引他，但他并不十分喜欢它。他不确定它是否适合他的妻子、儿子，或者他自己。也许那就是他打给厄尔曼的原因。

趁让厄尔曼解雇他之前还有时间。

他将载货车倒出停车位，载着一家人离开小镇，往上朝高山前进。

21. 夜晚的思绪

晚上十点。他们的住处充斥着虚假的熟睡声。

杰克面对着墙壁侧躺着，眼睛睁开，倾听温迪缓慢规律的呼吸声。融化的阿司匹林味道仍留在舌头上，感觉不大舒服，舌头有点麻麻的。艾尔·肖克利在六点十五分，东岸时间八点十五分打来。温迪在楼下陪丹尼，坐在大厅壁炉前面读书。

"指明接话人的长途电话，"接线生说，"找杰克·托伦斯先生。"

"我是。"他将电话迅速换到右手，用左手从后面口袋掏出手帕，轻轻擦拭一触即痛的嘴唇，接着点燃一根烟。

之后耳际传来艾尔响亮的声音。"杰克小子，你到底在干什么？"

"嗨，艾尔。"他吸了一口烟，同时摸找着伊克赛锭的瓶子。

"杰克，怎么回事？我今天下午接到斯图尔特·厄尔曼打来的奇怪电话。而司图·厄尔曼从自己的口袋掏钱打长途电话的时候，你知道麻烦就大了。"

"厄尔曼没什么好担心的，艾尔。你也一样。"

"我们不需要担心的到底是什么？司图讲得简直像是结合了勒索和八卦杂志《国家询问报》上的'全景'特辑。小子，跟我说说吧！"

"我只是想要戏弄他一下，"杰克说，"我上来这里面试的时候，他把我所有不可告人的事全都抖了出来：酗酒的问题；因为折磨学生丢掉上一份工作；怀疑我是否能胜任这份工作，等等。我受不了的是，他把这些全搬出来只因为他太爱这家该死的饭店。美丽的'全景'，传统的'全景'，非常神圣的'全景'。咳，我在地下室发现一本剪贴簿，有人把厄尔曼的大教堂所有不那么光彩的一面整理起来，在我看来像是下班后举行的小小黑弥撒。"

"杰克，我希望那是隐喻。"艾尔的声音听起来冷酷得可怕。

"是比喻没错。不过，我确实发现——"

"我很清楚这家饭店的历史。"

杰克用手向后梳了一下头发。"所以我打电话给他，用这件事来戏弄他。我承认这不是非常明智的举动，我保证不会再犯。就这样子。"

"斯图说你打算自己抖出一点丑闻。"

"斯图是个混蛋！"他对着电话咆哮，"我告诉他，我有写全景饭店的打算，没错，我的确有。我认为这个地方是第二次世界大战后整个美国特色的象征。听起来好像是言过其实的主张，说得太过直截了当……我知道确实如此……不过故事全在这儿啊，艾尔！我的天啊，这可能是本伟大的著作。不过，还在遥不可及的未来，我可以向你保证，现在我盘子上的东西多得我没法消化，而且——"

"杰克，这样还不够。"

他发现自己吃惊地瞪着电话的黑色听筒，不敢相信自己确实听到的。"什么？艾尔，你刚刚说——？"

"我说了刚才说的话。杰克，多久才算遥不可及的未来呢？对你来说也许是两年，也许是五年。对我来说是三十或四十年，因为我预期会和'全景'往来很长一段时间。一想到你根据我的饭店正在写某种卑劣的作品，并且冒充是本伟大的美国著作，我就不高兴。"

杰克哑口无言。

"杰克小子，我想办法帮你。我们一起熬过那场战争，我认为我应该协助你。你记得那场战争吗？"

"我记得。"他喃喃地说，但是愤恨的煤块开始在他的心头燃烧。先是厄尔曼，接着是温迪，现在是艾尔。这算什么？全国性的"让我们撕碎杰克·托伦斯周"吗？他更加闭紧双唇，伸手去拿香烟，将烟碰落地板上。他喜欢这个小气的讨厌鬼从他在佛蒙特镶饰着桃花心木的书房打来和他说话吗？真的吗？

"在你揍哈特菲德那小子之前，"艾尔说，"我已经劝董事会放你一马，甚至让他们改变心意考虑长期聘用你。你自己把机会搞砸了。我帮你找到这份饭店的工作，一个漂亮安静的场所，好让你振作起来，完成剧本，等待哈利·艾芬格和我可以说服其他人他们犯了大错。现在看来你好像想要在捞更大笔之前，把我的手臂咬断。这是你对朋友道谢的方式吗？杰克？"

"不。"他轻声说。

他不敢再多说。辛辣、酸腐的话语想要冲口而出，令他的头阵阵抽痛。他死命地努力想着仰赖他的丹尼和温迪，他们平静地坐在楼下的火炉前，认真读着二级读本的第一册，以为一切都非常完美。假如他丢了这份工作，接下去会怎样？开着那台燃油泵快要四分五裂的破旧老福斯到加州去，宛如因沙尘暴灾害被迫离乡背井的逃难家庭吗？他告诉自己在事情发展成那样之前，他会跪下恳求艾尔，然而满腹的话语却挣扎欲出，而紧抓着控制怒火的热线的那只手，感觉好像上了润滑油。

"怎么样？"艾尔严厉地说。

"不，"他说，"那不是我对待朋友的方式。你知道的。"

"我怎么会知道？最糟的情况是，你打算挖出好多年前体面下葬的尸体来污蔑我的饭店。最好的情况是，你打电话给我那易怒但非常能干的饭店经理，把他激得大发雷霆，当成某种……某种愚蠢的小孩子游戏。"

"这不只是个游戏，艾尔。对你而言非常轻而易举。你没必要接受某个有钱朋友的施舍。你不需要有势力的朋友，因为你自己就是一股势力。你差点变成随身自备烈酒的醉鬼的事实就几乎没人提，不是吗？"

"我想是没错。"艾尔说。他的声音压低一些，听来似乎厌倦了整件事。"不过杰克啊，杰克……我无能为力。我无法改变事实。"

"我懂，"杰克空洞地说，"我被解雇了吗？是的话，我想你最好直说。"

"除非你为我做两件事。"

"没问题。"

"你接受之前不该先听听条件吗？"

"不用了。把你的条件开出来，我都会接受。我还得考虑到温迪和丹尼。就算你想要我的卵蛋，我也会用航空邮件寄过去的。"

"杰克，你确定自怨自艾是你负担得起的奢侈品吗？"

他闭上眼睛，把一颗伊克赛锭塞进干涸的双唇间。"到这时候我觉得那是我唯一负担得起的。开始说吧……我可没有别的意思。"

艾尔沉默了片刻，然后开口说："首先，别再打给厄尔曼，就算这地方烧毁也不行。假如起火的话，打电话给维修工人，那个老是咒骂不断的，你知道我指的是谁……"

"沃森。"

"对。"

"很好，就这样。"

"第二点，杰克，你要答应我，以人格担保，绝对不出书撰写著名科罗拉多山间饭店的来历。"

有一瞬间他的怒气高涨到简直说不出话，血液在耳膜响亮地鼓动。仿佛接获某位二十世纪意大利麦第奇家族王子的来电……请别画显露我家人缺点的家族肖像，否则你就回到下层社会去。我只资助美丽的画像。当你画我的好朋友和事业伙伴的女儿时，请省略掉胎记，否则就回到下层社会去。当然我们是朋友……我们两人都是文明人，不是吗？我们共享食、宿和酒。我们永远都是朋友，双方同意永远忽视我挂在你脖子上的狗项圈，我会慈悲为怀地好好照顾你。我唯一要求的回报是你的灵魂，微不足道的东西。我们甚至可以忽略掉你早把灵魂缴交出来的事实，一如我们忽略掉狗项圈。记住，我的天才朋友，罗马的街头到处都有米开朗基罗在乞讨呢……

"杰克？你还在吗？"

他本想要说在，却只发出闷哼的一声。

艾尔的声音非常坚定又有自信。"杰克，我真的不认为我要求得太过分。而且总会有别的书的。你总不能期望我资助你，而你却……"

"好吧，我同意。"

"我不希望你认为我想要控制你的艺术生命，杰克。你知道我不是那样子的人。只不过——"

"艾尔？"

"什么事？"

"德温特仍然和'全景'有密切的关联吗？用某种方法？"

"杰克，我看不出来这和你怎么可能有利害关系？"

"不，"他冷淡地说，"我想是无关。听着，艾尔，我觉得好像听见温迪在叫我。我再回电话给你。"

"没问题，杰克小子，我们再好好聊。最近怎么样？没喝酒吧？"

（你已经过分地要求这个那个，把一切都拿走了。现在能不能别再烦我？）

"一滴也没沾。"

"我也没有。我真的开始享受戒酒的乐趣，如果——"

"艾尔，我会再打给你。温迪——"

"没问题。好吧。"

于是他挂断电话，此时痉挛骤然发作，如闪电般地击中他，让他蜷缩在电话前面仿佛在忏悔，两手捂着腹部，头宛如巨大的气囊一样阵阵抽痛。

行动中的黄蜂，配备蜇针，继续向前……

温迪上楼来问他和谁讲电话时，痉挛已略微消退。

"艾尔，"他说，"他打来问近况怎么样，我说一切顺利。"

"杰克，你的脸色很糟。你不舒服吗？"

"我的头又痛了，我要早点上床。再努力写也没有意义了。"

"我帮你倒杯温牛奶好吗？"

他虚弱地微微一笑。"那太好了。"

此刻他躺在她身旁，感觉到她温暖沉睡的大腿贴着他自己的。想起他与艾尔的对话，他如何地卑躬屈膝，仍令他忽冷忽热。迟早有一天他会和他们清算的。总有一天他会出书，而且不是起初构思的那种轻松、亲切的内容，而是证据确凿的调查报告，包括照片及所有的东西，他将拆穿整个"全景"的历史，那些龌龊、近亲交互持有的协议等等。他会为读者把一切全都摊开，如解剖过的龙虾。倘若艾尔·肖克利与德温特帝国有关联的话，就只能求上帝保佑他了。

他全身紧绷得如琴弦，躺在床上凝视着黑暗，心知可能还要好几个钟头才能入睡。

温迪·托伦斯平躺着，眼睛闭着，倾听她丈夫熟睡的声音——长长的吸气，短暂的屏息，略带喉音的呼气。她想，睡着时他神游到哪里去呢？去梦幻的游乐园，大巴灵顿，在那里所有的游乐设施都免费，没有像老妈子的太太跟在一旁，提醒他们热狗已吃得够多，或是假如要在天黑前回家就该走了吗？或者是到深不可测的酒吧，在那儿双扇推拉门总是敞开着，日日夜夜都能狂饮，所有的老伙伴全都一手持着酒杯，聚集在电动曲棍球游戏台旁，之中艾尔·肖克利最为突出，他的领带松开，衬衫最上面的纽扣没扣吗？还是去到一个她和丹尼都不得入内，摇滚舞曲连续不间断播放的地方呢？

温迪很担心他，像过去那种无助的担忧，她原本希望能永远抛在佛蒙特，仿佛担忧莫名地无法越过州界一般。她不喜欢"全景"似乎对杰克和丹尼造成的影响。

最可怕的事情，若隐若现而无人提及，或许不宜说出口的是，杰克的酗酒症状全都回来了，一个接一个地……除了喝酒本身。不断用手或手帕擦拭嘴唇，仿佛要除去过多水分的习惯。打字时长时间的停顿，字纸篓中越来越多的纸团。今晚艾尔打给他之后，电话桌上有一瓶伊克赛锭，却没有水杯；他又开始嚼食阿司匹林。动不动为一点点小事就动怒。周遭太安静时，会不知不觉地开始以一种神经质的节奏弹手指。越来越频繁地骂脏话。另外，她也开始担心他的脾气。假如他情绪失控，大发脾气，就像他每天醒来及睡前到地下室释放锅炉的压力一样，反倒让人松一口气。不论是看见他咒骂，把椅子踢到房间另一头，还是用力甩门都好，但向来是他性格不可或缺的一部分的这些动作，却几乎完全停摆。然而，她感觉到杰克越来越常对她或丹尼恼火，只不过不愿宣泄出来。锅炉有压力阀门，尽管老旧、破损又凝满油污，但仍然可以使用。杰克却没有。她从来没有办法看透他的心思。丹尼可以，但是丹尼不肯说。

还有那通艾尔打来的电话。差不多电话一响，丹尼就不再对他们正在读的故事感兴趣。他留她独自坐在火炉边，走到主桌旁，桌上有杰克为他的火柴盒小汽车及卡车所架构的车道。亮紫色的福斯车在那边，丹尼开始飞快地将车子推过来推过去。她假装看自己的书，实际上却从书的上方观察着丹尼，她看见她和杰克表达焦虑的方式奇特地混合在一起：擦抹嘴唇；两手神经质地梳理头发，正是她等待杰克巡完酒吧回家时常做的动作。她无法相信艾尔打来纯粹是为了"询问近况如何"。假如你想要闲聊，可以打给艾尔。但是当艾尔打电话给你，绝对是因为公事。

后来，她回到楼下，发现丹尼又蜷缩在火炉旁，全神贯注地读着二级读本上乔、瑞秋与他们的爸爸在马戏团的奇遇记，烦躁的分心彻底消失无踪。注视着丹尼，她再度诡异地确信，丹尼所知道的和了解的非常多，埃德蒙斯（"叫我比尔就可以了"）医生的理论不可能成立。

"嘿，博士，该睡觉啰！"她说。

"喔，好。"他在读到半途的地方做上记号，站了起来。

"去刷牙洗脸。"

"好。"

"别忘了用牙线。"

"不会啦。"

他们并排站了一会儿，看着火炉的煤炭时盛时衰。大厅的大多数角落因风灌入而寒冷，唯有环绕着壁炉的这块区域不可思议地温暖，教人舍不得离开。

"是艾尔叔叔打电话来。"她若无其事地说。

"喔，是吗？"毫不惊讶的回答。

"我在想艾尔叔叔是不是在生你爸爸的气。"她说，依旧装作若无其事。

"嗯，他肯定是，"丹尼说，依然望着火炉。"他不希望爸爸写那本书。"

"哪本书啊，丹尼？"

"关于饭店的书。"

涌到唇边的是她和杰克问过丹尼无数次的问题：你怎么会知道？但她没有问他。她不希望在丹尼上床前惹恼他，或者让他察觉到他们若无其事讨论的事情，照理说应该是他无从得知的，然而他却知道。而且她深信，他确实知道。埃德蒙斯医生所大谈的归纳推理和潜意识逻辑只不过是行话。她的妹妹……那天丹尼怎么会知道她在候诊室想着艾琳？还有

（我梦见爸爸出了车祸。）

她摇摇头，仿佛要扫除那件事。"去洗脸吧！博士。"

"好。"他跑上楼梯朝他们的住处去。而她皱着眉走进厨房，用炖锅温热杰克的牛奶。

此时，清醒地躺在床上，聆听丈夫的呼吸声及外头的风声（像奇迹似的，那天下午只是又飘了一场小雪，依旧没有大雪），她让心思完全转移到令人苦恼的可爱儿子身上，出生时脸上罩着羊膜，医生大约每七百个婴儿诞生才会看见一次的薄膜组织，根据迷信，这层组织代表预知能力。

她决定该是与丹尼谈论"全景"的时候……也该试着让丹尼与她谈谈。明天，一定。他们两人将会去山下萨德维特的公共图书馆，询问看看是否能帮他借一些二级程度的书，将借出时间延长到整个冬天，到时她会和他谈谈，开诚布公地。打定主意后她感觉安心一点，终于开始沉沉入睡。

*

丹尼清醒地躺在卧室里，眼睛睁开，左手抱着陈旧、有点损坏的小熊维尼（维尼的一只扣子眼睛掉了，填充物不断从六个绽开的缝隙中冒出），听着他爸妈在隔壁房间睡觉的声音。他感觉仿佛自己心不甘情不愿地站着守护他们。夜晚是最恶劣的。他讨厌晚上，讨厌绕着饭店西侧不停呼啸的风声。

他的滑翔机由一根细绳垂挂下来，在头顶上飘浮着。从楼下的车道摆设拿上来的福斯模型车摆在写字桌上，隐隐地发出紫色的荧光。他的书搁在书架上，着色本在书桌上。妈妈说，井井有条才能各得其所，然后想要的时候才知道放在哪里。但是现在东西的位置放错了。有东西不见了。更糟的是，还有添加的东西，那些东西你看不大出来，像是在那种写着"你能看见印第安人吗？"的图片中，如果你尽全力眯着眼睛看，才能看出一些——你第一眼以为是仙人掌的东西，其实是牙齿间紧咬着一把刀的勇士，还有其他人躲藏在岩石里，你甚至能看见一张邪恶、残忍的脸从隐蔽的马车车轮的辐条间露出来。然而你绝对看不见他们所有的人，就是这点让你感到不安。因为正是你看不见的那些人会鬼鬼祟祟地接近你，一手握着战斧，另一手拿着剥头皮的刀……

他不安地在床上动来动去，眼睛搜寻着夜灯予人安慰的光芒。这里的情况变得更糟了。他非常确定。起先还没那么糟，但渐渐地……他爸爸比以前更想喝酒。有时候他会对妈妈生气，但不知道原因。他一边用手帕擦着嘴唇一边四处走动，眼神恍惚困惑。妈妈担心他，也担心丹尼。他不需要利用闪灵的能力看透她也能明白，看她在消防软管仿佛化成蛇的那天，焦急地询问他就知道了。哈洛兰先生说，他认为全天下的母亲都能稍微闪灵，她那天知道有事情发生，但不知是什么事。

他差点要告诉她，但有几件事阻止了他。他知道萨德维特的医生把东尼及东尼展示给他看的东西当成是完全

（嗯几乎啦）

正常的而不予考虑。倘若他告诉母亲软管的事，她大概不会相信他。更糟的是，她可能往坏的一面去想，说不定会认为**他发疯了**。他明白**一点点发疯**是什么意思，虽然不像对生孩子那么了解——那个妈妈一年前曾经非常详尽地解释给他听——不过足够了。

有一次在幼儿园，他的朋友斯科特指给他看一个名叫罗宾·史坦格的男孩，他正没精打采地在秋千附近闲晃，一张脸拉得老长。罗宾的父亲在爸爸的学校教算术，斯科特的爸爸在那里教历史。幼儿园

里绝大多数的孩子都与史托文顿预备中学，或是镇外 IBM 的小工厂有关系。预备中学的小孩结成一伙，IBM 的小孩则在另一国。当然，两个团体之间也有交情，不过自然而然地彼此的父亲认识的孩子多多少少会比较黏在一块儿。当某一群中有大人的丑闻时，几乎总是以各种激烈突变的形式传到底下孩子的耳中，但很少会传到另一群中。

他和斯科特坐在玩具火箭飞船上时，斯科特突然用大拇指朝罗宾一比，然后说："你认识那家伙吗？"

"认识啊！"丹尼说。

斯科特倾身向前。"他爸爸昨天晚上**发疯了**①。他们把他带走了。"

"什么？就只为了弄丢几颗弹珠吗？"

斯科特一脸厌烦。"他疯了！你知道的。"斯科特装出斗鸡眼，把舌头吐出来，两根食指在耳朵边画着大大的椭圆形轨道。"他们把他带去了**疯人院**。"

"哇，"丹尼说，"那他们什么时候会放他回来？"

"永远——永远——永远不会。"斯科特阴沉地说。

那天以及隔天，丹尼听到：

一、史坦格先生曾经想用他的二次世界大战纪念手枪杀他全家人，包含罗宾在内。

二、史坦格先生喝酒时把家里砸得粉碎。

三、有人发现史坦格先生在吃一碗死掉的虫子和草，好像那是玉米片和牛奶，而且边吃还边哭。

四、史坦格先生在红袜队输掉一场重要球赛时，曾试图用丝袜勒死他太太。

最后，他烦恼到没办法把事情闷在心里，于是问爸爸有关史坦格先生的事。爸爸将他抱到膝上，向他解释说史坦格先生承受着极大的压力，有些关系到他的家庭，有些关系到他的工作，有些是关于只有医生才能理解的事。他时常会突然哭泣，三天前的晚上他又开始哭

---

① 原文为"lost his marbles"，其中"marble"有"玻璃弹珠"的意思，丹尼理解成了"掉了弹珠"之意。

泣而且无法止住，打坏了史坦格家中一大堆东西。这不是发疯，爸爸说，是崩溃，另外史坦格先生不是在疯人院，而是在疗养院。尽管爸爸慎重地解释，丹尼仍然害怕。听上去**发疯**和**崩溃**似乎毫无差别，而且无论你称呼为**疯人院**或是**疗养院**，同样都是窗户上有铁栏杆，就算你想走他们也不会让你出去。再加上他父亲，相当无辜地，只字未改地确认了斯科特的另一个措辞，让丹尼心中充满模糊尚未成形的恐惧。在史坦格先生目前住的地方，有**穿白大褂的人**，他们会来把你抓进车体颜色如墓石般灰而且没有窗户的货车里。车子开到你家前面的路边，然后身穿白大褂的人下车把你从家人身边带走，让你住在墙壁铺着软垫的房间里。假如你想要写信回家的话，得用可优蜡蜡笔来写。

"他们什么时候会让他回来？"丹尼问父亲。

"博士，只要他的状况好转马上就可以。"

"可是那是什么时候呢？"丹尼非常坚持。

"丹，"杰克说，"**没有人知道**。"

这是最严重的。这是永远——永远——永远不会的另一个说法。一个月后，罗宾的母亲带他离开幼儿园，他们搬离史托文顿，而史坦格先生没有同行。

这事发生在一年多前，在爸爸不再喝那个坏东西之后，不过是在他丢掉工作之前。丹尼依然时常想起。偶尔当他跌倒、撞到头或者肚子痛的时候，他一想要哭，脑海中就闪过这段记忆，伴随着恐惧，害怕他将无法停止哭泣，他会就这样子不断地流泪啼哭，直到他爸爸去打电话，说："喂？这里是枫线路一四九号的杰克·托伦斯。我儿子哭闹不止，请派**穿白大褂的人**把他带去**疗养院**。没错，他**发疯了**。谢谢。"接着没有窗户的灰色货车就会出现在他家门口，他们会将依旧歇斯底里地哭泣的他搬上车，把他带走。他何时还能再见到妈妈和爸爸呢？**没有人知道**。

就是这种恐惧让他保持缄默。年纪增长了一岁，他非常确定爸爸和妈妈不会因为他把消防软管看成蛇就叫人把他带走，他理智的脑袋确信这一点，然而，每当想要告诉他们的时候，过去的记忆就涌上来，如同石头般地塞满他的嘴巴，阻拦他想说的话。这并不像东尼；东尼总显得十分正常（当然，是在噩梦出现之前），他爸妈也几乎把东尼视为自然现象。出现像东尼之类的东西是由于**理智**，他们两人都想当然地认为他很聪明（一如他们同样认为自己很**理智**），可是消防软管变成蛇，或者在无人能看到的情况下，看见总统"套糖"墙壁上的血迹和脑浆，这些都是不正常的。他们已经带他去看普通的医生了。那么，假设接下来**穿白大褂的人**有可能出现不是很合理吗？

然而，若非他确定他们会想要将他带离饭店的话，他可能迟早还是会告诉他们。他非常渴望脱离"全景"。可是他也明白这是他爸爸最后的机会，他在"全景"的工作不光是照料饭店而已，他还要在这里写文章，要从失业中恢复过来，要爱妈妈温迪。况且一直到不久前，这一切似乎都顺利地进行。只是最近爸爸开始有了麻烦，自从他发现那些文件之后。

（这个非人的地方把人变成怪物。）

这句话是什么意思？他向上帝祈祷过，但上帝没有回答他。万一爸爸不在这儿工作的话，他要做什么呢？他试图从爸爸的心中找出答案，但越来越确信爸爸自己也不知道。今天晚上稍早的时候，最强有力的证据出现了。当时艾尔叔叔打电话给爸爸，说了一些自私的话，但爸爸不敢回嘴，因为艾尔叔叔可以让他失去这份工作，正如史托文顿的校长克罗莫特先生及董事会解雇他的教职一般。为了他、妈妈以及爸爸自己，爸爸非常害怕遭到解雇。

因此他什么也不敢说。只能无助地观察着，希望实际上根本没有印第安人，或者就算是有，他们也愿意等候更大的猎物，让这列三节车厢的小火车平安无事地通过。

但是无论多么努力尝试，他都没办法相信。

现在"全景"的情况越来越糟。

大雪即将来临，一旦下起大雪，他将失去原本已所剩无几的选项。而且下了大雪之后呢？等到大雪将他们封锁在里面，只能任由之前或许只是在戏弄他们的东西摆布的时候，该怎么办？

（出来接受惩罚！）

接下来该怎么办呢？REDRUM。

他在床上颤抖着再次翻身。他现在可以认更多字了。明天或许他会试着召唤东尼，试着叫东尼带他去看 REDRUM 到底是什么，以及看看是否有任何方法能够预防。他要冒着做噩梦的风险。他非知道不可。

爸妈真正入睡许久之后，丹尼仍醒着，在床上辗转反侧，搓着被子，设法解决远超出他的年纪所能负荷的大问题。他在夜里醒着，宛如独自放哨的卫兵。过了午夜之后不知多久，他也睡着了，只剩下风仍清醒，在星辰明亮锐利的目光下，不断地窥探饭店，呼呼地吹进山墙。

22. 载货车内

我看见恶月升起。
我看见麻烦上路。
我看见地震和闪电。
我看见当今败坏的年代。
今晚别到处溜达，
否则一定会要了你的命，
因为邪恶的月亮正往上升。[①]

有人在饭店载货车的仪表板底下加装了非常古旧的别克汽车收音机，此时，从扬声筒里传出来约翰·佛格提的清水合唱团独特的歌声，声音尖细，并且由于静电的影响不大顺畅。温迪和丹尼正在前往萨德维特的途中。今天天气晴朗，阳光灿烂。丹尼再三翻弄着手中杰克的橘色图书证，似乎非常开心，但温迪认为他看起来疲惫而憔悴，仿佛没有睡饱，单靠紧张的能量支撑下去。

歌曲结束后，广播节目主持人登场。"是的，刚才播放的是清水合唱团的歌。谈到恶月，看起来恶月很可能再过不久就会在收听得到 KMTX 电台的区域升起，气候将会变冷，冷到难以相信过去两三天我们曾经享有如此美好，宛如春天的天气。KMTX 预报员大胆地预测说：今天下午一点以前，高气压将会撤退，由分布广泛的低气压区所取代，这块低气压会逐渐停留在 KMTX 的区域，在空气稀薄的高山地区。气温将会骤降，降雪应该在大约黄昏时候开始。海拔七千英尺以下的区域，包括丹佛都会区，预期会下冰雹夹带着雪花，或许

---

① 此处出自约翰·佛格提《恶月升起》的歌词。版权归加利福尼亚伯克利的 Jondora 音乐公司所有。作者经授权使用。

有些路段会结冰，因为此地除了雪之外什么都没有。海拔七千英尺以下的地区，我们预期将会降一到三英寸的雪，而科罗拉多中部和高山地区积雪可能高达六到七英寸。公路路况咨询委员会说，假如你今天下午或晚上打算开车在山区旅行的话，请务必记得雪链管制将开始执行。另外除非必要，尽量不要外出。切记！"播报员戏谑地补充说，"多纳一行人就是这样陷入困境的。他们可没自己想的那么靠近最接近的便利商店。"

接着播出的是可丽柔的广告，温迪伸手关掉收音机。"你介意吗？"

"啊，不，没关系。"他望着窗外蔚蓝的天空。"我想爸爸选对日子修剪那些树篱动物了，是不是？"

"我想是吧！"温迪说。

"虽然，看起来不大像会下雪的样子。"丹尼抱着希望地补一句。

"你害怕了吗？"温迪问。她仍想着广播节目主持人拿多纳小队开的玩笑。

"不，我不觉得。"

好吧，她心想，时机到了。如果要提出来的话，要不就现在，要不就永远闭口不提。

"丹尼，"她尽可能让声音听起来像是不经意地提起，"要是我们离开'全景'，你会开心一点吗？如果我们不待在这儿整个冬天的话？"

丹尼低头凝视双手。"我想会吧，"他说，"会啊。不过这是爸爸的工作。"

"有时候，"温迪若无其事地说，"我觉得爸爸离开'全景'的话，可能也会比较快乐。"他们经过一块标示着萨德维特十八英里的路标，接着她小心翼翼地开过发夹弯，将车挡换到二挡。她开下坡时绝不冒险，这些下坡把她给吓坏了。

"你真的这么认为吗？"丹尼问。他感兴趣地注视母亲片刻，然后摇摇头。"不，我不这么认为。"

"为什么不呢？"

"因为他担心我们。"丹尼说，慎重地选择用词。这很难解释，他本身也不甚了解。他不自觉地回想起告诉过哈洛兰先生的小事，那个大块头孩子盯着百货公司的收音机，想要偷一台的事。那件事虽然令人苦恼，但起码很清楚是怎么一回事，就算对当时只比婴儿大一点点的丹尼来说也一样。然而成人的想法总是一团混乱，每个可能采取的行动都因为考虑到后果，因为缺乏自信，因为对自己的看法，因为感觉到爱与责任，而变得不明确。每个可能的选择似乎都有缺点，有的时候他不明白缺点之所以是缺点的原因。这非常难回答。

"他认为……"丹尼又开口说，马上看向母亲。她正在专心看路，没看着他，于是他觉得自己可以继续说下去。

"他认为我们也许会孤单。然后他觉得他喜欢这里，这是个适合我们的地方。他爱我们，不希望我们孤单……或者难过……但是他认为就算我们现在孤单，长期来说也许没问题。你懂什么是长期吗?"

她点点头。"嗯，亲爱的。我懂。"

"他担心如果我们离开了，他会没办法找到另一份工作，那我们就只得乞讨，或其他什么的。"

"就这样而已吗?"

"不是，可是其他的全都混在一起，因为他现在不一样了。"

"对。"她几乎叹着气地说。坡度稍微减缓，她小心地换回到三挡。

"妈咪，这些不是我自己编的。我敢发誓。"

"我知道，"她说着，微微一笑。"是东尼告诉你的吗?"

"不是，"他说，"我就是知道。那个医生不相信东尼，对吧?"

"别管那个医生，"她说，"我相信东尼。我不知道他是什么东西或是什么人，也不知道他是不是属于你特别的一部分，或是来自……外头别的地方，但是丹尼，我真的相信他的存在。如果你……他……认为我们应该走，我们就走。我们两个人离开，等到春天再跟爸爸会合。"

他抱着强烈的希望看着她。"去哪? 汽车旅馆吗?"

"宝贝，我们住不起汽车旅馆。我们得去住我母亲那儿。"

丹尼脸上的希望消失。"我知道——"他说到一半停住。

"什么?"

"没事。"他喃喃地说。

当坡度又变陡时,她转回到二挡。"喔不,博士,别那么说。我认为,这次谈话是我们早在几个礼拜前就该做的。所以拜托,你知道什么事?我不会生气的。我不可能生气,因为这件事太重要了。跟我直说吧!"

"我知道你对她的感觉。"丹尼说完叹口气。

"我的感觉怎样?"

"不愉快,"丹尼说,接着以押韵、平板的声调,把她吓了一跳。"不快、悲哀、愤慨,好像她根本不是你母亲,好像她想要吃掉你。"他害怕地望着她。"我也不喜欢那里。她老是想着自己如何比你更适合我,想着怎样才能让我离开你。妈咪,我不想去那里。我宁愿待在'全景',也不要去那里。"

温迪大为震惊。她和母亲之间有那么糟糕吗?天啊,假如是的话,那孩子有多么痛苦,况且他真的能看穿他们对彼此的看法。蓦地她觉得自己比光着身子还要赤裸裸的,仿佛被当场逮到她正在做猥亵的动作。

"好啦,"她说,"丹尼,好吧!"

"你在生我的气。"他以快要哭出来的声音小声地说。

"不,我没有。我真的没有,只是有点惊讶而已。"他们通过萨德维特十五英里的路标,温迪稍微放轻松,从这里之后的路况比较好。

"丹尼,我想再问你一个问题,希望你尽量诚实回答。你愿意吗?"

"愿意,妈咪。"他说,几乎像在耳语。

"你爸爸又喝酒了吗?"

"没有。"他说,强忍住紧跟在简单的否定后头涌到唇边的两个字:还没。

温迪又放松一些。她将一只手放在丹尼穿着牛仔裤的腿上,轻轻捏一下。"你爸爸非常地努力,"她轻柔地说,"因为他爱我们。而我们也爱他，对不对？"

他严肃地点点头。

她几乎像在自言自语地继续说："他不是个完美的男人，但他很努力……丹尼，他非常地努力！当他……停止……他经历过非常痛苦的事，到现在依然承受着痛苦。我想要不是为了我们，他早就放弃了。我想要做对的事，但我不知道。我们应该走吗？还是留下来？简直像在选择下油锅还是跳火坑。"

"我懂。"

"博士，你可以帮我做一件事吗？"

"什么事？"

"试着叫东尼出现，现在马上。问他我们待在'全景'安不安全。"

"我已经试过了，"丹尼缓缓地说，"今天早上。"

"怎么样？"温迪问，"他说了什么？"

"他没有出现，"丹尼说，"东尼没有来。"他忽然大哭起来。

"丹尼，"她担心地说，"宝贝，别哭。拜托——"车子突然越过双黄线，她吓了一跳，赶紧把车回正。

"别把我带去外婆家，"丹尼流着眼泪说，"妈咪，拜托，我不想去那里，我想要和爸爸在一起——"

"好啦，"她温柔地说，"好啦，我们就这么办。"她从西部风格的衬衫的口袋里掏出面纸递给儿子。"我们留下来吧！一切都会很好，很顺利的。"

23. 游戏场

　　杰克来到外头门廊上，把拉链头一路向上拉到下巴底下，眯着眼看向晴朗的天空。他的左手拿着靠电池供电的修篱机，用右手从身后口袋拉出干净的手帕猛擦嘴唇，再收起来。收音机说会下雪，纵使他可以看到远方地平线上云朵逐渐积聚，还是难以相信。

　　他迈步走向通往绿雕的小径，将修篱机换到另一只手里。他想，这工作不会花太长的时间，略微修整就可以了。冷冽的夜晚无疑地阻碍了树木的生长。兔耳朵看起来有点毛茸茸的，狗的两条腿长出毛毛的绿色骨刺，但狮子和野牛看起来不错。只要稍微理一下发就够了，接着就等下雪吧！

　　混凝土小径如跳水板一般突兀地终止，他离开小径，经过枯竭的游泳池走向碎石子路，这条小路蜿蜒穿梭在绿雕之间，最后进入游戏场。他走到兔子旁边，按下修篱机把手上的按钮，机器嗡嗡地开始平稳运转。

　　"嗨，兔子老弟，"杰克说，"你今天打算怎样啊？头顶修一点，再把耳朵上多余的剪掉吗？好的。嘿，你有没有听说那个旅行推销员和带着宠物贵宾犬的老太太的事啊？"

　　在他听来自己的声音矫揉造作又愚不可及，于是就此打住。他突然想到他不是那么喜欢这些树篱动物。他向来觉得把普通的老树篱修剪折磨成另一种东西，似乎有点反常。沿着佛蒙特的某条公路旁，有个树篱的广告牌立在陡坡上俯瞰着道路，是某家冰淇淋的广告。让大自然来叫卖冰淇淋，根本就是错的，非常荒唐。

　　（托伦斯，你不是受聘来研究哲理的。）

　　啊，这是真的，千真万确。他顺着兔耳修剪，将一小撮枝条和细枝拨到草地上。修篱机发出低沉、相当令人讨厌的金属嗡嗡声，似乎所有由电池供电的装置都会发出这种声音。阳光灿烂但并不温暖，现在倒不难令人相信就要下雪了。

杰克快速地工作着，他知道当你干这种活儿的时候，停下来思考经常会出错。他修整兔子的"脸"（靠得如此近时，看起来一点也不像脸，但他知道隔个二十步左右的距离，光线和阴影似乎会令人联想到脸；除此之外，还需要观赏者的想象力），接着再顺着兔子的腹部迅速地移动修篱机。

修完后，他关掉修篱机，往游戏场走去，然后猛然转身以便将整只兔子尽收眼底。很好，看起来还算满意。嗯，接下来要修剪那只狗。

"不过，如果这是我的饭店，"他说，"我会把你们一整群该死的全部砍光。"他也想这么做，直接将树篱动物全部砍掉，然后在它们原本的位置重新铺上草皮，再放上半打撑着色彩华丽的阳伞的小金属桌。人们可以在夏日阳光下，到"全景"的草坪上喝鸡尾酒：野莓琴菲士、玛格丽特、粉红佳人，和所有这一类游客喜欢的甜酒。也许，再加上兰姆汤尼。杰克从背后口袋取出手帕，缓缓地擦抹嘴唇。

"振作点，振作点。"他轻声说。没什么好想的。

他正准备回去时，突然一股冲动使他改变主意，反而走向游戏场。他心想，真是有趣，你永远不懂小孩子的心。他和温迪都预期丹尼会喜欢游戏场，里头拥有孩童可能想要的一切。但是丹尼就算来过，杰克认为那孩子也没来过几次。他想如果有别的孩子一起玩的话，情况应该会有所不同。

他径自进去时，栅门微微吱了一声，接着粉碎的石子在他脚下嘎吱嘎吱作响。他先到娃娃屋，这是"全景"本身完美的迷你版模型，高度到他的大腿下半部，大约是丹尼站起来的高度。杰克蹲下来望进三楼的窗户。

"巨人过来把睡在床上的你们全都吃掉啰！"他虚假地说，"跟你们的最佳信用等级吻别吧！"但这也不好笑。你想要打开娃娃屋的话，只要把它拉开就行了——有个隐藏的铰链能打开。可是内部却令人失望。虽然墙壁上了漆，但整个地方大多空荡荡的。不过当然本该如此，他告诉自己，要不然小孩怎么进得来呢？这地方夏天配备的玩具、家具不在了，大概被打包起来放进了设备仓库。他把房子阖上，听见门闩扣上时发出轻轻的咔嚓声。

他走到滑梯那边，搁下修篱机，回头望一眼车道，确认温迪和丹尼尚未回来后，爬到滑梯顶端坐下。这是大孩子的滑梯，但是宽度对他成人的臀部而言仍是紧得不舒服。他最后一次坐滑梯距离现在过了多久？二十年？似乎不可能有那么久，感觉没有那么久，但是应该有二十年，或者更久。他记得在柏林时，他大约是丹尼这个年纪，老爸带他去公园，他每一样游乐设施——滑梯、秋千、跷跷板，全都玩了个遍。之后他和老爸会吃热狗午餐，并向推推车的人买花生。他们坐在长椅上啃花生，黑压压一片的鸽子会群集在他们脚边。

"讨厌的清道夫鸟，"他爸爸说，"小杰克，你别喂它们。"但是他们两人最后还是喂了鸽子，咯咯笑着鸽子追逐花生的样子，追逐花生的那副贪婪模样。杰克认为老爸不曾带他的哥哥到过公园。杰克是老爸最疼爱的孩子，但即使如此，当老爸喝醉酒——那是常有的事——杰克还是得到该有的惩罚。不过杰克依然尽可能地爱他，即使在家中其他人都只憎恨他、惧怕他之后很久，都还敬爱着他。

他用双手撑着助推，滑到底部，但这趟滑得并不过瘾。久未使用的滑梯摩擦力太大，无法加速成令人十分畅快的速度。另外他的屁股实在过大。成年人的大脚砰的一声陷入底部的小坑，在他之前曾有无数孩童的脚同样在此着地。他站起来，拍拍屁股，看着修篱机。但是他没有走向修篱机，反而走向秋千架，秋千的状况同样令人失望。从营业季结束后，链条就开始慢慢生锈，一动就发出尖锐的叫声，仿佛极为痛苦。杰克决心春天到来时他一定要为秋千上油。

你最好停住，他劝告自己。你不再是个小孩，不需要用这个地方来证明。

可是他继续走向水泥环，这隧道对他而言实在太小了，所以他放弃，直接走向标示着庭园边界的安全围篱。他用手指勾住铁丝网，透过网眼看出去，阳光在他脸上画出交叉的阴影线，有如关在狱中的囚犯。他自己看出相似处，用力摇晃铁丝网，脸上装出惨遭折磨的表情，低声喊道："放我出去！放我出去！"这么玩了三次，不好玩了。

该回去工作了。

就在这时，他听见背后有声响。

他迅速转身，皱起眉头，觉得很尴尬，亟欲知道是否有人看见他在孩童的世界闲荡。他的视线一一点过滑梯、对角线的跷跷板，以及只有在风中晃荡的秋千。再望过去是大门及低矮的围篱，隔开游戏场与草坪、绿雕：防卫性地聚集在小径周围的狮子，弯下腰仿佛在啃草的兔子，一副准备冲刺的野牛，蹲伏着的狗。越过树篱动物再过去是果岭和饭店本体。从这儿甚至能看到"全景"西边的短柄槌球场隆起的边缘。

所有的东西都跟之前一模一样。那么为何他的脸部肌肉和手却开始颤抖，为何颈后的毛发开始竖直，仿佛背后的肌肉突然绷紧呢？

他再度眯起眼睛望着饭店，但是没有答案。饭店仅是矗立在那儿，窗户一片黑，一缕微细的烟从烟囱袅袅上升，应当是来自大厅被封着的炉火。

（老兄，你最好开始工作了，不然到时他们回来，会怀疑你这段时间到底有没有在做事。）

当然，得赶紧动工。因为快要下雪了，他得赶快修剪该死的树篱，那含在契约内。此外，他们应该不敢——

（谁不敢？什么不敢？敢做什么事？）

他开始回头走向搁在大孩子滑梯底部的修篱机，两脚嘎吱嘎吱地走在碎石子上的声音似乎异常响亮。如今连他睾丸的肌肉都开始战栗，臀部感觉又硬又重，宛如石头。

（上帝啊，这是怎么回事？）

他在修篱机旁停住，但是没有进一步走向前拿起来。没错，的确有什么不一样了，在绿雕园里。如此简单，如此显而易见，他就是没法拿起修篱机。振作点，他斥责自己，你只要修剪那可恶的兔子，有什么

（就是这点）

他的气息哽塞在喉咙。

兔子四肢趴下，正在啃草。它的腹部贴着地面。但是不到十分钟

前，它还用后腿站立，他非常确定它原本的姿势，因为他才刚修过兔子的耳朵……和腹部。

他的视线立刻投向狗。刚才他走到小径上时，狗是坐直着身子的，仿佛正在乞讨糖果。而今蹲伏着，头歪向一边，修剪出的嘴型似乎在无声地龇牙咆哮。而狮子呢——

（噢不，宝贝，噢不，啊，不可能吧）

狮子更接近小径了。他右边的两只微微变换了位置，彼此更加靠近。左边那只的尾巴现在几乎突出到小径上。当他经过狮群穿过大门时，那只狮子就在右边，他相当确定当时它的尾巴是卷起来的。

它们不再是保护小径，而是在封锁小径。

杰克猛然用手遮住眼睛，再拿开，眼前的画面并没有改变。一声低微到不能算是呻吟的轻叹从他口中逸出。在他酗酒的时期，经常担心会发生这样的事。然而当你是个酒鬼，你称这种现象为震颤性谵妄，就像过去优秀的雷·米兰在《醉乡遗恨》一片中，看见虫子不断从墙壁钻出来那般。

那么当你完全清醒时，这种现象称为什么呢？

这问题只不过是说说而已，但尽管如此，他的心中浮现了

（称为精神错乱）

答案。

他目不转睛地盯着树篱动物，意识到在自己用手遮住眼的时候，有东西改变了。狗移得更靠近，并且不再蹲伏，姿态看来像是在奔跑，腰及腿部弯曲，一条前腿向前，另一条在后。树篱嘴巴张得更开，修剪过的枝条看起来尖锐具有杀伤力。此时他幻想自己在绿叶间也看得到隐约的眼窝，正注视着他。

它们何必需要修剪呢？他歇斯底里地想。它们根本完美无缺啊！

又一声低微的声响。他往狮子那儿看去时，不由自主地向后退一步。右边的其中一只似乎稍微超前另外一只。它的头低下，一只脚掌悄悄地几乎完全伸到低矮的围篱上。老天啊，接下来呢？

（接下来，它会跳过来狼吞虎咽地把你吃掉，就像邪恶的幼儿寓言故事里的情节）

这好像他们孩提时代玩的游戏：一二三木头人。由一人当"鬼"，背过身去数到十，其他玩伴则蹑手蹑脚地前进。当"鬼"数到十的时候，他会迅速转身，假如他逮到任何人在动的话，那些人就淘汰。剩下的人则一动也不动地保持雕像的姿势，直到"鬼"转身重新数数。他们会越来越近，越来越近，最后在数到五和十之间，你会感觉到有只手在你背上……

碎石子在小径上嘎吱作响。

他猛地转头看那只狗，它已走到小路的中间，就在狮子后头，嘴巴大张打着呵欠。之前，它不过是剪成一般狗的形状的树篱，一旦你走近看就会失去所有的轮廓。但是现在杰克能看出它的外形修剪得像德国狼犬，而狼犬可是很凶狠的，你甚至能训练狼犬杀人。

一阵轻微的窸窣声响。

左边的狮子已经一路前进到围篱旁，口鼻触碰到木板，看起来像是在对他龇牙咧嘴。杰克再向后退两步。他的头疯狂地砰砰敲着，还能感觉到喉咙干燥发紧。此时野牛移动，绕到右边，到兔子的后面去。它的头低低的，绿色的树篱角直指着他。问题是，你无法注意所有的动物。没法一次全看清楚。

他开始发出哀鸣，但由于全副精神锁定在树篱动物上，以至于丝毫没意识到自己正在出声。他的视线从一只树篱动物迅速转向下一只，试图看见它们在移动。风猛烈地吹着，使得紧密纠缠的树枝传出饥渴的咔嚓声。倘若它们抓到他的话，又会是哪种声音呢？但是当然他心知肚明，将会是咬断、撕裂和掰碎的声音。应该是——

（不不不不，我绝不相信，一点也不信！）

他啪地一下将双手放到眼睛上，紧揪住头发、前额和阵阵抽痛的太阳穴。就这样站了好长一段时间，恐惧逐渐高涨，直到他再也承受不住，大吼一声将双手移开。

果岭旁边的狗坐直了身子，仿佛在乞讨食物碎屑。野牛无精打采地回头看向槌球场，一如杰克拿着修篱机走下来时的模样。兔子靠后腿站着，耳朵竖起来捕捉最细微的声响，刚修剪过的腹部露了出来。狮子群待在原地没动，站在小径旁。

他呆愣地站了好久，喉咙里刺耳的呼吸终于和缓下来。他伸手去拿香烟，抖出四根掉到碎石子上。他弯下腰去捡，用手摸找着，视线丝毫不敢离开绿雕，担心动物又会开始移动。他捡起来后，漫不经心地将三根塞回香烟包，点燃第四根，深深抽两口之后丢掉，把烟踩熄，然后走向修篱机，将机器拿起来。

"我太累了，"他说，现在似乎可以大声说出来，似乎一点也不荒唐。"承受太多的压力。黄蜂……剧本……艾尔又那样子打电话给我。不过没事的。"

他疲惫地迈步走回饭店，心里还有个角落焦躁不安地猛拉着他，想要叫他绕过树篱动物，但是他径直走上碎石子路，穿过绿雕。一阵微风呼呼作响地吹过绿雕，如此而已。整件事都是他自己想象出来的。他吓得半死，不过现在一切都结束了。

在"全景"的厨房里，他停下来吃两颗伊克赛锭，然后下楼去看文件，直到听见饭店载货车嘎吱嘎吱地开在车道上的细微声响。他上去迎接他们。感觉很好，看不出有必要提及他的幻觉。他吓得半死，不过现在一切都结束了。

24. 雪

黄昏。

他们在渐渐微弱的光线下站在门廊，杰克站中间，左手环着丹尼的肩膀，右手搂着温迪的腰。他们一同注视着大雪夺走他们手中的决定权。

天空在两点半之前已布满云层，一小时后开始下雪，这回你不需要气象预报员来告诉你这场雪非同小可，傍晚风开始呼啸后，不再有将会融化或吹散的雪花。起先雪以完美的直线落下，逐渐堆起的雪均匀地覆盖住一切，然而现在，开始下雪后一个钟头，风从西北方刮过来，于是雪飘向门廊和"全景"车道的侧面。庭园外的公路消失在匀整的白毯之下。树篱动物也不见了，但是温迪和丹尼回到家时，她称赞他做得很出色。你这么觉得吗？他问，但没多说什么。如今树篱全埋藏在形状不一的白色斗篷下。

说也奇怪，尽管他们每个人都思考着不同的想法，但都感受到相同的情绪：轻松。他们再也无法回头了。

"春天什么时候会来呢？"温迪喃喃地说。

杰克将她搂得更紧。"很快的。我们进去吃晚餐好不好？外面好冷。"

她微微一笑。整个下午杰克似乎都心不在焉，而且……嗯，怪怪的。现在听起来比较像平常的他。"我无所谓。丹尼，你呢？"

"好啊！"

于是他们一同进去，留下风低沉的呼啸声持续整晚，这声音他们将会非常熟悉。片片雪花旋舞过门廊。将近四分之三个世纪以来，"全景"一直都是如此正面迎接大雪，昏暗的窗户勇敢地对抗雪花，对饭店如今与世隔绝的事实完全无动于衷。或者也许它乐见这样的前景。他们三人在它的外壳里头忙着傍晚的例行事务，犹如受困在怪兽小肠里的微生物。

25. 二一七号房内

　　一周半之后，两英尺深的积雪洁白、均匀地铺在全景饭店的庭园里。树篱小动物园的雪深及动物的腰腿；兔子，冻结在靠后腿站立的姿势，看起来好像从白色的泳池浮起。有的雪堆超过五英尺深。风不停地改变雪堆，将其雕塑成波状起伏、如沙丘般的模样。杰克两度穿着雪地鞋笨拙地走到设备仓库去拿铲子清理门廊，第三次他耸耸肩，只是简单地从门前堆积成塔的雪堆中清出一条小路，让丹尼在小路左右来回滑雪橇自娱。真正壮观的雪堆贴靠在"全景"的西侧；有的高达二十英尺，而再过去的地面被持续不断的强风吹刮得连草地都裸露出来。一楼的窗户盖满了雪，从餐厅望出去的景色在休馆日曾让杰克赞叹不已，如今却与空白的电影银幕相差无几。他们的电话通讯断了八天，厄尔曼办公室里的无线电对讲机如今是他们与外界沟通的唯一渠道。

　　现在每天都下雪，有时候只是短暂地飘雪，撒在积雪闪闪发亮的薄硬表面上，有时候则是来真的，风低沉的呼啸声拔高成为女人般的尖叫，让即使深埋在白雪摇篮中的老饭店也令人担忧地震动呻吟。夜晚的气温不超过华氏十摄氏度，虽然厨房员工出入口旁的温度计在下午一两点偶尔会到华氏二十五摄氏度，但是持续刮着的风坚如刀刃，不戴滑雪面罩外出的话会十分难受。不过阳光照耀的日子，他们一家仍然出门，通常都穿两套衣服，并在手套外面再戴上连指手套。外出几乎成了一种瘾，丹尼的灵活飞行家雪橇的层层轨迹环绕在饭店外围。排列组合几乎无穷无尽：爸妈拉雪橇，丹尼乘坐；温迪和丹尼努力拉，爸爸边乘坐边笑（他们只有在结冰的表面上才可能拉得动他，当细雪覆盖在表面上时则绝对不可能）；丹尼和妈妈一起乘坐；温迪独自一人乘坐，由她的两个男人负责拉，喷出白色的气息如拉货车的马匹，假装她比实际体重来得重。他们乘雪橇绕着屋子巡行时经常欢笑，然而风没有人性的呼啸声却是如此巨大且虚假，使他们的笑声显得渺小而勉强。

他们在雪地上发现了驯鹿的足迹，有一回还看见驯鹿，一群五只动也不动地站在安全围篱下方。他们轮流用杰克的蔡司－依康双筒望远镜仔细观察，注视着它们让温迪有种古怪、不真实的感觉——它们站在覆盖住公路、深及腿部的雪中，她突然想到从现在到春天雪融之前，道路是属于驯鹿的而不是他们的。此时人类在这儿建构的东西已失效。她相信驯鹿明白这点。她放下双筒望远镜，说些要准备午餐之类的话，然后到厨房哭了一下，试着摆脱心中极为压抑的感觉，那感觉有时候突然袭来，仿佛一只巨大的手紧紧压迫着她的心脏。她想到驯鹿。想起杰克将百丽钵底下的黄蜂，放在员工出入口外面的平台上冻死。

设备仓库的钉子上挂着许多双雪地鞋，杰克为每个人找到一双合适的，虽然丹尼的那双大相当多。杰克穿着雪地鞋走得很顺，尽管他只有少年时期在新罕布什尔的柏林穿过雪地鞋，但他很快又重新学会了。温迪不太喜欢雪地鞋，光是踩着那双特大号系鞋带的扁平板子笨重地走动十五分钟，她的腿和脚踝就剧烈疼痛。不过，丹尼十分感兴趣，他认真练习好抓到窍门。他仍时常跌倒，但杰克很满意他的进步，还说到二月之前，丹尼就能在他们身边飞快地绕圈了。

这天阴沉沉的，不到中午，天空就开始降雪。收音机预报雪将会再下八到十二个小时，并颂赞降雪量——这位科罗拉多滑雪者的大神。温迪坐在卧室编织围巾，自顾自地想着，她完全清楚滑雪者如何处置那么多雪。她知道他们到底能把雪放在何处。

杰克在地下室，他下去检查火炉和锅炉。自从大雪将他们关闭在屋内后，这种检查已变成他的例行仪式。确信一切正常之后，他闲荡过拱门，将灯泡旋上，然后在他找到的老旧、布满蜘蛛网的露营椅上坐下，翻阅旧的纪录和文件，和之前一样不停地用手帕擦抹嘴唇。长期禁闭使他秋天晒黑的皮肤又白回来，当他拱肩坐着俯视泛黄、带有裂纹的纸张时，他那红金色的头发凌乱地贴在前额上，看起来有点疯狂。他发现几个奇怪的东西塞在发票、提单和收据之间，令人不安的东西：一长条沾有血污的床单；一个看来像是遭到肢解、被砍得支离破碎的玩具熊。还有一张弄皱的紫色女用信纸，在有年代的麝香味底下仍残留一抹香水味，纸上以褪色的蓝墨水写了一则短笺，但并未完成："亲爱的汤米，我在这上头没有办法如我期望地好好思考，我是指思考我们的事，当然啰，不然还有谁呢？哈哈。一直有事情妨碍我。我做了奇怪的梦，梦到有东西在夜里横冲直撞，你能相信吗？还有"就这样而已。短笺注明的日期是一九三四年六月二十七日。他找到一个看来似乎是女巫或巫师的手偶……总而言之，是留着长獠牙、戴着尖顶帽的玩偶，突兀地塞在一叠天然瓦斯的收据及一捆维奇矿泉水的发票中。另外还有看起来像是诗的东西，以深色铅笔潦草地写在菜单背面："梅铎克／你在吗？／亲爱的，我又梦游了。／植物在地毯底下移动。"菜单上没有日期，诗上头也没署名，假如这算作诗的话。难以理解，却极为吸引人。对他来说，这些东西宛如拼图里的拼图片，倘若他能找出对的相关联的拼图片，所有的东西最后就能组合在一起。因此他继续寻找，每当身后的火炉轰鸣一声开始运转时，就吓得跳起来并擦拭嘴唇。

　　丹尼又站在二一七号房门外。

　　总钥匙在他的口袋里。他仿佛吃了兴奋剂般渴望地盯着那扇门，穿着法兰绒衬衫的上半身似乎在抽搐抖动。他不成调地轻轻哼唱着。

　　他并不想来这里，尤其是在消防软管的事情之后。他害怕来这里。害怕自己又会去拿总钥匙，违背父亲的交代。

　　他想要来这里。好奇心

　　（会害死猫；满足感会把他带回来）

　　无时无刻像根鱼钩在他的脑子里，又像纠缠不清的诱惑之歌始终无法平息。况且哈洛兰先生不是说过"我认为这里没有东西会伤害你"？

　　（你答应过的。）

　　（承诺注定是要被打破的。）

他吓了一跳，仿佛这念头来自外部，好似昆虫，发出嗡嗡的声音，轻柔地诱哄他。

（承诺注定会被打破。我亲爱的 redrum，被打破。爆裂。粉碎。敲得四分五裂。**出击！**）

他焦躁的哼唱突然转成低沉、不成调的歌曲："甜心，甜心，奔向我的甜心，奔向我的甜心，我亲爱的……"

哈洛兰先生不是对的吗？这不就是他始终保持沉默，容许这场雪将他们包围的原因吗？

（只要闭上眼睛，它就会不见。）

他在总统"套糖"看到的东西就消失了。还有那条蛇其实只是掉落地毯上的消防软管。没错，就连总统"套糖"的血迹都是无害的，是以前的，是早在他出生或者有记忆前就发生的事，是已经结束的事。就好像是只有他才看得见的电影。这间饭店内没有东西，真的没有任何东西能伤害他，假如他走进这间房能向自己证明这一点的话，难道不应该去做吗？

"甜心，甜心，奔向我的甜心……"

（好奇心会害死猫，我亲爱的 redrum，redrum 我亲爱的，满足感会把他安全无恙地带回来，从脚趾到头顶；从头到尾他都会平安无事。他知道这些景象）

（就像恐怖的图片，并不会伤害你。可是，噢，我的天啊）

（外婆，你的牙齿好大啊，那是穿着**蓝胡子**衣服的狼，还是**蓝胡子**披着狼的外衣？我真）

（高兴你问了，因为好奇心会害死猫，而满足的**希望**会带着他）

走到走廊，轻轻踩在丛林纠缠的蓝色地毯上。他在灭火器旁停下脚步，将黄铜喷嘴摆回架子上，接着用手指头反复戳着灭火器，心脏怦怦跳着，一边喃喃地说："来吧，伤害我啊！来吧，伤害我啊！你这抠门的讨厌鬼。不敢做吧，你敢吗？哼？你只不过是个廉价的消防软管，什么都不会只会躺在那里。来啊，来啊！"他觉得自己虚张声势得十分愚蠢。什么事情也没发生。那毕竟只是条软管，仅仅是帆布和黄铜，你可以将它劈成碎片它也绝不会抱怨，不会扭动抽搐，不会流出绿色的黏液，滴得蓝色地毯上到处都是，因为它只是管子，既不是鼻子也不是玫瑰花，不是玻璃纽扣或丝缎蝴蝶结，更不是昏睡中的蛇……而他匆匆忙忙，匆匆忙忙的，因为他是

（"迟到了，我迟到了。"白兔说。）

那只白兔。对了。现在外头游戏场边有只白兔，原本是绿色的，但现在变成白色的，仿佛有东西在下雪、刮风的夜晚一再地吓唬它，把它变老……

丹尼从口袋里掏出总钥匙，插入锁孔。

"甜心，甜心……"

（白兔正要前往槌球派对，红心皇后的槌球派对上用鹳鸟当球杆，用刺猬当球。）

他触摸钥匙，任手指在钥匙上徘徊。他的头感觉疲乏不舒服。他转动钥匙，锁簧顺利地弹开。

（砍掉他的头！砍掉他的头！砍掉他的头！）

（尽管球杆很短，但这场比赛不是槌球，这场比赛是）

（敲啊——砰！直接射进三柱门。）

"砍掉他的头头头头头头——"

丹尼把门推开。门滑顺地摆荡开来，没有嘎吱作响。他就站在一大间卧室客厅两用的套间外，虽然雪还没有积到那么高——最高的雪堆尚在二楼窗户底下一英尺处——这间房仍昏昏暗暗的，因为爸爸两个礼拜前将面西的百叶窗全关上了。

他站在门口，摸索着右手边，找到开关面板。头顶上雕花玻璃灯具里的两个灯泡亮了起来。丹尼又往里跨了一步，环顾四周。地毯又厚又软，是素雅的玫瑰色，令人感到平静。双人床上铺着白色的床罩。一张写字桌

（请告诉我：为何乌鸦会像写字桌？）

坐在那扇巨大的百叶窗旁，在饭店的营业季中持续不倦的作家

（享受愉快的时光，希望你别害怕）

应该会将欣赏到的美丽山景，描绘给回到家的亲人们听。

他往里走进房间。这里一无所有，什么都没有，只是空荡荡的房

间，非常寒冷，因为爸爸今天开东侧的暖气。一张书桌；一个衣柜，门敞开，露出一批饭店的衣架，你无法偷走的那种；一本基甸国际赠予的《圣经》搁在茶几上。左手边是浴室的门，一面全身镜映照着他自己脸色苍白的影像。那扇门半开着，而且——

他看着自己的替身，缓缓地点头。

没错，无论是什么东西，它就在此，在那里面，浴室里。他的替身往前走，仿佛想要逃离镜子。替身伸出手来，紧贴住他自己的手。倏地浴室门开了，替身从某个方向消失了。他往里瞧去。

一个老式长形的房间，宛如豪华的普尔曼卧车。地板上铺着细小的白色六角形瓷砖。浴室另一头有个盖子打开的马桶座。右手边是洗脸台，上方有另一面镜子，背后藏着药柜的那种。左手边是巨大的白色四爪古典浴缸，浴帘是拉上的。丹尼恍如做梦似地踏入浴室，走向浴缸，仿佛身外有东西推着他向前，仿佛这整件事是东尼带他去看的梦境之一，当他将浴帘拉开时，或许能看见美妙的东西，也许是爸爸遗忘或是妈妈弄丢的东西，某种会让他们两人感到快乐的东西——

于是他将浴帘唰地一下拉开。

浴缸里的女人死去很久了。她浑身肿胀青紫，胀气的腹部浮在寒冷、边缘结冰的水面上，宛如一座肥肉堆积起来的小岛。她的眼睛凝视着丹尼，又大又呆滞，宛如弹珠。她咧嘴笑着，青紫的嘴角轻蔑地向后拉。她的胸部下垂，阴毛漂浮着。冻僵的双手有如螃蟹爪，搁在陶瓷浴缸滚着花边的两侧。

丹尼尖叫起来，但声音并没有从嘴唇逸出，而是不断地向内再向内，跌落他内心的幽暗处，仿佛石头掉进井里。他跟跟跄跄地往后退一步，听见自己脚跟在白色的六角形瓷砖上发出尖锐的声响，就在这时他失禁了，尿液不由自主地流了出来。

浴缸里的女人坐起身来。

她仍然咧着嘴笑，大如弹珠的眼睛紧盯着他，一面坐起来，失去弹性的手掌在陶瓷上制造出断断续续的杂音，胸部晃荡着宛如年代已久的破损沙袋。她周边的碎冰破裂时，传出细微的声响。她没有呼吸。她是具尸体，而且已死去多年。

丹尼转身飞奔，冲过浴室门，他的眼睛吓得凸出来，头发直竖，活像一只马上要被变成祭祀肉球。

（槌球？或短柄槌球？）

的刺猬的毛发，嘴巴大张却发不出任何声音。他全速奔向二一七号房的正门，如今那扇门已关上。他奋力地捶门，完全没注意到门并没有上锁，只需要转动门把就能出去。突然间从他的口中发出震耳欲聋、远超过人类听觉范围的尖叫声。他只能捶打着门，听着死去的女人朝他走来，肿胀的腹部、干枯的头发、伸长的双手——浴缸里遭杀害也许经年的尸体，奇迹似的好好保存在那里。

门打不开，打不开，打不开，打不开。

蓦地他想起迪克·哈洛兰的声音，如此突如其来，完全出乎意料，如此地平静，于是他闭锁的声带畅通了，开始软弱地哭泣——不是由于恐惧，而是因为紧张的情绪松弛后太过高兴。

（我认为它们不会伤害你……它们就像书中的图片……闭上眼睛，它们就会不见。）

他垂下眼，双手握成球状，肩膀拱起，努力地集中精神：

（那里没有东西，那里没有东西，那里没有东西，**那里什么东西也没有，什么东西也没有！**）

时间一分一秒过去。正当他开始放松，开始注意到门一定没锁，他可以出去的时候，那双经年潮湿、肿胀而有鱼腥味的手轻轻地扼住他的喉咙，蛮横地将他转过身来，迫使他直视那张死气沉沉的青紫色脸庞。

第四部　受困雪中

26. 梦　境

编织使她昏昏欲睡。今天就连巴托克的音乐都会令她困倦，况且小小留声机放的不是巴托克，而是巴赫。两手的动作越来越慢，越来越迟缓。正当她儿子结识二一七号房的长期住客时，温迪已经睡着了，织物放在大腿上。毛线和编针随着她呼吸的节拍缓缓地起伏。她睡得很沉，完全没有做梦。

杰克·托伦斯也睡着了，但他睡得浅而不安，频频做着逼真得简直不像纯粹是梦的梦境——这些梦无疑比他以前做过的任何梦都来得生动。

他刚才在翻阅一捆捆的牛奶账单时，眼睛逐渐沉重起来。每一捆有一百张，加总起来似乎有成千上万张，然而他依旧每张粗略地过目一下，担心倘若不够彻底，可能会恰好错过"全景"选集中他需要用来串起难解之谜的那一张，他非常确信那张肯定是在这里的某个角落。他感觉自己好像一手拿着电源线，在黑暗陌生的房间里摸找着插座。假如他能找着，就能获得想要的奇景作为奖赏了。

他开始奋力抵抗艾尔·肖克利的电话和要求；在游戏场的奇特经验助了他一臂之力。那个经验该死地令他近乎崩溃，因此他确信自己内心在反抗艾尔逼他抛弃写书计划的可恶高压要求。这也许是暗示他的自尊只能被逼到这个地步，再来就会彻底瓦解。他要写那本书。倘若这代表他与艾尔·肖克利的友好关系结束，那就如此吧！他要写本饭店的传记，直言不讳地写，引言就是他看见绿雕动物移动的幻觉。书名可能枯燥无味，但确实可行：《奇特的度假胜地——全景饭店的传说》。没错，直言不讳，但他不会满怀恶意地写，不会试图报复艾尔、斯图尔特·厄尔曼、乔治·哈特菲德或他父亲（那个可怜、恶霸的酒鬼），或者其他任何人。他想写是因为"全景"蛊惑了他——还有比这个更简单或真实的解释吗？他想写的理由和他认为所有伟大的文学作品——无论是小说或非小说——所撰写的理由相同：真相自会浮现，到最后真相总会大白。他想写因为他觉得自己非写不可。

五百加仑的全脂牛奶，一百加仑的脱脂牛奶，已付清，记入账上。三百品脱的柳橙汁，已付清。

他的身体往下滑，进一步陷进椅子里，手中仍抓着一把收据，但眼睛已不再注视纸上印刷的内容，目光开始涣散，眼皮迟钝而沉重，心思从"全景"转移到他父亲身上，他父亲曾经在柏林市社区医院担任男护士，是个身材硕大而肥胖的男人，高达六英尺两英寸，甚至比杰克完全发育后的六英尺整还要来得高，倒不是说那时老头子仍在世。"我们家最矮的小子。"他如此说着，然后疼爱地轻拍杰克大笑。杰克还有两个哥哥，两人都比父亲高，而当时身高五英尺十英寸只比杰克矮两英寸的贝基，在他们孩童大多时期都比他高。

他与父亲的关系就像是展开某种花朵的美丽潜质，等到完全绽放，里头却已枯萎。一直到七岁前，他始终都不假思索地深爱着这位腰腹便便的高大男人，尽管屁股挨揍被打得浑身瘀青，偶尔还会鼻青眼肿。

他记得宁静的夏日夜晚，屋子一片寂静，大哥布雷特和女友外出，二哥麦可在读书，贝基和母亲在客厅观看那台顽强的老电视播放的节目；而他仅着件汗衫坐在走廊上，表面上是在玩玩具卡车，实际上是在等待门砰的一声巨响撞开，打破沉寂的那一刻，父亲看见小杰克在等候他时欢迎的吼叫声，以及看到这大块头男人沿着走廊走来，平头底下粉红色的头皮在走廊灯光下闪耀时，自己高兴得尖叫的响应声。在灯光照射下，穿着医院白大褂的他看起来好像飘忽不定的特大号鬼魂，他的衬衫永远没塞好（有的时候还沾了血），裤管松垮垮地盖在黑色皮鞋上。

父亲一把将他抱进臂弯，兴奋地将他往上举起，速度快到他仿佛能感觉到空气的压力紧贴住头，宛如一顶铅制的帽子，他不断地向上再向上，两人一起高声叫着："电梯！电梯！"有些夜晚父亲喝得烂醉，来不及阻止肌肉厚实的臂膀向上抬，小杰克就会直接飞过父亲平坦的头顶，宛如人肉飞弹一般紧急着陆在父亲身后的走廊地板上。但是在其他时候，父亲只会架着他摆来摆去，让他狂喜地咯咯直笑，他的身体穿过父亲面部周围啤酒雨雾迷漫的空气区，杰克扭动翻转着身体，活像一个大笑不止的破布娃娃，最后父亲将他放下来站稳时，他还因为生理反应不停地打嗝。

收据从杰克放松的手上滑落，在空中来回摆荡，慢吞吞地落到地板上；逐渐阖上的眼睑背后烙印着父亲的身影，宛如立体投射的影像，他将眼睑稍稍撑开，随即又闭上。他抽动了一下。意识，如收据，如秋天的白杨叶，慵懒地飘落。

那是他与父亲关系的第一阶段，直到这阶段接近尾声，他才察觉贝基和他的哥哥们，所有比他年长的，都憎恨父亲；而他们的母亲，这位很少放开音量说话的女人，忍受着丈夫只不过是因为出身天主教的教养让她不得不如此。在那段日子中，杰克丝毫不觉得父亲与孩子争执时总是利用拳头获胜有何奇怪，他也不觉得对父亲的爱常常与恐惧相伴有何异常——恐惧"电梯游戏"在特定的夜晚可能会以摔得粉碎收场；害怕父亲休假时像熊一样鲁莽的好心情，可能突然转变为野猪似的咆哮，并且他那"健全的右手"啪嗒一声折断了；他还记得，有些时候，他甚至担心玩耍时，父亲的影子可能笼罩在他身上。直到这个阶段快结束时，他才留意到布雷特从来不曾将约会的对象带回家，或者麦可和贝基也不曾带好友回来。

九岁时，当父亲用拐杖将母亲打得进了医院，他对父亲的爱开始凝滞。在这一年前父亲因为车祸而跛了脚，之后就挂上了拐杖，从此到哪儿都带着，又粗又长，杖头为金色的黑拐杖。此刻杰克打着瞌睡，想起拐杖划过空中的呼啸声，身体不由得畏缩地一抽，那要命的嗖嗖声，以及拐杖沉重地敲在墙上……或是打在肌肉上的爆裂声。父亲毫无来由地痛殴母亲，往往是突如其来、毫无预警的。他们坐在餐桌前，拐杖就竖放在他的椅子旁。当时是星期天的晚上，爸爸三天假期的末尾，这个周末，他又像往常一样放纵痛饮了一番。桌上摆着烤鸡、豌豆、土豆泥。爸爸坐在餐桌的主位，餐盘上堆得高高的，他正在打瞌睡，或是快要打瞌睡了。母亲传递着餐盘。突然间爸爸完全清醒过来，两眼深深嵌入肥肿的眼眶，闪烁着愚蠢邪恶的怒火。他的视线从家中的一个成员晃到下一个，前额中央的青筋暴突起来，这向来是不好的兆头。他那长满雀斑的大手落在拐杖的金色握把上，轻轻地抚弄着。他说了句要咖啡的话——直到今日杰克才确定他父亲说的是"咖啡"。妈妈张口回答，但紧接着拐杖咻咻地划破空气，猛击在她脸上，鲜血从她的鼻子喷出。贝基尖叫出声。妈妈的眼镜掉进她的肉汁里。拐杖收回，又再度落下，这次落在她的头顶，头皮绽开。妈妈瘫倒在地板上。他离开座位，绕到她茫然躺在地毯上的位置，继续挥舞拐杖，一个胖子竟然行动如此敏捷迅速，令人惊叹，他的一双小眼睛闪烁着，双下巴在说话时抖动着，同她说话就像他每次发脾气时呵斥孩子们一样。"好啦！现在老天为证，我想你现在会乖乖挨揍了吧！讨厌的小狗。小狗崽子。过来挨揍！"拐杖在她身上起落了七次以上，直到布雷特和麦可抓住他，把他拖走，并奋力从他手中夺走拐杖。杰克

（小杰克，此时他变成小杰克，坐在蛛网密布的露营椅上打盹并喃喃自语，火炉在他背后轰隆震响地开始熊熊燃烧）

知道父亲究竟痛击了多少下，因为拐杖打在母亲躯体上每一下低闷的撞击声都刻印在他的记忆中，宛如凿子失去理性地重击在石头上。七次撞击声。不多，不少。他和贝基流着泪，不敢置信地看着母亲的眼镜掉在马铃薯泥中，单边破裂的镜片上沾着肉汁。布雷特从后面走廊对着爸爸大吼，告诉爸爸，要是他再动的话，他就会杀了他。爸爸则一遍又一遍地说："可恶的小狗。讨厌的小狗崽子。给我拐杖，你这该死的小狗。把拐杖给我。"布雷特歇斯底里地挥舞拐杖说，好，好，我会给你，只要你敢动一下，我就会把你要的全给你，另外再多给你两下。我会让你吃不了兜着走。妈妈头晕眼花地慢慢站起来，她的脸已经肿起来，鼓得像个充了太多气的旧轮胎，并且有四五个不同的地方在流血，她说出令人震惊的话，这也许是妈妈说过的话中唯一令杰克至今都能逐字逐句复述清楚记得清楚的："谁拿了报纸啊？你爸爸要看连环漫画。天在下雨吗？"说完她又跪倒在地，头发贴在肿胀流血的脸上。麦可打电话叫医生，含糊不清地讲着电话。他能马上来吗？是母亲受伤了。不，他不能说是什么原因，不能在电话里说，他不能在共用的电话线路上说。请来就是了。医生来了，将妈妈送去

爸爸成年后工作了一辈子的医院。爸爸稍微清醒过来（或者也许只是动物被逼到墙角时，愚蠢地耍诈），告诉医生她跌下了楼。桌布上有血迹是因为他试图用桌布擦她宝贝的脸而沾上的。她的眼镜一路飞越客厅，飞进餐厅，掉入土豆泥和肉汁里吗？医生令人毛骨悚然地咧开嘴笑，并挖苦地问。马克，事情发生的经过是这样子的吗？我听过有人能凭着金牙的填充物找到广播电台，也见过有人眉心中枪后还能活着说这段故事，但是遇到这种事我还是头一遭呢！爸爸只是摇摇头说他不知道，眼镜一定是在他把她搬到餐厅时，从她脸上掉落的。父亲平静地说出如此惊人的谎言令四个孩子惊呆到默不作声。四天后，布雷特辞掉工厂的工作参了军。杰克总觉得原因不光是因为父亲在餐桌上突如其来毫无理性地殴打母亲，还因为在医院里，母亲握着教区神父的手为父亲圆谎。深感厌恶的布雷特离开他们，迎向未卜的一切。他在一九六五年死于越南东湖，那一年杰克·托伦斯尚在读大学，参与了校内积极鼓动结束战争的学潮。他在人越来越多的集会上挥动着哥哥的血衣，但是当他说话时，浮现在眼前的不是布雷特的脸，而是母亲那张茫然、不解的脸，母亲问说："谁拿了报纸啊？"

三年后，杰克十二岁时，麦可逃走了——他凭着为数可观的优秀奖学金去念新罕布什尔大学。一年后，父亲在帮病人进行手术前的准备工作时，突然严重中风而过世。他身穿飘飘荡荡、不束腰的医院白大褂倒下，大概还未撞到黑红相间的工业用医院瓷砖前就已死去；三天后，这个主宰小杰克生活的男人，毫无理性身穿白衣的魔鬼—上帝就长眠地底了。

墓碑上刻着：马克·安东尼·托伦斯，亲爱的父亲。在这下面杰克想要加一行字：他很懂得如何玩"电梯游戏"。

他们拿到一大笔保险金。这世界上有人难以自制地收集各种保险，就像有些人收藏硬币和邮票成瘾一般，而马克·托伦斯就是这种类型的人。保险金拿到的同时，每月的保险费和烈酒的账单也停了。他们过了五年富裕的生活，几近富有……

在不安的浅眠中，一张脸浮现在他面前，犹如在镜中，是他的脸却又并非他的脸，一个小男孩手拿小卡车坐在走廊上，睁大眼睛，天

232

真的嘴巴咧成弯弓形状，等待爸爸，等候那个穿白衣的魔鬼—上帝，等着父亲以令人晕眩、兴奋的速度将他举起，穿过爸爸吐出的混合着盐与锯木屑味道的酒气，或许还等着砰的一声摔下，把耳屎从他耳朵甩出来，而爸爸在一旁狂笑不已，那张脸

（转变成丹尼的脸，与他自己从前的脸如此相像，他的眼睛是浅蓝色的，丹尼的则是雾蒙蒙的灰色，但是嘴唇同样弯成弓形，肤色一样白；丹尼在他书房，穿着如厕训练裤，他所有的稿纸都湿透，隐约飘着微微的啤酒味……可怕的殴打正在酝酿发酵，乘着酵母的翅膀上升，小酒馆的气味……骨头断裂的声音……他自己的声音，醉醺醺地低声哭喊着丹尼，你没事吧，博士？……噢天啊！噢天啊！你可怜可爱的小手臂……然后那张脸转变成）

（妈妈茫然的脸从桌子底下抬起，那张遭到殴打、淌着血的脸，妈妈说）

（"——来自你父亲。我再说一次，你父亲有个非常重要的事情要宣布。请继续收听，或是立刻转到欢乐杰克频道。重复一次，立刻转到欢乐时光频道。我重复——"）

声音慢慢消失。游离的声音仿佛沿着无止境的晦暗长廊回响到他耳际。

（一直有什么东西妨碍我，亲爱的汤米……）

（梅铎克，你在吗？亲爱的，我又梦游了。我害怕的是非人的怪物……）

（"抱歉，厄尔曼先生，不过，这不是……"）

……办公室，有档案柜，厄尔曼的大办公桌，明年年度用的空白预约登记簿已就绪——那个厄尔曼，绝对没有任何疏漏——全部钥匙都整齐地挂在钩子上

（除了一把，哪一把？哪把钥匙？总钥匙，对了，是总钥匙，总钥匙，谁拿了总钥匙呢？如果我们上楼去，也许就能看到）

还有摆在架子上的那台大的双向无线电对讲机。

他啪的一声将无线电对讲机打开，民用波段的讯号以短促、噼啪的爆裂声传送过来。他变换波段，一会儿是音乐波段，一会儿又调到

新闻波段，接下来又是一名传教士对着轻声低吟的教堂会众高谈阔论的演说，还调出了气象报告。然后还听到另一个声音，他立即调回去，那是他父亲的声音：

"——杀了他。你必须杀了他，小杰克，还有她。因为真正的艺术家必须受苦。因为每个人都要杀掉自己所爱的东西。因为他们总是密谋反抗你，想要阻碍你，拖垮你。就在这一刻，你儿子就处在他不该去的地方。擅自侵入，那就是他正在做的事。他是个讨厌的小狗崽子。用棍子揍他吧！小杰克，用棍子把他打到半死。喝一杯吧！小杰克，我的乖儿子，我们再来玩电梯游戏。等你给他吃药的时候，我会跟你一起去。我知道你办得到的，你当然可以。你必须杀了他。你得杀了他，小杰克，还有她。因为真正的艺术家必须受苦。因为每个人——"

他父亲的声音越来越高，变成使人抓狂的音调，一点也不像人，像是某种长而尖锐、暴躁、狂乱的声调，那魔鬼—上帝、猪猡—上帝的声音从无线电对讲机里传出，正向他袭来而且——

"不！"他高声吼回去。"你已经死了，躺在你的坟墓里，你完全不在我心里！"因为他已经将父亲从心中完全根除，他不该再回来的，不该从两千英里外他父亲生活并且埋葬的新英格兰小镇，一路爬到这间饭店来。

他高举起无线电对讲机，摔到地板上，对讲机被摔得粉碎，露出里头的老旧线圈和真空管，好像某次疯狂的电梯游戏走样后的结果，让他父亲的声音消失，只留下他的声音——杰克的声音，小杰克的声音，在冰冷而又实实在在的办公室中不断反复地念着：

"——死了，你已经死了，你已经死了！"

另外还有温迪的脚撞到他头上方的地板时所发出的吓人一大跳的声音，及温迪受到惊吓、害怕的声音："杰克？杰克！"

他站起来，眯着眼睛看着地板上被摔碎的无线电对讲机。现在只剩下设备仓库里的雪上摩托车可以将他们与外面的世界连结。

他双手捂住眼睛，然后紧紧按着太阳穴。他的头又痛了。

27. 紧张僵直

温迪脚上穿着长袜跑到走廊尽头，然后三步并作两步地跑下主楼梯到大厅去。她没有抬头看一眼通往二楼铺着地毯的阶梯，要是看了的话，她会看到丹尼静止而沉默地站在阶梯顶端，一双没有聚焦的眼睛直直地望着毫无异样的空间，大拇指塞在嘴里，衬衫的领子和肩部都湿透。就在下颚底下的脖子上，有肿胀的瘀伤。

杰克的喊叫声停止了，但并没有解除她的恐惧。他的声音，那如同过去令她记忆深刻的拔高、威吓的音调，惊醒了睡梦中的温迪，她以为自己仍在梦中，但心里的另一个角落明白她是清醒的，这点令她更为害怕。她有点预期冲进办公室后会发现他，酒醉、意识不清楚地，站在丹尼四肢摊开的躯体旁。

她推开门，杰克就站在那儿，用手指揉着太阳穴，脸色像鬼一样惨白。那台双向的无线电对讲机只剩零星的碎玻璃散落在他脚边。

"温迪？"他不确定地问，"温迪——？"

他的迷乱似乎加深，有一瞬间她看见他真实的脸孔，平常他隐藏得非常好的面容，那是张绝望痛苦的脸，露出动物受困在陷阱中无力破解、无法让自己不受伤害时的表情。然后他的肌肉开始动作，在皮肤底下挣扎，嘴巴无力地颤抖起来，喉结也开始上下起伏。

她自己的迷乱和惊讶为震惊所遮盖——他快要哭了。她以前看过他流泪，但是自从他戒酒后就再也没见过了……就算是在那段时期也从没看过，除非是他喝得酩酊大醉，十分感伤懊悔的时候。他是个情绪紧绷的男人，绷得跟鼓一样，他的失控再度把她吓坏。

他朝她走来，此时泪水已溢出眼睛流淌出来，头不由自主地摇着，仿佛徒劳地想要抵挡情绪的风暴，而他的胸膛剧烈地起伏着，最后爆发出激烈、痛苦的啜泣。他那穿着一双暇步士牌休闲鞋的脚被无线电对讲机的残骸绊了一下，使他几乎跌进她的怀里，害她全身往后一晃。他的气息吹到她脸上，丝毫没有酒精的味道。当然没有，这里并没有烈酒。

"出了什么事？"她尽量撑住他。"杰克，到底怎么了？"

但是他只是一个劲儿地哭泣，紧紧抱住她，几乎要把她肺部的空气给挤压出来，他头靠在她肩膀上无助地发抖，像是在抵抗似的转动着，哭声响亮而猛烈。他浑身都在颤抖，格子衬衫和牛仔裤底下的肌肉不停抽搐着。

"杰克？怎么了？告诉我究竟是怎么一回事！"

终于，啜泣逐渐转为言语，起先大多语无伦次，但是当他哭得筋疲力尽后，语句就越来越清楚。

"……梦，我猜是梦，可是感觉很真实，我……我母亲说爸爸要上广播，而我……他……他吩咐我去……我不知道，他对着我吼叫……所以我就砸了无线电……让他闭嘴。为了让他闭嘴。他已经死了，我甚至不想梦到他。他死了。我的天，温迪，我的天啊！我从来没做过像这样的噩梦。我绝对不想再做一次。老天！真是可怕极了。"

"你只是在办公室睡着了？"

"不……不是在这里。在楼下。"他现在稍微振作起来，重量不再压在她身上，他那不停转动的头放缓了速度，慢慢停了下来。

"我在翻看那些旧文件，坐在我摆在那儿的椅子上。牛奶的收据，一些枯燥乏味的单据。我想我就这样打起瞌睡，于是开始做梦。我一定是梦游走上这里的。"他贴着她的脖子，努力挤出一丝不安的微笑。"另一个第一次。"

"杰克，丹尼在哪儿？"

"我不知道。他不是跟你在一起吗？"

"他没有……跟你一起在楼下吗？"

他转头一看，当他看见她的表情时，顿时脸部绷紧。

"你永远不打算让我忘记那件事，是吧，温迪？"

"杰克——"

"在我临终前，你还会弯下身子对我说：'这是你罪有应得，还记得那次你折断丹尼的手臂吗？'"

"杰克!"

"叫什么叫?"他一跃而起,大发雷霆地问。"你敢否认我说中你的想法吗?你在想说我伤害他?想说我以前伤害过他一次,我就可能再一次伤害他?"

"我只是想知道他在哪里罢了!"

"你叫啊,尽管大声吼啊!一切都会好的,是不是?"

她转身走出门外。

看着她离去,杰克僵愣了半晌,一手拿着盖满玻璃碎片的记事本。过了一会儿他将记事本扔进字纸篓,追着她出去,在大厅柜台旁追上她。他把双手放在温迪肩膀上,把她转过来。她面露警惕。

"温迪,我很抱歉。都是那个梦害的,我心里很烦。你能原谅我吗?"

"当然。"她回答,但脸上表情并没有改变。她僵硬的肩膀从他手中滑开,走到大厅中央喊道:"嘿,博士!你在哪里?"

大厅恢复沉寂。她走向双扇的大厅门,打开其中一扇,走到外头杰克铲过的小径上。这比较像是条壕沟,从堆积的雪中挖过,雪堆高达她的肩膀。她再次呼唤丹尼,吐出的气息变成一抹白烟。当她回到屋内,神情开始惊慌。

他压抑住对她的愤怒,理性地说:"你确定他没在自己房间睡觉吗?"

"我告诉过你,我在织毛线的时候,他在别的地方玩。我可以听见他在楼下的声音。"

"你睡着了吗?"

"那跟这有什么关系?我是睡着了。可是丹尼呢?"

"你刚才下楼时看过他的房间吗?"

"我——"她打住。

他点点头。"我想应该没有。"

他没等她就径自迈步上楼。她一路小跑地跟在他后面,但是他两级一跨地跑上楼,他在二楼楼梯口突然停下脚步时,她险些撞到他的背。他的脚像生根似的钉在那儿,眼睛睁得大大的,仰头看着什么。

"怎么——？"她开口问道，随即顺着他的视线望过去。

丹尼仍站在原处，两眼发直，吸吮着大拇指。喉咙上的印记在走廊电动烛台的光线下异常明显。

"丹尼！"她放声尖叫。

尖叫声惊醒了僵在原地的杰克，他们一同冲上楼梯来到丹尼站立的位置。温迪在他身旁跪下，将男孩一把抱进怀里。丹尼顺从地任她抱着，却没有回抱她，让她感觉像是在拥抱一根塞了衬垫的木桩，一股惊恐的滋味在她嘴里漫延开来。而他只是吸吮着拇指，冷淡空洞地瞪视着他们两人身后的楼梯间。

"丹尼，发生什么事了？"杰克问道。他伸手触摸丹尼肿胀的脖子。"谁对你做的这种——"

"你别碰他！"温迪大声地斥责道。她将丹尼紧搂在怀中，把他抱起来，在杰克还在困惑着没来得及反应过来时，她已经抱着丹尼，后退到了楼梯中间。

"怎么了？温迪，你到底在——"

"你别碰他！假如你再伤害他，我就会杀了你！"

"温迪——"

"你这个混账！"

她转身跑下楼梯到一楼去。跑动的时候，丹尼的头轻微地上下震动着。他的拇指稳稳地塞在嘴里，眼睛如抹了肥皂的玻璃一般看不透。她到了楼梯底部向右转，杰克听见她的脚步声渐行渐远，接着只听见他们房间门砰的一声关上，插销闩上，门锁转动着锁上了。短暂的寂静，然后传来安抚人的轻柔、低喃的声音。

他站了不知多久，短短时间内发生那么多的事，使他僵立在原地无法动弹。他的梦依然跟随着他，让每样事物都抹上些微不真实的色彩，仿佛他服了一剂非常微量的梅斯卡灵迷幻药。或许他真如温迪想的一样伤害了丹尼？想要依照死去父亲的要求勒死他的儿子吗？不，他绝对不会伤害丹尼的。

（医生，他是从楼梯上摔下来的。）

他现在绝对不会伤害丹尼。

（我怎么会知道那罐杀虫喷雾剂是有问题的呢？）

他这一生神志清醒的时候，从来不曾蓄意危害别人。

（除了你差点杀了乔治·哈特菲德那次之外。）

"不！"他对着幽暗呐喊道，用两只拳头不停地捶打自己的大腿，一遍又一遍。

温迪坐在窗边加了厚软垫的椅子上，将丹尼抱在膝上，轻声哼唱着古老无意义的调子，那种你事后无论结果如何绝对不会记得她唱了些什么。他蜷缩着坐在母亲的腿上，既不反抗，也没有丝毫的喜悦之情，宛如照着他自己剪的纸人一样，就连杰克在走廊某处大喊"不！"的时候，他的视线也没转向门。

她脑袋里的混乱稍微消退一点，但是立刻发现了比混乱更可怕的事：恐慌。

这是杰克做的，她毫不怀疑。他的否认对她而言不具任何意义。她认为极有可能是杰克梦游时试图勒死丹尼，就像他在睡梦中砸毁无线电对讲机一样。他准是患了某种精神分裂症。可是她能怎么办呢？她不能永远将自己锁在房间里面。他们得吃东西。

实际上只有一个疑问，以全然冷静、切实的语调在她心里盘问；她那母性的声音，一旦脱离母子封闭的圈子朝向外头的杰克时，就变成冰冷、不带丝毫热情的声调。那声音暗含优先保护儿子，之后才会保护自己之意，而那声音提出的问题是：

（他究竟有多危险？）

他否认这一切是他做的。他看到瘀伤，见到丹尼虚弱、难以安抚，精神涣散时，也大为惊骇。假使真是他做的，那么该负责任的是他的分身。他是在睡梦中以一种可怕、反常的方式做的，这个事实颇令人鼓舞。是不是有可能可以仰赖他把他们带离饭店？将他们带下山远离这儿。在那之后……

然而，她无法预见自己和丹尼安全抵达萨德维特的埃德蒙斯医生办公室之后的情景。她也没有特别需要看见更进一步的事了。光是应付眼前的危机就忙不过来了。

她对丹尼轻轻哼唱，将他抱在胸前摇动着。放在他肩上的手指觉察到他的 T 恤是湿的，却只是草率地将这讯息传达给大脑。假使这讯息有确实传达的话，她或许会想起杰克的手，当他在办公室抱着她，贴着她的脖子啜泣时，是干的。这或许会让她犹豫一下。但是她的心思仍在别的事情上头，她得作出决定——该不该靠近杰克？

事实上，这称不上是决定。她单独一人无法达成任何事，甚至无法带着丹尼到楼下办公室，靠无线电对讲机呼救。丹尼受到极大的刺激，应该要在造成永久的伤害之前，赶紧带他出去。她拒绝让自己相信永久的伤害也许早就造成了。

但她依然苦苦思索，找寻别的选项。她不想让丹尼回到杰克触手可及的地方。如今她意识到作了错误的决定，她不该不顾自己（以及丹尼）的感觉，任由大雪将他们封闭在此……就为了杰克。另一个错误的决定是，不该暂时搁置离婚的念头。现在她一想到自己可能犯下又一个错，一个她今后人生的每一天每一分钟都会懊悔的错误，就快要瘫软。

饭店里没有枪。厨房里的磁性滑轨上挂着好几把刀，但是杰克处在她和刀之间。

当她竭力作出对的决定，找出替代方案时，并没有想到自己的想法是多么尖刻的讽刺：一小时前她睡着时，还坚定地确信一切都很顺利，不久甚至会变得更好。如今却在思考万一她丈夫想要侵犯她和儿子的话，利用屠刀对付他的可能性。

最后她抱着丹尼站起来，两腿发抖。别无他法。她必须假设杰克清醒时神智是正常的，会帮助她把丹尼带去萨德维特找埃德蒙斯医生。倘若杰克不愿帮忙却打别的主意，那就祈求上帝帮助他吧！

她走到门边开了锁，让丹尼靠在自己肩上，然后打开门走到走廊上。

"杰克？"她紧张地叫唤，但没得到响应。

她感到越来越不安，往下走到楼梯间，但杰克不在那儿。当她站在楼梯上，想着下一步该怎么做时，底下传来歌声，声音饱满，去充满愤怒、非常嘲讽的意味：

翻滚吧，
在三叶草丛间，
躺下来翻滚，一次又一次。

　　他出声比默不作声更令她害怕，但依然别无选择。她抬脚走下
楼梯。

28. "就是她！"

　　杰克站在楼梯上，竖耳倾听安抚的哼唱声透过紧锁的房门隐隐约约地传出来，他的迷乱渐渐地为愤怒所取代。情况从来不曾真正改变；对温迪来说从来没有。他即使戒酒二十年，但是每晚回到家，她在门口拥抱他时，他还是能看见／感觉到她的鼻孔微微张大，试图探测他呼出的一长列气息中，是否夹带着苏格兰威士忌或杜松子酒的气味。她总是假设最糟的情况，假使他和丹尼发生车祸，对方是个喝多了酒醉眼迷离的人，在撞车前刚巧中风发作，她也会默默地将丹尼的伤责怪到他身上，然后转身离开。

　　她夺走丹尼时脸上那副表情浮现在他面前，他忽然想要用拳头彻底消灭那张脸上的怒火。

　　她没有这种该死的权利！

　　没错，或许一开始有。他曾经是个酒鬼，做了很多很糟糕的事，折断丹尼的手臂就是其中之一。但是倘若一个人改过自新，他的悔改不是迟早应该得到赞扬吗？假如没得到应有的赞许，难道他不应做些名副其实的事吗？如果一位父亲老是谴责童贞的女儿和中学里的每个男生都有性关系，她最后难道不会厌烦（受够）了指责，而索性做出饱受父亲责备的行为吗？要是妻子背地里——不完全是私底下——一直相信完全戒酒的丈夫是个酒鬼的话……

　　他起身，缓步走到二楼的楼梯口，在那儿站了半晌，从身后口袋拿出手帕，擦抹嘴唇，考虑走下去猛敲卧室的门，要求她让他进去好看看他的儿子。她没有权利如此地专横。

　　哼，迟早她得出来，除非她打算两人都彻底绝食。一想到这，他的嘴角就扬起相当阴险的笑容。让她来找他吧！她迟早会来的。

　　他顺楼梯而下到底层，在大厅柜台边漫无目的地站了一会儿，然后转向右，走进餐厅，站在一进门的地方。空荡的桌子，都铺着清洗

干净并熨烫平整的白色亚麻桌布，上面还盖着透明的塑料防尘罩朝他微微地闪着光。整间餐厅空无一人，唯有

（晚上八点开始供应晚餐
午夜时分摘下面具跳舞）

杰克漫步在桌子间，暂时忘却了楼上的妻儿，忘记那场梦、砸毁的无线电和瘀伤。他的手指划过光滑的塑料防尘罩，试着想象一九四五年八月那个炎热夜晚的情景，战争胜利，延展在前方的未来如此崭新而又多彩多姿，宛如梦想的国度。明亮而色彩缤纷的日式灯笼挂满整条环形车道，金黄色的光线从如今堆满雪的高窗照射出去。男男女女都变装赴会，这边一位光彩夺目的公主，那边一位穿着长筒靴的骑士，到处都是闪亮的珠宝和灵光闪现的机智，跳舞，免费美酒畅饮，先来杯红酒，接着是鸡尾酒，再来也许是加啤酒的威士忌，谈话的兴致越来越高，越来越高，直到乐团指挥的指挥台传来兴高采烈的呼声，高喊着："摘下面具！摘下面具！"

（接着红死魔统驭一切……）

他发现自己站在餐厅的另一头，正好就在科罗拉多酒吧那扇传统风格的双扉推门外，这里在一九四五年的那天晚上，所有的酒应该都是无限畅饮的。

（到吧台来喝一杯吧！朋友，今晚酒全部免费。）

他跨过双扉推门，进入酒吧深长、层叠的阴影中。奇怪的事情发生了。他之前来过这里一次，检查厄尔曼留下的存货清单，他知道这地方被搬得一干二净，架子上空无一物。但是现在，仅靠着餐厅渗透过来的黯淡光线的照明（由于雪遮住了窗户，餐厅本身光线也很昏暗），他觉得自己看见吧台后面有一排又一排微微闪耀着光的酒瓶，以及苏打水瓶，甚至还有啤酒从三个磨得十分光亮的龙头流淌下来。没错，他甚至能嗅到啤酒的味道，那湿润、发酵和酵母的气味，与他父亲每晚下班回家时脸上微微飘散的味道一模一样。

他睁大眼睛，摸找着墙上的开关，昏暗、温馨的酒吧灯亮起，一

圈圈二十瓦的灯泡嵌在头顶上三个车轮形状的吊灯顶端。

架子上全都是空的，甚至还未彻底蒙上一层灰。啤酒龙头是干的，底下镀铬的排水管也是如此。在他左右两边，铺了天鹅绒软垫的高靠背雅座宛如男人一般立着，每个座位的设计都是为了给坐在里面的情侣提供最佳的隐私空间。正前方，铺着红毯地板的另一端，四十张高脚凳置放在马蹄形的吧台四周，每张凳子的椅面都是皮革制的，并且饰以牲畜的烙印浮雕——被圆圈包围的 H，D 头顶、脚下各一横（这很恰当），四分之一弧形上的 W，横躺的 B。

他走近吧台，边走边困惑地微微摇头。这感觉就像那天在游戏场……但是没有道理回想起那件事。然而他可以发誓自己看见那些瓶子，虽然模糊不清，却是真的，就像你在窗帘拉上的房间里看到家具的模糊轮廓一样。玻璃上隐约闪着光。唯一残留的是啤酒的味道，杰克知道那是世上每间酒吧在过一段时间后，啤酒逐渐渗入木制装潢的气味，任何新近发明的清洁剂都无法将它彻底根除。然而这里的气味似乎很强烈……几乎像是新鲜的。

他在高脚凳上坐下，将手肘撑在吧台包覆着皮革软垫的边缘。他的左手边是装花生的碗，当然，现在是空的。这是他十九个月来走进的第一间酒吧，但这可恶的地方居然没酒——运气真背。尽管如此，一股极为强烈的怀旧情感仍席卷了他，而身体对酒的渴望似乎一路从腹部上到喉咙，再爬升到嘴巴和鼻子，所经之处，周围的组织都会枯萎、皱缩，让它们迫切需要大量湿润、冰凉的东西。

他再次抱着盲目而毫无理性的希望瞥向酒架，但架子依然如之前一样空荡荡的。他痛苦沮丧地咧嘴一笑。拳头，缓缓地握紧，在吧台皮革包覆的边缘留下细微的抓痕。

"嗨，劳埃德，"他说，"今晚动作有点慢，是吧？"

劳埃德说是啊。接着劳埃德问他要点什么。

"啊，我真高兴你开口问我，"杰克说，"真的很高兴。因为我钱包里刚好有两张二十块和两张十块的钱，我担心钞票会一直搁在那儿到明年四月呢！这附近连个'7—11'便利商店都没有，你相信吗？我还以为连他妈的月球上都有'7—11'便利商店呢！"

劳埃德表示同情。

"所以就这样子吧,"杰克说,"给我倒二十杯马提尼酒。整整二十杯,就那样,哐当。为了我戒酒的每一个月,另外一杯是为了让我慢慢适应。你能应付得来的,对吗?你不会太忙吧?"

劳埃德说他一点也不忙。

"你人真好。你把那些火星人直接在吧台排列好,我要一杯一杯地喝下去。白种人的责任啊!劳埃德,我的朋友。"

劳埃德转身去工作。杰克把手伸进口袋去掏钱夹,却拿出一瓶伊克赛锭。他的钱夹放在卧室的写字台里,而他被那小腿瘦得皮包骨的妻子锁在了卧室外头。干得好啊,温迪。你这讨厌的婊子。

"我好像一时没带够钱,"杰克说,"不管怎样,我在这间酒吧的信用怎么样?"

劳埃德说他的信用良好。

"好极了。劳埃德,我喜欢你。你是最棒的,是巴里和缅因州的波特兰之间最棒的酒吧老板,哦,是俄勒冈州的波特兰。"

劳埃德感谢他的称赞。

杰克砰地将伊克赛锭的瓶盖打开,摇出两粒药锭,丢进嘴巴,一股熟悉的胃酸味道顿时涌入嘴里。

他忽然感觉到大家在盯着他看,好奇又带点轻视。身后的雅座坐满了人——头发逐渐灰白的杰出男人和美貌的年轻女孩,全都变装打扮,兴致盎然地注视着这不成样的戏剧排演。

杰克旋转凳子转过身去。

雅座全都是空的,从酒吧门旁向左右两边伸展开去,位于他左边的那排在吧台马蹄形的弯角处转到吧台侧边,一直排到房间窄边的尽头,坐垫和靠背都包着皮革。闪亮的福米卡塑料贴满桌面,每张上头都有一个烟灰缸,每个烟灰缸里都有一盒火柴,科罗拉多酒吧的字样用金箔烫印在每个纸板火柴盒的双扉推门商标上方。

他转回身来,表情痛苦地吞下未完全溶解的伊克赛锭片。

"劳埃德,你真是神奇啊!"他说,"竟然已经准备好了。你的速度只有你那双那不勒斯眼睛的深情美丽才能超越。干杯。"

杰克凝视着二十杯虚构的饮料，马提尼酒杯上凝结的水珠呈现红色，每一杯都配有用搅拌棒插着的一颗圆胖的绿橄榄。他几乎能闻到空气中杜松子酒的香气。

"戒酒货车，"他说，"你有认识跳上戒酒货车的绅士吗？"

劳埃德承认自己偶尔会认识这样的人。

"那你曾经在这种人跳脱戒酒货车之后，重新跟他打过交道吗？"

劳埃德诚实说，他想不起来了。

"那么，就是从来没有过了。"杰克说。他的手握住第一杯酒，将拳头举到张开的嘴边，然后往上一倒。他一口吞下，再将虚构的酒杯往肩膀后头一扔。人群又回来了，刚从化装舞会回来，他们审视着他，用手掩着嘴偷笑。他可以感觉到他们的存在。倘若吧台背后的酒架是一面镜子，而不是可恶讨厌的空架子的话，他就能看见他们了。让他们瞪着看吧！去他们的。让想看的人尽量看吧！

"是的，你从来没有遇见过，"他告诉劳埃德。"很少人从传说中的戒酒货车回来，但那些回来的人都有可怕的故事可以说。当你跳上去的时候，它看来就像是你所见过最明亮、最干净的货车，十英尺高的车轮让车子的底部高出排水沟，所有醉鬼都带着棕色牛皮纸袋，装着自备的雷鸟牌加度葡萄酒和老祖父的私酿波本威士忌横七竖八地躺在沟里。你远离所有对你投以厌恶的眼光，叫你自我检点，或是滚到别的镇去装模作样的人。劳埃德我的伙伴，从排水沟看过去，那是你见过外观最精致的货车。全车悬挂着彩带，前头有铜管乐队，每边各有三名女指挥，快速挥动着她们的指挥棒，并朝你闪露她们的小短裤。噢老兄，你得搭上那辆货车，远离这群将劣质烈酒一滴不漏地喝光的醉鬼，他们一边猛灌着烈酒，一边闻着自己的呕吐物，并且沿着排水沟搜找半英寸长的烟屁股抽。"

他又喝干两杯想象中的酒，将酒杯扔到背后去，几乎能听见杯子砸碎在地板上的声音。该死，如果不是喝醉了的话，那肯定是伊克赛锭造成的。

"所以，你爬上去，"他告诉劳埃德，"你真高兴上去那里。我的天，是啊！那是肯定的。那辆货车是整个游行队伍中最大、最棒的花车，每个人都列队站在街道两边，全都为了你鼓掌欢呼挥手，那些排水沟里喝得烂醉的酒鬼除外。那些家伙曾经是你的朋友，但现在全都被抛在你后头了。"

他将里面空无一物的拳头抬到嘴边，再灌下一杯——干掉四杯，还有十六杯，进展绝佳。他在高脚凳上微微摇摆。让他们盯着看吧！如果他们愿意这样的话。照张相片啊！各位，这样可以持久一点。

"劳埃德，我的兄弟，之后你就开始看清真相，一些你从排水沟看不见的东西。比方说货车的地板只不过是单纯的松木板，新鲜得还淌着树液，假如你把鞋子脱掉，肯定会扎到刺。好比说货车上唯一的家具是没有软垫可坐的高背长椅，事实上这些只不过是教会的长凳，每隔五英尺左右就有一本唱诗集。比如说货车上所有坐在教会长凳上的人都是平胸女士，她们身穿领口周围有一点蕾丝的长洋装，头发梳到后面挽成髻，绑得紧到你几乎能听见头发在尖叫。每张脸孔都呆板、苍白发亮，她们全都唱着'我们聚集生命河——边，在极美丽、极美丽的，河——边。'最前面有个金发的臭婆娘在弹风琴，要求她们唱大声点，再唱大声点。然后有人用力塞了一本唱诗集到你手中，说：'唱出来吧！兄弟。如果你希望待在这辆货车上，你就得早上唱、中午唱、晚上唱，尤其是晚上更应如此。'劳埃德，你这时才领悟到这辆货车的真面目。这是窗户上装有铁栏杆的教堂，是女人的教堂，你的囚牢。"

他顿住。劳埃德不见了。更糟的是，他从来不曾存在过。那些酒也从来不曾存在。唯有坐在雅座里的人，那些从化装舞会来的人，他几乎能听见他们掩着嘴发出的压抑笑声，并且感觉到他们的眼睛闪烁着针尖般犀利、残忍的光芒。

他再度旋身。"让我——"

（一个人待在这儿？）

所有的雅座全都空无一人。笑声如秋天飘落的树叶，渐渐沉寂下去了。杰克目不转睛地瞪着空荡荡的酒吧半晌，眼睛圆睁，眼神深沉。他的前额中央青筋突起，怦怦直跳。在他心中最核心的深处，一个令人发冷的念头慢慢成形，他的精神逐渐错乱。他感到一股冲动，

想要举起旁边的吧台高脚凳，翻转过来，然后如一阵复仇的旋风般横
扫过整间酒吧。然而他仅是转回身来面向吧台，咆哮道：

> 翻滚吧，
> 在三叶草丛间，
> 躺下来翻滚，一次又一次。

丹尼的脸庞浮现在他眼前，不是丹尼平常那张活泼又灵动、眼睛
闪闪发光、清澈纯净的脸，而是紧张兮兮、如行尸走肉般的陌生脸
庞，眼神呆滞晦暗，嘴巴稚气地噘着，还含着大拇指。他到底在干什
么？当他儿子在楼上某个角落，表现得像是该进精神病房的患者，和
沃利·霍利立斯描述过的维克·史坦格被身穿白大褂的男人带走之前
的举止一模一样时，他居然坐在这儿对着自己说话，活像个生闷气的
青少年。

（可是我绝对没有对他动手！可恶，我并没有！）

"杰克？"声音胆怯而迟疑。

他吓了一大跳，在把高脚凳转过去时险些从凳子上跌下来。温迪
站在双扉推门的入口处，臂弯里抱着的丹尼宛如恐怖片中的蜡像。杰
克非常强烈地感觉到他们三人构成戏剧性的场景：那是在昔日禁酒戏
码的第二幕帷幕即将拉开之前，场务人员还没完全准备好负责道具的
人忘记将"万恶的渊薮"填满酒架。

"我绝对没有碰他，"杰克粗声粗气地说，"从那天晚上折断他的
手臂后就再也没有碰过了，就连打他屁股都没有。"

"杰克，现在这都不重要。重要的是——"

"这很重要！"他大声吼叫，一拳捶到吧台上，力道大得把空的
花生盘子震跳了起来。"很重要，该死的，这件事非常重要！"

"杰克，我们得把他带下山。他——"

丹尼在她怀中动了起来，脸上呆滞、空洞的表情宛如覆在脸上的
厚冰层，渐渐解冻。他的嘴唇扭曲，仿佛尝到什么怪异的滋味。眼睛
睁得大大的，两手举起好似要遮住双眼却又放下。

他的身子陡地在她臂弯中一僵，背拱成弓状，使得温迪脚步踉跄了一下。之后他突然放声尖叫，失控的声音从紧缩的喉咙猝然冲出，狂乱地一遍又一遍地回响着。那声音似乎填满了空空荡荡的楼下，再折回到他们身边，如报噩耗的女妖，简直像是有一百个丹尼同时尖叫一般。

"杰克！"她惊惧地大叫，"噢天啊！杰克，他到底怎么了？"

他从高脚凳上下来，腰部以下麻痹了，他这辈子不曾如此害怕过。他儿子究竟戳进什么洞、挖到了什么黑暗的巢穴？里头有什么蜇了他？

"丹尼！"他大声喊着，"丹尼！"

丹尼看见杰克，突然以强劲的力道挣脱出母亲的怀抱，让她没法抓住他。她脚下一绊往后跌倒靠向雅座，差点跌坐到里头。

"爸爸！"他大叫着，向杰克跑去，眼睛因受到惊吓而睁得很大。"噢爸爸，爸爸，是她！是她！是她！噢爸爸爸爸——"

他犹如一支钝箭撞进杰克的怀中，害杰克的脚步摇晃了一下。丹尼猛然搂住他，起先像个拳击手般地用拳头连续打他，接着抓住他的皮带，靠在他的衬衫上啜泣。杰克能感觉到儿子滚烫的脸贴着他的腹部抽动。

爸爸，就是她。

杰克缓缓抬头望着温迪的脸，他的双眼有如两枚小小的银币。

"温迪？"声音轻柔，近乎低哼。"温迪，你对他做了什么？"

温迪呆愣着，不敢置信地瞪着丈夫，脸色变得苍白。她摇摇头。

"噢杰克，你一定知道——"

外面又下起了雪。

29. 厨房谈话

　　杰克将丹尼抱进厨房。男孩仍激烈地哭泣，拒绝从杰克的胸口抬起头来。在厨房里，他把丹尼交还给温迪，她似乎仍然震惊得不敢相信这一切。

　　"杰克，我不知道他在说什么。拜托，你一定要相信我。"

　　"我相信你。"他说，虽然他必须对自己坦承，看见彼此的立场以如此意外、令人目眩的速度对调，令他相当愉快。但是他对温迪的愤怒只是一时本能的反应冲动。在他心中，很清楚温迪宁愿浇一罐汽油在自己身上然后点燃火柴，也不愿伤害到丹尼。

　　后面瓦斯炉口上有个大茶壶，以文火热着。杰克把一个茶包扔进自己的大陶瓷杯里，倒进半杯热水。

　　"有料理用的雪利酒吗？"他问温迪。

　　"什么？……喔，当然，有两三瓶吧！"

　　"在哪个碗橱？"

　　她指了指橱柜，杰克拿了一瓶下来。他往茶杯倒了好些，再将雪利酒摆回去，然后用牛奶填满杯子的最后四分之一的空间，又加入三汤匙的糖，搅拌过后拿给丹尼。丹尼的啜泣声越来越小，只剩下鼻子吸气和抽噎的声音，可是他浑身发着抖，眼睛目不转睛地瞪得大大的。

　　"博士，我想让你喝下这个，"杰克说，"味道虽然糟糕得要命，不过会让你感觉好一点。你能为爸爸把它喝下去吗？"

　　丹尼点头表示可以，接过茶杯。他喝了一小口，脸都皱了起来，怀疑地望着杰克。杰克点点头，丹尼继续再喝。温迪感到自己内心某处因为熟悉的嫉妒而扭曲，她知道儿子绝不会为她喝下那杯饮料。

　　紧接着她突然想到一个令她不安，甚至震惊的想法：她一心想要将事情怪罪到杰克头上吗？她那么嫉妒杰克吗？这是她母亲会有的想法，是非常恐怖的念头。她还记得有个星期天，爸爸带她去公园，而她从攀爬架的第二层摔了下来，割伤了两个膝盖。当父亲带她回家时，母亲对他大声尖叫：你干了什么好事？你为什么没看着她？你怎么当父亲的啊？

（她一直紧逼他直到他死去；等到他与她离婚时业已太迟。）

她甚至从来没有想过杰克是无辜的，丝毫没有。温迪感觉自己的脸发烫，然而她无可奈何地确信，倘若整件事重来一次，她仍会那么想仍会那么做。她永远承继了母亲的部分特质，无论是好是坏。

"杰克——"她开口，但不确定自己是打算道歉，还是想要辩解。不论是前者或后者，她心里明白，都是无用的。

"现在别提。"他说。

丹尼花了十五分钟喝下那一大杯饮料的一半，到这时他显然平静了下来，几乎不再发抖。

杰克郑重地把手放在儿子的肩上。"丹尼，你想你能告诉我们究竟发生了什么事吗？这非常重要。"

丹尼的目光从杰克移到温迪，又转回到杰克身上。在短暂的沉默中，他们更了解自己的处境和形势：外头呼啸而过的风，将新鲜的雪从西北方刮过来；老饭店吱吱嘎嘎地呻吟着迎向另一场暴风雪。如她偶尔会想起的，他们与外界失联的事实以料想不到的力道击向她，宛如一拳猛然打到心脏底下。

"我想要……告诉你们每件事，"丹尼说，"我但愿自己之前说出来就好了。"他拿起杯子握着，仿佛杯子的温暖让他得到安慰。

"儿子，那你为什么不说呢？"杰克轻轻将丹尼额头上浸着汗湿、凌乱的头发往后拨去。

"因为艾尔叔叔帮你弄到了这份工作。我搞不懂为什么在这里对你同时有好处又有害处，那叫做……"他注视着父母寻求协助。他找不到合适的字眼。

"左右为难的困境？"温迪轻声问，"当任何一种选择似乎都不好的时候？"

"对，就是那个。"他宽慰地点点头。

温迪说:"你修剪树篱的那天,丹尼和我在车上谈过,就是第一次下大雪的那天,记得吗?"

杰克点点头。修剪树篱的那天在他脑海中的印象非常鲜明。

温迪叹了口气。"我猜我们谈得不够多。是吗,博士?"

丹尼一副苦恼的样子,摇摇头。

"你们究竟谈了些什么?"杰克问,"我不确定我有多喜欢我的妻子和儿子——"

"——谈论他们有多爱你吗?"

"不管怎样,我不懂。我觉得自己好像是在中场休息过后才进的电影院。"

"我们是在谈论你,"温迪轻声说,"或许我们没有全部说出口,但我们两人都明白。我是因为我是你妻子,而丹尼是因为他……就是知道一些事。"

杰克一语不发。

"丹尼说得没错。这地方似乎对你有好处。你远离史托文顿那些让你非常不快乐的压力。你是你自己的上司,靠双手工作,这样你就可以将脑筋——所有的心思——都用在晚上的写作上。但是……我不知道确切的时间……这地方似乎开始对你有害。你花很多时间在地下室,仔细翻阅那些旧文件,那些古老的历史。在睡梦中说话——"

"我在睡梦中?"杰克问。他的脸上露出谨慎、讶异的表情。"我在睡梦中说话?"

"多半都含糊不清。有一次我起来上洗手间,听到你说:'见鬼去吧,起码把老虎机引进来,没有人会知道,绝对不会有人知道的。'还有一次你把我吵醒,几乎在大喊:'摘下面具,摘下面具,摘下面具。'"

"天啊!"他用手揉搓着脸,脸色看起来很不好。

"还有你以前喝酒的所有习惯:嚼伊克赛锭,一直不停擦嘴巴,早上脾气暴躁。另外你的剧本还没办法完成,是吗?"

"不,还没。不过那只是时间的问题,我正在构思别的东西……一个新的计划——"

"这间饭店。艾尔·肖克利就是为了这计划打电话给你,他希望你放弃。"

"你怎么会知道?"杰克厉声质问道,"你是不是在偷听? 你——"

"不,"她说,"就算我想要也没办法偷听,如果你的脑袋清楚有条理的话,就知道我说得没错。那天晚上丹尼和我在楼下。电话总机关了,我们楼上的电话是饭店里唯一可以用的,因为它直接连到外线。这是你自己告诉我的。"

"那你怎么会知道艾尔跟我说的话呢?"

"丹尼告诉我的。丹尼知道。就像他有时候会知道被遗忘的东西放在哪里,或是谁心里想着离婚的事。"

"医生说——"

她不耐烦地摇摇头。"那医生完全是胡说八道,我们两个都很清楚。我们一直都知道。记得丹尼说他想要看消防车的那次吗? 那不是直觉。他当时只是个婴儿。他知道一些事情。现在我担心……"她看向丹尼脖子上的瘀伤。

"丹尼,你真的知道艾尔叔叔打电话给我吗?"

丹尼点头。"爸爸,他真的很生气。因为你打给厄尔曼先生,厄尔曼先生打给他。艾尔叔叔不希望你写关于饭店的任何事。"

"天啊!"杰克又说了一次。"那些瘀伤,丹尼。是谁想要勒死你的?"

丹尼的脸色一暗。"她,"他说:"那间房里的女人,二一七号房。那个死掉的女士。"他的嘴唇又开始颤抖起来,于是紧抓住茶杯又喝了一口。

杰克和温迪在丹尼低垂的头顶上交换了一个害怕的眼神。

"你知道这件事吗?"他问她。

她摇头。"不,这件事我不知道。"

"丹尼?"他抬起小男孩惊恐的脸蛋。"儿子,继续说下去。我们都在这儿。"

"我知道这里不好,"丹尼低声说,"从我们在博尔德的时候就知道了,因为东尼让我梦到过。"

"什么梦？"

"我记不得每件事。他带我看晚上的'全景'，前面有骷髅头和交叉的腿骨。然后有敲击的声音。有东西……我不记得是什么……追着我。一个怪物。东尼还让我看了 redrum。"

"那是什么，博士？"温迪问。

丹尼摇摇头。"我不知道。"

"是像《金银岛》里头的'呦呵呵还有一瓶兰姆酒'的兰姆吗？"

丹尼再度摇头。"我不知道。之后我们到达这里，哈洛兰先生在他车上和我聊天，因为他也有闪灵。"

"闪灵？"

"那是……"丹尼用双手比出概括、无所不包的手势。"能够理解许多事情，知道许多事情，有的时候也能看见很多东西，就像我知道艾尔叔叔打电话来，哈洛兰先生知道你们叫我博士。哈洛兰先生，他在军中削土豆皮的时候，知道他弟弟在一场火车车祸中死掉，他打电话回家时确认是真的。"

"噢我的老天啊！"杰克低声说，"这不是你编出来的吧，是吗？丹？"

丹尼猛烈地摇头。"不是，我可以对上帝发誓。"随后，他略带骄傲地又说："哈洛兰先生说，我是他遇过闪灵能力最厉害的。我们几乎不用张口就可以彼此对话了。"

他的父母再次相互对看，显然被震慑住了。

"哈洛兰先生单独找我，因为他非常担心。"丹尼继续说，"他说这地方对有闪灵的人来说很不好。他说他看见过东西。我也看到过，就在我跟他聊过以后，在厄尔曼先生带我们到处参观的时候。"

"你看到了什么？"杰克问。

"在总统套房里。在进入卧室的门边墙壁上，有一大片血迹和其他的东西，是喷溅出来的东西。我想……那些东西一定是脑浆。"

"噢，我的天。"杰克说。

温迪此刻脸色非常苍白，嘴唇几乎变成灰白。

"这个地方，"杰克说，"以前曾经有相当坏的家伙拥有这地方一阵子，从拉斯维加斯来的团伙。"

"恶棍吗？"丹尼问。

"对，就是恶棍。"他看着温迪。"一九六六年有个叫做维多·吉奈力的头号流氓在那上面被杀害，他的两名保镖也跟着一起被杀了。报纸上登过一张照片，丹尼刚刚描述的正是那张照片。"

"哈洛兰先生说，他还看见过一些别的东西，"丹尼告诉他们，"有一次是在游戏场，有一次是在那间二一七号房看见不好的东西。一个女服务生看见了，到处说，结果丢了工作。所以哈洛兰先生上去，他也看到了。但他没有说，因为他不想要丢掉工作。他只告诉我，绝对不要进去那房间。但是我进去了，因为我相信他说的话，你在这儿看到的东西并不会伤害你。"最后这句话几乎是用微弱、沙哑的声音说出来的，丹尼抚摸着脖子上肿起的一圈瘀伤。

"游戏场怎么了？"杰克用一种奇怪而又漫不经心的口吻问道。

"我不知道。他说到过，那个游戏场，还有树篱动物。"

杰克微微惊讶地跳了一下，温迪好奇地盯着他。

"杰克，你在那儿看到了什么东西吗？"

"没，"他说，"什么都没看到。"

丹尼凝视着他。

"什么都没有。"他又重复一次，这回比较镇定。他说的是真话，他是被幻觉所欺骗，如此而已。

"丹尼，我们很想听听那个女人的事。"温迪轻柔地说。

于是丹尼跟他们说，但他的话每隔一段周期就会突然变得支离破碎，因为他急于吐露、摆脱，所以有时候会变成近乎无法理解的含糊话语。他一边说一边越来越紧地贴住母亲的胸脯。

"我走进去，"他说，"我偷了总钥匙溜进去的，感觉好像我没办法控制自己，我非知道不可。而她……那位女士……在浴缸里。她已经死了，整个身体膨胀起来。她……裸——裸……没穿衣服。"他可怜兮兮地望着母亲。"然后她开始站起来，她想要抓住我。我知道她想，因为我感觉得到。她甚至不用思考，不像你和爸爸那样子思考。她的想法充满恶意……伤害……就像……像那晚在我房间里的黄蜂！

只想伤人。就像黄蜂一样。"

他吞咽了一口口水，沉默了一会儿。当黄蜂的影像浮现在他们脑子里时，全都静默不语。

"所以我拔腿就跑，"丹尼说，"我跑，但是门关上了。我之前把门开着，但现在它关上了。我没想到只要再把门打开跑出去就可以了。我吓坏了。所以我就……我靠在门上，闭上眼睛，想着哈洛兰先生说的，这里的东西就好像书里的图片，如果我……不停地对自己说……你不存在，走开，你不存在……她就会走开。但是这不管用。"

他的声音开始歇斯底里地拔高。

"她抓住我……把我转过来……我可以看见她的眼睛……她的眼睛多么……然后她开始掐我脖子……我可以闻到她的……我可以闻到她身上死亡的味道……"

"别再说了，嘘，"温迪担忧地说，"别再说了，丹尼。没事了，没——"

她准备好再度开口轻声哼唱，温迪·托伦斯的万能安抚法。

"让他说完。"杰克粗鲁地说。

"后面没有了，"丹尼说，"我昏了过去。可能是因为她让我没办法呼吸，或者只是因为我太害怕了。等到我恢复意识，梦见你和妈妈因为我而吵架，爸爸，你又想做那件坏事。然后我明白那根本不是梦……然后我就醒过来……然后……我尿了裤子。我像个小婴儿一样尿裤子了。"他将头重新靠回到温迪的毛衣上，十分软弱无助地哭了起来，双手松软无力地垂放在膝盖上。

杰克站起身。"你好好照顾他。"

"你打算做什么？"她的脸上写满恐惧。

"我要到楼上那个房间去，不然你以为我打算做什么？喝杯咖啡吗？"

"噢不！杰克，别去，拜托你别去！"

"温迪，如果饭店里有别人在的话，我们得搞清楚。"

"你竟敢把我们单独留在这里！"她对他尖声大喊道。唾沫随着她喊叫的力量从嘴里飞溅出来。

杰克说："温迪,你真是和你妈一个样啊!"

她猝然哭了起来,但她无法捂住脸,因为丹尼坐在她大腿上。

"对不起,"杰克说,"但是你知道的,我不得不去啊!我是该死的管理员,那是人家付钱请我来做的事。"

她不由哭得更厉害了,杰克任由她哭泣,走出厨房,当门在身后关上时,他拿手帕擦抹了一下嘴巴。

"妈咪,别担心,"丹尼说,"爸爸不会有事的。他没有闪灵,这里没有东西会伤害他。"

她眼睛含着泪说:"不,我不相信那一套。"

30. 重访二一七号房

他搭电梯上楼,这很奇怪,因为他们搬进来后没人用过这台电梯。他扳动黄铜操纵杆,电梯发出喘息声颤动着爬上电梯井,黄铜格栅激烈地嘎嘎作响。他知道,温迪面对这电梯会产生幽闭恐惧症。她想象他们三人在电梯里,受困在楼层之间,而冬季的暴风雪在外头肆虐,她能看见他们越来越瘦,越来越虚弱,活活被饿死。或者也许大啖彼此,如同那些橄榄球选手一般。^① 他记得在博尔德看过一张保险杆贴纸广告:**橄榄球选手吃他们自己的死尸**。他还能想到其他的。**人如其食**。或是菜单上的项目:欢迎来到全景餐厅,落基山脉的骄傲。在世界屋脊的壮丽景色环绕下用餐。本店招牌菜:火柴烤人的腰腿肉。轻蔑的笑容再度闪过他的面容。当二号出现在电梯井的墙上时,他将黄铜操纵杆扳回原本的位置,电梯嘎吱了一声停住。他从口袋取出伊克赛锭,甩出三颗到手上,然后打开电梯门。"全景"里头没有东西能吓到他。他觉得自己和"全景"的性情兼容。

他走上走道,将伊克赛锭一颗一颗抛进嘴里咀嚼,在转角转弯从主走道进入短廊。二一七号的房门半开,总钥匙的白色标牌从门锁上垂下来。

他蹙起眉头,感觉一阵气恼甚至真正的愤怒。不论结果如何,那小子竟然擅自闯入。他告诉过他,直截了当地告诉他,饭店里有些特定区域是禁止进入的:设备仓库、地下室,以及所有的客房。等丹尼那小子克制住惊恐后,他会跟他谈谈。他会理性但严厉地跟儿子说。有许多父亲不光是用说的,他们会狠狠揍一顿,或许这正是丹尼所需要的。虽然那小子已经吓到了,不过那不是他起码应得的惩罚吗?

---

① 1972 年 10 月 13 日,一架载着乌拉圭橄榄球队的飞机在印第斯山脉上空遭遇强气流而坠机,生还者只好以死尸充饥。

他走到门边，拿下总钥匙，放入口袋，然后走进去。头顶的灯亮着。他瞄了床一眼，发现床单没有弄皱，接着直接走到另一边的浴室门口。他心中忽然萌生奇妙的确信。虽然沃森没提及名字或房间号码，但杰克很肯定这就是律师妻子和她的种马一起住的房间，而这间浴室就是她陈尸的所在，充斥着巴比妥酸盐①和科罗拉多酒吧的烈酒气味。

他推开背后装着镜子的浴室门，跨了进去。里头的灯没亮。他打开灯，观察这间有如卧铺车厢式的狭长浴室，装潢是独特的十九世纪初期建造、二十世纪改建的风格，似乎所有"全景"客房的浴室都相同，三楼那几间纯正拜占庭风的卧室除外，这几间适合皇室、政客、电影明星和经年待在那里的黑帮老大。

无光泽的淡粉色浴帘拉起，防护着围着古典的四爪长浴缸。

（不过，它们确实动过了）

他第一次觉得刚刚丹尼跑向他，口中嚷着"是她！是她！"时，在他心中涌起的新自信（近乎骄傲自大）舍弃了他。一根冰凉的手指轻轻抵住他的脊椎底部，让他全身温度降了十度。其他的手指也加入进来，有如弹奏丛林乐器般地拨弄着他的脊椎，冰冷的感觉忽然间一路扩散到整个背，一直到达延髓。

他对丹尼的怒气不复存在，当他往前跨一步，拉开浴帘时，他的嘴巴干渴起来，只觉得同情儿子，因为就连他自己也感到惊骇。

浴缸是干的，且空无一物。

一声"哼！"如极小的火药从紧闭的嘴唇突然爆破而出，宽慰和恼怒随之宣泄出来。浴缸在营业季末已洗刷得干干净净，除了闪亮的双水龙头底下的一点锈渍。空气中有股淡淡的但可确定是清洁剂的味道，是那种使用过后会自以为是地刺激你的鼻子好几个礼拜，甚至好几个月的味道。

他弯下腰，用指尖沿着浴缸底部摸一圈。完全干燥，连一丝丝水气都没有。那小子要不是产生幻觉，就是彻底在撒谎。他的怒火再度

① 一种重要的镇静催眠药物。

上升。就在这时，地板的浴室脚踏垫吸引了他的注意力。他低头看着脚踏垫，皱起眉头。脚踏垫为何会出现在这里？它应该和其余的床单、毛巾、枕头套等一起收在这一侧尽头的亚麻布织品储藏柜中。所有的亚麻布织品都应该在那里。甚至连这些客房的床铺都彻底收拾好了，床垫封在透明的塑料套里，再盖上床罩。他想丹尼可能是到楼下去拿的——总钥匙应该能打开亚麻布织品储藏柜——可是为什么呢？他用指尖来回抹一下，脚踏垫完全是干的。

他走回到浴室门口，站在那儿。一切都很好。那孩子在做梦。这里没有任何东西脱离轨道。的确，那个脚踏垫是有点令人费解，不过合理的解释是某个打扫客房的女服务生，在营业季的最后一天忙到错乱，忘了把它收起来了。除了这点之外，一切都——

他的鼻孔微微张大。消毒剂，那自以为是、自认为比你干净的味道。还有——

肥皂？

肯定不是。不过一旦辨识出那个味道，就太明显了而无法驱散。是肥皂，并且不是饭店和汽车旅馆提供的那种明信片大小的象牙白香皂。淡淡的香味，是女性用的香皂，有种石竹的香气，可能是佳美或罗威拉牌，以前温迪在史托文顿时常用的品牌。

（这没什么，只是你的想象而已。）

（对，就像那些树篱，不过它们的确动了）

（它们并没有动！）

他迅速地走到向着走廊的那扇门，感觉太阳穴又开始不规律地抽痛起来。今天发生了太多事，显然过多了。他不会打那小子屁股，或者挥拳相向，只要跟他谈谈，但是老天作证，他不会将二一七号房列入他的问题。不会单凭一张干燥的脚踏垫和隐隐的罗威拉牌香皂味。他——

忽然间背后传来咔嗒咔嗒的金属声响。声音是在他的手正握住球形门把时响起的，旁观者可能会以为是门把表面的细纹不锈钢产生静电了。他的身体痉挛地猛然一抽，眼睛圆睁，其余的五官则皱缩起来，痛苦不堪。

然后他控制住自己——尽管只是稍微而已，他放开门把，小心谨慎地转过身，身上的关节嘎吱作响。他往浴室门的方向走回去，每一步都像灌了铅一样。

那个他曾拉开来察看浴缸的浴帘，现在拉上了。在他听起来像是墓穴中尸骨骚动的金属咔嗒咔嗒声，原来是浴帘环在头顶上的杆子上移动时所发出的。杰克瞪视着浴帘，感觉自己的脸仿佛上了厚厚的一层蜡，外面是死透的皮肤，里头是鲜活、滚烫的恐惧之流。和他在游戏场的感觉一样。

粉红色的塑料浴帘后头有东西。浴缸内有东西。

透过塑料布，他可以看见轮廓不十分清楚、朦朦胧胧的，近乎模糊的形影。那有可能是任何东西。灯光的变戏法。淋浴设备的阴影。死去多时的女人躺卧在浴缸里，僵硬的手上握着一块罗威拉牌香皂，耐心地等候可能出现的任何一位情人。

杰克吩咐自己大胆地走向前，将浴帘一把拉开，去看个究竟。然而他以急促、如木偶般的步伐大踏步地转身，心脏在胸口急遽地撞击着，走回到卧室兼起居间。

通往走廊的门关上了。

他动也不动地瞪着门好半晌。此时他能尝到惊骇的滋味，在他喉咙深处宛如熟过了头的樱桃的味道。

他以同样急促的步伐走到门边，强迫手指握住门把。

（打不开的。）

但是门打开了。

他紧张地摸索着把灯关掉，走到外面走廊上，完全没回头看就把门拉上。他似乎听见里面有夹杂着水声的古怪重击声，远远的，微弱的，好像有东西正赶忙爬出浴缸，似乎要迎接访客，仿佛知道访客在她尽社交礼节之前就要离去，因此现在匆匆忙忙地赶去门口，一身青紫，满面笑容，准备邀请访客再次进去。也许永远。

脚步声正接近房门，抑或只是他自己耳边的心跳声。

他笨拙地摸弄着总钥匙，但锁孔中的钥匙好似沾满淤泥，不愿意转动。他猛敲总钥匙一下，锁簧突然弹动，他往后退靠在走廊另一边

的墙上，放松地发出小声的呻吟。闭上眼睛，所有熟悉的词句开始在他脑袋中游行，感觉好像应该有好几百个，

（神经衰弱、神智不清、精神失常、那家伙完全疯了、他精神崩溃、情绪失控、发狂、发疯、精神不正常）

全部都表示同一个意思：你发疯了。

"不，"他低声哀号，几乎没察觉到自己陷入这种状态，像个孩子似的闭着眼睛呜咽。"噢不，天啊！拜托，天啊！不要。"

然而在一片混乱的思绪下，在心脏连续不断的重捶之下，他听见门把转来转去所发出的微弱、细碎声响，好像锁在里头的东西徒劳地企图出来，那东西想要见他，希望当暴风雪在他们四周怒号，明亮的白昼变成黑暗的夜晚时，他能将其引介给他的家人。倘若他睁开眼，看见门把在转动，他一定会发疯。因此他继续紧闭双眼，过了不知多久，一切归于寂静。

杰克强逼自己张开眼，半信半疑地相信一旦他睁开眼睛，她会站在他的面前。不过走廊空无一人。

但他仍然觉得自己被监视着。

他注视门中央的猫眼，怀疑如果他走近，从猫眼望进去会发生什么事。他会与什么眼珠对眼珠吗？

他的双脚已在移动了。

（现在可千万别脚软啊）

他转而远离那扇门，走向尽头的主走道，他的脚在蓝黑色的丛林地毯上沙沙作响。在前往楼梯的途中，他停下脚步，凝视着灭火器。他觉得那一圈圈的帆布软管摆放的方式有些许不同。他相当确定刚才上来时那黄铜喷嘴是朝着电梯的，然而此时喷嘴却是朝着另一个方向。

"我什么也没看到。"杰克·托伦斯非常明确地说。他的脸色苍白憔悴，嘴角不断试着扯出笑容。

不过，他并没有搭电梯下去。电梯太像张大的嘴巴，实在太像了，于是他改走楼梯。

31. 裁　决

　　他踏进厨房看着母子俩，将左手的总钥匙抛出几英寸高，弄得白色金属标牌上的钥匙链叮当作响，然后再接住。丹尼看起来疲惫、毫无生气。他知道，温迪一直在哭，她的眼睛红红的，还有黑眼圈。他突然感到一股喜悦。他不是唯一受苦的人，这是千真万确的。

　　他们一声不吭地望着他。

　　"那里什么都没有。"他说，真诚的语调使自己吓了一跳。

　　他让总钥匙弹上落下，弹上落下，对着他们微笑好让他们安心，看着他们脸上逐渐放松的表情，他觉得自己这辈子从没像此刻这么强烈地想喝酒。

32. 卧　室

那天下午稍晚，杰克从一楼储藏室找到一张轻便小床，将床放在他们卧室的角落里。温迪预期儿子会到半夜才去睡，但是丹尼在《沃顿一家》播到一半之前就打起盹儿，他们送他上床睡觉十五分钟后就陷入了沉睡，动也未动，一只手塞在脸颊底下。温迪坐在床边注视着他，一根手指夹在厚厚的《凯希尔玛拉》平装本里。杰克坐在书桌前，看他的剧本。

"噢，可恶。"杰克说。

温迪停止凝视丹尼，抬起头来。"怎么了？"

"没事。"

他生着闷气低头看剧本。他怎么会觉得剧本写得很好呢？它太幼稚了。已经修改无数次了。更糟的是，他不知道该如何结尾。以前他一度觉得它简单极了。丹可在一时盛怒之下，从壁炉旁边抓起火钳，将圣洁善良的加里殴打至死。然后，两腿张开站在尸体旁，一手拿着血淋淋的火钳，对观众大喊："证据就在这里的某个角落，我一定会找出来的！"接着灯光渐暗，帷幕缓缓降下，观众看见加里的尸体面朝下地趴在舞台布幕前，而丹可跨大步走到舞台后方的书架，疯狂地抽出架子上的书，浏览一下就扔到一边。他以为这题材老得足以当新，单单剧本的创新或许就足以成功地登上百老汇的舞台——一出五幕悲剧。

但是，除了他的兴致突然转向"全景"的历史外，还发生了别的事。他对自己笔下的角色产生相反的感觉。这是相当新鲜的。通常他喜欢自己塑造的所有角色，无论好的或坏的。他很高兴自己如此，这样一来让他能试着全方面地了解笔下的人物，更加明白他们的动机。他最喜欢的故事售给了缅因州南部一本名叫《违禁品》的小杂志，就是名为《猴子在此，保罗·德隆》的作品。小说讲述一名猥亵儿童犯打算在自己家具齐备的房间内自杀。这名猥亵儿童犯的名字是保罗·德隆，朋友都叫他猴子。杰克非常喜欢猴子。他同情猴子异于常人的需求，知道猴子不是他过去犯下的三起强暴杀人案的唯一罪人。还应该包含他那不良的双亲：猴子的父亲如同杰克的父亲一样在家施暴，母亲则和他母亲一样是个胆小、寡言的软骨头；小学时代的同性恋经验，当众被羞辱；高中、大学期间更糟的经验。他在对两个下校车的小女孩施展露阴癖后，遭到逮捕被送去收容所。最糟糕的是，收容所将他驱逐出去，让他重新回到街上，因为负责人判定他精神正常。那人的名字叫格烈默。格烈默明知猴子德隆显露出异常的症状，但他还是写了良好、充满希望的报告放他走了。杰克也喜欢并且支持格烈默。格烈默必须经营管理人手不足、资金不足的收容所，得设法用临时凑合的物品和州立法机关的拨款来维持整个机构，而州立法机关必须回去面对选民，因此对拨出的款项锱铢必较。格林知道猴子可以和其他人交流，他不会弄脏裤子，或是企图用剪刀刺杀同病房的室友。他不认为自己是拿破仑。院内负责猴子案例的精神科医师认为，猴子有超过百分之五十的机会能在街上生存，而且他们两人很清楚一个人在收容所内待得越久，会变得越依赖这封闭的环境，就如吸毒者需要海洛因一般。再者，收容所人满为患：偏执狂、精神分裂症患者、循环性情感症患者、半紧张症患者、宣称曾搭飞碟上天堂的男人、用比克抛弃式打火机灼烧孩子性器官的女人、酒精成瘾者、纵火狂、窃盗狂、躁郁症患者、有自杀倾向的人。艰苦的旧世界啊！乖乖。倘若你没有被拴紧，那么在你迈入三十岁之前，就会开始摇晃、滚动，发出嘎嘎的声响。杰克能够同情格烈默的问题，能同情那些谋杀案受害人的双亲，当然，还有惨遭谋杀的孩童本身，也同情猴子德隆。任由读者责怪吧！当时他并不想要评断。道德主义者的披风相当不合他的肩。

　　他以同样乐观的心情着手写《小学校》。但是近来他开始挑选队员分组，更糟的是，他开始厌恶他的男主角加里·班森。起初他将男孩构思成一个聪明伶俐的男孩，深受金钱之害胜过蒙受金钱之利，他一心只想要取得一份优异的履历，好让他凭自己的能力获得好大学的入学许可，而不是凭借他父亲在暗中运用关系，他在杰克心目中他变成面带傻笑的伪善者，是知识圣坛前的神职志愿者，而不是忠诚的辅祭，表面上是童子军美德的典范，内心却愤世嫉俗，并没有洋溢着真正的才华（如他最初构思的），只有狡猾的动物诡诈。剧本从头到尾他始终称呼丹可为"先生"，就像杰克教导自己的儿子称呼那些年长和有权势的人为"先生"一样。他认为丹尼使用这个词的时候相当真诚，加里·班森原先也是如此设定的，但是当开始写第五幕时，他越来越坚定地相信加里用这个词时带着嘲讽，表面上一本正经，但加里·班森的内心在对丹可扮鬼脸，蔑视他。而丹可，从来没有加里所拥有的一切。丹可必须穷其一生地工作才成为一间小学校的校长。如今他面临这个英俊、看似无辜的富家男孩所带来的毁灭，男孩在期终作品上作弊，并且狡黠地隐瞒证据。杰克认为老师丹可差不多就像南美香蕉王国里趾高气扬的小霸王，贴靠在就近的壁球或手球场墙上的长期异议分子，在小规模乱局中的超级狂热信徒，每次突发奇想都会变成改革运动的男人。一开始，他想要利用自己的剧本当作缩影，传达权力滥用的故事。如今他越来越倾向于将丹可塑造成《万世师表》中的奇普斯先生，悲剧不在于加里·班森的江郎才尽，而在于慈蔼的老教师、校长无法看穿乔装成男孩的怪物愤世嫉俗的诡计。

他一直没办法完成这个剧本。

现在他坐着低头看剧本，生气地皱着眉，想着是否有方法能抢救这个困境。他实在不认为有什么方法。他着手写一个剧本，然而不知怎么的却转变成另一个剧本，变化迅速。算了，管他的。无论如何这以前就做过。不管怎样都是一团糟。他今晚何必为了这个剧本把自己逼疯？经历刚过去的这一天之后，难怪他没办法头脑清醒地思考。

"——带他下山？"

他抬起头来，努力眨眼想要抛开紊乱的思绪。"啊？"

"我是说，我们要怎么带他下山？杰克，我们得带他离开这里。"

有一瞬间他的思绪太过纷乱，甚至不确定温迪在讲什么。随后他恍然大悟，发出短促、洪亮的笑声。

"你把这件事说得好像很容易。"

"我的意思不是——"

"没问题，温迪。我只要在楼下大厅的电话亭里换件衣服，就能背着他飞到丹佛去。超人杰克·托伦斯，我年轻不懂事的时候，他们都这样叫我。"

她的脸上露出些微受伤的表情。

"杰克，我了解这是难题。无线电对讲机坏了，雪又……可是你得明白丹尼的问题。我的天啊！你难道不知道吗？他几乎得了紧张症了啊，杰克！万一他一直无法摆脱那种状态怎么办？"

"可是他好啦！"杰克有点不耐烦地说。他也被丹尼眼神空洞、表情呆滞的状态吓了一跳，不用说他的确吓到了。一开始是。但是他越仔细想，越怀疑这是否是为了逃避惩罚才装出来的。毕竟，丹尼违背了他的话擅自闯入那里了。

"但是，"温迪说。她走向杰克，坐在他书桌旁边的床尾上，表情既震惊又担忧。"杰克，他脖子上有瘀伤啊！有东西接近他！我要他远离那个东西！"

"别大吼大叫的，"他说，"我的头很痛，温迪。我跟你一样担心这点，所以拜托……不要……大声嚷嚷。"

"好啦，"她说着，降低音量。"我不大声说话。可是，杰克，我不明白你是怎么想的。这里除了我们之外还有别人，而且不是非常友善的人。我们必须下山到萨德维特去，不光是丹尼，而是我们所有的人，得快一点！可是你……你却坐在这里看你的剧本！"

"'我们必须下山，我们必须下山。'你一直说这句话。你一定以为我真的是超人。"

"我认为你是我的丈夫。"她柔声说，低头端详着双手。

他的火气突然爆发，将剧本原稿重重摔下，不但把桌子上的那叠稿件弄乱了，还将最底下的文件弄皱了。

"温迪，该是你接受听起来怎么不悦耳的事实的时候了。就像社会学家说的，你似乎没有把事实吸收进去。这些话就像一大堆不受约束的母球在你脑袋里撞来撞去，你必须把它们敲进球袋里。你必须了解我们被雪困住了。"

床上的丹尼突然动了起来，虽然仍睡着，但开始翻来覆去。每次我们吵架时，他总是这样，温迪沉闷地想。现在我们又在吵了。

"别把他吵醒，杰克。拜托。"

他瞥向丹尼，脸颊泛起几抹潮红。"好吧！对不起，温迪，我很抱歉我的口气很凶，那其实不是因为你。可是我砸坏了无线电，如果谁有错的话，那就是我。无线电对讲机是我们跟外面重要的通讯工具。喔伊——喔伊——不必再躲了 ①。巡逻队员先生，请来接我们吧！我们不能在外面待到这么晚。"

"别这样，"温迪说，一只手放到他的肩膀上，他把头一倾靠在妻子的手上。她用另一只手梳理他的头发。"我想我那样子指责你，你确实有权利发怒。有的时候我就像我母亲，很难搞。但是你得明白有些事情……很难忘怀。你必须明白这一点。"

"你是指他的手臂？"他抿起嘴唇。

"对，"温迪说，但连忙接下去说，"不过，不只是你。我连他出去外面玩都担心。我担心他明年会想要两轮的脚踏车，就算有辅助轮的也一样。我担心他的牙齿、视力，担心他说的闪灵那种东西。我很担心。因为他还小，看起来好像非常脆弱，还有因为……因为这饭店里似乎有东西想要抓他。必要的话，那东西会透过我们把他弄到手。那就是我们必须把他带走的原因，杰克。我知道！我感觉到了！我们必须把他带走！"

她焦虑不安地紧紧抓住杰克的肩膀，紧得让他觉得痛，但他并没有闪开。他的一只手感受到了她结实的左乳，于是隔着衬衫抚摸了起来。

"温迪，"他说，然后顿住。她等着他重新整理好想要说的话。胸部上强壮的手令她感觉很舒服，让她得到抚慰。"我也许可以穿着雪地鞋带他下去。他自己可以走几段路，但是大多数时候我可以背着他。这意味着要在外头露营一两个晚上，也许三个晚上，那表示得造一个印第安雪橇来载补给品和被子。我们有调频调幅收音机，所以可

---

① 原文为"Olly-olly-in-for-free"，表示呼唤什么东西现身。

以选气象预报说暂时有连续三天好天气的日子出发。但是如果预报错误的话,"他声音轻柔而缓慢地说完,"我想我们可能会死。"

她的脸色变得惨白。看起来很有光泽,几乎如幽灵似的泛着光。他继续爱抚她的乳房,用拇指掌轻轻地搓揉乳头。

她发出一声呻吟——既像是在回答他的话,又像是对他轻压她的乳房的回应,他无法辨别。他微微抬起手,解开她衬衫最上面的纽扣。温迪稍微挪动她的双腿。忽然间她的牛仔裤似乎过紧,以一种舒服的方式微微刺激着她。

"另外,那表示要留下你一个人,因为你穿雪地鞋滑技很差。可能会三天得不到我们的音讯,你希望那样吗?"他的手下滑到第二颗纽扣,解开了它,她的乳沟露了出来。

"不。"她声音有点嘶哑地说。她回头瞄向丹尼,他不再翻来翻去,只是将大拇指塞回嘴巴里。这是可行的。可是杰克遗漏掉了某样东西,她想不出来。还有别的……是什么呢?

"如果我们留在原地,"杰克边说,边故意以同样缓慢的速度解开第三和第四颗扣子,"森林公园的巡逻队员或是狩猎警察会过来探查,看看我们的情况。到那时候我们只要告诉他,我们想下去,他就会负责办好的。"他将她赤裸的乳房挤到衬衫敞开的宽大 V 字领中,俯身,用嘴唇覆盖住乳头四周。她的乳头已经又硬又挺。他的舌头以他知道她喜欢的方式,在乳尖上缓缓地来回滑动。温迪拱起背微微呻吟起来。

(我忘了什么事?)

"亲爱的?"她问道。她的双手自动摸索着他的后脑勺,因此他回答时声音被她的肉体堵住了。

"巡逻队员要怎么把我们带出去?"

他稍微抬起头来回答,之后又将嘴巴紧贴在另一边的乳头上。

"如果直升机被人预订了的话,我猜应该会用雪上摩托车。"

(!!!)

"可是我们有一辆啊!厄尔曼说的。"

他的嘴巴在她的胸部僵了半响,然后他坐起身。她的脸庞有点发红，眼睛里闪着亮光。而杰克的则相反，十分平静，仿佛他刚刚正在阅读一本相当无聊的书，而不是忙着与妻子调情的前戏。

"假如有雪上摩托车的话，就没问题了，"她兴奋地说，"我们三人可以全都一起下去。"

"温迪，我这辈子从来没有开过雪上摩托车。"

"那个不会那么难学吧！以前在佛蒙特的时候，你看过十岁的小孩都能自己在田野里开啊……虽然我不懂他们的父母在想什么。而且我们认识的时候，你还有一台摩托车呢！"他的确有，一辆本田350cc的摩托车。他和温迪同居后没多久，就把它卖掉换了一辆萨博汽车。

"我想我应该可以，"他缓缓地说，"不过，我怀疑那辆雪上摩托车保养得好不好。厄尔曼和沃森……他们只是在五月到十月份期间经营这里的，他们考虑的都是夏天的东西。我想车上一定没有汽油，很可能也没有火花塞或是电瓶。温迪，我不希望你让希望冲昏了头。"

她现在完全兴奋起来，俯身向他，乳房滚出衬衫外。他蓦地有股冲动，想要抓住她一边的乳房，用力拧到她尖叫，或许那样可以教她闭嘴。

"汽油不是问题，"她说，"福斯车和饭店的载货车两辆都加满了油，楼下还有给紧急发电机使用的备用汽油。外头仓库里一定有汽油桶，这样你就可以多带点备用。"

"对，"他说，"的确是有。"事实上，一共有三桶，两个五加仑的，一个两加仑的。

"我敢说火花塞和电瓶也在外头。没有人会把雪上摩托车收在一个地方，再把火花塞和电瓶放在别处，对吗？"

"似乎不太可能，是吧？"他起身走到丹尼躺卧睡觉的地方。一绺头发滑落到他的前额，杰克轻轻将头发拨开，丹尼丝毫没有动。

"如果你能让雪上摩托车动起来，你会带我们出去吧？"她从他背后问，"等到收音机里预报说好天气的那一天？"

有一会儿杰克没有回答。他站着俯看儿子，错综复杂的情感化为一股爱意。丹尼就如她所说的，脆弱、易受伤害。他颈部的伤痕非常鲜明。

"没错,"杰克说,"我会把摩托车发动起来,我们要尽快离开。"

"谢天谢地!"

他转过身。她已脱掉衬衫躺在床上,小腹平坦,乳房神气地直朝向天花板。她慵懒地玩弄着自己的乳房,轻弹乳尖。"快点吧,先生,"她温柔地说,"时间到了。"

*

事后,房间里没开别的灯,只有丹尼从他房间搬过来的那盏夜灯亮着,温迪躺在杰克的臂弯里,感觉平静愉悦。她觉得难以相信他们居然能与一个凶残的偷渡客同住在全景饭店。

"杰克?"

"嗯哼?"

"到底是什么碰了他?"

他没有直接回答。"他身上的确有些与众不同的东西,一些我们其他人都欠缺的天赋;抱歉,我们大多数人都这样。也许'全景'也有些特别的东西。"

"鬼魂?"

"我不知道。可以确定的是,不是像阿尔杰农·布莱克伍德[①]写的那种。感觉这比较像是住过这里的人残留下来的感情,有好的有坏的。照这样说来,我想每间大饭店都有鬼魂,尤其是那些历史悠久的。"

"可是浴缸里有个死掉的女人……杰克,他不是发疯了吧,是吗?"

---

① 阿尔杰农·布莱克伍德(Algernon Black,1869—1951),英国小说家,擅长写短篇鬼故事。

他紧紧抱了她一下。"我们知道他会……嗯，精神恍惚，因为找不到更合适的字眼……有时候。我们知道当他出神的时候，有时候能……看见？……一些他不明白的东西。假如预知的出神状态真有可能发生，那大概是心灵潜意识的作用。弗洛伊德说过，潜意识从来不会用文字语言向我们表达，只会用符号。如果你梦见身在没人说英文的面包店，你可能是在担心自己养活家庭的能力，或者只是没人了解你。有的书里说，梦见自己从高空坠落，是发泄不安全感的典型表现。花招，小花招。意识在这张网的这一边，潜意识在另一边，来回地传递着荒诞不经的意象。精神病、预感，所有这之类的东西都一样。为什么预知就算是不寻常的呢？也许丹尼确实看见总统套房墙上溅满了血迹。对像他这个年纪的孩子来说，血的影像与死亡的概念几乎是可以互换的。不管怎样，对孩子来说，影像总是比概念更容易理解。威廉·卡罗斯·威廉斯深知这一点，他是位小儿科医师。当我们长大，概念渐渐变得比较容易懂，我们就把意象留给诗人……我只是随口谈谈。"

"我喜欢听你闲谈。"

"这可是她说的，各位。她说的喔！你们全都听到了。"

"杰克，他脖子上的伤痕，那些是真的。"

"对。"

有很长一段时间杰克没再说话。温迪开始以为他一定是睡着了，她自己也打起瞌睡，就在这时他说：

"我可以想到两个解释，没有一个跟饭店里的第四者有关。"

"什么解释？"她用手肘把身体撑起。

"圣痕，可能吧！"他说。

"圣痕？那不是人在耶稣受难日流血或其他什么的吗？"

"对。有的时候深信耶稣神性的人在复活节前一周，手脚会现出流血的痕迹。这在中世纪比现在常见。在那个时代认为这样的人是得到上帝的保佑。我不认为天主教声明过这种现象是不折不扣的神迹，这是非常聪明的。圣痕跟瑜伽修行者能做到的某些事情没有太大的差别。现在大家比较了解了，就这样而已。了解心灵和身体会相互影响的人——我是指研究，没有人真的明了——相信人模拟本来认为的更能控制自己无意识的动作。你如果足够专注去想的话，可以减缓自己的心跳，提高自己的新陈代谢，让自己流更多汗，或者让你自己流血。"

"你认为丹尼是把这些瘀伤弄到自己的脖子上的？杰克，我没办法相信。"

"我可以相信这是有可能发生的，虽然我也觉得这似乎不大可能。更大的可能性是他自己弄的。"

"他自己弄的？"

"他过去就曾陷入'出神状态'伤害自己过。你记得那次在晚餐桌上吗？大概两年前吧，我想。我们两个对彼此超级生气，大家都没什么交谈。然后，突然间，他的眼睛往上一翻，脸朝下栽进他的晚餐里，之后摔到地板上。记得吗？"

"嗯，"她说，"我的确记得。那时我以为他痉挛了。"

"还有一次我们在公园里，"他说，"就只有丹尼和我，礼拜六下午。他坐在秋千上，荡来荡去，突然间他栽倒在地面上，简直像被枪打中似的。我跑过去把他抱起来，结果他忽然又恢复意识，对我眨一眨眼然后说：'我撞到肚子了。告诉妈咪，下雨的话要把卧室的窗户关起来喔！'结果当天晚上就下了倾盆大雨。"

"对，可是——"

"而且他每次回来都是伤痕累累，手肘也时有擦伤。他的小腿伤痕累累，看起来就像是刚从战场上回来。你要是问他这个伤或那个伤是怎么弄的，他只是回答说：'喔，我在玩啦！'就不了了之了。"

"杰克，每个小孩都难免一些磕磕碰碰。小男孩从学走路开始一直到十二三岁，伤口几乎都是不间断的。"

"那我确信丹尼的伤也是理所当然的，"杰克回答，"他是个活泼的孩子。可是我记得在公园的那天，还有晚餐桌上的那天晚上。我怀疑我们孩子身上有些撞伤和瘀伤是不是因为晕倒导致的。埃德蒙斯医生说丹尼在他办公室当场晕倒，我的天啊！"

"是没错。可是那些瘀伤是指痕啊！我可以对天发誓，他那些伤痕不是因为跌倒得来的。"

"他进入出神状态，"杰克说，"也许他看见那房间内发生的事情：争吵，也许是自杀。激动的情绪。那不像是在看电影，他处在非常容易受到影响的状态。他就置身在那该死的情境中。他的潜意识可能用象征的手法把发生的事情化为影像……好比说死而复生的女人、僵尸、亡灵、食尸鬼，随便你选哪个词。"

"你让我鸡皮疙瘩都起来了。"她声音沙哑地说。

"我自己也起了一些。我不是精神科医师，但是这似乎非常符合他的情况。那具行走的女尸象征着槁木死灰的情感、死去的生命，就是不肯离开……因为她是潜意识塑造出来的人物，所以她也是他。丹尼在出神的状态下，本身的意识被淹没掉。潜意识的人物在幕后操纵着，因此丹尼用双手圈住自己的脖子，然后——"

"别说了，"她说，"我明白了。我觉得这比有个陌生人在走廊上鬼鬼祟祟的还要来得恐怖，杰克。你可以逃离陌生人，但没办法逃离你自己。你说的是精神分裂症啊！"

"是一种非常有限度的那种，"他有点不自在地说。"而且是性质非常特殊的。因为他似乎真的能看透人的想法，而且他有时似乎真的有预知的灵光。不管我再怎么努力尝试，也没办法把那当成是精神病。反正我们所有人多多少少都潜藏有精神分裂症。我想等丹尼年纪再大一点，他就能控制了。"

"假如你说对了，那么我们就迫切需要把他带走。不论他是什么毛病，这间饭店都让症状更严重了。"

"我不这么认为，"他不赞同。"要是他乖乖听我的话，一开始就绝对不会上去那个房间，这件事就永远不会发生。"

"我的天，杰克！你是在暗示说，差点被勒死是……他擅自闯入禁地应得的惩罚吗？"

"不……不，当然不是。可是——"

"没有可是，"她激烈地摇着头说，"事实是，我们全都在猜测。我们完全不知道他什么时候可能会转个弯，撞到那个……嗯、气穴、一卷恐怖电影，或者无论是其他什么。我们必须把他送走。"她对着黑暗笑了一下。"接下来就轮到我们看到东西了。"

"少胡说八道了。"他说，在幽暗的房间里，他看见树篱狮子群聚集在小径四周，不再是防守在小径的两侧，而是挡在路中间，监视着小径，饥饿的十一月份的狮子。冷汗从他眉间冒出。

"你真的没有看到什么，有吗？"她在问，"我是说，你上去进那个房间的时候，没有看到任何东西吗？"

狮子消失了。现在他看见淡粉红色的浴帘，后头有个暗影斜靠着。关上的门。隐约、匆忙的重击声，以及随后而来可能是跑动的脚步声。当他吃力地转动总钥匙时，自己心脏恐怖、不稳的鼓动声。

"什么都没有。"他说，那是真话。他非常紧张不安，不确定发生了什么事。他没有机会一一细查自己的思绪，找出儿子颈部瘀伤的合理解释。他自己也该死地相当容易受影响。幻觉有的时候能有感染力。

"你没有改变主意吧？我是指，雪上摩托车的事。"

他的两手猛地一收紧握成拳

（别再烦我了！）

放在身侧。"我说过我会试，不是吗？我会的。现在，睡觉吧！今天真是漫长又辛苦的一天。"

"你说得没错。"她说。她转向丈夫亲吻他的肩膀时，弄得被褥窸窣作响。"杰克，我爱你。"

"我也爱你。"他说，但他只是动动嘴唇做出口型而已。他的双手仍然握得紧紧的，感觉像是手臂末端的两块石头。他前额上的青筋跳个不停。她只字未提他们下山之后，当派对结束时，他们将会面临什么情况。一个字也没说。一直都是丹尼这个，丹尼那个，噢杰克我好害怕。啊是啊，她害怕一大堆衣橱里的恶鬼和跳动的影子，有许多让她提心吊胆的。但是也不乏现实的东西。他们抵达萨德维特之后，将只剩下六十块钱和穿着的经久耐用的衣服，甚至连辆车都没有。即使萨德维特有当铺（事实上并没有），他们也仅有温迪那只九十元的钻石订婚戒指和一台索尼牌调频调幅收音机能典当。当铺老板可能给他们二十块钱，若碰上仁慈的当铺老板的话。他们没有工作，甚至找不到兼职或季节性的工作，也许只能帮人家的车道铲雪，一次三块钱。想象约翰·托伦斯，三十岁，作品曾经刊登在《君子》杂志上，他曾经怀抱着梦想——不尽然是不切实际的梦想，他觉得——在接下来十年内成为美国的重要作家，如今肩上扛着从萨德维特西部汽车用品百货买来的铲子，挨家挨户按电铃……突然浮现在脑中的景象感觉比树篱狮子更为清晰，他的拳握得更紧了，感觉指甲掐入手掌，留下神秘的弦月形血痕。约翰·托伦斯，站着排队将六十元兑换成粮票，站在萨德维特卫理公会教堂旁的队伍中，等着领取捐赠的物品，接受当地人恶意的眼光。约翰·托伦斯向艾尔解释，他们不得不离开，不得不关掉锅炉，不得不让"全景"及其所有财物遭受搭雪上交通工具前来的恶徒或小偷觊觎，因为，你要明白，艾尔，当心些，艾尔，那上面有鬼啊！它们对我儿子怀恨在心。再见了，艾尔。想想第四章的内容，春天为了约翰·托伦斯而来临。然后呢？接下来究竟如何？他们或许能够开着福斯到西部，他假设，换个新的燃油泵就行了。从这里向西五十英里，全是下坡，你他妈的几乎可以把金龟车放在空挡，一路滑到犹他州。继续前进到阳光明媚的加州，柑橘和机会之地。像他这样拥有酗酒、殴打学生、追逐鬼魂等辉煌纪录的人，毋庸置疑地能在此自订未来计划，挑选任何他喜欢的工作：清洁技师——清理灰狗巴士，汽车业——穿着橡胶衣洗车，也许是烹饪业，在快餐店洗碗盘，或者有可能是责任更重大的职位，例如加油。类似这样的工作需要找零、开贷方传票，甚至能持续激荡脑力。我能以最低薪资提供你一星期二十五个小时的工作。这在"神奇牌吐司"一条要卖六十美分的年代是相当苛刻的协议。

血开始从他的手掌流下来。噢没错，正如同圣痕一般。他将手握得更紧，用疼痛来残害自己。他的妻子在他身旁熟睡，为什么不呢？一切都没问题了啊！他已经答应带她和丹尼离开邪恶的巨大恶灵，没问题了。所以你瞧，艾尔，我认为最该做的事情将是——

（杀了她。）

这念头，赤裸裸、毫不掩饰地蓦然浮上来。他有股冲动想要让她摔下床，光着身子，手足无措，还没有从睡梦中完全清醒；想要猛扑向她，抓住她犹如青嫩白杨木未成熟的枝干一般纤细的脖子，紧紧勒住，大拇指放在气管上，手指顶住脊椎最上方，把她的头猛然向上拉，再用力往下压去撞击地板，一遍又一遍地，重重地敲，使劲地打，猛力地捣，狠狠地砸。宝贝。咯咯颤抖吧！在地上打滚吧！他会逼她吃下她的药，一滴不漏地，苦涩的每一滴。

他模模糊糊地留意到某个角落传来隐约的声响，就在他狂热、快速转动的内心世界之外。他看向房间的另一侧，丹尼又在辗转反侧，在床上扭动，把毯子弄得凌乱。男孩的喉咙深处传出呻吟，一种受困笼中的微弱声音。什么样的噩梦？青紫的女人，死去多时，在饭店弯弯曲曲的走廊上跟跄地跟在他后头吗？不知怎么的，杰克并不这么认为。有别的东西在丹尼的梦中追逐着他，比死掉的女人更恐怖的东西。

他充满怨恨不满情绪的闸门顿时崩溃。他起床走到男孩身边，对自己感到失望羞愧。他该考虑的是丹尼，不是温迪，也不是他自己。唯有丹尼。无论他努力将事实扭曲成什么形状，心底都明白非送丹尼走不可。他拉好男孩的毯子，又扯过放在床尾的被子给他添上。丹尼现在又平静下来。杰克轻抚他熟睡的前额

（在隆起的骨头后面究竟是什么怪物在玩把戏？）

发现他的额头温暖，但没有过热。他又平静地睡着了。真是古怪。

他回到自己床上，试着入睡，却睡不着。

事情转变成这样实在不公平——厄运似乎在跟踪他们。即使他们上山来终究甩脱不了。等他们明天下午抵达萨德维特，绝佳良机也会消失——如同他以前的室友惯常说的：像脚穿蓝色山羊皮鞋一样溜掉了。思考一下倘如他们不下山，假如他们能够设法坚持下去，结果会怎样？他的剧本将会完成。无论如何，他会补上结局。他本身对笔下人物的不确定，也许反倒可能为原本的结局增添一点暧昧不清的魅力；或许甚至能帮他赚点钱，这不无可能。就算没赚钱，艾尔可能会好好说服史托文顿的董事会重新聘用他。当然应该会先试用察看，也许长达三年，但是如果他能保持头脑清醒，并且继续写作，或许不需

要在史托文顿待满三年。当然，他以前并不十分喜欢史托文顿，老觉得窒闷，好像遭到活埋，但那是不成熟的反应。再说，每隔两三天就带着头痛欲裂的宿醉撑过前三堂课的人，能有多喜爱教书呢？他不会再重蹈覆辙，将能更妥善地克尽自己的职责。他有十足的把握。

脑袋在转着这念头的当儿，思绪逐渐飘散，他沉入梦乡。随着他陷入睡梦中的最后一个念头如同敲响的钟：

如此看来他也许能够在此找到平静。最终。只要他们允许的话。

他醒来的时候正站在二一七号房的浴室里。

（又梦游了——为什么？——这里又没有无线电可摔）

浴室的灯亮着，他背后的房间一片漆黑。长形四爪浴缸周围的浴帘拉起，一旁的脚踏垫又湿又皱。

他开始感到害怕，但恐惧宛如做梦一般的特质告诉他这不是真的。然而那不单单限于恐惧，"全景"里的许多事物感觉都像是幻梦。

他挪动到浴缸旁，虽不愿意却无力迫使脚往回走。

他唰地一下把浴帘拉开。

浴缸里，浑身赤裸、懒洋洋、几乎毫无重量地躺在水中的是乔治·哈特菲德，胸口插着一把刀，周围的水染成鲜粉红色。乔治的双眼闭着。他的阴茎软弱无力地漂浮着，宛如海草。

"乔治——"他听见自己说。

听到这句话，乔治的眼睛啪地打开，瞳孔是银色的，丝毫不像人类的眼睛。乔治死白的双手摸到浴缸的边沿，奋力坐起身来。那把刀笔直地从胸膛突出来，插在正胸口。伤口没有边沿。

"你把定时器调快了。"银眼的乔治对他说。

"不，乔治，我没有。我——"

"我没有口吃。"

乔治现在站了起来，依旧用非人类的银色眼眸紧盯着他，嘴唇却向后扯开露出冷漠、扭曲的笑容。他将一条腿跨出陶瓷浴缸的边缘，白皙起皱的脚安放在脚踏垫上。

"你先是想要辗过脚踏车上的我，接着把定时器调快，然后又企图把我刺死，但是我还是没有口吃。"乔治朝他走来，伸出双手，手指微微弯曲。他身上闻起来有潮湿的霉味，宛如一直淋雨的树叶。

"那是为你着想啊！"杰克边往后退边说，"我把定时器调快是为了你好。再说，我碰巧知道你在期终作品上作弊了。"

"我没有作弊……也没有口吃。"

乔治的手碰触到他的脖子。

杰克转身逃跑，跑的速度缓慢仿佛毫无重量地飘浮着，一如梦中非常普遍的情境。

"你有！你的确作弊了！"他跑过昏暗的卧室兼起居室，既害怕又愤怒地大喊道，"我会证明的！"

乔治的手又放到他的脖子上。杰克的心中涨满了恐惧，他确信心脏将会爆开。然后，他的手终于握住门把，将门把一转，猛力地把门拉开，冲了出去，但他并不是跑进二楼的走廊，而是跑进地下室拱门后的房间。满布蜘蛛网的灯亮着，那把有着几何图案的粗陋露营椅立在灯下，四周满是纸箱、木箱和用带子捆好的档案、发票及只有天晓得的鬼东西，堆积得像小山似的，他蓦地感到全身放松下来。

"我会找到的！"他听见自己吼叫。他抓了一个潮湿发霉的纸箱，箱子在他的手中分解开来，泛黄的薄纸如瀑布般倾泻出。"证据就在这里某个角落！我会找出来的！"他把手探进那堆纸张当中，一只手掏出一个干枯、薄如纸的黄蜂窝，另一手拿出一个定时器。定时器滴答滴答地走着，后面拖着一段电线，连在电线另一端的是一捆火药。"这里！"他高声嚷着，"在这里，过来拿啊！"

他的放松转变为完全的胜利。他不仅逃离了乔治，他还征服了他。有了手上这些护身符，乔治再也不能碰他。乔治会惊慌而逃。

他正准备转身迎战乔治时，乔治的双手圈住了他的脖子，紧紧勒住，阻塞他的气息，在他倒抽最后一口气后，彻底截断他的呼吸。

"我没有口吃。"乔治从他身后低声说。

他放下黄蜂窝，黄蜂成群涌出如一股狂怒的黄褐色浪潮。他的肺部像着了火似的。摇摆不定的视线落在定时器上，胜利感又回来了，伴随着达到顶点的义愤。电线并非将定时器连结到炸药上，而是连到一根厚实牢固的黑色拐杖上的金色握柄上，就跟他父亲被牛奶货车撞倒之后携带的那根拐杖一样。

他一把抓住拐杖，电线顿时脱落。拐杖拿在手上感觉沉甸甸的，十分顺手。他将拐杖往肩膀后头一甩，往上挥时拐杖擦到吊着灯泡的电线，电灯因此来回摆荡，让房间的阴影惊人地在地板和墙壁之间晃动起来。挥下来时拐杖打到某个更加坚硬的物体。乔治放声尖叫，掐住杰克喉咙的手指松开了。

他挣脱乔治的掌控，猛地转过身。乔治双膝跪地，头低垂着，双手捂住头顶，鲜血从他的指间涌出。

"拜托，"乔治卑微地低声说，"饶了我吧！托伦斯先生。"

"现在你该尝尝苦头了吧！"杰克咕哝着说，"现在向上帝发誓，你会吧！你这个小畜生，狗杂种。现在有上帝为证，你给我马上喝，一滴不剩，喝光该死的每一滴！"

头上的灯光摇晃，影子摆荡飞舞，他开始挥动拐杖，一次又一次地打下去，他的手臂如机器般地举起又落下。乔治护着头部沾满血污的手指从头上滑落，杰克反复不停地挥舞拐杖，打在他的颈部、肩膀、背部和手臂上。只不过拐杖不再是拐杖，看起来像是握柄上有某种鲜明条纹的球杆，一头坚硬、一头柔软的球杆，锐利的那头凝结了血迹和头发。空洞轰隆的声响取代了球杆打在肉体上的单调重击声，在四周回荡着。他自己的声音也呈现同样的音质，空洞地咆哮着。然而，矛盾的是，他自己的声音听起来比较微弱，含糊不清，暴躁……仿佛他喝醉了。

那个跪着的人缓缓抬起头来，仿佛是在哀求。严格说来，那不是一张脸，只不过是露出眼睛的血淋淋面具。他再度举起球杆准备最后咻的一声猛击下去，当他使出全力挥下时，才看见底下恳求的脸不是乔治的，而是丹尼的。那是他儿子的脸。

"爸爸——"

球杆击中目标，正打在丹尼的眉心，让他的眼睛永远阖上了。而在某处有个东西似乎在狂笑——

（！不！）

　　他从梦中清醒，赤裸着身子站在丹尼的床边，两手空空，身体因为流汗而微微泛着光。他最后一声尖叫只不过是他脑海中的空想。他再说一次，这次是用喃喃低语。

　　（不。不，丹尼。绝不会这样。）

　　他拖着仿佛变成橡胶的两条腿走回床上。温迪沉沉地睡着。床头柜上的时钟显示为四点四十五分。他躺到七点，一直没睡着，直到丹尼苏醒过来。然后他坐起来，双腿贴着床沿，开始穿衣服。该到楼下去检查锅炉了。

33. 雪上摩托车

　　午夜过后不知何时，当他们全都不安地睡着的时候，大雪在旧的雪壳上倾倒了八英寸厚的新鲜积雪后，终于停止。云层散开，清爽的风将云朵一扫而空，此时阳光从脏污的窗户斜射进设备仓库的东边，杰克就站在灰尘飞扬的一方阳光中。

　　这地方大约如运货车厢那么长，高度也差不多。闻起来有润滑油、燃油和汽油的味道，以及隐约而令人怀念的甜草香味。四台电动割草机在南面墙边排成一列如等待校阅的士兵，其中两台是乘坐式，外观像小型牵引机。割草机左边是掘孔机，圆刃的铲子专门设计用来帮果岭动手术，还有链锯、电动的修篱剪，以及一根又长又细、顶端有面红旗的钢杆。嘿，球童，在十秒内把我的球捡回来，里头有二角五分的硬币赏给你。是的，先生。

　　早晨太阳斜射最强烈的东面墙边，有三张乒乓球桌，一张紧靠着一张，宛如歪斜的纸牌屋。拆除掉的球网从上方的架子悬垂下来。角落里放着一堆推圆盘游戏的圆盘和一套短柄槌球球具——槌球的拱门用几撮铁丝捆绑在一起，着色鲜艳的球收在有如鸡蛋盒之类的东西里（沃森，你这里养的鸡还真奇怪……没错，你应该看看前面草坪上的动物啊，哈哈），以及球杆，共有两套，竖立在支架上。

　　他走过去槌球那边，跨过一个装八节电池的电瓶（这无疑曾经被放置于饭店载货车的引擎盖底下）、一个充电器以及卷在充电器和电池之间的一副潘尼百货的跨接线盘。他从前排支架迅速取下一根短柄球杆，举到脸的正前方，宛如即将上战场，正在向国王致敬的骑士。

　　他梦中的片段（如今全都混杂在一起，渐渐淡出）重现，有关乔治·哈特菲德及他父亲的拐杖那部分，刚好足以令他心神不安，而且十分荒谬的是，握着老旧、平凡而普通的短柄槌球杆居然会有点罪恶感。短柄槌球不再是常见的大众游戏了，比它更现代的表亲槌球如今更为普遍……还有儿童版的槌球游戏。然而，短柄槌球……肯定是相当了不起的游戏。杰克在地下室找到一本发霉的比赛规则手册，是二十世纪初某一年北美短柄槌球锦标赛在"全景"举办时留下的。真是了不起的游戏。

（精神分裂症）

他皱了一下眉头，然后笑了。是啊，这是一种精神分裂症患者玩的游戏。球杆完美地表达出这点：一头柔软，一头坚硬。讲求技巧和准度，强调原始、攻击力量的游戏。

他挥杆划过空气……咻——听到球杆产生强大、呼啸的声音后微微一笑。随后将球杆重新放回支架上，转向左边。映入他眼帘的东西令他再度皱起眉。

雪上摩托车几乎盘踞在设备仓库的正中央，非常新的一台，杰克一点也不喜欢它的外观。面朝向他的引擎罩侧边以黑色字体印着庞巴迪雪上摩托车，字迹倾斜向后，大概是在暗示其速度。突出的滑橇同样是黑色的。引擎罩的左右两边有黑色镶边，是在跑车上称为赛车条纹的图案。但实际上车身喷成了明亮、嘲讽的鲜黄色，那正是他不喜欢的地方。在晨光中，黄色车体、黑色镶边、黑色的滑橇及装有软垫的开放式黑色驾驶座，使得这台雪上摩托车看起来好像巨大的机械黄蜂。当它发动时，声音听起来应该也像黄蜂，发出嘶吼、嘈杂的嗡嗡声响，准备蜇人。要不然它应该长得像什么呢？最起码，它不是以伪装的颜色飞行。因为在它完成任务之后，他们将会受到相当大的伤害，他们所有的人。到春天来临时，托伦斯一家将会伤得非常严重，比起来黄蜂在丹尼手上蜇出的伤口简直像是母亲的亲吻。

他从身后口袋抽出手帕，擦拭嘴巴，然后走向雪上摩托车，站着俯视那台车，眉间的皱纹更加深了，接着他将手帕塞回口袋。外头一阵突如其来的强风猛烈地刮向设备仓库，吹得仓库摇晃不已并且嘎吱作响。他望出窗外，看见阵风夹带一大片闪亮的雪花结晶飘然吹向饭店的后方，再将雪花高高卷上凛冽蔚蓝的天空。

风停息后，他回去仔细端详那台机器。这真的是令人厌恶的东西。你几乎可以预期看到一根长长、柔软的刺从车尾突出去。他向来讨厌可恶的雪上摩托车。它们将冬天教堂般的宁静震碎成千百万个嘎嘎作响的碎片，惊吓到野生动物，后面排放出大量污染性的滚滚黑烟——咳嗽、咳嗽、呕吐、呕吐，让我呼吸吧！它们或许是日渐开展的化石燃料时代最丑恶的玩具，提供给十岁孩童当圣诞节礼物还差不多。

他记得在史托文顿读过一篇新闻报道，文章的发稿地是在缅因某处。一名孩童骑着雪上摩托车，以超过时速三十英里的速度飞驰在他以前从没行走过的道路上。晚上。他的头灯关着，行驶到一处，立着两根柱子之间绑着沉重的链条，中间挂着禁止入内的标示牌。他们说那孩子十之八九根本没看到，月亮可能隐藏在云后。那根链条将他的头削掉了。读到这篇报道时，杰克几乎是心情愉悦的，如今，低头看着这台机器，那种感觉又重现了。

（要不是为了丹尼，我会非常乐意抓起一根球杆，拆开引擎罩，不断地用劲敲，敲到）

他缓慢地长吁一口气，释出压抑的气息。温迪说得没错，只许成功，不许失败，否则就只能排队领救济了。温迪说得对。把这台机器敲毁是愚蠢至极的行为，不论这愚蠢行为能带来多么愉快的一面，这几乎无异于将自己的儿子捶死。

"可恶的勒德分子①。"他大声地说。

他走到机器后面，旋开油箱盖，在环墙高及胸部的架子上找到一把量油尺，将量尺迅速放进油箱，结果量尺末端八分之一英寸是湿的。油不是非常多，但足够试试看这该死的东西是否能发动。稍后他可以从福斯和饭店载货车多抽出一点油过来。

他把盖子旋回去，再拆开引擎罩。里面没有火花塞，也没有电瓶。他再去架子那边四处寻找，推开螺丝起子和活动扳手，从旧割草机取出单缸汽化器，好几个塑料盒的螺丝、钉子和各种尺寸的螺栓。架子因为陈年的油渍而又黏又黑，经年累积的灰尘黏在上头如同一层绒毛。他不想碰到。

---

① 一八一一年至一八一六年英国手工业工人中参加捣毁机器运动的人。

他找到一个沾满油污的小盒子，上头用铅笔简洁地标示着零件。他摇一摇，里头有东西哗啦哗啦响。火花塞。他高举起一个火花塞举到灯光下，企图估量出间隙，就不用到处搜找间隙测量工具了。他妈的，他愤恨不平地想着，将火花塞扔回盒子里。假如火花塞不匹配，那就太糟了。该死的糟透了！

门后有张凳子。他拉过来，坐下，安装上四个火花塞，然后在每个上头套上小的橡胶点火帽。做完之后，用手指拨弄一下磁电机。当我坐在钢琴旁时，他们哄堂大笑。①

他再回到架子边，这一回他没找到想要的一个小电瓶，能装三、四节电池的。架上有套筒钳子，一个装满钻机和钻头的箱子，几袋草地肥料和花坛用的肥料，但是没有雪上摩托车的电瓶。他丝毫不觉得困扰；事实上，他觉得好极了。他解脱了。我尽力了，队长，但是我没办法通过。没关系的，孩子，我会为你申请银星勋章，还有紫色雪上摩托车。你是本军团的荣耀。谢谢，长官，我真的努力了。

他开始用口哨快速地吹着《红河谷》，一边继续搜找最后两三英尺的架子。音符吹出来时伴随着一小口一小口的白烟。他已经彻底搜查过仓库一遍，那东西不在这里。也许有人把它搬走了，说不定是沃森。他放声大笑。老掉牙的私卖办公室用品的把戏：一些回形针、几令纸，没有人会发现遗失了这条桌巾或这套金尊餐具……那么拿走这个不错的雪上摩托车电瓶又何妨？是啊！那迟早可能派上用场。把它扔进腰包。白领阶级的犯罪，宝贝。每个人都有偷窃的习惯。小时候我们都称这是外套下的折扣。

他走回雪上摩托车旁，经过时朝摩托车侧边使劲地狠狠踹上一脚。哼，就到此为止。他只需要跟温迪说声抱歉，宝贝，但是——

门边角落里有个箱子。方才凳子就放在箱子上，上头用铅笔缩写着：雪地车。

他死盯着箱子，笑容僵在唇边。你瞧，长官，是装甲部队。看来你的烟雾信号终究还是发挥作用了。

---

① 原文为 "They laughed when I sat down at the piano"，为一首在欧美地区流行的歌曲名。

这不公平。

该死的，这根本不公平。

某种东西——运气、命运、天意——一直在试图拯救他，某种善心的运气。然而在最后一刻坏心的老杰克·托伦斯的运气又介入。这场讨厌的牌局尚未结束。

一股灰暗、阴郁的愤懑涌上他的喉咙。他的双手又紧握成拳。

（不公平，该死的，这不公平！）

他为何不会注意别的地方呢？任何地方都好！他为何没有突然脖子抽筋、鼻子发痒或者需要眨眼呢？只要有任何一点小事，他就永远不会看到那个箱子。

唉，他没有。就这样。那是幻觉，跟昨天在二楼房间外或是该死的树篱动物园发生的事情没什么不同，只是一时精神紧张而已。真是异想天开，我居然以为自己看见角落里有雪上摩托车的电瓶。现在那里什么也没有。长官，我猜是战斗疲劳症。抱歉。孩子，打起精神来，我们大家迟早都会犯这个毛病的。

他猛地将门打开，力气大得几乎足以弄断铰链，然后把雪地鞋拖进来。雪地鞋上结满了雪霜，他用力将雪地鞋往地板上拍，惹起一片灰尘。他把左脚伸进鞋中……蓦地顿住。

丹尼在外面，就在放牛奶的平台旁边。看上去，他正努力堆出雪人。可是运气不大好，雪因为结冰无法黏合。然而，他还是尽全力去做，闪耀的晨光中，一个穿得厚厚的小不点儿在亮晶晶的雪上，在灿烂的晴空下。他头上戴着帽子，转过身，活像红袜队捕手卡尔顿·费斯克。

（老天，你究竟在想什么啊？）

答案毫不迟疑地浮现。

（我。我只想到我自己。）

蓦地他想起昨晚躺在床上，躺着躺着突然考虑要谋杀他的妻子。

那一瞬间，他跪在地上，一切都再清楚不过。"全景"不仅对丹尼有影响，也对他有影响。薄弱的环节不是丹尼，而是他。他才是那个脆弱的人，那个可被弯折、扭曲直到某样东西断裂的人。

（直到我放弃，睡着……真要做的话，什么时候动手呢）

他抬头仰望那一排窗户，太阳从许多片拼成的窗户表面反射出夺目的光芒，但他还是直视着。第一次他注意到那些窗户多么像眼睛。它们将太阳光反射出去，却把黑暗保留在自己内部。它们并非注视着丹尼。不，它们是在注视他。

在短短几秒钟内，他恍然大悟。他记得小时候在教义问答课堂上，看过一幅黑白的图画。修女向他们介绍挂在画架上的这幅画，宣称这是上帝的神迹。全班同学茫然不解地看着画，没看到任何东西，只看见一团混杂的黑与白，毫无意义可言，也没有图案。但没多久坐在第三排的一个孩子倒抽一口气说："是耶稣！"由于那孩子是头一位发现的，所以回家时带着一本全新的《圣经》和一份月历。其他同学更认真地凝视，小杰克·托伦斯也是其中一位。其他的孩子一个接一个都发出类似的倒抽一口气的声音，一名小女孩激动得近乎狂喜，尖声喊道："我看见他了！我看见他了！"她同样获得一本《圣经》作为奖赏。到最后每个人都在那一团混杂的黑白之中看见耶稣的脸，只有小杰克除外。他更加奋力地睁大眼睛，开始感到害怕，他身体的一部分嘲讽地认为，其他每个人都只是为了取悦比阿特丽丝修女才假装看见的；第一部分的他暗自相信，他没看见是因为上帝判定他是班上最恶劣的罪人。"小杰克，你没看见吗？"比阿特丽丝修女用忧愁温柔的态度询问。我看见你的咪咪，绝望中他满怀恶意地想。他摇摇头，然后假装兴奋地说："嗯，我看到了！哇！是耶稣！"班上每个人都笑了并为他鼓掌，让他同时感到得意扬扬又羞愧害怕。之后，当每个人急急忙忙挤出教堂地下室到街上去的时候，他慢吞吞地逗留在后面，盯着比阿特丽丝修女留在画架上的那团无意义的黑白。他恨它！他们全都像他一样造假，就连修女自己也是。它是个大骗子。"放屁——见鬼——放屁。"他低声地喃喃自语，正当他转身要走的时候，眼角瞥见了耶稣的脸，悲伤而睿智。他转回去，一颗心跳到了嗓子眼。蓦地所有的一切豁然开朗，他怀着敬畏的心惊讶地凝视那幅图画，不敢相信他之前居然没看到。那双眼，忧心忡忡的额头上那道锯齿状的阴影，秀挺的鼻子，富有同情心的嘴唇，正看着小杰克·托伦斯。原本仅是毫无意义的一团杂乱，忽然间转化为清晰的主耶稣脸庞的黑白蚀刻版画。敬畏的讶异变成恐惧。他在耶稣画像前咒骂。他会下地狱，会和罪人一起待在地狱。耶稣的脸一直都在图画中，始终都在。

如今，跪在阳光底下，看着儿子在饭店的阴影中玩耍，他知道一切全都是真的。饭店想要伤害丹尼，也许想要伤害他们所有的人，但丹尼是绝对肯定的。树篱真的走动过。二一七号房有死掉的女人，或许在多数情况下只不过是个无害的灵魂，然而现在却是积极攻击人的危险物。她就像个恶毒的发条玩具，是丹尼本身奇特的心灵……以及他自己的心思……帮她上了发条，让她开始活动。是不是沃森告诉过他，有一天有个男人在短柄槌球场中风，当场倒毙呢？还是厄尔曼？那不重要了。三楼发生过暗杀事件。过去还有多少次争执、自杀和中风呢？多少件谋杀案？格雷迪是不是拿着斧头潜伏在西侧某个角落，只等着丹尼将他启动，好让他能从蛰伏的地方出人意料地冒出来呢？

丹尼脖子上那一圈肿起的瘀伤。

空无一人的酒吧里，若隐若现的闪亮酒瓶。

无线电收音机。

幻梦。

他在地下室发现的剪贴簿。

（梅铎克／你在吗？／亲爱的，我又梦游了……）

他突然站起来，把雪地鞋用力扔出门外。他浑身发抖，使劲将门关上，然后拿起装了电瓶的箱子，箱子从他颤抖的手指间滑落，

（噢天啊，要是我把它摔坏了怎么办）

砰地翻倒到侧面。他拆开箱子的封盖，猛然拉出电瓶，完全不顾万一电瓶破裂，里头的酸液有可能从电池的外壳漏出来的危险。但是电瓶没破，完好无缺。从他的嘴唇里逸出小声的叹息。

抱着电瓶，他走到雪上摩托车旁，放在靠近引擎前头的平台上。他在架子上找到一支小的活动扳手，顺利地迅速接好电瓶的线。电瓶还可用，不需要用充电器。当他把电线接到正极那一端时，听到电流噼啪的爆裂声，并闻到轻微的臭氧味。完工后，他站开，双手紧张地在褪色的牛仔夹克上猛擦。好了，应该可以发动。没有理由不行，一

点理由也没有，只是这台车属于"全景"，而"全景"实在不希望他们离开这里，一点也不想。"全景"玩得不亦乐乎。有个小男孩可以吓，还可以鼓动一个男人和他的女人互相敌视，倘若它好好运用手上的牌，他们最后就会如雪莉·杰克逊[①]小说中无实体的幽灵一般，在"全景"的走廊上轻快地穿梭，无论什么走在山宅里都是独个儿在走，但是你在"全景"不会单独一个人，噢不，这里有好多同伴呢！但是这辆雪上摩托车真的没有理由发动不了，当然除了

（除了他依旧不是真心想要离开。）

对，除了这一点。

他站在那里端详着雪上摩托车，呼出的气息冻结成小缕的白烟。他希望维持原状。当他进来这里时，他毫不怀疑，下山将是错误的决定，他那时就知道了。温迪只是害怕歇斯底里的小男孩召唤来的鬼魂。此时，忽然间，他能了解她的立场。感觉就好像他的剧本，那可恨的剧本。他不再清楚自己是支持哪一边，或者事情该如何收场。一旦你在杂乱的黑与白之间看见上帝的脸，那就完了，你再也无法看不见。其他人也许会大笑说这没什么，只不过是一大堆毫无意义的斑点，随便哪一天给我一张漂亮的旧艺术大师用数字画的彩绘吧！但你总是会看到主耶稣的脸朝着你看。你已从碎片中看出完美的成形，意识和潜意识在令人骇然的领悟瞬间交融在一起。你永远都会看见。你受到诅咒，永远都会看见。

（亲爱的，我又梦游了……）

本来一切都很好，直到他看见丹尼在雪中玩耍。都是丹尼的错，一切都是丹尼的错。他是那个拥有闪灵或管他是什么的人。那不是闪灵，是诅咒。假使他和温迪单独在此，他们就能相当安稳地度过这个冬季。没有痛苦，精神上也没有压力。

（不想离开吗？不能吗？）

"全景"不希望他们走，他也不希望他们离开，甚至不希望丹尼

---

① 雪莉·杰克逊（Shirley Jackson，1919—1965），美国小说家和短篇故事家。大多好作品以邪恶为主题，邪恶背后暗藏了变态的心理或超自然力量。

离开。也许现在他是计划的一分子。或许"全景"，这位浮夸、说话长篇大论的塞缪尔·约翰逊 ①，选中他做为它的鲍斯韦尔。你说新的管理员会写作？非常好，那就雇用他吧！该轮到我们说说我们这一方的看法了。不过，我们要先除掉那个女人和他流鼻涕的孩子。我们不希望他分心。我们不要——

他站在雪上摩托车的驾驶座旁，头又痛了起来。结论到底是什么？离开或是留下。非常简单。简单就是美。我们应该走，还是该留下来？

假如我们离开的话，你要多久才能在萨德维特当地找到简陋的住处？他心中的一个声音问。摆了一台烂彩色电视，让没刮胡子、没工作的男人成天看益智游戏节目的阴暗场所？男厕的尿骚味闻起来像是累积了两千年以上，抽水马桶里总是有泡烂的骆驼牌烟蒂的地方？还是啤酒一杯三毛钱，你得掺着盐喝，点唱机里装满七十首乡村老歌的地方？

多久？噢天啊，他很担心根本撑不了多久。

"我赢不了的。"他非常轻声地说。就是这样，感觉就像是试图用一副缺张 A 的纸牌玩接龙一样。

他陡然俯身冲向雪上摩托车的引擎室，猛力拔掉磁发电机。令人生厌地轻松将磁发电机拆下。他审视磁发电机半晌，然后走到设备仓库后门，把门打开。

从这儿山景一览无遗，在早晨的闪耀光芒下宛如风景明信片般美丽。连续不断的雪地延伸到大约一英里外远的第一排松树那里。他奋力将磁发电机扔到雪地中，尽可能扔到最远处。磁发电机飞得比正常情况下要远，落下时砸溅起少量的雪。微风将雪的微粒吹到新的休息地。就地解散，我说。没什么好看的了。全都结束了。解散。

他感觉心境平和。

他站在门口好长一段时间，呼吸着清新的高山空气，然后把后门牢牢关上，从另一扇门走回去告诉温迪他们要留下。途中，他停下来和丹尼打雪球仗。

---

① 塞缪尔·约翰逊（Samuel Johnson，1709—1784），英国作家，文学评论家和诗人，被视为英国文学泰斗。下文提到的鲍斯韦尔，曾专门为他作传记《约翰逊传》（1791 年）。

34. 树 篱

时间是十一月二十九日，感恩节过后三天。上个礼拜过得很愉快，感恩节晚餐是他们一家人吃过最棒的。温迪把迪克·哈洛兰的火鸡烹调得恰到好处，他们全吃到肚子撑，仍旧离清光这只快活鸟还差很远。杰克抱怨说他们接下来的冬天都得吃火鸡——奶油火鸡、火鸡三明治、火鸡面、惊喜火鸡炖菜。

不用啦，温迪微微笑着告诉他。只要吃到圣诞节，到时候我们会有阉鸡。

杰克与丹尼齐声呻吟。

丹尼脖子上的瘀痕渐渐淡去，他们的恐惧似乎也随之消失。感恩节下午，温迪拉着雪橇上的丹尼到处闲逛，杰克则忙着写剧本，他的剧本现在已接近完成。

"博士，你还会害怕吗？"她开口问，不知道该如何较委婉地提出这问题。

"会，"他简单地说，"不过我现在待在安全的地方。"

"你爸爸说森林巡逻队员迟早会觉得奇怪，我们为何都没查一下无线电对讲机。他们会过来看看是否有什么问题，到时候我们或许就可以下山，你跟我。让你爸爸做完整个冬季。他有很好的理由想这么做。在某种程度上来说，博士……我知道你很难了解……我们已经无路可退了。"

"嗯。"他不置可否地回答。

这个闪亮的下午，他们两人在楼上，丹尼知道他们刚才在做爱，现在在打瞌睡。他知道，他们很快乐。母亲仍然有一点担忧，但父亲的态度十分奇怪。感觉好像他做了什么非常艰难的事，而且做得很正确。可是丹尼似乎无法看出究竟是什么事。父亲小心翼翼地保守这个秘密，即使在他自己的心里也一样。丹尼怀疑，你有可能高兴自己做了某件事，却同时对这件事感到羞愧而尽量不去想吗？这问题是相当令人困惑的。他不认为这种事情有可能……以正常人的心理来说。他费最大的工夫去探索父亲的心，结果只得到模糊不清的画面，一个好像章鱼的东西快速卷上凛冽蔚蓝的天空。而两次他努力集中精神才取得这画面的时候，爸爸突然用犀利、骇人的目光瞪视他，仿佛他知道丹尼在做什么。

此刻丹尼在大厅里，正准备要出门。他常常出去，带着雪橇，或是穿着雪地鞋。他喜欢走出饭店。当他置身在外面的阳光下时，感觉好像卸下了肩膀上的重担。

他拉一把椅子过来，站上去，从舞厅的衣橱取出连帽雪衣及雪裤，然后坐在椅子上穿上。高筒靴在鞋箱里，他把靴子取出来穿上，舌头从嘴角探出，专心致志地系鞋带，把生牛皮带子仔细绑成易解的祖母结，接着戴上连指手套和滑雪面罩，准备就绪。

他踩着沉重的步伐穿过厨房到后门去，蓦地停下脚步。他厌倦了在后头玩耍，到一天的这个时刻，饭店的影子会笼罩在他游玩的区域，而他甚至不喜欢处在"全景"的阴影底下，于是他决定穿上雪地鞋到游戏场去。迪克·哈洛兰吩咐他要远离绿雕，但是想到树篱动物，他并不十分担心。它们现在都埋在雪堆底下，除了粗略的小雪丘可看出是兔子的头或狮子的尾巴外，什么也看不见。它们从雪中隆起的模样，使得尾巴看起来反而可笑而不是可怕。

丹尼打开后门，从放牛奶的平台上拿了雪地鞋。五分钟后，他在前廊用皮带将雪地鞋绑在脚上。爸爸告诉过他，他（丹尼）抓到了使用雪地鞋的要领：放松，缓慢滑动步伐，在抬起的脚即将落下之前扭动脚踝将粉状的干细雪从系带上甩下来的动作。诸如此类的动作都能让他锻炼到大腿、小腿及脚踝必要的肌肉。丹尼发现脚踝最先感到疲累。穿雪地鞋行走对脚踝的负担几乎同滑雪一样重，因为你必须一直清理鞋带。每隔五分钟左右，他就必须双脚张开停住，雪地鞋平放在雪上让脚踝休息。

但是去游戏场的途中他不需要休息，因为全是下坡。在吃力地爬过飘进"全景"前廊的巨大雪丘后，不到十分钟，他就已经站在游戏场，一只戴着连指手套的手搁在滑梯上，甚至没有喘得多厉害。

埋在深雪中的游戏场似乎比秋天时来得漂亮，看起来像是仙境的雕塑。秋千的链条冻结成奇怪的姿态，大孩子秋千的座椅与雪齐高。攀爬架是由滴下的冰牙护卫着的冰穴。"全景"娃娃屋唯有烟囱突出在雪上。

（但愿另一个也这样被掩埋，只是不要将我们一起埋进去）

而水泥环的顶端有两处露出来，宛如爱斯基摩的圆顶小屋。丹尼迈着沉重的步伐走过去，蹲下，开始挖掘，没多久就挖出其中一个的幽暗入口，于是他钻进冰冷的地道，想象自己是秘密帕特里克·麦高汉（这个影集已在柏林顿电视频道回放了两次，他爸爸一个也没错过，宁愿不参加聚会，待在家里看《秘密间谍》或是《复仇者》，丹尼总是跟他一起看），正在瑞士山区逃离 KGB 的探员。这区域发生雪崩，而恶名昭彰的 KGB 探员斯洛博用带毒的飞镖杀害了他的女友，但是这附近某个地方有苏俄的反重力机械装置，或许就在这个地道的尽头。他拔出自动手枪，走进混凝土地道，睁大眼睛警戒，呼吸时冒出阵阵白雾。

水泥环的另一头出口被雪牢牢封住。他试着挖穿，却惊讶（也有点不安）地发现雪有多坚实，由于寒冻加上越来越多的雪的重量不断压在上头，这里的雪几乎像冰一样。

他的假想游戏瞬间瓦解，突然意识到自己好像被包围，在这紧密的水泥环里异常地紧张。他能听见自己的呼吸声，听起来阴冷、浅快而空洞。他在雪底下，几乎没有光线从他进来时挖掘的洞口透过来。蓦地他呕欲出去到阳光下，忽然想起他的爸爸妈妈在睡觉，并不知道他在哪里，万一他挖的洞坍塌了，他就会被困住，更何况"全景"并不喜欢他。

丹尼有点困难地转身，沿着长长的水泥环往回爬，他的雪地鞋在后头相撞，笨拙地发出喀哒喀哒的声音，手掌啪啪啪地把底下今年秋天的白杨木枯叶弄碎。他才刚爬到尽头，触及上面射下的少许冷冽光线，雪就真的崩了，轻微的塌陷，但足足扑了他一脸，并且堵塞住他扭动身躯钻出来的裂口，将他留在一片幽黑之中。

有一刹那，他的大脑恐慌得完全冻结，无法思考。然后，仿佛从很遥远的地方，他听见爸爸告诉他，他绝对不能在史托文顿的废物堆玩耍，因为有时候会有愚蠢的家伙把旧冰箱拖出来丢掉，却没有把冰箱门拆掉，万一你跑进去，门刚好关上，你就没法出来了。你会在黑暗中死去。

（你不会希望这种事情发生在你身上吧！会吗，博士？）

（不会，爸爸。）

但是事情真的发生了，他慌乱的脑袋告诉他，事情确实发生了，他在黑暗中，他被困住了，这里就像冰箱一样寒冷。而且——

（这里除了我以外还有别的东西。）

他倒抽一口气后屏住呼吸，近乎迟缓的惊恐悄悄蔓延至他全身的血管。是的，没错。这里有别的东西和他在一起，是"全景"为这种机会所保留的可怕东西。也许是一只潜伏在枯叶底下的大蜘蛛，或许是一只老鼠……或者也许是某个死在游戏场的小孩的尸体。那种事情曾经发生过吗？嗯，他想也许曾有过。他想起浴缸里的女人，总统套房墙壁上的血液和脑浆。想到某个小孩，头部因为从单杠或秋千上摔下来而裂开，在黑暗中追在他后面爬，咧开嘴笑，寻找与它一同在永无止境的游戏场玩耍的最后一位玩伴。再过一会儿他就会听见它到来的声音。

在水泥环的另一头，丹尼听见某个东西手脚并用地爬来找他时，枯叶发出鬼鬼祟祟的窸窣声。随时他都可能感觉到它冰冷的手抓住他的脚踝——

这个想法让他缓过神来。他开始挖掘坍塌下来封住水泥环这端的疏松的雪，不断迅速地将粉状雪从两腿间向后抛，犹如正在挖找骨头的小狗。蓝色的光线从上方透过来，丹尼奋力朝光线方向爬去，宛如从深海游出来的潜水人。他的背部擦撞到水泥环边缘，一只雪地鞋缠绕在另一只的后面，雪掉进他的滑雪面罩及连帽雪衣的领子里。他五指并用地挖着雪。雪似乎想要挽留他，将他再吸回底下，回到那个看不见的东西把枯叶弄得窸窣作响的水泥环，把他拘留在那儿，永永远远地。

　　然而他出来了，仰着脸正对着太阳，他从雪中爬出来，爬离半遭掩埋的水泥环，粗重地喘着气，脸上净是粉状雪，白得近乎滑稽——活生生的吓人面具。他跛着脚走到攀爬架，坐下来重新调整雪地鞋，缓一口气。在他将雪鞋恢复正常，重新绑紧带子的时候，一双眼始终没离开水泥环尽头的那个洞。他等着看是否有东西会跑出来。什么也没有，过了三四分钟后，丹尼的呼吸开始缓和下来。不管是什么，它都受不了太阳光。它被拘禁在下面，也许只有天黑时才能出来……或者当雪把它环形的监牢两端都堵塞住时。

　　（不过我现在安全了，我安全了，我可以就这样回去，因为我）

　　他身后有东西发出轻微的撞击声。

　　他转过身，向着饭店，仔细凝视。但是甚至在他凝望前

　　（你能看见图片中的印第安人吗？）

　　就已经知道他将会看见什么，因为他清楚那轻微的撞击声是什么。那是一大块雪坠落的声音，就是像雪从饭店的屋檐滑落，掉到地面上的声音。

　　（你能看见——？）

　　是的，他可以。雪从树篱狗的身上掉落。他下来时，它只不过是游戏场外的无害雪团。如今它露出雪堆，在四周将人的眼睛刺到流泪的白色中出现一抹极不协调的绿。它坐起来，仿佛要乞讨糖果或是残羹冷炙。

　　但这一回丹尼不会发狂，不会失去冷静。因为最起码他不是受困在某个漆黑古老的坑洞里。他是在阳光下，而它只是一条狗。今天外面相当暖和，他抱着希望地想，也许太阳能融掉老狗身上足够的雪，让剩下的慢慢摊成一团。或许它就只有这点能耐。

　　（别靠近那个地方……靠右边走绕过去。）

　　他将雪地鞋的带子绑得紧紧的，站起来回头望着几乎完全淹没在雪中的水泥环，当他看到方才从中逃出的那一端时，心脏霎时冻结。在水泥环的末端有个环形的黑块，一圈阴影标示着他为了进去所挖出的洞口。现在，尽管白雪刺目，他觉得自己能看见有东西在那儿——有个东西正在动。一只手。是某个极为悲伤的孩子在挥动的手，是挥

舞的手，恳求的手，即将溺死的手。

（救我，噢拜托，救救我，如果你救不了我，起码来陪我玩……永远。永远。永永远远。）

"不。"丹尼嘶哑着声音喃喃地说。从他嘴巴漏出的这个字干枯赤裸，完全失去水分。他能感觉到自己的精神开始摇摆，想要逃走，就像那时房间里的女人要……不，最好别去想那件事。

他攥住现实的绳索，紧紧地抓着。他得离开这里，集中精神在这件事上。镇定点，要像秘密间谍一样。帕特里克·麦高汉会像个小娃娃一样哭哭啼啼尿裤子吗？

爸爸会吗？

这想法让他多少平静一点。

从他身后，又传来雪缓慢坠地时的砰然声。他一转身看见一棵树篱狮子的头从雪中钻出来，朝他怒吼。它比原本该站的位置还要更靠近，几乎要到游戏场的大门了。

恐惧想要冒出头，但他强压下去。他是秘密间谍，他总会逃脱的。

他迈步走出游戏场，采取绕道而行，与开始下大雪的那天父亲走的路线相同。他全神贯注地操纵雪地鞋，缓慢、平顺地滑步。别把脚抬太高，否则会失去平衡；扭动你的脚踝，把雪从纵横交错的鞋带上甩下来。感觉好像非常缓慢。他抵达游戏场的边陲，这儿的雪堆得很高，因此他能够跨过围篱。跨到一半时，突然差点跌趴下去，因为后脚的雪地鞋勾到围篱的柱子。他靠着重心的外缘，双臂如风车般地转扭了一下才没有跌下去，他清楚一旦跌倒再爬起来有多困难。

他的右边，又传来轻微的声响，雪块砰然掉落的声音。他转回头，看见另外两只狮子，如今前爪以上的雪都清干净了，它们并肩站在大约六十步以外的地方，代表眼睛的绿色凹洞紧盯着他。那只狗也把头转了过来。

（只是在你没留神的时候发生的。）

"噢！嘿——"

他的两只雪地鞋拌在了一起，身子猛地往前一跌，陷入雪中，手臂无用地挥动着。更多的雪跑进他的兜帽里，向下滑到脖子里，靴子上也沾了不少雪。他挣扎着爬出雪堆，试图穿着雪地鞋站起来，他的心脏怦怦猛跳。

（秘密间谍，要记住你是秘密间谍）

结果失去平衡往后倒下去。有一会儿他躺在那儿仰望天空，觉得放弃应该会容易点。

然后他想起混凝土地道里的那东西，心知他不能就此放弃。他重新站起来，目不转睛地看着绿雕。三只狮子现在全都聚集在一块儿，不到四十英尺远。狗围在它们左边稍远处，仿佛要阻断丹尼的退路。它们身上全都没有雪，只有脖子和口鼻处有一环环粉状的细雪。它们全都瞪视着他。

他的呼吸加速，惊慌好像老鼠在脑袋里扭动、啃噬着。他奋力对抗惊慌，与雪地鞋搏斗。

（爸爸的声音：不，博士，别想对付雪地鞋。穿着雪地鞋走路，把它们当成是你自己的双脚。靠它们走路。）

（好的，爸爸。）

他再度走动起来，试着重拾与爸爸一起练习时的流畅节奏。一点一点地他逐渐掌握到节拍，但随着节奏顺畅，他继而意识到自己有多么疲累，恐惧多么耗尽体力啊。他的大腿、小腿和脚踝的肌腱开始发烫颤抖。他能看见"全景"在前方，愚弄人似地遥远，好像在用许多窗户直盯着他，仿佛这是一场它稍微感兴趣的比赛。

丹尼转回头看，急促的呼吸骤停了片刻，随即加速，甚至比之前还更快。最接近他的狮子如今在他身后只有二十英尺远的地方，宛如狗在池塘里涉水前进一般地挺胸穿过积雪。另外两只在它的左右两边，与它同速向前。它们就像一排巡逻的士兵，而狗，依旧在左边稍远的地方，宛如侦察兵。最靠近他的狮子把头低下，强健有力的肩膀拱得高过脖子，尾巴翘起，仿佛在他转身看它之前，它正来来回回、来来回回地甩动尾巴。他觉得它看起来像是一只异常巨大的家猫，正愉快地戏弄即将残杀的老鼠。

（——要跌倒了——）

不，假如他跌倒的话就死定了。它们绝不会让他爬起来。它们会猛扑过来。他死命地挥动双臂，身子突然往前冲，重心跳到鼻子之前。他抓到重心后急忙向前，迅速回头瞄几眼。空气飕飕地进出他干渴的喉咙宛如热烫的玻璃。

包围他的世界仅剩刺眼的白雪、绿色的树篱和雪地鞋沙沙的声响。还有别的东西，一个轻柔、听不清楚的脚步声。他想要加快速度，却没有办法，他正走在大雪掩盖的车道上。小男孩的脸几乎完全隐没在雪衣兜帽的阴影下。这个下午无风而晴朗。

再次回头时，尖端的狮子离他只有五英尺，龇牙咧嘴的，嘴巴张大，腰臀部绷紧有如上了发条。在它及其他几只后头，他看见兔子鲜绿色的头正钻出雪堆，仿佛要把可怕茫然的脸转过来看这场追猎的结果。

现在，在"全景"前面环形车道和前廊之间的草坪上，他不再压抑心中的惊慌，开始笨拙地穿着雪地鞋奔跑，丝毫不敢回头看，身体越来越往前倾，两只手臂伸在前面，宛如盲人摸索障碍物一般。他的兜帽掉在背后，显露出他的脸色，脸颊上病态的红斑遮盖住了糨糊般的灰白，眼睛因惊惧而异常地凸起。前廊现在非常接近了。

在他背后，他听见雪突然发出嘎吱一声巨响，有个东西跳起来。

他跌倒在前廊的阶梯上，发不出声音地尖叫着，一面手脚并用地快速往上爬，雪地鞋在后面歪歪斜斜地撞击着。

空中有挥砍的声音，他的腿忽然感到一阵疼痛，还有衣服撕裂的声音。别的东西可能——肯定——存在他的心中。

咆哮，愤怒的吼叫。

鲜血和常青植物的味道。

他整个人趴在前廊上，嘶哑地啜泣着，嘴巴里尝到浓烈的金属铜味。他的心脏在胸口怦怦狂跳，鼻子淌下一道细细的血流。

他不知道自己在那儿趴了多久，之后大厅门突然打开，杰克飞奔出来，只穿着牛仔裤和拖鞋。温迪跟在他后头。

"丹尼！"她高喊。

"博士！丹尼，天啊！怎么了？出了什么事？"

爸爸扶他起来。他膝盖底下的雪裤被撕开，里头羊毛料的滑雪袜也被撕裂，小腿肚上有浅浅的抓痕……似乎像是他努力挤过生长茂密的常青树篱时，树枝抓伤了他。

他转回头看。底下草坪的远处，越过果岭，有几个隐约、蒙着雪的隆起物，是树篱动物——在他们和游戏场之间；介于他们与道路之间。

他的双腿瘫软。杰克抱住他，于是他放声哭了起来。

35. 大 厅

　　丹尼告诉了父母所有的事情，除了雪封住水泥环尽头时发生在他身上的那件事。他无法强迫自己重述当时的情况，也找不出恰当的词句来表达当听见白杨枯叶在阴冷的黑暗中鬼祟地噼啪作响时，自己感受到的那种迟缓、渐渐爬上来的恐惧感。不过他告诉他们雪成团落下时轻微的声响，还有狮子用头和耸起的肩膀一路顶出雪堆来追逐他，甚至连即将终了时兔子如何转头来看的事也说了。

　　他们三人在大厅里，杰克在壁炉里生起熊熊烈火。丹尼裹着毛毯坐在小沙发上，那儿曾经，仿佛一百万年前，有三位笑得像小女孩的修女坐在那儿，等待柜台的队伍逐渐稀疏。丹尼啜饮着马克杯中的热面汤，温迪坐在他身旁，轻抚他的头发。杰克坐在地板上，在丹尼讲述那场经历时，他的表情似乎越来越沉寂，越来越凝重。他两度掏出身后口袋的手帕擦拭看起来疼痛的嘴唇。

　　"然后它们就追着我。"丹尼说完，杰克起身走到窗边，背对着他们。丹尼望着妈妈。"它们一路追着我到门廊。"他努力维持平静的语气，因为假如他保持平静，他们也许会相信他。史坦格先生就没有保持平静，他开始哭泣，而且没法停止，所以**穿白大褂的人**才来带走他，因为如果你不能停止哭泣，就代表**你发疯了**，那么何时能够回来呢？**没有人知道**。他的连帽雪衣和雪裤及凝结了的雪地鞋，搁在一进巨大双扇门内的地毯上。

　　（我不哭，我不会让自己哭出来的）

　　他想他有办法做到，但是忍不住发抖。他直视着壁炉里的火，等候爸爸开口说话。猛烈燃烧的橘黄色火焰在深色的石头壁炉边跳跃着。一个松树结疖的一声爆开，火花冲上排烟管。

　　"丹尼，过来这儿。"杰克转过身，脸上依旧是憔悴如死人般的表情。丹尼并不想看他的脸。

"杰克——"

"我只是要孩子过来一下子。"

丹尼滑下沙发，来到爸爸身边。

"好孩子。现在你看到了什么？"

丹尼甚至还没走到窗边就知道他会看到什么。在标示着他们平常活动区域凌乱的靴子脚印、雪橇轨迹和雪地鞋印子之下，覆盖住"全景"草坪的雪地向下倾斜到绿雕和远处的游戏场。两组鞋印破坏了雪地，一组是从门廊笔直通向游戏场的足迹，另一组是绕了一大圈又回到门廊的环形印子。

"只有我的脚印，爸比。可是——"

"那树篱呢，丹尼？"

丹尼的嘴唇颤抖了起来，他快要哭了。万一他停不下来怎么办？

（我不哭，我不哭，不哭不哭绝不哭！）

"全都被雪盖住了，"他低声说，"可是，爸比——"

"什么？我听不见你说的话！"

"杰克，你是在盘问他啊！你难道看不出来他很难过，他——"

"闭嘴！好啦，丹尼？"

"它们抓伤我，爸爸。我的腿——"

"你一定是在雪壳上割伤腿的。"

温迪插入父子之间，脸色苍白而愤怒。

"你打算要他做什么？"她质问丈夫。"承认杀人吗？你到底是怎么搞的？"

这时他眼神中的古怪似乎淡去。"我只是想要帮助他找出现实和幻觉之间的差别。"他在丹尼身边蹲下让两人处在眼睛平视的位置，然后紧搂住丹尼。"丹尼，事情并没有真的发生，明白吗？那就像是你有的时候陷入的出神状态，就这样而已。"

"爸比？"

"什么，丹？"

"我并不是在雪壳上割伤腿的。那里根本没有雪壳，全都是粉粉的雪，甚至没办法黏在一起做雪球。记得我们想打雪球仗，都没办法打吗？"

他感觉父亲贴着他的身体僵硬起来。"就在门廊前的阶梯那里。"

丹尼抽身退开。忽然间他懂了。他灵光一闪恍然大悟，就像他有时候会突然明白一些事情一样，如同他知道那妇人想要钻进灰衣男人的裤子里一般。他瞪大眼睛直盯着父亲。

"你知道我说的是实话。"他震惊地低喃。

"丹尼——"杰克的脸越加紧绷。

"你知道的，因为你看到过——"

杰克张开手掌掴丹尼脸的声音相当平淡，一点也不戏剧化。男孩的头部往后一仰，脸颊上变红的掌印宛如烙印。

温迪发出哀叹的声音。

瞬间他们三人都静止不动，之后杰克一把抓住儿子说："丹尼，对不起，你还好吗，博士？"

"你打了他，你这混蛋！"温迪哭喊着，"你这下流的混蛋！"

她扯住他的另一只手臂，丹尼被两人拉扯在中间好一会儿。

"噢拜托，别再拉我了！"他对他们高声喊，他的声音听起来非常痛苦，于是两人都放开他，此时眼泪止不住了，他崩溃地哭泣，倒在沙发和窗户之间，他的双亲无助地盯着他，就像孩子直瞪着在激烈争夺玩具归属的扭打中弄坏的玩具一样。壁炉里另一个松树结爆裂的声音有如手榴弹，把他们全都吓了一跳。

温迪给他服用儿童阿司匹林，杰克轻轻将他放入轻便小床的被褥里，他没有抗议。他将拇指塞在嘴里马上睡着了。

"我不喜欢这样，"她说，"这是倒回到从前。"

杰克没有回答。

她柔和地注视他，没有生气，也没有笑容。"你要我为了骂你混蛋向你道歉吗？好吧，我道歉，对不起。但是你还是不应该打他。"

"我知道，"他咕哝着说，"我清楚。我不知道自己究竟是怎么回事。"

"你答应过绝对不会再打他的。"

他愤怒地望着妻子，随后怒气消退。突然间，带着同情和震惊，她看见杰克年老后的模样。她以前不曾见过他这副样子。

（？什么样子？）

挫败，她回答自己。他看起来像是被击垮了。

他说："我一直认为自己能信守承诺。"

她走向杰克，把双手放在他的手臂上。"好了，都过去了。等巡逻队员来查看的时候，我们就告诉他，我们全都想下山，好吗？"

"好。"杰克说，至少在那一刻，他是真心的。如同他早晨看着浴室镜中自己苍白枯槁的脸之后，总是真心如此认为。我要停掉，要彻底戒掉。但是早晨接下来是下午，到下午他觉得舒服一些。然后下午紧接着是晚上。如某位二十世纪的伟大思想家说过的，夜晚总会降临。

他发现自己希望温迪询问他关于树篱的事，问他丹尼说的那句"你知道的，因为你看到过——"是什么意思。倘若她问的话，他会把一切如实告诉她。所有的事情：树篱、那房里的女人，甚至那条似乎会变换姿势的消防软管。可是自白该终止在何处？他能告诉她，他把磁发电机扔掉，假如他没那么做的话，他们现在可能全都在萨德维特了？

结果她说的是："你要喝茶吗？"

"好。来杯茶应该不错。"

她走到门边，在那儿停住，隔着毛衣搓揉前臂。"这不单是你的错，也是我的错，"她说，"他在经历那个……梦，或不管是什么的时候，我们在做什么？"

"温迪——"

"我们在睡觉，"她说，"睡得像一对刚满足过性欲的青少年。"

"别再说了，"他说，"都结束了。"

"不，"温迪回答，对他露出古怪、焦躁不安的微笑。"还没结束。"

她出去泡茶，留他继续照看儿子。

36. 电　梯

　　杰克从不安稳的浅眠中醒来，睡梦中，模糊不清的巨大幻影在无穷无尽的雪地上追着他，他醒过来时起先还以为是另一场梦：一片漆黑，黑暗中，突然响起机器的混乱噪音——咔嚓咔嚓、叮叮当当、嗡嗡嗡嗡、嘎嘎嘎嘎、啪嗒啪嗒和呼呼飕飕的声音。

　　不久他旁边的温迪坐起身，于是他知道这不是梦。

　　"那是什么声音？"她的手冰冷得像大理石，紧抓住他的手腕。他克制想要把她的手甩开的冲动——见鬼的，他怎么会知道那是什么声音？床头柜上发光的时钟显示差五分十二点。

　　那嗡嗡声又来了，响亮而稳定，仅有轻微的变化。嗡嗡声停止后紧接着是叮当声，然后嘎嘎作响再砰的一声。撞击。接着嗡嗡声又继续。

　　是电梯。

　　丹尼坐了起来。"爸爸？爸爸？"他的声音带着浓浓的睡意和恐惧。

　　"我在这里，博士，"杰克说，"过来这边，跳上来。你妈妈也醒了。"

　　丹尼爬上床到他们两人中间，把被褥弄得沙沙作响。"是电梯。"他低声说。

　　"没错，"杰克说，"只不过是电梯罢了。"

　　"只不过？你什么意思？"温迪质疑，口气略带点歇斯底里。"现在是三更半夜啊！谁在操作电梯呢？"

　　嗡嗡嗡——咔嗒／叮当。现在在他们上头。闸门拉上时的嘎嘎声，门开开关关的碰撞声，接着又是马达及缆线的嗡嗡声。

　　丹尼呜咽了起来。

　　杰克把脚移到床外，踏到地板上。"大概是短路。我去检查一下。"

"你敢给我走出这个房间!"

"别傻了,"他匆忙穿上睡袍说,"这是我的工作。"

过一会儿她自己也下床,拉着丹尼一起。

"我们也要去。"

"温迪——"

"怎么了?"丹尼阴郁地问,"爸爸,怎么回事啊?"

杰克没有回答,反而转身走开,表情愤怒而凝重。他在门边系上睡袍的带子,打开门,踏入幽暗的走廊。

温迪迟疑片刻,事实上先开始移动的是丹尼。她很快赶上他,他们一起出去。

杰克没想费事去开灯。她摸索着开关,点亮通往主走道的走廊天花板上四盏间隔排开的灯。前方,杰克已经转过转角。这一回丹尼找到开关面板,轻轻将三个开关全都扳上去,通到楼梯及电梯井的走廊立刻亮了起来。

杰克站在电梯间,电梯两侧有长椅及烟灰坛,他一动不动地站在紧闭的电梯门前。他穿着褪色的格子呢睡袍和鞋跟磨损了的棕色皮拖鞋,头发全都睡得乱卷,还有几撮像苜蓿那样乱翘的头发。他望着她就像可笑的二十世纪的哈姆雷特,一个犹豫不决的人物,陷入汹涌而至的悲剧,却无力逆转局势,或者以任何方式改变。

(天啊,别再这样妄想了——)

丹尼的手紧握住她的,令她吃痛。他抬头专注地看着她,神情紧张焦虑。她明白,丹尼捕捉到她大致的想法,只是他究竟懂多少难以判断,但她的脸红了,感觉很像儿子当场逮到她手淫。

"走吧!"她说,他们沿着走廊走到杰克身边。

这里的嗡嗡声、叮当声和碰撞声更为响亮,断断续续、令人麻木的声响让人感到恐怖。杰克极度焦虑地紧盯着关闭的门。透过电梯门中央的钻石形窗户,她觉得能看到缆线轻微地弹动着。电梯当一声停在他们底下,大厅层。他们听见门咚地打开。然后……

(舞会)

为何她会想到舞会？这个词就这样毫无来由地跃入她的脑中。"全景"完全寂静无声，除了电梯井传上来的奇怪嘈杂声。

（一定是个很棒的舞会）

（??? **什么舞会**???）

有一瞬间她的脑袋充斥着一幕景象，那影像如此真实，感觉像是回忆……不仅仅是一般的回忆，而是你珍藏的记忆，你为特殊场合保留，绝少大声张扬的那种。灯……数百盏，也许上千盏。灯光和旗帜，香槟软木塞砰地打开的声音，四十人组成的管弦乐团，演奏着格伦·米勒的《喜悦心情》。但是格伦·米勒在她出生前就随着轰炸机坠落了，她怎么会有关于格伦·米勒的回忆呢？

她低头看着丹尼，发现他的头偏向一侧，仿佛他正在聆听她听不见的声音。他的脸颊非常苍白。

砰。

底下的门关上，电梯开始上升发出嗡嗡的哀鸣。她从钻石形的窗户先看到电梯轿厢顶上的发动机外壳，紧接着透过黄铜闸门形成的更多钻石形，看见轿厢的内部。轿厢天花板的灯发出暖色调的黄光。电梯空荡荡的，轿厢内空无一人。现在是空的，但是

（在舞会那晚，车厢一定挤进几十人，挤到超过安全限制，不过那时电梯当然是新的，他们全都戴着面具）

（???? **什么面具**????）

轿厢停在他们上方，三楼。她看向丹尼，他的神情专注，吓到毫无血色的嘴唇紧闭成一条缝。在他们上面，黄铜闸门嘎嘎地拉开。电梯门砰地打开，它砰地打开是因为时候到了，时间到了，该说

（晚安……晚安……是啊，真的很愉快……不，我真的没办法留到摘下面具……早睡，早起……喔，那位是席拉吗？……那个修道士？……真是诙谐啊，席拉扮成修道士来参加？……喔，晚安……很好）

砰。

齿轮相撞，马达运转，轿厢开始哀号着往下。

"杰克，"她低声说，"那是什么？电梯怎么搞的？"

"短路，"他说，表情如木头一样平静。"我告诉过你，那是短路。"

"我一直听见脑袋里有声音！"她喊着，"那是什么？怎么回事？我觉得自己好像快发疯了！"

"什么声音？"他完全无动于衷地看着她。

她转向丹尼。"你有——？"

丹尼缓缓地点头。"有。还有音乐，好像是从很久以前来的，在我的脑袋里。"

电梯轿厢又停下来。饭店寂静，空无一人，唯有嘎吱嘎吱的声响。外头，风绕着黑暗中的屋檐哀号。

"也许你们两人都疯了，"杰克聊天般轻松地说，"我没听到任何见鬼的声音，除了电梯有点电路上的小问题。假如你们双双都想要歇斯底里地发作的话，没问题，不过别把我算进去。"

电梯又下来。

杰克跨到右边去，那儿约莫胸口高度的墙壁上，嵌着一个正面镶玻璃的盒子。他赤手空拳地捶击盒子，玻璃哐当一声往内碎掉，血从他的两个指关节间滴下来。他伸手进去，拿出一把附着光滑长圆筒的钥匙。

"杰克，不，不要。"

"我要尽我的职责。温迪，你别管我！"

她试图抓住杰克的手臂。杰克将她往后一推，她的脚绊到睡袍的下摆，不雅地重重跌坐在地毯上。丹尼刺耳地哭喊出声，跪在她身旁。杰克转回电梯，将钥匙插入插孔。

电梯的缆线消失，轿厢底部出现在小窗户里。片刻后杰克用力地转动钥匙，电梯轿厢顷刻间停住时，发出吱吱轧轧的尖锐声响。有一瞬间地下室空转的马达哀号得更为响亮，紧接着马达的离合器断开，"全景"陷入令人毛骨悚然的寂静当中。屋外的夜风相形之下显得非常大声。杰克麻木地盯着灰色的金属电梯门，钥匙孔下方有他受伤的指节所留下的三点血渍。

他转回去凝视温迪和丹尼半响。她正要坐起来，丹尼用手搀扶着她。两人都小心翼翼地瞪视着他，仿佛他是他们从未见过的陌生人，或许是危险的陌生人。他张嘴，不确定会吐出什么话语。

"那……温迪，那是我的工作。"

她清清楚楚地说："去你妈的工作。"

他转身面对电梯，将手指挤进门右侧由上到下的那条裂缝，设法让它再打开一些，接着就能够用他全身的重量把门顶开。

轿厢停在半途，地板与杰克的胸膛齐高。温暖的光线仍然洒落在地板上，与底下油腻黑暗的电梯井形成对比。

他探头进去看了似乎很长一段时间。

"里面是空的，"他说，"就像我说的，是短路。"他用手指勾住门后的沟槽，准备将门拉上……但她的手搭在他肩上，出乎意料地强而有力，猛然将他拉开。

"温迪！"他大喊。但是她已经抓住轿厢底部的边缘，努力伸展身体好探视里头。她的肩膀和腹部的肌肉抽搐地耸起，努力把自己一路往上举。有一阵子她有点搞糊涂了。她的脚在漆黑的电梯井上摇来晃去，脚上一只粉红色的拖鞋掉落，滑到视野之外。

"妈咪！"丹尼尖叫。

然后她上去了，双颊憋得通红，前额如酒精灯一般苍白而闪亮。"那这怎么说，杰克？这也是短路吗？"她丢下某种东西，突然间走廊上满是飘落的五彩碎纸，红的、白的、蓝的、黄的。"这个呢？"绿色的派对彩带，由于年代久远而褪色成浅粉色。

"还有这个？"

她把手上的东西往外抛，那东西落在蓝黑色的丛林地毯上，一张黑色丝质、太阳穴附近撒着亮片的猫眼面具。

"你觉得这看起来像是短路吗？杰克？"她对着他高喊。

杰克慢慢地后退，远离面具，一边机械地来回摇着头。猫眼面具在撒满五彩碎纸的走廊地毯上，空洞地仰望着天花板。

37. 舞　厅

今天是十二月一日。

丹尼正在东侧的舞厅，站在座子装填鼓胀的高背扶手椅上，注视着玻璃下的时钟。这个钟立在舞厅内装饰用的高贵壁炉架正中央，侧翼是两只巨大的象牙雕刻的大象。他站在那儿预期大象会移动，并且企图用长牙刺他，然而它们完全静止不动。它们是"安全的"。自从电梯事件的那晚后，他想到要把"全景"所有的东西区分成两类。电梯、地下室、游戏场、二一七号房和总统套房（那个字是"房"，不是"糖"；昨晚晚餐时，他在爸爸读的那本账簿上看到正确的拼法，就熟记于心了）——那些地方是"不安全的"。他们的住处、大厅和门廊是"安全的"；显然这间舞厅也是。

（至少，那两只大象是。）

他不确定其他地方如何，因此按照一般的原则尽量避开。

他凝视着玻璃圆罩里的时钟。这个钟之所以罩在玻璃底下，是因为它所有的转轮、齿轮和弹簧全都裸露在外。一圈铬或钢制的箍条圈环绕在这些机件的外围，而钟面的正下方有条小小的轴线，轴线两端有一对啮合的齿轮。时钟的指针停在十一点十五分的位置，虽然他不懂罗马数字，但是可以从指针摆放的形状猜出时钟停止的时间。这钟放置在天鹅绒的基座上。钟的前面由于圆罩的弧度而略微扭曲，上头有把雕刻精致的银色钥匙。

他想这个钟是他不该碰的东西之一，就像大厅壁炉旁边镀铜陈列柜里装饰用的司炉用具，或是餐厅后面展放瓷器的高脚柜一样。

他的心中突然涌起一种不平和愤怒的反叛感。

（别管我不该碰什么，完全别介意。它碰了我，不是吗？它玩弄了我，不是吗？）

它的确碰了，而且也没有特别小心留神不要弄坏他。

　　丹尼伸出双手，抓住玻璃圆罩，将罩子拿起放到一旁。他用一根手指拨弄机件好一会儿，贴着齿轮的食指指腹凹陷下去，平顺地滑过转轮。他拾起银钥匙，这钥匙对大人而言应该小得难以掌握，却完美地契合他的手指。他将钥匙插入钟面中央的钥匙孔。钥匙牢牢插了进去，感觉到——而不是实际听到——轻微的喀嚓一声。钥匙是向右转的，当然啰，顺时针方向。

　　丹尼旋转钥匙直到无法再转动，才将钥匙抽出。时钟开始滴答滴答响了起来。齿轮转动，巨大的平衡摆轮来回晃动划着半圆，指针在走动。倘若你保持头部完全静止不动，眼睛张大，就能看见分针缓缓移动，逐渐朝四十五分钟后与时针会合的点前进，就在十二点。

　　（红死魔统驭了一切！）

　　他皱起眉头，甩开这个念头。这个念头对他不具任何意义，也不重要。

　　他再度伸出食指，将分针推向时针，好奇将会发生什么事。这显然不是布谷钟，但是那条钢的轨道必定有某种用途。

　　时钟发出一连串棘轮咬合的细微喀嚓声，然后开始叮叮当当地响起施特劳斯的《蓝色多瑙河》圆舞曲。一卷宽度不超过两英寸打了孔的布渐渐展开。一小串黄铜的撞针起起落落。从钟面后头有两个身影沿着钢轨道滑出，是芭蕾舞者，左边的女孩穿着蓬蓬裙和白色长袜，右边的男孩穿着黑色的紧身连衣裤和芭蕾舞鞋，他们的双手弯成拱形高举在头上。到中间后两人聚在一起，就在"6"的前面。

　　丹尼在他们的侧面，就在腋窝下方，发现了微小的凹槽。那条轴线嵌进凹槽，他听见另一声微弱的喀嚓声，轴线两端的齿轮开始转动，《蓝色多瑙河》圆舞曲叮当地响起。舞者的手臂放下，环抱住彼此。男孩将女孩往上轻抛过他的头，自己紧接着翻过那条轴线，然后两人俯卧着，男孩的头埋在女孩的芭蕾短裙下面，女孩的脸紧贴在男孩紧身连衣裤的中央。他们如机械般地疯狂扭动着。

　　丹尼的鼻子皱起。他们正在亲吻尿尿的地方，让他觉得很恶心。

　　半晌后，一切开始倒转。男孩翻回轴线这一头，再将女孩轻抛回直立的姿势。他们似乎熟稔地对彼此点点头，一面将双手举回到头上弯成拱状，顺着原路退回，当《蓝色多瑙河》圆舞曲结束时，他们也消失不见了。时钟开始敲出报时的清亮钟声。

（午夜！午夜的钟响了！）

（面具万岁！）

丹尼在椅子上旋转转回身，差点跌到地上。舞厅空荡荡的。在双层的教堂窗户之外，他能看见新的雪花又飘落下来。绣着金红色交杂鲜艳刺绣的宽大舞厅地毯（跳舞时自然要卷起来）平平地铺在地板上。在地毯周围以一定间隔摆放着两人座的私密小桌子，布满蜘蛛网的椅子四脚朝天地冲着天花板。

整个空间都是空荡荡的。

但是其实并非真的空。因为在"全景"一切事物都在持续不断地变化。在"全景"，所有的时间都融合为一。一九四五年八月有个无尽的夜晚，欢笑、畅饮，少数精心挑选出来的容光焕发的精英乘着电梯上上下下，喝着香槟，高谈阔论。大约二十年后，六月里一个天尚未亮的清晨，黑帮打手连续不断地将猎枪的子弹扫射进三个男人的破碎躯体，让他们血流满地，经历了无穷无尽的痛楚。二楼房间里有个女人躺卧在浴缸里，等待着访客。

"全景"里的一切都有种生命，仿佛整个地方都用银钥匙上紧了发条。时钟在走动。时钟在走动。

他正是那把钥匙，丹尼难过地想。东尼警告过他，但他只是听凭事情发展下去。

（我才五岁啊！）

他对房间内隐约感觉到的存在呐喊。

（我才五岁而已，难道没有什么差别吗？）

没有回应。

他厌恶地转回身去面对时钟。

他一直在推托，希望会发生什么事情帮他避免再尝试呼唤东尼，冀望巡逻队员会来，或是直升机，或是救援小组；在他看的电视节目中，他们总是及时到来，人们会获救。电视里的巡逻队员、霹雳小组和护理人员是友善的白色势力，对抗世界上他所认为的混乱邪恶；人们陷入困境的时候，总是有人会出手搭救，安顿他们。他们不需要自己想办法摆脱困境。

（拜托？）

毫无响应。

没有回答，倘若东尼出现，是否仍会出现同样的梦魇？那嘶哑暴躁的轰隆声，宛如多条蛇窜动的蓝黑色地毯？Redrum？

但是还有什么？

（拜托，噢，求求你）

依然没有回答。

他颤抖地叹息一声，注视着钟面。齿轮转动，与别的齿轮相互啮合。平衡摆轮催眠似的来回摆动。假使你保持头部完全不动，就能看见分针毫不客气地从十二慢慢爬下来指到五。倘若你的头完全静止不动，就能看见——

钟面不见了。在钟面原本的位置出现一个圆形的黑洞，洞一路往下深不见底，开始膨胀。时钟消失了。洞的后面有个空间，丹尼摇摇晃晃，坠入始终隐藏在钟面背后的黑暗中。

椅子上的小男孩突然倒下，身体弯成不自然的角度躺在椅子上，他的头往后仰，眼睛无神地瞪着舞厅高高的天花板。

坠下、坠下、坠下，最后坠入——

——走廊上，蜷伏在走廊上，他刚转错弯了，在设法走回楼梯时转错了弯，现在，**而现在**——

——他看见自己正在尽头是死路、只通往总统套房的短廊上，而轰轰的声响越来越靠近，短柄槌球的球杆野蛮地飕飕划过空气，槌头嵌入墙壁，划破丝质壁纸，扬起一阵阵微细的灰泥粉尘。

（该死的，给我出来！出来受）

但是走廊上有另一个身影。冷漠地斜倚在墙上，就在他身后，宛如幽灵。

不，不是幽灵，但一身雪白。穿着一身白衣服。

（我会找到你的，你这该死的、拉皮条的**臭小鬼**！）

丹尼听到声音往后退缩了一下。如今那声音正爬上三楼的主客厅，很快地声音的主人将会转过转角。

（过来！过来啊，你这讨厌的小家伙！）

穿着一身白衣的人影稍微挺直起来，拿开叼在嘴角的香烟，从饱满的下嘴唇扯下少许的烟草丝。丹尼看清了，是哈洛兰，穿着厨师的白色制服，而不是休馆日穿的蓝色西装。

"万一遇到麻烦，"哈洛兰说，"你就叫我吧！就像你几分钟前把我吓了一大跳的那样响亮地大叫，或许我在佛罗里达那么远都能听见。如果我听到的话，我会马上跑来的。我会马上跑来。我会马上跑——"

（那么，马上来吧！立刻来，马上来吧！噢，迪克，我需要你，我们全都需要）

——"走了。对不起，但我必须走了。抱歉，丹尼好孩子，好博士，可是我得走了。这肯定会很有趣，你这傻小子，可是我得赶快，我必须走了。"

（不！）

但是他看着迪克·哈洛兰转身，将香烟放回嘴角，神情冷漠地穿墙而过。

独自留下他一人在那儿。

就在这时，那个模糊的身影已转过转角，在走廊的幽暗中显得庞大无比，只有眼睛反射出的红光非常清晰。

（你在这里！我找到你了，你这混蛋！我现在就来教训你！）

令人恐惧地，那个身影步履蹒跚、摇晃不稳地跑向他，短柄槌球的球杆挥舞得越来越高、越来越高。丹尼一面倒退着爬着，一面大声尖叫，忽然间他穿过墙往下掉，不断地翻转着，掉到洞里，掉到兔子洞底下，坠入充满恶心奇景的境地。

东尼在他下方很远的地方，也在坠落。

（丹尼，我不能再来了……他不让我接近你……他们没有一个容许我接近你……去找迪克……找迪克……）

"东尼！"他大喊道。

但是东尼消失了，蓦地他置身在一个黑暗的房间，但不全然漆黑，减弱的光线从某处照射进来。那是妈妈和爸爸的卧室，他看得见爸爸的书桌，但房间一团混乱。他以前曾到过这间房。妈妈的唱机翻倒在地板上，唱片散落在地毯上，床垫有一半挪到床外，墙壁上的图片被撕下来。他的小床侧翻着，像是一条死掉的小狗，亮紫色的福斯车模型被压成一片片紫色的塑料碎片。

光线是从浴室半开的门透过来的。就在门里面一点点，一只手无力地悬垂着，鲜血从指尖滴落。在药柜的镜子中，REDRUM 这个字不停地忽闪忽灭。

突然，罩在玻璃罩中的巨大时钟清晰出现在镜子前。钟面上没有指针或数字，只有用红字写着的日期：十二月二日。此时，他惊恐地睁大双眼，看见 REDRUM 这个字隐约地反映在玻璃罩上，经过两次反射，于是他看清了这个字的拼法：MURDER（杀戮）。

丹尼·托伦斯惊骇地高声尖叫起来。日期从钟面上消失，钟面本身也不见了，取而代之的是膨胀再膨胀的圆形黑洞，犹如扩张的虹膜。黑洞遮蔽了一切，他往前一倒，开始坠落、坠落，他从——

——椅子上跌下来。

有一会儿他躺在舞厅的地板上，剧烈地喘息着。

REDRUM

MURDER

REDRUM

MURDER

（红死魔统驭了一切！）

（摘下面具！摘下面具吧！）

在每张闪耀、美丽的面具后面，是在幽暗走廊上追逐他的影子那张迄今仍看不见的面孔，它的一双血红眼睛睁得更大，茫然但透着杀气。

噢，他害怕当最后摘下面具的时刻到来时，显露出的将会是怎样的一张脸。

（**迪克！**）

他使尽全力尖叫起来。他的头似乎因为用力过猛而发抖。

（！！！噢迪克，噢求求你！求求你！求求你快来吧！！！）

在他上方，刚才用银钥匙上紧发条的时钟，持续标记出分分、秒秒、时时、刻刻。

第五部　攸关生死

38. 佛罗里达

　　哈洛兰太太的三儿子迪克穿着厨师的白制服，嘴角叼着鸿运牌香烟，将改装过的凯迪拉克轿车倒出顶级蔬菜批发市场后头的停车格，然后绕着建筑物慢慢开。马斯特顿——如今是这间批发市场的合伙人，走路时依旧习惯拖着脚走，那是他从二次世界大战之前就养成的习惯——正推着一大箱莴苣进入又高又暗的建筑物。

　　哈洛兰按了下按钮，降下副驾驶座边的车窗，喊道："那些鳄梨该死的太贵了吧，你这个吝啬鬼！"

　　马斯特顿回过头，大大地咧开嘴笑，把三颗金牙全露了出来，回喊道："嘿，我的好兄弟，我可完全清楚你会把鳄梨用在什么料理上。"

　　"像这样的评论我会记下来的，兄弟。"

　　马斯特顿朝他竖起中指。哈洛兰马上也回敬了他。

　　"买到小黄瓜了吗？"马斯特顿问。

　　"买到了。"

　　"你明天早点来，我给你刚到货的马铃薯，品质是你见过的最棒的。"

　　"我会派小弟来，"哈洛兰说，"你今晚要来吗？"

　　"你会供应酒吗，兄弟？"

　　"那有什么问题。"

　　"我会到的。你回家时可别超速喔，听到没？从这儿到圣彼得的每个警察都知道你的大名呢！"

　　"你很清楚嘛，啊？"哈洛兰咧嘴笑着问。

　　"我知道的比你多！我的朋友。"

　　"听听这无礼的黑鬼说的话。你会听信他吗？"

　　"继续啊，在我开始扔莴苣之前赶快滚吧！"

"你丢啊！我就可以捡免费的。"

马斯特顿作势要丢颗莴苣，哈洛兰连忙闪避，摇起窗户，继续开车。他感觉很愉快。过去半个钟头左右，他一直闻到一股柳橙味，但他不觉得有何古怪，因为过去半个小时他都在蔬果市场里面。

现在是东部标准时间，下午四点三十分，十二月的第一天，冬老先生将他长了冻疮的臀部稳坐在国内大部分的地区，但在这儿，男人都穿袒露颈部的短袖衬衫，女人穿着轻薄的夏季洋装和短裤。佛罗里达第一银行大楼顶端，一台边上镶着巨大葡萄柚的数字温度计一再闪烁着华氏七十九度。感谢上帝厚爱佛罗里达，哈洛兰心想，赐予蚊子和一切。

轿车后头是两打鳄梨、一箱小黄瓜、一箱柳橙和一箱葡萄柚。三大购物袋中装满百慕达大洋葱，这是慈爱的上帝创造的最美妙的蔬菜，还有些质量相当好的甜豌豆，这将随着主菜一起端上饭桌，但十次有九次会被原封不动地退回，另外还有一个青绿的笋瓜，这完全是给他个人享用的。

哈洛兰在佛蒙特街口的转弯车道上停下来等红绿灯，当绿色箭头出现时，他踩下油门开上州道二一九号，速度加到四十后就平稳地行驶，直到逐渐远离城镇，代之出现的是城镇远郊杂乱无序加油站、汉堡王和麦当劳快餐店。今天的订货不多，他大可派贝德克去做这件事，不过贝德克一直寻求自己购买肉品的机会，此外，如果有办法的话，哈洛兰从不错过与法兰克·马斯特顿来来回回拌嘴的机会。马斯特顿今晚也许会过来看个电视，喝哈洛兰的布什米尔斯爱尔兰威士忌，或许他不会出现，不管怎样都无所谓。但是如今每一次见面都变得很重要，因为他们不再年轻。过去几天内，他似乎常常想到这个事实。不再那么年轻，当你岁数将近六十（或者——说实话，别说谎——过了六十），你不得不开始想到死亡。你随时都可能走。这个礼拜这件事一直盘踞在他的心中，不是什么沉重的想法，而是当成一个事实。死亡是生命的一环，倘若你期望做个完整的人，就必须一直设法去了解死亡。就算自己死亡的事实难以理解，至少不是完全无法接受。

他说不上来为何该把这件事放在心上，但是他亲自来取这批小量订货的另一个理由是，如此一来他就能到弗兰克烧烤餐厅楼上的小办公室去。那里现在有律师（去年在那儿的牙医显然已经破产），一位名叫麦基弗的年轻黑人。哈洛兰踏入办公室，告诉麦基弗他想要立遗嘱，询问麦基弗是否能帮助他？麦基弗问他，"那么，你希望多快能拿到文件？"哈洛兰说，"昨天。"说完把头往后一仰大笑起来。麦基弗继续问他，"你心里还有复杂一点的考虑吗？"哈洛兰并没有。他有凯迪拉克轿车、银行账户——里头大约有九千美元——一笔微不足道的支票存款，还有一柜子的衣物。他希望所有的财产都归他妹妹。"万一你妹妹先你而去怎么办？"麦基弗问他。"没关系"，哈洛兰说，"如果真是这样的话，我会再立个新的遗嘱。"不到三个小时，文件就完成并签好了名——对狡诈的律师来说，实在是神速的作业——此刻它已折好放入蓝色的硬信封里，上面以古英文字体印着"遗嘱"，收在了哈洛兰胸前的口袋里。

他说不上来自己为何选择这个阳光和煦、心情十分愉快的日子，做这件他拖延好几年的事，但冲动就是突然找上他，而他没有拒绝。他向来习惯照着直觉去做事。

现在他已经离城镇相当远了。他将轿车的时速加快到超过规定的六十英里，让车子在左手边的车道驰骋，超越多数开往彼德斯堡的车流。他凭经验知道这台轿车开到九十依然像铁一般坚实，就算到一百二十都不大会轻飘飘的。但是他血气方刚的时代早就过去了。如今想到要在笔直的公路上把车子的速度提高到一百二十只会把他吓坏，他的年纪大了。

（天啊！那些柳橙的味道真强烈。不知道是否会消退？）

一些虫子噼噼啪啪地撞在窗户上。他把收音机调到"迈阿密之魂"电台，听到艾尔·格林温柔、哀泣的嗓音。

"我们共度的时光多么美好，
此刻时间已晚，我们不得不分离……"

他摇下车窗，把烟蒂扔出去，再将车窗摇得更低点，好让柳橙味消散掉。他的手指轻敲方向盘，低声跟着哼唱。祈求行车平安的圣克里斯多弗圣牌吊挂在后视镜上，轻微地来回摇晃。

忽然间柳橙味更为浓烈，他心知有东西来了，某个东西正朝他而来。他在后视镜中看见自己的眼睛，惊骇得越睁越大。接着那东西在刹那间来到，如一股强烈气流把其他的一切——音乐、前方的道路，作为人类独特的个体的自我意识——全都驱散。那感觉仿佛有人拿把心灵的手枪抵住他的头，并用点四五口径的尖叫射中他。

（！！！噢迪克，噢求求你！求求你！求求你来吧！！！）

轿车刚好与一辆福特斑马（Pinto）旅行车并行，驾驶员是一位身穿工作服的男人。那个工人见轿车偏到他的车道就猛按喇叭。当凯迪拉克依旧偏着要挤过来时，他朝驾驶人迅速瞄了一眼，只见一名大块头的黑人直挺挺地坐在方向盘后，眼睛茫然地往上看着什么。后来工人告诉他老婆说，他知道那个黑人留着目前流行的发型，但当时看来简直就像那黑鬼头上的每根头发都竖直起来似的。他想那黑人准是心脏病发作了。

工人用力急踩刹车，稍微落在了黑人的后面，幸亏后面没有车。凯迪拉克的车尾领先在前，仍然继续往这边的车道插，工人惊恐得不知所措，瞪大双眼看着火箭形状的长长车尾插进他的车道，距离他的前保险杆就差四分之一英寸。

工人切到左边车道，继续猛按喇叭，并对着喝醉酒似的左右摇摆的豪华轿车大声咆哮。他邀请轿车驾驶人自行做违法性行为，和形形色色的啮齿动物和鸟类进行口交。他清楚地说出自己的提议，要所有黑人血统的家伙返回他们的原先居住的大陆去。他表达自己真心相信轿车驾驶人的灵魂死后难逃下地狱的下场。最后他总结说，他相信曾在新奥尔良的妓院里遇到过轿车驾驶人的母亲。

然后他超到前面，脱离险境，忽然间意识到自己尿湿了裤子。

哈洛兰的脑海中，同样的念头不断地重复

（迪克，来吧！迪克，求求你来吧！求求你！）

但是声音开始逐渐转弱，就像你达到电台广播信号范围的边界时，收音会越来越差一样。这时他才糊涂地留意到自己的车正以超过五十英里的时速，行驶在未铺柏油的路肩上。他把车子开回车道上，感觉车尾摇摆了一下才重回路面。

前方不远处有个Ａ／Ｗ乐啤露的啤酒店，哈洛兰打了灯号后转进去，他的心脏在胸膛痛苦地怦怦猛跳，脸色是一片苍白死灰。他开进停车场，从口袋里拿出手帕，擦拭前额。

（我的上帝啊！）

"我能为您服务吗？"

这声音又吓了他一跳，尽管这不是上帝的声音，而是出自年轻可爱的路边餐馆服务生，她拿着点菜单站在哈洛兰敞开的车窗旁。

"喔好，小女孩，给我一杯漂浮露啤，加两匙香草冰淇淋，好吗？"

"好的，先生。"她转身走开，臀部在红色的尼龙制服下优美地晃动着。

哈洛兰向后躺靠在皮椅上，闭上眼睛。现在已收听不到任何残余的讯号。在他停进这里向女服务生点菜之前，最后一丝讯号就逐渐消失了，只剩下极不舒服的阵阵头痛，仿佛大脑被绞拧之后揪出来，挂在外头晾干。如同他在厄尔曼那个蠢货的大建筑那儿，让那孩子丹尼朝他闪灵时所造成的头痛一般。

可是这回声音响亮多了。那一次男孩只是和他闹着玩儿，这回是纯粹的惊慌，每个字都在他脑中大声地尖叫。

他低头看着双臂。炽热的阳光照在上面，但手臂仍起了鸡皮疙瘩。他记得自己告诉过男孩，需要帮助的话可以叫他，如今男孩在呼唤他了。

他忽然惊觉自己根本不该将小男孩留在山上，他的闪灵是如此地明显。他留在那里必定会出问题的，也许是严重的问题。

他猛然发动车子，挂上倒挡，倒回到公路上，急遽加大油门离开了。那个扭屁股的女服务生站在啤酒店的拱廊下，手里捧着盛漂浮露啤的餐盘。

"你是怎么搞的，失火了吗？"她大声喊道，但哈洛兰已经走了。

经理是位名叫奎姆斯的男人，哈洛兰进来的时候，奎姆斯正在与他的赌马经纪人谈话。他要下注在洛克威的四号马上。不，不要连本带利地赌，不要投注前两名，不要正序连赢，也不要该死的赛前下注。只要下注在那个小不点儿四号上，六百美元整。还有星期天的纽约喷射机队。他是什么意思，喷射机队和水牛城比尔队比赛？他难道不知道喷射机队和哪一队比赛吗？五百块，比分为1∶7。奎姆斯挂上电话时，看起来心烦意乱，哈洛兰顿时明白为何这个男人经营小型温泉疗养旅馆，一年赚五万美元，却还穿着下摆磨得发亮的西装。他用一只眼打量着哈洛兰，眼睛仍因为昨晚喝了太多波旁威士忌而布满血丝。

"什么事？迪克？"

"是的，长官，奎姆斯先生。我想是吧！我需要请三天假。"

奎姆斯黄色薄衬衫的胸前口袋里放着一包肯特香烟。他没有拿出烟包，而是直接从口袋夹出一根，闷闷不乐地咬住拥有专利的内嵌式过滤嘴，然后用桌面上的蟋蟀牌打火机点燃香烟。

"我也需要，"他说，"不过，你有什么事需要请假呢？"

"我需要三天，"哈洛兰再说一次。"是为我儿子。"

奎姆斯的目光落在哈洛兰的左手上，他的左手并没有戴戒指。

"我在一九六四年就离了婚。"哈洛兰耐心地说。

"迪克，你知道周末的情况怎样。我们是客满的，满到爆，就连廉价的住房都满了。星期天晚上我们甚至连日光休息室都挤满了人。你可以拿走我的表、我的皮夹、我的养老金——该死的！如果你能忍受的了我老婆的话，甚至可以把她带走，但是请不要跟我要求休假。他怎么了？生病了吗？"

"是的，长官，"哈洛兰一边说，一边拧着一顶便宜的布帽，转动眼珠子，还想拼命表现一下自己。"他中枪了。"

"中枪！"奎姆斯说。他取下香烟，搁在印有密西西比大学校徽的烟灰缸里，他是那儿工商管理系的毕业生。

"是啊，先生。"哈洛兰阴沉地说。

"打猎时出的意外吗？"

"不是的，先生，"哈洛兰说，将声音压低，让语调更为沙哑。"珍娜和一个卡车司机同居，他是个白人。他开枪打了我儿子，他现在在科罗拉多丹佛的一家医院，情况危急。"

"你是怎么知道的？我以为你去采买蔬菜。"

"是啊，长官，我的确是去买菜去了。"他到这儿之前才刚绕到西联的办公室，预订了一辆斯特普尔顿机场的埃尔维斯租车，离开前顺手摸到一张西联的电报用纸。现在他从口袋拿出折得皱巴巴的空白表格，在奎姆斯充血的眼前闪一下，然后放回口袋，再将声音压得更低一点，说："珍娜发的。我刚回来就看见电报已经在信箱里。"

"天哪，我的天啊！"奎姆斯说。他脸上显露出忧虑、紧绷的奇怪表情，哈洛兰十分熟悉这种表情。这是自以为"擅长与有色人种打交道"的白人，在遇到对象是黑人或他虚构的黑人儿子时，能够表露出最近似于同情的表情。

"嗯，好吧，你可以走了。"奎姆斯说，"我想，贝德克可以接手三天吧！那个酒馆服务生也能帮点忙。"

哈洛兰点点头，继续拉长着脸，但是一想到服务生帮忙贝德克的景象，他就忍不住在心里偷笑。就连状态良好的时候，哈洛兰都怀疑那男孩是否能第一次就射中小便池呢！

"我想退回这礼拜的工资，"哈洛兰说，"全部的。我知道这会让你很为难，奎姆斯先生。"

奎姆斯的表情更加紧绷，看起来仿佛有根鱼刺鲠在他的喉咙。"我们晚点再谈这件事。你先去收拾行李，我去跟贝德克商量。需要我帮你订机票吗？"

"不用了，先生，我自己会订。"

"好吧！"奎姆斯站起来，诚心诚意地倾身向前，吸进大量从他的健牌烟飘散出来的烟雾。他剧烈地咳嗽起来，瘦削白皙的脸憋得通红。哈洛兰费力地维持忧郁的表情。"迪克，我希望一切都能好转。有消息就打个电话回来。"

"我会的。"

他们在办公桌上方握了下手。

哈洛兰下到一楼，走到另一头员工的住宿区，然后突然摇头晃脑地爆出洪亮的笑声。他仍咧着嘴，用手帕擦拭泛泪的眼睛时，柳橙味又出现了，浓郁得令人窒息，紧接着闪电随之而来，击中他的头部，让他恍如喝醉似的摇摇晃晃退到粉红色的灰泥墙边。

（迪克，求求你来吧！求求你来吧！赶快来啊！！！）

他稍微恢复精神后，终于觉得有能力爬上外头的楼梯进到他的房间里。他一直将大门钥匙藏在灯芯草编的门垫底下，当他弯身下去拿的时候，一样东西从内侧口袋里掉了出来，声音不响地砰的一声落在二楼的地板上。他的心思仍集中在使他心惊胆战的声音上，因此瞬间，他仅能茫然地盯着蓝色的信封，不清楚那是什么。

然后他把信封翻过来，细长的黑色字体写的"遗嘱"两个字朝上瞪着他。

（噢，我的天啊！是这么回事吗？）

他不确定，但是有可能。整个礼拜他的心里一直想着自己的生命终点，就好像……嗯，就像是

（来吧，说出来啊）

像是一种预兆。

死亡？一刹那，他的一生似乎在他眼前闪过，不是历史，也不是哈洛兰太太的三儿子迪克一生所经历过的起起落落的轨迹图，而是他此刻的生活现状。马丁·路德·金曾在子弹把他送入殉道者的坟墓前不久，告诉他们他已登上山巅。迪克无法如此断言。虽然没爬上山顶，但是在多年的奋斗之后，他到达了阳光普照的高原。他有好朋友。拥有无论到任何地方找工作所需要的所有推荐人。当他想要发泄性欲的时候，唔，可以找个朋友般的对象，她不会问他问题，也不会大费周章地寻求这一切的意义。他已接受自己的黝黑肤色，并且是欣然地接受。另外感谢上帝，他已经活了六十多岁，还能自由自在地漫游。

他打算拿旅程的终点，他的生命终点去冒险吗？就为了三个他甚至不认识的白人？

但那是个谎言，难道不是吗？

他了解那个男孩。他们彼此分享的事情，是交情超过四十年的好朋友都无法分享的。他熟悉男孩，男孩也熟知他，因为他们各人脑中都有一种探照灯，那不是他们自己要求得来的，而是上天赋予的。

（不，你的是手电筒，他才是拥有探照灯的人。）

有的时候那道光，那道灵光，似乎是相当美好的东西。你能选中赛马，或者像男孩说的，当你爸爸的旅行箱不见时，你能告诉他旅行箱的下落。然而那只是沾酱，色拉上的酱汁，底下那碗色拉里有冰凉的小黄瓜，也有苦味的野豌豆。你能品尝到痛苦、死亡和泪水。如今男孩受困在那个地方，他将会过去，为了男孩。因为对男孩而言，当他们用嘴巴交谈时，两人只是肤色不同而已。因此他要去。他会尽自己所能去做，因为倘若他不做的话，男孩就会死在他的脑袋里。

不过因为他是凡人，他忍不住强烈地希望厄运永远别降临到他的头上。

（她开始爬出来追他。）

他正把换洗衣物丢进准备过夜的行李袋时，一个念头突然浮现，那段回忆的力量让他当场僵住，一如以往每当他想起来的时候。他试着尽可能少地去回想那段记忆。

那个清洁女服务生，名叫德洛莉丝·维克瑞的，一直歇斯底里，对其他负责客房清洁的女服务生说了一些事，更糟的是，还对部分客人说。当消息传到厄尔曼耳朵里时，如那愚蠢的骚货早该知道的，他即刻将她开除了。她泪汪汪地来找哈洛兰，并不是来提遭到解雇的事，而是哭诉她在二楼房内看到的东西。她说，她到二一七号房换毛巾时，梅西太太僵死地躺在浴缸里。当然，那是不可能的事。他们前一天就小心翼翼地把梅西太太搬走了，甚至一路送她飞回纽约——装在货舱里，而非她习惯坐的头等舱。

哈洛兰不大喜欢德洛莉丝，但他那晚还是上去查看了一番。那名女服务生二十三岁，肤色如橄榄，她在营业季末旅馆步调缓慢下来时做餐桌女招待。她有些微的闪灵，哈洛兰判断，实际上不过是一闪而过的火星一样。一个贼眉鼠眼的男人和随行的人穿着褪色的布衣，进来用餐，德洛莉丝就和别人交换去服务他们那桌；贼眉鼠眼的矮小男人会留一张亚历山大·汉密尔顿的肖像 ① 在餐盘底下，对特地与人交换的女孩实在够差劲，但更糟的是，德洛莉丝还为此洋洋得意。她很懒散，在一个不容许偷懒的男人所经营的旅馆里浑水摸鱼。她会坐在亚麻布织品储藏柜中，边翻阅自白杂志 ② 边抽烟。但厄尔曼无论何时悄悄巡视（被他逮到正在偷懒的女孩，就倒霉了），都发现她在勤奋地工作，她的杂志藏在高架上的被单底下，烟灰缸安全地塞在制服口袋中。没错，哈洛兰想，她是个爱摸鱼的懒鬼，其他的女孩怨恨她，但德洛莉丝拥有小小的闪灵，总是能让她事事顺利。不过她在二一七号房所见到的却把她吓惨了，所以非常高兴地捡起厄尔曼发给她的解雇通知就走人。

她为什么来找他呢？有闪灵的人彼此心心相通，哈洛兰心里想着，对这句双关语咧嘴一笑。

因此那晚他上楼潜入那个房间，这间房隔天又将有人占用。他用办公室的总钥匙进去，倘使厄尔曼抓到他拿那把钥匙，他就会加入德洛莉丝·维克瑞失业的行列。

浴缸周围的浴帘是拉上的。他将其拉开，但即使在拉开之前，他已有预感将会看到什么。梅西太太，浑身肿胀青紫，湿淋淋地躺在水半满的浴缸里。他站着俯视她，颈部的脉搏急速地跳动。"全景"里还有别的东西：梦魇不定期地反复出现，像是某个化装舞会，他正在"全景"的舞厅为舞会准备餐饮，当呼喊摘下面具的叫声响起，每个人露出的面孔都是腐烂的昆虫；另外还有那些树篱动物，两次，也许三次，他看见（或者自以为看见）它们在动，非常轻微地。那只狗似乎会从坐起身的姿势改变成微微蹲伏状，而狮子似乎会前进，仿佛在威吓游戏场上的小孩子。去年五月，厄尔曼派他上阁楼找寻那套如今立在大厅壁炉旁、装饰华丽的司炉用具。他上去那里时，悬挂在头顶上的三颗灯泡突然熄灭，害他迷失了回到活动门的路。他跌跌撞撞地

---

① 这里指面值 10 美元的小费。

② 面向年轻女性读者的刊物，内容多为日记、书信和小说。

四处走了不知多久，越来越恐慌，一会儿小腿擦到箱子蹭破了皮，一会儿撞到东西，他越来越强烈地感觉到黑暗中有东西在悄悄跟踪他。有个巨大恐怖的怪物在灯灭时，正巧从木制品中冒了出来。当他确实给活动门的带杆螺栓绊倒后，他使尽全力飞快冲下楼，连活动门都没关，露出漆黑而凌乱的内在，觉得自己勉强躲过一劫。事后，厄尔曼亲自到厨房告知他，他任由阁楼的活动门敞开，几盏电灯亮着。难道哈洛兰以为客人想要到上面去玩寻宝游戏吗？他以为电不用钱吗？

　　而且他怀疑，不，几乎是肯定，有几位客人也曾看到过东西或听到声音。他待在那儿的三年内，总统套房被预订了十九次，其中六位投宿那间的客人提前离开饭店，有的看起来明显地身体不舒服。还有的客人同样仓卒地离开别的房间。一九七四年八月的某天晚上，接近傍晚时分，一名在朝鲜战争中赢得铜星和银星勋章的男人（那人如今担任三家大公司的董事，据说曾亲自解雇一位知名的电视新闻男主播），莫名其妙地在果岭突然歇斯底里地尖叫。而在哈洛兰为"全景"工作的期间，就有许多孩童拒绝走入游戏场。有个孩子在水泥环里玩耍时忽然痉挛，但是哈洛兰不知道这是否能归咎于"全景"致命可怕的女妖歌声，佣人之间谣传那孩子——一位帅气电影明星的独生女——是靠药物控制病情的癫痫患者，只是那天忘了吃药。

　　因此，低头瞪着梅西太太的尸体，他虽然被吓到，但并不十分惊恐；这并非完全出乎意料。恐惧出现在她睁开眼露出空洞的银色瞳孔，对他咧开嘴笑的时候。惊恐发生在当

　　（她开始从浴缸里爬出来，在后面追他。）

　　他拔腿逃跑，心跳加速，即使门关上，在身后牢牢锁住，他仍然觉得不安全。事实上，此时拉上登机旅行手提包的拉链，他对自己坦承，从那之后在"全景"的任何角落，他都不再感到安全。

　　而今，男孩在呼唤，大声地呼救。

　　他看了一下手表，下午五点半。他走到公寓门边，想起科罗拉多现在正值隆冬，尤其在高山上，天气更冷。于是走回衣柜，从聚氨酯的干洗袋里取出羊皮衬里的长大衣，搭在手臂上。那是他拥有的唯一一件冬衣。他关掉所有的灯，环顾四周。他遗忘了什么事情吗？

328

有，还有一件事。他从胸前口袋里拿出遗嘱，将它插入梳妆台镜子的边框里。运气好的话，他还可以回来拿。

是的，运气好的话。

他离开房间，锁上门，把钥匙放到灯芯草门垫底下，从外面的阶梯跑下去，径直朝他那辆改装过的凯迪拉克轿车跑去。

*

在前往迈阿密国际机场的半途中，安心远离大家都知道奎姆斯或他身边的马屁精会偷听的电话交换机后，哈洛兰将车停在购物中心的自助洗衣店，打电话给联合航空公司。询问：有没有班机到丹佛？

有一班预计在六点三十六分起飞。先生有办法赶上吗？

哈洛兰看看手表，表上显示六点零二分。他回答说他有办法赶上。飞机上还有空位吗？

请让我查一下。

耳边传来沉闷的金属声，接着是甜得发腻的曼托瓦尼的歌声，本该是为了让等候变得比较愉快，但事实上并没有。哈洛兰将身体重心从一只脚轻快地移到另一只脚，目光交替一会儿看看手表，一会儿看看背上背着入睡婴儿的年轻女孩，她正取出投币式美泰克洗衣机里的衣物。她担心会比预计的时间晚到家，烤肉会烧焦，而她丈夫——马克？麦可？麦特？——会大发脾气。

过了一分钟，两分钟。他正下定决心要继续往前开去碰碰运气时，负责班机订位的职员那听起来像录音的声音响了起来。还有个空位，有人取消订位，是在头等舱。这样有没有影响呢？

没有。他要订位。

刷卡还是付现金呢？

现金，亲爱的，付现金。我得赶紧走了。

那么大名是——？

哈洛兰（Hallorann），"H-a-l-l-o-r-a-n-n"。回头见！

他挂断电话，急忙往门口冲。那位姑娘的心思很单纯，也许正在挂念烤肉呢，一遍又一遍地朝他播送，直到他觉得自己快要抓狂。有的时候就会如此，毫无来由地捕捉到一个想法，与其他事情毫不相干，完全纯净……而且通常毫无用处。

他差点赶上。

他把轿车速度加快到八十，事实上机场已经在望，就在这时一名佛罗里达警察要他停靠路边。

哈洛兰把电动车窗放下，对警察张开口，对方正在翻手上的罚单册子。

"我知道，"警察安慰似地说，"你是赶到克利夫兰参加父亲的丧礼呢，还是赶到西雅图参加你妹妹的婚礼？还是一场圣荷西的火灾彻底毁掉了你爷爷的糖果店？又或是质量上乘的柬埔寨大麻正在纽约市的航站置物柜里等着？我爱死机场外围的这段路了，从小，说故事时间就是我在学校最喜欢的活动了。"

"听着，警官，我儿子——"

"故事中唯一不到最后我永远猜不出来的是，"警官说着，找到罚单册子的正确页数，"违规骑士／说故事的人的驾照号码和注册信息。所以还是识相一点吧！让我瞅一眼。"

哈洛兰直视着警察镇定自如的蓝眼睛，盘算着是否仍要用那套儿子情况危急的故事辩解，最后明白那只会让情况更糟。这名公路警察可不是奎姆斯。他掏出皮夹。

"好极了，"警察说，"你可以帮我把东西拿出来吗？我就是得看看最后的结果如何。"

哈洛兰一语不发地拿出驾照和佛罗里达州的登记证，递给交通警察。

"非常好。因为非常配合，所以你赢得一份礼物。"

"什么礼物？"哈洛兰满怀希望地问。

"等我抄完这些数字时，我要你帮我吹一个小气球。"

"噢，我的老天——啊！"哈洛兰呻吟着，"警官，我的飞机——"

"嘘，"交警说，"可别不听话喔！"

哈洛兰闭上了眼睛。

他在六点四十九分到达联合航空公司的服务柜台，抱着班机延误的一线希望。他甚至无须开口问，入口处乘客服务台上方的起飞屏幕说明了问题。飞往丹佛的九〇一号班机，预计在东部标准时间六点三十六分起飞，已于六点四十分离开。九分钟前。

"噢，可恶！"迪克·哈洛兰说。

突然间，柳橙的味道浓郁得令人倒胃口，他才刚到男厕，那讯息就来了，震耳欲聋，令人闻之丧胆：

（！！！求求你来吧！迪克，来吧！求求你！求求你来吧！！！）

39. 楼梯上

　　从佛蒙特搬到科罗拉多之前，他们为了增加一点流动资金而卖掉一些资产，其中一样物品是杰克收藏的两百张摇滚和蓝调节奏的老唱片。这些全都在庭院旧货拍卖中以一张一元的价格售出。在这些唱片中，丹尼个人最喜欢的是一套埃迪·科克伦的双唱片，唱片封套上附有四页由伦尼·卡耶写的说明文字。温迪时常为丹尼特别钟爱这张专辑感到惊诧，因为这张唱片的歌手是个生活放纵、英年早逝的小伙子……事实上，他过世的时候，她自己也才年仅十岁。

　　此刻，七点十五分（山区标准时间），正当迪克·哈洛兰告诉奎姆斯他前妻的白人男友一事时，温迪瞧见丹尼坐在大厅到一楼的楼梯中间，两手交互将一个红色的橡皮球抛来抛去，嘴里哼唱着那张专辑里的一首歌。他的声音低沉、不成调。

　　"所以我爬一楼、二楼、三楼、四，"丹尼唱着，"五楼、六楼、七楼……当我抵达顶楼，我已累到无法摇……"

　　她走到他身边，在其中一阶楼梯踏板上坐下来，看到他的下唇肿成两倍大，下巴上还有干掉的血迹。她胸口的心脏吓得猛然一跳，但是她勉强保持平稳的口气。

　　"博士，怎么了？"她问，虽然她确信自己知道是怎么回事——杰克揍了他。嗯，当然啰，接下来就是这一步了，不是吗？前进的动力；迟早会将你带回起始的原点。

　　"我在舞厅呼叫东尼，"丹尼说，"我想我准是从椅子上摔下来了。现在不会痛了，只是觉得……好像嘴唇肿太大了。"

　　"事情真的是这样子吗？"她盯着儿子，不安地问。

　　"不是爸爸弄的，"他回答，"今天没有。"

　　她凝视着他，感到害怕。球从一手飞到另一只手。他看出她的心思。她儿子看穿了她的心思。

"那……东尼跟你说了什么，丹尼？"

"那不重要。"他的表情镇定，语调冷漠得令人背脊发凉。

"丹尼——"她紧抓住他的肩膀，力道比预想的还要重。但是他没有退缩，甚至也没试着把她甩开。

（噢，我们在残害这个孩子。不单单是杰克，还有我，而且也许不只是我们两个，杰克的父亲、我母亲，他们也在这里吗？当然啰，怎么不在？反正这地方满是鬼魂，再多两个又何妨？噢天上的神啊，他就像电视广告中展示的手提箱一样，塞满了东西，从飞机上摔落，再被丢进工厂的粉碎机里。或者像天美时手表，遭到痛殴也依旧照走不误。噢丹尼，我很抱歉。）

"那没什么，"他又说了一次，球在两手间传来传去。"东尼再也不会来了，它们不让他来。他被打倒了。"

"谁不让他来？"

"饭店里的人，"丹尼说。然后他望着母亲，他的眼神一点也不冷漠。他那双深邃的眼睛里充满了惊恐。"就是……饭店里的那些东西，各式各样的。饭店里充满了那些东西。"

"你可以看到——"

"我不想看见，"他低声说完，转回去注视着他两手间画成弧形的橡皮球。"可是我偶尔能听见它们，在深夜的时候。它们就像风一样，同时发出叹息声。在阁楼、地下室、客房，无处不在。我想那是我的错，是我把它们引出来的。钥匙，那把小小的银钥匙……"

"丹尼，别这样……不要这样让你自己难过。"

"但是还有他，"丹尼说，"爸爸，还有你。它要我们所有的人。它在欺骗爸爸，耍他，想让爸爸以为它最想要的是他。其实它最想要的是我，不过它会抓走我们所有人。"

"假如有那台雪上摩托车——"

"它们不允许他，"丹尼以同样低沉的声调说，"它们让他把里头的零件丢到雪地里，丢得远远的。我梦见了。而且他知道那女人真的在二一七号房间里。"丹尼用阴郁、惊恐的眼睛注视着她。"不管你相不相信我都无所谓。"

温迪伸出一只手轻轻搂住他。

"我相信你。丹尼，告诉我真相。杰克……他是不是想要伤害我们？"

"它们会想办法让他下手，"丹尼说，"我一直在呼唤哈洛兰先生。他说假如我需要他的话，只要喊叫就可以了，所以我一直在叫。但是这非常困难，搞得我好累好累。最糟糕的是，我不知道他有没有听到。我认为他不能回答我，因为对他来说太远了。而且我不知道对我来说是不是也太远了。明天——"

"明天怎么样？"

他摇摇头。"没事。"

"他在哪里？"她问，"你爸爸？"

"他在地下室。我认为他今天晚上不会上来。"

她突然站起来。"你就在这里等我，给我五分钟。"

天花板上悬着几根荧光灯管，厨房一片冰冷、空寂。她走到磁性滑轨上吊挂着切肉刀的架子旁，拿起最长、最锐利的一把，用擦碗巾包起来，然后将灯关上，离开厨房。

丹尼坐在楼梯上，视线跟随着红色橡皮球在手中传来传去的路径。他哼唱着："她住在住宅区的二十楼，电梯发生了故障，所以我爬一楼、二楼、三楼、四……"

（——甜心，甜心，奔向我的甜心——）

他的哼唱中断。他仔细倾听。

（——奔向我的甜心，我亲爱的——）

那声音在他脑袋里回响，简直就像是他的一部分，如此令人害怕地靠近，仿佛是他自己思绪的一部分。那声音很温柔，极其诡秘，嘲弄着他。好似在说：

（噢是的，你会喜欢这里的。试试看，你会喜欢的。试试啊！你会喜喜喜欢的——）

现在他的耳朵张开，又能听见它们了，它们的聚会，鬼魂或幽灵，抑或饭店本身就是一间恐怖的奇幻屋，其中穿插的所有表演都是以死亡告终，里头特别上色的怪物全都真正活着，在这儿树篱会走动，小小的银钥匙能开启不祥的事。轻柔、悲叹，如夜晚在屋檐下吹拂不止的冬风般沙沙作响，那是夏天观光客绝对听不到的致命催眠的风声。宛如夏日在地面巢穴中的黄蜂令人昏昏欲睡的嗡嗡声，昏昏欲睡、死气沉沉，渐渐醒来。它们正在离地一万英尺的高处。

（为何乌鸦会像写字桌？当然是，越高越少啰！再喝一杯茶吧！）

这是活生生的声响，但不是说话声，也不是呼吸声。爱好哲学的人可能会称之为灵魂之音。迪克·哈洛兰的奶奶，在上世纪末的几年里在南方成长，她应该会称之为阴魂。灵媒调查员也许会取个很长的名字：心灵的回声、念力或心电活动。但是对丹尼而言，那只是饭店的声音，是这古老的怪物，不断地嘎吱作响，越来越紧密地包围他们；那些走廊现在越过时间和空间延展开去，里面尽是饥渴的影子，以及不得安然入睡的骚动客人。

漆黑的舞厅里，那个罩在玻璃罩下的钟用单调的乐声报时七点半。

一个因酗酒而变得粗嘎的声音，残暴无情地大声吼道："摘下面具，我们来大干一场！"

温迪正越大厅，走到半途中，吓了一跳，猛然站住不动了。

她看向楼梯上的丹尼，他仍丢着手中的球。"你听到什么声音了吗？"

丹尼只是望着她，继续将手中的球丢来丢去。

那天晚上，他们虽然锁上门睡在一起，但仍没睡安稳。

黑暗中，丹尼的眼睛睁着，心想：

（他想要成为它们的一分子，永生不死。那是他所想要的。）

温迪想着：

（如果迫不得已的话，我要把他带到更上面去。假如我们要死的话，我宁愿死在高山上。）

她将包在擦碗巾里的屠刀放在枕头底下，手始终没远离那把刀。他们睡睡又醒醒，饭店四周吱吱嘎嘎地发响。外头如铅般厚重的天空开始飘起雪来。

40. 地下室里

（！！！锅炉，那该死的锅炉！！！）

这念头全面钻进杰克·托伦斯的脑袋，边缘还镶着亮晃晃、警示的红色。紧随其后的，是沃森的声音：

（你要是忘了，指针就会慢慢、慢慢地往上爬，那么十之八九你和你家人最后就会跑到他妈的月球上了……她估计可以到两百五十，不过早在那之前就会爆炸了……当她到一百八十的时候，我可不敢下来站在她旁边。）

他整晚都待在地下室里，认真钻研那几箱旧纪录，满脑子着了魔似的觉得时间急迫，他得赶快。然而，关键的线索、能让一切明朗的关联却没有出现。他的手指由于弄碎陈旧的纸张而发黄、沾满污垢。而且因为太过专心，他根本没有查看锅炉。他前一天傍晚六点左右给锅炉减过压力，那时他刚下来。现在时间是……

他看了一下手表，立刻跳了起来，踢翻一大叠旧发票。

天啊，现在是清晨四点四十五分。

在他身后，火炉突然开始毕剥作响，锅炉发出呻吟、咻咻的声音。

他跑向锅炉。他的脸庞在过去一个月左右变得削瘦，此时覆盖着满满的胡碴，有着像是在集中营的空洞表情。

锅炉的压力计到达每平方英寸二百一十磅的位置。他想象自己几乎能看见这个修补、焊接过的老锅炉，侧边由于致命的压力而鼓胀出来。

（她会慢慢爬……当她到一百八十的时候，我可不敢下来站在她旁边。）

忽然间一个客观、诱人的内在声音对他说话。

（随它去吧！去找温迪和丹尼，赶紧离开这儿。任它爆炸到半

336

空中。）

他能想象爆炸的景象。双重的如雷巨响首先会扯出这地方的心脏，再接着是灵魂。锅炉会随着橘紫色的闪光爆开，热烫的碎片将会降落在地下室的各个角落。他的脑海里，能看见炽热的金属碎屑有如奇形怪状的撞球到处冲撞，从地板到墙壁再到天花板，一片片边缘呈锯齿状的死神飕飕地划过空气。有的必定会笔直飞驰过石头拱门，落在另一边的旧文件上，熊熊燃烧起来。摧毁秘密，烧掉线索，成为活着的人永远无解的谜。紧接着瓦斯爆炸，火焰噼噼啪啪地发出隆隆的巨响，硕大的母火会将饭店的整个中心变成大烤肉炉。楼梯、走廊、天花板和房间全陷入火海，宛如"科学怪人"电影中最后一幕的城堡。火势扩散到两侧，匆忙席卷蓝黑交织的地毯，有如饥渴的客人。丝质壁纸烧成炭蜷曲起来。饭店内没有洒水装置，只有那些无人使用的老旧软管。而且世上没有一辆消防车能在三月底以前到达这里。烧吧，宝贝，燃烧吧！十二个小时内，这里就会仅剩骨架而已。

压力计的指针往上爬到二百一十二，锅炉发出吱嘎、呻吟的声响，宛如想要下床的老妇人。嘶嘶喷射的蒸汽开始从旧补丁的边缘冒出，焊珠也开始烧得嗞嗞响。

他没有看见，没有听见，一手搁在能卸除压力抑制火灾的阀门上僵立不动，双眼如蓝宝石般地从眼眶发出闪耀的光芒。

（这是我最后的机会。）

现在唯一尚未兑现的款项只有人寿险保单，那是他在史托文顿前一两年间的那个夏天与温迪一同办理的。假如他或她在火车事故、坠机或火灾中身亡的话，死亡保险给付是四万美元。骰子掷出七或十一就赢，秘密死去的话赢一百美元。

（火灾的话……八万美元。）

他们会有时间逃出；就算他们在睡觉，也有时间逃出去。他深信这点。而且倘若"全景"付之一炬的话，他不认为树篱或其他任何东西能够阻拦他们。

（熊熊大火。）

油腻、近乎不透明的刻度盘内的指针跳到了每平方英寸二百一十五磅。

他又想起另一个孩提时代的回忆。他们屋子后面苹果树的低枝中有个黄蜂窝，爸爸在那棵树的某根低枝上吊了一个旧轮胎，他的其中一个哥哥——如今他记不得是哪一个了——在荡轮胎时曾经被蜇过。那时是夏末，通常是黄蜂肆虐的时期。

他们的父亲刚下班回家，穿着白大褂，啤酒的味道如薄雾般地弥漫在他脸上。他召集了三个男孩布雷特、麦可和小杰克，告诉他们他打算除掉黄蜂。

"现在仔细瞧着啊！"他说，边微笑边轻微地摇晃着（他当时还没拿拐杖，与牛奶货车相撞是好几年之后的事了）。"也许你们会学到点东西。我父亲表演给我看过。"

这棵苹果树通常在九月底结果，当时还要再过半个月。而蜂窝是比这树所产出干瘪但美味的苹果还要致命的果实。父亲在黄蜂窝所在的树枝底下耙拢起一大堆被雨打湿的树叶。他点燃树叶。那天晴朗无风，树叶闷烧但没有真正燃烧起来，产生了一种气味，一种香味，至今每到秋天，当穿着睡裤及轻薄防风夹克的男人把树叶耙在一块儿点燃后，他就会闻到那个味道。有着苦涩底韵的香甜气味，强烈地唤起人的回忆。闷烧的树叶产生大量的烟雾，往上飘起掩盖住蜂窝。

父亲让树叶闷烧了整个下午，自己坐在门廊喝啤酒，将空的黑牌啤酒罐扔进老婆拖地用的塑料水桶里，两个较大的儿子陪在两旁，小杰克则坐在他脚边的阶梯上，玩着宝乐弹球，并一遍又一遍单调地唱着："你欺瞒的心……会令你哭泣……你欺瞒的心……将使你心神不宁。"

六点十五分的时候，就在晚餐前不久，爸爸走向苹果树，三个儿子小心翼翼地聚集在他后面。他一只手中握着园艺用的锄头将树叶打散，让一小丛一小丛的叶子分散开来继续闷烧，直至熄灭，然后举起锄头柄，来回挥舞捣弄一番，试了两三下后，将蜂窝打到地上。

男孩逃向安全的门廊，但爸爸只是站在蜂窝旁，低头摇摇晃晃地朝蜂窝眨眨眼。小杰克蹑手蹑脚地走回去张望。几只黄蜂迟缓地在它们像纸糊的领地上爬行，但并没有试着飞起。从蜂窝内部，那个漆黑的异域，传出令人永远无法忘怀的声响——一种低沉、催眠的嗡嗡声，恍如高压电线的声音。

"它们为什么不想叮你呢，爸爸？"他问道。

"因为烟让它们醉了，小杰克。去拿我的汽油桶来。"

他跑去取来。爸爸把琥珀色的汽油浇在蜂窝上。

"小杰克，现在往后退，除非你想要失去眉毛。"

他退到一边去。爸爸从白色外衣的口袋里掏出一盒粗头火柴。他用拇指指甲点燃火柴后掷向蜂窝。蜂窝冒出白热的橘色火光，火势凶猛却几乎无声无息。爸爸退开，失控地咯咯狂笑。黄蜂窝立即烧毁殆尽。

"火，"爸爸说，面带笑容地转向小杰克。"火可以烧死任何东西。"

晚餐后，男孩走出来，在白昼逐渐减弱的余晖下，严肃地站在烧焦变黑的蜂窝旁。从热烫的内部传出黄蜂尸体宛如爆米花的声音。

压力计到达二百二十。锅炉内部哀号的低沉声响逐渐增大。喷射的蒸汽在无数个地方挺直地冒出，宛如豪猪的刺一般。

（火可以烧死任何东西。）

杰克忽然惊醒。他在打瞌睡……他睡着了，差点把自己直接送上天国。他究竟在想什么？保护饭店是他的职责，他是管理员啊！

他的双手迅速涌出恐惧的汗水，几乎握不住那个巨大的阀门。之后他曲起手指握住阀门的轮辐，转了一圈、两圈、三圈。蒸汽响亮地嘶嘶作响，犹如龙的呼吸。从锅炉底下升起的滚烫薄雾笼罩住了他，一时间，他没法再看见刻度盘，以为自己一定是等太久了；锅炉里呻吟、叮当的声音越来越响，紧接着是一连串猛烈的嘎嘎声，和金属扭曲所发出的刺耳声音。

等到部分蒸汽吹散，他看见压力计掉回到两百，并且仍在下降。从焊接的补丁四周喷出的蒸汽开始失去力道。那扭曲、摩擦的响声渐渐微弱。

一百九十……一百八十……一百七十五……

（他正在下山，以时速九十英里的速度前进，此时汽笛突然尖叫起来——）

但他认为锅炉不会爆炸了。压力已经降到一百六十。

（——他们在废墟残骸中发现了他，他的一只手搭在节流阀上，蒸汽活活烫死了他。）

他往后退离锅炉，剧烈地喘息、颤抖着。他审视双手，看见手掌上已起了水泡。让这些水泡见鬼去吧！他想。然后前仰后合地大笑起来。他差点手搁在节流阀上死去，如同"九七老火车失事记"一曲中的工程师凯西一样①。更糟的是，他可能会毁了"全景"。最终彻底地失败。他做为一名教师、作家、丈夫和父亲都失败了，甚至连当个酒鬼都失格。但是在过去失败的分类中，没有比炸掉原本该照料的建筑更厉害的。况且这还不是栋普通的建筑，一点也不寻常。

天啊！他需要痛饮一番。

压力掉到每平方英寸八十磅。他小心谨慎地再度关上减压阀，双手的疼痛让他微微缩了一下。但是从现在起，他必须比以往更加严密地看护锅炉。它可能已经严重地受损。这个冬天剩余的时间，他不会指望它能承受超过每平方英寸一百磅的压力。倘若他们觉得有点冷，也只得咬紧牙关忍受一下。

他弄破两个水泡，双手像蛀牙一样阵阵抽痛。

一杯酒，只要一杯酒就能使他好过些，但这该死的屋子里除了料理用的雪利酒之外一无所有。在这种时刻酒可是良药啊！上帝可为证，就是这样而已，当成麻醉剂。他尽了本分，如今可以用上一点点麻醉剂，比伊克赛锭的药效来得强的东西。但是这里什么都没有。

他想起阴影中闪亮的酒瓶。

他拯救了饭店，饭店应该会想要酬谢他。他感觉相当有把握。他从背后口袋里拿出手帕，一边走上楼梯，一边擦着嘴唇。只要喝一点

---

① 此处提到的"九七老火车失事记"和"工程师凯西"分别与美国历史上两次火车事故有关，后来还基于此创作了歌谣，广为流传。此处应是作者笔误，将两个事故混为一谈。

点，只要一杯，用来减缓疼痛。

他为"全景"效劳，现在"全景"该满足他的需求了。他很确定这一点。踩在楼梯上的脚步快速而急切，是从冗长、严酷的战争后返家的男人匆促的步伐。现在时间是山区标准时间，清晨五点二十分。

41. 黎　明

　　丹尼压抑地喘着气从可怕的噩梦中惊醒。梦里有爆炸，火光冲天。"全景"整个烧了起来，而他和妈咪从前面的草坪上观望着。

　　妈咪说："你看，丹尼，看那些树篱。"

　　他看着它们，它们全都死了，身上的叶子转变成令人窒息的褐色。紧密交错的树枝隐约透出，宛如肢解到一半的尸体骨骸。然后他爸爸从"全景"巨大的双扇门中冲出来，身体像把火炬似的熊熊燃烧。他的衣服着了火，皮肤染上一股深棕色，而且颜色越来越深，头发则像一丛燃烧的灌木。

　　他就在这时醒过来，喉咙因害怕而绷得发紧，双手紧抓着被单和毯子。他尖叫了吗？他望向母亲。温迪侧躺着，毛毯拉到下巴处，一绺麦秆色的头发贴着脸颊。她看起来就像个孩子。没有，他没尖叫出声。

　　躺在床上，盯着上方，梦魇逐渐淡去。他有种奇妙的感觉，似乎惊险地避开了某个大悲剧。

　　（大火？爆炸？）

　　他让精神飘荡出去，搜寻爸爸，发现杰克站在楼下某处，在大厅。丹尼努力再挺进一些，试着进入父亲的心里。不好。因为爸爸正想着坏东西。他正在想

　　（很好，只要一两杯就够了，我不在乎世上哪个角落的太阳爬到横桅上，反正现在是饮酒作乐的时间。艾尔，还记得我们以前是怎么说的吗？琴汤尼波本加上少许的苦酒、苏格兰威士忌加苏打、兰姆加可乐，彼此不分你我，一杯给我，一杯给你，火星人在世界上某个角落登陆了，管他是普林斯顿、休斯敦还是他妈的其他鬼地方，春季到了，我们没有人……）

　　（滚出他的脑袋，你这小混蛋！）

那个内心的声音吓得他往后退，他睁大眼睛，两手绷紧着抓住床单。这不是他父亲的声音，而是精巧的模仿。这声音他认得，粗哑、残忍，然而带着一种愚蠢的幽默而显得没那么尖刻。

它如此接近了吗？接下来呢？

他把被子掀开，双脚摆荡到地板上，再将床底下的拖鞋踢出来穿上。他走到门边，把门拉开，匆匆忙忙跑到主走廊，穿着拖鞋的脚踏在走廊地毯的呢绒上产生窸窸窣窣的声响。他转过转角。

走廊中间有个男人四肢着地，就趴在他与楼梯之间的走廊上。

丹尼吓呆了，动也不敢动。

那人抬头看他，一双小眼睛发红。他身穿某种缀满亮片的银白色服装，丹尼领悟到是狗的装扮。一根长长、松软下垂的尾巴从这奇怪生物的臀部拖下来，尾端还有个蓬松毛球。衣服背后是一整条拉链直通到颈部。他的左边挂着一颗既像狗又像狼的头，口鼻之上是空洞的眼窝，嘴巴张开发出意义不明的低吼，看来是纸模做的利牙间露出地毯蓝黑色的花样。

那人的嘴巴、下颚和脸颊沾满血污。

他开始对丹尼低声咆哮。他咧着嘴笑，但那狺狺声却是货真价实的，那是由喉咙深处发出、令人胆寒的原始声音。接着他狂吠起来，露出的牙齿上也沾着血。他开始爬向丹尼，无骨的尾巴拖在后面。装扮用的狗头被忽略在一旁的地毯上，神情茫然地瞪着丹尼的肩膀上方。

"让我过去。"丹尼说。

"我要吃掉你，小鬼。"犬人回答完，咧开的嘴巴中突然发出一连串的猛烈狂吠。声音是人模仿的，但内含的野蛮却是真实的。那人的头发是深色的，局促的服装使他满头大汗，头发也因此油腻腻的。他呼出的气息混合着威士忌和香槟的味道。

丹尼畏惧地退缩，但并没有逃跑。"让我过去。"

"想都别想，"犬人回答，红色小眼睛聚精会神地盯着丹尼的脸。他继续咧着嘴笑。"我要把你吃得一干二净，小鬼。我想我要从你肥嘟嘟的小鸡鸡开始吃起。"

他开始轻佻地往前跳，一面龇牙低吼，一面小步跳跃。

丹尼的勇气突然爆发。他逃回通往他们住处的短廊，一边回头看。背后传来一串嗥叫、狂吠和咆哮的混合声，中间夹杂着含混不清的咕哝声和咯咯的笑声。

丹尼站在走廊上发着抖。

"起来！"醉酒的犬人从转角处大声吼着，声音既粗暴又急切。"起来，哈利，你这狗娘养的杂种！我才不在乎你有多少间赌场、航空公司和电影公司咧！我知道你在自己家——家里独处时喜欢什么！起来！我会呼啊呼的……用力吹气……直到哈利·德温特全都被吹吹吹吹倒！"他最后发出一声吓人的长嗥，就在嗥叫声渐渐消失前，似乎又转变为愤怒和痛苦的尖叫。

丹尼担心地转向走廊尽头紧闭的卧室门，悄声地走过去。他打开门探头进去，妈妈以完全相同的姿势睡着。除了他以外，没有人听到这声音。

他轻轻关上门，再度走回他们的走廊与主廊的交叉处，希望犬人已经走开，如同总统套房墙壁上的血迹消失那般。他小心地绕过转角窥探。

装扮成狗的人仍在那儿。他已经重新戴上狗头，正在楼梯井旁四肢着地地跳着，追逐着自己的尾巴，偶尔会从地毯跳起再落下，喉咙做出狗的呼噜声。

"汪！汪！咆呜汪汪汪！嘎！"

这些声音从面具之后空洞仿效龇牙低吼的嘴巴里传出来，其间掺杂着也许是啜泣或大笑的声音。

丹尼走回卧室，在小床上坐下，用双手捂住眼睛。饭店现在主宰了一切。或许一开始发生的事只是偶发事件；也许起初他看见的东西真像可怕的图片一样不会伤害他。然而现在饭店控制了这些东西，它们会伤人。"全景"不希望他去找他父亲，那可能会破坏所有的乐趣，所以它派犬人挡住他的去路，就如同它派树篱动物挡在他们和马路之间。

但是他爸爸可以来这里。迟早爸爸会来的。

他哭了起来，眼泪无声地沿着双颊滚落。太迟了。他们会死掉，三个人全都会死，等"全景"明年春末开张时，他们会在这儿和其余的鬼魂一同迎接客人。浴缸里的女人、犬人、混凝土地道里骇人的不明东西。他们将会——

（停！马上停下来！）

他气愤地用指关节擦去眼中的泪水。他要尽全力防止这件事情发生，别发生在他自己身上，也不能发生在爸爸和妈妈身上。他要尽一切努力去试。

他闭上眼，把想法用强大、猛烈、清楚的闪灵送出。

（！！！迪克，求求你快点过来，我们惹上严重的麻烦了。迪克，我们需要）

忽然，黑暗中，在他身后，那个在梦中"全景"漆黑的走廊上追逐他的东西出现在那里，就在那边，穿着白袍的硕大生物，它手中老旧的球杆高举过头：

"我会让你停下来！你这讨厌的小狗！我会让你住嘴，因为我是你的父亲！"

"不！"他猛然跳回卧室的现实中，眼睛完全张开瞪着，尖叫声不受控制地从嘴巴涌出，他母亲猝然惊醒，将被单紧紧抓在胸口。

"不，爸爸，不！不！不！——"

他们两人都听见无形球杆恶狠狠地向下挥动，划破周围的空气，然后逐渐消失，陷入寂静，他跑向母亲抱住她，浑身发抖，像只掉落陷阱的兔子。

"全景"不许他呼唤迪克，那也会破坏兴致。

他们孤立无援。

外面雪下得更大了，将他们与世界隔绝开来。

42. 半空中

迪克·哈洛兰的飞机在东部标准时间早上六点四十五分广播，办理登机的柜台人员将他留在三十一号登机门，他神经紧张地将旅行手提包从这只手换到另一只手，直到六点五十五分的最后登机通知响起。他们两人在寻找一位名叫卡尔登·维克的男人，他是环球航空公司由迈阿密飞往丹佛的一九六号班机上唯一没报到的乘客。

"好了，"柜台人员说着，发给哈洛兰一张蓝色头等舱的登机证。"您的运气非常好。先生，您可以登机了。"

哈洛兰急忙冲上已围起的登机空桥，让脸上挂着机械式笑容的乘务员撕掉他的登机证，把存根交给他。

"我们会在飞机上供应早餐，"乘务员说，"如果您想要——"

"只要咖啡就好，小姐。"他说完，顺着通道走到吸烟区的座位。他一直预期那位没出现的维克会在最后一秒钟冷不防从门口冒出，宛如会跳出玩具盒的小丑。靠窗座位上的女士正在看《你能成为自己最好的朋友》，脸上带着不快、怀疑的表情。哈洛兰扣上安全带，黝黑的一双大手包住座位的扶手，向缺席的卡尔登·维克保证，他得和五名强壮的环球航空公司乘务员合力才能将他拖出座位。他的眼睛一直盯着手表。手表以令人抓狂的缓慢速度将分针拖到七点，起飞的时刻。

七点零五分时，乘务员通知他们起飞时间将会稍微延迟，地勤的工作人员正在复查货舱门的门闩。

"白痴。"迪克·哈洛兰咕哝着抱怨。

尖脸的女士将不快、怀疑的面容转向他，再转回去继续看书。

他在机场待了一晚，在各家航空公司的柜台间打转，从联合、美国、环球、大陆到布兰尼夫，不断地骚扰售票人员。午夜后的某刻，他在小吃部喝着第八或第九杯咖啡的时候，断定自己是个傻瓜，居然把整件事扛在自己的肩上。哪儿有管理局啊！他走到最近的一排电话，与三位不同的接线生通话后，取得落基山国家公园管理局的紧急联络电话号码。

接听电话的男人声音听起来筋疲力尽。哈洛兰报了假名后说，萨德维特西边的全景饭店出了问题，很严重的问题。

对方请他稍候。

那位国家公园的巡逻队员（哈洛兰假定他是巡逻队员）大约在五分钟内回来。

"他们有民用频段的无线电对讲机。"巡逻队员说。

"他们确实有无线电对讲机。"哈洛兰说。

"我们没有收到他们的求救呼叫。"

"天哪，那不重要。他们——"

"他们到底遇到了什么样的困难，哈洛先生？"

"嗯，有一家人，管理员和他的家人。我想他可能有点神经不正常，你知道的。我想他很可能会伤害他妻子和年幼的儿子。"

"我能请教一下你是从哪里得到这个消息的吗，先生？"

哈洛兰闭上双眼。"小伙子，你叫什么名字？"

"汤姆·史丹顿，先生。"

"嗯，汤姆，我知道了。现在我会尽我可能地对你坦白直说。那上头发生了严重的问题，也许是像谋杀那么严重，你明白我说的话吗？"

"哈洛先生，我真的得知道你是怎么——"

"听好，"哈洛兰说，"我告诉你，我就是知道。几年前那上头有个叫格雷迪的家伙，他杀了他的妻子和两个女儿，然后朝自己扣了扳机。我现在告诉你，如果你们不赶紧过去阻止的话，同样的事情会再度发生！"

"哈洛先生，你不是从科罗拉多打来的吧！"

"不是。但是这有什么差——"

"如果你不在科罗拉多，就不在全景饭店的无线电对讲机的范围内。假如你不在无线电对讲机的范围内，就绝不可能联系，呃……"隐约传来急速翻动纸张的声音。"托伦斯一家。我让你稍候时，试着打过电话。

电话不通，这没什么不寻常，饭店和萨德维特的交换台之间还有二十五英里的电话线是在地面上。我的结论是你肯定是脑袋出了什么毛病。"

"噢天哪，你这愚蠢的……"但是他太过绝望，找不出合适的名词来搭这个形容词。忽然间，他灵机一动。"打给他们！"他大喊道。

"先生？"

"你有无线电对讲机，他们也有无线电对讲机。那就打给他们啊！打给他们问问情况！"

电话传来短暂的沉默，及长途电话线的嗡嗡声。

"你也试过了，对吧？"哈洛兰问，"所以才让我等了那么久。你试过电话，接着又试了无线电对讲机，没有得到任何回应，你却不觉得有什么不对劲……你们这些家伙在那上面干什么？闲着没事坐着玩金拉米牌吗？"

"不，我们当然不是。"史丹顿生气地说。哈洛兰听到他声调中的愤怒松了一口气。他首次觉得自己是对着人，而不是对着录音机说话。"我是这里唯一的人员，先生。其他公园里的每位巡逻队员，加上狩猎警察，另外再加上志愿义工，全都去赫斯提峡谷了，冒着生命的危险，因为有三个白痴的混蛋，只有六个月的经验却决定去挑战国王公羊山的北壁。他们被困在了半山腰，也许能下来，也许不能。有两架直升机上去了，驾驶直升机的人冒着自己的生命危险，因为这里已经是晚上，而且开始下雪了。所以假如你还是没办法把事情说清楚的话，我可以帮你：第一，我没有人手可以派去'全景'。第二，'全景'现在不是重点，国家公园里发生的事才是我们优先考虑的。第三，天亮前没有一台直升机能够起飞，因为根据国家气象局的预报，快要下大雪了。你了解目前的状况了吗？"

"是的，"哈洛兰轻声说，"我明白了。"

"好吧！我猜想我没办法用无线电对讲机和他们取得联系的原因非常简单。我不知道你那边现在几点，但是我们这里是九点三十分。我想他们也许把无线电关掉，上床睡觉去了。现在如果你——"

"老弟，祝你的登山客好运。"哈洛兰说，"但是我希望你知道，他们不是唯一搞不清楚自己陷入什么处境而受困在高山上的人。"

他挂上电话。

早上七点二十分，环球航空公司七四七笨重地退出停机坪，转向，往跑道方向滑动。哈洛兰无声地长吁一口气。卡尔登·维克，无论你人在何处，尽管伤心去吧！

一九六号班机在七点二十八分与地面分离，七点三十一分，当飞机开始上升时，那把思想的手枪又在迪克·哈洛兰的脑袋中开火。他耸起肩膀徒劳地抵抗柳橙的味道，接着痉挛地猛然一抽。他的额头皱起，嘴角往下拉，痛苦得挤眉弄眼。

（！！！迪克，求求你快点过来，我们惹上严重的麻烦了。迪克，我们需要）

就这样而已。声音突然消失，这回没有渐渐淡出。信息被干净利落地斩断，仿佛是用刀子砍的。他受到惊吓，仍紧抓住座位扶手的双手几乎发白，嘴巴干渴。那男孩出事了，他很肯定。假如有人伤了那个小男孩——

"你起飞时向来反应这么激烈吗？"

他看看左右，是那个戴角框眼镜的女士。

"不是这样子的，"哈洛兰说，"我的脑袋里有块钢板，朝鲜战争时得来的，时不时地就会感到一阵刺痛。你不知道吗？震动会扰乱讯号。"

"是这样吗？"

"是的，女士。"

"这是前线军人最终为干涉国外付出的代价。"尖脸女士严肃地说。

"是这样的吗？"

"是的。这个国家必须下决心停止卑鄙的小战争。美国本世纪所打的每场卑鄙小战争的根源都是中央情报局，中央情报局和金钱外交。"

她打开书本开始阅读。禁止吸烟的信号灯关闭。哈洛兰注视着逐渐远去的陆地，心想不知男孩是否安好。他对那孩子产生了关爱之情，虽然他的父母似乎没那么关心。

他祈求上帝，他能出动去查看丹尼的情况。

43. 免费畅饮

杰克站在餐厅里，就在通向科罗拉多酒吧的双扉推门外面，他的头歪向一边，仔细聆听，隐隐地笑着。

在他四周，他能听见"全景"饭店正苏醒过来。

很难说明他如何得知，但他猜想与丹尼不时拥有的洞察力相差不远……有其父，必有其子，一般不是都这么说的吗？

那并非视觉或听觉，虽然非常接近，仅以最薄的感知布幔相隔。那就仿佛另一间"全景"就在离这一间不到数英寸的距离外，和真实世界隔绝（假使有"真实世界"这种东西的话，杰克心想），但是逐渐进入协调的状态。他想起孩提时代看过的立体电影。如果你不戴上特别的眼镜看银幕，就会看到双层的影像，那就是他现在的感觉。可是一旦你戴上眼镜，一切就清楚了。

饭店所有的年代如今全合在了一起，除了当下，托伦斯的年代。而这个年代很快就会和其余的会合。那样很好，非常好。

他几乎能听见登记柜台上镀银小钟发出高傲的叮、叮声，召唤搬行李的侍者到柜台来，因为身穿二十世纪二〇年代流行的法兰绒西装的男士要入住，而穿着二十世纪四〇年代流行的双排扣、细条纹西服的男士要退房。那儿有三位修女坐在壁炉前，等待办理退房手续的队伍逐渐稀疏，而站在修女后面，以钻石领带夹别住蓝白图案的领带，打扮帅气的是查尔斯·格罗丁和维多·吉奈力，他们正在讨论盈亏、生死。后门外头卸货区有十二辆货车，有的层叠在另一辆上头，好像一张长时间曝光的照片。在东侧的舞厅，一打不同的商业会议同时举行，彼此的时间差仅有几厘米。另外还有一场化妆舞会在进行。有晚会、婚宴、生日及周年纪念的派对。男人谈论着英国首相内维尔·张伯伦和奥地利大公。音乐。欢笑。酩酊。歇斯底里。几乎没有爱，这里没有，只有源源不绝的感官暗流。而他几乎能同时听见所有的一切，飘荡在整间饭店，形成优雅的嘈杂声。在他所站的餐厅，七十年来的早餐、午餐、晚餐全都同时在他身后端上。他几乎可以……噢不，去掉几乎。他可以听见这些声音，迄今隐隐约约，却十分清楚的，就像炎热的夏日，人能听到好几英里外的雷鸣一般。他能听见他们所有人，那些出色的陌生人。他开始意识到他们，正如他们必定打从一开始就觉察到他了。

今天早上"全景"所有的客房都有人入住。

客满。

在双扉推门后面，连续不清的低微交谈声萦回缭绕着，宛如香烟上慵懒的烟雾。更为世故，更为私密。低沉、沙哑的女性笑声，是如仙环般绕着五脏六腑和生殖器共振的那种。收款机的屏幕在温暖的微暗中柔和地发着光，其声响把一杯杯琴利奇、曼哈顿、消沉轰炸机、野莓琴菲士、僵尸酒的价格记录下来。点唱机流泄出酒徒的歌曲，每一首最后都与其他的重叠。

他推开双扉推门走进去。

"哈啰，各位，"杰克·托伦斯轻柔地说，"我离开过，但是现在我回来了。"

"晚安，托伦斯先生，"劳埃德说，由衷地感到高兴。"见到您真好。"

"劳埃德，我很高兴能回来。"

他郑重地说着，抬起一腿跨上吧台的高脚凳，坐在穿鲜蓝色西装的男人和身穿黑色洋装、眼神朦胧的女人之间，那女人正凝视着一杯新加坡司令的深处。

"您想喝点什么呢，托伦斯先生？"

"马丁尼。"他非常愉快地说。

他看着吧台后架上一排排顶端盖着银色虹吸管、微微闪光的酒瓶：金宾、野火鸡、吉尔伯、夏洛德私酿、托罗、施格兰。啊，又回到家了。

"请给我一杯大杯的火星人，"他说，"火星人已经降落在世界上的某个角落了，劳埃德。"他拿出皮夹，把一张二十美元面值的钱小心地放在吧台上。

　　劳埃德准备他的酒时，杰克回头看。每个雅座都坐了人，有的客人还变装打扮……有个女人身穿薄纱灯笼裤和缀着闪亮水钻的胸罩，一个男人的狐狸头狡猾地从身上的晚礼服探出来，有个全身打扮成银白色小狗的男人，正在用长尾巴末端的毛球搔弄穿纱笼女人的鼻子，娱乐所有的人。

　　"托伦斯先生，这是免费招待您的，"劳埃德说，在杰克的二十块钱上把饮料放下。"您的钱在这里没有用。经理吩咐的。"

　　"经理？"

　　他突然感到隐隐不安；纵使如此，他依然端起马丁尼杯在手中旋转，注视底部的橄榄在饮料冰凉的深处微微地浮沉。

　　"当然，是经理。"劳埃德的笑容加深，但他的眼睛陷在黑眼圈中，肤色惨白得吓人，像尸体的皮肤。"稍后他打算亲自照看您儿子的福祉。他对您儿子非常感兴趣，丹尼是个很有天分的男孩。"

　　琴酒的杜松子气味呛得令人愉快，但似乎同时使他的思绪变得浑沌不清。丹尼？这一切关丹尼什么事？他在酒吧里端着一杯酒是要干什么？

　　他曾发誓要戒酒。他戒酒了，他发过誓了。

　　他们要他儿子做什么？他们要丹尼干吗？温迪和丹尼不在计划里面。他努力挥入劳埃德罩着黑眼圈的眼睛，但太暗、太黑，仿佛试着从头盖骨上空洞的眼球中读取情绪一般。

　　（他们非要不可的是我……不是吗？我才是他们要的人。不是丹尼，不是温迪。我才是喜欢待在这里的人。他们想要离开。我是处理掉雪上摩托车的人……翻遍旧档案……降低锅炉的压力……说谎……简直是出卖灵魂……他们还想要他的什么？）

　　"经理在哪儿？"他想装作若无其事地问，但他的话似乎是从已被第一杯酒麻痹的唇间吐出，仿佛是来自噩梦而非美梦的话语。

　　劳埃德只是微笑。

　　"你们想要我儿子做什么？丹尼不在这……他在吗？"他听出自己声音中赤裸裸的恳求。

劳埃德的脸孔似乎在移动、转变，变成某种致命的东西。白皮肤变得像是得了肝炎似的发黄、龟裂。皮肤上突然长出一颗颗红疮，流出气味难闻的液体。血滴如汗一般地从劳埃德的前额冒出，此时从某处传来清亮的钟声，正敲着一刻钟。

（摘下面具，摘下面具！）

"喝你的酒吧！托伦斯先生，"劳埃德轻声地说，"那不关您的事。至少在这个时间点还不是。"

他再度端起酒，举到唇边，犹豫了一下。他听见丹尼手臂折断时清晰、可怕的断裂声；看到毁坏的脚踏车飞越过艾尔的车顶，在挡风玻璃上留下星状的裂痕；他看见单只车轮倒在路面，扭曲的轮辐指向天空，宛如钢琴弦的锯齿。

他意识到所有的交谈声都停止了。

他转回头去看。他们全都满怀期待、不发一语地盯着他看。穿纱笼的女人身旁的男人取下狐狸头，杰克看出他是霍勒斯·德温特，他淡金色的头发披散在前额。吧台的每个人也都在观望。他旁边的女人仔细地端详他，仿佛想要调整焦距。她的礼服从单边肩上滑落，视线下移就能看见下垂乳房顶端松弛皱缩的乳头。目光再回到她的脸上，他开始认为这位大概是二一七号房的女士，那个想要勒死丹尼的女人。在他的另一边，穿着鲜蓝色西装的男人从上衣口袋取出一把点三二口径、珍珠手柄的小手枪，把枪放在吧台上悠悠哉哉地转动着，好似脑中想着俄罗斯轮盘的男人。

（我想要——）

他察觉到这句话并没有通过自己已僵住的声带发出声来，于是再试一次。

"我想要见经理。我……我认为他不了解，我儿子不是这计划的一部分。他……"

"托伦斯先生，"劳埃德说，他的声音带着令人惊骇的温柔，从染上瘟疫的脸孔内发出，"时机到了您就能见到经理。事实上，他已经决定任命您在这件事情上当他的代理人。现在喝您的酒吧！"

"喝你的酒吧！"他们齐声附和。

他用颤抖得很厉害的手端起酒杯。这是杯纯的琴酒。他凝视杯中,感觉好像要沉溺下去一般。

他身旁的女人以单调、死气沉沉的声音唱起歌来:

"推……出……酒桶……我们将……尽情玩乐……"

劳埃德接了下去,然后是穿着蓝西装的男人。犬人也加入,一掌重重拍在桌上。

"现在是推出酒桶的时候了——"

德温特的声音加入其他人。他的嘴角潇洒地叼着一根烟,右手臂环抱着穿纱笼的女人,右手心不在焉地轻轻抚摸她的右乳,他心情愉悦地以轻蔑的眼神看着犬人,一面歌唱。

"——因为一伙人……全都……在此!"

杰克将酒杯举到嘴边,分三大口把酒灌下去,琴酒宛如在隧道中行进的货车全速顺喉咙而下,在胃里爆发,再一跃弹上他的脑部,最后在脑袋爆发出剧烈的震动,让他身不由己地打颤。

当震颤逐渐退去,他感觉棒极了。

"同样的再来一杯吧!麻烦你。"

他说完,将空杯推向劳埃德。

"好的,先生。"

劳埃德说着,接过杯子。劳埃德看起来又完全正常了。那名橄榄肤色的男人收起点三二口径的手枪。右手边的女人再度目不转睛地盯着她那杯新加坡司令,一边胸部完全裸露在外,靠在吧台的皮革软垫上,毫无意义的低吟从她松弛的嘴巴里传出来。隐隐约约的谈话声再度开始,不断地来回交织着。

他的新饮料出现在他面前。

"劳埃德,非常感谢你。"他说着,举起酒杯。

"托伦斯先生,我向来很高兴能为您服务。"劳埃德微微笑着。

"劳埃德,你一直是他们里头最棒的。"

"哎呀,谢谢您,先生。"

这回他慢慢地喝,让酒液缓缓滴下喉咙,再抛几颗花生米滚下滑道,以祈求好运。

那杯酒很快就见底，他又点一杯。总统先生，我已经和火星人见面了，很高兴地向您报告，他们很友善。当劳埃德在调另一杯时，他搜寻口袋要找个两角五分的硬币投入点唱机。他又想到丹尼，但是愉快地发现丹尼的脸蛋变得模糊不清、难以形容。他曾经伤害过丹尼，但那是在他学会如何操控酒精之前。而今那些日子已成过往。他不会再伤害丹尼。

绝对不会。

44. 舞会中的对话

　　他在和一位美丽的女人跳舞。

　　他不知道现在几点，也不清楚自己在科罗拉多酒吧待了多久，或者在舞厅这儿待了多久。时间不再重要。

　　他依稀记得：聆听一名曾是成功的广播电台喜剧演员，后来在电视初期成为综艺节目明星的男人，讲述一个非常冗长、非常滑稽、有关连体婴乱伦的笑话；看见穿灯笼裤和亮片胸罩的女人随着点唱机播放的脱衣舞音乐（似乎是戴维·罗斯《脱衣舞娘》中的主题曲），跳着缓慢款摆腰肢的脱衣舞；与两人同行穿过大厅，另外两个男人穿着二十世纪之前的晚礼服，他们全都唱着罗茜·奥格雷迪的内裤上有块硬补丁的歌。他记得自己似乎望出巨大的双扇门，看见日式灯笼沿着蜿蜒的车道串成优雅、弯曲的弧线，散发出柔和的粉彩光芒，恍如蔼蔼含光的宝石。门廊天花板上的巨大球形玻璃灯罩也亮起，夜间昆虫在四周飞来飞去，不时撞到灯罩上。他内心的一角，或许是神智最后一丝丝的清醒，试着告诉他，现在是十二月某天的清晨六点。但时间中止了。

　　（与疯狂对立的争辩，最终仍以轻柔的沙沙声落空／层层叠叠地……）

　　这是谁写的？某个他念大学时读过的诗人吗？还是某个大学肄业、如今在沃索销售洗衣机或是在印第安纳波利斯卖保险的诗人？也许是他原创的想法？都无所谓。

　　（夜黑／星高／脱离现实的卡士达蛋糕／飘浮在半天高……）

　　他忍不住咯咯发笑。

　　"亲爱的，有什么好笑的吗？"

　　于是他又回到这儿，在舞厅里。水晶吊灯点亮了，双双对对的舞伴，有的变装打扮，有的没有，全都围绕在他们身旁，随着战后乐团

356

的悠扬乐声翩翩起舞——可是是哪场战争？你能确定吗？

不，当然不能。他只确定一件事：他正和一位美丽的女人跳舞。

她身材高瘦，发色红棕，穿着贴身的白色绸缎，而她紧贴着他跳舞，胸部柔软、舒适地贴靠在他的胸膛上，白皙的手与他的交握。脸上戴着闪耀的小型猫眼面具，秀发梳到一边，如瀑布般柔顺、闪亮地垂落，汇聚在动人香肩之中的深堑。她的礼服是宽摆的，但他能感觉到她的大腿不时触碰到他的腿，因此他越来越确信礼服底下她光滑、搽了粉的胴体是一丝不挂的，

（我亲爱的，这样比较能感受到你的勃起啊！）

而他身上真挂着一根硬邦邦的铁棒呢！就算这令她不快，她也隐藏得非常好；她甚至更加挨近他。

“没什么好笑的，宝贝。”他说完，又咯咯笑了。

“我喜欢你。”她低嗫道，他觉得她的香气闻起来像百合，秘密地隐藏在毛茸茸的青苔覆盖着的裂缝中，那儿的日照短，阴影长。

“我也喜欢你。”

“你想要的话，我们可以上楼去。我应该要陪着哈利，不过他绝不会注意到的。他忙着逗弄可怜的罗杰呢！”

乐曲结束，喝彩的掌声四起，乐团几乎毫不停歇地接着演奏《蓝调心情》。

杰克从她裸露的香肩上看过去，瞧见德温特站在茶点桌旁，身着纱笼的女孩在他身边。一瓶瓶的香槟装在冰桶里，沿着覆盖桌面的上等白色细麻布排成一排，德温特手里就拿着一瓶冒着泡的。一群人聚在一起，大笑。在德温特和纱笼女孩的前面，罗杰四肢趴在地上动作滑稽地雀跃着，尾巴无力地拖在后头，他正在吠叫。

“说话啊，小子，说话！”哈利·德温特嚷着。

“汪！汪！”罗杰回应。每个人都拍手，几个男人吹起口哨。

“好吧，坐起来。狗狗，坐起来！”

罗杰爬起来蹲坐着。面具的口鼻固定在永远咆哮的嘴型。眼孔中，罗杰的眼睛高兴得疯狂、费力地打转。他伸出手臂，摆动着一双手掌。

"汪！汪！"

德温特倾倒那瓶香槟，酒液如起泡的尼加拉瓜瀑布落在上仰的面具上。罗杰做出咕噜咕噜拼命喝的声音，所有人再次鼓掌。有的女人甚至边笑边尖叫。

"哈利可不是个活宝吗？"他的舞伴问他，又贴近一些。"每个人都这么说。你知道吗，他是双性恋。可怜的罗杰只是同性恋。他曾和哈利在古巴度过一个周末……喔，好几个月前了。现在他到哪儿都跟着哈利，在他后头摇着小尾巴。"

她吃吃地笑，百合嘲弄的香味扬起。

"不过，当然啰，哈利从来不会再要第二轮的……至少，同性方面不会……但罗杰就是很狂热。哈利告诉他，假如他在变装舞会上扮成小狗，可爱的小狗狗的话，他可能会重新考虑，罗杰就是这么蠢，所以他……"

一曲终了，更多的掌声响起。乐团的团员排队下场休息。

"抱歉啦！甜心，"她说，"有个人我必须……达拉！达拉，你这乖女孩，你到哪里去啦？"

女人一路挥着手挤进正在吃吃喝喝的人群中，他傻傻地目送她，心想他们一开始怎么会碰在一块跳舞？他不记得了。事情发生得似乎并不连贯。先是这里，接着是那里，最后是到处。他的头在晕。闻到百合和杜松子的味道。茶点桌旁，德温特正拿着一个三角形的小三明治在罗杰头上催促他，为了逗旁观者开心，赶紧翻筋斗。狗面具翻向上，狗服装的银色侧边如风箱般缩进又突出。罗杰突然一跃而起，把头蜷缩在胸前，试着在半空中翻滚。他跳得太低而且筋疲力尽，所以笨拙地背先着地，头部重重地敲在瓷砖上。一声沉闷的哀号从狗面具里头飘出来。

德温特率先鼓掌。"再试一次啊，狗狗！再试一次！"

围观的人跟着附和——再试一次，再试一次——杰克蹒跚地朝相反方向走，隐隐觉得不舒服。

一名穿着白色晚宴服、额头低平的男子推着饮料推车过来，杰克差点跌撞在推车上。他的脚撞到推车低层镀铬的架子上，上层的酒瓶和虹吸管碰撞在一起，发出悦耳的声音。

"对不起。"杰克粗哑地说。他忽然觉得遭到包围，幽闭恐惧症发作；他想要出去。他希望"全景"恢复原本的样子……摆脱这些不请自来的客人。他身为真正的开路者，地位不受尊重；他只不过是上万名欢呼的临时演员中的一个，一只依照命令翻滚坐起的小狗。

"没关系，"穿白色晚宴服的男子说。简短、清晰的文雅英语出自那张流氓脸非常地超脱现实。"要来杯酒吗？"

"马丁尼。"

他身后又爆发出另一波笑声，罗杰正随着《牧场是我家》的曲调嗥叫。有人用施坦威小型钢琴凭印象弹出伴奏。

"给您。"

冰冻的玻璃杯塞进他手里。杰克心存感激地喝着，觉得琴酒命中并击溃了神智清醒的第一轮进攻。

"还可以吗，先生？"

"很好。"

"谢谢您，先生。"推车又转动起来。

杰克蓦地伸出手轻触那人的肩膀。

"先生，什么事？"

"抱歉，不过……你叫什么名字？"

对方并没有显出惊讶的样子。"格雷迪，先生。德尔伯特·格雷迪。"

"可是你……我的意思是……"

酒保礼貌地看着他。纵使嘴巴因为琴酒与不当存在的人物而结巴，杰克仍再试一次，每个字感觉都大若冰块。

"你以前不是这里的管理员吗？在你……在……"但他无法说完。他说不出口。

"哦不，先生。我不这么认为。"

"可是你太太……你女儿……"

"我太太正在厨房帮忙，先生。当然，女儿都在睡觉。这时间对她们来说太晚了。"

"你以前是管理员。你——"噢,说出来啊!"你杀了她们。"

格雷迪的表情依旧十分有礼。"先生,我一点也不记得这回事。"他的杯子空了。格雷迪从杰克毫不抵抗的手指中抽走杯子,开始为他再调一杯。他的推车上有个白色的塑料小桶,里头装满了橄榄。不知何故,让杰克联想到一颗颗割下来的微小头颅。格雷迪熟练地叉起一颗橄榄丢进玻璃杯,递给他。

"但是你——"

"您才是管理员,先生。"格雷迪委婉地说,"您一直都是管理员。我很清楚,先生。我一直都在这里。同一个经理,同时雇用了我们两个人。可以吗,先生?"

杰克喝一大口酒。他的头在旋转。"厄尔曼先生——"

"我不认识任何名叫厄尔曼的人,先生。"

"可是他——"

"经理,"格雷迪说,"饭店,先生。您肯定明白是谁雇用您的,先生。"

"不,"他粗哑地说,"不,我——"

"托伦斯先生,我认为您该进一步质问您的儿子。他明白所有的事情,虽然他没有指点您。他相当地淘气,如果我可以这样大胆地说,先生。事实上,他几乎在每个转机都阻挠您,不是吗?况且他还不到六岁呢!"

"是啊,"杰克说,"他是。"背后又传来一阵笑声。

"他需要被纠正,如果您不介意我这样说的话。他需要人好好地责备一顿,也许再多一些。我自己的女儿起初不喜欢'全景',其中一个实际上偷了我一盒火柴,想要把'全景'烧掉。我纠正她们,用最严厉的方法纠正她们。当我太太想要阻止我尽我的责任时,我连她也纠正。"他朝杰克平淡、晦涩地一笑。"我发现一个遗憾但真正的事实:女人很少明白父亲对他孩子所负的责任。丈夫和父亲确实有一定的责任,对不对,先生?"

"对。"杰克说。

"她们不像我那么爱'全景',"格雷迪说完,开始再为他调另一杯酒，银色的气泡在倒置的琴酒瓶中上升。"就像您的儿子和太太不喜欢它一样……至少，现在不喜欢。但是他们会慢慢喜欢上它的。您必须向他们指出他们错误的地方，托伦斯先生。您同意吗？"

"是的，我同意。"

他确实明白了。他对他们太宽容了，丈夫和父亲的确有其责任。父亲知道什么最好。他们不了解，那本身不是罪过，但他们是故意不去了解的。他平常不是个严厉的人，但是他的确认为惩罚有益。假如他的儿子、太太故意与他的想法作对，反抗那些他知道对他们最好的东西，那么他岂不是有义务——？

"逆子无情甚于蛇蝎，"格雷迪说着，将他的酒递给他。"我的确相信经理能让您儿子乖乖就范，然后您太太很快就会照做。您同意吗，先生？"

他突然不大确定。"我……但是……假如他们能够就这样离开……我的意思是，毕竟经理要的是我，不是吗？肯定是的。因为——"因为什么？他应该知道的，但忽然间他不晓得了。噢，他可怜的脑袋在晕。

"可恶的狗！"德温特大声说，与周围的笑声形成对照。"可恶的狗居然在地板上小便。"

"当然啰！您知道的，"格雷迪说着，神秘兮兮地倾身靠在推车上，"您的儿子企图找外人进来。您的儿子拥有非常棒的天赋，经理可以用来更进一步改善'全景'，让'全景'更加……富裕，这样说如何？但是您的儿子却企图用那个天赋来对付我们。他是故意的，托伦斯先生，存心的。"

"外人？"杰克愚蠢地问。

格雷迪点头。

"谁？"

"一个黑鬼，"格雷迪说，"一个黑鬼厨师。"

"哈洛兰？"

"先生，我想那是他的名字，没错。"

罗杰以哀鸣、抗议的语气说了些话后，他们的身后又爆出一阵笑声。

"好啊！好啊！好啊！"德温特反复有节奏地喊叫起来。他身边的人也加入，但是杰克还来不及听清楚他们要罗杰做什么，乐团就重新开始演奏，曲目是《男士无尾晚礼服》。曲中用了许多醇厚的萨克斯风，但不大像灵魂乐。

（灵魂乐？灵魂乐甚至还没创造出来呢！还是已经有了？）

（一个黑鬼……一个黑鬼厨师。）

他张口想要说话，却不知道自己可能会说出什么。结果他说的是：

"我听说你没念完高中，可是你的谈吐不像是没受过良好教育的人。"

"没错，我非常早就放弃正规教育，先生。但是经理很照顾他雇用的人，他发现这样有好处。教育总是有好处的，您不赞同吗，先生？"

"我同意。"杰克茫然地说。

"比方说，您表现得非常有兴趣多了解一些全景饭店。先生，您非常聪明，非常优秀。所以在地下室留了一本剪贴簿，等着您去发现——"

"谁留的？"杰克急切地问。

"当然是经理留的啊！还有一些别的资料可以提供给您，如果您想要的话……"

"我要，非常想要。"他想要控制语气中的热切，却凄惨地失败。

"您是真正的学者，"格雷迪说，"彻底地追究论题，详尽研究所有的根源。"他微微弯下额头低矮的头，拉出白色晚宴服的翻领，用指节轻拂杰克看不见的污点。

"而且经理慷慨大方，馈赠毫无附加条件，"格雷迪继续说，"一点也没有。看看我，一个只读到高一的辍学生。想想您自己在'全景'的组织架构中能爬到多高的位子？也许……迟早……到达最顶端。"

"真的吗？"杰克低声说。

"不过那完全取决于您儿子的决定，不是吗？"格雷迪挑起眉毛问。这个细致的动作与眉毛本身极不协调，因为他的眉毛浓密，看起来有点野蛮。

"取决于丹尼？"杰克对格雷迪皱眉。"不，当然不是。我自己的事业是不容许我儿子来作决定的。绝不。你把我看成什么人了？"

"专心致力于事业的人，"格雷迪热心地说，"或许我表达得不好，先生。我们这样说吧，您在这儿的未来将依据您决心如何处理儿子的任性而定。"

"我自己作决定。"杰克喃喃地说。

"但是你必须处理他的事。"

"我会的。"

"坚决地。"

"我会的。"

"没法控制自己家人的男人，提不起我们经理的兴趣。很难期待一个无法引导自己妻儿方向的男人可以操纵他自己，更别提要在这么庞大的企业里承担重责大任。他——"

"我说了，我会好好管他的！"杰克突然恼火地大吼道。

《男士无尾晚礼服》刚刚结束，新的曲目尚未开始。他的吼叫恰好落入空档，背后的交谈声倏地停止。他忽然觉得浑身的肌肤发烫，非常确信每个人都在盯着他看。他们已经玩完罗杰，现在要开始戏弄他了。翻滚、坐起来、装死。假如你照我们的游戏规则来玩，我们就会配合你。重责大任。他们要他牺牲他的儿子。

（——现在他到哪儿都跟着哈利，在他后头摇着小尾巴——）

（翻滚。装死。责打你儿子。）

"先生，这边请，"格雷迪在说，"有个东西您可能感兴趣。"

交谈再度开始，以自有的节奏起起伏伏，穿插在乐团的音乐间，乐团现正演奏伦农与麦卡尼的作品《远行的车票》。

（我听过超市喇叭播放得更好。）

他吃吃地傻笑，低头看着左手，发现手上拿了另一杯酒，只有半杯满。他一大口喝干。

现在他站在壁炉架前面，壁炉里噼噼啪啪燃烧的火焰散着热气，温暖着他的腿。

（火？……八月天？……是啊……不……所有的时间都合而为一了。）

玻璃圆罩底下有个钟，侧翼是两只象牙雕刻的大象，指针停在午夜前一分钟。他视线模糊地凝视时钟。这是格雷迪想让他看的东西吗？他转身欲问，但格雷迪已离开他。

《远行的车票》演奏到一半，乐团以华丽、夸张的动作作结尾。

"时间快要到了！"霍勒斯·德温特宣告。"午夜！摘下面具！摘下面具！"

他想要再度转身，看看隐藏在亮片、化妆品和面具底下的是哪些知名的脸孔，但他现在动弹不得，目光无法从时钟上挪开，钟的指针会合，直指着上方。

"摘下面具！摘下面具！"反复而有节奏的呼喊声响起。

时钟开始精密地报时。钟面下，从左到右有条钢的滚轴，两个人偶沿着滚轴前进。杰克目不转睛地看着，深深着迷，忘却摘掉面具的事。钟的发条装置嗡嗡地旋转，齿轮转动啮合，黄铜散发出温暖的光芒。平衡摆轮精准地来回摆动。

其中一个人偶是踮起脚尖站着的男人，两手紧抓着一根看似小型球杆的东西，另一个是戴着圆锥形傻瓜帽的小男孩。发条人偶闪闪发亮，极为精细。在男孩的傻瓜帽正面，他能辨识出雕刻着愚人一词。

两个人偶滑到钢轴上反向的那端。某处，叮叮当当响个不停的是《史特劳斯圆舞曲》的片段。一段无聊的广告词随着曲调流过他的心中：买狗食吧，汪—汪，汪—汪，买狗食吧……

发条爸爸手上的钢制球杆落在男孩的头上，发条儿子向前倒。球杆扬起落下，扬起落下，男孩反抗、往上伸出的双手开始发抖。男孩由蹲伏垮成俯卧的姿势，但是球杆依旧随着史特劳斯的旋律叮叮当当的轻快调子扬起落下。他似乎能看见男人的脸抽搐、纠结、皱缩着，也看得见发条爸爸的嘴巴一开一阖，痛斥遭到重击失去知觉的儿子人偶。

一滴鲜红的液体飞溅在玻璃圆罩的内侧。

接着又一滴。另外两滴泼到前一滴的旁边。

现在大量的红色液体喷溅上来宛如惊人的阵雨，打在圆罩内侧再流下来，遮蔽了内部的景象，猩红之中处处点缀着细微的灰色组织碎片、骨头和大脑的碎屑。然而他还是能看见球杆起起落落，发条持续在转，齿轮继续啮合，还有这台制作精巧的机器的齿状零件。

"摘下面具！摘下面具！"德温特在他背后尖叫，不知何处有只狗以人类的音调嗥叫着。

（但是发条不会流血，发条不会流血啊！）

整个圆罩喷溅着鲜血，他只能看到凝结了血块的头发，其他什么都看不见。谢天谢地，他看不见其他的东西，但是他仍然觉得自己大概会吐，因为他能听见球杆依旧往下捶打的声音，能听到敲击的声音透过玻璃传出，正如他能听见《蓝色多瑙河》的乐曲一般。然而声音不再是机器球杆敲打机器的头所发出的那种叮当—叮当—叮当的机械噪音，而是真实的球杆往下劈，重击在富有弹性的泥糊状残骸中，所产生的那种柔和、湿软的敲击声。那残骸曾经是——

"摘下面具吧！"

（——红死病统驭了一切！）

他发出逐渐扩大的凄厉尖叫声，转身离开时钟，双手伸出去，两脚像木桩一样互相绊倒，他哀求它们住手，带走他、丹尼、温迪，如果它们想要的话，连全世界都可以拿走，只要它们停止，留给他一点点理智，一点点光。

舞厅空寂无人。

椅脚细长的椅子倒放在覆盖着塑料防尘布罩的桌面上。镶着金色滚边的红色地毯又回到舞池，保护着抛光的硬材表面。音乐台空无一人，仅有拆解开来的麦克风架，及斜靠在墙上灰尘满布的无弦吉他。寒冷的晨光，冬季的光线，阴沉地从高窗照射下来。

他的头仍似乎不停地在旋转，他仍觉得自己喝醉了，但是当回到壁炉架时，他的酒不见了。架上只有象牙刻的大象……还有那座钟。

他跌跌撞撞地走回冰冷、幽暗的大厅，穿过餐厅。他一脚勾到桌脚，整个人摔下去，哐当一声弄翻桌子，鼻子结结实实地撞到地板上，开始淌血。他起身，将鼻血吸回去，用手背擦抹鼻子，接着走过去科罗拉多酒吧，猛力撞开双扉推门，使得门反弹回来撞到墙壁。

这地方空空荡荡的……但吧台摆满了库存。赞美主！玻璃杯与标签上的银色镶边在黑暗中热情地发光。

有一回，他记得，非常久以前，他曾经生气吧台后面没有镜子。如今他十分高兴。倘若照着镜子，他会看见另一个酒瘾刚复发的醉鬼：淌血的鼻子、没塞好的衬衫、乱七八糟的头发及长满胡碴的双颊。

（这就是你将整只手伸进蜂窝的模样。）

寂寞倏地全面汹涌而来。他忽然悲惨地大叫，真心希望自己已死去。他的妻儿在楼上，门锁着防备他。其他人全都离开了。舞会结束了。

他再度蹒跚前进，到达吧台。

"劳埃德，你死到哪里去啦？"他高声喊着。

没有回答。在这个塞满软垫的

（牢房）

房间里，他的话语甚至没有发出回声，制造有同伴的假象。

"格雷迪！"

没有回应。唯有酒瓶，直挺挺地立正站好。

（翻滚。装死。去捡。装死。坐起来。装死。）

"没关系，该死的，我自己来。"

他爬到吧台上，中途失去平衡身体往前倾，头沉闷地砰的一声撞到地板上。他挣扎着用手脚把身子撑起，眼珠子脱序地左右转动，口中冒出含混不清的咕哝声，最后倒下去，脸转向一侧，发出刺耳的鼾声呼吸着。

外头，风呼呼地吹得更响，把下得越来越密的雪往前驱赶。时间是早上八点三十分。

45. 丹佛斯特普尔顿机场

　　山区标准时间早上八点三十一分，环球航空公司一九六号班机上一名妇人突然大哭起来，并开始嚷嚷她自己的看法，说这架飞机即将坠毁，几位旁边的乘客（或甚至机组人员）或许都听到了。

　　坐在哈洛兰旁边的尖脸女士从书中抬起头，说了句简短的人物分析："笨蛋。"然后又继续看她的书。她在航程中已喝下两杯螺丝起子，但酒精似乎丝毫没让她温暖起来。

　　"飞机要坠毁了！"妇人尖声尖气地哭喊，"噢，我就是知道！"

　　乘务员急忙来到她的座位，在她旁边蹲下来。哈洛兰心想，似乎只有乘务员和非常年轻的家庭主妇才多少能优雅地蹲下；这是令人赞赏的稀有才能。他心里想着这件事时，乘务员正温柔、安抚地对那妇人说话，一点一点地使她平静下来。

　　哈洛兰不知道一九六班机上其他人如何，但他本人差点吓到失禁拉在裤子上。窗外看不见任何东西，只有一片飘动的白色帷幔。强风似乎从四面八方吹来，让飞机左右晃动得令人想吐。引擎的马力加大以提供局部的补给，因此地板在他们脚下不断地震动。他们后面经济舱中有几个人在呻吟，一名乘务员拿了干净的呕吐袋走来，在哈洛兰前面三排的男人哎哟一声吐在他的《国家观察者》报上，朝过来帮他清理的乘务员抱歉地咧嘴一笑。"没关系，"她安慰他，"我看《读者文摘》时也有同样的感受。"

　　哈洛兰常搭飞机，因此能推测发生了什么事。他们一路上大多顶着强烈的逆风飞行，丹佛上空的天气突然出乎意料地变糟，目前要转向其他天气较好的地区已经有点太迟。我的两条腿争气点吧！

　　（噢老弟，这真是一团混乱的骑兵冲锋啊！）

　　乘务员似乎成功地抑制了妇人最严重的歇斯底里。她抽吸着鼻子，对着蕾丝手帕擤鼻子，但停止向整个机舱广播她对飞机可能的下场的看法。最后乘务员拍拍她的肩站起来，此时七四七客机刚好颠簸得更厉害。乘务员向后一倒，跌在刚才吐到报纸的男人的膝上，露出一截裹着尼龙丝袜的迷人大腿。男人眨眨眼，然后亲切地轻拍她的肩膀。她回以微笑，但哈洛兰认为已显露出紧张。今天早上的飞航极为艰辛。

禁止吸烟的灯号重新亮起时，轻微地乒了一声。

"机长报告，"一个柔和、带点南方腔调的声音通知他们。"我们准备开始降落到斯特普尔顿国际机场。这趟飞行十分不稳，为此我向大家道歉。着陆时或许也会有点颠簸，但我们预期不会有真正的困难。请遵循系紧安全带及禁止吸烟的灯号指示，我们希望各位在丹佛都会区能度过愉快的时光。我们也希望——"

再一次猛烈的撞击摇晃飞机，接着飞机如升降梯骤降般令人作呕地急遽下降。哈洛兰的胃像跳起角笛舞似的翻转，令他恶心。有几个人——但并不全是女人——高声尖叫。

"——我们很快就能在另一班环球航空的飞机上见到各位。"

"非常不可能。"哈洛兰背后有人说。

"真愚蠢。"哈洛兰旁边的尖脸女士评论，在飞机开始下降时，把火柴盒的封皮夹进书中阖上。"当一个人见识过卑鄙小战争的恐怖……像你一样……或是发觉中央情报局可耻、不道德的金钱外交干涉……像我一样……颠簸的着陆就失色得无足轻重了。我说得对吗？哈洛兰先生？"

"完全正确，女士。"他说完，阴郁地望着窗外狂吹的风雪。

"你的钢板对这一切有何反应，如果我方便问的话？"

"噢，我的头很好，"哈洛兰说，"只是我的胃有点想吐。"

"真是遗憾。"她重新打开书本。

当他们通过难以穿透的团团风雪降落时，哈洛兰想起几年前在波士顿洛根机场发生的坠机事件。当时的状况类似，只不过让能见度降为零的是雾而不是雪。飞机的起落架绊到靠近降落跑道尽头的挡土墙。机上八十九人的遗骸看起来与美味小帮手的炖锅菜差不了多少。

如果只有他自己的话，他不会太介意。如今他在世上几乎是孑然一身，参加他丧礼的人多半不外乎是曾与他共事的人，和叛逆的老马斯特顿，他至少会向他敬酒。可是那男孩……那孩子仰赖他。他也许是那孩子能够期待的唯一援手，他不喜欢男孩最后一次呼唤被硬生生切断的情况。不断想到那些树篱动物仿佛在移动的方式……

一只细瘦白皙的手出现在他的手上。

尖脸的女士摘下眼镜，没戴眼镜的五官看起来比较柔和。

"不会有事的。"她说。

哈洛兰挤出微笑，点点头。

如机长宣告的，飞机下降时颠得厉害，与陆地重聚的力道猛得足以把大部分杂志从前面架子翻出来，并且让塑料餐盘从收放处倾泻而出，宛如超大号的扑克牌。没有人尖叫，但哈洛兰听见几排牙齿猛烈地咔嚓咔嚓作响，如吉卜赛的响板。

接着涡轮引擎提升到怒吼，煞住飞机，等引擎的音量降低后，机师温柔、或许不十分沉稳的南方口音，出现在内部通话系统。"各位先生女士，我们已降落在斯特普尔顿机场。请继续坐在座位上，直到飞机在航站完全停妥为止。谢谢。"

哈洛兰身旁的女士合上书，吐出长长的叹息。"哈洛兰先生，我们活下来再战另一场。"

"女士，我们这场仗还没打完呢！"

"对，非常正确。你愿意在休息厅和我喝一杯吗？"

"我很想，不过我得去赴约。"

"很急吗？"

"非常急。"哈洛兰严肃地说。

"我希望有些事情会在小地方上改善整体的局面。"

"我也希望。"哈洛兰说着，微微一笑。她也向他微笑，笑的时候十年的岁月悄然无声地从她脸上消失。

因为他的行李仅有一只随身的手提包，所以哈洛兰比人群先抵达地下楼层的赫兹租车柜台。在烟熏黑的玻璃窗外，他能看见雪依然不停地下。强劲的风将团团白雪赶来赶去，所有走去停车场的人都顶着风吃力地前进。一个男人掉了帽子，哈洛兰很同情他，因为帽子快速地旋转，灵巧地飞得又高又远。男人的目光紧追着帽子，哈洛兰想：

（哎呀，算了吧！老兄。那顶霍姆堡毡帽不飞到亚利桑纳是不会掉下来的。）

紧接在那个想法之后：

（如果丹佛的天气都这么糟了，波尔德西边会是什么情况呢？）

也许，最好别去想那回事。

"先生，我能为您服务吗？"穿着赫兹黄色制服的女孩问他。

"如果你有车的话，就能帮上忙了。"他大大地露齿笑着说。

以超出一般的收费，他能租到比一般更巨型的车子，一辆银黑色的别克依勒克拉。他考虑的是弯弯曲曲的山路，而不是气派；他仍需要在路上找地方稍停，装上雪链。没装雪链的话他无法开得远。

"天气有多糟？"当女孩把租车契约交给他签名时，他问。

"他们说这是一九六九年以来最恶劣的暴风雪，"她爽朗地说，"先生，您要开远程吗？"

"比我愿意的还远。"

"您要的话，先生，我可以先打电话到二七〇号公路交叉口的德士古加油站，他们会帮您装雪链。"

"亲爱的，那将是天大的恩惠。"

她拿起电话筒拨打电话。"他们会等着您。"

"非常感谢你。"

离开柜台，他看见尖脸女士站在行李转盘前形成的行列中。她仍在看书。哈洛兰经过时对她眨个眼。她抬头，对他笑一笑，比出和平的手势。

（闪灵）

哈洛兰翻起大衣的领子，微笑着把手提包换到另一只手。只有一点点闪灵，但那让他感觉好多了。他很抱歉告诉她自己脑袋里面有钢板的荒唐故事，在心里祝她一切顺利。当他走到外面呼啸的风雪中时，觉得她回报他同样的祝福。

加油站安装雪链的收费不高，但哈洛兰给修车间的工人多塞了十美元，以期在等候名单上能往上挪一点。尽管如此，他真正上路时已十点十五分，雨刷咔嚓咔嚓响，别克大轮胎上的雪链单调不和谐地叮当作响。

公路路况一团糟。即使装了雪链，他的行进速度也无法超过三十。车辆以古怪的角度偏离道路，在几个斜坡路段，车阵勉强挣扎着前进，夏季的轮胎在漂流的细雪中无力地打转。这是低地今年冬天的第一场大雪（假如你能称高出海平面一英里的地方为"低"的话），而且还是场巨大的暴风雪。他们许多人没有准备，这是很寻常的，但是当哈洛兰困在车阵中缓慢前进时，依旧忍不住咒骂他们。他不时看着车外凝了雪块的镜子，以确保左边车道没有车会

（在雪中横冲直撞……）

开过来狠狠撞上他的黑色车尾。

更多倒霉的事在三十六号公路入口匝道等着他。三十六号公路，丹佛到波尔德的收费高速公路，同时向西到埃丝蒂斯公园，从那儿连接上七号公路。那条路也称为高地公路，会穿过萨德维特，经过全景饭店，最后蜿蜒下西坡地区进入犹他州。

一辆翻覆的半拖车堵住了入口匝道。燃烧得发亮的火焰散布在半拖车四周，如同某个笨小孩的蛋糕上的生日蜡烛。

他停车摇下车窗。一名将哥萨克毛皮帽拉下覆盖住耳朵的警察，用戴着手套的手比向二十五号州际公路往北的车流。

"你不能从这边上！"他以高于风声的音量对哈洛兰大喊道，"往下开两个出口，上九十一号，在布隆菲连接三十六号！"

"我想我可以从左边绕过他！"哈洛兰吼回去。"那比我预期的路线多绕了二十英里呢！你在鬼扯什么！"

"我会狠狠敲你这见鬼的头！"警察回吼，"这个匝道封闭了！"

哈洛兰后退，在车阵中等待机会，然后继续前进上二十五号公路。路标告诉他，离怀俄明州的夏阳只有一百英里。假如他没有仔细留意他的匝道，最后就会开到那里去。

他慢慢将速度提升到三十五，但不敢再加快；雪已快要将雨刷片

冻结，而交通路线显然是荒唐。多绕二十英里的路。他咒骂，心中又涌起男孩的时间越来越短的感觉，紧迫感几乎令他窒息。同时他觉得十分确定，自己命中注定此去将回不来了。

他打开收音机，转过圣诞节的广告，找到气象预报。

"——已经下了六英尺，傍晚以前丹佛都会区可望再下一英尺。本地的警察及州警呼吁大家除非绝对必要，否则不要把车开出车库，并提出警告，多数山区的通路已封闭。因此请待在家，给滑雪板上蜡，并且随时收听——"

"谢啦！妈的。"哈洛兰说完，粗鲁地关掉收音机。

46. 温　迪

中午时分，丹尼到浴室上厕所时，温迪从枕头底下取出用毛巾包裹的刀子，放进浴袍口袋，走到浴室门边。

"丹尼？"

"什么事？"

"我要下去准备午餐，可以吗？"

"喔，好啊！你要我下去吗？"

"不用了，我会端上来的。起司煎蛋卷再配点汤怎么样？"

"当然可以。"

她在关闭的门外迟疑了好一会儿。"丹尼，你确定没问题吗？"

"对啊，"他说，"只要小心点。"

"你爸爸在哪里？你知道吗？"

他的声音传回来，平淡得古怪。"不知道。不过，没事的。"

她压抑下继续追问、继续围绕着那个话题唠叨的冲动。那东西在那儿，他们都很清楚它是什么，不断唠唠叨叨相关的话题只会更吓坏丹尼……还有她自己。

杰克发疯了。今晨八点暴风雪开始威力增强，越来越恶劣，他们一起坐在丹尼的小床上，听着他在楼下，边吼叫边跌跌撞撞地从一处走到另一处。大多时候声音似乎来自舞厅。杰克不成调地哼着歌曲的片段，提出片面的论点，在某个时间点大声尖叫，把他们两人吓得目瞪口呆、面面相觑。最后他们听见他蹒跚着走回到大厅，温迪觉得自己听到砰的一声巨响，似乎是他跌倒或将门粗暴地推开了。大约八点三十分之后，距现在三个半钟头，只剩下寂静。

她沿着短廊下去，转入一楼的主廊，走到楼梯处。她站在一楼的楼梯平台，往下观察大厅。大厅看来似乎没人，但是灰暗、下雪的日子使得这长形空间的许多角落都埋在阴影中。丹尼有可能说错。杰克可能在椅子或长椅后头……也许在登记柜台后面……等待她下去……

她润一润嘴唇。"杰克?"

没回答。

她的手摸到刀柄,开始往下走。她预想过自己的婚姻结局好多次:离婚;杰克死于酒醉驾车的意外现场(在史托文顿凌晨两点的黑暗中常有的幻想);偶尔做做白日梦,想象另一个男人发现了她,一名肥皂剧中的骑士加拉哈德,将丹尼和她一把拉上他那匹雪白战马的马鞍,带他们远走高飞。但她从未想象过自己在走廊及楼梯间悄然潜行,犹如紧张不安的重罪犯,一手紧握住刀子,准备用来对付杰克。

一念及此,她突然感到一阵绝望,必须停在下楼的半途中,抓紧栏杆,担心膝盖会直不起来。

(承认吧!不光是杰克而已,他只不过是这一切中唯一实体的东西,让你能将其他东西依附在他身上,那些你无法相信却被迫去信的东西,像是树篱、电梯内的派对狂欢、面具。)

她试图停止去想,但太迟了。

(还有那些声音。)

因为有的时候感觉不像是他们底下有个孤独的疯子,大声吼叫并且与他崩溃心灵中的幽灵对话。有时候,宛如收音机的讯号时强时弱,她听见——或者以为自己听见——别的说话声、音乐和笑声。在某个时刻,她听到杰克与名叫格雷迪的人交谈(这个名字她隐隐觉得熟悉,但想不出实际的关联),对着沉默的空间发表声明、问问题,而且说话的声音洪亮,仿佛要让自己的音量高过周围不断的喧闹声。然后,出奇诡异地,别的声音出现了,仿佛悄悄溜进定位——舞会的乐团、人们鼓掌,一个男人以逗趣但具有权威的声音,似乎在试着说服某人致词。她听见这些声音大概三十秒到一分钟的时间,长得足以让她惊恐到昏倒。之后声音又消失,她只听见杰克,以威严但有点含糊的方式说话,她记得那是他喝醉时说话的嗓音。可是饭店内除了料理雪利酒外,没有可以喝的酒。不是吗?是啊,但是倘若她能想象饭店充满了声音和音乐,难道杰克不能幻想他喝醉酒吗?

她不喜欢这个想法,一点也不喜欢。

温迪到了大厅，环顾四周。将舞厅隔离起来的天鹅绒围绳已扯落；原本扣着围绳的钢柱翻倒，仿佛有人经过时粗心撞到。柔和的白色光线从舞厅高而窄的窗户透进来，穿过敞开的门落在大厅地毯上。她的心脏急遽跳动，走向舞厅打开的门，往里头瞧。舞厅空旷而寂静，唯一的声音是奇妙的耳下共鸣，那种声音似乎回荡在所有广大的空间，从最宏伟的教堂到最小的家乡宾果游乐场。

她回到登记柜台，犹豫不决地站了半晌，聆听外头怒号的风声。这是目前为止最恶劣的暴风雪，而且威力还在增强。西侧某处遮板的窗闩损坏了，遮板不断以单调的砰砰声响来回撞击着，宛如只有一位客人的射击场。

（杰克，你真的该处理一下。趁东西进来之前。）

假如他此刻袭击她，她怀疑自己会怎么做？倘若他从放着一叠一式三份的表格及镀银小钟的深色、亮面的登记柜台后跃出，就像从玩具盒跳出来的凶狠杰克小丑，手持切肉刀咧嘴大笑、眼底已不留一丝理性的杰克小丑，她会惊骇到呆立不动，或是还有足够的母性本能，为了儿子与他搏斗，直到任何一方死亡为止吗？她不知道。这个想法令她很不舒服，让她觉得自己这一辈子是场漫长、惬意的梦，哄骗她无助地坠入这醒着的梦魇。她很软弱。当麻烦来临，她就假寐。她的过去极为平凡，从来不曾受过火的试炼。如今磨难降临在她身上，不是火而是冰，不容许她假寐通过。她儿子还在楼上等着她。

她将刀柄抓得更牢，越过柜台往里瞧。

那边什么都没有。

她放心地吁出一口迟疑的长叹。

她抬起柜台门走了进去，在进入里间办公室前，停下脚步往内瞄一眼，一路摸索到下一扇门，找寻那排厨房电灯的开关，完全预期随时会有一只手抓住她的手。接着日光灯发出微弱的滴答和嗡嗡的声响，亮了，哈洛兰的厨房出现在她眼前——现在无论好坏，是她的厨房了——浅绿色的瓷砖，亮晶晶的美耐板厨具，洁白无瑕的瓷器，光亮夺目的铬合金镶边。她答应过哈洛兰会保持他的厨房清洁，也确实做到了。她觉得这里仿佛是丹尼的安全场所之一。迪克·哈洛兰的存在似乎包围着她，给予她安慰。丹尼呼叫了哈洛兰先生，当她在楼上，害怕地坐在丹尼旁边，听着丈夫在底下怒骂叫嚣时，感觉那似乎是微乎其微的希望。但是站在这儿，身在哈洛兰先生的地盘时，感觉好像几乎是很有可能的。也许他此刻正在路上，不顾风雪一心想要到他们身边。或许正是如此。

她走去食物储藏室，将插销拉开，跨入里面，拿了一罐西红柿汤，再把食物储藏室的门关起、闩上。这道门紧紧贴着地板。倘若你把插销闩好，就无须担心米、面粉或糖里头会有大、小老鼠的粪便。

她开启罐头，将微成胶冻状的内容物咕咚一声倒进汤锅。接着走去冰箱拿煎蛋卷需要的牛奶和鸡蛋。再去大型冷冻库拿起司。所有的这些动作是如此地平常，在"全景"成为她生活的一环之前，是她生活中经常做的，因此有助于让她平静下来。

她在煎锅里把奶油融化，用牛奶稀释汤汁，再将打散的蛋倒入锅中。

蓦地她感觉有人站在她后面，伸手抓向她的喉咙。

她抓住刀子，猛地转身。背后没人。

（！小姐，控制一下你自己！）

她从整块起司上刮了一匙，加入蛋卷中，迅速翻面，再将瓦斯炉的火调到微弱的蓝火。汤热了，她把锅子放在大餐盘上，再放上银制餐具：两个碗、两个盘子，以及盐和胡椒罐。等蛋卷微微膨胀起来，温迪就把它从炉上移到盘子上再盖起来。

（现在顺着原路回去。关掉厨房的灯。穿过里间办公室。通过柜台门，拿个两百美元。）

她在大厅这一侧的登记柜台停下脚步，把餐盘放在银钟旁边。不敢面对现实的态度只能到此为止，这就像是某种超现实的捉迷藏游戏。

站在阴影幢幢的大厅，她皱起眉头沉思。

（小姐，这次别再把事实推开了。尽管眼前的情况也许看似疯狂，但还是有些确定的现实。其中之一是你也许是这栋诡异的宏伟建筑物中仅存的唯一可靠的人。你有个将满六岁的五岁儿子要照顾。而你丈夫，不管他发生什么事，也不论他可能多么危险……或许他也属于你该负的责任。就算他不是，考虑一下这个：今天是十二月二日。假使巡逻队员没有刚巧过来，你可会继续受困在这儿四个月。即使他们真的开始怀疑，为何都没有在无线电对讲机上听到我们的声音，今天不会有人来，或者明天……也许一个礼拜都不会。你打算一个月都带把刀在口袋，偷偷溜下来弄食物，看到每个影子都吓一跳吗？你真的认为自己能避开杰克一个月吗？你以为假如杰克想进楼上卧室，你真能把他关在外面吗？他握有总钥匙，而且用力一端就能把插销折断。）

她将餐盘留在柜台上，慢慢走到餐厅往里看。餐厅里空落落的，有张桌子周围置放了几张椅子，他们曾试着在那张桌子旁用餐，直到餐厅的空洞开始令他们焦虑不安。

"杰克？"她迟疑地喊着。

此时突然刮起一阵强风，驱使雪花猛打在遮板上，但她感觉似乎有别的声音，一声模糊不清的呻吟。

"杰克？"

这次不再有回传的声音，但她的视线落在科罗拉多酒吧那扇双扉推门底下的物体，那物体在微弱的光线中隐隐发出微光，是杰克的打火机。

鼓起勇气，她走向双扉推门，将门推开。琴酒的味道强烈得害她的呼吸哽在喉咙。这甚至不该称为味道，完全是恶臭。但架子是空的。他究竟是在哪里找到的？藏在碗橱后头的酒瓶吗？哪里？

又是一声呻吟，低沉、含糊，但这回听得非常清楚。温迪缓缓走向吧台。

"杰克？"

无回应。她越过吧台往里瞧，他在那边，四肢成大字形地摊在地板上昏睡。从气味判断，是喝得酩酊大醉。他一定是想要爬过吧台上方，结果失去平衡。没摔断脖子算是奇迹。她顿时想起一句古老的谚语：上帝眷顾醉汉与小孩。阿门。

然而她并没有生杰克的气；俯视着他，她觉得他看起来像是疲累至极的小男孩，因为想要做太多的事情，最后在客厅地板中央睡着了。他已经戒酒。并不是杰克自己决定要重新开始的;这里也没有烈酒让他可以着手……所以这酒是从哪里来的呢?

马蹄形的吧台上,每隔五六英尺摆着包在麦秆里的酒瓶,每个瓶口用蜡烛塞住,应该是为了看起来有波西米亚风格吧,她想。她拿起一瓶摇一摇,有点期待能听见琴酒在里头晃荡作响,

(旧瓶装新酒)

但毫无声响。她把瓶子放下。

杰克微微在动。她绕过吧台,找到吧台门,走进杰克躺着的地方,只停下来看一眼闪亮的铬合金龙头。龙头是干的,但当她走近的时候能闻到啤酒味,新鲜的酒气,如一层薄雾。

当她走到杰克身边时,他翻过身来,张开眼睛,向上盯着她。有一瞬间,他的目光一片茫然,半晌才清醒过来。

"温迪?"他问,"是你吗?"

"是我,"她说,"你觉得你有办法上楼吗?如果我搀着你的话?杰克,你到哪里——"

他的手粗暴地抓住她的脚踝。

"杰克!你在干——"

"抓到你了!"他说着,咧嘴笑了起来。他身上有股走味的琴酒及橄榄的气味,似乎引爆她心中过往的恐惧,比饭店自身能提供的任何恐惧还要来得可怕。她心里恍惚地想,最糟的情况就是一切回归于此:她与她醉酒的丈夫。

"杰克,我想要帮忙。"

"喔,是啊。你和丹尼纯粹想要帮忙。"紧握住脚踝的手逐渐加力。杰克一方面仍牢牢抓住她,一方面摇摇晃晃地跪起来。"你想要帮助我们全都离开这里。但是现在……我……逮到你了!"

"杰克,你弄伤我的脚踝了——"

"我要伤害的不只是你的脚踝,你这个婊子。"

这个字眼让她完全愣住,因此当他松开她的脚踝,蹒跚地从跪姿爬起来站立时,她根本没办法移动,而现在他摇摇摆摆地站在她面前。

"你从来没爱过我,"他说,"你希望我们离开,因为你知道一离开我就完了。你曾经想过我的责……责……责任吗?不,我猜你他妈的从没想过。你考虑的只有如何把我拖垮。你就像我母亲一样,你这懦弱的臭婊子!"

"别说了,"她大喊,"你不知道自己在说什么。你喝醉了。我不知道你是怎么办到的,但是你醉了。"

"喔,我懂,我现在懂了。你跟他,楼上那只小狗崽子,你们两个一起计划的,是不是?"

"不,没有!我们从来没有计划任何事情!你在说——"

"你这骗子!"他大叫,"喔,我知道你是怎么做的!我想我明白!当我说:'我们要留在这里,我要尽我的职责。'你说:'好啊,亲爱的。'他说:'好的,爸爸。'然后你们就开始筹划了。你们计划用雪上摩托车。你们策划好了。但是我知道,我看透了。你们以为我看不出来吗?你们以为我是笨蛋吗?"

她瞪视着他,无法言语。他会先杀了她,再杀掉丹尼。然后饭店也许会心满意足,允许他自杀。就像另一位管理员。就像

(格雷迪。)

她惊恐得差点昏厥,终于明白与杰克在舞厅对话的是谁。

"你让我儿子反过来对付我,那是最差劲的。"杰克的脸一垮,现出自怨自艾的表情。"我的小宝贝,现在他也恨我。你设法办到的。那是你自始至终的计划,不是吗?你一直在嫉妒我,对不对?就像你妈一样。除非你能独占整个蛋糕,否则你不会满足的,对吧?对吧?"

她无法开口。

"哼,我会修理你的。"他说着,想要用双手掐住她的咽喉。

她往后退一步,再退一步,他踉踉跄跄地逼近她。她想起睡袍口袋里的刀,暗中摸找着,但他的左手已经一把抱住她,将她的手臂牢牢固定在身侧。她能闻到琴酒及他身上汗酸的呛鼻味道。

"必须处罚,"他不满地嘟囔着,"严惩。严厉地……惩戒。"

他的右手摸到她的喉咙。

当她的呼吸快要停止时，纯粹的惊慌完全支配了她。他的左手与右手联合起来，现在她的手可自由行动去拿刀，但她忘记了刀的事。她的两只手向上举，徒劳地猛拉他那一双更大更强壮的手。

"妈咪！"丹尼不知从何处尖声喊着，"爸比，住手！你在伤害妈咪！"他刺耳地大声尖叫，声音尖锐清澈，对她而言，声音仿佛从遥远的地方传来。

红色的闪光在她的眼前跳跃，有如芭蕾舞者。房间变得更暗了。她看见儿子吃力地爬上吧台，使劲撞向杰克的肩膀。忽然间紧紧压迫她喉部的其中一只手松开，杰克大吼一声用手掌将丹尼拍开。男孩往后倒碰到空架子，跌落到地板上，摔得头晕眼花。那只手又回到她的咽喉。红色闪光开始转变成黑色。

丹尼软弱地哭着。她的胸腔灼痛。杰克直对着她的脸大喊："我要修理你！该死的你，我会让你知道谁是这里的老大！我会教你——"

但是所有的声响逐渐消失在又长又黑的走廊上。她的挣扎力道越来越微弱。她的一只手从他的手上滑落，缓缓地落下，直到手臂伸展出去与身体成直角，腕关节以下的手虚软无力地悬吊着，宛如溺水女人的手。

那只手碰到一只瓶子，就是用麦秆包裹起来当成装饰用烛台的酒瓶。

她眼睛看不见，用最后一丝力量，摸索着酒瓶的颈部，好不容易找到了，感觉到滑腻的蜡滴贴着她的手。

（噢天哪，万一滑掉的话）

她把酒瓶拿起又放下，祈祷能命中，心知若只是击中他的肩膀或上臂，她就死定了。

但酒瓶砸下来正中杰克·托伦斯的头，麦秆里的玻璃砸得粉碎。瓶子的底座又厚又重，敲在他头盖骨上所产生的声音好像健身球掉到硬木地板上。他吓了一跳，眼窝里的眼睛往上翻。她喉咙上的压力放松，然后完全松脱。他伸出双手，仿佛想要稳住身体，但最后砰的一声往后倒下。

温迪抽噎着深吸一口气。她自己也差点倒下，紧抓住吧台边缘，勉强支撑住,意识摇摆不定,忽隐忽现。她听得见丹尼在哭,但她不知道他在何处,哭泣声听起来带着回音。朦朦胧胧地,她看见十分硬币大小的血滴落在吧台的深色表面,是从她鼻子滴下的吧,她想。她清清喉咙,吐一口口水在地板上。一阵剧烈的疼痛跟着从喉咙的圆柱上升,不过,疼痛减弱成持续的隐隐压痛……尚可忍受。

渐渐地,她勉强成功地控制住自己。

她放开吧台,转身,看见杰克整个人摊开平躺着,破碎的酒瓶在他旁边。看起来像是被摆倒的巨人。丹尼蹲在酒吧的收款机下方,两手塞在嘴里,目不转睛地瞪着失去知觉的父亲。

温迪步履不稳地走向丹尼,轻触他的肩膀。丹尼往后退缩。

"丹尼,听我说——"

"不,不,"他以嘶哑的老人声音嘟囔着说,"爸爸伤害你……你伤害爸爸……爸爸伤害你……我想要去睡觉。丹尼要去睡觉。"

"丹尼——"

"睡觉,睡觉。晚安—安。"

"不!"

疼痛再度往上撕扯她的喉咙,她痛得脸皱缩起来。但是他睁开眼,双眼从带着黑眼圈的浅蓝色眼眶小心警戒地盯着她。

她设法让自己平静地说话,视线始终没有离开丹尼的眼睛。她的声音低沉、嘶哑,几乎像是耳语。光是开口说话就极为疼痛。

"听我说,丹尼。想要伤害我的并不是你爸爸,我也不想伤害他。饭店占据了他的人,丹尼。'全景'占据了你爸爸。你明白我的话吗?"

丹尼的眼中慢慢恢复了一些知觉。

"坏东西,"他低声说,"之前这里完全没有,有吗?"

"没有。是饭店放的。这个……"她突然一阵咳嗽中断了谈话,吐出更多的血,感觉喉咙已肿胀到原来的两倍大。"饭店让他喝了。你听见今天早上他对那些人说话吗?"

"有……饭店的人……"

"我也听见了。那表示饭店的力量越来越强大,它想要伤害我们所有的人。不过我认为……我希望……它只能透过你爸爸来办到这件事。他是它唯一能影响的人。丹尼，你了解我说的吗？你能不能理解非常重要。"

"饭店抓了爸爸。"丹尼看着杰克，无可奈何地叹息道。

"我知道你爱爸爸，我也爱。我们得记住饭店正打算伤害他，就像它要伤害我们一样。"她自己也相信这是真的。更何况，她认为饭店真正想要的可能是丹尼，那是它进展至此的原因……或许是它能够发展到这地步的原因。甚至有可能是丹尼的闪灵以某种不明的方式提供给它力量，就像电池供电给汽车里的电力设备……如同电池让车子发动。倘若他们离开此地，"全景"或许就会消退回以前半有感应的状态，仅能向比较通灵的住客播放如廉价恐怖小说般的骇人幻灯片。少了丹尼，它就只不过是游乐园里的鬼屋，或许有一两位客人会听见交谈声，或是化装舞会的幽灵声音，或者看见偶尔发生的骚动。但是如果它吸收了丹尼……丹尼的闪灵或生命力或灵魂……无论你想要如何称呼……到饭店里，到时将会变得如何？

这想法令她浑身发冷。

"我希望爸爸能完全恢复。"丹尼说着，又开始流泪。

"我也是，"她紧紧地拥抱丹尼说，"宝贝，那就是为什么你得帮我把爸爸搬到某个地方去，搬到饭店没办法让他伤害我们、也不会伤害他自己的地方。然后……假如你的朋友迪克或是森林公园的巡逻队员来的话，我们就能把他带走。我想他可能又会恢复正常。我们全都可能没事的。我想我们还有机会，如果我们够坚强勇敢的话，就像你跳到他背上那样。你懂吗？"她恳求地看着他，心想这是何等的奇怪，她从未像此刻觉得他与杰克长得如此相像。

"懂，"丹尼说着，点点头。"我想……如果我们能离开这里……一切就会恢复原状。我们可以把他搬到哪里呢？"

"食物储藏室。那里面有食物，外头又有相当坚固的插销，而且温暖。我们可以吃冰箱和冷冻库里的东西，食物够多，可以让我们三个人撑到援手来。"

"我们要现在搬吗？"

"对，马上，趁他醒来之前。"

丹尼将吧台门往上搬，她则将杰克的两手叠放在他胸前，聆听他的呼吸声半晌。他的呼吸徐缓但很有规律。从他身上的气味判断，她认为他铁定喝了非常多……但他早已戒掉这个习惯了。她想大概是烈酒，加上酒瓶在头部猛敲的那一记，才让他失去知觉。

她抓起杰克的两腿，开始将他顺着地板拖行。她嫁给他将近七年，他躺在她上面无数次——数以千计——可是她不曾意识到他有多么沉重。她的呼吸吃力地咻咻进出受伤的喉咙。尽管如此，她觉得比这几天要舒畅多了。她仍活着。方才险些与死神擦身而过，活着是极为珍贵的。而杰克也活着。凭着误打误撞的好运，而不是计划，他们或许找到能将他们全都安全救出的唯一方法。

剧烈地喘着气，她停顿片刻，抓住杰克的脚靠在自己臀部上。周遭环境令她想起《金银岛》中，老船长在接到盲眼皮尤传给他的黑券后的那声呐喊：我们还有足够的时间！

然而她接着想起，忐忑不安地，那老船员仅仅几秒钟后就暴毙身亡了。

"你还好吗，妈咪？他……他太重了吗？"

"我有办法的。"她又开始拖他。丹尼站在杰克旁边。杰克的一手从胸口滑落，丹尼轻轻地把他的手放回原位，满怀着爱意。

"你确定吗，妈咪？"

"嗯。这是最好的办法，丹尼。"

"那样好像把他关到监狱里。"

"只是暂时的。"

"那就好。你确定你能办到吗？"

"对。"

然而那是岌岌可危的事。他们跨过门坎，丹尼抱着父亲的头，但是进入厨房时，捧着杰克油腻头发的双手一滑，杰克的后脑撞到瓷砖，开始呻吟并动了起来。

"你必须用烟，"杰克很快地嘟囔说，"现在跑去帮我拿汽油桶。"

温迪和丹尼交换了仓皇、害怕的眼色。

"帮我。"她压低声音说。

有一刹那，丹尼仿佛被父亲的脸吓到动弹不得，过一会儿才猝然跑到她身旁，协助她抱住父亲的左腿。他们以噩梦般的慢动作将他拖过厨房地板，周围的声响只有日光灯微弱、似昆虫的嗡嗡声，以及他们自己吃力的喘息声。

他们抵达食物储藏室时，温迪将杰克的脚放下，转身笨拙地应付插销。丹尼低头凝视再度松软无力地躺着的杰克。他的衬衫下摆在他们拖着他的时候，从裤子后头扯出来，丹尼怀疑爸爸是否醉到不会冷。将他像头野生动物一样地锁在食物储藏室，似乎是不对的，可是他看见爸爸打算对妈妈做的事。即使在楼上他也知道爸爸准备那么做，他的脑袋中听见他们在争吵。

（只要我们都能离开这里。或者但愿这只是我在史托文顿做的梦。但愿。）

插销卡住了。

温迪用尽全力拉，但插销丝毫没动。她无法拉开该死的插销。这真是愚蠢又不公平……她进去拿汤罐头时，毫不费事就打开了，现在却动也不动。她要怎么办呢？他们不能把他放进大型冷冻库，他会冻僵或缺氧至死。但是假如他们放他在外面，一旦他醒来……

杰克又在地板上动了一下。

"我会处理的，"他嘟囔着，"我明白。"

"他快要醒了，妈咪！"丹尼出声警告。

现在她一面啜泣，一面用双手猛拉插销。

"丹尼？"杰克的声音纵使仍然含糊不清，却带点轻柔的威胁。"是你吗？乖博士？"

"正要去睡觉，爸爸，"丹尼紧张不安地说，"你知道的，睡觉时间到了。"

他抬头看母亲，仍然在和插销奋战，立刻看出问题在哪儿。她在试图拉开之前忘记先旋转插销。小卡榫陷在了 V 形凹槽里。

"这儿。"他低声说，将妈妈颤抖的手拨到一旁；他自己的也抖得差不多一样厉害。他用掌根敲松卡榫后，轻易地拉开插销。

"快点。"他说着低头看。杰克的眼睛又颤动着睁开，这回爸爸直视着他，眼神异常地呆滞，带着疑问。

"你抄了一份，"爸爸告诉他。"我知道你抄了，还在这里的某个角落。我会找出来的。我向你保证，我会找到……"他的话再度含糊地中断。

温迪用膝盖顶开食物储藏室的门，几乎没注意到干果的刺鼻气味飘送出来。她再次抬起杰克的脚，将他拖进去。现在她已达到力气的极限，剧烈地喘着气。当她猛拉开灯的链条时，杰克的眼睛又颤动着张开。

"你在做什么？温迪？你在干什么？"

她跨过他身上。

他的动作很快，迅速得令人惊讶，一只手突然挥出，她必须横跨一步，几乎是跌出门外，才避开他的掌握。然而，他还是一把抓到她的浴袍，袍子裂开时他发出深沉的咕噜声。他爬起来趴着，头发披散在眼睛上，就像某种壮硕的动物：一只大狗……或是狮子。

"你们两个该死的。我知道你们想要什么，但是你们得不到的。这间饭店……是我的。它们要的是我。我！我！"

"丹尼，门！"温迪高声尖叫，"关门！"

就在杰克猛然跳起的同时，丹尼使劲一推砰地把厚重的木门关上。门立即闩上了，杰克徒劳地用力撞门。

丹尼的小手摸找着插销。温迪距离太远，无法帮忙；他究竟是会关在里头还是解脱，其结局将在两秒钟内决定。丹尼第一次没抓着，又再次摸到，当底下的门闩开始疯狂地上下抖动时，他正好将插销锁上。接着插销就挺在那儿，杰克用肩膀猛力撞门，发出一连串的砰砰巨响，而插销——这个直径四分之一英寸的钢条——丝毫没有松脱的迹象。温迪缓缓地吐出一口气。

"放我出去！"杰克大发脾气。"放我出去！丹尼，他妈的，我是你爸爸，我要出去！你马上照我的话去做！"

丹尼的手不自觉地伸向插销。温迪抓住他的手，紧压在自己的胸口。

"丹尼，你听爸爸的话！你照我说的去做！你照着做，否则我会痛打你一顿，让你永远不会忘记。打开门，不然我会把你那可恶的脑袋打扁！"

丹尼看着她，脸色苍白得如窗玻璃。

他们可以听见厚达半英寸的实心橡木后面，他的气息急促地呼进呼出。

"温迪，你让我出去！现在马上放我出去！你这个只值五分钱的妓女！你放我出去！我是说真的！让我离开这里，那我就算了！如果你不照做，我就会痛扁你一顿！我是说真的！我会狠狠地揍你，揍到连你自己妈妈在街上都会和你擦身而过！立刻给我开门！"

丹尼呜咽。温迪望着他，觉得他马上会昏倒。

"来吧，博士，"她说，讶异于自己的口气镇定。"记住，现在说话的不是你爸爸，是饭店。"

"你们给我回来，**马上放我出去！**"杰克高声大吼。他用指甲攻击门的内侧，传出刮擦、断裂的声音。

"是饭店，"丹尼说，"是饭店。我记得。"但是他回过头去看，小脸蛋惊恐得皱在一起。

47. 丹 尼

这是漫长的一天的午后三点。

他们坐在住处的大床上。丹尼手上拿着那台怪物从遮阳篷探出头来的紫色福斯模型车，不由自主地反复地翻来转去。

他们穿过大厅时，一路听见爸爸在猛撞门的声音。撞门声伴随着他那粗哑、暴怒的喊叫声，就像一个失势的国王，他破口大骂脏话，说他为他们做牛做马了那么多年，他们两人居然背叛他，他发誓将会严惩他们，保证他们会活着后悔一辈子。

丹尼以为他们到楼上就不会再听见这些，然而他发怒的声音由送菜升降机井清清楚楚地传上来。妈妈的脸色惨白，脖子上还留有可怕的淡褐色瘀伤，那是爸爸试图……

他反复地转动手中的模型车，那是他熟记阅读功课后，爸爸给他的奖赏。

（……那是爸爸抱她抱得太紧留下的痕迹。）

妈妈用小唱机播放些音乐，沙沙的乐声中充满了喇叭及长笛的声音。她疲累地对他微笑。他想要回以笑容，却笑不出来。即使音量调到很大声，他依然觉得能听见爸爸朝他们吼叫，并且猛敲食物储藏室的门，像只动物园兽笼里的动物。万一爸爸得上厕所怎么办？他要怎么上呢？

丹尼哭了起来。

温迪立刻将唱机的音量降低，将他抱在她膝上轻轻摇晃起来。

"丹尼，亲爱的，一切都会好起来的。没事的。就算哈洛兰没收到你的讯息，其他人也会来，只要等暴风雪过去。反正在那之前也没人能上山来，不管是哈洛兰先生或其他任何人。但是等暴风雪停了，一切又会恢复正常。我们会离开这里。你知道我们明年春天要做什么吗？我们三个人？"

丹尼贴靠在她的胸口摇摇头。他不知道。感觉上似乎永远不会再有春天。

"我们要去钓鱼。我们租艘船去钓鱼，就像去年我们在查特顿湖那样，你跟我，还有你爸爸。也许你会钓到一条鲈鱼当我们的晚餐。也可能我们什么都没钓到，但是肯定会玩得很开心。"

"我爱你，妈咪。"

他说完，抱住她。

"噢，丹尼，我也爱你。"

外头，风呼啸狂吼着。

大约四点半，正当日光开始减弱时，尖叫声停止了。

他们两个人小睡得极不安稳。温迪仍把丹尼抱在怀里，她还没醒，但丹尼醒了。寂静让人感觉更糟，比尖叫和撞击坚固的食物储藏室门的声音更为不祥。爸爸又睡着了吗？还是死了？还是怎么了？

（他逃出来了吗？）

十五分钟后，一声金属猛烈摩擦的咔咔巨响打破了寂静。接着是沉重的咔嚓声和机械的轰轰声。温迪大叫一声惊醒过来。

电梯又在运转了。

他们倾听电梯的声响，眼睛圆睁，搂抱着彼此。电梯从一层楼升到另一层楼，铁栅咔咔作响地拉开，黄铜门砰的一声打开，只听见笑声、酒醉的叫嚣声、偶发的尖叫声，还有什么东西碎裂的声音。

"全景"在他们四周苏醒过来。

48. 杰　克

　　他坐在食物储藏室的地板上，两腿伸向前，两腿间放着一盒脆司吉薄脆饼干。他盯着门，一片一片地吃着薄脆饼干，并没有品尝味道，只是吞食而已，因为他得吃点食物。等他脱离这里后，他将会需要力气，所有的力气。

　　就在此时此刻，他觉得自己这辈子从未感到如此凄惨。他的身心共同组成极为重要的疼痛经典。他的头痛得厉害，宿醉后令人想吐的阵阵抽痛。随之而来的症状也出现了：嘴巴的味道仿佛粪肥耙子扫过口中一般，耳朵鸣叫个不停，心脏特别沉重地怦怦搏动，像鼓一样。此外，由于猛烈地撞门，他的两肩剧烈疼痛，喉咙因为无用的吼叫擦破皮而感到刺痛。门闩还割伤了他的右手。

　　一旦他离开这里，就要给他们点颜色瞧瞧。

　　他大声咀嚼着一片接一片的饼干，拒绝屈服于想吐出所有东西的悲惨的胃。他想起口袋里的伊克赛锭，但决定等到胃稍微舒服一些再说。既然马上会吐出来，实在没道理吃止痛药。得用用大脑，有名的杰克·托伦斯的大脑。你不是曾经打算靠聪明才智过日子的家伙吗？杰克·托伦斯，最畅销的作家。杰克·托伦斯，众所周知的剧作家，纽约评论界大奖的得奖者。约翰·托伦斯，文学家、受人尊重的思想家，七十岁时由于其犀利的回忆录作品《我在二十世纪的岁月》而获得普利策奖。所有的这些废话总归起来就是：靠你的聪明才智过日子。

　　靠聪明才智过日子就是永远知道黄蜂在哪里。

　　他又往嘴里塞了一片脆司吉，咔嚓咔嚓地嚼着。

　　他猜想，归根究底，就是他们缺乏对他的信任。他们不相信他知道什么对他们最好，并且知道如何取得。他的妻子企图窃夺他的权力，先是用光明正大的

（算是吧）

手段，然后再用肮脏下流的招数。当他用合情合理的论点推翻她的小劝告和泣诉的异议时，她就让他儿子转而对付他，企图用酒瓶杀死他，再把他锁起来，偏偏在该死可恶的食物储藏室。

然而，他的内心有个小小的声音唠叨不休。

（对，不过那些酒是从哪儿来的？那不才是真正的重点吗？你很清楚自己喝酒后会出什么事，根据痛苦的经验你就应该明白这一点。你一旦喝了酒，就会丧失理智。）

他把整盒脆司吉用力扔到狭小空间的另一头。饼干盒撞到罐头的货架，落到地板上。他注视着那个盒子，用手擦擦嘴唇，然后看一下手表，快要六点半了。他在这里待了好几个小时。他太太把他锁在这里头，而他在里面他妈的好几个小时了。

他开始同情他父亲。

杰克现在才注意到，有件事他从未问过自己，一开始究竟是什么逼使他爸爸喝酒的呢？而且实际上……当你进一步归结他以前的学生喜欢说的"事实的根本"……难道不是他所娶的女人吗？脸上总是带着认命殉道的表情，无声地在屋里拖着脚步走来走去的女人，这种没骨气的寄生虫？绕在爸爸脚踝上的爱情枷锁？不，不是爱情枷锁。她从来没有有意想让爸爸成为囚犯，如同温迪对他所做的。就杰克的父亲而言，应该比较像是弗兰克·诺里斯的伟大小说《麦克悌格》的结局中，牙医麦克悌格的命运：铐在荒地里的死人身上。没错，那样比较恰当。他母亲的精神和心灵都死去，凭借着婚姻给他父亲戴上手铐。然而，即使爸爸拖着她渐渐腐烂的尸体走过一生，他仍努力做对的事。他试着教育四个孩子明白是非，遵纪守法，更重要的是，尊重父亲。

好吧！他们是忘恩负义的人，他们全都是，包括他自己。现在他正付出代价；他自己的儿子也变成忘恩负义的人。但是仍有一线希望。他会想办法离开这里，会严厉地惩罚他们两人。他会为丹尼树立榜样，这样子丹尼长大后总有那么一天，会比他自己还知道该怎么做。

他记得那个星期天的晚餐，父亲在餐桌上用拐杖殴打母亲……当时他和其他人多么的惊恐。如今他能明了那是多么必要，可以看出父亲只是假装酒醉，自始至终父亲隐藏在表象下的头脑是多么的敏锐、活跃，一直关注寻找对他的那些最细微的不敬征兆。

杰克爬到饼干盒前，坐在她奸诈锁上的门边，又吃起来。他好奇父亲到底看到什么，他如何演戏揭穿她的假象？她曾经掩嘴偷偷嘲笑他吗？对他吐舌头？比划猥亵的手势吗？或者只是傲慢无礼地看着他，深信他愚蠢地醉到看不清吗？无论如何，他当场逮到她了，并且严厉地责罚她。现在，二十年后，他终于懂得赞佩父亲的智慧了。

当然，你可以说爸爸很笨才会娶到这样的女人，才会一开始把自己铐在那具死尸上……而且是具不懂敬畏的尸体。可是年轻人仓促成婚，事后必定后悔，或许爸爸的爸爸娶了同一类型的女人，因此杰克的爸爸无意中也娶了一位，就如杰克本身一样。除了他的妻子，不满足于扮演毁掉一种事业再破坏另一种的消极角色，而是选择了恶毒的积极任务，努力毁坏他最后及最好的机会：成为"全景"员工的一分子，并且迟早可能爬升……扶摇直上到经理的位子。她一直拒绝把丹尼交给他，而丹尼是他的入场券。当然，这是非常愚蠢的——既然有了父亲，干吗还要儿子呢？——不过雇主们经常有笨点子，这是已谈好的条件。

如今他看得出来，他是不可能和温迪讲道理的。在科罗拉多酒吧时，他白费力气地试着同她讲理，可是她不但拒绝听，还用酒瓶砸他的头。不过，还有一次机会，很快就到了。他会脱离这里。

他突然屏息侧头。某处钢琴在弹奏布基伍基乐曲，人们高声笑着，并跟随音乐拍手。声音隔着厚重的木门显得模糊不清，但是依稀可听见。曲子是《今夜在旧城狂欢》。

他的手不禁紧握成拳；他得克制自己别用双手猛敲门。舞会又开始了。烈酒将会无限制地斟满。某个角落，有位女孩正在和别人跳舞，在她白色的丝质礼服下感觉起来是令人疯狂的一丝不挂。

"你们会为此付出代价的！"他咆哮道，"你们两个该死的，你们会付出代价！你们得为此吃下该死的药，我向你们保证！你们——"

"行了，够了，好了，"就在门外一个温和的声音说，"不需要大吼大叫的，老朋友。我可以非常清楚地听见您的声音。"

杰克挣扎着站起来。

"格雷迪？是你吗？"

"是的，先生，的确是我。看来您似乎被关在里头啊！"

"让我出去，格雷迪。赶快。"

"我看您没办法处理我们谈过的事啊！先生。纠正您的妻儿。"

"就是他们把我锁在里面的。看在老天的份上，把插销拔开！"

"您让他们把您关在里头？"格雷迪的声音显露出教养良好的惊讶。"噢，天哪！一个身材只有您一半的女人和一个小男孩，差点将您成为高级经理的路给堵住了，是吗？"

杰克右边太阳穴的青筋开始跳动。"放我出去，格雷迪。我会收拾他们的。"

"您真的会吗？先生？我很怀疑。"教养良好的惋惜取代了教养良好的讶异。"我不得不痛心地说我十分怀疑。我，以及其他人，真的相信您的心不在此，先生。您没有……胆量做这件事。"

"我有！"杰克大喊，"我有，我发誓！"

"您会把儿子带来给我们吗？"

"会！我会！"

"您的妻子会非常强硬地反对，托伦斯先生。她看起来似乎……比我们想象的还要稍微强硬些，也比较机智一点。她无疑地似乎胜过您一筹啊！"

格雷迪窃笑。

"托伦斯先生，或许自始至终我们应该要和她打交道才对。"

"我会带他来的，我发誓，"杰克说。如今他的脸贴在门上，他在流汗。"她不会反对的，我发誓她不会。她不能。"

"我恐怕，您不得不杀了她。"格雷迪冷酷地说。

"我会做我该做的事，只要让我出去。"

"您能向我保证吗？先生？"格雷迪坚持。

"我保证，我答应，我郑重发誓，不管你要的究竟是什么。如果你——"

插销拉开时发出不清脆的喀嚓声，门抖抖索索地打开四分之一英寸。杰克的话和呼吸顿时停住。一时间，他觉得死神本人就站在门外。

那种感觉消失了。

他低声说："谢谢你，格雷迪。我发誓你不会后悔的。我发誓你不会的。"

没有回答。他意识到所有的声音都停止了，只有外头风冷漠地呼呼作响。

他推开食物储藏室的门，铰链发出微微的嘎吱声。

厨房空无一人。格雷迪走了。日光灯管冰冷的白色强光下，所有的东西都静止不动。他的视线落在他们三人一起用餐的那张大砧板上。

砧板上面立着一个马丁尼酒杯、一瓶七百五十毫升的琴酒和一个摆满橄榄的塑料盘。

倚靠在砧板旁的是从设备仓库取来的短柄槌球杆。

他凝视球杆好长一段时间。

没多久，一个远比格雷迪的声音低沉、强而有力的声音，从某处，各个角落……从他心里传来。

（托伦斯先生，要信守你的承诺啊！）

"我会的。"他说。他听见自己口气谄媚卑屈，却无力控制。"我会的。"

他走到砧板旁，抓住球杆的握柄。

举起球杆。

挥动。

球杆邪恶地嘶嘶划过空中。

杰克·托伦斯笑了起来。

49. 哈洛兰上山

　　时间是下午两点十五分，根据雪块凝结的路标和赫兹别克的里程表，他终于下高速公路时，离埃丝蒂斯公园不到三英里。

　　山丘上，雪比哈洛兰生平所见的都要来得更快、更猛（哈洛兰所见过的雪，或许不能说是非常多，因为哈洛兰这辈子都尽可能避免遇到雪），风则是变幻莫测地狂吹——忽而打西边来，忽而反转吹向北方，将一阵阵粉状细雪吹过他的视野，让他一再发冷地警觉到，假如他来不及转弯，就有可能冲出路面两百英尺，车子会翻身倒栽葱般地摔下去。雪上加霜的是他本身是个业余的冬季驾驶。看到中央的黄线埋在打旋、堆积的雪底下时，他吓到了；当猛烈吹刮的强风毫无阻碍地从山口吹来，居然让沉重的别克打转时，他吓坏了。当路标大多被雪掩盖，前方白茫茫一片仿佛开进免下车电影院的银幕中，只能掷硬币决定道路会转向右边或左边时，他感到恐慌。没错，他害怕极了。打从攀上波尔德与莱昂斯西边的山丘后，他就冒着冷汗开车，小心翼翼地操控油门和刹车，仿佛它们是明代的花瓶。穿插在收音机的摇滚乐之间，电台节目主持人不断敦促驾驶人别上主要干线，无论如何都别开进山区，因为许多道路无法通行，所有的路都很危险。还报道了多起小车祸，还有两起重大车祸：一群开着福斯面包车的滑雪客，以及穿过桑格果得克利斯托山脉要开往阿尔布开克的一家人。两起车祸总共有四死五伤。"所以远离这些道路，进入 KTLK 的悦耳音乐世界。"主持人愉快地下结论，接着播放《阳光季节》调，使得哈洛兰更显悲惨。"我们曾拥有快乐，拥有欢笑，我们曾拥有——"泰瑞·杰克斯急促不清地快乐唱着，哈洛兰愤恨地啪的一声关掉收音机，心想过五分钟再打开吧。不管广播的消息有多糟，总好过独自开在这片白茫茫的疯狂当中。

　　（承认吧！这个黑小子起码有条长长的黄色条纹……直直爬上他

永远心爱的后背！）

这一点也不好笑。要不是凭着他坚信男孩陷入可怕困境的一股冲动，早在通过波尔德之前，他就已经放弃了。即使到现在他后脑勺仍有微小的声音——他想，这是发自理性，而不是胆怯的声音——告诉他今晚就先躲在埃丝蒂斯公园的汽车旅馆，等铲雪车让中央的黄线再度露出来再走。那声音不断提醒他飞机摇摇晃晃地降落在斯特普尔顿，想起那种下坠的感觉，好像飞机将要由机鼻先着陆，把机上乘客送到地狱之门，而不是B候机楼的三十九号登机门。然而理性无法抵抗冲动。非今天不可。遇到暴风雪是他自己运气不好，他必须克服。他担心如果他没去，梦中可能得应付更糟的东西。

强风又突然猛刮起来，这一回从东北方向吹来，你看多奇怪，竟然又转了个方向！风雪再次遮蔽了山丘的模糊轮廓，甚至道路两边的路堤。他在白色的空茫之中开车。

蓦地，铲雪车的高压钠灯从浓雾中赫然出现，往前逼近，他惊恐地发现，别克的车头不是朝着钠灯的侧边，而是正对着头灯的中间。铲雪车一点也不讲究要谨守自己那一侧的道路，而哈洛兰又放任别克偏离车道。

铲雪车柴油引擎隆隆的咆哮声硬压过风的怒号，接着是汽笛声，又猛又长，几乎震耳欲聋。

哈洛兰的睾丸皱缩成两个装满刨冰的小皱囊，五脏六腑似乎变形成一大团橡皮黏土。白色的雪花当中突然出现色彩：冰雪凝结的橘色。他可以看到那辆高大的铲雪车，甚至连坐在单根长雨刷后司机打手势的身影都看见了。他还看见铲雪车V字形的翼型叶片，将更多的雪喷到道路左手边的路堤上，宛如苍白冒着烟的排气管。

叭叭叭叭叭叭叭！汽笛气愤地狂吼。

他紧踩油门，仿佛那是深爱女人的乳房，别克急速向右前方冲去。这边没有路堤；铲雪车的犁耙朝上而非朝下，想将雪直接推到悬崖下去。

（悬崖，啊对了，悬崖——）

哈洛兰左边的翼型叶片整整高过依勒克拉的车顶四英尺，相距不到一两英寸地迅速从旁经过。一直到铲雪车真正与他擦肩而过，哈洛兰都认为撞车无可避免。他一半祈祷，一半对男孩无声地道歉，如破布般支离破碎的祷告掠过他的心头。

然而铲雪车通过了，旋转的蓝灯在哈洛兰的后照镜中不断地闪烁。

他操纵别克的方向盘，转回左边，但是车丝毫不听指挥。急冲变成滑行，别克如做梦似的飘向悬崖边缘，从挡泥板底下激起雪花泡沫。

他迅速将方向盘转到另一边，朝滑行相反的方向，车子的前后开始交换位置。哈洛兰惊慌失措，用力踩刹车，紧接着感觉到猛烈的冲击。眼前的路消失了……他直视着大雪纷飞的无底深渊，及遥远、遥远的下方隐隐约约的绿灰色松树。

（我要死了，圣母玛利亚啊，我就要死了）

车子就在此停住，以三十度角向前倾斜，左边的挡泥板卡在护栏上，后轮几乎腾空。哈洛兰试着倒退时，轮子只是空转。他的心脏如鼓王金恩·克鲁帕般狂野地击打，咚咚狂跳。

他十分小心地下了车，绕到别克后边。

他站在那儿，无可奈何地看着后轮时，背后一个欢快的声音说："哈啰，老兄，你八成是他妈的疯了吧！"

他转过身，看见铲雪车停在再过去四十码处，被狂吹的大雪遮住，只看得到暴露在外的一截深褐色排气管和顶上旋转的蓝灯。司机就站在他后面，穿着羊皮长大衣，外头再罩一件雨衣，头上戴着蓝白细条纹的工作帽，哈洛兰难以相信帽子居然顶得住逆风。

（胶水，肯定是胶水粘住的。）

"嗨，"他说，"你能帮我拖回到路上吗？"

"唔，我想我可以，"铲雪车司机说，"先生，你跑到这上头干吗？真是找死啊！"

"有急事。"

"什么事那么紧急！"铲雪车司机缓慢亲切地说，仿佛在和心智有缺陷的人说话。"如果你再大力一点点撞到那根栏杆的话，就得等到愚人节才有人救你出来了。你不是这一带的人吧，对吗？"

"不是。要不是事情像我说的那么紧急，我也不会在这儿了。"

"这样子吗？"司机随和地换个站姿，仿佛他们是在后面阶梯上闲聊，而不是站在大风雪中近乎大吼大叫，而且哈洛兰的车还悬在底下树梢的上方三百英尺处摇摆不定。

"你要往哪里去？埃丝蒂斯？"

"不，一个叫做全景饭店的地方，"哈洛兰说，"萨德维特再上去一点点——"

但司机阴郁地摇摇头。

"我想我非常清楚那地方在哪儿，"他说，"先生，你是绝对没办法上去老'全景'的。埃丝蒂斯公园和萨德维特之间的路况糟透了。不管我们多辛苦地铲，雪就在我们后面马上堆积起来。我从几英里外的积雪中过来，那里中间该死的有将近六英尺高。而且就算你能到萨德维特，那又怎样？从那里一路到犹他州巴克兰的道路全都封闭了。没辙啦！"他摇摇头。"先生，绝对没法到的，一点办法也没有。"

"我得试试，"哈洛兰说，使出最大的耐心以保持平常的口气。"有个男孩在上面——"

"男孩？不会吧！'全景'九月底就关了。不可能开张到现在，太多像这样要命的暴风雪。"

"他是管理员的儿子，他遇上了麻烦。"

"你是怎么知道的？"

他的耐心啪的一声用尽。

"看在上帝的分上，今天剩下的时间你打算就站在这儿跟我闲扯淡吗？我知道，我都知道！现在你到底要不要帮我把车拖回马路上？"

"你这人性子很急啊，是吧？"司机评论，并没有因此特别烦躁。"没问题，坐回车里去吧！我的座位后头有条链子。"

哈洛兰回到驾驶座上，反应迟缓地现在才开始发抖。他的双手麻木得几乎完全没知觉。他忘了戴手套。

铲雪车后退到别克的车后，他看见司机拿着一捆长长的链条下车。哈洛兰打开车门大喊："我能帮什么忙？"

"别碍事就够了，"司机回喊道，"这一下子就好。"

他说的是真的。当链条拉紧时，一阵颤动贯穿别克的车架，一秒钟后车子已回到路上，大约朝着埃丝蒂斯公园的方向。铲雪车司机走到车窗旁，敲敲安全玻璃。哈洛兰摇下车窗。

"谢谢，"他说，"我很抱歉对你大吼。"

"我以前也被吼过，"司机咧开嘴笑着说，"我想你是有点紧张。这个你拿着。"一副松软厚实的蓝色连指手套落在哈洛兰的膝上。"我想，等你又冲到路外头时会需要的。外面很冷。你戴着吧！除非你想要下半辈子都用编织的钩针挖鼻子。事后你再寄还给我，那是我太太织的，我非常喜欢。姓名和地址都直接缝在内衬里了。顺便说一声，我叫霍华德·柯特雷尔。等你不需要再用到的时候，再寄还给我。另外记住，我可不想还得去付不足的邮资啊！"

"好的，"哈洛兰说，"谢谢。感激不尽。"

"你小心点啊！我是很乐意自己带你去，不过我忙得跟猫在乱成一团的吉他弦里一样。"

"没关系。再次谢谢你。"

他准备摇起车窗，但柯特雷尔阻止了他。

"等你到萨德维特的时候——如果你真到得了萨德维特的话——你去一趟德尔金的康诺克加油站，就在图书馆旁边，不可能错过。找一位名叫赖瑞·德尔金的，告诉他霍华德·柯特雷尔指点你去的，你想要跟他租一辆雪上摩托车。你提我的名字，给他看那副手套，就会以优惠价格租到车。"

"再说一次谢谢。"哈洛兰说。

柯特雷尔点点头。

"这很奇怪，你不可能会知道'全景'那上头有人遇到麻烦……电话线断了，我非常肯定。不过我就是相信你，有的时候我会有些直觉。"

哈洛兰点头。"我有的时候也有。"

"嗯。我知道你有。不过，你好好保重。"

"我会的。"

柯特雷尔最后挥挥手消失在风雷乱舞的微暗当中，他的工作帽仍神气活现地戴在头上。哈洛兰再度出发，雪链击打在道路的积雪上，好不容易挖得够深让别克动了起来。在他后面，霍华德·柯特雷尔用铲雪车的汽笛鸣声最后祝他好运，虽然真的没必要，但哈洛兰能感受到他真心祝自己好运。

一天之中两个闪灵的人，他想，那应该是某种好的预兆。但是他不相信预兆，无论好坏。况且一天遇见两个具有闪灵能力的人（他通常一年当中碰到的不超过四五个）也许没有任何意义。那种定局的感觉，那种他无法解释清楚

（就像很多很多东西被包裹起来）

的感觉仍盘踞在他心里。那是——

别克在过一处急陡的弯道时快要打滑到一边的路上去，哈洛兰谨慎地驾驶着，几乎不敢呼吸。他再度打开收音机，是艾瑞莎，艾瑞莎相当不错。任何一天他都可以与她分享他的赫兹别克。

又一阵突来的强风袭击车子，让车子晃动并滑来滑去。哈洛兰咒骂着风，更加弯身贴近方向盘。艾瑞莎唱完歌，紧接着主持人又上场，告诉他今天开车是找死的好方法。

哈洛兰啪的一声关掉收音机。

他的确成功抵达了萨德维特，虽然从埃丝蒂斯公园到那儿他开了四个半钟头。等到他上高地公路时天已全黑，但暴风雪并没有显示出减弱的迹象。有两次他得停在与引擎盖齐高的积雪前，等候铲雪车出现，在雪堆中凿洞。其中一次铲雪车出现在他这一侧的道路，又一次千钧一发的局面。那位司机仅是绕过他的车子，没有下车闲聊，不过他确实送来两根指头的手势，那是全美国十岁以上的人都认得的：很危险。

感觉上似乎越开近"全景"，他想要加快的冲动就变得越来越难以抑制。他发现自己几乎不间断地看手表，指针似乎跟着飞快起来。

在转上高地后十分钟，他通过两个路标。呼啸的风清掉了路标上

的积雪，因此他能够看得到。第一个写着：萨德维特十英里。第二个写着：前方十二英里的道路冬季封闭。

"赖瑞·德尔金。"哈洛兰喃喃自语。他的黑脸在仪表板黯淡的绿色光芒下显得紧张而紧绷。此时是六点十分。"图书馆旁的康诺克加油站，赖瑞——"

就在这时它全力袭向他，那柳橙的味道和思想的力量，狂暴、憎恨，充满杀意：

（滚开你这肮脏的黑鬼这不关你的事你这黑鬼掉头掉头回去否则我们会杀了你把你吊死在树枝上你他妈的黑野人黑种然后再烧掉尸体我们就是这样对付黑鬼的所以现在马上掉头回去）

哈洛兰在车子密闭的空间内大声尖叫。这个讯息并非以言语传给他，而是以一连串好似画谜的影像，用可怕的力道猛烈撞入他的脑袋。他的双手离开方向盘，想要抹去那些画面。

于是车子的侧面撞到路堤，反弹回来，不断旋转，最后停住。后轮还在徒劳地空转。

哈洛兰迅速将车挡打入停车挡，然后以双手掩面。确切地说他并没有哭泣；他口中发出的是不规律的哼—嗯哼—嗯哼的声音，胸膛起起伏伏。他知道倘若这次猛烈攻击发生在任何一边有悬崖的路段上，他很可能现在已死。也许那是它们打的主意。它随时可能再攻击他。他必须防御。一股有可能是回忆、势力庞大的红色力量包围住他，他淹没在自己的天赋能力中。

他把两手从脸上挪开，小心翼翼地睁开眼。什么都没有。假如有东西想要再吓他的话，它并没有穿过。他被隔离起来了。

那孩子已出事了吗？噢天哪，小男孩已经出事了吗？

所有的影像中，最令他不安的是沉闷的重击声，好像槌子噼噼啪啪地打在厚起司上。那是什么意思呢？

（天哪，别是那小男孩。天啊！求求你。）

他将排挡杆降到低挡，一次加少许油进引擎。轮胎转动，卡住，转动，又卡住。终于，别克开始动了，车头灯光无力地穿过飞旋的风雪。他看一下表，现在快要六点半，他开始觉得其实非常迟了。

50. REDRUM

温迪·托伦斯犹豫不决地站在卧室中央，望着熟睡的儿子。

半小时前，声音停了；所有的声音——电梯、舞会，房间门开开关关的声音，都消失了。可是这非但没有令她安心，反而让她内心逐渐增强的紧张更为加剧，就像是风暴最后残忍的一击前的那种邪恶的宁静。但是丹尼几乎是立即睡着；先是进入时而抽搐的浅眠，在大约十分钟之前进入更深沉的睡眠。即使直接盯着他看，她也几乎看不出他狭小胸膛的缓慢起伏。

她好奇他上一次整晚熟睡是什么时候，没有做苦恼的噩梦，没有长时间在黑暗中警觉，聆听外头的狂欢——那是过去这几天，随着"全景"增强对他们三人的控制，她才开始听得到、看得到的。

（是真的灵异现象？还是集体催眠？）

她不知道，也不认为这很重要。不论是哪一种，发生的事都同样致命。她注视着丹尼，心想

（但愿他一直安睡）

倘若他不受惊扰，或许可以一觉睡到天亮。无论有何种天赋，他仍然是个小男孩，需要休息。

杰克才是她要开始担心的。

她忽然痛得皱起脸，把手从嘴巴上移开一看，发现自己扯下一片指甲。她一向努力保持指甲的完美。虽然还没长到可称为爪子，但形状依然很漂亮，而且

（你为什么担心起指甲来了？）

她轻轻一笑，但只发出颤抖的声音，并没有笑意。

先是杰克停止咆哮撞门。接着舞会又展开，

（或者舞会曾停过吗？是否有时候只是移到时间的不同角度，他们没法听见而已？）

而电梯不断碰撞发出的砰砰巨响，呼应着舞会的声响。之后那也停了。在新近的寂静中，丹尼沉沉入睡，而她却幻想自己听到几乎在他们正下方的厨房，传来低微、密谋的声音。一开始她当成是风声没予理会，风能模仿许多不同音域的人声，从围绕着门和窗框如临终般脆弱的低语，到屋檐下全力的尖叫……像低劣通俗剧中女人逃离凶手的叫声。然而，僵硬地坐在丹尼身边，那确实是人声的想法越来越具有说服力。

杰克和别人，讨论他如何逃出食物储藏室。

讨论谋杀他的妻儿。

在这几面墙内，谋杀不是新鲜事，以前就发生过了。

她走去暖气的通风口，把耳朵贴在上头，但就在那一刻火炉开始运转，任何声音都消失在地下室突然涌上的暖风中。五分钟前火炉再度停止时，这地方一片静默，只有风声、含沙的雪撒落建筑上的声音以及木板偶尔的嘎吱声。

她低头看自己撕裂的指甲，底下慢慢冒出一滴滴的小血珠。

（杰克逃出来了。）

（少胡说八道。）

（没错，他出来了。他从厨房拿了一把刀，或者也许拿了切肉刀。他现在正走上来，沿着楼梯踏板的边缘走，如此一来楼梯就不会嘎吱作响。）

（！你疯了！）

她的嘴唇在颤抖。一时间她看起来肯定会出声大喊。但是沉默依旧。

她觉得有人在监视她。

她转身瞪着夜色漆黑的窗户，一张带着黑眼圈、令人惊骇的惨白脸蛋，对她急促不清地说话，这是个可怕疯子的面孔，它一直隐藏在这几面哭嚎的墙内——

那只是玻璃外头结霜的图样。

她从一阵长长的令人毛骨悚然的私语中舒了一口气，她感觉到似乎听见，这回相当清楚，某处传来逗乐的窃笑。

（你是在自己吓自己。情况本来就够糟了。等到明天早上，你就准备住进精神病房吧。）

唯有一种方法能减轻恐惧，她知道是什么方法。

她必须走下去，确认杰克仍在食物储藏室。

非常简单。到楼下去，窥探一眼，再回楼上来。喔，顺便停下来拿登记柜台上的餐盘。煎蛋卷大概不行了，但是汤可以用杰克打字机旁的电炉重新加热。

（喔对啊，别被杀了，说不定他带着刀子躲在那儿呢！）

她走向梳妆台，试着甩去笼罩在身上的恐惧。散落在梳妆台上面的是一大堆零钱、一叠饭店载货车的加油账单、两个杰克随身携带却难得抽的烟斗……还有他的钥匙串。

她拿起钥匙串，握在手中半晌，又放下。她动过出去后将卧房门锁上的念头，但就是觉得不妥。丹尼在睡觉。模模糊糊的火灾想法闪过她的心中，还有其他啃噬得更用力的东西，但她没去多想。

温迪穿过房间，犹疑不定地站在门边片刻，然后从睡袍口袋拿出刀子，右手握住木制的刀柄。

她拉开门。

通到他们住处的短廊空荡荡的。墙上间隔规律的电气烛台全都耀眼地发着光，凸显出地毯蓝色的背景及弯弯曲曲、交织的图案。

（看见了吗？这里没有魂灵吧！）

（不，当然没有。它们希望你出去，希望你做些女人会做的蠢事，那正是你现在要做的事。）

她又开始迟疑，凄惨地困在原地，不想离开丹尼和安全的房间，同时又极为渴望能消除自己的疑虑，确认杰克仍然……安全地隔离起来。

（当然他还在里头。）

（可是那些说话声）

（根本没有说话声。是你的幻想。是风声。）

"那不是风声。"

她自己的声音吓她一跳，但是声音里十足的确信驱使她往前走。刀子在她身侧摆动，将不同角度的光反射在丝质的壁纸上。拖鞋在地毯摩擦出沙沙沙的声响。她的神经如电缆一般充满嗡嗡声。

她到达主廊的转角，仔细观望四周，她的神经紧绷，准备好随时迎接任何有可能看到的东西。

在那儿什么也没看见。

迟疑了一会儿后，她转过转角，开始沿着主廊往下走。朝幽暗的楼梯间所走的每一步都让她的恐惧加深，让她总是想起自己把沉睡的儿子留在身后，孤孤单单的无人保护。拖鞋踩在地毯上发出的声音听来似乎越来越响亮；她两度回头看，以说服自己没人在后面鬼鬼祟祟地接近她。

她走到楼梯间，把手搁在栏杆顶端冰冷的端柱上。到楼下大厅共有十九级宽广的台阶，她数过很多次，所以非常清楚。十九阶铺了地毯的楼梯上并没有杰克的身影。当然没有。杰克被关在了食物储藏室，锁在沉重厚厚的木门后，门上装有钢制插销。

但是大厅幽黑，而且满是黑影。

她脖颈上的青筋突突直跳。

前方稍微靠左的位置，电梯的黄铜裂口嘲笑似的敞开着，邀请她踏入，享受一段生命之旅。

（不用了，谢谢）

电梯轿厢内垂饰着粉红及白色的绉纱彩带，五彩碎纸从两个管状的派对拉炮中迸发出来，倒在左后方角落的是香槟的空瓶。

她察觉到上方的动静，迅速转身，仰望通往漆黑二楼平台的十九级台阶，什么也没看见；然而眼角令她不安地感觉到，有什么

（东西）

在她眼睛能留意之前，跃回楼上走廊更幽暗的地方去了。

她再低头看着楼梯。

抓着木制刀柄的右手在流汗；她将刀子换至左手，在睡袍的粉红色毛巾布上擦了擦右掌，再把刀子换回右手。几乎没注意到她的大脑已经下令身体往前走，她开始下楼梯，左脚跨出后，再换右脚，左脚再接着右脚，一步一步，空着的手在扶手上轻轻地拖着。

（舞会在哪里？别让我把你们吓跑了，你们这捆发霉的裹尸布！没人吓得了拿着刀子的女人！我们来放点音乐吧！让气氛热烈一

点吧！）

走下去十阶台阶，十二阶台阶，十三阶台阶。

一楼走廊的灯光透进一丝晦暗昏黄的光线到这儿，她记着必须将餐厅入口旁，或是经理办公室内的大厅电灯打开。

然而有道光线来自别处，微弱的白光。

无疑地，是日光灯，厨房里的。

她停顿在十三阶台阶，试着回想她与丹尼离开时是否关掉电灯，或是让灯开着。她怎么也想不起来。

在她下方，大厅里，高背椅赫然显现在群聚的阴影中。一层积雪在大厅门的玻璃印上清一色的白。沙发靠垫的黄铜饰纽如猫眼般隐约地闪耀着。这儿有上百个地方可以躲藏。

她的双腿由恐惧支撑着，继续往下走。

现在十七阶，接着十八阶，然后十九阶。

（大厅层到了，女士。请小心地跨出去。）

舞厅门开得大大的，里面漆黑一团。里头传出稳定的滴答声，像是炸弹。她全身一僵，继而想起壁炉架上那个玻璃罩下的时钟。一定是杰克或丹尼上了发条……抑或是钟自己上的发条，就像"全景"里别的一切。

她转向接待柜台，意图穿过柜台门和经理办公室进入厨房。她可以看见原本计划当午餐的餐盘散发着黯淡的银光。

突然时钟敲了起来，发出不十分响亮的叮当声调。

温迪僵住，不住地用舌头舔着上颚。随后，她放松下来。时钟敲了八下，就这样而已。八点……五、六、七……

她默数算着钟声，忽然间似乎觉得在时钟静止前不该再行动。

……八……九……

（?? 九??）

……十……十一……

猛然间，迟了一步地，她恍然大悟，转身笨拙地跑向楼梯，已经明白自己太迟了。但是她怎么会知道呢？

十二。

舞厅内全部的灯光亮起，铜管乐器洪亮、尖锐的巨大声音响起。温迪大声尖叫，她的叫声与那些黄铜喇叭所发出的刺耳鸣响相比根本微不足道。

"摘下面具！"呼喊声回荡着。"摘下面具！摘下面具！"

然后声音消退，仿佛走下时间的长廊，再度留下她孤身一人。

不，不是孤单一人。

她转身，他正朝她扑来。

是杰克，却又不是杰克。他的眼睛闪着空洞、凶残的光芒，熟悉的嘴巴如今挂着令人战栗、毫无喜悦的狰狞笑容。

他一只手里拿着短柄槌球的球杆。

"你以为把我关进去了？你以为自己办到了吗？"

球杆呼啸着划过空气。她往后退，被厚实的垫脚椅绊倒，跌倒在大厅的地毯上。

"杰克——"

"你这个婊子，"他低声说，"我很清楚你的本性。"

球杆再次以致命的速度咻咻地挥下，正打在她柔软的腹部上。她放声尖叫，突然淹没在无垠的痛苦中。朦朦胧胧地，她看见球杆弹回去。突如其来令她渐渐麻木的现实让她顿时领悟到，他打算用握在手中的球杆将她殴打致死。

她想要再对他呼喊，央求他看在丹尼的份上住手，但是他打得她喘不过气来，只能勉强发出微弱的呜咽，几乎算不上是声音。

"好啦！现在上帝为证，"他龇牙咧嘴地笑着说，将跪垫踢到一旁。"我想你会乖乖受罚了吧！"

球杆嘶鸣一声挥下。温迪滚到左侧，她的睡袍缠到膝盖上。球杆撞到地板上时猛然一震，从杰克的手中震脱。他不得不弯身捡起，趁他捡球杆的时候，她奔向楼梯，一口气终于抽噎着喘过来，腹部一阵阵地抽痛。

"婊子，"他龇牙咧嘴地说，迈步向她追去。"你这臭婊子，我想你总会得到报应的。我想你一定会的。"

她听见球杆呼啸着划过空中，接着右边爆发出极剧的疼痛，槌头刚好击中她的胸线下方，打断两根肋骨。她往前倒在台阶上，撞到受伤的那一侧，新的痛楚几乎将她撕裂。然而本能驱使她翻身，滚开，球杆飕飕地经过她的脸侧，明显仅差一英寸就击中。槌子发出一声闷响，重击在楼梯地毯深厚的呢绒上。就在这时她看见了刀子，由于跌倒而从她手中震落的刀，就亮晃晃地躺在第四阶的楼梯上。

"婊子。"他又重述了一次。球杆落下。她用力挣扎着站起来，球杆正落在她的膝盖骨下方。她的腿下半部顿时像着了火似的，血顺着小腿肚流淌下来。紧接着球杆又再次挥下。她猛然把头一甩躲开球杆，槌子撞击在她的脖子与肩膀之间凹陷处的楼梯台阶上，擦去她耳朵上的一块皮肉。

他再度向下挥舞球杆，这一回她滚向他，滚下楼梯，进入他挥动的弧线中。当断掉的肋骨撞击、摩擦时，她发出惨叫。她用身体攻击他的小腿，他失去平衡，愤怒惊讶地大叫一声向后摔倒，两脚轻轻摇晃想继续踩稳在楼梯台阶上，想努力维持平衡，但最终他重重地跌倒在地板上，球杆从他的手中飞脱。他坐起身，用惊愕的眼神瞪了她半晌。

"我会宰了你。"他说。

他翻滚过去，伸长手去抓球杆的握柄。温迪强迫自己站起来，左腿将一阵又一阵的疼痛直接传到臀部。她的脸色灰白，但却坚定。当他的手握住槌球杆的柄时，温迪跳到他的背上。

"噢，上帝啊！"她对着"全景"阴影幢幢的大厅高声叫着，将厨房刀子整个插入他的下背部，直至刀柄。

他在她底下身体一僵，然后发出尖叫。她觉得自己这一辈子不曾听过如此骇人的声音，仿佛饭店所有的木板、门窗都在尖叫。叫声似乎无穷尽地继续下去，而他在她重压下的身体僵硬不动。他们的姿势宛如挂在客厅作为装饰的骑士骑马图；他那红黑格子的法兰绒衬衫背部颜色越来越深，被逐渐扩散的血给浸透。

接着，他正面往前扑倒，猛然的震荡将她摔下来，正好撞到她受伤的胁腹，害她呻吟出声。

她躺在地上，喘着粗气，无法动弹，全身从头到脚无不剧烈地抽痛。她每吸一口气，都会觉得有东西恶狠狠地刺她，而擦伤耳朵所流出的血把脖子都弄湿了。

四周只有她吃力喘息的声音、风声，还有舞厅里时钟的滴答声。

最后她勉强站起来，一瘸一拐地走向楼梯。到达那儿后，她紧攀住端柱，头垂下来，一波波晕眩朝她袭来。等到头晕稍微过去，她开始攀爬，利用没受伤的腿，并用手臂拉着楼梯扶手往上走。她一度抬起头来，期待能看见丹尼在那里，但楼梯上空无一人。

（感谢上帝，他自始至终都在睡觉，谢天谢地。）

爬了六级台阶她不得不停下来休息，她的头低垂，金发盘绕在扶手上。空气呼呼地通过喉咙令她疼痛，仿佛里面长了倒钩似的。她的脖子右侧一大片肿胀、发烫。

（加油啊温迪振作点老朋友等到把身后的门锁上再来瞧瞧伤势吧！还剩下十三阶台阶要爬，不算太糟。等你到楼上走廊时就可以爬行的。我允许你爬行。）

她在断裂的肋骨可允许的范围内，尽可能深吸一口气，然后半拉、半跌地一级一级攀上台阶。

当她到达第九阶台阶，几乎快爬到一半时，杰克的声音从下方传来。他用沙哑的嗓音说："你这婊子，你杀了我。"

如午夜般阴暗的恐惧席卷过她全身。她回过头，看见杰克缓缓地站起来。

他的背弯着，因此她能看见厨房刀子的柄插在上面。他的眼睛似乎紧缩，几乎消失在周围苍白、下垂的皮肤皱折之中。他的左手松弛地抓着短柄槌球的球杆，槌子末端血淋淋的，她粉红色毛巾布睡袍的碎片黏在差不多正中央的位置。

"我会好好惩罚你。"他嗫嚅地说，开始蹒跚地走向楼梯。

温迪害怕得啜泣起来，又开始奋力往上攀登：十级、十二、十三。然而一楼走廊看起来仍如遥不可及的山巅一般的高远。她现在喘着气，胁腹抗议地尖叫，头发杂乱地在面前来回摆荡，汗水刺痛她的双眼。耳边似乎充满舞厅里圆罩时钟的滴答声，与其呼应的是，杰克开始爬楼梯所发出的气喘吁吁、极为痛苦的喘息声。

51. 哈洛兰抵达

赖瑞·德尔金是个高瘦的男人，一脸阴郁的表情，头顶上是浓密的红色长发。哈洛兰找到他时，他正要离开康诺克加油站，闷闷不乐的脸深埋在军队发放的连帽雪衣中。无论哈洛兰从多远的地方来，他在这种暴风雪的日子都不愿意再接任何生意，甚至不情愿将两台雪上摩托车之一租借给这名坚持要上老"全景"、对他怒目而视的黑人。在萨德维特这个小镇生活了大半辈子的人当中，这家饭店臭名昭彰。那上面发生过谋杀案；一群流氓经营过那地方一阵子，无情的商人也经营过一阵子。而发生在老"全景"的事从来没有登上报纸，因为有钱能使鬼推磨。但是萨德维特的居民对此相当清楚。饭店的女服务生大多来自这儿，而女服务生看到的事可多了。

不过，当哈洛兰提及霍华德·柯特雷尔的名字，并展示给德尔金看蓝色连指手套内侧的标签后，这位加油站老板的态度软化了。

"他叫你来这儿的啊？"德尔金询问，打开修车间的锁，带领哈洛兰进去。"知道那老废物还有点脑筋真是太好了。我还以为他完全没有了呢！"他轻轻拨一下开关，一排非常陈旧、非常肮脏的日光灯发出嗡嗡声，懒洋洋地亮起来。"老兄，你怎么会突发奇想要上去那地方啊？"

哈洛兰的精神快要崩溃。进入萨德维特的最后几英里状况非常糟糕，一度有强风以肯定超过六十英里的时速吹得别克旋转了三百六十度。目前还有好几英里的路要走，只有老天知道路的尽头是什么。他为男孩感到害怕。现在差十分钟就快七点了，他还要再从头说一次这些不着边际的废话。

"上面有人遇到麻烦，"他非常谨慎地说，"管理员的儿子。"

"谁？托伦斯的男孩？他会有什么麻烦？"

"我不清楚。"哈洛兰咕哝地说。他对这需要花费的时间感到厌烦。他在和一个乡下人说话，他很清楚所有的乡下人同样都觉得做生意需要拐弯抹角，在投入买卖的核心前，必须先嗅一嗅周围的边边角角。但是现在没时间了，因为他是个吓坏了的黑鬼，假如对话再继续久一点，他可能直接决定慌忙逃走。

"听着，"他说，"拜托。我需要上去，我得有辆雪上摩托车才上得去。我会付你钱，但是拜托，让我可以继续做我的事！"

"好啦，"德尔金丝毫不以为意地说，"如果是霍华德叫你来的，那就没问题啦。你就用这辆北极猫吧！我会加五加仑的汽油到油桶里。油箱是满的，我想，够载你上去再下来。"

"谢谢。"哈洛兰说，口气并不十分镇定。

"我收你二十美元，那包含乙基汽油。"

哈洛兰从皮夹摸出一张二十块的钞票递给他。德尔金几乎看也没看就塞进了衬衫口袋。

"我想或许我们最好连外套也交换一下，"德尔金说着，脱掉他的连帽雪衣。"你那件大衣今晚不管用。你还雪橇时再跟我换回来。"

"喔，嘿，我不能——"

"别跟我争，"德尔金打断他，仍然很和善地。"我不会把你送出去冻死。我只需要走两条街就到自己的晚餐桌上了。拿过来吧！"

哈洛兰有点头昏脑涨的，用自己的大衣换来德尔金有羊毛衬里的连帽雪衣。头顶上的日光灯微微地嗡嗡作响，让他想到"全景"厨房里的电灯。

"托伦斯的男孩，"德尔金摇摇头说，"长得很好看的小家伙，对吧？他跟他爸在真的下雪前常常来这里，大多时候是开饭店的货车。在我看来，他们两个真的黏得很紧。那是个爱他爸爸的小男孩。希望他平安无事。"

"我也希望如此。"哈洛兰将雪衣的拉链拉上，帽子系好。

"我帮你把这车推出去。"德尔金说。他们把雪上摩托车推过沾满油污的混凝土地面，往停车场推去。"你以前骑过这种车吗？"

"没有。"

"喔，这没什么啦！操作指南贴在仪表板上，不过实际上只有停车和启动而已。油门在这里，就像摩托车的油门一样。刹车在另一边。转弯时身体跟着倾斜。这辆宝贝在压实的积雪上可以跑到七十，但是在这种粉状雪上，车速连五十都达不到。"

他们到了加油站前面积满雪的空地，德尔金提高音量，好让声音压过不断袭来的风声。"沿着路开啊！"他对着哈洛兰的耳朵大喊，"注意护栏的柱子和路标，我想你就不会有事的。如果你冲到路外头，就死定了。明白吗？"

哈洛兰点点头。

"等我一下！"德尔金吩咐他，接着跑回汽车库里。

在他离开的期间，哈洛兰转动钥匙启动引擎，加大一下油门。雪上摩托车喀隆几声后，莽撞而不稳地启动了。

德尔金回来时，拿着一个红黑色的滑雪面罩。

"把这个戴在帽子底下！"他喊道。

哈洛兰套上面罩。面罩非常紧贴，但是阻隔了刀子般的寒风，护住脸颊、额头和下巴。

德尔金倾身靠近，好让哈洛兰听得见他说的话。

"我猜你应该知道一些事情，就像霍华德有时候一样，"他说，"那无所谓，只不过那地方在这一带的名声不大好。你要的话，我可以给你一把来复枪。"

"我不认为那会有什么用处。"哈洛兰回喊道。

"随你的便。不过，如果你接到男孩的话，把他带到桃子巷十六号，那位太太会供应一些汤。"

"好的。感谢你所提供的一切。"

"你当心点！"德尔金叫嚷着，"沿着路开啊！"

哈洛兰点点头，慢慢转动油门。雪上摩托车隆隆地前进，车前灯在繁密落下的大雪中，干净利落地切出圆锥形的光亮区块。他从后视镜中看见德尔金举起的手，他也举起自己的手回礼。然后他轻轻将把手柄推向左边，骑到主街上，雪上摩托车平稳地行驶在街灯投射出的白光下。车速表保持在时速三十英里。现在时刻是七点十分。在"全景"，温迪和丹尼在睡觉，杰克·托伦斯正和前任管理员讨论生死攸关的事。

沿着主街行驶了五条街后，到达街灯的尽头。有半英里左右都是小房子，全都房门紧闭以抵挡暴风雪，再过去是只有狂风咆哮的黑暗。除了雪上摩托车头灯微弱的光照之外，四周毫无灯火。在漆黑之中，恐怖再度攫住他，如孩子般的恐惧、忧郁和沮丧。他不曾觉得如此孤单过。当萨德维特少数的几盏灯逐渐减弱，继而消失在后视镜中，有好几分钟，想要掉头回去的冲动几乎难以抑制。他了解到尽管德尔金如此担心杰克·托伦斯的孩子，但也没有提出要骑上另一辆雪上摩托车和他一起来。

（那地方在这一带的名声不大好。）

咬紧牙关，他再多加两下油门，看着车速表的指针爬过四十，维持在四十五。他似乎飞快地前进，然而他仍担心不够快。以这种速度，他需要将近一个小时才能抵达"全景"。但是速度再快的话，他恐怕永远也到不了了。

他的眼睛紧盯着飞逝而过的护栏，及安置在每个护栏顶端、十分硬币大小的反光片。许多都埋在积雪下。有两次他惊险地发现过晚地看见弯路的标示，感觉雪上摩托车骑上掩盖住陡坡的雪堆，再转回到道路夏天原本该在的位置。里程表以令人抓狂的缓慢节奏报着里程数——五、十，好不容易到十五。即使罩在编织的滑雪面罩后头，他的脸依然开始冻僵，双腿也渐渐失去知觉。

（我想我该花个一百大洋买件滑雪裤。）

每过一英里，他的恐惧就加深，仿佛这地方的空气有毒，你越靠近毒气就越浓。以前曾经像这个样子吗？他从来没有真正喜欢过"全景"，也有其他人跟他有相同的感觉，但从来不曾如此。

他感觉得出在萨德维特外围几乎将他击垮的声音仍旧企图闯入，通过他的防护网进入里头柔软的核心。假如它在二十五英里前威力就很强大了，那现在将变得多么强呢？他无法完全将它摒除在外。有些东西悄悄渗入，让他的大脑潜意识中充斥着不祥的影像。他得到越来越多的影像：浴室里一名受重伤的女人，抬起双手徒劳地抵御殴打，他越来越觉得那女人肯定是——

（天哪，当心！）

他前方的路堤就像货运列车向他逼近。胡思乱想之际，他没注意
到转弯的路标。他猛然将雪上摩托车使劲向右转，车子立刻回转，同
时倾斜着滑出去。底下传来压雪履带在岩石上所发出的刺耳摩擦声。
他以为雪上摩托车会把他甩出去，而车子的确如在刀锋，平衡般摇晃
了一阵，之后才半行驶、半滑回遭大雪掩埋而多少较为平坦的路面。
悬崖就在他前方，车头灯映照下的路突然消失在积雪中，再过去就是
一片漆黑。他将雪上摩托车转到另一个方向，颈部的脉搏虚弱地跳
动着。

（要行驶在道路上啊！迪克老友。）

他强迫自己再加一下油门，现在车速表的指针固定在将近五十。
风呼啸狂吼，车头灯刺探着黑暗。

不知过了多久之后，他绕过积雪成堤的弯道，看见前方微微闪动
的灯光。仅此一瞥，紧接着隆起的地层就遮住了亮光。那一瞥太过短
暂，因此他说服自己那只是一厢情愿的幻想罢了。不久，另一次转弯
让灯火再度映入眼帘，稍微近些，持续了几秒。这回他不再质疑真实
性，他以前从方才这个角度看过太多次了。是"全景"。看来像是一
楼及大厅层的灯光。

他的某些恐惧——担心会骑车冲出路外，或是在没看见的弯道撞
毁雪上摩托车的担忧——彻底消失。车子稳当迅速地驶入S弯道的前
半段，那是他一步一步都极有把握记得的路段，就在这时候车头灯辨
别出

（噢我的老天爷啊，那是什么）

挡在他前方的路中间，以鲜明的黑白色所勾勒出的物体。哈洛兰
起先认为是硕大得可怕的灰狼，风雪将其从高地区域驱赶下来。然而
当他逐渐接近，辨认出那是什么后，他感到万分惊恐。

不是狼，而是狮子。树篱狮子。

它的面貌掩盖在黑色的阴影及粉状的细雪下，腰腿上紧发条准备
跳跃。它确实一跃而起，弹跃的后腿所扬起的粉状雪，无声地迸发出
透明的闪光。

哈洛兰大叫一声将把手用力向右转，同时低下身子。抓伤、撕裂的疼痛胡乱地划过他的脸、脖子和肩膀。滑雪面罩连背面整个被撕开。他被雪上摩托车抛出去，掉到雪地里，犁过雪堆，滚过去。

他能感觉到它朝自己冲来。他的鼻孔嗅到绿叶和冬青的苦味。巨大的树篱脚爪击中他的腰背，他在空中飞出十英尺远，全身摊开宛如破布娃娃。他看见雪上摩托车——无人骑乘，直撞上路堤，前轮翘起，车头灯探照着天空，然后砰的一声掉落，停止转动。

树篱狮子接着扑到他身上，只听见轻微爆裂的沙沙声响。有东西刮过雪衣前襟，将衣服撕成碎片。也许是坚硬的细枝，但哈洛兰知道是爪子。

"你不该在这儿！"哈洛兰对着边绕圈子边咆哮的树篱狮子大喊："你根本不该在这儿！"他挣扎着站起来，朝雪上摩托车走过去，走到一半时，狮子突然扑向前，用针尖似的脚爪猛打他的头。哈洛兰看见无声的爆炸火花。

"你不该在这儿。"他又说一次，但只剩越来越微弱的低喃。他的膝盖失衡，让他跌进雪中。他爬向雪上摩托车，右脸一片血淋淋的。狮子再度攻击他，将他像乌龟般地翻转过来。它嬉闹似的大吼。

哈洛兰奋力地将手伸向雪上摩托车，他所需要的在车上。但狮子再次扑上他，对他又撕又抓。

52. 温迪与杰克

温迪冒险再回头看一眼。杰克在第六级台阶上，同她自己一样紧攀住楼梯扶手。他仍张嘴笑着，暗褐色的血液从咧开的嘴边缓缓流出，顺着下颚的线条滑落。他朝她露出牙齿。

"我要狠狠敲你的脑袋，把你的脑袋砸个稀巴烂。"他再费劲爬上另一级台阶。

惊慌激励着她，使得胁腹的疼痛减弱一些。不顾身上的痛楚，她尽快地使劲往上拉，突然使出力气猛拉扶手。好不容易到达顶端，她往后瞄了一眼。

他的力气似乎逐渐增加，而不是减弱。他距离顶端仅剩四级台阶，一边用右手拼命往上拉，一边用左手的球杆测量距离。

"就在你后面啊！"他用淌血咧开的嘴气喘吁吁地说，仿佛看穿她的心思。"马上就追上你了，婊子。接受惩罚吧。"

她跌跌撞撞地逃往主廊，双手压着胁腹。

一间客房的门猛地打开，一个戴着绿色食尸鬼面具的男人蹦出来。"很棒的舞会，对吧？"他正对着她的脸尖叫，拉扯派对拉炮上涂了蜡的细绳。随着回响的爆炸声，绉纱彩带突然间飘落在她四周。戴着食尸鬼面具的男人呵呵笑着，砰地甩门回到自己的房间。她整个人往前跌倒在地毯上。右胁腹似乎疼到爆裂，她拼命避免陷入意识不清的黑暗中。朦朦胧胧中，她听见电梯又在运转，张开的手指底下可以看见地毯的图样好像在动，纵横交错地摇摆缠绕。

球杆砰的一声落在她后面，她呜咽着往前一扑。转过头，看见杰克摇摇晃晃向前走，东倒西歪地，举起球杆往下一挥后立刻摔倒在地毯上，喷出一大口鲜血在地毯的呢绒上。

槌头直接击在她的肩胛骨中间，一瞬间疼痛过于剧烈，她只能扭动身体，双手张开又紧握。她清楚地听见体内有什么断裂了，好一会儿她只有隐约、微弱的意识，仿佛只是透过一层朦胧的薄纱在观察这些事。

然后完整的意识恢复，恐惧与疼痛随之而来。

杰克试着起身，好完成任务。

温迪想要站起来，却发现毫无可能。她一用力，就感觉似乎有电流顺着背部上下窜动。她开始以侧泳的姿势爬行。杰克爬着追她，利用槌球的球杆当作支柱或拐杖。

她到达转弯处，用双手奋力猛拉墙角，使劲绕过去。她的恐惧加深了，原本她不相信这是可能的，但事实如此。无法看见他，或是不知道他有多接近，比之前还要恐怖百倍。她扯掉一撮撮地毯的呢绒竭力将自己拉向前，当她爬到这条短廊的一半时，才注意到寝室的门大敞着。

（丹尼！噢天啊！）

她强迫自己跪起来，接着拼命手指用力抓着旁边的墙纸站起来，手指在丝质壁纸上滑动，指甲扯落些许细长条的壁纸。她忽略疼痛，半走、半拖着脚步经过门口，此时杰克绕过远处的转角，倚靠着球杆，朝打开的门猛冲过来。

她抓到梳妆台的边缘，把身体支撑起来靠在上头，并且急忙抓住门框。

杰克对她吼叫：

"你不准把门关上！可恶啊，你胆敢把门关上！"

她砰地把门关上，闩上插销。她的左手胡乱摸找着梳妆台上零乱的东西，将硬币碰落到地板上，向四面八方滚去。就在球杆呼啸着挥落在门上，使得门在门框内震颤时，她的手终于抓到钥匙串。她戳了二次才把钥匙插入锁孔，向右一转。听见锁簧弹落的声音，杰克立即高声大吼。球杆连续轰隆隆地击打着门，让她畏怯地向后退。他的背上插着刀怎么还能办得到这种事？他从哪里找到这等力气？她想要朝着上锁的门放声尖叫：你为什么没死？

然而她只是转身。她和丹尼得走进附设的浴室，并且把那扇门也锁上，以防万一杰克真的能突破卧室门。顺着送菜升降机井逃下去的疯狂念头突然闪过她的心头，不过她否决了。丹尼够瘦小，能塞得进去，但她没办法控制牵引的绳索。他很可能一路摔到底。

必须到浴室里。如果杰克连那里也突破的话——

但是她不容许自己想下去。

"丹尼，宝贝，你得醒来——"

然而床铺是空的。

刚才他开始睡得比较熟的时候，她帮他盖上毛毯和一床被。现在全都掀开了。

"我会逮到你的！"杰克吼叫着，"我会逮到你们两个人的！"每隔一个字就会插入槌球杆的重击声，但是温迪全都忽视。她全身的注意力都集中在空无一人的床铺上。

"出来！打开这该死的门！"

"丹尼？"她低声轻唤。

肯定是……在杰克攻击她的时候，他感应到了，如同他向来似乎能感应到激动的情绪一般。或许他甚至在噩梦中预见了整件事。他躲起来了。

她动作不灵活地跪下去，忍受肿胀流血的腿突来的另一波剧痛，察看床底下，但除了尘埃和杰克的卧室拖鞋外，什么也没有。

杰克叫嚷着她的名字，这一次当他挥动球杆时，门上的一个长条木头碎片弹出，噼啪一声从硬木板上掉落。接下来的一击带来令人不舒服的破碎断裂声，像是手斧劈干柴的声音。沾满鲜血的槌头，凭它自己的本事击碎凿开，敲穿门上新开的洞，抽出后又落下，让木头碎片飞到房间的另一头。

温迪利用床脚奋力再站起来，一瘸一拐地走到房间另一头的衣柜。断裂的肋骨刺着她，她不禁呻吟出声。

"丹尼？"

她狂乱地将挂着的衣物拨到一旁；有些从衣架上滑落，毫不优雅地飘落到地板。他不在衣柜里。

她跛着脚走向浴室，到达门边时，她回头一瞥。球杆再度哗啦一声地击破门，把洞再扩大，接着出现了一只手，摸找着插销。她惊恐地发现她将杰克的钥匙串悬挂在了门锁上。

那只手猛然将插销拉开，拉开时碰到那串钥匙。钥匙发出愉快的叮当声。那手得意扬扬地抓住钥匙。

她呜咽着，努力地挤进浴室，就在她使劲关上门的那一刻，卧室门猛然打开，杰克怒吼着冲进来。

温迪闩上插销，扭上弹簧锁，拼命地四处张望。浴室里没人，丹尼也不在这里。但是当她看见药柜镜子中自己满是血污、惊骇的脸孔时，她很庆幸。她从不认为孩子应该目睹父母亲的小争吵。也许此刻咆哮着在卧室走来走去、把家具翻倒砸毁的东西，会在追逐她儿子之前终于瘫垮。或许，她想，也有可能由她更严重地伤害它……或者，杀了它。

她的目光迅速掠过浴室中机器制的平滑陶瓷表面，找寻任何可当成武器的东西。那边有一块肥皂，但就算包裹在毛巾里，她也不认为有足够的杀伤力。其他每样东西都是固定住的。上帝啊！她难道无计可施了吗？

门外，野兽破坏的声音持续不断，伴随着口齿不清的吼叫，像是他们会"惩罚他们"以及"为他们对他做的事付出代价"。他会"让他们明白谁是老大"。他们是"没用的小狗"，两个人都是。

外头传来她的唱机翻倒时砰的一声巨响，二手电视的映像管砸碎时重浊的碰撞声，接着窗玻璃哐当一声后，一阵冷风从浴室门底下钻进来。另外还有，杰克从他们相拥共眠的两张单人床上将床垫扯下时所发出低闷的重击声。还有他用球杆胡乱敲打墙壁时的砰砰声。

虽然如此，在那咆哮、抱怨、发怒的声音中并没有真正的杰克。那声音时而转换成自怜声调的哀号，时而升高成骇人的尖叫；令她胆寒地回想起高中时暑期打工的医院，偶尔从老人病房传来的那种尖叫声。老年痴呆症。外头的人不再是杰克。她听见的是"全景"本身发狂、精神错乱的声音。

球杆撞击浴室的门，敲下一大块薄薄的镶板。半张疯狂抽搐的脸直瞪着她。嘴巴、脸颊和脖子上鲜血淋漓，她唯一看得见的那只眼睛细小、贪婪，露着凶光。

"你这贱货，没地方可逃了。"它咧开嘴笑着对她气喘吁吁地说。球杆再度落下，将木头碎片打进浴缸，飞到药柜的镜面上——

（!! 药柜!!）

她转身时发出拼死的哀鸣，暂时忘却疼痛，猛然将药柜上镶着镜子的门打开。开始笨手笨脚地翻找里头的物品。身后嘶哑的声音怒吼着："我马上进来了! 你这只猪，我马上就进来了!"它以机器般规律的狂暴动作拆毁那扇门。

瓶瓶罐罐在她疯狂搜寻的手指前倒下——咳嗽糖浆、凡士林、可丽柔草本精华洗发精、双氧水、苯佐卡因麻醉剂——全都掉进水槽摔得粉碎。

她的手刚握住双刃刮胡刀片的分片器，就听见那只手在摸索插销和弹簧锁。

她滑出一片刮胡刀片，紧张地摸弄着，呼吸变成刺耳浅短的喘息。她割伤了自己的拇指根。转过身去割那只手，它已经转开弹簧锁，正在摸找插销。

杰克放声大叫，手猛然缩回。

喘着气，刮胡刀片夹在拇指和食指之间，她等待他再尝试。他试了，她再乱割。他再度尖叫，想要抓住她的手，她再割他。刮胡刀片在她手里旋转，再次割伤她，然后掉落在马桶旁边的地板上。

温迪再从分片器滑出另一片刀片等着。

另一间房有动静——

（?? 走开了??）

有声音从卧室窗户那边传过来，是马达。高亢，如昆虫似的嗡嗡声。

杰克发出怒吼，然后——没错，没错，她很确定——他离开管理员的住处，费力穿过一片狼藉朝外面的走廊走去。

（?? 谁来了? 是巡逻队员? 还是迪克·哈洛兰?）

"噢上帝啊!"她的口中断断续续地吐出喃喃低语，嘴巴似乎充塞了断裂的木片和老旧的锯木屑。"噢神啊! 噢求求你。"

她得马上离开，得去找她儿子，这样他们才能肩并肩地面对其余的噩梦。她伸出手去摸插销，手臂仿佛伸长好几英里远似的，最后好不容易把插销拉开。她推开门，摇摇晃晃地走出去，忽然间确信杰克只是假装离开，其实是在等着她，这个可怕的想法把她吓坏了。

温迪张望四周。房间是空的，起居室也是。到处都是凌乱、破碎的物品。

衣柜里呢？也是空的。

顿时，眼前一片朦胧、深浅不一的灰色向她袭来，她跌在杰克从床铺扯下来的床垫上，失去了意识。

53. 哈洛兰遇袭

哈洛兰触及翻覆的雪上摩托车时，一英里半外的温迪正努力爬过转角，进入通往管理员住处的短廊。

他想要的不是雪上摩托车，而是用两条松紧带绑在车后面的汽油桶。他的双手仍戴着霍华德·柯特雷尔的蓝色连指手套，抓住顶端的松紧带，将带子解开，此时树篱狮子在他背后咆哮，那声音仿佛是在他的脑袋里，而不是发自外部。强劲、有刺的一掌击中他的左腿，打得膝关节发出哀鸣，让它别指望还能弯曲自如。哈洛兰紧闭的牙关逸出一声呻吟。它已厌倦了玩弄他，现在随时都会扑过来杀死他。

他紧张地摸找第二条带子。黏稠的血液流进他眼睛。

（吼叫！掌掴！）

又一下抓过他的臀部，差点让他摔倒，再次滚离雪上摩托车。他拼了老命地——并非夸大其词——支撑住。

接着他解开第二条松紧带，紧抱住汽油桶，这时狮子再度攻击，使他翻转身子仰躺在地。他再次看见它，只是黑暗及降雪中的一团影子，与活动的石像怪兽一样令人惊骇。哈洛兰扭转汽油桶的盖子时，这个活动的影子高视阔步地走向他，踢起一团团的雪雾。当它再次向前时，盖子旋开了，释放出汽油的刺鼻气味。

哈洛兰努力跪起身，当它低伏着以不可置信的快速袭击他时，他把汽油泼洒在它身上。

它发出嘶嘶、吐唾沫的声音，往后退。

"汽油！"哈洛兰大喊，他的声音尖锐而凄厉。"会烧死你的，宝贝！期待一下结果吧！"

狮子再度攻击他，仍然愤怒地吐着唾沫。哈洛兰再次泼它，但这一回狮子并没有退让。它向前猛攻。哈洛兰感觉到，而不是实际看见，它的头对准他的脸，他猛地往后退，稍微避开。然而狮子仍斜斜地击中他的胸腔上部，那儿爆发一阵剧痛。他仍抓着油桶，汽油从里头汩汩流出，泼在他的右手及手臂上，冷得要命。

此时他如雪天使般地四肢摊开仰躺着，距离雪上摩托车的右边大约十步。嘶嘶作声的狮子庞然耸立在他左边，又逐渐迫近。哈洛兰觉得能看见它的尾巴在抽动。

他猛力扯下右手上柯特雷尔的手套，尝到一股浸透的羊毛和汽油味儿。他扯开雪衣的下摆，再把手塞入裤子口袋。口袋里，和钥匙、零钱放在一起的是非常破旧的芝宝（Zippo）打火机，一九五四年在德国买的。铰链坏过一次，他送回芝宝原厂，他们免费帮它修好，一如广告所说的。

刹那间，一波波梦魇般的想法充溢他的脑海。

（亲爱的芝宝我的打火机被鳄鱼吞噬从飞机上掉落消失在太平洋海沟在"突出部之役"中鬼德军的子弹下救了我亲爱的芝宝如果这个混蛋点不起来那只狮子就会把我的头撕掉。）

打火机拿出来了。他啪嗒一声弹开盖子。狮子冲向他，宛如撕裂布料的咆哮声，他的手指轻弹点火的滚轮，火花一闪，点着了。

（我的手）

他浸满汽油的手倏地着火燃烧，火焰顺着雪衣的袖子往上跑，不疼，还不痛，狮子畏惧于眼前突然熊熊燃烧的火炬，这只有眼睛、嘴巴的可怕树篱雕像晃动着，惊慌而逃，但太迟了。

哈洛兰痛得挤眉弄眼，将燃烧的手臂钻入狮子坚硬扎人的侧面。

一瞬间整只怪物燃烧起来，成为在雪上腾跃、扭动身体的柴堆。它愤怒而痛苦地狂嗥，歪歪扭扭地从哈洛兰身边退开，仿佛在追逐自己着火的尾巴。

他将自己的手臂深深插入雪中，灭了火焰，好一会儿视线一直盯着树篱狮子濒死的痛苦挣扎。半晌，他喘着气站起来。德尔金连帽雪衣的袖子净是烟灰，但并未烧坏，他的手也是如此。山坡下距离他站的位置三十码的地方，树篱狮子变成一团火球。火星在天空飞舞，又被狂暴的风迅速夺走。有一瞬间它的肋骨和头盖骨全都遭橘红色的火焰腐蚀，然后它似乎崩溃、瓦解，分散成若干燃烧的火堆。

（别管它了。继续向前走吧！）

他拿起汽油桶，挣扎着走向雪上摩托车。他的意识似乎忽隐忽现，呈现出家庭电影般的剪辑和零星片段，但是绝对没有完整的影像。其中一个片段，他意识到自己奋力将雪上摩托车扶正，然后骑上去，上气不接下气地，好一阵子无法移动。在另一个片段，他重新绑好仍余半桶的汽油桶。头因为油气而剧烈地砰砰作痛（他想，一方面也是因为与树篱狮子搏斗导致的），他由身边雪地里冒热气的孔发现自己方才吐过，但他记不得是什么时候。

雪上摩托车的引擎仍热着，马上就发动了。他均匀地转动油门，车子向前冲去，一连串足以折断颈部的颠簸让他的头痛更加剧烈。起初雪上摩托车像喝醉了酒似的左右摇摆着前进，不过他稍微站起来，把脸探到挡风玻璃上，迎着锋利而刺骨的疾风，驱走一些恍惚。他把油门再加大一点。

（其余的树篱动物在哪里呢？）

他不知道，但是至少他不会再毫无警觉地遭受袭击。

"全景"赫然耸现在他面前，亮灯的一楼窗户投映出狭长的黄色长方形到雪地上。车道尽头的大门锁住了，他机警地环顾四周后下了车，祈祷刚才从口袋掏出打火机时没有弄丢钥匙……没有，钥匙还在。他在雪上摩托车车头灯投射的亮光下翻找钥匙，找到正确的那把后解开挂锁，任其掉落在雪中。起先他认为自己无论如何都移动不了大门；他疯狂刨开大门四周的雪，不管头部阵阵的剧痛以及另一只狮子可能从后方偷偷接近的恐惧，设法将门拉离门柱一英尺半，再挤进裂缝，用力推。他让门再移动两英尺，留足够的空间给雪上摩托车，让车子挤过去。

蓦地他留意到前方的黑暗中有动静。那些树篱动物，所有的，都聚集在"全景"阶梯的底部，看守着进出的道路。狮子来回踱步，狗的前爪搁在第一级台阶上站着。

哈洛兰加足油门，雪上摩托车往前一跃，背后喷起一团雪。管理员的住处内，杰克·托伦斯听见逼近的引擎那尖锐如黄蜂的嗡嗡声时猛然转头，突然又费力地朝走廊移动。那婊子现在不重要了。那婊子可以等一下，现在先解决这个肮脏的黑鬼。这个肮脏、好管闲事的黑鬼居然来插手不归他管的事。先解决他，再解决他儿子。他会让他们瞧瞧。他会让他们知道……他……他具有管理的才干。

外头，雪上摩托车的速度急速飙升，饭店仿佛朝车子急涌过来。大雪打在哈洛兰的脸上，车头灯临近的强光聚焦在树篱狼犬的脸及空洞无眼窝的眼睛上。

树篱狼犬退缩，留下一条通路。哈洛兰用尽仅存的力气猛拉雪上摩托车的龙头，车子急遽地反转半圈，扬起一大片雪雾，险些翻倒。车尾撞到门前阶梯的底部，反弹了一下。哈洛兰立即跳下车，跑上台阶。他绊倒，跌下去，再爬起。狗在低沉地咆哮——又像在他脑子里——就紧贴在他身后。有东西撕裂雪衣的肩膀，紧接着他人就到了门廊，安全地站在杰克从雪中铲出的狭窄通道里。它们体型太大无法塞进这儿。

他到达通向大厅的巨大双扇门边，再度翻找钥匙。一边找，一边试试看门把，门把毫无阻碍地转动了。他推开门进去。

"丹尼！"他以嘶哑的声音喊着，"丹尼，你在哪里？"

回应的只有沉默。

他的目光搜寻着大厅，一直到宽广楼梯的底部，不由得发出刺耳的抽气声。地毯上到处喷溅着血液。有一小块粉红色毛巾布睡袍的碎片。血迹一路通到楼梯上，扶手上也泼溅着鲜血。

"噢上帝啊！"他喃喃地说，再度扬声叫唤，"丹尼！**丹尼！**"

饭店的寂静仿佛是在嘲弄他似的，传来十分相近、狡诈而邪恶的回音。

（丹尼？谁是丹尼？这里有谁认识丹尼吗？丹尼，丹尼，谁抓到丹尼？有人要玩旋转丹尼的游戏吗？把尾巴别在丹尼的身上？滚出去，黑人小鬼。这里压根儿没人认识丹尼。）

老天，他历经千辛万苦而来，难道太迟了吗？已经无可挽回了吗？

他两阶并作一阶地跑上楼，在一楼的顶端站住。血迹一路通向管理员的住处。他开始走向短廊时，恐惧轻轻地爬进他的血管，进入他的大脑。树篱动物很可怕，但这更严重。在他心中，已经确定自己走到那儿时，将会看见什么样的情景。

他不急着看到。

哈洛兰走上楼梯时，杰克一直躲藏在电梯里。现在他从后头悄悄接近雪衣上覆盖着一层雪的人影，身上一道道鲜血及血块的幽灵，脸上浮现微笑。他尽可能高高地举起槌球杆，在背后可憎的裂伤

（?? 那个臭婊子捅了我吗？我不记得了??）

所允许的范围内。"黑鬼，"他低声说，"叫你来管别人的闲事。"

哈洛兰听见低语，连忙转身，低头，球杆咻咻地挥下。雪衣的兜帽削弱了这一击的力道，但还不够。烟火在他的脑袋里爆炸，留下星星的轨迹……然后什么也没剩下。

他摇摇晃晃地撞到丝质壁纸上，杰克再次殴击他，这一回槌球杆削到旁边，粉碎了哈洛兰的面颊骨及下颚左侧大多数的牙齿，他无力地倒下。

"好了，"杰克低喃说，"现在，有上帝为证。"丹尼在哪里？他有事要找那个违规的儿子。

三分钟后，电梯门在阴暗的三楼砰地打开，杰克·托伦斯独自一人在里头。轿厢停在入口的半途中，因此他必须努力攀爬上走廊的地板，痛苦地蠕动身体宛如残障。他将破裂的球杆拖在身后。屋檐外，风在怒吼咆哮。杰克的眼睛在眼窝里狂乱地打转。他的发间有鲜血及五彩碎纸。

他儿子在此，在这上面某处。他感觉得出来。听任丹尼自行其是的话，他可能做任何事：用蜡笔在昂贵的丝质壁纸上涂鸦，损坏家具，打破窗户。他是个骗子、说谎的家伙，他必须受到惩罚……严厉的惩罚。

杰克·托伦斯挣扎着站起来。

"丹尼？"他呼唤道，"丹尼，过来一下，好吗？你做了错事，我要你过来，像个男人一样接受惩罚。丹尼？丹尼！"

54. 东 尼

（丹尼……）

（丹……）

黑暗与走廊。他徘徊在黑暗与走廊间，与饭店主体内的走廊相似，但有些许的不同。贴着丝质壁纸的墙壁不断地向上延伸，纵使丹尼伸长了脖子，也看不到天花板。墙壁消失在微暗中。所有的门都锁着，同样也都上升到微暗中。而窥视孔下面（在这些巨大无比的门上，窥视孔的尺寸大若枪的瞄准镜），小小的骷髅头锁在每扇门上取代房间号码。

某处，东尼在呼唤他。

（丹……）

有个他非常熟悉的连续重击的噪音，还有一声声粗哑的怒吼，由于距离遥远而模糊不清。他分辨不出每一个字，但他如今非常清楚怒吼的内容。他以前就听过了，无论是在睡梦中或清醒时。

他停顿了一下，一个脱离尿布未满三年的小男孩，努力判断自己身在何处，可能位于哪里。他有点害怕，但这种害怕他能够忍受。他已经天天害怕担心了两个月，程度从隐约的焦躁不安，到全然令人惊慌的恐惧。这个他可以承受。可是他想知道东尼为何出现，为什么会在这个走廊发出他名字的声音，这里既不属于真实世界，也不是东尼偶尔带他去看东西的梦境。为什么，我在——

"丹尼。"

在巨大走廊遥远的尽头，有个与丹尼本身差不多渺小的微黑人影。是东尼。

"我在哪里？"他轻声问东尼。

"睡觉，"东尼说，"睡在你妈妈和爸爸的卧室里。"东尼的语调带着哀伤。

"丹尼，"东尼说，"你妈妈即将受到严重的伤害，也许会被杀掉。哈洛兰先生也是。"

"不！"

他大声哭喊，心中感到深深的悲伤，恐惧似乎被这梦一般的阴沉氛围削弱了。尽管如此，脑海中依然浮现死亡的影像：黏糊在收费公路上的青蛙尸体，如令人厌恶的邮票；爸爸坏掉的手表搁在准备扔掉的一箱垃圾上头；一座座墓碑底下的死者；电线杆旁死掉的松鸦；妈妈从盘子上刮下的冷掉的厨余，冲下垃圾处理机阴暗的无底洞。

然而他无法将这些简单的象征与母亲变化无常的复杂现实画上等号；她符合了他孩子气的永恒定义。她从他还不存在时就在了。当他不在时她会继续存在。他能接受自己死亡的可能性，自从二一七号房的遭遇后，他已经能够应付了。

但是他不能接受她死去。

也不能接受爸爸死亡。

绝不。

他开始挣扎，黑暗及走廊摇晃了起来。东尼的形象变得虚幻、朦胧。

"不要！"东尼嚷着，"丹尼，不要啊！别这么做！"

"她不会死的！她不会！"

"那你就必须帮助她。丹尼……你现在在自己心灵很深很深的地方，就是我存在的地方。我是你的一部分，丹尼。"

"你是东尼。你不是我。我要找妈咪……我要我的妈咪……"

"不是我带你来这儿的，丹尼。你自己来的，因为你很清楚。"

"不——"

"你一直都很清楚，"东尼继续说，他开始走近一些。这是头一回，东尼往前走近一点。"你在自己的内心深处，一个没有东西能通过的地方。丹尼，我们单独在这里待一下。没有人能进来的，这是被忽略的角落。这里没有时钟会动。没有一把钥匙合用，所以时钟永远无法上发条。这里的门从来不曾打开过，没有人曾经待过这些房间。但是你没法待太久，因为它来了。"

"它……"丹尼担心地低声说，就在他说话的同时，那不规则的重击噪音似乎越来越近，越来越响亮。片刻前还冷静遥远的恐惧，此时变得接近而急迫。那些字句现在分辨得清楚了。嘶哑、没完没了的；粗劣地模仿他父亲的声音所说的话语，但是那不是爸爸。他现在明白了。

（是你自己来的，因为你很清楚。）

"噢东尼，是我爸爸吗？"丹尼高声嚷着，"来抓我的是我爸爸吗？"

东尼没有回答。但是丹尼不需要答案，他很清楚。一场漫长、噩梦般的化装舞会在这里举行，延续了好多年。力量一点一滴地自然增加，隐秘且一声不响地，就如银行账户里的利息。力量、怪物、幽灵，全都只是名称而已，没有无关紧要。它戴了许多面具，但全部都是同一个实体。此刻在某个地方，它朝他走过来了。隐藏在爸爸的脸孔后面，模仿爸爸的声音，穿着爸爸的衣服。

但是它并非他爸爸。

它不是他爸爸。

"我得去帮他们！"他大叫。

现在东尼就站在他眼前，注视着东尼，就像照着神奇的镜子，看见自己十年后的模样，两眼分隔颇远且非常的幽黑，下巴坚毅，嘴型漂亮。头发是淡金色的，像他母亲，然而五官的特征与他父亲如出一辙，仿佛东尼是——仿佛丹尼尔·安东尼·托伦斯将来总有一天会变成——介于父与子之间的半成年人，是两人的重像、融合体。

"你必须想办法帮忙，"东尼说，"可是你父亲……他现在和饭店站在同一阵线，丹尼。这是他想要待的地方。它也想要你，因为它非常贪心。"

东尼走过他身边，进入幽暗中。

"等等！"丹尼大喊，"我能帮什么——"

"他马上要接近了，"东尼说着，依旧继续走开。"你必须逃跑……躲起来……避开他。远离。"

"东尼，我没办法！"

"但是你已经开始了，"东尼说，"你会想起你父亲忘记的事。"

他走了。

从近处传来他父亲的声音，冷静地用甜言蜜语诱哄着。"丹尼？你可以出来了，博士。只是轻轻打一下屁股而已，像个男人一样挨一下就结束了。我们不需要她，博士。只有你和我，好吗？等我们轻轻地打完……屁股后，就只剩下你和我了。"

丹尼拔腿奔跑。

在他身后，那东西在摇晃不稳地伪装正常后，脾气发作。

"给我过来，你这小废物！马上！"

丹尼气喘吁吁地喘着气，跑到长廊尽头，转个弯，爬上一段楼梯。在他跑的时候，原先高耸遥不可及的墙壁开始降低；脚下原本一团模糊的地毯呈现出熟悉的蓝黑色图样，错综复杂地交织在一起；房门又标了号码，门后所有的派对照样继续进行，聚集了各个世代的宾客。周围的空气似乎微微发光，球杆敲击墙壁的砰砰声回响再次响起。他似乎冲破一层薄薄的胎盘子宫，从睡梦中掉到三楼总统套房外的地毯上；旁边血淋淋地躺成一堆的，是两具穿着西装、打着窄版领带的男人尸体。他们遭枪击死亡，现在却又在他面前蠕动，站了起来。

他吸了一口气，想要放声尖叫，但叫不出来。

（！！假面具！！不是真的！！）

它们在他瞪视下，宛如旧照片似的逐渐褪色、消失。

可是在他底下，球杆击墙的隐约声响依旧持续，循着电梯井和楼梯间飘上来。"全景"的控制力量，化身为他父亲的模样，在一楼跌跌撞撞地走来走去。

他背后有扇门微弱地吱嘎一声打开来。

一名腐烂的女人穿着朽坏的丝质睡衣跳了出来，发黄迸裂的手指头上戴着几只满布铜锈的戒指。体型硕大的黄蜂在她脸上迟缓地爬着。

"进来吧！"她对他低语，咧开黑色的嘴唇笑着。"进来，我们来跳跳探——戈……"

"假面具!"他发出嘘声斥责。"不是真的!"她惊慌地从他身旁退开,往后退的同时逐渐淡出、消失。

"你在哪里?"它高声大喊,但是声音依然仅存在他的脑袋里。他仍能听见那个戴着杰克的面具的东西在一楼……还有别的声音。

逐步接近的马达高亢的轰鸣声。

丹尼倒抽一小口气,气息哽在喉咙。这是否只是饭店的另一张面具,另一个假象?或者是迪克?他想要相信,非常渴望地想要相信那是迪克,但是他不敢冒这个风险。

他撤退到主廊尽头,接着走向其中一条岔路,脚踩在地毯的呢绒上沙沙作响。上锁的门同方才梦境、幻觉中一样,蹙眉不悦地俯视他,只不过现在他是在现实的世界,在这儿游戏是来真的。

他转向右边,突然停住,心脏在胸口沉重地鼓动着。热气在脚踝四周吹拂,无疑地,是来自暖气口。今天应当是爸爸放西侧暖气的日子

(你会想起你父亲忘记的事。)

到底是什么呢?他差一点就明白了。可以拯救他和妈妈的东西?可是东尼说他必须自己办到。究竟是什么?

他背靠着墙坐下来,拼了命地想。但思考非常困难……饭店一直试图闯入他的脑子……脑海中浮现出一个垂头弯腰的阴沉人影,左右挥动着球杆,凿穿壁纸……激起一阵阵泥灰粉尘。

"帮帮我,"他嘟囔地说,"东尼,帮我。"

蓦地他察觉到饭店变得一片死寂。马达轰鸣的声音停了。

(一定不是真的)

舞会的声音也停止了。只剩下风,毫不停歇地呼啸怒号。

电梯突然嗡嗡运转起来。

电梯正在往上升。

丹尼知道是谁,或者说是什么,在电梯里。

他匆匆一跃而起,双眼失控地瞪着,惊慌揪住他的心脏。东尼为何送他到三楼呢?他被困在这上面,所有的门都上了锁。

阁楼!

他知道有间阁楼。爸爸在阁楼里到处散布捕鼠器的那天，他曾和爸爸一起上来这里。他不准丹尼和他一同上去，因为有老鼠，他担心丹尼可能会被咬。通往阁楼的活动门嵌在这一侧最后一条短廊的天花板上，有根长杆靠在墙壁上。爸爸用长杆推开活动门，平衡的制轮装置发出呼呼的转动声，门就往上升，梯子跟着摆荡下来。假如他能上到阁楼，将身后的梯子拉上去……

在他后面这个走廊迷宫的某处，电梯停了下来。电梯门拉开时传出金属哗啦作响的碰撞声。紧接着一个声音——现在不是在他脑子里，而是非常真实地——呼喊着："丹尼？丹尼，过来一下，好吗？你做了错事，我要你过来，像个男人一样地接受。丹尼？丹尼！"

顺服根深柢固地深植在丹尼心里，因此他不由自主地真的朝向那声音走了两步，才停住。他的双手在身侧紧握成拳。

（不是真的！假面具！我知道你的真面目！拿掉你的面具！）

"丹尼！"它咆哮着，"过来，你这个小狗崽子。过来，像个男人一样承受！"球杆撞击墙壁传出响亮而空洞的轰隆声。当声音再度怒吼出他的名字时，改变了位置。它更接近他了。

在现实的世界里，狩猎行动展开。

丹尼狂奔，脚步无声地踩在厚实的地毯上，他跑过紧闭的门，经过纹饰华丽的丝质壁纸，经过固定在墙角的灭火器。他迟疑了一下，然后冲进最后一条走廊。尽头处什么都没有，仅有一扇上了闩的门，他无路可逃了。

但是长杆仍在那儿，依旧靠在爸爸搁置的墙壁上。

丹尼一把抓起杆子，伸长脖子仰头盯着活动门。长杆的尾端有个钩子，你得用钩子勾住镶嵌在活动门上的环。你必须——

活动门上悬吊着一个全新的挂锁。那是杰克·托伦斯部署完捕鼠器后扣在搭扣上的，以防万一他儿子哪天兴起上去探险的念头。

锁住了。恐惧席卷了他全身。

他身后那东西正走过来，跌跌撞撞、摇摇晃晃地走过总统套房，球杆邪恶地咻咻划过空气。

丹尼往后退，背紧贴住末端关闭的门，等待着它。

55. 被遗忘的事

温迪在某个时刻稍微恢复意识，灰暗逐渐退去，取而代之的是疼痛：她的背、腿、胁腹……她觉得自己无法动弹。就连手指头都在痛，一开始她还搞不清楚原因。

（啊，是因为刮胡刀片。）

她的金发如今湿透纠结在一块，遮住了她的眼睛。她将头发拨到一旁时，肋骨戳痛内侧，让她痛苦地呻吟起来。现在她看见一大片蓝白色的床垫上血迹斑斑；她的血，或许是杰克的。无论是谁的，都仍是新鲜的。她并没有昏迷太久。这点很重要，因为——

（？为什么？）

因为——

她首先想起的是马达如昆虫般的嗡嗡声。一时间，她呆呆地专注于回忆，然后一阵晕眩、恶心突然袭来，她的思绪似乎将镜头摇转回去，把一切画面呈现给她看。

哈洛兰，那一定是哈洛兰。否则杰克为何如此突然地离去，没把事情完成……没解决掉她？

因为他不能好整以暇。他得快点找到丹尼……趁哈洛兰能阻止它之前赶快解决掉。

还是说事情已经发生了？

她能听见电梯在电梯井内上升的隆隆声。

（不，上帝，求求你，千万不要啊！血迹，血迹还是新鲜的，别让事情发生）

她设法站起来走路，蹒跚地走过卧室，经过起居间的凌乱，到达毁损的前门。她推开门，跑到外头的走廊上。

"丹尼！"她大喊，胸腔的疼痛让她身子缩了一下。"哈洛兰先生！有人在吗？有没有人？"

432

电梯又运转了，接着停住。她听见电梯门拉开的金属碰撞声，然后觉得自己听见说话的声音。可能是她的想象，风声太大，十分难判断。

倚靠着墙，她前进到短廊的转角处。正要转弯的时候，一声顺着楼梯间和电梯井飘下来的呐喊，吓得她僵立住：

"丹尼！过来，你这个小狗崽子。过来，像个男人一样接受惩罚！"

杰克，在二楼或三楼，正在找寻丹尼。

她绕过转角，绊了一下差点跌倒。一口气哽在喉咙里。什么东西

（什么人？）

缩成一团靠在墙边，就在离楼梯间大约四分之一距离的地方。她开始加快步伐，每次体重压在受伤的腿上，她的身体就缩一下。她看见了，是个男人，当她更靠近些，明白了嗡嗡的马达声代表的意义了。

是哈洛兰先生，他终究还是来了。

她小心缓慢地在他身边跪下，向上帝语无伦次地祈祷他没死。他的鼻子在流血，嘴巴流出相当惊人的血量，侧边的脸庞有肿胀的淤青。但是他还在呼吸，谢天谢地。他的吸气长而粗重，撼动他整个骨架。

再更仔细地端详他，温迪的眼睛睁大。他身上穿的连帽雪衣一只袖子烧得焦黑，一边被撕开。他的头发上有血，还有一道不深但丑陋的抓伤，延伸到脖子上。

（我的天啊，他到底遭遇了什么事？）

"丹尼！"嘶哑、暴躁的声音在他们上方咆哮。"给我滚出来，该死的！"

现在没时间考虑楼上的事。她开始摇晃哈洛兰，肋骨爆发的剧痛使她的脸部扭曲。她的侧边感觉又肿又大并且发烫。

（要是我一动，肋骨就戳我的肺，那该怎么办？）

那也无计可施。倘若杰克找到丹尼，他会痛下杀手，用那根球杆把丹尼活活打死，就像他方才想对她做的一样。

因此她摇动哈洛兰，接着开始轻轻拍打他没有淤伤的那半边脸。

"醒醒啊!"她说,"哈洛兰先生,你必须清醒过来啊!拜托……求求你……"

头顶上,杰克·托伦斯寻找儿子时,球杆所发出的轰鸣声丝毫没有停息过。

丹尼背贴靠着门立着,注视着与走廊相交的直角。球杆敲击墙壁的持续、不规律的轰轰声越来越响。追他的东西在尖叫、咆哮和咒骂。梦与现实紧密地结合在一起。

它转过了转角。

就某种程度来说,丹尼感觉松了一口气。那不是他父亲,脸和身体上的面具被撕裂、切碎,变成恶意的笑话。它不是他爸爸,这个眼珠打转、驼背、肩膀宽大笨重、衬衫浸满鲜血的周六夜惊悚节目的恐怖东西绝对不是。不是他爸爸。

"现在,有老天为证,"它喘口气,用颤抖的手擦拭嘴唇。"你马上会发现谁才是这里的老大,你将会明白的。它们要的不是你,是我。我。我!"

它挥出损坏的球杆,槌子两端的头由于无数次的撞击如今已碎裂走样。球杆击中墙壁,在丝质壁纸上敲了一个洞,泥灰粉尘喷出。它咧嘴笑了起来。

"现在让我们瞧瞧你耍的各种花招吧!"它嘟囔着,"你要知道,我可不是三岁小孩。天知道,也不是昨天从载干草的卡车上摔下来,摔坏了脑子。我要对你尽我做父亲的职责,小子。"

丹尼说:"你不是我爸爸。"

它停下脚步。有一瞬间它当真看起来不大确定,仿佛不确定它是谁或是什么。接着它又开始向前走,槌子咻咻地挥出,撞击门板,发出空洞的隆隆声。

"你是个骗子,"它说,"那不然我是谁?我有两个胎记、凹陷的肚脐,甚至还有老二,我的乖儿子。你可以去问你妈。"

"你是张面具,"丹尼说,"只是张假面具。饭店需要利用你的唯一原因是,你不像其他人那样死光了。可是当它把你利用完了,你就什么都不是了。你吓不了我的。”

"我会吓死你！"它怒吼。球杆猛烈地咻咻挥下，撞击到丹尼两脚之间的地毯。丹尼毫不退缩。"关于我的事你说了谎。你和她共谋。你们密谋对付我！而且你作弊！你抄袭了期末考！"毛茸茸眉毛底下的眼睛怒视着他，眼神中带着疯狂诡诈的表情。"我也会找到证据的，就在地下室的某个角落，我会找出来的。他们答应我我想要的全都可以看。"它再次高举球杆。

"对，他们答应你，"丹尼说，"不过他们说了谎。"

球杆挥到最高处迟疑了。

哈洛兰逐渐苏醒，但温迪不再拍打他的脸颊。不久前你作弊！你抄袭了期末考！的语句从电梯井飘下来，模模糊糊的，在风声中几乎听不见。声音来自西侧的某个隐蔽处。她几乎可以确信他们在三楼，而那个杰克，那个占据杰克身体的什么东西，找到丹尼了。现在她或哈洛兰都无能为力了。

"噢！博士。"她喃喃地说，泪水模糊了她的双眼。

"那狗娘养的混账打破我的下巴，"哈洛兰声音重浊地低语，"还有我的头……"他费力地坐起身。他的右眼急速变青紫，肿得阖起来了。不过，他仍看见了温迪。

"托伦斯太太——"

"嘘。"她说。

"托伦斯太太，那孩子在哪里？"

"三楼，"她说，"和他父亲在一起。"

"他们说了谎。"丹尼再说一遍。有个东西通过他的脑海，如流星一闪，太快、太亮，无法捕获，只残留了想法的尾巴。

（就在地下室的某个角落）

（你会想起你父亲忘记的事）

"你……你不应该那样子跟你父亲说话，"它嘶哑地说。球杆颤动着，落下。"你只会让事情变得更糟，害了你自己。你的……你的惩罚，会更严重。"它喝醉酒似的摇摇晃晃，感伤自怜地凝视着他，渐渐地自怜转为憎恨，球杆又举起。

"你不是我爸爸，"丹尼再告诉它一次。"如果我爸爸在你心里还剩下一点点的话，他知道它们这里的东西在说谎。每样东西都是谎言和欺骗。就像去年圣诞节，爸爸放在我圣诞袜里的灌铅骰子，或者像他们摆在商店橱窗的礼物，爸爸说里头什么都没有，没有礼物，只是空盒子。我爸爸说，只是摆着好看的。你是它，不是我爸爸。你是饭店。等你得到你想要的，你不会给我爸爸任何东西，因为你很自私。我爸爸很清楚这一点。你必须让他喝那些坏东西，那是你能得到他的唯一方法，你这个说谎的假面具。"

"骗子！骗子！"微弱的尖叫声喊出这个词，球杆疯狂地在空中挥舞。

"来啊，打我啊！但是你绝对不会从我这边得到你想要的东西的。"

他眼前的脸孔改变了。难以说明是如何改变的；五官并没有溶解或合并。它的身体微微地发抖，接着血淋淋的双手张开，如骨折的爪子；球杆从手上掉下来，咚地落在地毯上。仅此而已。但是忽然间他爸爸就在那儿，凝视着他，表情极度地痛苦、哀伤，让丹尼胸口的心脏激动起来，嘴巴颤抖地往下弯。

"博士，"杰克·托伦斯说，"逃跑，快点。要记住我是多么地爱你。"

"不。"丹尼说。

"噢丹尼，看在上帝的分上——"

"不，"丹尼说。他拉起父亲满是鲜血的手亲吻。"就快要结束了。"

哈洛兰背靠着墙支撑着身体，用力站起来。他和温迪彼此相望，宛如从遭到轰炸的医院逃出来，有着可怕经历的幸存者。

"我们必须上去那儿，"他说，"我们得去帮他。"

她的脸色灰白，一双焦虑不安的眼睛直视着他的眼。"太迟了，"温迪说，"现在他只能靠他自己了。"

过了一分钟，两分钟，三分钟。然后他们听见它在上方——尖叫，不是愤怒也不是得意扬扬，而是极度地恐惧。

"我的天啊！"哈洛兰低声说，"发生什么事了？"

"我不知道。"她说。

"它杀了他吗？"

"我不知道。"

电梯当啷地运转，里头关着尖叫、暴怒的东西开始下降。

丹尼站着动也没动。他逃不出"全景"的势力范围。他突然毫不费力地完全认清了这一点。这是他一生中头一回有成年人的想法、成年人的感受，是他在这邪恶地方的体验的精髓——悲痛的精华：

（妈妈和爸爸不能帮我，我是独自一个人。）

"走开，"他对眼前浑身是血的陌生人说，"去吧！离开这里。"

它弯下腰，露出插在背上的刀柄，两手再度抓住球杆，但是并没有瞄准丹尼，反而翻转握把，将槌球杆坚硬的那端对准自己的脸。

刹那间丹尼明白了。

球杆开始举起落下，摧毁杰克·托伦斯仅存的外表。走廊上的东西拖着脚步，跳着诡异的波卡舞，其节拍呼应着槌头再三敲击的恐怖声响。鲜血泼溅在整面壁纸上。骨头尖利的碎片跳跃到空中，宛如破碎的钢琴键。无法说清这过程持续了多久，但是当它的注意力转回丹尼身上时，他父亲永远消失了。剩余的那张脸变成陌生、变化多端的综合体，许多张脸不完美地混合为一。丹尼看见二一七号房的女人、犬人、水泥环里饥渴的男孩怪物。

"既然如此，就脱掉面具吧！"它喃喃地说，"不再有干扰了。"

球杆最后一次举起。一个滴答滴答的声响充塞了丹尼的耳朵。

"还有什么话要说吗？"它询问，"你确定你不想跑？也许，玩个鬼捉人的游戏？你知道的，我们别的什么都没有，但就是有时间，永恒的时间。或者我们应该作个了结？这样也行，毕竟我们快要错过舞会了。"

它露出断裂的牙齿贪婪地笑着。

突然，丹尼想到了——他父亲遗忘的事情。

他的脸上顿时洋溢着胜利的表情；那东西见状犹疑了一下，感到困惑。

"那个锅炉！"丹尼高声叫嚷，"从今天早上以后就没有释放压力！压力在上升！快要爆炸了！"

面前这个五官破碎的东西，脸上闪过奇特的恐惧和恍然大悟的表情。球杆从它握成拳头的手中掉落，在黑蓝色的地毯上无害地弹跳起来。

"锅炉！"它大叫，"噢不！那是不可以的！绝对不允许！不！你这可恨的小狗崽子！绝对不行！噢，噢，噢——"

"它要爆炸了！"丹尼激烈地回吼。他开始拖着脚步向前，对着面前破败的东西挥动拳头。"随时！我很确定！锅炉，爸爸忘记锅炉了！你自己也忘记了！"

"不，噢不，它不许，它不能，你这卑鄙的小鬼，我会逼你吃下药，我会让你喝下每一滴药，噢不，噢不——"

它突然掉头夹着尾巴跟跄地逃开。一时间，它的影子在墙壁上跳跃着，忽明忽灭。它背后拖着一声声的惨叫，宛如破旧不堪的派对彩带。

片刻后电梯发出巨响，开始启动。

忽然间他的灵光闪现

（妈咪哈洛兰先生我迪克跟我的朋友们一起还活着他们还活着得赶紧出去快要爆炸了快要炸到天空那么高了）

宛如强烈耀眼的日出，他拔腿狂奔。一只脚将沾满血迹、残缺不全的槌球杆踢到一旁，他都没意识到。

他一边啼哭，一边跑向楼梯。

他们必须赶紧出去。

56. 爆　炸

　　哈洛兰永远无法确定之后事情的发展。他只记得电梯下来，经过他们时并没有停，有东西在里面。但是他没有努力尝试透过钻石形的小窗子往里瞧，因为里头的东西听起来不像是人类。一会儿后，楼梯上响起奔跑的脚步声。温迪·托伦斯起先往后退缩，贴靠着他，继而开始跌跌撞撞地尽快走下主廊，往楼梯走去。

　　"丹尼！丹尼！噢，谢天谢地！谢天谢地！"

　　她一把将他拥入怀中，欣喜的同时，也因为自身的疼痛而呻吟。

　　（丹尼。）

　　丹尼从母亲的臂弯里望着他，哈洛兰察觉男孩的改变有多大。他的脸蛋苍白消瘦，眼睛幽黑深不见底。看起来似乎体重轻了。看他们两人站在一起，哈洛兰觉得母亲看起来反倒年轻，尽管她被打得很凄惨。

　　（迪克—— 我们得走了—— 快跑—— 这地方—— 快要）

　　"全景"的图像，火焰从屋顶窜出，砖块如雨点般落在雪地上，火警警铃大作……倒不是三月底之前能有任何消防车上来这儿，由丹尼传达出来的想法中，首要感受到的是事情迫在眉睫，感觉随时都可能发生。

　　"没问题的。"哈洛兰说。他开始朝两人前进，起初感觉好像在深水中游泳。他的平衡感扭曲了，右边的眼睛没法对焦。下颚不断将爆发的剧烈抽痛往上传到太阳穴，往下到颈部，脸颊感觉大如甘蓝。但是男孩的催促让他继续向前，渐渐地变得比较没那么费力。

　　"没问题？"温迪问。她的视线从哈洛兰转到儿子，最后又回到哈洛兰。"没问题，那是什么意思？"

　　"我们得走了。"哈洛兰说。

　　"我还没穿好……我的衣服……"

丹尼冲出她的臂弯，飞奔向走廊尽头。她目送着儿子，当他消失在转角后，目光再回到哈洛兰。"万一他回来的话该怎么办？"

"你丈夫？"

"他不是杰克，"她低声说，"杰克已经死了。这地方杀了他。这个受诅咒的地方。"她用拳头敲打墙壁，割伤的手指让她痛得大叫。"是锅炉，对不对？"

"没错，女士。丹尼说锅炉快要爆炸了。"

"很好。"她麻木地断言，"我不知道自己能不能再走下那些楼梯。我的肋骨……他打断我的肋骨，还有背部某个地方，很痛。"

"你办得到的，"哈洛兰说，"我们全都能撑过去的。"可是忽然间他想起树篱动物，万一那些动物看守着出口的话，不知道会做出什么事。

不久丹尼回来了。他带着温迪的靴子、外套和手套，以及他自己的外套和手套。

"丹尼，"她说，"你的靴子。"

"来不及了。"他说着，以一种绝望的狂乱眼神注视着他们。他看向迪克，刹那间，哈洛兰的思绪专注在玻璃圆罩下的时钟影像，就是舞厅里由瑞士外交官于一九四九年捐赠的那座钟。钟的指针停在午夜的前一分钟。

"噢我的天哪！"哈洛兰说，"噢我的老天哪！"

他急忙伸出一手搂住温迪，扶她起来，另一手环住丹尼，然后跑向楼梯。

当他挤压到她受伤的肋骨，或是跟她背后的伤口互相摩擦时，温迪痛得尖叫，但哈洛兰并没有减慢速度。他一手抱着一个冲下楼梯，一只眼拼了命地睁大，另一只肿得只剩一条细缝。他看起来像是绑架人质打算稍后勒索赎金的独眼海盗。

忽然间他感受到闪灵，顿时明了丹尼说来不及了是什么意思。他能感觉到爆炸准备从地下室轰隆隆地往上升，将这个恐怖的地方夷为平地。

他更加飞快地跑，仓促地冲过大厅朝双扇门奔去。

它急急忙忙地穿过地下室，进入锅炉室唯一的光源昏黄的光线中。它害怕得淌着口水。它如此接近了，只差一点就能得到那男孩和他惊人的力量。它不能现在败下阵来。不可以发生爆炸。它会卸掉锅炉的压力，然后严厉地惩罚男孩。

"绝不可以发生！"它呐喊，"噢不，绝对不可以发生！"

它跌跌撞撞地走去锅炉旁，炉子长管状主体的下半部散发出黯淡的红光，并嘎嘎、嘶嘶地作响朝无数个方向喷出缕缕蒸汽，宛如巨大的汽笛风琴。压力指针指在刻度盘的最末端。

"不，绝对不容许！"经理兼管理员大喊道。

它将杰克·托伦斯的双手放在阀门上，丝毫不在乎炽热的轮子如陷入泥泞车辙般地深深嵌入时，肌肉上的灼热或出现的烧焦味道。

轮子推动了，那东西得意扬扬地高喊一声，将轮子完全旋开。蒸汽发出轰然巨吼从锅炉逸出，十来条飞龙一起发出嘶嘶声。但是就在蒸汽完全掩盖住压力指针之前，指针明显地摆荡回去。

"我赢了！"它大声嚷着，肆无忌惮地在热腾腾的烟雾中雀跃，着火的两手在头顶上挥舞。**"还不算太迟！我赢了！还不算太迟！还不算太迟！还不——"**

字句转变为胜利的尖叫，而尖叫声被吞没在"全景"锅炉爆炸时飞散的轰隆震响中。

哈洛兰冲过双扇门，带着他们两人穿过门廊上的大雪堆间的壕沟。他清楚地看见树篱动物，比之前还要清晰，就在他领悟到最糟的恐惧成真、它们盘踞在门廊与雪上摩托车之间时，饭店爆炸了。对他来说所有的事情似乎发生在同一瞬间，虽然他后来明白事情是不可能同时发生的。

先是单调的爆炸声，好像是单靠一个无孔不入的低音符的声音。

（**轰轰轰轰轰轰——**）

接着，一股强劲的蒸汽吹到他们的背上，仿佛轻轻地推着他们。他们三人被这股蒸汽抛出门廊，在半空中飞的时候，一个混乱的想法

（超人铁定就是这种感觉吧）

滑过哈洛兰的脑海。他松开握住他们的手，撞到隆起的柔软雪堆里。他从衬衫下面一直到鼻子上都是雪，隐约意识到受伤的脸颊贴着雪感觉很舒服。

之后他挣扎着爬到雪堆顶上，在那一刻既没有想到树篱动物，也没有想到温迪·托伦斯，甚至没想到小男孩。他翻过身仰躺着，好看着它灭亡。

"全景"的窗户碎裂。舞厅内，罩在壁炉架时钟外头的圆罩裂开，破成两片，掉到地板上。时钟停止滴答滴答的走动：所有齿轮及平衡摆轮全都变得静止不动。一声低微、悲叹的声音，伴着一阵翻腾的灰尘响起。二一七号房里，浴缸突然裂成两半，倾泻出浅绿色、闻起来有毒的小规模洪水。总统套房内，壁纸倏地燃烧起来。科罗拉多酒吧的双扉推门铰链突然折断，掉落到餐厅的地板上。地下室拱门的另一边，成堆成叠的大量旧文件着了火，发出如焊枪的嘶嘶声，熊熊燃烧起来。沸腾的水翻滚到火焰上，却没有将火扑灭；如同蜂窝底下燃烧的秋天落叶般，纸张急速地打转、变成焦黑。炉子爆炸，粉碎了地下室的屋梁，梁柱坍塌下来，如恐龙的骨骸。给炉子添燃料的煤油喷嘴，如今拔掉塞子，轰轰地喷出火焰塔往上蹿升，突破大厅裂开的地板。楼梯踏板上的地毯着了火，迅速地延烧到一楼楼层，仿佛要传递天大的好消息一般。一连串的爆炸撕裂了整个地方。餐厅里的枝形吊灯如两百磅的水晶炸弹，哗啦一声地摔成碎片，将桌子撞得东倒西歪。火焰由"全景"的五根烟囱喷出，冲向逐渐散开的云层。

（不！绝不可以！绝不可以！绝对不可以！）

它发出尖叫；它哀号，但此时它已失去嗓音，叫嚷出的惊慌、毁灭和诅咒只有它自己的耳朵才能听见，它渐渐消散、丧失思考能力和意志，网状的结构崩溃，它寻找，找不到，出去，逃出去，消失，走向空虚，化为乌有，一切成为泡影。

舞会结束。

57. 退　场

　　怒吼撼动了整间饭店的正面。玻璃喷到外面的雪地上，闪闪发亮，宛如边缘参差不齐的钻石。本来正走近丹尼和他母亲的树篱狗，立即向后退缩，绿色和阴影相间的耳朵垂下，腰腿卑躬屈膝地弯下，尾巴夹在腿间。哈洛兰的脑子里，听见它惧怕地悲嗥，与其哀鸣混合在一起的是大猫害怕、困惑的嚎叫。他挣扎着站起来，走向另外两人，帮助他们，在行动时，他看见比其他一切更像噩梦的景象：那只树篱兔子仍覆盖着雪，疯狂地用身子猛撞游戏场远处另一边的铁丝网，钢制的网眼配合一种梦魇似的旋律叮当作响，宛如幽灵弹奏的齐特琴。即使从此处，他都能听到紧密编成兔子身体的细枝和枝条仿佛断裂的骨头，发出噼啪和吱嘎的声响。

　　"迪克！迪克！"丹尼大声呼喊。他正努力扶着母亲，协助她走到雪上摩托车那里。他为两人带出来的衣物散落一地，掉在他们摔下的地点与现在所站的位置之间。哈洛兰忽然察觉到那位女士仅穿着睡衣，丹尼没穿外套，而气温还不到华氏十摄氏度。

　　（我的天啊！她还光着脚）

　　他在雪地中费力地走回去，拾起她的外套、靴子、丹尼的外套和不成双的手套，然后跑回去他们身边，不时陷入深及臀部的雪中，不断挣扎着爬出来。

　　温迪的脸色苍白得吓人，她的脖子侧边满是鲜血，血液现在逐渐冻结。

　　"我办不到，"她嘟囔着说，几乎快要意识不清。"不，我……办不到。对不起。"

　　丹尼抬头恳求地看着哈洛兰。

　　"不会有事的，"哈洛兰说，再度牢牢抓住她。"来吧！"

　　三人成功地走到雪上摩托车打弯停住的地点。哈洛兰让女士坐在乘客座位上，帮她穿上外套，再将她非常冰冷但尚未冻僵的脚抬起，用丹尼的外套迅速揉搓她的脚，再把靴子穿上。温迪的脸色如雪花石膏般地苍白，两眼半闭着呆滞无神，不过她浑身开始颤抖起来。哈洛兰认为这是好的征兆。

在他们背后，一连三次爆炸震撼着饭店。橘红色的火光照亮了雪地。

丹尼把嘴巴贴近哈洛兰的耳朵，高声喊了些话。

"什么？"

"我说你需要那个吗？"

男孩指向倾斜倒在雪地里的红色汽油桶。

"我猜我们会需要。"

他把汽油桶捡起来晃动一下。里头仍有汽油，但他分辨不出有多少。他将油桶捆绑在雪上摩托车的后头，由于手指渐渐麻木，所以笨拙地绑了好几次才弄好。这是他头一次留意到他弄丢了霍华德·柯特雷尔的连指手套。

（等我离开这里，我会请我妹妹织一打给你，霍华德）

"上来吧！"哈洛兰对男孩喊道。

丹尼往后缩。"我们会冻死的！"

"我们必须绕到设备仓库去！那边有些备用品……毛毯……之类的东西。上来坐到你母亲后面！"

丹尼爬上去，哈洛兰转头以便直接对着温迪的脸大声说话。

"托伦斯太太！抓紧我！你听明白了吗？抓好！"

她伸出手臂环抱住他，脸颊紧贴在他的背上。哈洛兰发动雪上摩托车，小心翼翼地转动油门，以免猛冲出去。女人抱住他的力道非常微弱，假如她往后倾，以她的体重会让她自己和男孩翻滚出去。

他们开始移动。他先让雪上摩托车回转一圈，再往西骑，与饭店平行。接着哈洛兰往内多横切一点，要绕到饭店后头的设备仓库。

有那么一瞬间他们清楚地看见"全景"的大厅。煤油喷嘴的烈焰从破裂的地板蹿上来，就像巨大的生日蜡烛，中心是猛烈的黄色火焰，边缘闪烁的是蓝色的气焰。在那一刻，火光仿佛只是提供照明，而不是毁灭。他们能看见登记柜台上的银钟、信用卡压印单、有涡卷饰纹的老式收款机、饰有花纹的小地毯、高背椅,以及马毛呢的脚垫椅。丹尼看得见壁炉旁的小沙发,那是他们初来的那天——也就是休馆日——三位修女所坐的位子。但今天是真正的休馆日了。

没多久门廊的雪堆遮住了视线。片刻之后,他们绕着饭店的西侧外围走。光线仍够亮,无须雪上摩托车的车头灯也看得见。上两层如今全都在燃烧,火焰的旗帜飘出窗外。发亮的白漆开始焦黑剥落。覆盖了总统套房内大型落地窗的百叶窗,那些十月中杰克小心谨慎地按照指示闩紧的百叶窗,如今变成着被火烧焦的木条悬挂在那儿,暴露出背后辽阔破灭的黑暗,宛如无牙的嘴巴大张,发出最后、无声的临终悲鸣。

温迪把脸紧贴着哈洛兰的背以阻隔寒风,丹尼同样地把脸贴在母亲的背上,因此只有哈洛兰看到了最后的景象,但他绝口不提。从总统套房的窗户,他觉得自己看见一个巨大的黑色模糊的影子冲出,遮蔽了背后的雪原。有一刹那它的外形化为巨大无比、令人憎厌的披风,之后风似乎捉住它、撕裂它,将它如同深色旧报纸一般地撕成碎片。它四分五裂,卷入快速旋转的浓烟涡流中,一会儿后就烟消云散仿佛不曾存在过。然而就在那几秒钟内,当它阴郁地旋转,宛如负片的光点般舞动时,他想起孩提时代的事……五十年前,或更久以前,他和哥哥在自家农场北边不远处,偶然发现了一个巨大的地蜂窝,就安在土壤与曾遭闪电击中的老树之间的凹洞里。哥哥的帽子箍环里有一个大的旧瓶装火箭,是从七月四日之后就一直保存的。他把火箭点燃后扔向蜂窝。火箭响亮地砰的一声爆炸开来,愤怒、越来越响的嗡嗡鸣声,近乎低音的尖叫,从炸碎的蜂窝涌现。他们转身逃跑,仿佛恶魔紧追在后。在某个程度上来说,哈洛兰认为那的确是恶魔。那天他就像现在一样转回头看,结果看见一大群黑压压的大黄蜂在热气中上升,一起旋转、分散,寻找对它们的家做出这种事的敌人,好将对方蜇死——这是它们群体唯一的认知。

不久那东西在天空中消失了,或许归根究底它只是一阵烟,或是一大片飘动的壁纸,最后只剩下"全景",在夜晚怒吼的噪音中燃烧的柴堆。

哈洛兰的钥匙串上有设备仓库挂锁的钥匙，但是他发现没必要用到钥匙。仓库的门微敞，搭扣上悬挂的挂锁是打开的。

"我不能进去。"丹尼低声说。

"没关系，你和你妈一起待在这里。里头很久以来都摆放着一堆旧马毯，现在大概全都被虫蛀过了，不过总比冻死强一些。托伦斯太太，你还清醒吗？"

"我不知道，"虚弱的声音回答，"我想是吧。"

"很好。我去一下就回来。"

"尽快回来啊！"丹尼低声说，"拜托。"

哈洛兰点点头。他将车头灯对准门，然后挣扎着在雪中前进，在自己前面投射出长长的影子。他推开设备仓库的门，跨进去。马毯仍在角落里，就在一套短柄槌球球具旁。他拿起四张马毯——毯子闻起来发霉陈旧，蛀虫肯定一直把它们当成免费午餐——然后突然停住。

一根短柄槌球的球杆不见了。

（他就是用那根打我的吗？）

嗯，他是被什么打的并不重要，对吧？不过，他的手指仍摸向一边的脸，检查起那儿的大肿块。这么一击，价值六百美元的假牙就此毁了。尽管如此

（也许他不是用其中一根球杆揍我的。或许那根遗失了，或者遭小偷偷窃，或是被拿去当纪念品。毕竟）

那不是很重要。明年夏天没有人会在这里打短柄槌球。或是在可预见未来的任何一个夏天都不会有。

不，这真的不重要，只不过盯着支架上独缺一名成员的球杆令人遐想。他察觉自己想着槌头敲在圆圆的木球上所发出有力、生硬的重击声。愉快的夏季声响。注视着球滑过

（骨头。鲜血。）

石砾。这声音唤起各种影像：

（骨头。鲜血。）

冰茶、门廊的秋千、戴白色草帽的淑女、蚊子的嗡嗡声，以及

（不按规矩来玩的调皮小男孩。）

诸如此类的球戏。当然，令人愉悦的游戏。现在不流行了，不过……很有意思。

"迪克？"这声音微弱、狂乱，而且——他觉得——相当令人不快。"迪克，你还好吗？马上出来吧。拜托！"

（"马上出去吧，黑人兄弟，主人在叫你呢！"）

他的手牢牢攥住一根球杆的握柄，他喜欢这种触感。

（小孩不打不成器。）

在火光一闪一闪的黑暗中，他的眼神变得迷乱。实际上，这样做是帮他们两人一个大忙。她被狠狠地揍了一顿……很痛苦……而这大多是

（全都是）

那可恶的男孩的错。毫无疑问。他把自己的爸爸留在那里烧掉。你仔细想想，那根本与谋杀无异，一般称之为弑父，相当该死的卑劣。

"哈洛兰先生？"她的声音低而虚弱，满腹的牢骚。他不怎么喜欢这个声音。

"迪克！"男孩惧怕地啜泣了起来。

哈洛兰从支架上抽出球杆，转身走向雪上摩托车的车头灯射出的那片白光。他的双脚深一步浅一步地刮擦着设备仓库的木板，宛如刚上了发条开始移动的玩具。

蓦地他停下脚步，怀疑地看着手中的球杆，心中的恐惧逐渐加深。他询问自己方才究竟想做什么。杀人？他刚才想着杀人吗？

一时间，他的整个脑袋似乎充斥着微弱的愤怒、威逼之声：

（下手吧！下手啊，你这个软脚虾、没卵蛋的黑鬼！杀了他们啊！杀了他们两个！）

他惶恐地低喊一声，将球杆用力抛到身后。槌子啪嗒一声掉到原本放置马毯的角落，球杆的其中一头指向他，无语地发出邀请。

他连忙逃走。

丹尼坐在雪上摩托车的座位上，温迪软弱无力地抱着他。丹尼的脸上闪动着泪光，仿佛得了疟疾似的浑身发抖，牙齿咯咯作响地说："你在哪里？我们吓坏了。"

"这是个吓人的好地方，"哈洛兰缓缓说着，"就算这地方烧成平地，只剩地基，你也别想叫我再走近这里一百英里之内。来吧！托伦斯太太，用这些裹住身体，我会帮忙的。还有你，丹尼，把自己包得像个阿拉伯人。"

他把两条毛毯裹在温迪身上，将其中一条做成兜帽的形状盖住她的头，再帮丹尼绑好他的毯子以免掉落。

"现在为了保命要抓稳了，"他说，"我们有很长的路要走，但是最糟的情况已经过去了。"

他绕着设备仓库，让雪上摩托车沿着来时的痕迹回去。"全景"如今成了火炬，火苗直蹿向天空。巨大的破洞侵蚀它的侧边，里头是炽红的炼狱，时盛时衰的。融化的雪水流入烧成焦黑的排水沟，如冒着蒸汽的瀑布。

他们发出低沉的咕隆声到达前面草坪，一路十分明亮。雪丘闪耀着绯红色的光芒。

"看！"正当哈洛兰减速要过大门时，丹尼高喊。他指着游戏场。

树篱怪物全都回到了原来的位置，但是浑身赤裸裸的，烧得焦黑。火光中，枯死的树枝光秃秃地交织成网状，小片的树叶四散在脚边如掉落的花瓣。

"它们死掉了！"丹尼狂喜激动地大喊，"死了！它们死了！"

"嘘，"温迪说，"好了，宝贝。没事了。"

"嘿，博士，"哈洛兰说，"我们去温暖的地方吧！你准备好了吗？"

"准备好了，"丹尼低声说，"我已经准备好久了——"

哈洛兰挤过大门与门柱间的缝隙。片刻后他们骑到马路上，往回朝着萨德维特前进。雪上摩托车的引擎声逐渐变小，直到消失在狂风毫不止息的呼啸声中。风呼啸着吹过树篱动物光秃秃的树枝间，发出低沉、凄凉、有规律地敲击的声音。火焰时盛时衰。在雪上摩托车的引擎声消失一段时间后，"全景"的屋顶塌陷，先是西侧，再来是东侧，几秒钟后中央的屋顶也坍了。一大团盘旋上升的火花和燃烧着的瓦砾往上冲进咆哮的冬夜里。

大量燃烧的屋瓦和炽热的遮雨板，随风飘进敞开的设备仓库门内。

不久后，仓库也开始燃烧。

他们离萨德维特还有二十英里时，哈洛兰停下来将剩余的汽油倒入雪上摩托车的油箱中。他非常担心温迪·托伦斯，她的神智似乎渐渐飘离他们。仍有很长的一段路要走。

"迪克！"丹尼叫喊。他从座位上站起来，指着远方。"迪克，你看！看那边！"

雪停了，如银盘的月亮从群聚的云层中向外窥探。远远地，在连续的S形弯道上一连串珍珠似的灯光奔驰而来，并且持续朝着他们前进。风暂歇了一会儿，哈洛兰听见远处雪上摩托车引擎轰轰的怒吼声。

哈洛兰、丹尼和温迪在十五分钟后与他们会合。他们带来了更多的衣物和白兰地，以及埃德蒙斯医生。

于是漫长的黑暗结束了。

58. 尾声·夏天

仔细检查完徒弟做的色拉，并偷看一眼他们这礼拜拿来做开胃菜的家常烤豆子后，哈洛兰解开围裙，挂到挂钩上，溜出后门。在他必须认真准备晚餐之前，大约有四十五分钟的时间。

这地方的名称是红箭小屋，隐匿在缅因州西部的高山里，距离朗吉利小镇三十英里。哈洛兰认为，这是个好差事。生意不是太繁忙，小费令人满意，到目前为止没有一样菜被退回。考虑到营业季几乎过了一半，这还不坏。

他谨慎地穿梭在户外吧台和游泳池之间（虽然他永远不懂既然就近有湖，为何有人会想要使用游泳池），横穿一行四人正笑着玩槌球的草地，到达小山丘顶端。松树占据了此处，宜人的风在松树间沙沙作响，传送杉树和香甜树脂的芬芳。

在另一边，几间拥有湖景的小屋适度地坐落在树林里。最后一间是最棒的，哈洛兰早在四月份刚拿到这份差事时，就为一对客人预订下来了。

女士坐在门廊的摇椅上，手上捧着一本书。她的转变再次给哈洛兰留下深刻的印象。转变之一是尽管周遭环境舒适自由，她的坐姿却僵硬、近乎呆板——那无疑是因为背部的支架。她的脊柱碎裂，三根肋骨断掉，还有一些内伤。背部是复原最慢的，她仍装着支架……因此姿态才会僵直。但是她的改变不仅于此。她看起来老了许多，脸上也失去一些笑容。此刻，她坐着看书，哈洛兰察觉到一种严肃的美丽，那是大约九个月前他初次见到她时所没有的。当时她还是一般的女孩。如今是个女人，一个被拖到月亮阴暗的那一面，回来还能将碎片重新拼凑在一起的人类。但是那些碎片，哈洛兰心想，永远无法像从前一样相互契合。在这世上永远不可能。

她听见他的脚步声，抬起头来阖上书。"迪克！嗨！"她准备起身，脸上出现些微疼痛得皱眉的表情。

"不用了，别站起来，"他说，"我可不讲究礼节，除非是穿着正式礼服的场合。"

她微微一笑。哈洛兰上了阶梯走到门廊上，在她旁边坐下来。

"怎么样？"

"相当不错，"他承认。"今天晚上试试克里奥尔烩虾，你一定会喜欢的。"

"一言为定。"

"丹尼跑去哪里了？"

"在那里呢！"她指着，哈洛兰看见一个小小人影坐在码头末端，他身穿红色条纹的衬衫和牛仔裤，裤管卷到膝盖上。再过去一点的平静水面上，漂着一个浮标。丹尼时不时地收绕钓线把浮标拉来，检查一下铅锤和底下的钓钩，再把浮标重新扔出去。

"他晒黑了。"哈洛兰说。

"对啊！非常黑。"她怜爱地望着丹尼。

哈洛兰掏出香烟，压实后点燃。烟雾在阳光明媚的午后慵懒地飘散。"他还继续做那些梦吗？"

"好多了，"温迪说，"一个礼拜只有一次。以前是每天晚上，有的时候一个晚上两三次。爆炸，树篱。特别是……你知道的。"

"嗯。他会没事的，温迪。"

她注视他。"会吗？我怀疑。"

哈洛兰点头。"你和他，你们会慢慢康复的。也许，和以前不同，不过，没事的。你们两个不再和过去一样，但不见得是坏事。"

他们沉默了半晌，温迪让摇椅微微来回摇晃，哈洛兰把脚抬到门廊的栏杆上，抽着烟。一阵微风吹起，挤过松树间的秘密通道，但几乎没弄乱温迪的头发。她把秀发剪短了。

"我决定接受艾尔——肖克利先生——提供的工作。"她说。

哈洛兰点点头。"听起来是个很好的工作，应该是你会感兴趣的。你什么时候开始工作？"

"劳动节一过立刻开始。丹尼和我离开这里后，我们会直接到马里兰找地方。你知道，实际上是商会的宣传手册说服了我，那里看起来是个适合养育孩子的城镇。我希望趁我们花太多杰克留下的保险金之前，重新开始工作。虽说还有四万多美元。如果花费得当的话，足够送丹尼上大学，另外还剩余足够的钱让他开始独立谋生。"

哈洛兰点点头。"你妈呢？"

她看着他，无精打采地笑一笑。"我想马里兰够远了。"

"你不会忘记老朋友吧，是吗？"

"丹尼不会允许我忘的。下去那边看看他吧！他等了一整天了。"

"喔，我也是啊！"他站起来，用力拉拉臀部的厨师白制服。"你们两个会很顺利的，"他重复一次。"你没有感觉到吗？"

她仰望他，这回笑得温柔些。"有，"她说着，牵起他的手亲吻一下。"有时候我觉得我能感觉到。"

"克里奥尔烩虾，"他说着，走向阶梯。"别忘了。"

"我不会忘的。"

他走下通往码头微微倾斜的碎石子小径，然后沿着饱受日晒雨淋的木板走到尽头，丹尼坐在那儿，双脚泡在清澈的水里。再往前，湖面越来越开阔，倒映着湖畔的松树。这一带的地形多山，但这里的高山非常古老，随着时光变得浑圆而谦逊。哈洛兰相当喜欢。

"钓到很多吗？"哈洛兰问，在丹尼旁边坐下。他脱掉一只鞋，再脱掉另一只，舒口气，将闷热的双脚浸入冰凉的水中。

"没有。不过没多久以前，有鱼咬我的饵。"

"我们明天早上搭小船出去。孩子，如果你想要钓只可以吃的鱼，一定得到湖心去。在远一点的地方才有大鱼。"

"多大？"

哈洛兰耸一下肩。"唔……鲨鱼、旗鱼、鲸鱼，那一类的。"

"这里才没有鲸鱼呢！"

"没有蓝鲸，不，当然没有。这里的鲸鱼长得不超过八十英尺，粉红鲸。"

"它们怎么从海洋来到这里呢？"

哈洛兰伸出一只手抚乱男孩红金色的头发。"它们逆流游过来的，孩子，就是这样子。"

"真的吗？"

"真的。"

他们静默了一段时间，眺望着宁静的湖面。哈洛兰只是在思考。当他回头看丹尼时，望见丹尼的眼睛充满泪水。

他一手搂着丹尼说："怎么了？"

"没事。"丹尼低声说。

"你在想你爸爸，对不对？"

丹尼点点头。"你总是知道。"一滴眼泪从他右眼角溢出，缓缓地顺着脸颊滴落。

"我们之间没办法有秘密，"哈洛兰同意。"事实就是如此。"

丹尼盯着钓竿说："有时候我希望死的人是我。是我的错，全都是我的错。"

哈洛兰说："你不想在你妈面前谈这件事，对吧？"

"对。她想要忘记曾经发生过的事情。我也想，但是——"

"但是你没办法。"

"对。"

"你需要哭一下吗？"

男孩想要回答，但是话语被啜泣声给吞没。他把头靠在哈洛兰的肩上哭泣，眼泪从脸庞滚滚而落。哈洛兰抱着他一语不发。他知道，男孩还会一次次流泪，丹尼很幸运，他还够年轻，可以如此流泪。治愈伤痛的泪水，同时也是烫人、令人苦恼。

等丹尼稍微平静下来，哈洛兰说："你会忘记这一切的。虽然现在你不觉得，但总有一天会的。你拥有闪——"

"我希望我没有！"丹尼哽咽着说，声音仍因为哭泣而嘶哑。"我但愿自己没有这种能力！"

"可是你有，"哈洛兰轻声说，"不论是好是坏。你没得选择说不，小子。但是最坏的已经过去了。日子难过的时候，你可以利用它跟我说话。假如实在太难过了，你就呼唤我，我会过来的。"

"就算我在马里兰？"

"就算是在那里。"

他们又沉默不语，看着丹尼的浮标在距离码头末端三十英尺处漂来漂去。片刻之后，丹尼说："你以后还是我的朋友吗？"声音低得几乎听不见。

"只要你想要我当你朋友，永远都是。"

男孩紧紧抱住哈洛兰，他也搂住男孩。

"丹尼？听我说。我要告诉你一件事，只说这一次，以后永远不会再说。世上有些事情，不应该对一个六岁小男孩说的，但是事情应该如何，跟它实际的情况往往很难协调一致。世界是个严酷的地方，丹尼。它铁面无私。它不恨你我，但也不爱我们。世界上发生很多可怕的事，是没有人能解释的。好人不幸、痛苦地死去，留下那些爱他们的人孤零零的。有的时候感觉好像只有坏人能常保健康和成功。这世界不爱你，可是你妈妈爱你，我也爱你。你是个乖孩子。你为你爸爸感到伤心，当你觉得必须为他发生的不幸哭泣的话，你就躲进衣橱或是被单底下哭，直到你全部哭出来为止；那是好儿子必须做的。但是你务必要继续过日子，那是你在这个严酷世界的责任：不论发生什么事，都要维持你的热情，务必继续过下去。振作起来，继续向前进。"

"好吧！"丹尼低声说，"你希望的话，我明年夏天会再来看你……如果你不介意的话。明年夏天，我就七岁了。"

"到那时我六十二岁。我会抱得你喘不过气来。不过我们先过完一个夏天，再来谈下一个吧！"

"好。"他望着哈洛兰。"迪克？"

"嗯？"

"你还会活很久，是吗？"

"我的确还没仔细想过这个问题。你想过吗？"

"没有，先生。我——"

"小伙子，有鱼咬你的饵哪！"他指给丹尼看。红白色的浮标潜到水面下，再浮上来时闪闪发光，然后又沉下去。

"嘿！"丹尼倒抽一口气说。

温迪下来加入他们，站在丹尼背后。"是什么?"她问，"梭鱼吗?"

"不是的，太太，"哈洛兰说，"我认为是粉红鲸。"

钓鱼竿的尖端弯了。丹尼把钓竿往回拉，一条长长的七彩鱼儿，划过一条灿烂而闪亮的抛物线跃出水面，接着又沉入水底。

丹尼疯狂地卷线，大口喘着气。

"迪克，帮帮我! 我钓到了! 我钓到了! 帮我!"

哈洛兰大笑。"小家伙，你自己一个人也做得挺好的。我不知道那是粉红鲸还是鳟鱼，但是这样就行了。这个很好。"

他用一只胳膊搂住丹尼的肩膀，男孩收绕钓线一点一点地把鱼拉上来，温迪在丹尼的另一边坐下来。他们三人坐在码头的尽头，沐浴着午后的阳光。